Heaven Official's Blessing

BAND 1

BLUMENSUCHENDER BLUTREGEN

MO XIANG TONG XIU

TOKYOPOP®

Inhalt

Kapitel 1:
Der Segen des Himmelsbeamten

Unter allen Göttern des Himmels befand sich eine »Witzfigur der drei Sphären«.

Der Legende nach gab es vor achthundert Jahren in der Zentralebene ein Königreich namens Xianle. Es war ein großes und reiches Land und die Menschen lebten glücklich und in Frieden. Xianle besaß vier Schätze: unzählige Schönheiten, vielfältige Musik und prächtige Literatur, Gold und Juwelen sowie den berühmten Kronprinzen.

Dieser Kronprinz – nun, wie soll man sagen – war ein sonderbarer Mann.

Für den König und die Königin war er der größte Schatz, sie liebten ihn über alles und pflegten voller Stolz zu sagen: »Eines Tages wird unser Sohn ein großer Herrscher sein, der mit seinem guten Ruf Geschichte schreiben wird.«

Der Kronprinz interessierte sich jedoch nicht im Geringsten für weltliche Dinge wie Macht, Reichtum oder Ruhm. Was ihn interessierte, wie er von sich selbst gern sagte, war: »Ich möchte die Menschen retten.«

In jungen Jahren widmete sich der Kronprinz mit Leib und Seele der Kultivierung und es gab zwei kleine Geschichten über ihn, die sich weit verbreiteten.

Die erste ereignete sich, als er siebzehn Jahre alt war. In jenem Jahr veranstaltete das Königreich Xianle eine feierliche Shangyuan*-Himmelsparade.

Obwohl diese Tradition schon seit Jahrhunderten nicht mehr besteht, lässt sich dank alter Schriften und mündlicher Übermittlung noch immer erahnen, was für ein grandioses Schauspiel es gewesen sein muss.

Am Tag des Shangyuan-Fests hatten sich auf der Kaiserallee zu beiden Seiten der Straße riesige Menschenmengen eingefunden, während sich der heiter plaudernde Adel das Ereignis von den oberen Stockwerken der umgebenden Gebäude aus ansah. Imposante Palastwachen in klirrenden

* Auch bekannt als Laternenfest. Schließt am 15. Tag des ersten Mondmonats nach dem traditionellen chin. Kalender das Neujahrsfest ab.

Rüstungen machten den Weg frei und anmutige Tänzerinnen ließen mit ihren schneeweißen Händen Blütenblätter regnen – ein Anblick, der es unmöglich machte, zu entscheiden, ob die Mädchen oder die Blüten schöner waren. Aus einer goldenen Kutsche erklang himmlische Musik, die über der gesamten Hauptstadt schwebte, und den Abschluss bildete eine gigantische Bühne, die von sechzehn weißen Pferden mit goldenem Zaumzeug gezogen wurde.

Dort, auf der hoch aufragenden Bühne, stand die Hauptfigur der Parade: der Gottgefällige Krieger.

Er trug eine goldene Maske und prächtige Kleider und in der Hand hielt er ein Schwert, das zum Dämonenbändigen diente. Er stellte den jahrtausendelangen Anführer der Kriegsgötter dar: den Himmelskaiser Jun Wu.

Für diese Rolle ausgesucht zu werden war die höchste aller Ehren, daher galten strengste Kriterien bei der Auswahl. In jenem Jahr war der Auserwählte der Kronprinz. Das gesamte Königreich war sich sicher, dass die beste Darbietung aller Zeiten bevorstand.

Doch an jenem Tag lief etwas schief.

Die Ehrengarde befand sich auf der dritten Runde durch die Stadt und passierte gerade die über dreißig Meter hohe Stadtmauer, als der Gottgefällige Krieger kurz davor war, den Dämon niederzustechen.

Es war der Höhepunkt der Aufführung, die Menge zu beiden Seiten der Straße jauchzte vor Aufregung. Auch auf die Mauer strömten die Menschen. Es wurde gedrängelt und geschubst, um den besten Blick zu erhaschen.

Da fiel plötzlich ein Kind vom Stadtmauerturm.

Die Schreie der Menge reichten bis zum Himmel. Während die Leute erwarteten, dass die Kaiserallee jeden Moment mit Blut besudelt würde, hob der Kronprinz nur leicht den Kopf und schnellte in die Höhe, um das Kind aufzufangen.

Es war nur ein vogelähnlicher weißer Schatten in der Luft zu erkennen, dann landete er mit dem Kind in seinen Armen auch schon sicher auf dem Boden. Seine Maske fiel herunter und gab sein junges, hübsches Gesicht frei.

Abertausende Jubelschreie ertönten.

Das einfache Volk war in Ekstase, doch die Staatspräzeptoren der Königlichen Riten zuckten innerlich zusammen. Sie hätten niemals gedacht, dass ein derart großes Missgeschick passieren würde.

Das verhieß Unheil, größtes Unheil!

Jede Runde durch die königliche Hauptstadt symbolisierte ein Jahr Frieden und Wohlstand für die Nation, doch nun war die Darbietung unterbrochen worden. War das nicht der Vorbote einer Katastrophe?

Die Staatspräzeptoren waren so besorgt, dass ihnen die Haare ausfielen. Nach langem Überlegen baten sie den Kronprinzen zu sich und fragten vorsichtig: »Eure Hoheit, würdet Ihr euch für einen Monat zurückziehen und Buße tun? Nur den Willen zu zeigen würde auch genügen.«

Der Kronprinz lächelte. »Nein.« Er erklärte: »Es ist nichts falsch daran, ein Menschenleben zu retten. Würde der Himmel mich dafür verurteilen, das Richtige getan zu haben?«

»Ähm ... Und was, wenn er Euch doch verurteilt?«

»Dann wäre der Himmel im Unrecht. Warum sollte ich um Vergebung bitten, wenn ich richtig gehandelt habe?«

Die Staatspräzeptoren wussten dem nichts zu entgegnen.

So war der Kronprinz nun einmal. Es gab nichts, was ihm nicht gelang, und auch niemanden, der ihn nicht liebte. Er war die Gerechtigkeit selbst, der Mittelpunkt der Welt.

Und daher brachten die Staatspräzeptoren ihr Leid nur innerlich zum Ausdruck. *Einen Scheiß versteht er!*

Sie waren nicht in der Position, viel zu sagen, und wagten es auch nicht, ihn weiter zu bedrängen. Seine Hoheit würde sowieso nicht auf sie hören.

Die zweite Geschichte ereignete sich ebenfalls im achtzehnten Lebensjahr des Kronprinzen.

Es hieß, dass es südlich des Gelben Flusses eine Brücke namens Yinian-Brücke gäbe, auf der seit vielen Jahren ein Geist sein Unwesen triebe.

Der Geist war höchst furchteinflößend: Er trug eine kaputte Rüstung, unter seinen Füßen loderten Höllenflammen und sein Körper, an dem überall Blut klebte, war durchbohrt von Schwertern und Speeren. Mit jedem Schritt hinterließ er eine Spur aus Blut und Flammen. Alle paar Jahre tauchte er nachts plötzlich auf und wanderte am Fuße der Brücke auf und ab, um Reisende abzupassen und ihnen drei Fragen zu stellen: »Was ist das hier für ein Ort? Wer bin ich? Was ist zu tun?«

Antwortete jemand falsch, wurde er vom Geist mit Haut und Haaren verschlungen. Allerdings kannte niemand die richtigen Antworten und so waren im Laufe der Jahre unzählige Menschen dem Geist zum Opfer gefallen.

Als der Kronprinz sich auf Reisen begab, kam ihm diese Geschichte zu Ohren, also suchte er die Yinian-Brücke auf und bewachte sie Nacht für Nacht, bis er endlich auf den Geist traf.

Sein Anblick war tatsächlich so furchterregend, wie man sich erzählte.

Er stellte dem Kronprinzen die erste Frage und dieser antwortete mit einem Lächeln: »Das hier ist die Menschenwelt.«

Doch der Geist entgegnete: »Das hier ist die Hölle.«

Ein vielversprechender Anfang, schon die erste Antwort war falsch.

Es werden sowieso alle drei Antworten falsch sein, dachte sich der Kronprinz, *warum sollte ich dann warten, bis du alle Fragen gestellt hast?* Also zog er sein Schwert und stürzte sich auf ihn.

Es war ein erbitterter Kampf. Der Kronprinz war in der Kampfkunst äußerst versiert, doch der Geist war grausam und unerschrocken. Mensch und Geist lieferten sich eine so heftige Schlacht, dass Sonne und Mond beinahe ihre Plätze tauschten. Letztlich wurde der Geist besiegt.

Nachdem dieser sich in nichts aufgelöst hatte, pflanzte der Kronprinz am Fuße der Brücke einen blühenden Baum. Da kam ein Kultivierer vorbei und sah, wie er Erde verstreute, um den Geist zu verabschieden. Er fragte: »Warum tut Ihr das?«

Darauf antwortete der Kronprinz mit einem Spruch, der berühmt werden sollte: »Der Körper ist in der Hölle, aber das Herz im Paradies.«

Als der Kultivierer dies hörte, schmunzelte er und verwandelte sich in einen göttlichen Krieger in weißer Rüstung. Er stieg auf eine Wolke, rief einen starken Wind herbei und ritt in den gleißenden Himmel davon. Erst da wurde dem Kronprinzen klar, dass er durch einen glücklichen Zufall dem Himmelskaiser begegnet war, der persönlich herabgestiegen war, um Monster und Dämonen zu bezwingen.

Die Götter waren schon seit dem Vorfall auf der Shangyuan-Himmelsparade auf diesen herausragenden Gottgefälligen Krieger aufmerksam geworden. Nun, da der Himmelskaiser ihn bei der Yinian-Brücke gesehen hatte, fragten sie ihn: »Wie denkt Ihr über diese königliche Hoheit?«

Der Himmelskaiser antwortete: »Die Zukunft dieses jungen Burschen ist grenzenlos.«

Noch in derselben Nacht erschienen ungewöhnliche Zeichen am Himmel über dem Palast und ein Sturm erhob sich.

Umgeben von zuckenden Blitzen und tosendem Donner stieg der Kronprinz in den Himmel auf.

Immer wenn jemand in den Himmel aufstieg, kam es zu einer Erschütterung. Als der Kronprinz in den Himmel fuhr, bebte dieser ganze dreimal.

Durch Kultivierung Göttlichkeit zu erlangen war mühsam und schwer. Es erforderte Begabung, Übung und Glück. Der Weg war lang und oft dauerte es an die hundert Jahre.

Es war nicht so, dass es keine besonders Talentierten gab, die bereits in jungen Jahren Unsterblichkeit erlangten. Doch die meisten plagten sich ein Leben lang und auch nach hundert Jahren Kultivierung trat das erhoffte himmlische Verhängnis* nicht ein. Und wenn doch, dann überstanden sie es nicht und starben. Und starben sie nicht, endeten sie als Krüppel. Solche gewöhnliche Sterbliche, die bis ans Lebensende ihren Weg nicht fanden, gab es wie Sand am Meer.

Der Kronprinz aber war zweifellos der Liebling des Himmels. Wenn er etwas wollte, bekam er es auch. Wenn er etwas tat, gelang es ihm auch. Er wollte in den Himmel aufsteigen und zum Gott werden, also tat er genau das, als er siebzehn war.

Er hatte schon immer die Zuneigung des Volkes genossen und der König und die Königin vermissten ihn innig, also ließen sie im ganzen Reich zu seinen Ehren riesige Tempel erbauen und errichteten Statuen von ihm, die das Volk anbetete. Je mehr Anhänger sich versammelten, desto mehr Tempel wurden errichtet, wodurch sich die Lebensspanne des Kronprinzen immer weiter verlängerte und seine spirituellen Kräfte immer weiter zunahmen. Und so wurde der Xianle-Palast des Kronprinzen innerhalb weniger Jahre so prunkvoll wie kein Zweiter. Er befand sich auf dem Höhepunkt seiner Pracht ...

... bis Xianle drei Jahre später in Chaos versank.

Ursächlich für das Chaos war die Tyrannei der Regierung, gegen die sich Rebellengruppen erhoben. Doch obwohl die Flammen des Krieges in der ganzen Menschenwelt entbrannten, konnten die Himmelsbeamten sich nicht einfach einmischen. Solange keine Monster, Dämonen oder Geister am Werk waren, war alles dem Schicksal zu überlassen. Man denke einmal darüber nach: Überall in der Menschenwelt gab es Konflikte und ein jeder glaubte sich im Recht. Wenn die Götter sich einmischten und heute einer sein Vaterland stützte und morgen ein anderer seine Nachfahren rächte, würde es dann nicht zum Streit zwischen ihnen kommen? Würde dann nicht die Welt in Finsternis versinken?

* Kultivierer ziehen den Zorn des Himmels auf sich, da sie sich der natürlichen Ordnung widersetzen. Erst wenn sie das »himmlische Verhängnis« (meist in Form eines heftigen Gewitters) überstehen, können sie Göttlichkeit erlangen.

Insbesondere im Falle von Göttern wie dem Kronprinzen war ein Eingreifen mit großem Risiko verbunden.

Den Kronprinzen aber interessierte das nicht und so sagte er zum Himmelskaiser: »Ich möchte die Menschen retten.«

Nicht einmal der Himmelskaiser, der seine Kräfte schon seit Tausenden Jahren kultivierte, wagte es, diese Worte in den Mund zu nehmen. Man kann sich also denken, wie er empfand, als er sie zu hören bekam. Doch aufhalten konnte er ihn nicht. »Ihr könnt nicht jeden retten«, wandte er ein.

Aber der Kronprinz blieb standhaft. »Doch.«

Daraufhin stieg er, ohne zu zögern, in die Welt der Sterblichen hinab.

Das Volk von Xianle war selbstverständlich außer sich vor Freude. Doch seit jeher versuchten Erzählungen, den Menschen eine alte Weisheit näherzubringen: Wenn ein Gott eigenmächtig in die Welt der Sterblichen hinabstieg, nahm das kein gutes Ende.

So kam es, dass die Flammen des Krieges nicht nur nicht erloschen, sondern sogar noch wilder loderten.

Es war nicht so, dass der Kronprinz sich nicht bemüht hätte, doch es wäre besser gewesen, er hätte sich nicht eingemischt. Je mehr er sich anstrengte, desto chaotischer wurde die Schlacht. Das Volk litt schrecklich, überall gab es Tote und Verletzte. Schließlich wurde die Hauptstadt von einer Seuche heimgesucht und die Rebellentruppen eroberten den königlichen Palast.

Man könnte sagen, Xianle hatte am seidenen Faden gehangen und der Kronprinz durchtrennte ihn geradewegs.

Nachdem das Königreich ausgelöscht worden war, wurden die Menschen sich einer Sache bewusst: Ihr angebeteter Kronprinz war gar nicht so mächtig und vollkommen, wie sie geglaubt hatten. War er nicht – wenn man es etwas unschöner ausdrücken wollte – nutzloser Abschaum, der nichts zustande brachte?

Sie hatten ihr Heimatland und ihre Familien verloren. Es schmerzte so sehr, dass sie nicht wussten, wohin mit ihrem Zorn. Und so überfielen sie die Tempel des Kronprinzen, stießen seine Statuen um und brannten alles nieder. Achttausend Tempel brannten sieben Tage und sieben Nächte, bis nichts mehr von ihnen übrig war.

Von da an war der Frieden bringende Kriegsgott verschwunden und ein Katastrophen verheißender Unglücksgott war geboren.

Wen die Menschen einen Gott nannten, der war ein Gott. Wen sie ein Stück Scheiße nannten, der war ein Stück Scheiße. Man war das, was sie in einem sahen. So hatte es sich schon immer verhalten.

Der Kronprinz konnte diese Tatsache nicht akzeptieren. Was er jedoch noch weniger akzeptieren konnte, war die ihm auferlegte Strafe: Verbannung.

Man versiegelte seine spirituellen Kräfte und verbannte ihn in die Welt der Sterblichen.

Er war von klein auf stets verwöhnt worden und hatte nie das Leid der Menschenwelt zu spüren bekommen. Mit dieser Strafe fiel er aus den Wolken geradewegs in den Dreck. Zum ersten Mal in seinem Leben erfuhr er den Geschmack von Hunger, Armut und Schmutz und tat Dinge, die er nie für möglich gehalten hatte: Er stahl, raubte, fluchte und gab sich selbst auf. Er verlor seine Würde und Selbstachtung und kümmerte sich auch nicht mehr um sein Erscheinungsbild. Selbst seine ergebensten Gefolgsleute konnten diesen Wandel nicht akzeptieren und verließen ihn.

»Der Körper ist in der Hölle, aber das Herz im Paradies.« Diese Worte waren im gesamten Königreich auf allerlei Stelen und Schrifttafeln eingraviert worden. Wären sie nicht fast alle im Krieg zerstört worden, wäre der Kronprinz bei ihrem Anblick wohl der Erste gewesen, der sie zertrümmert hätte.

Derjenige, der diese Worte ausgesprochen hatte, hatte es bereits selbst bewiesen: Wenn der Körper in der Hölle war, konnte das Herz nicht im Paradies sein.

Er war schnell in den Himmel aufgestiegen und noch schneller wieder abgestürzt. Der heldenhafte Sprung auf der Kaiserallee, der epische Kampf auf der Yinian-Brücke – es schien, als wäre all das erst gestern gewesen. Die Götter seufzten. Was vergangen war, war vergangen.

Bis eines Tages, viele Jahre später, der Himmel erneut grollte. Der Kronprinz war zum zweiten Mal aufgestiegen.

Seit jeher war es so, dass Himmelsbeamte, die verbannt worden waren, sich nicht mehr von diesem Rückschlag erholten oder sogar in die Unterwelt hinabstürzten. Es gab kaum jemanden, der das Blatt noch einmal wenden konnte. Zum zweiten Mal aufzusteigen war wirklich außergewöhnlich und spektakulär.

Doch noch spektakulärer war, dass der Kronprinz nach seiner Himmelfahrt sofort losstürmte und umherwütete. Seit seiner Ankunft waren gerade einmal dreißig Minuten vergangen, da wurde er auch schon wieder verstoßen.

Dreißig Minuten. Man konnte es als den stürmischsten und kürzesten Aufstieg aller Zeiten bezeichnen.

Wenn man den ersten Aufstieg als schöne Geschichte betrachtete, war der zweite eine Farce.

Da der Kronprinz nun zum zweiten Mal verbannt worden war, begannen die Götter, ihn zu verachten. Aber sie waren auch alarmiert. Wenn er nach dem ersten Mal schon derart getobt hatte, würde sein Herz nun nicht schwarz vor Wut werden und er würde dem einfachen Volk Schaden zufügen?

Doch entgegen aller Erwartungen wütete er diesmal nicht, sondern fügte sich brav ins Leben eines Verbannten. Er verursachte keinerlei Probleme. Wenn es eins gab, dann war es vielmehr ... dass er zu gewissenhaft war.

Manchmal betätigte er sich als Straßenmusiker. Gekonnt spielte er allerlei Instrumente, sang wohlklingende Lieder und bot ein großes Spektakel. Selbst Steinbrocken mit der bloßen Brust zu zerschlagen war für ihn ein Leichtes. Auch wenn die Leute schon seit jeher gehört hatten, dass der Kronprinz singen und tanzen konnte und ein Mann vieler Talente war, löste es dennoch gemischte Gefühle in ihnen aus, ihn so zu sehen. Andere Male sammelte der Kronprinz sogar beflissen Schrott.

Die Götter waren schockiert. Es war nicht zu glauben, dass es so weit gekommen war. Mittlerweile galt »Dein Sohn sei der Kronprinz von Xianle« als höchste aller Beleidigungen, nicht einmal »Mögest du ohne Nachfahren bleiben« kam da heran.

Immerhin war er von königlichem Blut und ein ehemaliger Himmelsbeamter. Es gab niemand anders, der derart tief gefallen war. So also kam die »Witzfigur der drei Sphären« zu ihrem Namen.

Nachdem ordentlich gelacht wurde, stießen manche, die etwas sensibler waren, vielleicht noch einen Seufzer aus. Der Liebling des Himmels, der einst so stolz und hochmütig gewesen war, existierte wahrhaftig nicht mehr.

Seine Statuen waren vernichtet, sein Königreich ausgelöscht und nicht ein einziger Gefolgsmann war ihm verblieben. So geriet der Kronprinz nach und nach in Vergessenheit und niemand wusste mehr, wo er umherwanderte.

Einmal verbannt zu werden war bereits eine ungeheuerliche Schmach, wer könnte nach dem zweiten Mal schon wieder aufstehen?

Viele Jahre vergingen und eines Tages grollte der Himmel plötzlich erneut.

Beinahe stürzte die Himmeldecke herab und spaltete sich die Erde, so sehr bebte der Boden und zitterten die Berge.

Die Laternen des Ewigen Lichts wackelten, ihre Flammen tanzten wild. Die Götter schreckten auf und rannten aus ihren goldenen Palästen, um sich gegenseitig zu fragen: »Welch werte Hoheit mag da wohl aufgestiegen sein? Was für ein grandioser Auftritt!«

Doch wer hätte das gedacht? Im einen Moment stießen sie noch Jubelschreie aus und im nächsten standen sie allesamt da wie vom Blitz getroffen.

Habt Erbarmen mit uns!

Der berüchtigte Spinner, die Witzfigur der drei Sphären, der legendäre Kronprinz, er ... er ... er ... verdammt noch mal, er war schon wieder aufgestiegen!

Kapitel 2:
Des Schrottgotts dritter Aufstieg in die himmlische Hauptstadt

»Glückwunsch, Eure Hoheit.«

Als er dies hörte, hob Xie Lian den Kopf und lächelte, bevor er entgegnete: »Danke. Aber dürfte ich fragen, wofür Ihr mir gratuliert?«

Lingwen verschränkte die Arme hinter dem Rücken. »Glückwunsch, Ihr habt dieses Jahr den Titel ›Himmelsbeamter, von dem man sich am meisten erhofft, dass er in die Welt der Sterblichen verbannt werde‹ gewonnen.«

»Nun ja, ein Titel ist immerhin ein Titel. Da Ihr mir gratuliert, gibt es wohl auch einen Grund zur Freude?«

»Den gibt es, der Gewinner bekommt einhundert Tugendpunkte.«

Umgehend erwiderte Xie Lian: »Wenn in Zukunft noch mehr solcher Ranglisten aufgestellt werden sollten, müsst Ihr mich unbedingt berücksichtigen.«

»Wisst Ihr, wer Zweiter geworden ist?«, fragte Lingwen nun.

Xie Lian überlegte eine Weile. »Das ist wirklich schwer zu erraten. Wenn ich mich mit den anderen vergleiche, sollte eigentlich ich allein die ersten drei Plätze belegen.«

»Da liegt Ihr nicht ganz falsch, es gibt keinen Zweitplatzierten. Ihr seid den anderen weit überlegen, niemand kann Euch das Wasser reichen.«

»Ich fühle mich geehrt. Wer hat denn letztes Jahr gewonnen?«

»Niemand. Diese Rangliste gibt es erst seit diesem Jahr. Um genau zu sein, seit heute.«

»Ach?« Xie Lan war verblüfft. »Heißt das etwa, diese Rangliste wurde eigens für mich erstellt?«

»Man könnte es auch so sehen, dass Ihr zufälligerweise gewonnen habt, weil Ihr zufälligerweise zum passenden Zeitpunkt in den Himmel aufgestiegen seid.«

Xie Lian schmunzelte. »Nun gut, wenn ich es so sehe, macht mich das ein wenig glücklicher.«

»Wisst Ihr, weshalb Ihr gewonnen habt?«, fuhr Lingwen fort.

»Weil ich beliebt bin.«

»Lasst es mich erklären. Seht Euch bitte diese Glocke an.«

Xie Lians Blick folgte ihrem Zeigefinger und was er zu sehen bekam, war wunderschön: ein Tempel aus weißer Jade inmitten zahlreicher Pavillons und Türme, an die sich Wolken schmiegten. Bäche plätscherten und Vögel zwitscherten.

Nach einer ganzen Weile fragte Xie Lian: »Zeigt Ihr vielleicht in die falsche Richtung? Da ist keine Glocke.«

»Nein, sie ist genau dort. Seht Ihr sie jetzt?«

Xie Lian starrte noch einmal angestrengt in die angegebene Richtung. »Ich sehe sie noch immer nicht.«

»Das ist richtig. Eigentlich war dort eine Glocke, aber als Ihr aufgestiegen seid, fiel sie durch die Erschütterung herunter.«

Darauf konnte Xie Lian nichts erwidern.

»Diese Glocke war älter als Ihr. Sie war stets munter und lebhaft. Immer wenn jemand aufstieg, läutete sie erfreut. Als Ihr aufgestiegen seid, läutete sie wie verrückt, sie hörte gar nicht mehr auf, bis sie sich vom Turm löste und geradewegs auf eine vorbeigehende Gottheit zustürzte.«

»Das ... Ist sie in Ordnung?«

»Nein, sie wird gerade repariert.«

»Ich meinte die Gottheit.«

»Es war ein Kriegsgott. Er hat die Glocke einfach entzwei geteilt. Kommt, seht Euch nun diesen goldenen Palast an.«

Lingwen zeigte in eine andere Richtung und Xie Lians Blick folgte ihr erneut. Zwischen den Wolken blitzte ein goldglasiertes Ziegeldach hervor. »Ah, diesmal sehe ich es.«

»Das ist nicht richtig. Eigentlich sollte dort nichts sein.«

Wieder fehlten Xie Lian die Worte.

»Als Ihr aufgestiegen seid, bebten die Paläste einiger Himmelsbeamter so stark, dass die Säulen einstürzten und die Dachziegel zu Bruch gingen. Manche ließen sich nicht sofort reparieren, also mussten vorläufig neue errichtet werden.«

»Dafür bin ich verantwortlich?«

»In der Tat.«

»Oh ...« Xie Lian wollte sich vergewissern: »Ich habe also gleich nach meiner Ankunft schon einige Gottheiten verärgert, nicht wahr?«

»Ihr könnt es wiedergutmachen«, entgegnete Lingwen.

»Wie das?«

»Ganz einfach. Mit acht Millionen achthundertachtzigtausend Tugendpunkten.«

Xie Lian lächelte.

»Natürlich weiß ich, dass Ihr nicht einmal ein Zehntel davon besitzt«, fuhr Lingwen fort.

»Nun, es tut mir wirklich leid, aber wenn wir ehrlich sind, besitze ich nicht einmal ein Zehntausendstel davon.«

Der Glaube der Sterblichen bestimmte, wie stark die spirituellen Kräfte eines Himmelsbeamten waren, und für jedes Räucherstäbchen, das angezündet wurde, oder jedes Opfer, das erbracht wurde, bekam man einen sogenannten Tugendpunkt.

Das Lächeln auf Xie Lians Gesicht erstarb und mit ernster Miene fragte er: »Wärt Ihr dazu bereit, mich hier und jetzt mit einem Tritt wieder nach unten zu befördern und mir im Gegenzug dafür acht Millionen achthundertachtzigtausend Tugendpunkte zu geben?«

»Ich bin eine Gottheit der Schriften«, widersprach Lingwen. »Ihr müsst euch schon einen Kriegsgott suchen. Je kräftiger der Tritt, desto mehr Tugendpunkte solltet Ihr bekommen.«

Xie Lian seufzte tief. »Erlaubt mir, noch eine Weile über eine Lösung nachzudenken.«

Lingwen tätschelte seine Schulter. »Verzagt nicht. Wo ein Wille ist, ist auch ein Weg.«

»Wenn ich in einem Boot sitze, sinkt es kurz vor dem Anlegesteg.«

Vor achthundert Jahren, zu der Zeit, als der Xianle-Palast florierte, wären acht Millionen achthundertachtzigtausend Tugendpunkte für den Kronprinzen nicht der Rede wert gewesen. Er hätte sie hergegeben, ohne mit der Wimper zu zucken. Doch die Zeiten hatten sich geändert, seine Tempel in der Menschenwelt waren längst niedergebrannt worden. Es gab keine Anhänger, keine Räucherstäbchen, keine Opfergaben.

Natürlich hatte er nichts. Nichts und wieder nichts.

Xie Lian kauerte einsam am Rande der Himmlischen Hauptstadtallee und zerbrach sich stundenlang den Kopf, da fiel ihm plötzlich ein, dass er noch gar nicht den spirituellen Kommunikationskanal des Oberen Hofes besucht hatte, obwohl er sich schon seit drei Tagen im Himmelreich aufhielt. Er hatte auch vergessen, Lingwen nach dem Passwort zu fragen.

Die Himmelsbeamten des Oberen Hofes hatten gemeinsam ein System geschaffen, das einem erlaubte, im Geiste mit anderen zu kommunizieren. Es war Pflicht, diesem beizutreten, nachdem man in den Himmel aufgestiegen war. Doch um einen bestimmten Kommunikationskanal zu finden, benötigte man ein Passwort. Das letzte Mal, dass Xie Lian einen solchen spirituellen Kanal betreten hatte, war schon achthundert Jahre her, sodass er sich nicht an das Passwort erinnern konnte. Er löste seinen Geist und ging auf Suche. Als er einen Kanal entdeckte, der in etwa so aussah, als könnte es der richtige sein, betrat er diesen, ohne viel nachzudenken. Kaum war er drin, wurde er von wildem Gebrüll, das aus allen Richtungen auf ihn einprasselte, fast erschlagen.

»Setzt Eure Wetten mit Bedacht, Ihr könnt sie nicht zurückziehen! Na, was denkt Ihr, wie lange wird sich der Kronprinz diesmal hier oben halten?«

»Ich wette auf ein Jahr!«

»Ein Jahr ist viel zu lang, letztes Mal hat es nur dreißig Minuten gedauert! Drei Tage sollten hinkommen. Ich wette auf drei Tage!«

»Nicht doch, Ihr seid ein Hohlkopf! Drei Tage sind doch fast schon vorbei. Versteht Ihr überhaupt was vom Wetten?!«

Still und leise verließ Xie Lian den Kanal wieder.

Das konnte nicht der richtige gewesen sein. Auf keinen Fall.

Die Himmelsbeamten des Oberen Hofes waren allesamt wichtige Persönlichkeiten, die über eine bestimmte Region wachten. Sie waren weit und breit bekannt und hatten eine Unmenge Aufgaben zu erledigen. Zudem waren sie ehrbar in den Himmel aufgestiegen, also verhielten sie sich gemäß ihrem Status eher reserviert und spielten sich nicht auf. Einzig Xie Lian hatte sich vor lauter Aufregung nach seinem ersten Aufstieg jeden Einzelnen aus dem Kommunikationskanal geschnappt, um ihn zu grüßen und sich mit größter Ernsthaftigkeit vorzustellen.

Xie Lian suchte weiter und betrat erneut unüberlegt einen Kanal. Diesmal konnte er sich entspannen. *Es ist so ruhig hier, das muss der richtige sein.*

Da fragte jemand leise: »Eure Hoheit sind also wieder zurück?«

Die Stimme war äußerst wohlklingend. Sie war sanft und vornehm. Doch hörte man genau hin, entdeckte man auch eine gewisse mitschwingende Kälte. Die Person, der sie gehörte, schien verstimmt. Sie wirkte nun nicht mehr sanft, sondern bedrohlich.

Xie Lian hatte eigentlich nur vorgehabt, dem Kanal beizutreten, wie es die Regeln vorschrieben, und sich dann bedeckt zu halten. Aber da ihn nun jemand angesprochen hatte, konnte er nicht so tun, als wäre er taubstumm. Außerdem stimmte es ihn fröhlich, dass aus dem Oberen Hof noch jemand gewillt war, mit diesem Unglücksgott zu sprechen, und so antwortete er augenblicklich: »Ja. Hallo an alle, ich bin wieder da.«

Er hatte nicht geahnt, dass sämtliche Götter im Kanal nach diesem kurzen Wortwechsel die Ohren spitzen würden.

Gelassen fuhr die Stimme fort: »Welch außerordentlichen Aufstieg Eure Hoheit diesmal hingelegt hat, nicht wahr?«

Im Oberen Hof waren Regenten und Generäle überall zu finden, Helden gab es in Hülle und Fülle.

Wollte man Göttlichkeit erlangen, musste man zunächst in der Menschenwelt zum Helden werden. Wer Großes vollbrachte oder außergewöhnliches Talent besaß, hatte natürlich bessere Chancen, in den Himmel aufzusteigen. Folglich war es keineswegs übertrieben, zu sagen, dass Könige, Prinzen oder Generäle hier keine Seltenheit waren. Wer von ihnen war nicht ein Liebling des Himmels? Demgemäß waren sie alle überaus höflich zueinander und sprachen sich gegenseitig mit »Eure Majestät«, »Eure Hoheit«, »Herr General« oder was auch immer es noch für schmeichelnde Titel gab an. Doch das »Eure Hoheit«, das Xie Lian gerade vernahm, hatte einen faden Beigeschmack.

»Eure Hoheit« hier, »Eure Hoheit« da, es steckte kein bisschen Höflichkeit dahinter. Wie Nadeln traktierte die Stimme Xie Lian mit diesen Worten. Auch den anderen königlichen Hoheiten, die sich gerade im Kanal befanden, lief es kalt den Rücken hinunter.

Xie Lian hatte bemerkt, dass die Stimme nichts Gutes im Schilde führte, aber er wollte keinen Streit anfangen und nahm sich vor zu flüchten. Lächelnd entgegnete er: »Es war ganz in Ordnung.«

Doch der Gott ließ ihn nicht entkommen, in einem neutralen Tonfall sagte er: »Für Eure Hoheit mag es wohl ganz in Ordnung gewesen sein. Ich habe allerdings nicht das Glück, Eure Hoheit zu sein.«

Plötzlich hörte Xie Lian Lingwen, die in seinem persönlichen Kanal zu ihm sprach. Sie sagte nur zwei Worte: »Die Glocke.«

Xie Lian begriff augenblicklich.

Die Stimme gehörte also dem Kriegsgott, auf den die Glocke herabgestürzt war.

In dem Fall war verständlich, dass er verärgert war. Xie Lian war schon immer gut darin gewesen, sich zu entschuldigen, und so antwortete er ohne Umschweife: »Ich habe von dem Vorfall mit der Glocke gehört. Es tut mir schrecklich leid, ich bitte um Entschuldigung.«

Sein Gegenüber schnaubte. Es war unklar, was das zu bedeuten hatte.

Renommierte Kriegsgötter gab es im Himmel viele und die meisten von ihnen waren nach Xie Lian aufgestiegen. Allein anhand der Stimme konnte Xie Lian nicht erraten, um wen es sich handelte. Aber wenn er sich aufrichtig entschuldigen wollte, sollte er den Namen der Person kennen. Daher fragte er: »Verzeiht mir, wie darf ich Euch anreden?«

Dem Kriegsgott verschlug es die Sprache.

Doch nicht nur ihm. Es war, als wäre der gesamte Kommunikationskanal für einen Moment erstarrt, die Luft stand vollkommen still.

Lingwen sprach wieder zu Xie Lian: »Eure Hoheit, nachdem ihr so viele Worte gewechselt habt, solltet Ihr ihn eigentlich schon erkannt haben, aber ich möchte Euch dennoch ermahnen. Das ist Xuanzhen.«

»Xuanzhen?« Xie Lian erstarrte. Erst nach einer Weile konnte er sich etwas von dem Schock erholen. »Das ist Mu Qing?«

General Xuanzhen, der Kriegsgott, der über den Südwesten wachte, besaß siebentausend Tempel und war in der Menschenwelt geradezu eine Berühmtheit. Sein Geburtsname lautete Mu Qing. Vor achthundert Jahren war er Unteroffizier im Xianle-Palast gewesen.

Nun war auch Lingwen schockiert. »Habt Ihr ihn wirklich nicht erkannt?«

»Das habe ich tatsächlich nicht. Er hat früher auch nicht auf diese Weise mit mir geredet. Und außerdem kann ich mich schon gar nicht mehr erinnern, wann ich ihn zuletzt gesehen habe, vielleicht vor fünf-, sechshundert Jahren. Ich weiß nicht einmal mehr recht, wie er aussieht, wie könnte ich da noch seine Stimme erkennen?«

Im Kanal war es nach wie vor still. Mu Qing sagte kein Wort. Und die anderen Himmelsbeamten gaben vor, nicht zuzuhören, während sie insgeheim gespannt darauf warteten, dass einer von beiden endlich weitersprach.

Die Beziehung zwischen Xie Lian und Mu Qing war kompliziert. Über die Jahre hinweg waren so viele Gerüchte in Umlauf gekommen, dass jeder nahezu die ganze Geschichte kannte. Damals, als Xie Lian noch der werte Kronprinz war, trainierte er im Huangji-Tempel, dem königlichen Tempel für Kultivierung von Xianle. Die Aufnahmekriterien für Schüler waren entsprechend strikt. Mu Qing stammte aus armen Verhältnissen und sein Vater war ein Schandtäter gewesen, den man enthauptet hatte. Jemand wie er hatte keinerlei Befähigung, um als Schüler aufgenommen zu werden. Er konnte im Tempel nur niedere Tätigkeiten ausüben und so fegte er das Zimmer des Kronprinzen und brachte ihm Tee oder Wasser. Xie Lian, der sah, wie emsig er war, bat die Staatspräzeptoren daraufhin, eine Ausnahme zu machen und ihn als Schüler zu akzeptieren. Nur dank seiner Worte konnte Mu Qing also im Tempel seine Kräfte kultivieren – Seite an Seite mit dem Kronprinzen. Als dieser schließlich in den Himmel aufstieg, ernannte er Mu Qing zu seinem Unteroffizier und nahm ihn mit in die himmlische Hauptstadt.

Doch nachdem Xianle ausgelöscht worden und Xie Lian in die Welt der Sterblichen verbannt worden war, folgte Mu Qing ihm nicht. Nicht nur folgte er ihm nicht, er brachte nicht ein Wort zu Xie Lians Verteidigung vor. Jedenfalls war der Kronprinz fort und er war nun frei. Also suchte er sich einen günstigen Ort zum Kultivieren und arbeitete hart an sich, bis nur wenige Jahre später ein Verhängnis über ihn hereinbrach und er aus eigener Kraft in den Himmel fuhr.

Zuvor war einer im Himmel und einer auf Erden gewesen. Nun war wieder einer im Himmel und einer auf Erden – nur hatten sich ihre Positionen umgekehrt.

»Er ist wütend«, fuhr Lingwen fort.

»Das habe ich mir schon gedacht«, erwiderte Xie Lian.

»Ich werde ihn ablenken. Nutzt die Gelegenheit und geht.«

»Nicht nötig. Ich tue einfach, als sei nichts gewesen.«

»Seid Ihr sicher? Selbst ich fühle mich unwohl, wenn ich Euch beide zusammen sehe.«

»Es ist schon in Ordnung.«

Für Xie Lian war außer dem Tod so gut wie alles akzeptabel. Er besaß zwar nicht viel, aber peinliche Erfahrungen hatte er reichlich gesammelt. Er hatte noch viel Schlimmeres durchgestanden, wenn er es also sagte, dann war es für ihn auch wirklich in Ordnung.

Doch er hatte zu früh gesprochen, denn plötzlich brüllte jemand los: »Wer zum Teufel hat meinen Palast zerstört?! Zeig dich gefälligst!«

Die Stimme brüllte so laut, dass die Köpfe der versammelten Götter beinahe explodierten.

Obwohl Wut in ihrem Bauch aufstieg, hielten sie weiterhin konzentriert die Luft an und warteten wortlos auf Xie Lians Reaktion. Aber es wurde noch spannender als gedacht. Bevor Xie Lian antworten konnte, fing Mu Qing plötzlich an zu lachen.

Der Neuankömmling entgegnete kalt: »Du warst das? Also schön, wart's nur ab.«

Doch Mu Qing antwortete gleichgültig: »Ich habe nicht gesagt, dass ich es war. Mach keine falschen Anschuldigungen.«

»Warum lachst du dann? Hast du sie noch alle?«

»Du amüsierst mich, das ist alles. Der Schuldige befindet sich gerade im Kanal, frag ihn selbst.«

Da es nun so weit gekommen war, konnte Xie Lian nicht einfach verschwinden. Betreten räusperte er sich. »Ich war das. Es tut mir leid.«

Kaum hatte er ausgesprochen, verstummte der Neuankömmling.

Lingwen meldete sich wieder bei Xie Lian: »Eure Hoheit, das ist Nanyang.«

»Ich weiß«, erwiderte Xie Lian. »Aber er scheint mich nicht erkannt zu haben.«

»Doch. Er wandert nur viel in der Welt der Sterblichen umher und kehrt nicht oft zurück in die himmlische Hauptstadt, daher wusste er nicht, dass Ihr wieder aufgestiegen seid.«

Der Kriegsgott Nanyang wachte über den Südosten. Er besaß an die achttausend Tempel und das einfache Volk liebte ihn zutiefst. Sein Geburtsname war Feng Xin und vor achthundert Jahren war er oberster Offizier im Xianle-Palast gewesen.

Feng Xin hatte einen sehr loyalen Charakter. Seit er vierzehn war, begleitete er den Kronprinzen als dessen Leibwächter. Sie wuchsen zusammen auf, fuhren zusammen in den Himmel, wurden zusammen verbannt und streiften zusammen durch die Menschenwelt. Doch ihre Freundschaft überstand die achthundert Jahre nicht, sie zerstritten sich und gingen schließlich getrennter Wege. Seitdem hatten sie sich nicht wieder gesehen.

Ihr einstiger Herr war zur Witzfigur ohne Räucherstäbchen, ohne Tempel und ohne Opfergaben degradiert worden. Die beiden Untertanen aber hatten die Prüfung des Himmels indes selbst bestanden und waren nun große Kriegsgötter, die über ihr eigenes Gebiet wachten. Unter diesen Umständen konnte sich jeder seinen Teil denken.

Hätte Xie Lian wählen müssen, ob er sich in Anwesenheit von Feng Xin oder von Mu Qing unwohler fühlte, hätte er geantwortet: »Egal wer von beiden, es ist in Ordnung.« Doch würde man die Zuschauer fragen, ob sie lieber Xie Lian und Feng Xin oder Xie Lian und Mu Qing aufeinander losgehen sehen wollten, käme kein eindeutiges Ergebnis dabei heraus. Schließlich hatte ein jeder der drei gute Gründe, sich mit den anderen zu prügeln, es war also eine Frage des persönlichen Geschmacks.

Folglich waren sie alle zutiefst enttäuscht, als Feng Xin auch nach einer Ewigkeit nicht antwortete und sich verbarg. Um die Sache seinerseits zum Abschluss zu bringen, senkte Xie Lian noch einmal den Kopf. »Ich hätte nicht gedacht, dass mein Aufstieg so viel Chaos anrichten würde. Das war nicht meine Absicht, entschuldigt bitte.«

»Oh, welch ein Zufall«, erwiderte Mu Qing eisig.

Zufälligerweise hatte auch Xie Lian bei sich *Welch ein Zufall* gedacht. Wie konnte die Glocke ausgerechnet auf Mu Qing herabfallen und ausgerechnet Feng Xins Palast zusammenstürzen? In den Augen der anderen musste es wirken, als hätte er sich gezielt gerächt. Aber tatsächlich gehörte er zu jenen, die es schafften, sich aus tausend Bechern Wein den einen vergifteten zu nehmen. Was andere dachten, ließ sich jedoch nicht ändern, und so sagte Xie Lian nur: »Ich werde alles tun, um für den Schaden aufzukommen. Ich hoffe, Ihr könnt mir noch etwas Zeit gewähren.«

Man musste nicht besonders intelligent sein, um zu wissen, dass Mu Qing noch weiter sticheln wollte. Da sein Palast jedoch keinen Schaden genommen hatte und die Glocke entzweit war, ziemte es sich nicht, Xie Lian weiter herauszufordern. Er wollte seine Würde wahren, also verstummte er ebenfalls und verbarg sich. Sobald Xie Lian sah, dass die beiden Unruhestifter fort waren, machte auch er sich schnell aus dem Staub.

Xie Lian grübelte noch immer angestrengt darüber nach, wie er an die acht Millionen achthundertachtzigtausend Tugendpunkte kommen könnte, als Lingwen ihn am darauffolgenden Tag zu sich in den Palast einlud.

Lingwen verwaltete das himmlische Personal und verhalf den Menschen zu einer glücklichen und schnellen Karriere. Ihr Palast war randvoll mit Dokumenten und Schriftrollen, die sich bis an die Decke stapelten. Es war ein beeindruckender Anblick, der einem geradezu Angst einjagte. Ein jeder der Beamten, die Xie Lian aus dem Palast entgegenkamen, trug einen Dokumentenstapel, der hoch über seinen Kopf ragte. Mit ihren aschfahlen Gesichtern wirkten sie, als würden sie gleich zusammenbrechen oder wären benommen. Als sie den Hauptsaal erreicht hatten, drehte sich Lingwen zu Xie Lian um und kam gleich zum Punkt: »Eure Hoheit, Seine Majestät benötigt Hilfe bei einer Angelegenheit. Wärt Ihr gewillt, ihm zur Hand zu gehen?«

Es gab jede Menge »Hoheiten« im Himmelreich, doch nur der Himmelskaiser durfte sich »Majestät« nennen. Wenn er etwas wollte, brauchte er nicht zu fragen, daher stutzte Xie Lian kurz. Dann fragte er: »Um was geht es?«

Lingwen überreichte ihm eine Schriftrolle. »In letzter Zeit erreichen uns aus dem Norden immer wieder Gebete von einer großen Schar Tiefgläubiger. Es scheint, als herrsche dort Unruhe.«

Diese sogenannten »Tiefgläubigen« ließen sich in drei Gruppen unterteilen: Die erste Gruppe waren Reiche, die viel Geld für Räucherstäbchen und den Bau von Tempeln ausgaben, die zweite bestand aus Missionaren und die dritte aus Menschen, deren Leib und Seele von tiefstem Glauben erfüllt waren. Die erste Gruppe war auch die umfangreichste. Umso größere Reichtümer jemand besaß, desto ehrfürchtiger war er, und Reiche gab es unterm Himmel wie Sand am Meer. Am seltensten traf man die dritte Gruppe an, denn wenn jemand diesen Zustand wahrhaftig erreicht hatte, war er selbst nicht mehr weit davon entfernt, in den Himmel aufzusteigen. Die Schar Tiefgläubiger, von der Lingwen sprach, gehörte natürlich zur ersten Gruppe.

»Seine Majestät kann sich im Moment nicht um den Norden kümmern«, erklärte Lingwen. »Wenn Ihr an seiner Stelle nach dem Rechten sehen könntet und diese Tiefgläubigen zukünftig ihr Gelübde erfüllen, würde alles Euch angerechnet werden, egal wie viele Opfergaben sie darbringen. Was denkt Ihr?«

Xie Lian nahm die Schriftrolle mit beiden Händen entgegen. »Danke.«

Jun Wu wollte ihm offensichtlich helfen. Er tat nur so, als würde er Xie Lians Hilfe benötigen. Wie könnte er das nicht durchschauen? Doch außer »Danke« fiel ihm nichts ein, um auszudrücken, was er empfand.

»Ich bin lediglich dafür zuständig, diese Sache in die Wege zu leiten. Wenn Ihr euch bedanken wollt, bedankt euch bei Seiner Majestät, wenn er wieder zurück ist«, entgegnete Lingwen. »Ach ja, möchtet Ihr Euch eine magische Waffe von mir ausleihen?«

»Nicht nötig«, antwortete Xie Lian. »Ich habe keine spirituellen Kräfte, magische Waffen könnte ich dort unten sowieso nicht einsetzen.«

Nachdem er zweimal verbannt worden war, waren seine spirituellen Kräfte erschöpft. Im Himmelreich machte das nichts, hier, wo sich die Paläste der Unsterblichen drängten, gab es spirituelle Energie im Überfluss, sie war unendlich. Er brauchte nur seinen Finger auszustrecken, um sich ihrer zu bedienen. Doch in der Menschenwelt war er aufgeschmissen. Wollte er spirituelle Energie einsetzen, blieb ihm leider nichts anderes übrig, als sie sich von anderen zu leihen.

Lingwen dachte kurz nach. »Dann wäre es wohl am besten, wenn ich ein paar Kriegsgötter bitte, Euch zu begleiten.«

Die amtierenden Kriegsgötter kannten ihn entweder nicht oder mochten ihn nicht, darüber war sich Xie Lian im Klaren. »Auch das ist nicht nötig. Es würde sich sowieso niemand anbieten.«

Doch Lingwen hatte ihre eigenen Überlegungen. »Ich werde es dennoch versuchen.«

Es machte ohnehin keinen Unterschied, ob sie es versuchte oder nicht, also sagte Xie Lian nichts weiter.

Daraufhin betrat Lingwen den Kommunikationskanal des Oberen Hofes und fragte fröhlich: »Herrschaften, Seine Majestät hat eine Angelegenheit im Norden, für die ein paar Leute gebraucht werden. Welcher werte Kriegsgott könnte aus seinem Palast zwei Offiziere bereitstellen?«

Kaum hatte sie ausgesprochen, erhob sich auch schon Mu Qings Stimme leicht wie eine Feder: »Soweit mir bekannt ist, befindet sich Seine Majestät zurzeit nicht im Norden. Ihr sucht wohl Unterstützung für den Kronprinzen?«

Verbringst du etwa den ganzen Tag hier im Kanal?, dachte sich Xie Lian.

Auch Lingwen ging es nicht anders. Am liebsten hätte sie ihn mit einer Ohrfeige aus dem Kanal befördert, damit er sie nicht mehr bei der Arbeit behindern konnte. Lächelnd entgegnete sie: »Xuanzhen, wie kommt es, dass ich Euch in letzter Zeit immerzu hier im Kanal antreffe? Ihr müsst wohl zu viel Muße haben? Meinen Glückwunsch.«

»Meine Hand ist verletzt. Ich ruhe mich momentan aus«, konterte Mu Qing kühl.

Die anderen Himmelsbeamten höhnten innerlich nur: *Mit dieser Hand hast du zuvor mühelos Berge gespalten und Meere geteilt. Was könnte dir da eine dämliche Glocke anhaben?*

Lingwen hatte ursprünglich vorgehabt, sich erst einmal zwei Offiziere zu erschleichen und dann weiterzusehen. Doch Mu Qing hatte sie durchschaut und es auch noch laut ausgesprochen. Nun fand sich gewiss keiner mehr. Und tatsächlich antwortete auch nach einer halben Ewigkeit niemand.

Xie Lian fand jedoch nichts dabei und sagte zu Lingwen: »Ich habe Euch gesagt, dass das nichts wird.«

»Wenn Xuanzhen sich nicht eingemischt hätte, hätte es funktioniert.«, entgegnete Lingwen.

Xie Lian lächelte. »Ihr habt es angepriesen wie eine Pipa*-Spielerin, die ihr halbes Gesicht verdeckt. Bekommt man nicht alles zu sehen, erscheint es einem viel schöner. Solange sie gedacht hätten, dass Seine Majestät begleitet werden soll, hätte es natürlich funktioniert. Aber sobald sie erfahren hätten, dass ich es bin, hätten sie sich wahrscheinlich aufgelehnt. Wie hätten wir da zusammenarbeiten können? Ich bin sonst auch allein gereist und habe noch immer alle Glieder. Belassen wir es also dabei. Ich danke Euch für Eure Mühen, ich breche dann auf.«

Lingwen wusste auch keine andere Lösung mehr, also legte sie zum Gruß die Hand um ihre Faust. »Nun gut. Ich wünsche Euch, dass alles glattgehen wird, Eure Hoheit. Der Segen der Himmelsbeamten sei mit Euch.«

»Alle Wege sollen mir offenstehen.« Xie Lian winkte zum Abschied und ging unbeschwert fort.

* Chinesische Laute.

Drei Tage später im Norden der Menschenwelt. Am Rande der Hauptstraße stand ein Teehaus. Es war nicht besonders groß und schlicht. Was es vorzuweisen hatte, war der Ausblick: Berge und Flüsse, Menschen und Stadt – alles war zu sehen, wenn auch nicht viel davon. Nicht viel, aber es war genau richtig. Wenn man hier jemandem begegnete, würde es sicherlich eine wundervolle Erinnerung werden.

Der Besitzer hatte viel Muße. Wenn es keine Gäste gab, nahm er sich einen Hocker und setzte sich vor die Tür. Von dort aus betrachtete er die Berge und die Flüsse, die Menschen und die Stadt. Er blickte heiter in die Ferne, bis er einen Kultivierer in weißen Kleidern entdeckte. Dieser sah aus, als hätte er eine lange, anstrengende Reise hinter sich. Der Mann kam immer näher und lief schließlich am Teehaus vorbei, doch dann hielt er plötzlich inne. Mit langsamen Schritten ging er rückwärts, bis er wieder vor dem Haus stand. Er schob seinen Bambushut nach oben und warf einen Blick auf das Aushängeschild, dann sagte er lächelnd: »Haus der Begegnungen – ein interessanter Name.«

Trotz seiner Erschöpfung strahlte sein Lächeln. Wer ihn ansah, dessen Mundwinkel wanderten unweigerlich ebenfalls nach oben. Nun fragte der Mann: »Entschuldigt, ist der Yujun-Berg hier in der Nähe?«

Der Besitzer wies in eine Richtung und antwortete: »Das ist er.«

Der Kultivierer atmete so tief auf, dass beinahe seine Seele entwich. Endlich war er angekommen.

Dieser Kultivierer war niemand Geringeres als Xie Lian.

Bevor er hinabgestiegen war, hatte er eigentlich festgelegt, dass er beim Yujun-Berg landen wollte. Unbeschwert verließ er die himmlische Hauptstadt und sprang hinunter, doch sein Ärmel blieb an einer Wolke hängen – ja, an einer Wolke. Er wusste auch nicht, wie das passieren konnte. Jedenfalls kullerte er Tausende Meter durch die Luft und als er auf der Erde ankam, wusste er nicht mehr, wo er war. Nach drei Tagen Fußmarsch hatte er endlich sein Ziel erreicht. Seine Emotionen schäumten über.

Xie Lian betrat das Teehaus, suchte sich einen Fensterplatz und bestellte Tee und Gebäck. Endlich konnte er etwas zur Ruhe kommen, doch kaum hatte er sich hingesetzt, ertönte draußen endloses Gewimmer begleitet von Gong- und Trommelschlägen.

Er blickte auf die Straße hinaus und entdeckte eine Gruppe Menschen – Männer und Frauen, jung und alt –, die eine leuchtend rote Brautsänfte geleitete. Gerade kamen sie am Teehaus vorbei.

Es herrschte eine seltsame Stimmung. Auf den ersten Blick sah es so aus, als würde die Prozession eine Verwandte zu ihrem Bräutigam geleiten, doch sah man genauer hin, erkannte man in ihren Gesichtern Ernsthaftigkeit, Trauer, Zorn und Panik, eine Gefühlsregung fehlte jedoch gänzlich: Freude. Wie man es auch betrachtete, es wirkte nicht wie Brautzug. Dennoch waren sie alle in Rot* gekleidet, trugen Blumen und musizierten. Es war eine skurrile Szene. Der Besitzer des Teehauses hob den kupfernen Teekessel und kippte ihn leicht, um Xie Lian einzuschenken. Auch er bemerkte die Prozession, doch er schüttelte nur den Kopf und ging wieder.

Xie Lian folgte der seltsamen Gruppe mit Blicken, bis sie in der Ferne verschwunden war. Für einen Moment verfiel er ins Grübeln. Gerade wollte er die Schriftrolle hervorholen, die Lingwen ihm gegeben hatte, um sie sich noch einmal anzusehen, da huschte irgendetwas Glitzerndes an ihm vorbei.

Er hob den Kopf und sah einen silbernen Schmetterling vor seinen Augen flattern.

Der Schmetterling war durchsichtig und schimmerte. Auf seinem Weg hinterließ er eine Spur aus Glitzer in der Luft. Unwillkürlich streckte Xie Lian die Hand nach ihm aus. Es war ein äußerst intelligentes Wesen, es erschrak nicht und setzte sich sogar auf seine Fingerspitze. Seine Flügel glänzten, es war ein wunderschöner Anblick. Im Sonnenlicht wirkte er wie eine Illusion, die jeden Augenblick zerbrechen könnte. Einen Moment später flog der Schmetterling auch schon wieder davon.

* Rot soll Glück bringen und ist daher die traditionelle Hochzeitsfarbe.

Xie Lian winkte ihm hinterher, als würde er sich verabschieden wollen, dann drehte er sich um. Plötzlich saßen zwei Leute am Tisch.

Die beiden hatten jeweils links und rechts von ihm Platz genommen. Es waren junge Männer, in etwa achtzehn, neunzehn Jahre alt. Der linke war etwas größer und hatte ein hübsches, markantes Gesicht. In seinem Blick lagen Stolz und Unbändigkeit. Der rechte hatte einen hellen Teint und sehr feine, vornehme Züge. Sein Gesichtsausdruck war jedoch kühl und abwesend, er wirkte unzufrieden. Genau genommen schienen beide nicht sonderlich erfreut zu sein.

Xie Lian blinzelte. »Ihr zwei seid ...?«

»Nan Feng«, kam es von links.

»Fu Yao«, von rechts.

Ich habe nicht nach euren Namen gefragt ..., dachte Xie Lian.

Da meldete sich Lingwen im Geiste bei ihm: »Eure Hoheit, zwei Offiziere aus dem Mittleren Hof haben sich bereit erklärt, Euch zu unterstützen. Sie sind bereits hinabgestiegen und sollten jederzeit ankommen.«

Der sogenannte »Mittlere Hof« war das Gegenstück zum Oberen Hof. Die Himmelsbeamten ließen sich grob in zwei Gruppen unterteilen: die, die selbst aufgestiegen waren, und die, die nicht selbst aufgestiegen waren. Die Beamten des Oberen Hofes waren allesamt aus eigener Kraft in den Himmel gefahren, es gab keine Hundert von ihnen und daher waren sie hochangesehen. Die Beamten des Mittleren Hofes hingegen waren nur durch Ernennung aufgestiegen. Streng genommen sollten sie eigentlich »mittlere Beamte« heißen, aber in der Regel wurde das »Mittlere« einfach weggelassen.

Nun könnte man sich fragen, wenn es einen Oberen und einen Mittleren Hof gab, müsste es dann nicht auch einen »Unteren Hof« geben?

Gab es aber nicht.

Tatsächlich hatte es zu der Zeit, als Xie Lian zum ersten Mal aufgestiegen war, noch einen Unteren Hof gegeben. Damals unterschied man zwischen Oberem und Unterem Hof. Doch dann war man auf ein Problem gestoßen: Wenn sich jemand mit »Ich bin Soundso vom Unteren Hof« vorstellte, hörte sich das äußerst unschön an. Bei »Unterem Hof« dachte man sofort an Untergebene, also an Personen niederen Ranges. Man durfte allerdings nicht vergessen, dass es auch in diesem Hof viele hochtalentierte Himmelsbeamte gab, deren spirituelle Kräfte sehr mächtig waren. Das Einzige, was sie unterschied, war das ausstehende himmlische Verhängnis, und vielleicht würde es sie ja schon bald heimsuchen. Aus diesem Grund wurde vorgeschlagen, den Unteren in »Mittleren Hof« umzubenennen. »Ich bin Soundso vom Mittleren Hof« hörte sich schon viel besser an, auch wenn es in Wirklichkeit dasselbe bezeichnete. Dennoch konnte sich Xie Lian lange Zeit nicht an den neuen Namen gewöhnen.

Er musterte die beiden jungen Offiziere. Es war schwer zu sagen, wer von beiden finsterer dreinblickte. Sie wirkten nicht so, als hätten sie sich freiwillig gemeldet, weshalb er einfach fragen musste: »Meine liebe Lingwen, es sieht nicht so aus, als wären die beiden hergekommen, um mich zu unterstützen. Ich befürchte vielmehr, dass sie meinen Kopf wollen. Ihr habt sie doch nicht etwa getäuscht?«

Doch leider schien die Nachricht nicht übermittelt worden zu sein und er hörte Lingwen auch nicht mehr in seinem Ohr. Vermutlich war er bereits zu lange zu weit weg von der himmlischen Hauptstadt, die spirituelle Energie war erschöpft. Es ließ sich nicht ändern, also setzte Xie Lian ein Lächeln auf und sagte zu den jungen Männern: »Nan Feng und Fu Yao also? Danke, dass Ihr mir freiwillig zur Seite steht.«

Die beiden nickten nur. Da sie sich so hochmütig gaben, mussten sie gewiss zu Palästen renommierter Kriegsgötter gehören. Xie Lian ließ den Besitzer des Hauses zwei weitere Tassen bringen, dann nahm er seine eigene Tasse und spielte mit den Teeblättern. Wie beiläufig fragte er: »Aus welchen Palästen kommt Ihr?«

»Aus dem Nanyang-Palast«, antwortete Nan Feng.

»Aus dem Xuanzhen-Palast«, erwiderte Fu Yao.

Da konnte man ja nur panisch werden.

Xie Lian stürzte den Tee hinunter. »Haben Eure Herren Euch geschickt?«

»Mein Herr weiß nichts davon«, kam es einstimmig zurück.

Xie Lian überlegte kurz, bevor er fragte: »Wisst Ihr, wer ich bin?«

Sollte Lingwen die beiden ausgetrickst haben und sie unterstützten ihn nun, würden sie später sicherlich Ärger mit ihren Herren bekommen. Das war es nicht wert.

Nan Feng antwortete: »Eure Hoheit, der Kronprinz.«

Fu Yao erwiderte: »Die Gerechtigkeit selbst, der Mittelpunkt der Welt.«

Xie Lian verschluckte sich. Dann vergewisserte er sich bei Nan Feng: »Hat er gerade die Augen verdreht?«

»Ja«, antwortete dieser. »Sagt ihm, dass er sich verziehen soll.«

Es war kein Geheimnis, dass Nanyang und Xuanzhen sich nicht leiden konnten. Daher war Xie Lian auch nicht überrascht gewesen, als er von ihrer Fehde gehört hatte. Auch früher schon hatten die beiden sich nicht sonderlich verstanden. Aber zu jener Zeit waren sie seinen Befehlen gefolgt und er hatte sie stets ermahnt, nicht mehr zu streiten und sich zu vertragen. Also hatten sie sich zurückgehalten und sich höchstens ein paar spitze Bemerkungen erlaubt. Doch mittlerweile brauchten sie sich nicht mehr zu verstellen. Selbst ihre jeweiligen Anhänger im Südosten und im Südwesten verachteten einander, da war es nur natürlich, dass der Nanyang-Palast und der Xuanzhen-Palast seit etlichen Jahren verfeindet waren. Die beiden jungen Offiziere, die nun vor ihm saßen, waren das beste Beispiel.

»Lingwen hat gesagt, jeder Freiwillige kann kommen«, stichelte Fu Yao. »Wer bist du, dass du mir sagst, ich soll mich verziehen?«

Das Wort »Freiwilliger« klang bei seiner Miene nicht sehr überzeugend. »Lasst mich noch einmal sichergehen«, mischte Xie Lian sich daher ein. »Ihr seid also tatsächlich freiwillig gekommen? Ihr müsst Euch wirklich nicht zwingen.«

»Ich bin freiwillig hier«, kam es erneut einstimmig zurück.

Da sie dreinblicken, als wären sie auf einer Beerdigung, meinen sie wohl eher Ich bin freitodsuchend hier, überlegte Xie Lian.

»Wie auch immer, lasst uns erst einmal zum eigentlichen Problem kommen«, sagte Xie Lian. »Ihr wisst sicherlich, warum wir uns hier im Norden befinden. Wir können also gleich ...«

»Das wissen wir nicht«, entgegneten die beiden jungen Männer einhellig.

Xie Lian kam also nicht umhin, die Schriftrolle hervorzuholen. »Dann erkläre ich es Euch von Anfang an.«

Vor vielen Jahren, so sagte man, wurde am Yujun-Berg eine Hochzeit gefeiert. Das Brautpaar liebte sich innig. Der Bräutigam wartete auf die Ankunft des Hochzeitszuges, doch er wartete und wartete und die Brautsänfte war noch immer nicht zu sehen. Er wurde unruhig und so machte er sich auf zum Haus seiner Liebsten, aber ihre Eltern erzählten, der Hochzeitszug sei schon vor Langem aufgebrochen. Daraufhin meldeten beide Familien die Braut als vermisst und suchten alle Winkel ab, doch sie wurde nie gefunden. Wäre sie im schlimmsten Fall auf dem Berg von einer Bestie gefressen worden, hätte man zumindest einen Arm oder ein Bein entdecken müssen. Wie konnte sie sich einfach in Luft auflösen? Letztlich vermuteten die Leute, dass sie gar nicht hatte heiraten wollen, also hatte sie sich wohl mit der Gruppe, die sie geleitete, zusammengetan und war abgehauen. Doch wer hätte gedacht, dass sich der Albtraum einige Jahre später wiederholen würde?

Wieder gab es eine Hochzeit und wieder verschwand die Braut. Doch diesmal gab es eine Spur. Auf einem Pfad fand man ein Bein, das nicht ganz aufgefressen worden war.

Kapitel 3:
Drei Narren diskutieren des nachts über den Palast der Gigantischen Männlichkeit

In den hundert Jahren danach waren in der Region um den Yujun-Berg insgesamt siebzehn Bräute verschwunden. Manchmal herrschte jahrzehntelang Frieden, andere Male verschwanden in weniger als einem Monat gleich zwei Frauen. Wie ein Lauffeuer verbreitete sich die Spuklegende von einem Geisterbräutigam, der auf dem Yujun-Berg lebte. Wenn er einen Hochzeitszug sah und ihm die Braut gefiel, entführte er sie und fraß das Geleit.

Eigentlich hätte diese Angelegenheit nicht den Himmel erreicht, denn auch wenn siebzehn Frauen verschwunden waren, so gab es doch Tausende, die wohlbehalten bei ihrem Bräutigam ankamen. Man konnte die Bräute nicht finden und sie zu beschützen gelang auch nicht, also musste man sich einfach damit abfinden. Es gab nun weniger Familien, die gewillt waren, ihre Töchter in diese Region zu verheiraten, und die Einheimischen wagten es nicht, aus den Hochzeiten ein großes Spektakel zu machen, das war alles. Doch der Vater der siebzehnten Braut war ein einflussreicher Beamter. Er liebte seine Tochter über alles und als er von der Legende erfuhr, wählte er mit größter Sorgfalt aus den besten Offizieren vierzig tapfere Männer für das Geleit seiner Tochter aus. Leider verschwand sie dennoch.

Diesmal hatte der Geisterbräutigam jedoch in ein Wespennest gestochen. Kein Mensch, den der Vater aufsuchte, konnte etwas gegen den Geist ausrichten, also versammelte er in seinem Zorn seine befreundeten Beamten und hielt wie verrückt religiöse Zeremonien ab. Zudem öffnete er gemäß den Anweisungen eines daoistischen Meisters die Türen der Vorratskammern, um den Armen zu helfen, und vieles mehr. Er veranstaltete einen riesigen Tumult und so erreichte die Sache endlich die Ohren einiger Himmelsbeamter. Auf anderem Wege würden solch nichtige Sterbliche wohl kaum von den Göttern erhört werden.

»Das ist im Großen und Ganzen alles«, beendete Xie Lian seine Ausführungen.

An ihren mürrischen Gesichtern konnte er nicht erkennen, ob die beiden zugehört hatten oder nicht. Wenn Letzteres der Fall war, blieb ihm wohl nichts anderes übrig, als noch einmal von vorn zu beginnen. Doch wider Erwarten hob Nan Feng den Kopf, zog die Augenbrauen zusammen und fragte: »Haben die verschwundenen Bräute irgendwelche Gemeinsamkeiten?«

»Unter ihnen sind reiche und arme, hübsche und hässliche, Erstfrauen und Zweitfrauen«, antwortete Xie Lian. »Kurz gesagt: Es gibt keinerlei Gemeinsamkeiten. Wir können unmöglich feststellen, welche Vorlieben der Geisterbräutigam hat.«

Nan Feng raunte ein »Hm« und nahm einen Schluck von seinem Tee. Er schien in Gedanken versunken.

Fu Yao hingegen hatte den Tee, den Xie Lian ihm eingeschenkt hatte, noch gar nicht angerührt. Stattdessen hatte er sich die ganze Zeit über mit einem weißen Taschentuch gemächlich die Finger gesäubert. Er tat es noch immer und sagte mit gleichgültiger Miene: »Eure Hoheit, woher wollt Ihr wissen, dass es sich um einen Geisterbräutigam handelt? Das ist nicht gewiss, Niemand hat ihn je zu Gesicht bekommen. Woran wollt Ihr festmachen, ob er Mann oder Frau, jung oder alt ist? Seid Ihr da nicht etwas zu voreilig?«

Xie Lian schmunzelte. »Den Inhalt der Schriftrolle haben Beamte aus dem Lingwen-Palast zusammengetragen, ›Geisterbräutigam‹ ist nur eine Bezeichnung des Volkes für den Geist. Aber Eure Einwände sind nicht falsch.«

Sie unterhielten sich noch etwas weiter und Xie Lian stellte fest, dass die Gedanken der beiden klar und strukturiert waren. Obwohl sie böse dreinblickten, dachten sie gründlich über die Sache nach. Er war erleichtert.

Als die drei sahen, dass es draußen dunkel wurde, machten sie fürs Erste Schluss und verließen das Teehaus. Xie Lian setzte seinen Bambushut auf und lief los – bis er bemerkte, dass die anderen beiden ihm nicht folgten. Verwirrt drehte er sich um und sah, dass sie ihn genauso verwirrt anstarrten.

Nan Feng fragte: »Wohin geht Ihr?«

»Ich suche einen Platz, wo wir nächtigen können«, erwiderte Xie Lian. »Fu Yao, warum verdreht Ihr schon wieder die Augen?«

Nan Feng war nach wie vor verwirrt. »Warum lauft Ihr dann in die Wildnis?«

Xic Lian war es gewohnt, im Freien sein Lager aufzuschlagen. Es machte ihm nichts aus, einfach eine Decke auszubreiten und sich darauf schlafen zu legen. Folglich hatte er wie von selbst die Wildnis angesteuert, um eine Höhle zu suchen und Feuer zu machen. Doch nach Nan Fengs Frage ging ihm plötzlich ein Licht auf: Nan Feng und Fu Yao waren Offiziere aus göttlichen Palästen. Sollte es in der Nähe einen Tempel geben, der einem ihrer Herren geweiht war, könnten sie diesen einfach betreten. Warum sollten sie draußen schlafen?

Es dauerte nicht lange, bis die drei in einer unscheinbaren Ecke den heruntergekommenen Schrein einer Erdgottheit[*] entdeckten. Überall lagen Reste von Räucherstäbchen und zerbrochene Teller, es war ein äußerst deprimierender Anblick. Verehrt wurde hier ein kleiner, runder Steingott. Xie Lian rief ein paarmal nach ihm. Es waren etliche Jahre vergangen, seit jemand Opfergaben gebracht oder ihn gar gerufen hatte. Da nun plötzlich jemand nach ihm rief, riss er die Augen auf und sah drei Himmelsbeamte vor seinem Altar stehen. Die beiden links und rechts waren in reiches göttliches Licht gehüllt – sie erinnerten an Neureiche –, ihre Gesichter waren kaum zu erkennen. Der Erdgott erschrak fürchterlich und fragte mit zittriger Stimme: »Werte Herren, womit kann ich Euch dienen?«

Xie Lian nickte zum Gruß. »Wir haben keine Befehle für dich, nur eine Frage: Gibt es in der Gegend vielleicht einen Tempel, der General Nanyang oder General Xuanzhen geweiht ist?«

[*] Erdgötter dienen als Beschützer eines Gebiets und kennen sich in diesem somit gut aus. Als Götter der menschlichen Sphäre stehen sie in der Rangordnung unter den Himmelsbeamten.

Der Erdgott wagte nicht zu widersprechen. »I... I... Ich ...« Er benutzte seine Finger, um zu zählen, dann sagte er: »Zweieinhalb Kilometer von hier gibt es einen Tempel, d... d... der General Nanyang geweiht ist.«

Xie Lian faltete die Hände vor der Brust. »Ich danke vielmals.«

Die beiden Lichtbälle links und rechts blendeten den Erdgott so stark, dass er beinahe blind wurde. Schleunigst verbarg er sich.

Xie Lian kramte ein paar Münzen hervor und legte sie auf den Altar. Dabei entdeckte er auf dem Boden einige halb abgebrannte Räucherstäbchen, hob sie auf und zündete sie an. Währenddessen verdrehte Fu Yao unentwegt die Augen. Xie Lian wollte ihn schon fragen, ob sie noch nicht schmerzten.

Zweieinhalb Kilometer später fanden sie am Straßenrand tatsächlich einen prunkvollen Tempel. Dieser war zwar klein, aber bestens ausgestattet. Menschen kamen und gingen, er war außerordentlich belebt. Die drei verbargen ihre Gestalt und traten ein, gehuldigt wurde hier einer Lehmskulptur in Rüstung und mit Bogen – der Kriegsgott Nanyang.

Ha! Mehr dachte Xie Lian sich nicht, als er die Statue erblickte.

Auf dem Land konnte man in der Regel nur grob angefertigte Skulpturen erwarten und tatsächlich hatte sie kaum Ähnlichkeit mit dem Feng Xin aus Xie Lians Erinnerung.

Die Himmelsbeamten waren jedoch daran gewöhnt, dass ihre Statuen entstellt waren. Oft erkannten nicht einmal sie selbst oder ihre eigenen Mütter sie wieder. Immerhin gab es nicht viele Bildhauer, die die Götter, die sie abbilden sollten, wirklich gesehen hatten, also verschönerten oder verunstalteten sie die Skulpturen. Man musste sich auf die Haltung, die magische Waffe und die Kleidung verlassen, um zu erkennen, um welche Gottheit es sich handelte.

Im Allgemeinen galt: Je wohlhabender die Gegend, umso mehr Gefallen fand der Gott an seiner Statue, je ärmer die Ortschaft, umso schlimmer war der Geschmack des Bildhauers und umso abstoßender das Bildnis.

Derzeit waren nur die Statuen von General Xuanzhen besser geraten. Warum das so war? Nun, die anderen Götter fanden sich einfach damit ab, aber wenn Xuanzhen eine hässliche Statue von sich sah, machte er sie heimlich kaputt, sodass man eine Neue beauftragen musste, oder er erschien jemandem im Traum und brachte seinen Unmut zum Ausdruck. Mit der Zeit hatten die Tiefgläubigen gelernt, dass sie einen Bildhauer suchen mussten, der schöne Statuen anfertigen konnte.

Die Offiziere aus dem Xuanzhen-Palast unterschieden sich nicht von ihrem Herrn, sie alle legten viel Wert auf Ästhetik. Nachdem Fu Yao den Nanyang-Tempel betreten hatte, brachte er geschlagene zwei Stunden damit zu, die dortige Statue von Kopf bis Fuß zu kritisieren. Er nannte ihre Form krumm, die Farben vulgär, die Kunstfertigkeit minderwertig, den Geschmack eigenartig und so fort.

Xie Lian sah, wie die Venen auf Nan Fengs Stirn allmählich anschwollen. Er sollte wohl lieber schnell das Thema wechseln. Zufälligerweise kam gerade eine junge Frau herein, um zu beten. Als sie niederkniete, sagte Xie Lian in sanftem Ton: »Nanyangs Territorium ist doch der Südosten. Ich hätte nicht gedacht, dass hier im Norden auch so viele Räucherstäbchen für ihn angezündet werden.«

Die Menschen erbauten Tempel in dem Versuch, die Himmelspaläste nachzubilden, und die Statuen spiegelten den jeweiligen Gott wider, der ihnen innewohnte. In den Tempeln versammelten sich die Gläubigen und zündeten Räucherstäbchen an, wodurch sie zur wichtigen Quelle für die spirituellen Kräfte der Himmelsbeamten wurden. Aufgrund vieler Faktoren wie Geografie, Geschichte oder Bräuche verehrten unterschiedliche Regionen auch unterschiedliche Götter. In seinem eigenen Territorium waren die spirituellen Kräfte eines Himmelsbeamten am stärksten. Das war der große Nutzen, den man daraus ziehen konnte. Nur für Götter wie den Himmelskaiser, der überall auf der Welt Anhänger und Tempel besaß, hatte ein eigenes Territorium keine große Bedeutung.

Dass Nan Fengs Herr außerhalb seines Territoriums einen derart belebten Tempel sein Eigen nennen konnte, war eine gute Sache und sollte den jungen Mann eigentlich mit Stolz erfüllen. Doch seine Miene war finster.

Fu Yao grinste leicht. »Nicht schlecht, nicht schlecht, er wird innig geliebt und respektiert.«

»Es gibt da etwas, das ich gern wüsste, aber ich weiß nicht …«, meldete sich Xie Lian wieder zu Wort.

»Wenn Ihr sagen wollt, Ihr wisst nicht, ob Ihr fragen sollt, dann lasst es lieber gleich sein«, unterbrach ihn Nan Feng.

Eigentlich wollte ich sagen, ich weiß nicht, ob ihr die Antwort kennt, dachte Xie Lian.

Er ahnte jedoch, dass es keine gute Idee wäre, seine Frage zu stellen, also entschied er sich, das Thema erneut zu wechseln. Doch da sagte Fu Yao seelenruhig: »Ich weiß, was Ihr fragen wollt. Ihr wollt wissen, warum so viele Frauen den Tempel besuchen, nicht wahr?«

Das war tatsächlich, was Xie Lian wissen wollte.

Kriegsgötter hatten nie viele weibliche Anhänger gehabt, nur er selbst hatte vor achthundert Jahren eine Ausnahme dargestellt. Der Grund dafür war einfach: Er war hübsch.

Er war sich bewusst, dass es nichts mit Respekt oder hohem moralischem Ansehen zu tun hatte und auch nicht mit außergewöhnlichen spirituellen Kräften. Es lag schlicht und einfach daran, dass er hübsch war, genauso wie seine Tempel. Fast all seine Tempel waren von der königlichen Familie errichtet worden und sie hatte aus dem gesamten Reich die talentiertesten Bildhauer versammelt, um sein Gesicht exakt nachzubilden. Außerdem hatte sein berühmter Spruch »Der Körper ist in der Hölle, aber das Herz im Paradies« dafür gesorgt, dass die Bildhauer seine Statuen gern mit Blumen dekorierten und auf dem Tempelgelände unzählige blühende Bäume pflanzten. Demzufolge wurde er damals auch oft »Blumengekrönter Kriegsgott« genannt. Die hübschen Statuen und die vielen Bäume gefielen den Frauen, weshalb sie in die Tempel strömten, um sie zu betrachten. Und wenn sie sowieso schon da waren, nutzten sie die Gelegenheit, um zu beten.

Aber die anderen Kriegsgötter wurden in der Regel aufgrund ihrer mörderischen Aura und den ernsten, kalten Gesichtern von den weiblichen Gläubigen gemieden. Da verehrten sie lieber Guanyin*.

Auch wenn die hiesige Nanyang-Statue nicht gerade eine mörderische Aura verströmte, war sie keineswegs hübsch anzusehen. Aber es besuchten beinahe mehr Frauen den Tempel als Männer. Nan Feng hatte offensichtlich nicht vor zu antworten, er verhielt sich irgendwie seltsam.

In diesem Moment beendete die junge Frau ihr Gebet, stand auf, nahm ein Räucherstäbchen und drehte sich um.

Xie Lian stieß die beiden neben sich an. Sie hatten eigentlich nicht auf die Frau geachtet, doch nun sahen sie hin und erbleichten auf der Stelle.

»Wie hässlich!«, rief Fu Yao.

Xie Lian verschlug es für einen Augenblick die Sprache, dann tadelte er ihn: »Fu Yao, so redet man nicht über Frauen.«

Um ehrlich zu sein, hatte Fu Yao recht. Das Gesicht der jungen Frau war platt wie ein Pfannkuchen, als hätte es jemand flach gedrückt. Hätte man die Züge als gewöhnlich bezeichnet, wäre das eine Untertreibung gewesen. Man musste es sagen, wie es war: Die Nase war krumm und die Augen waren schief.

Aber Xie Lian hatte gar nicht darauf geachtet, ob sie hübsch war oder nicht. Was seine Aufmerksamkeit auf sich gezogen hatte, war ein tiefer Riss hinten in ihrem Rock. Es war unmöglich, so zu tun, als hätte man ihn nicht bemerkt.

Nach dem ersten Schreck beruhigte sich Fu Yao schnell wieder. Auch die Adern auf Nan Fengs Stirn waren einen Augenblick später schon nicht mehr sichtbar.

* Weiblicher Bodhisattva der Barmherzigkeit.

Xie Lian, dem der Wandel in Fu Yaos Gesicht aufgefallen war, sagte schnell: »Ihr braucht nicht nervös zu sein.«

Mit dem Räucherstäbchen in der Hand kniete sich die junge Frau nun wieder hin und sprach: »General Nanyang, behütet uns. Eure treuergebene Xiao Ying betet zu Euch, dass der Geisterbräutigam bald gefasst werden möge und nicht noch mehr Unschuldige geschädigt werden ...«

Sie war vollkommen in ihr Gebet vertieft und nahm gar nicht wahr, dass mit ihrem Rock etwas nicht stimmte. Genauso wenig wie sie wahrnahm, dass am Fuße der Statue, zu der sie betete, drei Gestalten kauerten.

Xie Lian schwirrte der Kopf. »Was sollen wir tun? Wir können sie so nicht gehen lassen. Die Leute werden sie sehen.«

Außerdem sah es so aus, als hätte jemand den Rock gezielt mit einem spitzen Gegenstand aufgeschlitzt. Sie würde nicht nur von Schaulustigen umzingelt werden, sondern auch ins Gerede geraten und ausgelacht werden, was eine fürchterliche Erniedrigung wäre.

Fu Yao antwortete kalt: »Mich braucht Ihr nicht zu fragen. Schließlich verehrt sie nicht meinen Herrn. Das geht mich nichts an. Ich habe nichts gesehen.«

Nan Fengs hübsches Gesicht war nun leichenblass. Er winkte nur ab und brachte kein Wort heraus. Der stolze junge Mann war verstummt. Es war hoffnungslos. Xie Lian blieb nichts anderes übrig, als selbst zu handeln, und so zog er seine Robe aus und warf sie hinab. Flatternd landete sie auf der jungen Frau und bedeckte den unansehnlichen Riss. Alle drei seufzten gleichzeitig auf.

Doch der Luftstoß war zu stark und erschreckte die Frau. Sie sah sich nach allen Richtungen um, dann zog sie die Robe von sich, zögerte einen Moment und legte sie schließlich auf den Altar. Nichts ahnend steckte sie das Stäbchen ins Räuchergefäß und machte Anstalten, den Tempel zu verlassen.

Wenn sie nun hinausging, würde sie später vor Scham im Boden versinken. Xie Lian blickte nach links und nach rechts. Die beiden jungen Männer standen stocksteif da. Er seufzte. Sie waren nicht zu gebrauchen.

Plötzlich spürten Nan Feng und Fu Yao eine Leere neben sich, da hatte Xie Lian auch schon Gestalt angenommen und sprang auf den Boden.

Der Tempel war nur spärlich beleuchtet und durch den Wind, den Xie Lians Sprung verursachte, begannen die Kerzen zu flackern. Xiao Ying sah nur noch verschwommen, wie plötzlich ein halb nackter Mann aus dem Dunkel auftauchte und die Hand nach ihr ausstreckte. Ihr blieb fast das Herz stehen vor Schreck.

Wie nicht anders zu erwarten, fing sie an zu kreischen. Xie Lian öffnete gerade den Mund, um etwas zu sagen, als sie mit der Hand ausholte und schrie: »Hilfe, ich werde belästigt!«

Und schon hatte sie ihm eine Ohrfeige verpasst.

Der Abdruck war deutlich zu sehen und die Mundwinkel der beiden, die das Geschehen vom Altar aus beobachteten, zuckten.

Xie Lian war jedoch nicht aufgebracht. Er drückte ihr nur die Robe in die Arme und flüsterte ihr schnell etwas zu, woraufhin die junge Frau erschrocken die Hinterseite ihres Rockes abtastete. Augenblicklich lief sie tiefrot an und ihre Augen füllten sich mit Tränen – es war unklar, ob vor Wut oder vor Scham. Sie nahm die Robe, verdeckte das Gesicht mit den Händen und stürmte davon.

Zurück blieb ein leicht bekleideter Xie Lian. Der Tempel war nun menschenleer. Ein kühler Wind blies durch die Halle und Xie Lian fröstelte. Er rieb sich die Wange mit dem glühend roten Handabdruck. Dann drehte er sich zu Nan Feng und Fu Yao um. »Jetzt ist alles gut.«

Kaum hatte er ausgesprochen, zeigte Nan Feng auf Xie Lians Brust und sagte: »Ihr ... Eure Wunden scheinen aufgegangen zu sein.«

Xie Lian sah an sich herab. »Oh.«

Seine Haut war hell und glatt wie weiße Jade. Aber seine Brust war fest in weiße Bandagen gewickelt. Selbst der Hals und die Handgelenke waren umwickelt. An den Rändern lugten unzählige winzige Schnitte hervor, es war wirklich schauerlich.

Sein verstauchter Hals müsste nun wieder in Ordnung sein, dachte sich Xie Lian, also begann er, die Schichten abzuwickeln. Fu Yao beobachtete ihn und fragte: »Wer war das?«

»Wie bitte?«, fragte Xie Lian zurück.

»Wer hat Euch zum Kampf herausgefordert?«

»Zum Kampf herausgefordert?« Xie Lian war verwirrt. »Niemand.«

»Dann sind diese Wunden ...«, schaltete sich Nan Feng ein.

»Ich bin hingefallen«, gab Xie Lian vage zur Antwort.

Die beiden musterten ihn nur sprachlos.

Die Wunden stammten tatsächlich von einem Sturz. Er hatte sie sich zugezogen, als er drei Tage zuvor durch die Luft gekullert war. Wenn er mit jemandem gekämpft hätte, wäre er wahrscheinlich nicht so schlimm verletzt worden.

Fu Yao murmelte ein paar Sätze. Man konnte nicht verstehen, was er sagte, aber er lobte ihn gewiss nicht für seine Tapferkeit, also fragte Xie Lian auch nicht nach. Er war gerade dabei, seinen Hals von den Bandagen zu befreien.

Plötzlich starrten Nan Feng und Fu Yao ihn mit aufgerissenen Augen an. Um seinen schneeweißen Hals trug Xie Lian eine schwarze Kette.

Er spürte ihren Blick, lächelte sanft und drehte sich zu ihnen um. »Seht ihr zum ersten Mal eine Fluchfessel?«

Eine »Fluchfessel« war, wie der Name schon sagte, ein Fluch in Form einer Fessel. Himmelsbeamte, die verbannt wurden, zogen den Zorn des Himmels auf sich und bekamen ein Mal der Schuld. Ihr Körper wurde wie der von Sterblichen, sie waren in ihrer Gestalt gebunden und ihre spirituellen Kräfte wurden versiegelt. Hatte man einmal solch ein Mal, wurde man es nicht mehr los. Als hätte man ein Tattoo auf dem Gesicht oder Schellen um Handgelenke und Knöchel, war es eine Strafe und zugleich auch eine Warnung. Es lehrte einen Furcht und Scham.

Als Witzfigur der drei Sphären, die zweimal verbannt worden war, hatte Xie Lian selbstverständlich auch so eine Fluchfessel. Die beiden jungen Offiziere hatten sicherlich schon davon gehört, aber es mit eigenen Augen zu sehen war doch etwas anderes. Xie Lian konnte verstehen, dass sie so reagierten. Möglicherweise war ihnen der Anblick unangenehm, schließlich bedeutete so eine Fessel nichts Gutes.

Er wollte draußen etwas Luft schnappen und gab vor, nach Kleidung suchen zu wollen, doch Fu Yao verdrehte wieder die Augen und sagte: »Wenn Ihr Euch so auf die Straße begebt, wäre das sehr unschicklich.«

Glücklicherweise fand Nan Feng in einer hinteren Ecke des Tempels zufällig eine Mönchsrobe und somit blieb den Leuten draußen dieser unschickliche Anblick erspart.

Die drei setzten sich wieder hin, doch die Stimmung war seltsam. Also holte Xie Lian die Schriftrolle von Lingwen hervor und fragte: »Wollt Ihr noch einmal einen Blick darauf werfen?«

Nan Feng zog die Augenbrauen hoch und sah ihn eine Weile lang nur an. Dann sagte er: »Ich nicht. Aber *er* sollte das wohl besser tun.«

»Was soll das denn heißen?«, entgegnete Fu Yao. »Die Schriftrolle geht nicht ins Detail, sie ist wertlos. Warum sollte ich sie noch einmal ansehen?«

Als Xie Lian hörte, wie Fu Yao sie »wertlos« nannte, musste er an die armen Beamten aus dem Lingwen-Palast denken, die mühsam alle Informationen auf der Schriftrolle zusammengetragen hatten.

Nun wechselte Fu Yao das Thema: »Also, wo waren wir vorhin stehen geblieben? Ach ja ... Bei der Frage, warum Nanyang so viele weibliche Anhänger hat, nicht wahr?«

Na schön. Xie Lian verstaute die Schriftrolle wieder und rieb sich die Stelle zwischen seinen Augenbrauen. Heute würde sie wohl niemand mehr ansehen.

Wenn sie sich heute nicht mehr ihrer Mission widmeten, dann wollte er wenigstens wissen, was es nun mit den Frauen auf sich hatte. Wie sich herausstellte, wussten außer dem Kronprinzen, der jahrhundertelang in der Menschenwelt Schrott aufgesammelt hatte, alle Götter Bescheid: Feng Xin war einst eine Zeit lang »Gott der Gigantischen Männlichkeit« genannt worden. Er selbst verabscheute diesen Titel zutiefst und alle anderen hatten auch nur ein Wort zu dem zu sagen, was ihm widerfahren war: »Ungeheuerlichkeit!«

Ursprünglich war er die »Vollkommene Sonne« gewesen. Dass daraus »Gigantische Männlichkeit« wurde, war auf folgendes Ereignis zurückzuführen: Vor vielen Jahren ließ der Herrscher eines Königreichs Tempel errichten und um seiner Aufrichtigkeit Ausdruck zu verleihen, entwarf er die Kalligrafie für jede Halle selbst. Doch als er bei der »Juyang-Halle«, der »Halle der Vollkommenen Sonne«, angelangt war, schrieb er stattdessen »Halle der Gigantischen Männlichkeit«*.

Die Beamten, die mit der Errichtung der Tempel beauftragt worden waren, waren zutiefst bestürzt. Sie konnten nicht ermitteln, ob Seine Majestät mit Absicht oder nur aus Versehen ein anderes Schriftzeichen verwendet hatte. Wenn es Absicht war, warum hatte er dann nichts angewiesen? Aber wie könnte Seine Majestät einen solch elementaren Fehler machen? Sie konnten jedenfalls nicht zu ihm gehen und sagen: »Eure Majestät, das ist das falsche Schriftzeichen.« Womöglich würde Seine Majestät noch denken, dass sie sich über ihn lustig machten. Sollten sie es nur vorsichtig andeuten? Das wäre nicht aufrichtig genug. Außerdem war es die kostbare Kalligrafie Seiner Majestät. Müsste man die Schilder also zerstören, wenn man sie nicht nutzte?

* »Gigantische Männlichkeit« und »Vollkommene Sonne« wird im Chin. beides »Juyang« ausgesprochen, aber mit unterschiedlichen Schriftzeichen geschrieben.

Die Absichten Seiner Majestät zu erraten war das Schwierigste auf der Welt. Die Beamten litten und nach langem Überlegen entschieden sie schließlich, statt Seiner Majestät unrecht zu tun, wäre es wohl besser, der Vollkommenen Sonne unrecht zu tun.

Man muss sagen, dass sie sich richtig entschieden hatten. Nachdem Seine Majestät sah, dass auf den Schildern »Gigantische Männlichkeit« stand, verzog er keine Miene. Er rief nur eine Gruppe Gelehrte zu sich und befahl ihnen, die alten Schriften nach den winzigsten Details zu durchsuchen und zahlreiche Schriften anzufertigen, die bewiesen, dass es schon immer »Gigantische Männlichkeit« hätte heißen müssen und dass »Vollkommene Sonne« falsch war. Und so wurden über Nacht alle Tempel der Vollkommenen Sonne im ganzen Reich in Tempel der Gigantischen Männlichkeit umbenannt.

Es vergingen einige Jahrzehnte, bis Feng Xin davon erfuhr. Er hatte nie auf die Schilder an seinen Tempeln geachtet, doch eines Tages war er verwirrt. Warum besuchten so viele Frauen seine Tempel und beteten mit knallroten Köpfen zu ihm? Und was sagten sie da für Sachen?

Als er den Grund herausfand, schoss er in den höchsten Himmel empor, bis zur glühenden Sonne, und ließ seine Beschimpfungen durch das ganze Himmelreich hallen.

Die Himmelsbeamten bekamen allesamt einen Schreck.

Nachdem er fertig geschimpft hatte, konnte er nichts weiter tun, also ließ er die Frauen weiterbeten. Er konnte den Frauen, die so fromm beteten, schließlich nicht deswegen das Leben schwermachen, also zwang er sich jahrelang, ihnen zuzuhören. Bis ein Herrscher kam, der »Gigantische Männlichkeit« für ungeziemend befand und es in Nanyang, »Sonne des Südens«, abänderte. Doch die Leute vergaßen nicht, wozu er neben seinen Aufgaben als Kriegsgott sonst noch fähig war.

Die Götter waren still übereinkommen, ihn nie bei diesen Namen zu rufen. Gleichzeitig waren sie sich einig: Der neue Name Nanyang konnte nur mit einem Wort bewertet werden: gut. Solange man ihn nicht den Mund öffnen ließ, um zu fluchen, war alles gut.

Nan Fengs Gesicht war bereits dunkel angelaufen. Fu Yao aber feixte und begann zu reimen:

»Der Frauen ihm vertrauen,

Die Männlichkeit aufzubauen.

Die Söhne bringende Sonne,

Hach, welch eine Wonne!

Ha ha ha, ha ha ha, ha ha ha ha ha ha ha ...«

Xie Lian verkniff sich freundlicherweise das Lachen, damit Nanyang vor seiner Statue seine Würde bewahren konnte. Nan Feng platzte jedoch der Kragen: »Hör auf, so hämisch zu sein! Wenn dir so langweilig ist, dass du es nicht mehr aushältst, dann feg doch den Boden!«

Augenblicklich lief auch Fu Yaos Gesicht dunkel an. Während der Nanyang-Palast es nicht ertragen konnte, diese gewissen zwei Worte zu hören, konnte der Xuanzhen-Palast es nicht ertragen, wenn jemand von »Boden fegen« sprach. Zu der Zeit, als Mu Qing im Huangji-Tempel niedere Arbeiten verrichtete, hatte er den ganzen Tag lang nichts anderes getan, als dem Kronprinzen Tee und Wasser zu bringen, den Boden zu fegen und sein Bett zu richten. Eines Tages sah Xie Lian ihn beim Fegen Merkverse rezitieren und war von solch einem Lerneifer in seiner misslichen Lage gerührt, also bat er die Staatspräzeptoren, Mu Qing als Schüler aufzunehmen. Was soll man dazu sagen? Man konnte es als ein einschneidendes Ereignis oder als eine Kleinigkeit betrachten, als Erniedrigung oder als Moralgeschichte, es kam ganz darauf an, wie der Betroffene selbst darüber dachte. Mu Qing betrachtete es offensichtlich als die größte Schmach seines Lebens, denn wenn er oder seine Offiziere diese Worte zu hören bekamen, wurden sie höchst feindselig.

Natürlich war das gerade bei Fu Yao nicht anders. Er warf Xie Lian einen Blick zu, der unschuldig abwinkte, und spöttelte: »Wenn man dich so reden hört und die Geschichte nicht kennt, könnte man denken, dass der Nanyang-Palast um Gerechtigkeit für den Kronprinzen kämpft.«

Nan Feng lächelte kühl. »Dein Herr ist wirklich undankbar. Warum spielt er sich so auf?«

»Ähm ...«

Xie Lian wollte sich gerade einmischen, doch da fing Fu Yao an zu lachen und sagte: »Der Esel schimpft den andern Langohr. Dein Herr ist auch nicht besser. Wie kannst du mit dem Finger auf andere zeigen?«

Xie Lian konnte nicht mehr mit ansehen, wie sie ihn benutzten, um gegenseitig ihrem jeweiligen Herrn eins auszuwischen. »Wartet, wartet. Halt, stopp.«

Die beiden jungen Männer beachteten ihn natürlich nicht und fingen nun sogar an, miteinander zu kämpfen. Er wusste nicht, wer von beiden angefangen hatte, jedenfalls zerbrach der Opfergabentisch und die Teller und Früchte rollten über den Boden. Xie Lian sah ein, dass er sie nicht aufhalten konnte, und setzte sich in die Ecke. Er seufzte. »Welch ein Desaster.«

Er hob ein Dampfbrötchen auf, das bis zu seinen Füßen gerollt war, wischte es sauber und wollte gerade hineinbeißen, als Nan Feng ihn aus dem Augenwinkel sah und es ihm sofort aus der Hand schlug. »Esst das nicht!«

Fu Yao hielt nun auch verblüfft inne und sagte abschätzig: »Das ist in den Staub gefallen. Wie könnt Ihr das noch essen?«

Xie Lian nutzte die Gelegenheit, hob die Hand und erklärte: »Schluss jetzt. Ich muss euch etwas sagen.«

Er trennte die beiden voneinander und fuhr in freundlichem Ton fort: »Erstens, der Kronprinz, von dem Ihr die ganze Zeit redet, bin ich. Ich habe gar nichts dazu gesagt, also benutzt mich nicht als Waffe, um einander anzugreifen.« Er zögerte kurz, dann fügte er hinzu: »Eure beiden Herren würden sich niemals so verhalten. Wenn Ihr euch so aufführt, stehen sie dann nicht schlecht da?«

Mit diesem Satz veränderte sich der Gesichtsausdruck der beiden jungen Offiziere. Xie Lian fuhr fort: »Und zweitens seid Ihr als meine Unterstützung hier, nicht wahr? Solltet Ihr dann auf mich hören oder ich auf Euch?«

Nach einer Ewigkeit antworteten die beiden: »Wir hören auf Euch.«

Auch wenn ihre Gesichter eher aussahen, als wollten sie *Wir hören nur in Euren Träumen auf Euch* sagen, war Xie Lian zufrieden. Er klatschte in die Hände. »Drittens und letztens, der wichtigste Punkt: Wenn Ihr unbedingt etwas werfen müsst, dann werft mich und nicht das Essen.«

Nan Feng nahm Xie Lian das Dampfbrötchen ab, das dieser wieder aufgehoben hatte und nun in seinen Händen versteckt hielt. Er war am Ende seiner Geduld. »Was auf dem Boden lag, isst man nicht!«, tadelte er.

Am darauffolgenden Tag saß der Besitzer des Hauses der Begegnungen wieder vor der Tür und dehnte sein Bein, das er übers Knie gelegt hatte. Aus der Ferne näherten sich drei Gestalten. Ein in Weiß gekleideter Kultivierer mit Bambushut auf dem Rücken ging leichten Schrittes voran, gefolgt von zwei hochgewachsenen jungen Männern in Schwarz.

Der Kultivierer ließ seine Arme schwingen und lief gemächlich auf ihn zu, er schien noch mehr Muße zu haben als er selbst. Als er vor ihm angekommen war, sagte er: »Drei Tassen Tee bitte.«

Der Besitzer lächelte. »Kommt sofort.«

Insgeheim dachte er sich: *Die drei Narren sind schon wieder da. Ein Jammer, einer ist hübscher, aber auch hohler als der andere. Bei allen Göttern und Geistern, was nützt ihnen ihr Aussehen, wenn sie nichts im Kopf haben?*

Xie Lian suchte sich wieder einen Platz am Fenster. Nachdem die drei sich gesetzt hatten, sagte Nan Feng: »Warum besprechen wir das hier? Könnt Ihr garantieren, dass niemand uns belauschen wird?«

»Das macht nichts«, entgegnete Xie Lian sanft. »Sollte uns tatsächlich jemand hören, wird er nur denken, dass wir nicht ganz richtig im Kopf sind.«

Als niemand etwas erwiderte, fuhr Xie Lian fort: »Lasst uns nicht noch mehr Zeit verschwenden und gleich zum Punkt kommen. Nachdem eine Nacht vergangen ist, solltet Ihr nun wieder einen kühlen Kopf haben. Ist Euch eine Lösung eingefallen?«

Fu Yaos Augen blitzten auf. Er knurrte: »Wir sollten ihn töten.«

»Unfug!«, entgegnete Nan Feng.

»Nan Feng, seid nicht so aggressiv«, tadelte Xie Lian ihn. »Fu Yao hat nichts Falsches gesagt, Töten ist die Lösung. Die Frage ist aber, wo, wen und wie. Ich schlage vor, dass wir ...«

Plötzlich ertönten draußen Gong- und Trommelschläge und die drei sahen aus dem Fenster.

Es war schon wieder so ein düsteres Geleit. Sie trommelten und riefen, als befürchteten sie, man könnte sie nicht hören. Nan Feng runzelte die Stirn. »Hieß es nicht, die Einheimischen würden es nicht wagen, aus den Hochzeiten ein großes Spektakel zu machen?«

Das Geleit bestand ausschließlich aus starken, robusten Männern. Ihre Gesichter waren angespannt, ebenso wie ihre Muskeln. Kalter Schweiß stand auf ihrer Stirn. Es wirkte, als trügen sie keine Brautsänfte, sondern eine Guillotine. Wer wohl in der Sänfte saß?

Nach kurzem Zögern wollte sich Xie Lian erheben, um nach draußen zu gehen und sich die Sache anzusehen, da kam ein kalter Windstoß und hob den Vorhang auf einer Seite der Sänfte an.

Die Person dahinter saß seltsam verdreht da. Ihr Kopf lag schief und unter dem Schleier kam ein knallroter Mund zum Vorschein, der zu einem übertriebenen Lächeln verzogen war. Die Sänfte kippte und der Schleier glitt herunter. Mit kugelrunden Augen starrte sie genau in ihre Richtung.

Es handelte sich offensichtlich um eine Frau, der man das Genick gebrochen hatte. Lautlos lachte sie die drei an.

Vielleicht zitterten die Träger zu sehr, jedenfalls war die Sänfte nicht sehr stabil. Die Sänfte schaukelte und der Kopf der Frau wippte mit. Er wackelte und wackelte und *zack* – der Kopf war auf dem Boden gelandet und rollte über die Straße.

Auch der kopflose Körper fiel nun vornüber. Sämtliche Begleiter rannten zur Sänfte.

Kapitel 4:

Ein Geist auf Brautsuche und der Kronprinz in der Brautsänfte

Ein Sänftenträger war nicht vorsichtig genug und trat auf einen Arm. Er begann zu kreischen und versetzte die Gruppe in Aufruhr, die sofort auseinanderstob und eine Reihe bildete. Meine Güte, einer nach dem anderen zog einen glänzend weißen Säbel. Sie schrien: »Was ist?! Ist er da?!«

Der Sänftenträger war nicht mehr zu sehen.

Nachdem Xie Lian eine Weile den Aufruhr auf der Straße beobachtet hatte, wanderte sein Blick zu dem kopflosen Körper. Es war kein Mensch, sondern eine Holzpuppe.

Fu Yao rief wieder: »Wie hässlich!«

Zufällig kam gerade der Teehausbesitzer mit dem kupfernen Teekessel. Xie Lian erinnerte sich an seine gestrige Reaktion und fragte ihn: »Diese Leute habe ich gestern schon gesehen und heute sind sie wieder da. Was machen sie da?«

»Sie suchen den Tod«, antwortete der Besitzer. »Ha ha ha ...«

Xie Lian war nicht überrascht. »Sie wollen den Geisterbräutigam hervorlocken, nicht wahr?«

»Was sonst?«, entgegnete der Besitzer. »Der Vater einer vermissten Braut hat eine hohe Belohnung geboten, wenn jemand seine Tochter zurückbringt und den Geisterbräutigam fasst. Also machen diese Leute den ganzen Tag einen Riesenlärm.«

Der Vater, von dem er redete, musste der Beamte sein. Xie Lian sah noch einmal zu dem Kopf, der auf der Straße lag. Es handelte sich also um eine Attrappe.

Da hörte er Fu Yao schnauben: »Wenn ich der Geisterbräutigam wäre und man würde mir so was Hässliches schicken, würde ich die ganze Ortschaft auslöschen.«

»Fu Yao, es ziemt sich für einen Unsterblichen nicht, so etwas zu sagen«, ermahnte Xie Lian ihn. »Und könntet Ihr bitte diese Gewohnheit ablegen, ständig mit den Augen zu rollen? Wie wäre es, wenn Ihr Euch erst einmal ein kleines Ziel setzt, zum Beispiel pro Tag nur fünfmal die Augen zu verdrehen?«

»Fünfzigmal am Tag würde ihm auch nicht reichen«, schaltete sich Nan Feng ein.

Plötzlich trat ein junger Mann aus der Menge hervor. Er strotzte vor Energie, allem Anschein nach war er der Anführer. Er hob den Arm und rief laut: »Hört her! Das hat so keinen Sinn! Seit wie vielen Tagen machen wir das jetzt schon? Und hat der Geisterbräutigam sich blicken lassen?«

Die Männer stimmten ihm allesamt zu und machten ihrem Ärger Luft. Da fuhr der junge Mann fort: »Wir sollten den Yujun-Berg direkt absuchen, uns dieses hässliche Monster schnappen und es umbringen! Ich werde vorangehen, wer mutig ist, folge mir! Lasst uns das hässliche Monster töten und die Belohnung unter uns aufteilen!«

Zunächst grummelten nur ein paar der Männer, doch dann wurden die Stimmen allmählich lauter, bis die ganze Menge vereint rief. Es war eine beeindruckende Szene.

Xie Lian wandte sich wieder dem Teehausbesitzer zu: »Das ›hässliche Monster‹? Was hat es damit auf sich?«

»Man erzählt sich, dass der Geisterbräutigam ein hässliches Monster sei, das auf dem Yujun-Berg lebt«, erwiderte der Mann. »Weil er so hässlich ist, mögen ihn die Frauen nicht. Deshalb hegt er einen Groll und schnappt sich die Bräute anderer und lässt sie nicht zu ihrem Glück kommen.«

Auf der Schriftrolle aus dem Lingwen-Palast stand nichts Derartiges. »Das erzählt man sich? Das ist doch bestimmt nur eine Vermutung, oder?«

»Nicht unbedingt«, entgegnete der Besitzer. »Es heißt, viele hätten ihn schon gesehen. Sein Gesicht soll vollständig bandagiert und sein Blick boshaft sein. Anscheinend redet er auch nicht und jault nur wie ein Wolf, sehr bizarr.«

»Dass er sein Gesicht bedeckt hält, muss nicht heißen, dass er hässlich ist«, schaltete sich Fu Yao ein. »Vielleicht ist er auch so umwerfend schön, dass er sich niemandem zeigen will.«

Der Besitzer blieb einen Moment lang stumm, dann sagte er: »Was weiß ich. Ich habe ihn nicht gesehen.«

In diesem Moment erklang von draußen eine Frauenstimme: »H... Hört nicht auf ihn. Geht nicht. Der Yujun-Berg ist gefährlich ...«

Am Straßenrand kauerte die junge Frau, die gestern im Nanyang-Tempel gebetet hatte, Xiao Ying.

Kaum hatte Xie Lian sie erblickt, schmerzte seine Wange und er rieb sie unbewusst.

Der Anführer der Gruppe verzog das Gesicht und schubste sie zur Seite. »Wenn Männer über wichtige Dinge reden, hat ein Weib sich nicht einzumischen.«

Xiao Ying fing an zu zittern, doch sie nahm ihren Mut zusammen und sagte mit leiser Stimme: »Hört nicht auf ihn. Ob ihr eine Attrappe geleitet oder den Berg absucht, beides ist viel zu gefährlich. Ihr spielt mit eurem Leben.«

»Du hast gut reden«, erwiderte der junge Mann. »Wir setzen unser Leben aufs Spiel, um das Volk von Übel zu befreien, und was machst du? Du denkst nur an dich und willst dich nicht als Braut verkleiden. Kein bisschen Mut bringst du für das Volk auf. Und jetzt kommst du daher und behinderst uns. Was führst du im Schilde?«

Wieder schubste er die junge Frau. Die Mienen der Teehausbesucher verfinsterten sich. Xie Lian senkte den Kopf und machte sich daran, das Band von seinem Handgelenk zu lösen. Währenddessen erklärte der Besitzer: »Xiao Pengtou hat versucht, die junge Dame zu überreden, sich als Braut zu verkleiden. Er hat ihr Honig ums Maul geschmiert, aber sie gab nicht nach und seht Euch an, wie er sie jetzt behandelt.«

Nun schalteten sich auch die anderen Männer auf der Straße ein: »Versperr uns nicht den Weg, geh endlich zur Seite!«

Xiao Ying lief knallrot an und Tränen stiegen ihr in die Augen. »M... Müsst ihr so mit mir reden?«

»Habe ich etwa was Falsches gesagt?«, meldete der Anführer sich wieder zu Wort. »Ich habe dich gebeten, dich als Braut zu verkleiden, und du wolltest es auf Teufel komm raus nicht tun.«

»Das stimmt zwar«, antwortete Xiao Ying, »aber du hättest deswegen nicht meinen Rock aufschlitzen müssen ...«

Bei diesen Worten sprang der junge Mann auf, zeigte mit dem Finger auf ihre Nase und sagte: »Mach keine falschen Anschuldigungen, du hässliches Monster! Ich soll deinen Rock aufgeschlitzt haben? Bin ich blind, oder was? Vielleicht hast du ihn ja selbst aufgeschlitzt, um dich den Leuten zu zeigen! Aber du hast wohl nicht damit gerechnet, dass das keiner sehen will. Häng es nicht mir an!«

Nan Feng konnte es nicht mehr mit anhören und zerbrach die Teetasse in seiner Hand. Gerade wollte er aufstehen, da huschte ein weißer Schatten an ihm vorbei und Xiao Pengtou flog schreiend einen Meter hoch in die Luft. Er schlug die Hände vors Gesicht und landete auf dem Hintern. Aus den Nähten seiner Hose sickerte Blut hervor.

Niemand hatte sehen können, was passiert war. Zuerst dachten die Leute noch, Xiao Ying hätte mit Gewalt reagiert, doch man sah sie nicht einmal mehr. Vor ihr stand ein weiß gekleideter Kultivierer.

Xie Lian hatte die Hände in den Ärmeln versteckt und stand mit dem Rücken zur Menge. Lächelnd blickte er Xiao Ying an, verbeugte sich leicht und sagte: »Junge Dame, dürfte ich Euch auf eine Tasse Tee einladen?«

Xiao Pengtous Gesicht schmerzte, als hätte jemand mit einer Keule auf ihn eingeschlagen. Doch der Kultivierer trug offensichtlich keine Waffen bei sich und er hatte auch nicht gesehen, wie und mit was er ihn angegriffen hatte. Schwankend richtete er sich wieder auf, riss seinen Säbel in die Höhe und brüllte: »Er benutzt schwarze Magie!«

Kaum hatten die Männer das gehört, zogen sie ihre Säbel. Doch plötzlich streckte Nan Feng hinter ihnen seine Hand aus und ein Pfeiler krachte zu Boden.

Nachdem sie gesehen hatten, wie stark seine Kräfte waren, wurden die Männer bleich. Auch Xiao Pengtou war eingeschüchtert, obwohl er es nicht zugeben wollte. Während er wegrannte, rief er ihnen zu: »Für heute gebe ich mich geschlagen. Von welchem Clan seid Ihr? Sagt mir Eure Namen und nächstes Mal werde ich ... ich ...«

Nan Feng hielt es nicht für nötig zu antworten, doch von der Seite meldete sich Fu Yao: »Gerne, gerne. Gigantische Männ...«

Nan Feng drehte sich zu ihm und streckte wieder seine Hand aus. Erneut fingen die beiden an zu kämpfen. Xie Lian wollte die junge Dame eigentlich ins Teehaus bitten und sie auf Früchte oder Tee einladen, doch sie wischte sich die Tränen weg und verschwand. Er konnte nur seufzen und ging ohne sie zurück ins Teehaus. Dort sagte der Besitzer zu ihm: »Bitte denkt daran, für den zerbrochenen Pfeiler aufzukommen.«

Xie Lian setzte sich und sagte zu Nan Feng: »Denkt daran, für den zerbrochenen Pfeiler aufzukommen.«

Als dieser nicht antwortete, fuhr Xie Lian fort: »Aber lasst uns zuerst die wichtigen Dinge erledigen. Könnte mir jemand etwas spirituelle Energie übertragen? Ich muss im Kommunikationskanal die neuen Informationen überprüfen.«

Nan Feng hob den Arm und schlug zum Zeichen des Schwurs seine Hand gegen Xie Lians. Somit hatten sie eine einfache Abmachung getroffen und Xie Lian konnte endlich wieder das spirituelle Kommunikationssystem nutzen.

Kaum hatte er den Kanal betreten, hörte er Lingwens Stimme: »Eure Hoheit, Ihr habt Euch endlich spirituelle Energie geliehen? Wie läuft es im Norden? Sind die beiden jungen Offiziere, die sich freiwillig gemeldet haben, Euch eine gute Unterstützung?«

Xie Lian hob den Kopf und sah zum Pfeiler hinüber, den Nan Feng zerstört hatte. Dann warf er einen Blick auf Fu Yao, der gleichgültig mit geschlossenen Augen dasaß, und antwortete: »Sie haben beide ihre Stärken. Sie haben Potenzial.«

Lingwen lächelte. »Dann möchte ich General Nanyang und General Xuanzhen gratulieren. Laut Euren Worten haben die beiden eine große Zukunft vor sich und werden sicherlich bald aufsteigen.«

Kaum eine Sekunde später meldete sich Mu Qings eisige Stimme: »Er hat mir nicht berichtet, dass er auf Reisen geht. Ich wusste nichts davon.«

Du lungerst wohl wirklich den ganzen Tag lang im Kanal herum, dachte Xie Lian bei sich.

»Eure Hoheit«, fuhr Lingwen fort. »Wo habt Ihr euch niedergelassen? Der Norden ist General Peis Territorium. Es werden unzählige Räucherstäbchen für ihn angezündet. Falls nötig, könntet Ihr vorübergehend in einem seiner Mingguang-Tempel unterkommen.«

»Wir brauchen ihm keine Umstände zu machen«, entgegnete Xie Lian. »Es gibt zwar keinen Mingguang-Tempel in der Nähe, aber wir sind in einem Nanyang-Tempel untergekommen. Ich möchte Euch etwas fragen, Lingwen. Habt Ihr noch mehr Informationen über den Geisterbräutigam?«

»Die haben wir«, antwortete Lingwen. »Wir haben soeben im Palast den Rang dieses Geistes ermittelt: Es handelt sich um einen Saevus.«

Ein Saevus!

Je nachdem wie stark ein Dämon oder Geist war, der in der Menschenwelt wütete, teilte der Lingwen-Palast ihm einen von vier Rängen zu: Malus, Periculus, Saevus und Supremus.

Ein Malus konnte einen Menschen töten, ein Periculus konnte einen Clan auslöschen und ein Saevus eine Stadt massakrieren. Und der fürchterlichste, der Supremus, war in der Lage, ein ganzes Reich zu vernichten. Wenn einer geboren wurde, stürzte er die Welt in großes Chaos.

Der Geisterbräutigam, der sich auf dem Yujun-Berg versteckte, war also ein Saevus und damit nur eine Stufe unter einem Supremus. Demzufolge war die Wahrscheinlichkeit gering, dass von den Leuten, die ihm begegnet waren, irgendjemand unbeschadet davongekommen war.

Xie Lian verließ den Kanal und informierte die anderen beiden. Daraufhin sagte Nan Feng: »Dieses ›hässliche Monster‹ ist bestimmt nur ein Gerücht. Oder sie haben irgendetwas anderes gesehen.«

»Es gibt noch eine weitere Möglichkeit«, entgegnete Xie Lian. »Vielleicht will oder kann der Geisterbräutigam unter bestimmten Bedingungen niemanden verletzen.«

»Der Lingwen-Palast arbeitet aber nicht sehr tüchtig«, beschwerte sich Fu Yao. »Nach so langer Zeit haben sie gerade einmal den Rang herausgefunden. Was nützt uns das?«

»Immerhin können wir unseren Gegner nun besser einschätzen«, erwiderte Xie Lian. »Wenn er ein Saevus ist, müssen seine Kräfte sehr stark sein. Eine Attrappe könnte ihn nicht täuschen. Wenn wir ihn hervorlocken wollen, können wir keine Puppe in die Sänfte setzen und das Geleit darf auch keine Waffen bei sich tragen. Das Wichtigste ist, dass die Braut lebendig sein muss.«

»Dann suchen wir eben auf der Straße irgendeine Frau und nehmen sie als Köder«, antworte Fu Yao.

Nan Feng verneinte. »Das geht nicht.«

»Warum?«, fragte Fu Yao. »Denkst du, sie weigern sich? Gib Ihnen Geld, dann wollen sie schon.«

»Fu Yao«, mischte sich Xie Lian ein. »Selbst wenn eine Frau sich dazu bereit erklären würde, sollten wir das nicht tun. Der Geisterbräutigam ist ein Saevus. Wenn irgendetwas schiefgehen sollte, könnten wir ungeschoren davonkommen, aber wenn die Braut entführt werden sollte, könnte sie nicht entkommen und sich auch nicht wehren. Sie würde geradewegs in den Tod gehen.«

»Dann suchen wir eben keine Frau, sondern einen Mann«, meinte Fu Yao.

Daraufhin sagte Nan Feng: »Wo finden wir einen Mann, der sich als Braut ...?«

Er hatte noch nicht zu Ende gesprochen, da trafen sich die Blicke der beiden jungen Männer.

Noch lächelte Xie Lian ...

Am Abend trat Xie Lian mit herabgelassenem Haar aus der Ecke des Nanyang-Tempels hervor.

Als die beiden jungen Offiziere, die die Tür des Tempels bewachten, zu ihm hinübersahen, schrie Nan Feng augenblicklich »Ach du Scheiße!« und stürmte nach draußen.

Xie Lian blieb einen Moment lang stumm, dann fragte er: »War das wirklich nötig?«

Trotz des hübschen Gesichts mit den weichen Zügen war unverkennbar, dass er ein Mann war.

Einen so hübschen Mann in einem Brautkleid zu sehen wäre für viele unerträglich gewesen. So musste es auch Nan Feng ergangen sein und daher hatte er wohl so heftig reagiert.

Xie Lian beobachtete Fu Yao, der sich nicht vom Fleck gerührt hatte und mit angespannter Miene den Boden anstarrte. »Wollt Ihr mir irgendetwas sagen?«

Fu Yao nickte. »Wenn ich der Geisterbräutigam wäre und man mir so eine Frau schickt ...«

»Würdet Ihr die ganze Ortschaft auslöschen?«, unterbrach Xie Lian ihn.

»Nein, ich würde die Frau umbringen«, sagte Fu Yao kalt.

Xie Lian lächelte. »Dann habe ich ja Glück, dass ich keine Frau bin.«

»Ihr solltest lieber sofort den Kommunikationskanal betreten und fragen, ob irgendein Himmelsbeamter dazu bereit wäre, euch Verwandlungszauber beizubringen. Das wäre realistischer.«

Im Himmelreich gab es tatsächlich einige Götter, die Verwandlungszauber beherrschten, wenn besondere Umstände es verlangten. Aber nun war es zu spät, um sie zu lernen. Nan Feng kam mit blassem Gesicht wieder herein. Nachdem er eine Schimpfkanonade losgelassen hatte, hatte er sich etwas beruhigt. In diesem Punkt unterschied er sich kein bisschen von seinem General.

Xie Lian bemerkte, dass es bereits dunkel geworden war, und sagte: »Egal, sobald ich den Schleier aufsetze, macht es keinen Unterschied mehr.«

Er wollte sich gerade den Schleier anlegen, da hielt Fu Yao ihn auf. »Moment. Ihr wisst doch nicht, wie der Geisterbräutigam Schaden zufügt. Was, wenn er den Schleier abnimmt, herausfindet, dass er getäuscht wurde, und sich auf Euch stürzt? Das wäre eine schreckliche Wendung.«

Er hat nicht unrecht, überlegte Xie Lian. Kaum hatte er einen Schritt getan, machte es *ratsch*.

Das rote Brautkleid, das Fu Yao ihm besorgt hatte, passte ihm nicht.

Frauen waren eher klein und zierlich gebaut, um die Hüfte saß das Kleid überraschenderweise gut, doch er hatte kaum Raum, um seine Arme oder Beine zu bewegen. Wenn er eine zu ausladende Bewegung machte, riss das Kleid. Xie Lian drehte sich gerade hin und her, um herauszufinden, wo das Kleid gerissen war, als von der Tempeltür her eine Stimme ertönte: »Entschuldigt …«

Die drei blickten zur Tür. Dort stand Xiao Ying mit einer zusammengefalteten weißen Robe in der Hand und sah sie schüchtern an. »Da ich Euch gestern hier begegnet bin, wollte ich nachsehen, ob Ihr vielleicht wieder hier seid«, erklärte sie. »Ich habe die Robe gewaschen. Ich lege sie hier hin. Ich danke Euch für gestern und heute.«

Xie Lian wollte ihr gerade zulächeln, doch da fiel ihm ein, wie er gerade aussah, und daher entschied er sich, lieber nichts zu sagen, um sie nicht zu erschrecken.

Doch wider Erwarten erschreckte Xie Lians Anblick sie nicht. Im Gegenteil, sie kam ihm entgegen und fragte: »Seid Ihr …? Ich könnte Euch helfen, wenn Ihr möchtet?«

Xie Lian verneinte. »Bitte missversteht nicht, junge Dame. Das ist keine heimliche Leidenschaft.«

»Keine Sorge, ich weiß«, antwortete Xiao Ying hastig. »Ich meinte, wenn Ihr nichts dagegen habt, könnte ich Euch helfen. Ihr ... Ihr wollt den Geisterbräutigam fangen, oder?« Plötzlich wurde ihre Stimme lauter und ihr Gesicht leuchtete auf. »Ich kann das Kleid anpassen. Ich habe immer Nadel und Faden bei mir. Und ich weiß auch, wie man sich aufhübscht. Ich helfe Euch.«

Eine Stunde später kam Xie Lian mit gesenktem Kopf wieder aus der Ecke hervor.

Diesmal war der Schleier bereits angebracht. Nan Feng und Fu Yao waren versucht, einen Blick darunter zu werfen, entschieden sich jedoch letztlich dazu, das ihren Augen nicht anzutun. Die Brautsänfte, die sie aufgetrieben hatten, stand gleich vor der Tür. Und die Sänftenträger, die sie sorgfältig ausgesucht hatten, warteten auch schon seit geraumer Zeit. Es war stockdunkel und es wehte ein starker Wind. Im Brautkleid stieg der Brautprinz in die leuchtend rote Brautsänfte.

Sie war mit leuchtend roter Seide überzogen, mit bunten Fäden waren prachtvolle Blumen und Monde sowie Drachen und Phönixe* darauf gestickt. Nan Feng und Fu Yao bewachten jeweils die linke und die rechte Seite. Xie Lian saß aufrecht in der Sänfte und schwankte mit den Schritten der Sänftenträger langsam hin und her.

Es waren acht Männer, alles herausragende Offiziere. Um Männer mit erstklassigen Kampfkünsten zu finden, waren sie geradewegs zum Anwesen des Beamten gegangen und hatten klargemacht, dass sie auf dem Yujun-Berg auf Nachtjagd** gehen wollten. Ohne weitere Worte rief der Vater eine Reihe starker Offiziere herbei. Die drei suchten jedoch nicht solche Männer aus, von denen sie hofften, dass sie ihnen eine Hilfe sein würden, sondern solche, die in der Lage wären, sich selbst zu schützen und zu fliehen, falls der Geisterbräutigam angreifen sollte.

* Die rote Farbe sowie die Muster sind allesamt Glückssymbole. ** Geister- bzw. Dämonenjagd.

Tatsächlich sahen die acht Offiziere jedoch auf sie herab. Sie waren die Besten der Besten, Anführer und Helden. Und dann kamen zwei hübsche Schwächlinge daher und taten, als wären sie ihnen übergeordnet. Sie waren nicht sehr erfreut darüber, die Sänfte geleiten zu müssen, aber den Befehlen ihres Herrn mussten sie Folge leisten. Also versuchten sie, ihren Ärger zu unterdrücken, was jedoch nicht ganz gelang. Von Zeit zu Zeit setzten sie den Fuß falsch auf oder ihre Arme zitterten, sodass sie die Sänfte durchschüttelten. Außenseiter würden es nicht bemerken, doch wäre der Insasse nur einen Tick schwächer gewesen, hätte er sich wohl die Seele aus dem Leib gekotzt.

Die Sänfte wackelte und schwankte, bis Xie Lian tatsächlich einen leisen Seufzer ausstieß. Die Offiziere waren insgeheim zufrieden.

Da spöttelte Fu Yao: »Was habt Ihr, Fräulein? Seid Ihr so erfreut, in Eurem Alter noch zu heiraten, dass Euch die Tränen kommen?«

Es gab in der Tat nicht wenige Bräute, die in der Sänfte Tränen vergossen. Xie Lian wusste nicht, ob er lachen oder weinen sollte. »Aber nein. Mir ist nur gerade aufgefallen, dass etwas Wichtiges fehlt.« Seine Stimme war geschmeidig und sanft. Man merkte ihr die Qualen kein bisschen an.

»Was fehlt denn?«, fragte Nan Feng. »Wir haben doch alles Nötige vorbereitet.«

Xie Lian lächelte. »Zwei Dienstmägde als Mitgift.«

Nan Feng und Fu Yao sahen sich gegenseitig an. Was auch immer sie für ein Bild im Kopf hatten, es war gewiss schrecklich. Fu Yao entgegnete: »Stellt Euch einfach vor, Ihr seid arm und habt kein Geld und keine Dienstmägde.«

»Na gut«, gab Xie Lian zur Antwort.

Die Sänftenträger, die diese Komödie mit angehört hatten, konnten ihr Lachen nicht mehr zurückhalten. Dadurch verschwand ihre Unzufriedenheit zum Teil und sie fühlten sich den Männern etwas verbundener. Auch die Sänfte schwankte nicht mehr so stark. Xie Lian lehnte sich zurück und schloss die Augen.

Doch kurz darauf hörte er plötzlich das Gelächter eines Kleinkindes. Die Stimme breitete sich wie in Wellen über den Berg aus, es war schaurig. Dennoch schritten die Träger tapfer voran. Nicht einmal Nan Feng oder Fu Yao sagten etwas, es schien, als hätte niemand etwas Ungewöhnliches bemerkt.

Xie Lian öffnete die Augen und rief leise nach Nan Feng und Fu Yao.

Von links fragte Nan Feng: »Was ist los?«

»Irgendetwas ist hier.«

Mittlerweile befanden sie sich schon tief im Yujun-Berg. Um sie herum war nichts als lautlose Wildnis. Selbst das Knarzen der hölzernen Sänfte, das Knacken der zertretenen Äste oder das Atmen der Sänftenträger klangen in dieser Stille schon zu laut.

Die Kinderstimme verstummte nicht. Manchmal ertönte sie leise, als käme sie aus den Tiefen des Waldes, und manchmal laut, als befände sie sich gleich neben der Sänfte.

Nan Fengs Miene hatte sich verfinstert. »Ich höre nichts.«

»Ich auch nicht«, pflichtete Fu Yao ihm bei.

In dem Fall hörten die Offiziere gewiss ebenfalls nichts.

»Dann ist diese Stimme wohl nur für mich gedacht«, vermutete Xie Lian.

Die acht Offiziere vertrauten auf ihre Kampfkünste. Zudem gab es keine Regel, wann der Geisterbräutigam sich eine Braut schnappte, also würde heute Nacht gewiss nichts geschehen. Sie fürchteten sich nicht im Geringsten, doch irgendwie mussten sie plötzlich an die vierzig Offiziere denken, die unerklärlicherweise verschwunden waren, und ein paar von ihnen stand kalter Schweiß auf der Stirn. Xie Lian bemerkte, dass einige von ihnen stehen geblieben waren, und sagte: »Bleibt nicht stehen. Tut so, als wäre nichts.«

Nan Feng bedeutete ihnen weiterzulaufen. Da sagte Xie Lian: »Nun singt die Stimme.«

»Was singt sie?«, fragte Fu Yao zurück.

Aufmerksam hörte Xie Lian zu und wiederholte langsam, Wort für Wort: »Oh Braut, oh Braut, oh Braut in der roten Sänfte ...«

In der Stille der Nacht war seine Stimme laut und deutlich zu hören. Es war eindeutig Xie Lian, der dieses sonderbare Lied sang, doch den acht Offizieren war, als hörten sie ein kleines Kind mitsingen. Ihnen standen die Haare zu Berge.

Xie Lian fuhr fort: »Weinend überquere den Berg, lächle nicht unter deinem Schleier ... Geister... Geisterbräutigam? Oder was?« Er hielt einen Moment inne. »Ich weiß es nicht. Die Stimme lacht die ganze Zeit, ich kann es nicht deutlich hören.«

Nan Feng runzelte die Stirn. »Wie soll man das verstehen?«

»Wörtlich«, antwortete Xie Lian. »Die Braut in der Sänfte darf nur weinen und nicht lächeln.«

»Ich meinte, warum warnt Euch die Stimme?«, entgegnete Nang Feng.

Fu Yao war wie immer anderer Meinung. »Vielleicht warnt sie ihn gar nicht, sondern will ihn in eine Falle locken und zum Weinen bringen, und nur wenn er lächelt, bleibt er unversehrt. Gut möglich, dass sie so auch die anderen Bräute getäuscht hat.«

»Fu Yao«, erwiderte Xie Lian. »Wenn gewöhnliche Bräute auf dem Weg so eine Stimme hören, erschrecken sie sich sicher zu Tode. Wer könnte da noch lächeln? Und außerdem, egal ob ich weine oder lache, was wäre das schlimmste Ergebnis?«

»Dass Ihr entführt werdet«, antwortete Fu Yao.

»Und ist das nicht unser Ziel?«, konterte Xie Lian.

Fu Yao schnaubte, entgegnete aber nichts mehr.

Xie Lian sprach weiter: »Es gibt da noch eine Sache, die ich Euch mitteilen muss.«

»Was für eine Sache?«, fragte Nan Feng.

»Seitdem ich in die Sänfte gestiegen bin, lächle ich die ganze Zeit.«

Kaum hatte er zu Ende gesprochen, sank die Sänfte zu Boden.

Die acht Offiziere gerieten in Aufruhr und die Sänfte blieb stehen. Nan Feng rief: »Keine Panik!«

Xie Lian hob den Vorhang an und fragte: »Was ist los?«

»Nichts«, erwiderte Fu Yao. »Eine Herde wilde Bestien versperrt den Weg, das ist alles.«

Da zerriss auch schon ein Wolfsjaulen die Luft.

Es war eine Gruppe Wölfe.

Wie Xie Lian es auch drehte und wendete, da stimmte etwas nicht. »Ich habe eine Frage: Trifft man auf dem Yujun-Berg oft auf Wölfe?«

»Ich habe noch nie davon gehört. Wie könnten auf dem Yujan-Berg Wölfe sein?«, antwortete einer der Sänftenträger.

Xie Lian zupfte an seiner Augenbraue. »Na, dann sind wir am richtigen Ort.«

Ein Rudel Wölfe konnte Nan Feng und Fu Yao nichts anhaben, genauso wenig wie den Offizieren, die tagein, tagaus kämpften. Sie waren wegen des sonderbaren Liedes in Gedanken gewesen und hatten sich nur erschreckt.

Die tiefschwarze Nacht wurde nach und nach von hellgrünen Augenpaaren erleuchtet. Ein hungriger Wolf nach dem anderen kam aus dem Dickicht hervor, bis sie umzingelt waren. Diese Bestien, die sie sehen und bekämpfen konnten, waren auf jeden Fall besser als dieses Etwas, das man weder hören noch fassen konnte. Alle rollten ihre Ärmel hoch und machten sich zum Kampf bereit. Doch das war noch nicht alles. Irgendetwas, das weder Tier noch Mensch war, stieß plötzlich Schreie aus.

Ein Offizier erschrak und rief: »W... Was ist das?! Was zum Teufel ist das?!«

Auch Nan Feng fing an zu fluchen.

Xie Lian spürte, dass etwas nicht stimmte, und lehnte sich nach vorn. Im Begriff aufzustehen, fragte er: »Was ist denn nun los?«

»Kommt nicht raus!«, rief Nan Feng sofort.

Xie Lian zog seine Hand wieder zurück. Plötzlich ruckelte die Sänfte, als würde etwas an ihr emporkriechen. Er senkte den Blick und sah durch den Spalt, den der Schleier offen ließ, einen schwarzen Hinterkopf.

Das Etwas wollte in die Sänfte klettern.

Es krachte mit seinem Kopf gegen die Tür der Sänfte, bis jemand kam und es wegzog. Nan Feng schrie: »Scheiße, es sind Binu!«

Xie Lian wusste sofort, dass ihnen Ärger bevorstand.

Binu waren Wesen, die es nicht einmal verdienten, vom Lingwen-Palast als Malus eingestuft zu werden. Es hieß, Binu seien ursprünglich Menschen gewesen, doch wenn man sie in ihrer jetzigen Gestalt als Menschen betrachten wollte, waren sie stark deformiert. Sie hatten zwar Gesichter, aber diese waren nur verschwommen. Ebenso hatten sie Arme und Beine, sie waren jedoch nicht in der Lage, sie zu bewegen. Sie besaßen auch Mund und Zähne, allerdings könnten sie einen halben Tag lang auf jemandem herumkauen und würden ihn nicht totkriegen. Doch hätten sie die Wahl, würden alle lieber auf einen Malus oder Periculus treffen als auf Binu.

Diese erschienen nämlich immer zusammen mit anderen Geistern und Dämonen. Während ihre Beute mit diesen kämpfte, kamen sie plötzlich hervor und benutzten ihre endlos langen Glieder und klebrigen Körperflüssigkeiten, um ihre Beute hinterlistig zu umschlingen. Ihre Kräfte waren zwar schwach, aber sie waren ausdauernd und zäh und tauchten immer in einer großen Gruppe auf. Es war schwer, sie abzuschütteln oder sie auf die Schnelle zu töten. Sie erschöpften einen, bis man taumelte, und diese kleine Schwäche nutzten dann die Geister und Dämonen, um zuzuschlagen.

Und nachdem die Beute von ihnen erledigt worden war, schnappten sich die Binu die Überreste – einen Arm oder ein Bein – und nagten mit Genuss daran.

Binu waren wirklich abscheulich. Himmelsbeamte des Oberen Hofes brauchten nur ihr göttliches Licht zu zeigen und einmal ihre Waffen zu schwingen, um die Binu einzuschüchtern und zu vertreiben. Aber für Beamte des Mittleren Hofes waren sie äußerst lästig. Zornig rief Fu Yao aus weiter Ferne: »Es gibt nichts, was ich so sehr hasse wie diese Dinger! Hat der Lingwen-Palast nichts von ihnen gesagt?«

»Nein«, antwortete Xie Lian.

»Wofür ist der Palast eigentlich gut?!«

Da sagte Nan Feng: »Es sind um die hundert vielleicht sogar mehr! Kommt nicht raus!«

Je mehr Binu es waren, desto stärker waren sie. Wenn es mehr als zehn waren, hatte man schon hart mit ihnen zu kämpfen. Mehr als hundert? Es war unmöglich, sie alle zu töten. Binu hausten normalerweise an Orten, wo sich viele Menschen umtrieben. Niemand hätte damit gerechnet, auf dem Yujun-Berg auf so viele von ihnen zu treffen.

Xie Lian überlegte kurz, dann hob er leicht den Arm, sodass das Band an seinem Handgelenk zum Vorschein kam. »Los«, sagte er.

Auf seinen Befehl hin rollte sich das weiße Seidenband von selbst von seinem Handgelenk ab, als wäre es lebendig, und flog aus dem vorhangverdeckten Fenster der Sänfte hinaus.

Xie Lian saß aufrecht in der Sänfte und ordnete mit sanfter Stimme an: »Erwürge sie.«

Plötzlich tanzte ein weißer Schatten, der an eine Schlange erinnerte, durch die tiefschwarze Nacht.

An Xie Lians Handgelenk wirkte das Band, als sei es vielleicht drei-, viermal herumgewickelt worden, doch wie es nun wie ein Blitz umhersprang und tötete, wirkte es unendlich. Man hörte ein Knacken nach dem anderen und schon hatte es mehreren Dutzend Wölfen und Binu das Genick gebrochen.

Die sechs Binu, die sich um Nan Feng gewickelt hatten, sanken augenblicklich tot zu Boden. Nan Feng sprang in die Höhe und schlitzte einen Wolf auf, doch er wirkte nicht, als wäre die Sache damit für ihn erledigt. Überraschenderweise stürzte er auf die Sänfte zu und rief: »Was ist das für ein Ding? Ich dachte, Ihr hättet keine spirituellen Kräfte und könntet keine magischen Waffen einsetzen?«

»Es gibt immer Ausnahmen ...«, entgegnete Xie Lian.

Nan Feng war außer sich und schlug mit der Hand gegen die Tür. »Xie Lian! Erklärt das gefälligst! Was ist das für ein Ding? Es wird doch nicht ...«

Der Schlag war so heftig, dass die Sänfte beinahe auseinanderbrach. Xie Lian musste die Tür mit der Hand abstützen. Er stutzte über Nan Fengs Ton, der ihn an Feng Xin erinnerte, wenn er wütend war. Nan Feng wollte gerade wieder ansetzen, als Schreie der Offiziere aus der Ferne ertönten.

»Besprecht das später«, sagte Fu Yao kalt. »Jetzt müssen wir kämpfen!«

Nan Feng blieb nichts anderes übrig, als erst einmal den Offizieren zu Hilfe zu eilen.

Xie Lian hatte sich wieder gesammelt und sagte: »Nan Feng, Fu Yao, verschwindet von hier.«

Nan Feng drehte sich um. »Was?«

»Solange Ihr bei der Sänfte bleibt, werden immer mehr kommen«, antwortete Xie Lian. »Ihr könnt sie nicht besiegen, bringt erst einmal die Offiziere von hier weg. Ich bleibe hier und stelle mich dem Geisterbräutigam.«

Nan Feng wollte schon wieder losschimpfen: »Ihr könnt nicht allein ...«

Doch Fu Yao unterbrach ihn: »Er kann doch dieses Seidenband kontrollieren. Es wird nichts passieren. Anstatt hier lange Reden zu schwingen, solltest du dich besser beeilen, die anderen in Sicherheit zu bringen, und schnell zurückkommen. Ich gehe jedenfalls.«

Fu Yao war selbstbewusst und so ging er, ohne einen Augenblick zu zögern.

Nan Feng biss die Zähne zusammen. Er wusste, dass Fu Yao recht hatte. »Folgt mir!«, rief er den übrigen Offizieren zu.

Und tatsächlich, nachdem sie die Sänfte allein zurückgelassen hatten, kamen keine neuen Wölfe und Binu mehr hervor, auch wenn die bereits anwesenden sie noch immer bedrängten. Nan Feng und Fu Yao beschützten jeweils vier Offiziere und kämpften sich den Weg frei. Währenddessen sagte Fu Yao grimmig: »Das ist doch absurd! Wäre ich nur ...«

Weiter kam er nicht, als er Nan Feng in die Augen sah und sie einen seltsamen Blick austauschten. Fu Yao schluckte seine Worte hinunter und drehte sich wieder um. Stillschweigend gingen sie weiter.

Der Boden um die Sänfte war übersät mit Leichen.

Ruoye – so hieß das Seidenband – hatte alle Wölfe und Binu erwürgt, die in die Sänfte klettern wollten. Nun kam es zurückgeflogen und wickelte sich sanft um Xie Lians Handgelenk. Dieser saß ruhig in der Sänfte, umgeben von der unendlichen Dunkelheit und dem Rauschen der Bäume.

Plötzlich wurde es still. Der Wind, die Bäume, das Gejaule der Bestien – für einen Moment war alles in tödliche Stille gehüllt, als fürchteten sie sich vor etwas.

Und dann hörte Xie Lian ein Lachen. Es schien von einem Mann oder einem Jugendlichen zu kommen.

Xie Lian setzte sich aufrecht und blieb stumm.

Ruoye wickelte sich geräuschlos wieder ab und machte sich bereit. Wenn es auch nur die geringste mörderische Energie wahrnahm, würde es auf der Stelle ausholen.

Doch der erwartete Angriff blieb aus, stattdessen passierte etwas anderes.

Der Vorhang der Sänfte wurde leicht angehoben und durch den Spalt unter seinem roten Schleier sah Xie Lian eine Hand, die sich ihm entgegenstreckte. Die Finger waren wohl geformt und um den Mittelfinger war ein roter Faden gebunden. An der Hand mit den schlanken, blassen Fingern wirkte er wie ein roter Schicksalsfaden*.

Sollte er die Hand ergreifen? Oder lieber nicht?

Xie Lian rührte sich nicht. Er hatte sich noch nicht entschieden, ob er weiterhin ruhig bleiben oder die panische Braut spielen und sich verschreckt in die Ecke kauern sollte. Der Besitzer der Hand war jedoch geduldig und wohlgesittet. Solange Xie Lian sich nicht rührte, rührte auch er sich nicht, als warte er auf seine Antwort.

Nach einer Weile ergriff Xie Lian aus einem unerklärlichen Impuls heraus die Hand.

Er stand auf, um den roten Vorhang beiseitezuschieben und aus der Sänfte zu steigen, doch sein Gegenüber war schneller und hielt ihn bereits auf. Es drückte Xie Lians Hand, die nun in seiner lag, ganz sanft, als befürchte es, es könnte ihm wehtun. Das vermittelte den Eindruck, dass es eine sehr sanftmütige und aufmerksame Person sein musste.

Xie Lian senkte den Kopf. Unter der Führung des anderen stieg er langsam aus der Sänfte und erblickte unter seinen Füßen den Kadaver eines Wolfes, der von Ruoye erdrosselt worden war. Er hatte eine Idee und stolperte leicht, woraufhin er mit einem kurzen Schrei nach vorn fiel.

Der andere reagierte sofort und fing ihn auf.

Xie Lian spürte etwas Kaltes unter seinen Händen. Wie sich herausstellte, trug sein Gegenüber silberne Armschienen.

Sie waren schön und elegant. Ahornblätter, Schmetterlinge und wilde Tiere waren darauf eingraviert. Es war ein mysteriöses und antik wirkendes Muster, wie man es in der Zentralebene nicht finden würde. Es musste sich bei den Schienen um ein Artefakt eines anderen Volkes handeln. Glatt und edel lagen sie um die Handgelenke.

* Laut Legende sollen Paare, die für einander bestimmt sind, durch einen roten Faden verbunden sein.

In dem kalten Silber und der bleichen Hand steckte jedoch kein Leben, sondern eine böse, mörderische Aura.

Xie Lian hatte sich fallen lassen, um ihn zu testen, doch Ruoye hielt sich im weiten Ärmel des Brautkleides versteckt und wartete. Der Unbekannte führte ihn einfach weiter an der Hand.

Wegen seines Schleiers konnte Xie Lian den Weg nicht klar erkennen und zudem wollte er auch Zeit schinden, also bewegte er sich äußerst langsam. Der andere zerrte jedoch nicht und passte sich an sein Tempo an, als hätte er Angst, Xie Lian könnte wieder stolpern. Obwohl Xie Lian höchst wachsam war, dachte er bei dieser Art von Behandlung unwillkürlich: *Er wäre ein äußerst sanfter und fürsorglicher Bräutigam, wenn er denn wirklich einer wäre.*

Da hörte er plötzlich ein angenehmes Klimpern und sobald sie einen weiteren Schritt getan hatten, hörte er es erneut. Xie Lian überlegte gerade, was das wohl sein könnte, als plötzlich aus allen Richtungen knurrende Bestien hervorkamen.

Wilde Wölfe!

Xie Lian hatte sich kaum bewegt, da zurrte sich Ruoye plötzlich fest.

Der Unbekannte tippte mit den Fingern zweimal leicht Xie Lians Hand an, als wollte er ihn beruhigen. So leicht, dass man es schon als sanft bezeichnen konnte.

Xie Lian stutzte kurz und in der Zwischenzeit verstummte das Knurren auch schon. Plötzlich wurde ihm klar, dass es gar kein Knurren, sondern ein Wimmern gewesen war. Die wilden Bestien mussten Todesangst verspüren und konnten sich nicht mehr rühren.

Wer war dieser Unbekannte? Xie Lians Neugier wurde immer größer – so groß, dass er sogar versucht war, den Schleier hochzuheben und einen Blick auf ihn zu werfen. Doch er wusste, dass das nicht zweckdienlich wäre, und so musste er sich mit seiner eingeschränkten Sicht zufriedengeben. Alles, was er sah, war der Saum einer roten Robe, unter der zwei schwarze Lederstiefel hervorlugten, die gemächlich ausschritten.

Die Stiefel schmiegten sich eng an seine Beine, er hatte schlanke Waden, die besonders schön wirkten, wenn er sich bewegte. An den Außenseiten der Stiefel hingen silberne Ketten, die bei jedem Schritt mitschwangen und klirrten. Es war ein höchst angenehmes Geräusch.

Mit seinen leichten, wendigen Schritten erinnerte er eher an einen Jugendlichen. Seine Füße traten allerdings auch sehr selbstsicher auf, als könnte ihn nichts und niemand aufhalten. Wer es wagte, sich ihm in den Weg zu stellen, würde von ihm wohl zermalmt werden. Aus diesem Grund konnte Xie Lian nicht einschätzen, was für eine Person dieser Unbekannte war.

Er überlegte noch immer, als plötzlich ein grausig weißer Gegenstand in seinem Blickfeld auftauchte.

Es war ein Totenschädel.

Xie Lian erstarrte. Er erkannte sofort, dass mit der Art, wie der Schädel positioniert war, etwas nicht stimmte. Es handelte sich offensichtlich um eine magische Formation. Wenn jemand den Schädel berührte, würde der Zauber sofort auf ihn losgehen. Doch so wie der Unbekannte voranschritt, schien er sich nicht im Geringsten um den Schädel zu kümmern. Xie Lian überlegte gerade, ob er ihn warnen sollte, als er ein schreckliches Knacken hörte und sah, dass der junge Mann den Schädel zertreten hatte.

Er lief einfach über die Bruchstücke hinweg, als hätte er gar nichts bemerkt.

Xie Lian war sprachlos. Mit nur einem Fußtritt hatte er eine magische Formation zerstört ...

Nun hielt der Unbekannte inne. Xie Lian war aufgewühlt. Sollte er nicht irgendetwas tun? Aber einen Moment später lief er auch schon wieder weiter. Sie gingen noch ein paar Schritte und Xie Lian hörte plötzlich etwas von oben herabtropfen, als würden Regentropfen auf einen Schirm prasseln. Wie sich herausstellte, hatte der junge Mann einen Regenschirm aufgespannt und hielt ihn nun über ihre Köpfe.

Auch wenn das nicht angebracht war, musste Xie Lian ihn innerlich für seine Fürsorge loben. Allerdings wunderte er sich auch: Regnete es wirklich?

Irgendwo in den Tiefen des schwarzen Berges heulten Wölfe den Mond an. Vielleicht lag es daran, dass vorhin so viele Bestien abgeschlachtet worden waren, doch in der kalten Luft lag ein leichter Blutgeruch.

Es war eine unheimliche und gleichzeitig wunderschöne Szene, wie der Unbekannte mit Xie Lian an einer Hand und mit dem Regenschirm in der anderen gemächlich ausschritt. Die Luft war von unendlicher Romantik erfüllt, sie wirkten wie ein unzertrennliches Ehepaar.

Genauso sonderbar, wie der Regen gekommen war, verschwand er auch wieder. Das Prasseln war nun nicht mehr zu hören. Der junge Mann blieb stehen. Er schien den Regenschirm zusammenzufalten. Nun ließ er auch Xie Lians Hand los und kam einen Schritt näher.

Die Hand, die ihn den ganzen Weg geführt hatte, lag nun an einer Ecke seines Schleiers und hob diesen langsam hoch.

Xie Lian hatte die ganze Zeit über auf diesen Moment gewartet. Er rührte sich nicht und sah zu, wie der rote Vorhang vor seinen Augen sich langsam nach oben bewegte ...

Ruoye schoss hervor.

Der Unbekannte hatte keine bösen Absichten. Ruoye musste eigenmächtig gehandelt haben.

Als das Seidenband hervorschnellte, brachte es einen Windstoß mit sich. Der rote Schleier entglitt der Hand, flog davon und landete auf dem Boden.

Xie Lian konnte nur noch einen roten Schatten ausmachen, da war Ruoye auch schon durch den Unbekannten hindurchgeflogen.

Er hatte sich in Tausend silberne Schmetterlinge aufgelöst, die wie Sterne am Himmel funkelten, als sie auseinanderstoben und sich davonmachten.

Es war zwar wieder nicht angemessen, doch Xie Lian ging zwei Schritte zurück und konnte einen Ausruf des Erstaunens nicht unterdrücken. Der Anblick war so schön, dass es wie ein Traum schien. Da flog ein Schmetterling an seiner Nase vorbei. Xie Lian wollte ihn genauer betrachten, aber dieser umkreiste ihn zweimal und schloss sich dann dem silbern leuchtenden Wirbelwind der Schmetterlinge an, die in den Nachthimmel davonflatterten.

Erst nach einer ganzen Weile kam Xie Lian wieder zu sich. War das wirklich der Geisterbräutigam gewesen?

Xie Lian glaubte nicht daran. Die Wölfe mussten seine Gehilfen sein. Warum hatten sie dann solche Angst vor dem jungen Mann gehabt? Und auch die magische Formation musste vom Geisterbräutigam errichtet worden sein, doch er hatte sie einfach ... kaputtgetreten.

Aber wenn er nicht der Geisterbräutigam war, warum hatte er Xie Lian dann aus der Sänfte entführt?

Je länger er darüber nachdachte, desto merkwürdiger kam ihm die Sache vor. Xie Lian legte sich Ruoye über die Schulter und sagte sich: *Egal, vielleicht ist er nur zufällig vorbeigekommen. Kümmern wir uns erst einmal um die wichtigen Dinge.*

Er blickte sich in alle Richtungen um. *Hm?* Nicht weit entfernt stand ein Gebäude.

Da der Unbekannte ihn hierhergebracht hatte und das Gebäude so versteckt war, musste er einfach hineingehen und sich umsehen.

Xie Lian ging ein paar Schritte, blieb dann jedoch plötzlich stehen. Er überlegte kurz, drehte wieder um und hob den Schleier auf. Nachdem er ihn kurz abgestaubt hatte, näherte er sich mit dem Schleier in der Hand dem Gebäude.

Es hatte hohe rote Mauern. Die Backsteine und Dachziegel waren leicht modrig. Es schien ein Tempel zu sein, der schon viele Jahre hinter sich hatte. Nach der Form zu urteilen, musste er einem Kriegsgott gewidmet sein. Xie Lian hob den Kopf. Wie erwartet hingen drei eiserne Schriftzeichen an der Tür: »Mingguang-Tempel«.

Lingwen hatte beim letzten Mal von diesem Kriegsgott gesprochen: General Pei, der im Norden unzählige Anhänger hatte. Kein Wunder, dass sie am Fuße des Yujun-Berges keinen Mingguang-Tempel, sondern nur einen Nanyang-Tempel gefunden hatten. Der Mingguang-Tempel befand sich auf dem Berg, war jedoch schon vor langer Zeit durch Magie abgeschottet worden. Gab es womöglich irgendeine Verbindung zwischen dem Geisterbräutigam und General Mingguang?

Dieser war allerdings ein geliebter und mächtiger Himmelsbeamter, dessen Status im Norden sehr gefestigt war. Er würde sicherlich nichts mit dem Geisterbräutigam zu tun haben wollen. Vielleicht hatte er einfach Pech gehabt und der Saevus hatte ohne sein Wissen sein Territorium eingenommen. Das wäre nichts Ungewöhnliches. Es würde sich wohl zeigen, was nun der Fall war.

Xie Lian trat vor die Tür des Tempels. Sie war zu, aber nicht verschlossen. Kaum hatte er sie aufgestoßen, stieg ihm ein seltsamer Geruch in die Nase. Es war nicht der Geruch von jahrelang angesammeltem Staub, sondern von Verrottung.

Xie Lian schloss die Tür hinter sich, damit es so aussah, als hätte niemand den Tempel betreten, und ging weiter hinein. In der Haupthalle befand sich die Statue eines Kriegsgotts – natürlich handelte es sich um General Mingguang. Objekte, die die Gestalt von Menschen hatten, wie Skulpturen, Puppen oder Porträts, konnten leicht von böser Energie infiziert werden. Aus diesem Grund untersuchte Xie Lian zunächst gründlich die Statue.

Nach einer ganzen Weile kam er zu dem Ergebnis: Die Kunstfertigkeit war hervorragend. In der Hand hielt die Statue ein Schwert und um die Hüfte trug sie einen Jadegürtel. Das Gesicht war wohlgeformt und imposant. Es war nichts Merkwürdiges an ihr zu erkennen. Der verrottete Geruch ging auch nicht von ihr aus. Folglich beachtete Xie Lian die Skulptur nicht weiter und ging tiefer in den Raum.

Xie Lian blieb abrupt stehen, seine Pupillen verengten sich.

Vor ihm stand eine Gruppe verschleierter Frauen in roten Brautkleidern. Der Geruch kam von ihnen.

Xie Lian sammelte sich und begann zu zählen: eins, zwei, drei, vier ... siebzehn.

Es waren genauso viele Bräute, wie zuvor verschwunden waren.

Manche der roten Brautkleider waren bereits verblichen, sie waren alt und zerschlissen. Diese mussten den Bräuten gehören, die schon vor langer Zeit entführt worden waren. Andere Kleider waren neu und modern und der modrige Geruch, der an ihnen haftete, war schwächer. In diese waren wohl die erst kürzlich verschwunden Bräute gekleidet. Xie Lian dachte kurz nach und hob daraufhin den Schleier einer Braut an.

Unter dem scharlachroten Schleier kam ein kreideweißes Gesicht zum Vorschein, so weiß, dass es schon leicht grünlich schimmerte. Im fahlen Mondschein wirkte es grauenerregend. Doch noch entsetzlicher war, dass auf dem bereits entstellten Gesicht noch immer ein starres Lächeln lag.

Xie Lian hob den nächsten Schleier an. Auch diese Braut lächelte.

Erstaunlicherweise trugen alle Leichen im Raum Brautkleider und ein Lächeln auf dem Gesicht.

Xie Lian war, als höre er die Kinderstimme wieder in seinem Ohr singen: »Oh Braut, oh Braut, oh Braut in der roten Sänfte ... weinend überquere den Berg, lächle nicht unter deinem Schleier ...«

Plötzlich vernahm er von draußen ein sonderbares Geräusch. Es war so sonderbar, dass man es nur schwer beschreiben konnte. Es klang, als würde mit zwei in dicken Stoff gewickelten Hölzern auf den Boden geschlagen oder als würde irgendetwas Schweres mit Mühe über den Boden geschleift. Das Geräusch kam immer näher, so schnell, dass es einen Augenblick später schon den Tempel erreicht hatte und die Tür knirschend aufging.

Egal ob es ein Mensch oder etwas anderes war, es handelte sich mit größter Wahrscheinlichkeit um den Geisterbräutigam. Er war zurück.

Es gab keinen Fluchtweg und auch nichts, wohinter man sich hätte verstecken können. Xie Lian überlegte kurz, dann verdeckte er die Gesichter der Leichen wieder und reihte sich selbst ein.

Wären es nur eine Handvoll Bräute, hätte man sofort erkannt, dass eine dazugekommen war, aber bei siebzehn Bräuten würde es nicht auffallen, solange man sie nicht zählte, wie Xie Lian es vorhin getan hatte.

Kaum hatte er sich eingereiht, war das Geräusch auch schon hereingekommen.

Stocksteif stand Xie Lian da und dachte nach. Was war das nur für ein Geräusch? Dem Rhythmus nach zu urteilen, mussten es Schritte sein. Doch wessen Schritte klangen so? Es war auf jeden Fall nicht der junge Mann, der ihn hierhergebracht hatte. Seine Schritte waren leicht und bestimmt gewesen und man hatte nur das Klimpern der Stiefelketten gehört.

Plötzlich wurde Xie Lian nervös. Ihm war etwas eingefallen: *Oh nein, ich bin zu groß!*

Die Leichen waren Frauen, er aber war ein Mann, natürlich war er um einiges größer als sie. Auch wenn eine Person mehr nicht auffiel, so fiel eine, die größer war als der Rest, sofort auf.

Doch Xie Lian beruhigte sich schnell wieder. Es war zwar in der Tat größer, Xiao Ying hatte sein Haar jedoch nur einfach zusammengebunden, während sich auf den Köpfen der anderen Bräute komplizierte Hochsteckfrisuren türmten. Manche von ihnen trugen sogar noch eine Phönixkrone*. Damit waren sie gewiss nicht kleiner als er, also sollte er unbemerkt bleiben.

Kaum hatte er sich wieder gefasst, hörte er etwa fünf Meter entfernt ein Rascheln.

* Aufwendiger Brauthaarschmuck.

Einen Moment später erklang es wieder, diesmal näher.

Xie Lian wurde bewusst, was der Geisterbräutigam gerade tat. Er hob einen Schleier nach dem anderen an und sah sich die Gesichter an.

Wamm!

Wenn nicht jetzt, wann dann? Ruoye war hervorgeschossen und hatte den Geisterbräutigam angegriffen.

Nach dem lauten Knall war alles in schwarzen Nebel getaucht. Xie Lian konnte nicht wissen, ob dieser giftig war. Er hatte keine schützende Hülle aus göttlichem Licht, also hielt er schnell die Luft an und bedeckte Mund und Nase. Währenddessen fegte Ruoye durch die Luft, um den Nebel zu vertreiben.

Das sonderbare Geräusch war wieder zu hören. Xie Lian kniff die Augen zusammen und sah, wie ein kleiner schwarzer Schatten zur Tempeltür hinausstürmte. Der Ball aus schwarzem Nebel verschwand im Wald.

Xie Lian brauchte nicht lange zu überlegen. Er nahm sofort die Verfolgung auf. Er hatte jedoch erst ein paar Schritte getan, da waren im Wald plötzlich Flammen zu sehen und in der Ferne brüllten Stimmen: »Auf ihn!«

Die Stimme eines jungen Mannes war besonders klar und deutlich zu hören: »Schnappt das hässliche Monster und befreit das Volk vom Bösen! Die Belohnung teilen wir unter uns auf!«

Es war niemand anders als Xiao Pengtou. Xie Lian stöhnte innerlich auf. Die Gruppe hatte den Berg besteigen wollen und es tatsächlich getan. Eigentlich hätten sie den Ort durch die magische Formation nicht finden dürfen, aber diese war von dem Unbekannten zerstört worden – so ein blöder Zufall. Sie kamen genau aus der Richtung, in die der Geisterbräutigam geflüchtet war.

Mit Ruoye in der Hand rannte er auf sie zu und rief: »Bleibt stehen, bewegt euch nicht!«

Die Gruppe starrte ihn an. Er wollte gerade noch etwas hinzufügen, als Xiao Pengtou freundlich sagte: »Junge Dame, der Geisterbräutigam hat Euch wohl hierher entführt? Wie ist Euer Name? Wir sind hier, um Euch zu retten. Ihr könnt ganz beruhigt sein.«

Xie Lian stutzte kurz und wollte schon lachen, da fiel ihm wieder ein, dass er noch immer als Frau verkleidet war. Im Nanyang-Tempel gab es keinen Spiegel und daher wusste er nicht, wie er gerade aussah, aber gemessen an der Reaktion dieser Männer musste Xiao Ying ein gutes Händchen haben. Sie hielten ihn tatsächlich für eine Braut.

Xiao Pengtou hoffte wohl darauf, dass er die siebzehnte Braut war, damit er die Belohnung bekam. Wie auch immer, Xie Lian konnte die Gruppe in der gegenwärtigen Situation nicht herumlaufen lassen, aber er konnte auch nicht garantieren, dass der Geisterbräutigam nicht noch weiter geflüchtet war. Glücklicherweise eilten gerade zwei junge Männer in Schwarz herbei und Xie Lian rief sofort: »Nan Feng, Fu Yao, ich brauche Eure Hilfe!«

Doch wer hätte gedacht, dass sich die beiden der Gruppe anschlossen, ihn anstarrten und zwei Schritte zurückwichen. Xie Lian musste sie mehrmals rufen, bis sie endlich reagierten. »Ihr seid von dort gekommen, oder? Ist Euch auf dem Weg irgendetwas Merkwürdiges begegnet?«

»Nein«, antwortete Nan Feng.

»Gut«, erwiderte Xie Lian. »Fu Yao, folgt bitte sofort diesem Weg und sucht alles ab, um sicherzustellen, dass der Geisterbräutigam hier nirgendwo ist.«

Fu Yao drehte sich auf der Stelle um und ging los. Nun wandte sich Xie Lian wieder an Nan Feng: »Nan Feng, bewacht die Männer hier und passt auf, dass niemand flüchtet. Wenn Fu Yao den Geisterbräutigam nicht findet, bedeutet das, dass er sich unter ihnen versteckt.«

Als sie Xie Lians Worte hörten, geriet die Gruppe in Aufruhr. Xiao Pengtou hatte nun auch erkannt, dass er keine Frau war, und kam auf ihn zu: »›Dass niemand flüchtet‹? Was fällt Euch ein? Steht Ihr über dem Gesetz? Wir können uns frei bewegen! Männer, hört nicht auf ihn ...«

Er war noch nicht fertig, da streckte Nan Feng seine Hand aus und ein riesiger Baum stürzte um.

Die Gruppe erinnerte sich sofort, dass dieser junge Mann gern Dinge zerlegte, wenn er mit etwas nicht einverstanden war. Sollte er sie wie den Pfeiler vom letzten Mal behandeln, würde Geld auch nicht mehr helfen, also schwiegen sie.

Einzig Xiao Pengtou sprach weiter: »Nur weil Ihr es sagt, heißt das nicht, dass der Geisterbräutigam wirklich unter uns ist. Keiner von uns ist ein Fremder. Wenn Ihr mir nicht glaubt, nehmt die Fackel und seht Euch unsere Gesichter an!«

Xie Lian rief nach Nan Feng.

Dieser nahm die Fackel aus Xiao Pengtous Hand und beleuchtete ein Gesicht nach dem anderen. Sie waren schweißgebadet. Ob nervös, ahnungslos oder aufgeregt, die Emotionen standen ihnen deutlich ins Gesicht geschrieben. Xie Lian konnte nichts Ungewöhnliches erkennen, also stellte er sich vor die Menge und sagte: »Entschuldigt bitte, aber ich habe den Geisterbräutigam verwundet und er ist geflüchtet. Er kann nicht weit gekommen sein. Meine beiden Freunde sind ihm auf dem Weg nicht begegnet, daher befürchte ich, dass er sich unter Euch versteckt. Könntet Ihr Euch bitte umsehen, ob hier jemand ist, den Ihr nicht kennt?«

Den Männern standen die Haare zu Berge, sie wagten es nicht, nachlässig zu sein, und sahen einander ratlos an, links, rechts und wieder links und wieder rechts. Nach einer halben Ewigkeit rief jemand verwirrt: »Was machst du denn hier?«

Xie Lian zog die Augenbrauen hoch und eilte hinüber. »Wer ist da?«

Xiao Pengtou schnappte sich von jemandem eine Fackel und leuchtete in die Ecke. »Dieses hässliche Monster!«

Die Person, auf die er zeigte, war Xiao Ying. Mit der krummen Nase und den schiefen Augen wirkte ihr Gesicht im Feuerschein etwas entstellt. Als könnte sie es nicht ertragen, ihr Gesicht zu offenbaren, verdeckte sie es mit den Händen und sagte: »I… Ich mache mir nur Sorgen, deswegen wollte ich nachsehen …«

Xie Lian sah, wie panisch sie war, nahm Xiao Pengtou die Fackel ab und wandte sich an die Gruppe: »Wie sieht's aus?«

Einer nach dem anderen schüttelte den Kopf. »Da ist niemand, den wir nicht kennen.«

»Womöglich hat er von jemandem Besitz ergriffen?«, schaltete sich Nan Feng ein.

Xie Lian überlegte kurz, dann entgegnete er: »Unwahrscheinlich, er hatte einen festen Körper.«

»Aber er ist immerhin ein Saevus«, wandte Nan Feng ein. »Vielleicht kann er seine Gestalt wandeln.«

Während sie zögerten, ergriff Xiao Pengtou wieder das Wort: »Ihr habt doch gesehen, dass der Geisterbräutigam nicht unter uns ist. Warum lässt Ihr uns dann nicht gehen?«

Vereinzelt stimmten die Männer ihm zu. Xie Lian ließ den Blick über sie schweifen und sagte: »Ich möchte Euch bitten, fürs Erste hier beim Mingguang-Tempel zu bleiben. Bitte rührt Euch nicht.«

Die Gruppe fing wieder an, sich zu beschweren. Erst als sie Nan Fengs strenges Gesicht sah, verstummte sie wieder. In dem Moment kam Fu Yao zurück. »Hier in der Nähe ist nichts.«

Xie Lian blickte zu der unüberschaubaren Menge und sagte langsam: »Dann ist er gewiss unter ihnen.«

Kapitel 5:
Der abgeschottete Bergtempel im Wald der hängenden Leichen

1

Fu Yao bemerkte Xiao Ying, runzelte die Stirn und fragte: »Was macht eine Frau hier?«

Sein Tonfall war zwar nicht wütend, aber dennoch nicht sehr freundlich. Xiao Ying senkte den Kopf.

»Sie ist gekommen, weil sie sich Sorgen gemacht hat«, erklärte Xie Lian.

Nun wandte Fu Yao sich an die Menge: »Seid Ihr mit ihr zusammen den Berg hochgekommen?«

Die Männer zögerten zunächst, doch dann sagten sie:

»Ich weiß es nicht.«

»Keine Ahnung.«

»Nein, sie war nicht dabei!«

»Ich habe sie nicht gesehen.«

»Ich auch nicht.«

Xiao Ying erklärte hastig: »Ich bin ihnen heimlich gefolgt ...«

Doch Xiao Pengtou schnitt ihr sofort das Wort ab: »Warum heimlich? Verbirgst du etwas? Bist du etwa der Geisterbräutigam?«

Xiao Ying wedelte wie verrückt mit den Armen. »Nein ... nein, ich bin Xiao Ying, wirklich!« Dann wandte sie sich an Xie Lian: »Junger Herr, wir haben uns vorhin gesehen. Ich habe Eure Schminke aufgetragen und Euer Kleid angepasst ...«

Die Männer starrten ihn alle an. Einige fingen an, miteinander zu tuscheln. Xie Lian schnappte Worte wie »heimliche Leidenschaft« oder »unglaublich« auf.

Er seufzte tief und sagte: »Das ... das ist nur für die Mission. Nan Feng, Fu Yao, Ihr ...«

Er drehte sich zu ihnen und merkte erst da, dass sie ihn mit demselben seltsamen Blick anstarrten. Außerdem hatten sie sich weit weg von ihm postiert.

Xie Lian bekam Gänsehaut. »Möchtet Ihr nicht etwas sagen?«

Wie hätte er auch ahnen sollen, dass Xiao Ying hochtalentiert war und perfekt die Augenbrauen betont, das Gesicht gepudert, Rouge aufgetragen und die Lippen rot geschminkt hatte. Solange er nicht den Mund öffnete, war er ein hübsches, liebliches Fräulein.

Aus diesem Grund hatten die beiden Himmelsoffiziere komplizierte Gefühle. Sie konnten es nicht fassen, zweifelten an ihrem Leben und fühlten sich in ihrer Haut unwohl. Es war noch immer Xie Lians Gesicht, aber sie wussten nicht mehr, mit wem oder was sie eigentlich redeten.

Fu Yao fragte Nan Feng: »Hast du irgendwas zu sagen?«

Nan Feng schüttelte sofort den Kopf. »Nein.«

Xie Lian hakte noch einmal nach: »Sagt doch etwas.«

Plötzlich erhoben sich wieder Stimmen aus der Menge.

»Hm? Ein Mingguang-Tempel?«

»Ein Mingguang-Tempel, hier auf dem Berg? Wie seltsam, den habe ich noch nie gesehen.«

Alle Männer waren verwundert.

»Richtig, das ist ein Mingguang-Tempel«, sagte Xie Lian.

Nan Feng hatte eine Veränderung in Xie Lians Tonfall bemerkt und fragte: »Was ist los?«

»Der Norden ist doch General Mingguangs Territorium«, antwortete Xie Lian. »Er hat nicht gerade wenige Anhänger, seine Macht ist groß. Warum gibt es in dieser Gegend also bloß einen Nanyang-Tempel?«

Dass der Vater der siebzehnten Braut zum Himmelskaiser gebetet hatte, war verständlich. Immerhin war dieser seit Jahrtausenden der Anführer der Kriegsgötter und von höherem Rang als General Mingguang. Je mächtiger der Gott, desto sicherer. Aber General Nanyang hatte den gleichen Rang wie General Mingguang, es machte also kaum einen Unterschied. Genau genommen besaß Mingguang sogar neuntausend Tempel und somit tausend mehr als Nanyang. Es gab wirklich keinen Grund, warum man im Norden nicht zum Gott des Nordens, sondern zu dem des Südostens beten sollte.

»Selbst wenn der Geisterbräutigam diesen Mingguang-Tempel hier eingenommen hat und ihn niemand mehr finden konnte, hätten die Leute doch woanders einen neuen bauen können«, fuhr Xie Lian fort. »Warum haben sie einen Tempel für einen anderen Kriegsgott errichtet?«

Fu Yao begriff. »Es gibt bestimmt noch einen anderen Grund.«

»Genau«, pflichtete Xie Lian ihm bei. »Irgendetwas muss die Leute davon abgehalten haben, einen neuen Mingguang-Tempel zu bauen. Wer kann mir etwas spirituelle Energie leihen? Ich denke, ich muss im Kanal ...«

Ein Schrei unterbrach ihn: »So viele Bräute!«

Er kam aus dem Inneren des Tempels. Xie Lian drehte sich schnell um. Einige Männer hatten nicht auf ihn gehört und sich in den Tempel davongestohlen.

»Es ist gefährlich hier, lauft nicht rum!«, rief Nan Feng.

Doch Xiao Pengtou entgegnete: »Hört nicht auf sie, sie können uns nichts antun! Wir sind ehrenwerte Bürger. Glaubt ihr etwa, die trauen sich, uns zu töten? Na los, auf!« Er war sich dessen so sicher, dass er sich unverfroren auf den Weg machte.

Nan Feng knirschte mit den Zähnen. Er schien einen Fluch zu unterdrücken. Als Offizier aus dem Nanyang-Palast konnte er den Menschen nicht nach Belieben Arme und Beine brechen. Wenn ein himmlischer Aufseher das mitbekam und ihn meldete, wäre der Spaß vorbei.

Xiao Pengtou lachte spöttisch. »Denkt Ihr etwa, ich weiß nicht, was Ihr vorhabt? Wir sollen uns nicht rühren, damit Ihr allein die Lorbeeren ernten könnt. Ihr wollt uns austricksen und die Belohnung an euch reißen!« Der junge Mann hetzte die Meute auf und die Hälfte folgte ihm in den Tempel.

Fu Yao zupfte Xie Lian am Ärmel und sagte gleichgültig: »Lasst sie gehen. Das sind keine guten Menschen.«

Er fand sie so abscheulich, dass er sich nicht mehr um sie kümmern wollte. Da ertönte wieder ein Schrei aus dem Tempel: »Das sind Leichen!«

Auch Xiao Pengtou war beunruhigt. »Sie sind tot?!«

»Ja, tot!«

»Warum sind sie dann noch nicht verrottet?«

Kurz darauf hatte er sich jedoch bereits damit abgefunden und sagte: »Egal. Wenn wir die Leichen den Berg hinunterschleppen, werden ihre Familien sie uns abkaufen.«

Xie Lians Blick verfinsterte sich. Xiao Pengtous Annahme war nicht falsch. Einige der Männer seufzten, manche waren besorgt und andere freuten sich. Xie Lian stellte sich vor die Tempeltür und sagte: »Kommt lieber erst einmal wieder heraus. Hier ist jahrelang kein Wind durchgeweht, die Todesenergie hat sich festgesetzt. Wenn normale Menschen sie einatmen, könnte Schlimmes passieren.«

Was er sagte, ergab Sinn. Die Männer waren unschlüssig, ob sie auf ihn hören sollten oder nicht.

Da sagte Xiao Ying mit leiser Stimme: »Seid bitte nicht so voreilig, ja? Hier ist es viel zu gefährlich. Hört doch bitte erst einmal auf diesen Herrn, kommt heraus und setzt euch hin ...«

Die Gruppe ignorierte allerdings sogar Xie Lian und seine Begleiter. Würde sie dann auf sie hören? Niemand schenkte ihr Beachtung. Xiao Ying ließ sich jedoch nicht ermutigen und bat sie noch ein paarmal.

Xiao Pengtou ergriff wieder das Wort: »Sucht euch welche aus, die noch relativ frisch sind. Die Familien von den anderen leben vielleicht schon nicht mehr, es lohnt sich nicht, sie mitzuschleppen.«

Tatsächlich lobten ihn einige auch noch dafür, wie schlau und fähig er sei. Xie Lian wusste nicht, ob er lachen oder weinen sollte. Da sah er, wie jemand zur Tat schreiten wollte, und rief: »Nicht den Schleier anheben! Der Schleier trennt die Todesenergie von der Yang-Energie. Ihr seid viele, die Yang-Energie ist zu stark. Wenn die Bräute sie absorbieren, kann ich nicht garantieren, dass nichts passieren wird.«

Doch die Männer hatten währenddessen schon fast alle Schleier angehoben, um sich die frischesten Leichen heraussuchen zu können. Xie Lian sah Nan Feng an, der nun auch zur Tür gekommen war. Dieser schüttelte den Kopf. Ihm war bewusst, dass sie sie nicht aufhalten konnten, schließlich konnten sie sie nicht bewusstlos schlagen. Falls etwas passieren sollte, würde ihnen das eine Lehre sein. Da konnte man nichts machen.

In dem Moment befreite ein Mann eine Braut von ihrem Schleier und rief: »Meine Güte, ist die hübsch!«

Einer nach dem anderen gestellte sich zu ihm.

»Sie hat noch nicht einmal die Hochzeit vollzogen und ist einfach so gestorben, was für ein Jammer.«

»Ihr Kleid ist schon alt und kaputt, aber das ist die schönste Braut!«

Sie musste vor nicht allzu langer Zeit gestorben sein, ihre Haut war noch elastisch.

Da sagte jemand: »Wer traut sich, sie anzufassen?«

»Was gibt es da zu trauen?«, entgegnete Xiao Pengtou und kniff ihr in die Wange. Sie fühlte sich so weich an, dass es ihn in den Fingern juckte, sie noch einmal zu kneifen.

Xie Lian konnte es nicht mehr mit ansehen. Er wollte ihn gerade zurückhalten, als Xiao Ying hinübereilte und »Hör auf!« rief.

Xiao Pengtou zog die Hand zurück und schubste sie. »Misch dich nicht in die Angelegenheiten von Männern ein!«

Xiao Ying richtete sich sofort wieder auf. »Wenn ihr so weitermacht, werdet ihr den Zorn des Himmels zu spüren bekommen!«

Xiao Pengtou schnaubte vor Wut. »Scheiße, du hässliches Monster bist echt eine Schande!«

Er wollte sie gerade treten, doch Xie Lian packte sie am Kragen und hob sie mühelos hoch, um sie woanders abzusetzen.

Plötzlich war ein dumpfer Aufprall zu hören und Xiao Pengtou schrie: »Wer war das?!«

Xie Lian drehte sich um und sah, wie Blut an Xiao Pengtou herabfloss. Er hatte ein großes Loch im Hinterkopf. Auf dem Boden lag ein blutbefleckter Steinbrocken. Xiao Ying starrte einen Moment lang in die Luft, dann sagte sie hastig: »Entschuldige, es tut mir leid. I... Ich hatte Angst. Ich habe ihn aus Versehen geworfen ...«

Doch sie konnte ihre Schuld beteuern, so viel sie wollte, niemand würde ihr glauben, denn die Richtung stimmte nicht. Jemand hatte den Stein von draußen durchs Fenster geworfen und Xiao Pengtou von hinten angegriffen. Bei seinem Aufschrei hatten alle in Richtung Fenster geblickt und zufällig einen Schatten weghuschen sehen.

»Er war das!«, rief Xiao Pengtou. »Dieses hässliche Monster mit dem bandagierten Gesicht!«

Xie Lian lief zum Fenster. Er stützte sich mit der rechten Hand am Rahmen ab, sprang durchs Fenster und folgte der Gestalt bis zum Rand des Waldes. Doch plötzlich roch es nach Blut, irgendetwas stimmte nicht. Beunruhigt blieb Xie Lian stehen. »Geht nicht in den Wald!«

Die Männer, die noch draußen waren, dachten sich: *Das ist die Gelegenheit. Wenn du ihm nicht folgst, tue ich es*, und rannten geradewegs in den Wald hinein. Auch die anderen im Tempel stürmten nun heraus, doch als sie Xie Lian am Waldrand stehen sahen, waren sie nicht mutig genug, hineinzurennen, und gesellten sich zu ihm.

Wenig später waren markerschütternde Schreie zu hören und ein paar schwarze Schatten stolperten aus dem Wald. Die Männer waren wieder zurück. Sie wankten und als der Mondschein auf sie fiel, erstarrten alle vor Schreck.

Sie waren lebendig gewesen, als sie hineingerannt waren, und nun kamen sie als blutige Masse zurück?

Ihre Gesichter und ihre Kleidung waren blutüberströmt, als würde es geradezu aus ihnen hervorquellen. Wenn jemand so viel Blut verloren hatte, konnte er nicht mehr lebendig sein. Und dennoch bewegten sie sich weiter auf sie zu. Die Männer am Waldrand traten allesamt zurück, bis sie hinter Xie Lian standen.

Dieser hob die Hand und sagte: »Beruhigt euch. Das ist nicht ihr Blut.«

Die blutüberströmten Gestalten pflichteten ihm bei: »Richtig! Das ist nicht unseres. D… Das …«

Selbst das vicle Blut auf ihren Gesichtern konnte nicht verbergen, wie kreidebleich sie waren. Sie schielten zurück in den Wald und auch die Blicke der anderen folgten ihnen. Es war stockdunkel. Man konnte nicht ausmachen, was dort zwischen den Bäumen war.

Xie Lian nahm eine Fackel, ging ein paar Schritte in den Wald hinein und schwenkte sie hin und her. Ein Zischen war zu hören. Irgendetwas tropfte in die Flamme. Xie Lian betrachtete sie kurz, dann wanderte sein Blick nach oben. Einen Moment später hob er die Hände und warf die Fackel weg.

Obwohl sie die Höhen des Waldes nur einen Augenblick lang erhellte, hatten alle klar und deutlich gesehen, was sich dort befand: Lange schwarze Haare, todesbleiche Gesichter und kaputte Rüstungen und Arme, die in der Luft hin und her schwangen.

Die Leichen von vierzig Männern hingen kopfüber von den Bäumen. Es war ungewiss, wie lange ihr Blut schon herabtropfte, doch sie waren noch nicht ausgeblutet. Ein Wald voll hängender Leichen und dazu Blutregen – es war ein grauenhafter Anblick.

Die Männer, die hinter Xie Lian standen, waren alle groß und stark, aber so etwas hatten sie noch nie gesehen. Keiner konnte sich mehr rühren vor Schreck oder auch nur den Mund öffnen.

Auch Nan Feng und Fu Yao waren inzwischen dazugestoßen und hatten die Szene gesehen. Ihre Mienen hatten sich verhärtet.

Kurz darauf sagte Nan Feng: »Der Grüne Geist.«

»In der Tat, er liebt solche Spielchen«, fügte Fu Yao hinzu.

Nan Feng wandte sich an Xie Lian: »Geht nicht hinein. Wenn es wirklich der Grüne Geist ist, wird es kompliziert.«

»Von wem redet Ihr?«, fragte Xie Lian zurück.

»Von einem Fast-Supremus.«

»Was ist ein Fast-Supremus? Ein Geist, der kurz davor ist, den Rang eines Supremus zu erreichen?«

»Genau«, antwortete Fu Yao. »Der Grüne Geist wurde vom Lingwen-Palast als Saevus eingestuft, der sehr nah an einen Supremus herankommt. Er liebt es, Leichen von Bäumen herabhängen zu lassen. Er ist geradezu berüchtigt dafür.«

Wie unnötig. Wenn er ein Supremus ist, ist er ein Supremus. Und wenn nicht, dann nicht. Man sagt ja auch nicht, jemand ist fast in den Himmel aufgestiegen. Entweder man ist aufgestiegen oder eben nicht. Fast-Supremus hört sich wirklich blöd an, dachte Xie Lian bei sich.

Er erinnerte sich wieder an den Unbekannten, der ihn hierhergeführt hatte, und an das Prasseln auf dem Regenschirm. Hatte er ihn etwa vor diesem Blutregen schützen wollen? Xie Lian stieß ein leises »Ah« aus.

Nan Feng und Fu Yao fragten ihn sofort: »Was ist los?«

Er erklärte kurz, wie er dem jungen Unbekannten begegnet war und wie dieser ihn hergebracht hatte.

»Ich habe die magische Formation wahrgenommen, als ich den Berg heraufgekommen bin. Die böse Energie war äußerst stark. Und er hat den Zauber einfach so gebrochen?«, fragte Fu Yao ungläubig.

Genauer gesagt einfach zertreten. Er hat nicht einmal einen Blick auf den Schädel geworfen, dachte Xie Lian. »Ja. Könnte er dieser Fast-Supremus gewesen sein? Der Grüne Geist?«

Nan Feng überlegte kurz. »Das kann ich nur schwer beurteilen. Ich habe den Grünen Geist noch nie gesehen. Hatte er irgendwelche besonderen Merkmale?«

»Silberne Schmetterlinge.«

Bei Anblick des Waldes der hängenden Leichen hatten Nan Feng und Fu Yao noch ihre normale Gesichtsfarbe bewahrt, doch nach Xie Lians Worten waren sie deutlich blasser geworden.

Fu Yao konnte es nicht glauben. »Was sagt ihr? Silberne Schmetterlinge? Was für silberne Schmetterlinge?«

Xie Lian spürte, dass er etwas Wichtiges erwähnt haben musste. »Sie waren silbern, oder auch kristallfarben, und sie wirkten nicht wie lebendige Wesen. Aber sie sahen sehr hübsch aus.«

Er sah, wie Nan Feng und Fu Yao Blicke austauschten. Ihre Gesichter sahen nicht gut aus, sie waren fast grünlich.

Nach einer langen Weile sagte Fu Yao mit gesenkter Stimme: »Wir müssen hier weg. Sofort.«

»Wir müssen noch den Fall des Geisterbräutigams lösen«, entgegnete Xie Lian. »Wir können noch nicht gehen.«

»Den Fall lösen?«, höhnte Fu Yao. »Ihr müsst Euch wirklich zu lange in der Menschenwelt aufgehalten haben. Der Geisterbräutigam mag nur ein Saevus sein und der Grüne Geist, der so gern Leichen an Bäume hängt, ist zwar lästig, aber auch nur ein Fast-Supremus ...« Er unterbrach sich kurz und fuhr dann mit ernster Stimme fort: »Aber wisst Ihr, wer der Herr dieser silbernen Schmetterlinge ist?«

»Nein«, antwortete Xie Lian wahrheitsgetreu.

Fu Yao entgegnete nur: »Jetzt ist nicht die Zeit für große Erklärungen. Jedenfalls ist er niemand, mit dem Ihr es aufnehmen könntet. Geht lieber schnell zurück in den Himmel und ruft Verstärkung.«

»Dann geht Ihr vor«, schlug Xie Lian vor.

»Ihr ...«

»Der Herr der Schmetterlinge hat keine bösen Absichten gezeigt. Und wenn er doch Böses vorhaben sollte, wird ihm hier auf dem Yujun-Berg wohl niemand entfliehen können, daher müssen wir erst recht hierbleiben und auf die Leute aufpassen. Geht erst einmal allein und seht, ob Ihr Verstärkung holen könnt.«

Xie Lian war klar, dass Fu Yao nicht hierbleiben und sich mit all diesen Dingen plagen wollte, also würde er ihn nicht zwingen. Und so einfach gestrickt, wie Fu Yao war, ging er tatsächlich mit verärgerter Miene davon. Xie Lian drehte sich zu Nan Feng um. Er wollte mehr über den jungen Unbekannten wissen, doch da gerieten die Männer plötzlich in Aufruhr. Jemand schrie: »Wir haben ihn! Wir haben ihn!«

Xie Lian musste seine Fragen fürs Erste zurückstellen. »Wen habt Ihr?«

Zwei weitere blutgetränkte Gestalten kamen aus dem Wald. Eine war ein großer Mann, der zuvor mit den anderen in den Wald gestürmt war und sich nicht vom Blutregen hatte abschrecken lassen. Er war wirklich wagemutig. Die andere Gestalt war ein Junge. Der Mann hielt ihn fest gepackt. Sein Gesicht war in Bandagen gewickelt.

Xie Lian erinnerte sich an die Worte des Besitzer des Hauses der Begegnungen: »Man erzählt sich, dass der Geisterbräutigam ein hässliches Monster sei, das auf dem Yujun-Berg lebt. Weil er so hässlich ist, mögen ihn die Frauen nicht. Deshalb hegt er einen Groll und schnappt sich die Bräute anderer und lässt sie nicht zu ihrem Glück kommen.«

Damals hatten sie noch geglaubt, es sei nur ein Gerücht. Doch überraschenderweise gab es diese Person wirklich. Ob es sich bei ihm um den Geisterbräutigam handelte, war allerdings ein anderes Thema.

Xie Lian wollte sich den Jungen gerade aus der Nähe ansehen, als Xiao Ying herbeieilte und rief: »Ihr liegt falsch! Er ist nicht der Geisterbräutigam, ganz sicher nicht!«

»Wir haben ihn auf frischer Tat ertappt«, entgegnete Xiao Pengtou. »Und du behauptest noch immer, er wäre es nicht? Ich ...« Er hielt abrupt inne. Ihm war ein Gedanke gekommen. »Ah, kein Wunder, dass du dich immer so seltsam aufführst und ihn verteidigst. In Wirklichkeit steckst du mit dem Geisterbräutigam unter einer Decke!«

Xiao Ying erschrak und wedelte mit den Armen. »Nein, nein, ich habe nichts getan und er auch nicht. Wirklich nicht. Er ist nur ein ganz normales … ein normales …«

»Ein normales was?«, hakte Xiao Pengtou nach. »Ein ganz normales hässliches Monster?«

Er griff nach den Bandagen, die um das Gesicht des Jungen gewickelt waren. »Sollen wir mal nachsehen, wie dieser ganz normale Geisterbräutigam aussieht, dass er so gern die Bräute anderer entführt?«

Da die Bandage nun an einigen Stellen gelockert war, bedeckte der Junge sein Gesicht sofort mit den Händen und schrie wie am Spieß. Die Furcht, die er verspürte, war unverkennbar und stimmte Xie Lian traurig. Er packte Xiao Pengtous Arm. »Das reicht jetzt.«

Seit Xiao Ying die Schreie des Jungen gehört hatte, rannen Tränen über ihre Wangen. Doch als sie sah, wie Xie Lian Xiao Pengtou aufhielt, schöpfte sie Hoffnung und griff nach seinem Ärmel. »J… Junger Herr, bitte helft uns.«

Xie Lian sah zu ihr hinüber. Xiao Ying ließ seinen Ärmel vor Scham los, als befürchte sie, er könnte ihr ihre Zudringlichkeit übel nehmen und würde ihr nicht mehr helfen. »Es ist alles gut«, versicherte ihr Xie Lian.

Nun drehte er sich wieder zu dem Jungen und entdeckte blutunterlaufene Augen, die ihn aus einem Schlitz zwischen den Schichten der Bandagen ansahen – nur ganz kurz, dann richtete der Junge seinen Blick wieder nach unten und wickelte die Bandage fest um seinen Kopf. Auch wenn man nicht sein ganzes Gesicht zu sehen bekommen hatte, war doch ein Stück Haut entblößt worden, und selbst dieser Anblick war schon erschreckend: Die Haut war stark verbrannt. Man konnte sich ausmalen, wie der Rest des Gesichts aussehen musste, was die Menge dazu brachte, ein paar Schritte zurückzutreten. Der Junge sank noch mehr in sich zusammen.

Xie Lian bemerkte, dass Xiao Ying und der Junge sich auf dieselbe Art zusammenkauerten. Als würden sie sich davor fürchten, gesehen zu werden. Er seufzte innerlich.

Xiao Pengtou, der neben ihm stand, blieb wachsam und sagte: »Was habt Ihr vor? Wir haben den Geisterbräutigam gefangen.«

Xie Lian ließ ihn los. »Ich fürchte, der Geisterbräutigam lässt sich nicht so einfach fangen. Mein Freund hat vorhin die Gegend abgesucht und den Jungen nicht gesehen. Er ist wahrscheinlich erst später gekommen. Der echte Geisterbräutigam sollte noch immer hier sein.«

Xiao Ying nahm all ihren Mut zusammen und fügte hinzu: »Auch wenn ihr die Belohnung wollt, könnt ihr nicht einfach jemanden einfangen ...«

Als Xiao Pengtou ihre Worte hörte, wollte er wieder auf sie losgehen. Xie Lian war mit seiner Geduld am Ende. Dieser Mann sorgte schon die ganze Zeit für Ärger. Er schwenkte seine Hand und Ruoye schnellte hervor. Schon hatte das Seidenband Xiao Pengtou eine verpasst und er ging zu Boden. Nan Feng, der ebenfalls seine Grenze erreicht zu haben schien, trat noch einmal nach und der Mann blieb liegen.

Xiao Pengtou war Experte darin, andere aufzustacheln. Da er sich nicht mehr rührte, wussten die anderen Männer nicht, wem sie Folge leisten sollten. Man hörte nur noch ein paar vereinzelte Rufe, dann wurden sie auf einmal alle still.

Endlich können wir unsere Arbeit machen, dachte Xie Lian. Er musterte den bandagierten Jungen kurz und fragte dann in freundlichem Tonfall: »Warst du es, der vorhin einen Stein durchs Fenster geworfen hat?«

Der Junge zitterte wie Espenlaub. Er blickte Xie Lian noch einmal kurz an und nickte.

»Er wollte niemandem etwas tun«, erklärte Xiao Ying. »Er hat nur gesehen, dass Xiao Pengtou mich treten wollte, und wollte mir helfen ...«

»Weißt du etwas über die Leichen, die im Wald hängen?«, fragte Xie Lian weiter.

Xiao Ying mischte sich erneut ein: »Ich weiß nichts darüber, aber er war es ganz sicher nicht ...«

Der Junge zitterte weiterhin und schüttelte gleichzeitig den Kopf.

Nan Feng fixierte seinen Blick. Plötzlich fragte er: »In welcher Beziehung stehst du zum Grünen Geist Qi Rong?«

Als Xie Lian diesen Namen hörte, stutzte er. Der Junge hingegen war offensichtlich verwirrt, der Name sagte ihm nichts und er wagte es auch nicht, etwas zu antworten.

An seiner Stelle sagte Xiao Ying: »Er ... er ist verängstigt und traut sich nicht, zu sprechen ...« Sie gab sich größte Mühe, für diesen Sonderling einzustehen.

Xie Lian fragte sie sanft: »Fräulein Xiao Ying, was ist mit diesem Jungen? Wenn Ihr etwas wisst, dann sagt es bitte.«

Sie sah Xie Lian an und nahm all ihren Mut zusammen. Der Schein der Fackel beleuchtete ihr Gesicht, aber sie wich nicht mehr aus. Sie legte die Hände zusammen und beteuerte: »Er hat wirklich nichts Böses getan. Er lebt hier auf dem Yujun-Berg und manchmal wenn er zu hungrig ist, kommt er hinunter und stiehlt sich etwas zu essen. Einmal kam er in mein Haus und ich habe ihn erwischt ... Ich habe gesehen, dass er kaum sprechen kann und Wunden im Gesicht hat, also habe ich Verbände gesucht und ihn damit eingewickelt. Manchmal bringe ich ihm auch Essen ...«

Xie Lian hatte zunächst vermutet, dass die beiden ein Paar sein könnten, doch nun wirkte Xiao Ying eher wie eine große Schwester oder gar eine Mutter, die ihren Jungen beschützte.

Sie fuhr fort: »Mit der Zeit fingen die Leute an zu behaupten, er sei der Geisterbräutigam. Ich konnte nichts sagen, nur hoffen, dass der wirkliche Täter bald gefasst wird ... Da Ihr so stark seid und Euch sogar als Braut verkleidet habt, um ihn zu schnappen, habe ich mir gedacht, dass Ihr zumindest nicht die falsche Person fangen würdet, weil er niemals zur Sänfte gehen würde. Aber kaum wart Ihr aufgebrochen, habe ich gehört, dass Xiao Pengtou und die anderen heute den Berg absuchen wollten. Ich habe mir solche Sorgen gemacht, dass ich ihnen heimlich gefolgt bin.« Sie stellte sich schützend vor den Jungen, als befürchte sie, jemand könnte ihn wieder schlagen. »Er ist wirklich nicht der Geisterbräutigam. Seht ihn euch an. Diese paar Leute haben ihn grün und blau geschlagen. Wie könnte er gegen so viele Geleitmänner ankommen ...?«

Xie Lian und Nan Feng wechselten einen Blick. Beide grübelten. Wenn es wirklich so war, wie sie erzählte, hatte der Junge dann nicht rein gar nichts mit der Sache zu tun?

Der bandagierte Junge, der Geisterbräutigam, der Fast-Supremus Grüner Geist und auch noch dieser Herr der silbernen Schmetterlinge, bei dessen Erwähnung alle Himmelsbeamten leichenblass wurden ... Weshalb hatten diese außergewöhnlichen Gestalten sich alle hier auf dem Yujun-Berg versammelt? Das war zu viel zu verarbeiten. Wer war wer? Wer stand mit wem in Verbindung? Xie Lians Kopf dröhnte.

Er rieb sich die Nasenwurzel und entschied, fürs Erste nicht weiter darüber nachzudenken, ob Xiao Ying die Wahrheit sagte. Plötzlich fiel ihm wieder ein, dass er schon die ganze Zeit etwas fragen wollte. »Fräulein Xiao Ying, habt Ihr schon immer in der Nähe des Yujun-Berges gelebt?«

Sie bejahte. »Ich habe schon immer hier gelebt. Ich kann garantieren, dass er hier nichts Böses angestellt hat.«

»Das meinte ich nicht. Ich wollte fragen, ob es hier in der Gegend nie einen anderen Mingguang-Tempel gegeben hat.«

Xiao Ying war überrascht. »Das ...« Sie überlegte kurz. »Ich glaube, es wurden einst welche gebaut.«

Xie Lian ahnte, dass er auf der richtigen Spur war. »Warum gibt es hier dann bloß noch einen Nanyang-Tempel?«

Xiao Ying kratzte sich am Kopf. »Ich habe gehört, dass unerklärlicherweise immer Feuer ausgebrochen sind, wenn ein Mingguang-Tempel errichtet wurde. Manche Leute sagen, aus irgendeinem Grund würde

General Mingguang diese Gegend nicht beschützen wollen, also haben sie sich General Nanyang zugewandt …«

Nan Feng bemerkte, dass Xie Lians Gesicht sich verhärtet hatte. »Was ist los?«

Plötzlich fiel es Xie Lian wie Schuppen von den Augen.

Die Bräute, die nicht lächeln durften, die Bauten, die unerklärlicherweise Feuer fingen, der abgeschottete Mingguang-Tempel, die imposante Statue von General Pei, der Geisterbräutigam, der verschwunden war, nachdem Ruoye ihn angegriffen hatte – alles ergab nun Sinn. Er war von so vielen Dingen abgelenkt worden, dass er den Wald vor lauter Bäumen nicht gesehen hatte.

Er packte Nan Feng und bat: »Leiht mir etwas spirituelle Energie.«

Nan Feng war verwirrt, aber schlug seine Hand reflexartig gegen Xie Lians. »Was ist los?«, fragte er wieder.

Xie Lian ließ ihn einfach stehen und lief davon. »Das erkläre ich später. Denkt Euch erst einmal etwas aus, wie wir die achtzehn Bräute bändigen können!«

»Seid Ihr verwirrt?«, fragte Nan Feng zurück. »Es sind nur siebzehn Bräute. Nur wenn man Euch dazuzählt, sind es achtzehn.«

»Nein, nein«, entgegnete Xie Lian. »Zuerst waren es nur siebzehn, aber nun sind es achtzehn. Eine der Bräute ist keine Leiche … Der Geisterbräutigam hat sich unter ihnen versteckt!«

2

Xie Lian und Nan Feng eilten in den Tempel, doch hinten in der Haupthalle war nichts. Die Bräute waren verschwunden und hatten nur einen unordentlichen Haufen roter Schleier auf dem Boden hinterlassen.

Oh nein, das verheißt Schlimmes, dachte Xie Lian. Er sammelte schnell die Schleier auf und kaum war er fertig, ertönten draußen Schreie. Die beiden warfen einen Blick durchs Fenster.

Zehn rotgekleidete Frauen hatten die Menge draußen umkreist und gingen langsam auf sie zu.

Sie trugen alle ein Lächeln auf ihren grünlichen Gesichtern und hielten die Arme ausgestreckt vor sich. Es waren die Brautleichen.

Beim Anblick, der näher kommenden Bräute, war keiner in der Lage, ruhig zu bleiben. Den bandagierten Jungen beachteten sie nicht mehr. Er befreite sich aus dem Griff der Männer, die ihn festhielten, und rannte davon. Xiao Ying folgte ihm sofort, um ihm zu helfen.

Vergeblich rief Xie Lian: »Nicht fliehen!«

Er wusste schon nicht mehr, wie oft er heute gemahnt hatte, sich nicht zu rühren. Selbst wenn er sich dreißig- oder vierzigmal wiederholte, stieß er nur auf taube Ohren, es war vergeblich. Er schwenkte seine Hand und Ruoye schoss zum Himmel empor. Xie Lian machte eine Geste, woraufhin Ruoye in der Luft zu kreisen begann. Es drehte sich wie eine tanzende Fee und zog die Aufmerksamkeit aller auf sich. Auch die Bräute wurden von dem sich fröhlich drehenden lebendigen Etwas angelockt und streckten ihre Arme nach ihm aus. Weitere sieben Bräute hatte der Blutgeruch angezogen und sie glitten langsam in Richtung Wald.

Da rief Xie Lian: »Nan Feng, verfolgt sie! Lasst sie nicht den Berg hinabsteigen!«

Er brauchte nichts zu sagen, Nan Feng hatte bereits die Verfolgung aufgenommen.

Zwei Bräute hatten es nun auf Xie Lian abgesehen. Zwanzig scharfe rote Fingernägel streckten sich ihm entgegen.

Er holte zwei der Schleier hervor, die er vorhin aufgehoben hatte, und warf sie mit beiden Händen in die Höhe. Sie wirbelten durch die Luft und landeten genau auf den Gesichtern der beiden Bräute. Daraufhin wurden ihre Bewegungen immer langsamer.

Wie erwartet. Die dicken roten Schleier verdeckten Augen und Mund, sodass sie keine Menschen mehr sehen oder riechen konnten. Und da ihre Körper steif waren, konnten sie ihre Arme nicht beugen, um sich die Schleier selbst herunterzureißen. Sie konnten nur ziellos umherlaufen und mit ihren ausgestreckten Armen in die Luft greifen, als würden sie mit den Menschen Verstecken spielen. Es war ein fürchterlicher, aber auch komischer Anblick.

Xie Lian stellte sich vor die beiden Bräute und wedelte zum Test mit der Hand vor ihren Augen. Sie griffen ahnungslos in eine andere Richtung. Er zögerte einen Moment, hielt es dann aber nicht mehr aus und sagte: »Entschuldigt bitte.« Daraufhin packte er die Arme der Bräute und legte ihre Hände jeweils an die Kehle der anderen.

Da sie plötzlich etwas in ihren Händen spürten, bebten die beiden vor Aufregung. Auch wenn sie nicht sehen konnten, was es war, drückten sie kräftig zu.

Xie Lian machte sich schleunigst davon und hob wieder die Hand. Ruoye fiel zu Boden und bildete einen großen weißen Kreis. Er rief den Männern, die in alle Richtungen davonrannten, zu: »Begebt Euch alle in den Kreis!«

Während die Männer noch zögerten, stützte Xiao Ying den bandagierten Jungen und lief mit ihm in den Kreis hinein. Sie überlegte kurz, dann rannte sie wieder hinaus und zerrte auch den ohnmächtigen Xiao Pengtou in den Kreis. In diesem Moment sprang eine Braut auf sie zu und wollte nach ihnen greifen, doch sie wurde aufgehalten, als stünde eine unsichtbare Wand zwischen ihnen. Xiao Ying erkannte, dass es für die Braut unmöglich war, in den Kreis hineinzuspringen, und rief schnell: »Kommt alle hierher! Sie können den Kreis nicht betreten.«

Als die Männer sahen, was dort vor sich ging, strömten sie wie ein Bienenschwarm in den Kreis. Zum Glück hatte Xie Lian Ruoye ausgedehnt, sodass der Kreis groß genug war, sonst hätten sich wohl nicht alle hineinquetschen können.

Irgendwann begriffen auch die Bräute, dass sie nicht hineinstürmen konnten, wandten sich ab und hielten stattdessen auf Xie Lian zu.

Dieser hatte schon darauf gewartet. Er griff in seinen Ärmel und zog ein Bündel Schleier heraus. Vier, fünf rote Stoffe huschten plötzlich von oben und unten, links und rechts, vorne und hinten durch die Luft, seine Füße und Hände ruhten nicht. Kaum war eine Braut da, landete auch schon punktgenau ein Schleier auf ihr und sie griff immer langsamer blind um sich.

Die Menge im Kreis war geblendet von dem umhertanzenden Mann und den fliegenden roten Schatten. Sie konnte sich nicht zurückhalten auszurufen:

»Toll!«

»Das ist ja der Wahnsinn!«

»Da muss jahrelange Übung dahinterstecken!«

Bei diesen Worten öffnete sich Xie Lians Mund wie von selbst: »Ihr schmeichelt mir. Wer ein paar Münzen hat, möge mir doch welche dalassen, und wer keine hat, möge mir Beifall schenken ... Hm?«

Erst als es schon zu spät war, bemerkte er, dass etwas nicht stimmte. Ihm waren die Worte herausgerutscht, die er früher nach seinen Straßenvorführungen aufgesagt hatte. Schnell hielt er inne.

Weitere Bräute stürmten auf ihn zu, doch diesmal sprangen sie zwei Meter hoch und zehn Meter weit und einen Augenblick später war der Verwesungsgeruch auch schon in Xie Lians Nase. Er sprang vom Boden ab und hechtete an ihnen vorbei. Während er sich in der Luft befand, sagte er innerlich schnell das Passwort zu Lingwens persönlichem Kommunikationskanals auf. »Allwissende Lingwen! Ich möchte Euch etwas fragen. Gab es irgendeine Frau, die General Mingguang nahestand?«

»Eure Hoheit«, kam es von Lingwen zurück. »Warum möchtet Ihr das wissen?«

»Die Situation hier ist gerade etwas kritisch. Ein Dutzend Untote jagen mich.«

»Was? So schlimm?«

»Es ist schon in Ordnung. Also, wie sieht es aus? Ich verstehe, dass ihr zögert. Da die Frage etwas persönlich ist, habe ich sie auch nicht im Kanal des Oberen Hofes gestellt, aber ich brauche diese Information für die Mission. Ich werde sie nicht weitergeben.«

»Ihr habt mich missverstanden, Eure Hoheit. Ich habe nicht gezögert, sondern es gab zu viele Frauen, sodass ich nicht weiß, welche Ihr meint.«

Xie Lian verknackste sich beinahe den Fuß. »Nun gut. War eine dieser Frauen sehr besitzergreifend und eifersüchtig und hatte irgendeine Art von körperlicher Behinderung?«

»Da fällt mir tatsächlich jemand ein.«

Xie Lian warf wieder zwei Schleier, was mit einer Runde Beifall quittiert wurde. Er drehte sich zur Menge und legte zum Dank die Hand um die Faust. »Erzählt!«

Lingwen erklärte: »Bevor Pei in den Himmel aufstieg, war er ein General. Auf dem Schlachtfeld begegnete er einer feindlichen Generalin, die stolz und wunderschön war. Ihr Name war Xuan Ji.«

»Xuan Ji also.«

»Wenn General Pei eine schöne Frau sah, konnte er ihr nicht widerstehen, selbst wenn sie ihm ein Messer an die Kehle hielt. Ihre Truppen lieferten sich einen Kampf und Xuan Ji wurde besiegt.«

Man nahm sie gefangen und brachte sie ins feindliche Lager. Als die Wachen gerade nicht aufpassten, wollte sie sich umbringen, scheiterte jedoch. Ein General zerbrach ihr grünes Schwert mit nur einer Handbewegung. Und dieser beeindruckende General Pei war der spätere Himmelsbeamte Mingguang.

General Pei hatte schon immer eine Schwäche für Frauen gehabt und zudem stand der Ausgang des Krieges bereits fest. Auch wenn sie weiterkämpften, konnte das Blatt nicht mehr gewendet werden. Folglich ließ er Xuan Ji frei. Was danach passierte, konnte man sich denken.

Plötzlich packte eine Braut Xie Lians rechtes Bein und war kurz davor, ihre Finger in sein Fleisch zu graben. Er wollte ihr mit dem anderen Bein einen Tritt verpassen, doch aus diesem Winkel hätte er nur ihr Gesicht treffen können, was er nicht über sich brachte. Er positionierte sich anders und traf sie an der Schulter, dann warf er wieder einen Schleier. »Das hört sich doch nach einer schönen Geschichte an.«

»Anfangs war es das auch. Aber Xuan Ji bestand darauf, bis ans Ende ihres Lebens mit General Pei zusammenzubleiben.«

Xie Lian nahm ein paar Schritte Anlauf und sprang aufs Dach. Er sah auf die fünf, sechs Bräute hinab, die ihn noch immer jagten, und wischte sich den Schweiß von der Stirn. »Es ist doch nichts Falsches daran, wenn eine Frau ihr ganzes Leben mit einem Mann verbringen will.«

»Unter normalen Umständen, ja. Aber ihre beiden Länder bekriegten sich rücksichtslos, daher hatten die beiden vereinbart, nur im Hier und Jetzt zu leben und eine Affäre ohne Zukunftspläne einzugehen. Und offen gesagt ist es schon beeindruckend, wenn Pei nicht fremdgeht.«

Xie Lian konnte darüber nur staunen.

»Xuan Ji war eine würdevolle und willensstarke Generalin. Wenn sie etwas wollte, konnte auch der Tod sie nicht aufhalten ...«

»Moment!«, unterbrach Xie Lian sie. »Sagt mir erst einmal, ob und wo Xuan Ji eine körperliche Behinderung hatte.«

»Es war ihr ...« Plötzlich war Lingwens Stimme nicht mehr zu hören.

Ärgerlicherweise erschöpfte sich jedes Mal, wenn Xie Lian dabei war, eine wichtige Information zu erhalten, die geliehene spirituelle Energie. Nächstes Mal sollte er besser gleich zum Punkt kommen.

Während Xie Lian hin und her sprang, überprüfte er noch einmal seinen Gedankengang: Wenn der Geisterbräutigam nicht der bandagierte Junge war und die Männer auch keinen Unbekannten unter sich entdeckt hatten, dann konnte er sich nur unter den Bräuten versteckt haben.

Als er selbst sich unter die Bräute gemischt hatte, hatte der Geisterbräutigam nicht entdeckt, dass es plötzlich eine mehr war. Umgekehrt hatte auch Xie Lian nichts bemerkt, als der Geisterbräutigam sich zu den Leichen gesellt hatte. Wenn er genau darüber nachdachte, hatte er nur einen Ball aus schwarzem Nebel in Richtung Wald davonsausen sehen, nachdem Ruoye den Geisterbräutigam getroffen hatte. In diesem Ball musste nicht zwingend jemand gewesen sein. Vermutlich war er noch in der vernebelten Halle verborgen gewesen, als Xie Lian die Verfolgung aufgenommen hatte. Und bis er wieder zum Tempel zurückgekehrt war, hatte der Geist sich bereits unter die Bräute gemischt.

Das bedeutete, der Geisterbräutigam war in Wirklichkeit kein Bräutigam, sondern eine Braut, genauer gesagt eine Frau in Brautkleidern.

Da sie eine Frau war, konnten viele Mutmaßungen nun widerlegt werden, zum Beispiel, warum es in der Region um den Yujun-Berg keinen Mingguang-Tempel gab. Es war nicht so, dass die Leute keinen bauen wollten, sie waren nicht in der Lage, einen zu bauen. Xiao Ying hatte gesagt, sie habe gehört, dass unerklärlicherweise immer Feuer ausgebrochen waren, wenn ein Mingguang-Tempel errichtet worden war. Das war gewiss kein Zufall. Jemand musste mit Absicht Feuer gelegt haben. Aber warum zündete jemand die Tempel an?

Normalerweise geschahen solche Dinge aus Hass, doch auf dem Yujun-Berg gab es noch einen abgeschotteten Mingguang-Tempel, den niemand hatte betreten können, und die Statue des Generals zeugte von höchster Kunstfertigkeit und war gut erhalten. Warum? Zudem trug der Geisterbräutigam selbst ein Brautkleid, aber konnte es nicht ertragen, lächelnde Bräute zu sehen. Warum?

Nahm man alles zusammen, fiel Xie Lian kein anderer Grund ein als Eifersucht und Besessenheit. Und wenn dieses sonderbare Geräusch, das er gehört hatte, wirklich Schritte waren, konnte es nur eine Möglichkeit geben ...

Mittlerweile hatten alle Bräute wieder ihren Schleier auf. Xie Lian sank zu Boden und atmete tief durch. Er sammelte sich kurz und stand dann wieder auf, um die Bräute zu zählen.

Eins, zwei, drei, vier ... zehn.

Sieben waren in den Wald gestürmt und wurden von Nan Feng verfolgt. Zehn standen hier mit verdeckten Gesichtern. Das bedeutete, eine Braut war noch nicht hervorgekommen.

Genau in diesem Moment hörte er hinter sich wieder das bekannte Geräusch.

Xie Lian drehte sich um und seine Augen erblickten eine winzige Gestalt.

Tatsächlich. Xie Lian sog die Luft ein.

Die winzige Frau trug ein rotes Brautkleid und lächelte nicht, ihre Miene war verdrießlich.

Aber dass sie so winzig war, lag nicht an ihrer Körpergröße, sondern daran, dass sie kniete.

Ihre Beinknochen waren gebrochen, die Unterschenkel waren jedoch noch vorhanden. Sie bewegte sich auf ihren Knien fort.

Das sonderbare Geräusch entstand, wenn ihre Knie bei ihren Hüpfbewegungen auf den Boden prallten.

Sie hatte ein ovales Gesicht und hohe Augenbrauen. Sie war wirklich schön. Kein Wunder, dass die Männer vorhin so über sie geschwärmt hatten.

Früher hatte sie zudem die Ausstrahlung einer Heldin besessen, doch nun war nur noch Groll in ihrem Gesicht zu erkennen, als wäre sie jahrelang nicht mehr aus diesem Gefängnis herausgekommen und hätte kein Sonnenlicht gesehen. Unterhalb ihrer Knie war das Kleid löchrig und zerschlissen.

Die beiden starrten sich eine Weile lang an, dann fragte Xie Lian: »Xuan Ji?«

Es schien sie schon lange niemand mehr beim Namen gerufen zu haben. Der Groll, der sich über die Jahre hinweg in ihrer Miene angestaut hatte, verflog teilweise und ihre Augen blitzten auf. »Hat er Euch geschickt?«, fragte sie zurück.

Mit »er« meinte sie offensichtlich General Pei.

»Wo ist er?«, fügte Xuan Ji hinzu. »Warum ist er nicht selbst gekommen?«

Sie sprach so voller Leidenschaft und Erwartung, dass Xie Lian es für schlauer befand, nicht mit »Nein« zu antworten.

Als er auch nach einer halben Ewigkeit nicht antwortete, ließ Xuan Ji sich plötzlich nieder. Ihr Rücken lehnte an der großen, schönen Götterstatue und das scharlachrote Brautkleid hatte sich auf dem Boden zu einer gigantischen Blutblume ausgebreitet. Ihr Haar hing herab und ihr Gesicht war voller Schmerz, als litte sie große Qualen. »Warum kommt er nicht zu mir?«

Xie Lian konnte diese Frage nicht beantworten. Es blieb ihm nichts anderes übrig, als weiterhin stumm zu bleiben.

Xuan Ji hob den Kopf und sah zu der Statue hinauf. Mit trauriger Stimme sagte sie: »Mein Liebster, oh, mein Liebster, für dich habe ich mein Land betrogen, ich habe alles aufgegeben und deinetwegen ist mein Körper so geworden. Warum kommst du nicht zu mir?« Sie zog mit beiden Händen an ihren Haaren. »Ist dein Herz etwa aus Stein?«

Xie Lian blieb ruhig. Er dachte nach. Xuan Ji sagte, sie habe für General Pei ihr Land betrogen. Bedeutete das, dass dieser sie benutzt und ihr, als sie ein Paar waren, wichtige Informationen entlockt hatte? War das der Grund, weshalb Xuan Jis Land vernichtet worden war? Außerdem sagte sie auch, seinetwegen sei ihr Körper so geworden. Damit meinte sie offensichtlich ihre gebrochenen Beine. Xuan Ji war eine Generalin. Es war unmöglich, dass sie in diesem Zustand auf dem Schlachtfeld gestanden hatte. Sie mussten ihr also erst später gebrochen worden sein. Hatte das auch mit General Pei zu tun? Hegte sie so einen tiefen Groll, weil General Pei sie im Stich gelassen hatte?

Seine Gedanken waren etwas vulgär, aber wenn Xuan Jis Groll so tief war, dass sie so weit ging, Unschuldigen zu schaden, kam man nicht umhin, sie in diese Richtung weiterzuspinnen. Plötzlich schrie eine weibliche Stimme von draußen: »Hilfe! Hilfe!«

Xie Lian und Xuan Ji drehten gleichzeitig den Kopf zum Fenster. Jemand zerrte den bandagierten Jungen gerade aus dem Kreis, den Ruoye gebildet hatte. Xiao Ying hielt sein Bein fest umklammert und weigerte sich loszulassen. Der Mann begann zu fluchen – es war Xiao Pengtou. »Lass los! Du Idiotin, du wirst noch dieses Geisterweib anlocken!«

»Soll sie doch kommen!«, entgegnete Xiao Ying lautstark. »Du bist noch viel schrecklicher! D... Der Geist wäre mir lieber!«

Xiao Pengtou war wieder aufgewacht und hatte die umhertastenden Bräute entdeckt. Zunächst war er erschrocken, doch dann erkannte er, dass sie sie nicht sehen konnten. Er war waghalsig und rücksichtslos, also beschloss er, auszunutzen, dass die anderen Männer sich nicht regten, und den bandagierten Jungen den Berg hinunterzuschleifen, um die Belohnung allein einzusacken. Es war ihm völlig egal, ob der Junge wirklich der Geisterbräutigam war oder nicht. Immerhin hatten sich die entsprechenden Gerüchte schon weit verbreitet, also war er es auch. Doch er hatte nicht damit gerechnet, dass Xiao Ying sich an ihn hängen und schreien würde, sodass die Bräute und Xuan Ji auf sie aufmerksam wurden.

Als Xie Lian sah, dass es schon wieder Xiao Pengtou war, der Ärger machte, bereute er, ihn vorhin nicht so zusammengeschlagen zu haben, dass er drei Tage und drei Nächte lang nicht mehr aufwachen würde. Er schrie ihn an: »Geht zurück in den Kreis!«

Xiao Pengtou sah, wie ein schwarzer Nebelball auf ihn zugeschossen kam, und wollte schnell zurücktreten. Doch in der Hand hielt er den Jungen gepackt und sein Bein war von Xiao Ying umschlungen, sodass er zu langsam war.

Im Nu hatte der Nebel ihn umhüllt und er wurde in Xuan Jis Hand gezerrt. Er sah sie an. Dieses unheimliche Weib mit den wild umhertanzenden Haaren war doch die hübsche Leiche, die er vorhin gekniffen hatte.

Erst da überkam ihn die Panik und er begann, kläglich zu schreien. Xuan Ji krümmte ihre Finger und grub sie in seinen Hinterkopf.

Einen Augenblick später hatte sie seinen Schädel auch schon aus der Kopfhaut geschält.

Der Schädel war noch warm und brüllte weiter mit geöffnetem Mund: »Aaaaaaaah!«

Die anderen Männer im Kreis öffneten ebenfalls den Mund und schrien: »Aaaaaaaah!«

Auch Xiao Ying erschrak fürchterlich und kreischte, während sie den Jungen in den Kreis zurückschleifte.

Xuan Ji streckte nun ihre andere Hand nach ihnen aus, doch Xie Lian stellte sich ihr blitzschnell in den Weg. »General, bitte richtet kein Unheil mehr an.«

Er hatte sie mit »General« angesprochen, um sie daran zu erinnern, dass sie einst eine Heldin gewesen war, die Schlachten geführt hatte, um ihr Land zu beschützen. Doch Xuan Jis hübsches Gesicht verfinsterte sich augenblicklich und sie zerbrach den kreischenden Schädel in ihrer Hand. Kalt fragte sie: »Er traut sich nicht hierher, oder?«

Xie Lian war hilflos. Er überlegte, ob er nicht zunächst vorgeben sollte, von General Pei geschickt worden zu sein, aber Xuan Ji erwartete gar keine Antwort von ihm. Mit lautem Gelächter drehte sie sich wieder um und zeigte mit dem Finger auf die Statue. »Ich habe deine Tempel niedergebrannt und in deinem Territorium allerlei Unheil angerichtet. Alles nur, damit du wenigstens einmal zu mir kommst. Ich warte schon seit so vielen Jahren.«

Wie benommen sah sie die Statue eine Weile an, dann sprang sie plötzlich auf sie zu, umschloss die Kehle und schüttelte sie wie verrückt. »Du bist noch immer nicht gekommen. Dir ist wohl bewusst, dass du mir ein Unrecht angetan hast? Sieh dir meine Beine an! Sieh dir an, wie ich geendet bin! Das ist alles nur deinetwegen! Ist dein Herz aus Stein?!«

Als Außenstehender wollte Xie Lian nicht kommentieren, wer hier im Recht und wer im Unrecht war, aber er konnte nicht anders, als zu denken: *Wie wäre es, wenn Ihr eine normalere Methode wählen würdet, wenn Ihr ihn sehen wollt? Wenn jemand solche Dinge tun würde, um mich sehen zu können, würde ich auf keinen Fall kommen wollen.*

Xiao Ying und der bandagierte Junge waren endlich wieder im Kreis. Sie sah besorgt zu Xie Lian hinüber und sagte leise: »Junger Herr ...«

Xie Lian lächelte sie an, um ihr zu bedeuten, dass sie sich keine Sorgen machen musste.

Doch sobald Xuan Ji sein Lächeln sah, verzerrte sie überraschenderweise das Gesicht, ließ von der Statue ab und raste auf ihn zu. »Da du dir lieber Frauen ansiehst, die gern lächeln, als mich, sollst du sie ansehen, so viel du willst!«

Auch wenn sie zu Xie Lian sprach, waren ihre Worte an General Pei gerichtet. Er hatte eigentlich vermutet, dass Xuan Ji auf die glücklich lächelnden Bräute eifersüchtig war, weil sie selbst ihren Liebsten nicht hatte heiraten können. Er hätte nicht gedacht, dass sie sich zusammenspann, die Bräute in der Sänfte seien auf dem Weg zu ihrem Liebsten, da dieser Frauen mochte, die gern lächelten. Kein Wunder, dass sie alle Mingguang-Tempel in der Region niedergebrannt hatte. Sie konnte es wohl nicht ertragen, seine Statue tagein, tagaus mit anderen Frauen, die den Tempel besuchten, teilen zu müssen.

Xuan Ji war in der Tat ein Saevus. Obwohl ihre Beine gebrochen waren, bewegte sie sich rasend schnell und auch nachdem Ruoye sie getroffen hatte, war sie noch voller Energie. Xie Lian kam so nicht gegen sie an. Er wollte gerade Ruoye herbeirufen, als plötzlich jemand »Aaaaaaah!« schrie.

Als Xiao Ying sah, dass er sie nicht besiegen konnte, hob sie einen Ast vom Boden auf und stürmte laut schreiend auf Xuan Ji zu, als wollte sie sich dadurch Mut machen. Xuan Ji brauchte nicht einmal die Hand zu bewegen, sie warf nur einen schauerlichen Blick auf sie und schon flog Xiao Ying ein Dutzend Meter in die Höhe und landete mit einem lauten Knall bäuchlings wieder auf dem Boden.

Mit heiseren Schreien rannte der bandagierte Junge zu ihr. Auch Xie Lian war erschrocken. Plötzlich spürte er etwas Kaltes an seinem Hinterkopf. Xuan Ji hatte bereits ihre Hand aufgelegt und wollte seinen Schädel herausschälen, wie sie es vorhin schon einmal getan hatte. Hastig griff er mit der Rechten nach ihrem Handgelenk und rief: »Fessel sie!«

Daraufhin zerschnitt ein weißes Seidenband die Luft. Ruoye kam angesaust und wickelte sich ein Dutzend Mal um Xuan Jis Oberkörper, bis diese ihre Arme nicht mehr rühren konnte. Mit ihren gebrochenen Beinen hatte sie nicht rechtzeitig ausweichen können. Sie hüpfte und rollte über den Boden, um sich aus dem Band zu winden, doch je mehr sie sich anstrengte, umso fester zog sich das Band. Nachdem Xie Lian aus ihrem Griff befreit war, hatte er sich nicht einmal die Zeit genommen, nach Luft zu schnappen, und war sofort zu Xiao Ying gerannt.

Obwohl Ruoye den Geist unter Kontrolle hatte, traute sich die Gruppe Männer noch immer nicht, sich frei zu bewegen. Einige Mutige, die sich bereits an die herumtastenden Bräute gewöhnt hatten, gingen allerdings zu Xiao Ying hinüber. Der bandagierte Junge kauerte ratlos an ihrer Seite. Er wand sich wie ein Insekt auf dem Rand eines heißen Kochtopfs. Niemand traute sich, die junge Frau anzufassen, aus Furcht, sie könnte sich etwas gebrochen haben. Wenn man sie unbedacht bewegte, würde man es womöglich nur schlimmer machen.

Xie Lian untersuchte sie mit Blicken. Schnell wurde ihm klar, dass ihr nicht mehr zu helfen war, egal wie vorsichtig sie auch wären. Solch einen Sturz würde sie nicht überleben.

Auch wenn er Xiao Ying nicht lange gekannt und auch nicht viele Worte mit ihr gewechselt hatte, wusste er, dass sie trotz ihres Aussehens ein herzensguter Mensch war. Bei dem Gedanken, dass sie so sterben würde, wurde ihm das Herz schwer. Xuan Ji würde sich eine ganze Weile lang nicht aus Ruoye befreien können und Xie Lian dachte bei sich: *Auch wenn ich ihr nicht mehr helfen kann, sollte ich sie nicht in dieser Position sterben lassen.* Also drehte er sie vorsichtig um.

Xiao Yings Gesicht war blutüberströmt. Die umstehende Menge erschrak. Mit letzter Kraft sagte sie leise: »Junger Herr, ich habe Euch wohl nur behindert ...«

Behindert hatte sie ihn zwar nicht, aber wirklich geholfen hatte ihre Tat ihm auch nicht. Er hatte in jenem Moment sowieso Ruoye rufen wollen und hätte keine Hilfe von außen benötigt. Und selbst wenn sie Xuan Ji mit dem Ast getroffen hätte, hätte sie nichts ausrichten können. Aber so weit war es ja nicht einmal gekommen. Ihr Tod war bedeutungslos.

»Aber nicht doch«, versicherte Xie Lian. »Ihr wart mir eine große Hilfe. Als Ihr angerannt kamt, war der Geist abgelenkt und so hatte ich die Gelegenheit, ihn zu bändigen. Ich danke Euch vielmals. Aber nächstes Mal dürft Ihr so etwas nicht mehr tun. Lasst es mich zuerst wissen, wenn Ihr helfen wollt, ansonsten könnte Schlimmes passieren, falls ich nicht schnell genug reagieren kann.«

Xiao Ying lächelte. »Ach, junger Herr, Ihr müsst mich nicht trösten. Ich weiß, dass ich keine Hilfe war und dass es kein nächstes Mal mehr geben wird.«

Ihre Worte waren etwas undeutlich und sie spuckte Blut. Darunter waren auch ein paar abgebrochene Zähne. Der Junge war so besorgt, dass er am ganzen Körper zitterte. Er wusste nicht, was er sagen sollte. Xiao Ying wandte sich zu ihm. »Steig in Zukunft nicht mehr den Berg hinab, um Essen zu stehlen. Wenn sie dich erwischen, prügeln sie dich zu Tode.«

»Wenn er Hunger hat, kann er zu mir kommen«, entgegnete Xie Lian.

Xiao Yings Augen blitzten auf. »Wirklich? I... Ich danke Euch ...«

Sie lächelte und lächelte, bis plötzlich zwei Tränen aus ihren winzigen Augen hervorkullerten. Leise sagte sie: »Ich habe das Gefühl, ich habe nicht viele glückliche Tage in dieser Welt verbracht.«

Xie Lian wusste nicht, wie er antworten sollte, und tätschelte ihr sanft die Hand.

Xiao Ying seufzte: »Ach, was soll's. Wahrscheinlich bin ich ... schon mit Pech geboren worden.« In ihren Worten steckte Humor und mit ihrem blut- und tränenverschmierten Gesicht mit der krummen Nase und den schiefen Augen sah sie lustig aus. Mit Tränen in den Augen sprach sie weiter: »Aber ich wollte ... trotzdem ...«

Mit diesen Worten hatte sie ihren letzten Atemzug getan.

Als der bandagierte Junge sah, dass sie tot war, umarmte er die Leiche und begann, leise zu schluchzen. Er vergrub seinen Kopf an ihrem Bauch und wagte es nicht, sich von ihr zu lösen, als hätte er seine einzige Unterstützung auf dieser Welt verloren.

Xie Lian streckte die Hand aus und schloss ihre Augenlider. *Ihr seid stärker als ich*, sagte er in Gedanken zu ihr.

Plötzlich ertönte ein sonderbares Glockenläuten.

Dreimal läutete es und von dem Dröhnen wurde Xie Lian schwindlig. »Was passiert hier?«, fragte er.

Er sah sich um. Die Bräute lagen alle auf dem Boden, die Arme gen Himmel gestreckt. Auch die Männer waren umgefallen, als hätten die ohrenbetäubenden Schallwellen sie durchgeschüttelt, bis sie ohnmächtig geworden waren. Xie Lian hielt sich mit einer Hand seine Stirn und zwang sich, aufrecht zu bleiben. Doch ein Bein gab nach und er sank auf ein Knie. Glücklicherweise kam ihm jemand zu Hilfe. Er sah auf. Es war Nan Feng.

Die sieben Bräute, die in den Wald geflohen waren, hatten sich in alle Richtungen verteilt und Nan Feng hatte beinahe den ganzen Yujun-Berg durchkämmen müssen, um sie alle einzufangen. Daher war er erst jetzt zurück. Nan Feng wirkte ruhig, also fragte Xie Lian ihn: »Was war das für ein Läuten?«

»Keine Sorge«, erwiderte dieser. »Das sind Rettungskräfte.«

Xie Lian folgte Nan Fengs Blick und bemerkte da erst, dass vor dem Mingguang-Tempel ein Trupp Soldaten aufgetaucht war.

Es waren kräftige Männer in Rüstungen, die imposant und mächtig wirkten, und ein jeder von ihnen war in einen schwachen Lichtschein gehüllt. Vor ihnen stand ein großgewachsener, hübscher junger General – er war offensichtlich kein Mensch. Die Arme hinter dem Rücken verschränkt, kam er auf Xie Lian zu und verbeugte sich leicht. »Eure Hoheit.«

Xie Lian war noch gar nicht dazu gekommen, nachzufragen, da flüsterte Nan Feng ihm schon zu: »Das ist General Pei.«

Er sah schnell zu Xuan Ji hinüber, während er zurückfragte: »General Pei?«

Der General sah ganz anders aus, als er ihn sich vorgestellt hatte, und hatte auch nicht viel Ähnlichkeit mit der Statue im Tempel. Diese war imposant und in den Augen lag Arroganz. Ihre Schönheit war von einer mächtigen, kriegerischen Aura umgeben. Der junge General, der vor Xie Lian stand, hatte zwar auch schöne, allerdings sanfte Gesichtszüge und einen hellen Teint. Sein Aussehen glich kalter weißer Jade und ihn umgab keine mörderische Aura. Mit seinem ruhigen Gemüt wirkte er vielmehr wie ein Stratege.

Nun sah auch er zu Xuan Ji hinüber. »Der Lingwen-Palast hat uns darüber informiert, dass die Unruhe hier auf dem Yujun-Berg mit dem Mingguang-Palast in Verbindung stehen könnte, also bin ich hergeeilt. Ich hätte nicht gedacht, dass dem wirklich so ist. Habt Dank für Eure Mühen, Eure Hoheit.«

Xie Lian dankte Lingwen innerlich. Wer hatte doch gleich gesagt, ihr Palast würde nicht tüchtig arbeiten? »Das kann ich nur erwidern, General Pei.«

Während Xuan Ji noch immer mit Ruoye kämpfte, vernahm sie das »General Pei« und reckte den Kopf. Voller Leidenschaft rief sie: »Pei, mein Liebster! Bist du es? Bist du endlich gekommen?«

Von Ruoye umschlungen, konnte sie sich in ihrer wilden Freude nur auf die Knie aufrichten. Doch sobald sie General Pei erblickte, wurde ihr Gesicht kreidebleich. »Wer bist du?!«

Xie Lian hatte Nan Feng inzwischen die Geschichte hinter dem Geisterbräutigam grob erklärt. Als er ihre Worte hörte, fragte er: »Ist das nicht General Pei? Hat sie so lange auf ihn gewartet, dass sie ihn nicht mehr erkennt?«

»Doch, das ist General Pei«, antwortete Nan Feng. »Aber nicht der General Pei, auf den sie wartet.«

Xie Lian war verwirrt. »Gibt es etwa zwei?«

Überraschenderweise bejahte Nan Feng. »In der Tat.«

Der General Pei, auf den Xuanji wartete, war der erste Gott im Mingguang-Palast, und der, der vor ihnen stand, war der zweite, ein Nachkomme des ersten. Um sie voneinander unterscheiden zu können, wurde er »General Pei der Jüngere« genannt. Traditionelle Mingguang-Tempel waren ihnen beiden gewidmet. Als erster Gott blickte die Statue von General Pei zur Tür, während die Skulptur von Pei dem Jüngeren an ihrem Rücken lehnte. Auch wenn sie in Wirklichkeit Vorfahre und Nachfahre waren, wirkten sie vielmehr wie Brüder. Dass zwei Männer aus derselben Linie in den Himmel aufgestiegen waren, war gewiss etwas Besonderes.

Xuan Ji sah sich um, doch unter den Soldaten entdeckte sie ihren Liebsten auch nicht. Grimmig fragte sie: »Wo ist Pei Ming? Warum ist er nicht hier? Wieso kommt er nicht zu mir?«

General Pei der Jüngere nickte zum Gruß leicht mit dem Kopf. »General Pei kümmert sich gerade um eine wichtige Angelegenheit.«

»Eine wichtige Angelegenheit?«, murmelte Xuan Ji. Unter ihrem hängenden Haar kullerten Tränen über ihr Gesicht. »Ich habe Jahrhunderte auf ihn gewartet. Was für eine wichtige Angelegenheit? Damals hat er in nur einer Nacht das gesamte Grenzgebiet überquert, nur um mich zu sehen. Was für eine wichtige Angelegenheit kann ihn jetzt aufhalten? Was kann so wichtig sein, dass er nicht einmal zu mir kommt? Hat er wirklich etwas anderes zu tun? Wohl eher nicht!«

General Pei der Jüngere entgegnete nur: »General Xuan Ji, lasst uns aufbrechen.«

Als zwei Soldaten sich näherten, ließ Ruoye Xuan Ji frei und wickelte sich wieder um Xie Lians Handgelenk. Dieser tätschelte das Band, um es zu besänftigen.

Xuan Ji ließ sich von den beiden Soldaten packen und starrte eine Weile lang nur ausdruckslos vor sich hin. Dann fing sie jedoch plötzlich an, sich heftig zu wehren, zeigte zum Himmel und schrie: »Pei Ming! Ich verfluche dich!«

Der durchdringende Schrei ließ Xie Lian stutzen. Verfluchte sie nicht gerade den Vorfahren des Mannes, der vor ihr stand?

Der Gesichtsausdruck von General Pei dem Jüngeren veränderte sich jedoch nicht. Er sagte nur: »Bitte entschuldigt uns.«

Xuan Ji schrie sich heiser. »Ich verfluche dich! Du verliebst dich besser bis an dein Lebensende nicht, ansonsten wird mein Fluch dafür sorgen, dass du wie ich endest und dein Körper sich für immer und ewig nach Liebe verzehrt! Möge das Feuer der Liebe dein Herz, deine Milz, deine Lunge und deine Nieren zu Asche verbrennen!«

General Pei der Jüngere wandte sich an Xie Lian und die anderen: »Entschuldigt mich bitte für einen Moment.«

Daraufhin legte er seinen Zeige- und Mittelfinger an seine Schläfe. Mit dieser Handgeste konnte man die spirituellen Kommunikationskanäle betreten, er musste also gerade mit jemandem sprechen. Kurz darauf gab er ein »Hm« von sich und verschränkte die Hände wieder hinter dem Rücken. Er drehte sich zu Xuan Ji und sagte: »General Pei wünscht, dass ich Euch eine Nachricht übermittle: ›Das ist unmöglich.‹«

Xuan Ji kreischte: »Ich verfluche diiiiiiiich!«

General Pei der Jüngere hob leicht die Hand und befahl: »Bringt sie weg.«

Die beiden Soldaten zerrten die sich wild sträubende Xuan Ji davon.

Da fragte Xie Lian: »General Pei der Jüngere, dürfte ich Euch eine Frage stellen? Was für eine Strafe erwartet Xuan Ji?«

»Sie wird in einen Berg gesperrt«, antwortete dieser.

Geister und Dämonen in einen Berg einzuschließen war eine Methode, die der Himmel häufig benutzte, um mit ihnen fertigzuwerden. Xie Lian zögerte kurz und entschied dann jedoch zu sprechen. »General Xuan Jis Groll sitzt sehr tief. Sie kann nicht vergessen, dass sie wegen General Pei ihr Land verraten und ihre Beine verloren hat. Ich befürchte, sie zu unterdrücken ist keine dauerhafte Lösung.«

General Pei der Jüngere legte den Kopf schief und fragte: »Sie hat gesagt, das alles sei wegen General Pei passiert?«

»Ja«, erwiderte Xie Lian. »Sie hat gesagt, seinetwegen sei sie so geendet. Aber was nun die Wahrheit ist, weiß ich natürlich nicht.«

»Wenn man es unbedingt will, kann man es wohl so sehen«, meinte General Pei der Jüngere. »Sie hat tatsächlich für General Pei ihr Land verraten. Aber die Details sind etwas anders, als die meisten es sich wohl vorstellen. Nachdem die beiden sich getrennt hatten, bat Xuan Ji ihm von sich aus wichtige Informationen an, um bei ihm bleiben zu können. Aber General Pei wollte nicht durch unlautere Mittel den Krieg gewinnen, also lehnte er ab.«

Xie Lian hätte in der Tat niemals erraten, was wirklich hinter Xuan Jis »Für dich habe ich mein Land verraten« steckte. »Was ist dann mit ihren Beinen, die wegen General Pei gebrochen wurden, wie sie sagt?«

»Sie hat sie sich selbst gebrochen.«

Sie selbst?

Ruhig erzählte General Pei der Jüngere: »General Pei mag keine starken Frauen und Xuan Ji ist sehr willensstark. Das war der Grund, weshalb die beiden nicht lange zusammenbleiben konnten. Xuan Ji wollte sich jedoch nicht trennen und sagte zu General Pei, sie würde sich für ihn ändern und sich opfern. Daraufhin brach sie sich selbst die Beine, sodass sie ihre Kampfkünste nicht mehr nutzen konnte. Sie hatte erwartet, ihn an sich binden zu können, indem sie sich ihre Flügel abschnitt. Und tatsächlich brachte General Pei es nicht über sich, sie im Stich zu lassen. Er nahm sie auf und kümmerte sich um sie, weigerte sich aber, sie zu heiraten. Weil Xuan Ji ihren langersehnten Wunsch nicht bekam, brachte sie sich schließlich um. Nicht um ihn zu verlassen, sondern damit er um sie trauern würde. Aber – entschuldigt bitte meine Offenheit ...« Während er die Geschichte erzählte, blieb er von Anfang bis Ende höflich und besonnen. »Er trauerte nicht.«

Xie Lian massierte die Stelle zwischen seinen Augenbrauen und blieb stumm. Innerlich fragte er sich jedoch: *Was sind das für Leute?*

General Pei der Jüngere fuhr fort: »Wer nun recht hatte und wer unrecht, weiß ich auch nicht. Ich weiß nur, dass es nicht so weit gekommen wäre, wenn Xuan Ji losgelassen hätte. Eure Hoheit, ich verabschiede mich.«

Xie Lian legte die Hand um die Faust und verabschiedete sich ebenfalls.

Nan Feng meinte nur: »Spinner.«

Er war die Witzfigur der drei Sphären und ebenfalls ein berüchtigter Spinner, dachte Xie Lian bei sich, also sollte er besser nichts über andere sagen. In dieser Geschichte zwischen General Pei und Xuan Ji gab es keinen Guten und keinen Bösen. Man sollte besser nicht darüber diskutieren, wer von beiden im Recht war. Nur die siebzehn Bräute, die Offiziere und die Sänftenträger waren zu bedauern, es war wirklich eine Tragödie.

Als ihm die Bräute wieder eingefallen waren, drehte er sich schnell zu ihnen um. Alle siebzehn Leichen hatten sich in unterschiedlichem Maß verändert. Von einigen war nur noch das Skelett übrig, andere hatten gerade erst begonnen zu verrotten. Sie verströmten einen abstoßenden Gestank. Dieser weckte die ohnmächtigen Männer und als sie langsam die Augen öffneten und die Lage sahen, erschraken sie erneut.

Xie Lian nutzte die Gelegenheit, um ihnen eine Predigt über Gut und Böse und darüber, wie sich alles auf das Karma auswirkte, zu halten. Er ermahnte sie, möglichst viel für die Bräute zu beten und einen Weg zu finden, ihre Familien zu kontaktieren, damit sie die Leichen abholen konnten. Er warnte sie, auf keinen Fall mit den Leichen Handel zu treiben oder sonstige Schandtaten zu verüben.

Nach allem, was die Männer in dieser Nacht durchgemacht hatten, und ohne ihren Anführer wagten sie es nicht, zu widersprechen. Zitternd vor Angst bejahte ein jeder. Es kam ihnen vor, als wären sie aus einem Albtraum aufgewacht. Sie waren wie besessen gewesen. Es gab so viele Leichen. Wie hatten sie da an Geld denken können? Als sie darüber nachdachten, überkam sie das Grauen. Am Abend hatten sie sich alle bewaffnet und waren leichtsinnig ihrem Anführer blind gefolgt und den Berg hinaufgestürmt. Nun verspürten sie nur noch Angst und Reue und beteten.

Der Morgen war noch nicht angebrochen. Möglicherweise warteten noch irgendwo Wölfe auf ihre Gelegenheit, also musste Nan Feng die Männer ins Dorf hinuntergeleiten, nachdem er vorhin schon den gesamten Berg durchkämmt hatte. Er beschwerte sich jedoch nicht und vereinbarte mit Xie Lian, dass sie später darüber diskutieren würden, was sie mit den hängenden Leichen im Wald machen sollten.

Als der bandagierte Junge aufwachte, setzte er sich wieder neben Xiao Ying und nahm sie stumm in seine Arme.

Xie Lian setzte sich dazu und überlegte lange. Gerade wollte er etwas sagen, um ihn zu trösten, als er bemerkte, dass der Junge am Kopf blutete. Wäre es das Blut der Leichen aus dem Wald, hätte es inzwischen getrocknet sein müssen, aber es floss unaufhörlich an ihm hinunter. Er musste sich verletzt haben. »Du blutest am Kopf. Nimm die Bandage ab, ich sehe es mir an.«

Der Junge hob langsam den Kopf und blickte ihn mit seinen blutunterlaufenen Augen verschüchtert an. Er wirkte zögerlich. Xie Lian lächelte sanft. »Hab keine Angst. Wenn du eine Wunde hast, müssen wir sie behandeln. Ich verspreche dir, dass ich mich nicht erschrecken werde.«

Der Junge zögerte noch eine Weile, doch dann drehte er sich um und wickelte die Bandagen um seinen Kopf Schicht für Schicht ab. Er war sehr langsam und Xie Lian wartete geduldig, während er bereits über das nächste Problem nachdachte. *Der Junge kann nicht auf dem Yujun-Berg bleiben. Wo soll er nur hin? Mit mir in den Himmel kann er nicht. Ich kann mich selbst kaum ernähren. Er braucht einen Platz, an dem er versorgt ist. Und der Grüne Geist Qi Rong ...*

Der Junge war fertig und drehte sich wieder um.

Als Xie Lian sein Gesicht sah, gefror ihm das Blut in den Adern.

Kapitel 6:
Ein Geist in Rot brennt sämtliche Tempel nieder

Der Junge hatte schlimme Brandwunden im Gesicht, wie sich Xie Lian bereits gedacht hatte. Aber unter der verbrannten Haut waren vage drei, vier winzige Gesichter zu erkennen.

Sie waren gerade so groß wie die Handfläche eines Babys. Unregelmäßig verteilten sie sich auf Wangen und Stirn. Da die Gesichter versengt worden waren, waren sie verzerrt, als würden sie kreischen vor Schmerz. Sie befanden sich im Gesicht eines ganz normalen Menschen, doch der Anblick jagte einem noch mehr Angst ein als jeder Geist.

In dem Moment, als Xie Lian das Gesicht des Jungen sah, war ihm, als würde er in einen Albtraum stürzen. Er war ganz benommen vor Furcht, sodass er nicht einmal wusste, wann er aufgestanden war. Genauso wenig war ihm klar, was er gerade für eine Miene machte, aber es musste eine schreckliche sein.

Der Junge hatte die Bandage so langsam abgewickelt, weil er Angst hatte, und sobald er Xie Lians Reaktion sah, wich er ein paar Schritte zurück. Als wüsste er, dass Xie Lian sein fürchterliches Gesicht nicht ertragen konnte, bedeckte er es schnell wieder. Er sprang auf und flüchtete schreiend in den Wald.

Erst da kam Xie Lian wieder zu sich und rief ihm hinterher: »Warte!« Er nahm die Verfolgung auf. »Warte! Komm zurück!«

Doch er hatte zu spät reagiert. Außerdem kannte sich der Junge im Wald gut aus und war es gewohnt, sich im Dunkeln zu verstecken, sodass er augenblicklich spurlos verschwand. Egal wie oft Xie Lian nach ihm rief, er kam nicht hervor. Es gab auch niemanden, der ihm beim Suchen helfen konnte, und seine spirituelle Energie war schon wieder verbraucht, sodass er auch das spirituelle Kommunikationssystem nicht nutzen konnte. Er durchkämmte eine Stunde lang den Wald, jedoch ohne Erfolg. Als ein kalter Wind aufkam, wurde Xie Lians Kopf wieder etwas klarer. Er begriff, dass verzweifeltes Suchen keine Lösung war, und bemühte sich, sich zu beruhigen. Vielleicht würde der Junge wieder zu Xiao

Ying gehen, also entschied er sich, erst einmal zum Mingguang-Tempel zurückzukehren.

Als er dort ankam, erschrak er erneut.

Zahlreiche schwarz gekleidete Männer hatten sich im Wald hinter dem Tempel versammelt. Mit ernsten Gesichtern waren sie gerade dabei, die von den Bäumen hängenden Leichen vorsichtig herabzulassen. Vor ihnen stand eine hochgewachsene Gestalt mit verschränkten Armen und beobachtete das Geschehen. Als sie sich umdrehte, blickte Xie Lian in das Gesicht eines anmutigen, kühlen jungen Mannes – es war Fu Yao. Er hatte wohl einige Offiziere aus dem Xuanzhen-Palast zu Hilfe geholt.

Xie Lian wollte gerade etwas sagen, als er hinter sich Schritte hörte.

Auch Nan Feng war wieder zurück. Er blickte sich um und sah dann Fu Yao an. »Bist du nicht abgehauen?«

Das waren keine netten Worte und Fu Yao zog verärgert die Augenbrauen nach oben. Xie Lian wollte vermeiden, dass die beiden in so einer wichtigen Situation wieder anfingen zu streiten und erklärte: »Ich hatte ihm gesagt, dass er Hilfe holen soll.«

Nan Feng grinste spöttisch. »Und wo ist die Hilfe? Er hätte zumindest seinen Herrn rufen sollen.«

»Als ich im Himmel ankam, hörte ich, dass General Pei der Jüngere bereits aufgebrochen sei, also habe ich unseren General nicht mehr behelligt«, antwortete Fu Yao gleichgültig. »Und selbst wenn ich ihn gebeten hätte zu helfen, hätte er vielleicht gar keine Zeit gehabt, selbst herabzusteigen, so beschäftigt wie er ist.«

So wie Xie Lian Mu Qing kannte, hätte er auch dann nicht selbst herabsteigen wollen, wenn er die Zeit gehabt hätte. Aber nun war nicht der Moment, darüber nachzudenken. Erschöpft sagte er: »Bitte nicht streiten. Helft mir erst einmal, den bandagierten Jungen zu finden.«

Nan Feng runzelte die Stirn. »War er nicht gerade noch neben Euch und hat auf die Leiche dieser jungen Frau aufgepasst?«

»Ich habe ihn gebeten, die Bandagen abzunehmen, und dann habe ich ihn verschreckt«, erklärte Xie Lian.

Fu Yao zog einen Mundwinkel nach oben. »So schlimm ist Eure Verkleidung nun auch wieder nicht.«

Xie Lian seufzte. »Ich bin schuld. Ich habe nicht sofort reagiert. Xiao Yings Tod hat ihn schwer getroffen und dann habe ich mich auch noch so erschreckt, als ich sein Gesicht gesehen habe. Das war bestimmt zu viel für ihn, deshalb ist er weggerannt.«

Fu Yao verzog das Gesicht. »Ist er wirklich so hässlich?«

»Darum geht es nicht«, erwiderte Xie Lian. »Er hat ... die Gesichterkrankheit.«

Nan Feng und Fu Yao erstarrten und ihre Mienen verfinsterten sich augenblicklich. Nun begriffen sie, warum Xie Lian sich derart erschrocken hatte.

Vor achthundert Jahren war das Königreich Xianle von einer Seuche heimgesucht und ausgelöscht worden. Auf den Körpern der Leute, die die Krankheit befiel, bildeten sich kleine Knoten, die immer weiter anschwollen, sich verhärteten und schmerzten. Mit der Zeit wurden die Knoten immer unregelmäßiger und sanken an drei Stellen ein, während eine andere Stelle besonders anschwoll. Es sah aus, als hätten sie ... Augen, Mund und Nase. Die Züge wurden immer klarer, bis sie die Form eines menschlichen Gesichts angenommen hatten. Und wenn man nichts dagegen tat, tauchten immer mehr solcher Gesichter auf dem Körper auf. Es wurde sogar gemunkelt, dass manche von ihnen schließlich gar den Mund öffneten und sprachen oder kreischten. Das war die sogenannte Gesichterkrankheit.

Fu Yaos Miene hatte sich wieder verändert. Er löste seine verschränkten Arme und sagte: »Wie kann das sein? Sie wurde schon vor Jahrhunderten ausgerottet. Das muss etwas anderes sein.«

»Ich habe es mit eigenen Augen gesehen«, entgegnete Xie Lian.

Nan Feng und Fu Yao konnten darauf nichts erwidern. Niemand konnte dem widersprechen, wenn die Worte aus Xie Lians Mund kamen.

Dieser erzählte weiter: »Er hat auch Brandwunden. Wahrscheinlich wollte er die Gesichter abtöten.«

Wenn jemand von der Gesichterkrankheit befallen wurde, war die erste Reaktion oft, ein Messer zu nehmen und diese fürchterlichen Gesichter abzuschneiden oder sie mit einer Fackel zu verbrennen. Dabei wurden Haut und Knochen nicht verschont.

Da sagte Nan Feng mit tiefer Stimme: »Ich befürchte, in dem Fall ist er kein gewöhnlicher Mensch. Wahrscheinlich ist er schon mehrere Hundert Jahre alt. Aber zunächst einmal die wichtigste Frage: Ist er ansteckend?«

Trotz der Kopfschmerzen, die ihm die Sache bereitete, hatte Xie Lian schon besonnen über diese Frage nachgedacht. Bestimmt antwortete er: »Nein. Die Gesichterkrankheit verbreitet sich rasend schnell. Er versteckt sich schon sehr lange hier auf dem Yujun-Berg. Wenn er noch ansteckend wäre, wäre bereits die gesamte Region befallen. Er muss schon ... geheilt sein. Nur die Narben sind geblieben.«

Die drei wagten es nicht, die Sache auf sich beruhen zu lassen. Fu Yao schien im Xuanzhen-Palast eine recht hohe Position zu haben und holte noch mehr Beamte, um alle Ecken des Yujun-Berges abzusuchen. Doch so sehr sie auch suchten, sie fanden keine Spur von dem Jungen. Er musste den Berg bereits verlassen und sich unter die Leute gemischt haben. Folglich blieb ihnen vorerst nichts anderes übrig, als in den Himmel zurückzukehren, den Lingwen-Palast zu bitten, die Suche fortzusetzen, und geduldig auf Neuigkeiten zu warten. Zum Glück war der Junge zumindest nicht ansteckend, doch Xie Lian machte sich Sorgen. Falls er entdeckt würde und die Leute sein angsteinflößendes Gesicht sähen, würden sie ihn womöglich für ein Monster halten und umbringen. Sie mussten ihn so schnell wie möglich finden.

Sie konnten nicht länger auf dem Yujun-Berg verweilen, also nahm Xie Lian Xiao Yings Leiche in die Arme und stieg vorsichtig den Berg hinab. Er war so geistesabwesend, dass er erst aufgrund der Schreie des Besitzers bemerkte, dass er die Leiche beinahe ins Teehaus geschleppt hätte. Er entschuldigte sich vielmals, dann ging er wieder und übergab Xiao Ying jemandem, damit sie beerdigt würde.

Nachdem alles geregelt war, ging er zurück ins Teehaus, setzte sich und stieß einen lautlosen Seufzer aus.

Sein erster Fall war nun endlich zu Endc. Dic paar Tage, seitdem er wieder aufgestiegen war, hatten ihn noch mehr ermüdet als ein Jahr Schrottsammeln in der Menschenwelt. Er hatte sich verkleidet, viel geschrien, war geklettert, gesprungen, geflogen und herumgeworfen worden. Seine Knochen schmerzten, als würden sie gleich auseinanderfallen. Und es gab weiterhin viele ungelöste Rätsel. Er hatte große Lust, »Schrottsammeln geht über das Dasein als Gott« auf ein Schild zu schreiben, es sich auf den Rücken zu binden und damit in der Menschenwelt hausieren zu gehen.

Fu Yao hob den Saum seiner Robe an und setzte sich neben Xie Lian. Er hielt es nun nicht mehr länger aus und verdrehte endlich die Augen. »Warum tragt Ihr das noch immer?«

Als Xie Lian sah, was Fu Yao mit seinen Augen machte, überkam ihn ein Gefühl von Vertrautheit. Endlich zog er das Brautkleid aus und wischte sich Rouge und Puder aus dem Gesicht. Deprimiert fragte er: »Habe ich die ganze Zeit in diesem Aufzug mit General Pei dem Jüngeren gesprochen? Oh, Nan Feng, warum habt Ihr mich nicht daran erinnert, wie ich aussehe?«

»Vielleicht weil Ihr Euch in diesen Kleidern so wohl gefühlt habt«, erwiderte Fu Yao.

Inzwischen war auch Nan Feng wieder da und konnte sich nach dem langen Fußmarsch endlich ausruhen. Er setzte sich zu den beiden und sagte: »Das war nicht nötig. General Pei den Jüngeren interessiert es nicht, was Ihr anhabt. Ihr hättet Euch noch seltsamer kleiden können und er würde es trotzdem niemandem erzählen.«

Nan Feng hatte sich heute verausgabt. Xie Lian goss ihm zum Dank eine Tasse Tee ein. Er musste wieder an die ungerührte Miene General Peis des Jüngeren angesichts der wilden Xuan Ji denken. »General Pei der Jüngere ist wirklich gelassen. Nichts scheint ihn aus der Ruhe zu bringen.«

Nan Feng trank den Tee aus, dann entgegnete er: »Lasst Euch nicht von seiner höflichen Art täuschen. Er ist genau wie sein Vorfahr. Mit ihm ist nicht zu spaßen.«

Xie Lian hatte das bereits erkannt. Überraschenderweise stimmte auch Fu Yao ihm zu. »Pei Xiu ist erst vor zweihundert Jahren aufgestiegen, aber er hat viel Rückenwind und steigt schnell im Rang auf. Als General Pei ihn zum General ernannt hat, war er noch keine zwanzig Jahre alt. Wisst Ihr, was er damals getan hat?«

»Was?«, fragte Xie Lian zurück.

»Er hat eine ganze Stadt massakriert«, antwortete Fu Yao kalt.

Xie Lian dachte nach. Das war nicht weiter überraschend. Generäle gab es im Himmel zuhauf und um ihre Länder zu schützen, waren Opfer nötig. Je mehr sie töteten, desto eher wurden sie zum Helden und konnten in den Himmel aufsteigen. An den Händen von Helden klebte Blut.

Fu Yao kam zu dem Schluss: »Man sollte keinem Gott aus dem Oberen Hof trauen.« Er klang wie jemand, der bereits vieles erlebt hatte und nun seine Nachfolger warnte.

Xie Lian musste sich das Lachen verkneifen. Jemand aus dem Oberen Hof musste ihn gekränkt haben, dass er so redete. Aber er selbst hatte auch nicht viel Zeit im Himmel verbracht. Obwohl er dreimal aufgestiegen war, war er jedes Mal nur so kurz dort gewesen wie eine Eintagsfliege. Folglich wusste er nicht zwingend mehr über die Götter des Oberen Hofes als die beiden jungen Offiziere.

Nan Feng schien jedoch überhaupt nicht einverstanden zu sein und sagte: »Erzähl keine haarsträubenden Geschichten. Gut und Böse weilen überall, der Himmel ist keine Ausnahme. Es gibt durchaus einige vertrauenswürdige Beamte.«

»Ha ha!«, kam es von Fu Yao. »Damit meinst du wohl deinen Herrn?«

»Das kann ich nicht beurteilen, aber dein Herr ist es gewiss nicht«, konterte Nan Feng.

Xie Lian blieb ruhig. Er war das Gezanke mittlerweile gewöhnt. Außerdem hätte er auch gar nicht mehr die Kraft gehabt, um sie zu trennen.

Da die Situation mit dem Geisterbräutigam geregelt war, kehrte Xie Lian in den Himmel zurück. Als Erstes berichtete er Lingwen von dem bandagierten Jungen und bat sie, Leute loszuschicken, um nach ihm zu suchen.

Ihre Miene verfinsterte sich, als sie davon hörte. »Wir werden unser Bestes tun, um ihn zu finden. Ich hätte nicht gedacht, dass dort im Norden so viel los ist. Ich entschuldige mich für die Mühen, Eure Hoheit.«

»Ich habe den beiden jungen Offizieren zu danken, die sich bereit erklärt haben, mich zu unterstützen«, entgegnete Xie Lian. »Und auch General Pei dem Jüngeren. Ich weiß gar nicht, wie ich ihnen danken soll.«

»Pei war in die Sache involviert. Es ist nur natürlich, dass General Pei der Jüngere sich darum kümmert«, erwiderte Lingwen. »Er ist das gewöhnt. Ihr braucht ihm nicht zu danken. Falls Ihr Zeit habt, bitte ich Euch, in den Kommunikationskanal zu kommen. Die Sache wird dort noch einmal besprochen.«

Xie Lian hatte auch noch einige Fragen, die ihn nicht losließen. Er verließ den Lingwen-Palast, lief ziellos umher und entdeckte schließlich eine kleine Steinbrücke. Unter ihr plätscherte ein Bach aus klarstem Wasser, in dem sich die Wolken spiegelten. Man konnte von der Brücke aus auf die Menschenwelt hinabsehen: Hoch aufragende Berge und quadratische Städte erstreckten sich vor Xie Lians Augen. *Das ist ein guter Ort*, dachte er. Er ließ sich nieder und sagte innerlich das Passwort zum Kommunikationskanal auf.

Kaum war er drin, war auch schon tosender Lärm zu hören, wie es hier nur selten vorkam. Die Götter redeten wild durcheinander.

Als Erstes hörte Xie Lian Feng Xins Geschrei: »Verdammt noch mal! Habt Ihr Euch endlich für einen Berg entschieden? Xuan Ji, dieses Geisterweib, ist eine Verrückte, egal was man sagt, sie verlangt immer nur nach General Pei und verrät nicht, wo Qi Rong sich aufhält!«

»General Xuan Ji war schon immer sehr starrköpfig und überdramatisch«, entgegnete General Pei der Jüngere.

Feng Xin klang höchst verärgert. »General Pei der Jüngere, ist General Pei nun zurück oder nicht? Schickt ihn schnell zu ihr, damit er sie fragen kann, wo Qi Rong ist, und bringt sie endlich weg!«

Feng Xin war es nicht gewohnt, mit Frauen umzugehen, aber er war derjenige, der die Aufgabe erhalten hatte, sie zu verhören. Xie Lian hatte ein wenig Mitleid mit ihm.

General Pei der Jüngere entgegnete: »Das würde nichts bringen. Wenn sie ihn sieht, wird sie nur noch wilder.«

Da meldete sich eine andere Stimme zu Wort: »Was den Wald der hängenden Leichen angeht … Qi Rongs Geschmack ist wirklich das Letzte, einfach abscheulich.«

»Selbst die anderen Geister sehen auf ihn herab. Er hat wirklich einen abscheulichen Geschmack.«

Die Götter redeten ohne Unterlass, es schien, als kannten sie sich alle gut. Als Neuling, der jedoch schon vor achthundert Jahren aufgestiegen war, hätte Xie Lian lieber stumm bleiben sollen, doch nachdem er so viel gehört hatte, konnte er sich nicht zurückhalten, sich ins Gespräch einzumischen. »Was hat es mit dem Wald der hängenden Leichen auf sich? Lebt Qi Rong auch auf dem Yujun-Berg?«

Da er nicht oft im Kanal zu hören war, war den Göttern seine Stimme fremd. Sie wussten nicht, ob sie weiterreden sollten, doch da antwortete Feng Xin ihm: »Qi Rong lebt nicht dort. Xuan Ji hat nach seinen Vorgaben gehandelt und ihm die Leichen als Opfergabe dargeboten.«

»Xuan Ji ist dem Grünen Geist untergeben?«, fragte Xie Lian zurück.

»In der Tat«, antwortete General Pei der Jüngere. »General Xuan Ji ist bereits seit Jahrhunderten tot und hat schon immer einen Groll gehegt, aber sie hatte nicht genug Kräfte, um Unheil anzurichten. Vor hundert Jahren ist Qi Rong ihr begegnet. Er war von ihr angetan und nahm sie unter seine Fittiche. Erst danach wurde sie stark.«

Mit diesen Worten wollte er wohl zum Ausdruck bringen, dass nicht General Pei die Schuld trug, da Xuan Ji gar nicht die Macht besessen hatte, etwas anzurichten. Wenn man jemanden beschuldigen wollte, sollte es Qi Rong sein, der ihr die nötigen Kräfte verliehen hatte. Pei der Jüngere hatte gespürt, dass die anderen General Pei Vorwürfe machten, auch wenn sie es nicht aussprachen. Folglich hatte er sie auf geschickte Weise ermahnt und seine Absicht gut verborgen.

Xie Lian stellte die nächste Frage: »Wurde der Yujun-Berg schon abgesucht? Es sollte sich auch ein Kindergeist dort aufhalten.«

Diesmal ergriff Mu Qing das Wort und fragte ungerührt: »Ein Kindergeist? Was für ein Kindergeist?«

Fu Yao hatte ihm wohl nicht alle Details berichtet. Vielleicht hatte er ihm nicht einmal erzählt, dass er ihm geholfen hatte. Um ihn nicht in Schwierigkeiten zu bringen, erwähnte Xie Lian Fu Yao nicht, sondern sagte: »Als ich in der Sänfte saß, habe ich eine Kinderstimme lachen gehört. Sie hat auch ein Lied gesungen. Zwei junge Himmelsoffiziere haben mich begleitet, aber sie haben nichts gehört. Der Kindergeist muss also große Kräfte besitzen.«

»Wir haben auf dem Yujun-Berg keinen Kindergeist aufgespürt«, entgegnete Mu Qing.

Xie Lian war verwirrt. War der Kindergeist extra gekommen, um ihn zu warnen? Bei diesem Gedanken fiel ihm wieder ein, was ihn schon die ganze Zeit über beschäftigt hatte. »Ich bin auch einem jungen Mann begegnet, der silberne Schmetterlinge kontrollieren kann. Weiß jemand zufällig, wer er ist?«

Plötzlich wurde es totenstill im zuvor so lebhaften Kanal.

Xie Lian hatte mit so einer Reaktion bereits gerechnet. Geduldig wartete er ab.

Nach einer halben Ewigkeit fragte Lingwen: »Eure Hoheit, was habt Ihr da gerade gesagt?«

»Er hat gesagt, dass er Hua Cheng begegnet ist«, sagte Mu Qing kalt.

Endlich kannte Xie Lian den Namen des rot gekleideten Mannes. Seltsamerweise hellte sich seine Stimmung auf und er musste lächeln. »Er heißt also Hua Cheng? Der Name passt gut zu ihm.«

Die anderen Himmelsbeamten waren sprachlos über seine Reaktion. Nach einer Weile stieß Lingwen einen leisen Seufzer aus. »Das ... Eure Hoheit, habt ihr schon einmal vom Vierfachen Übel gehört?«

Ich kenne leider nur die Vier Legenden, dachte Xie Lian. Die sogenannten Vier Legenden waren weitläufig bekannte Geschichten von vier Himmelsbeamten aus dem Oberen Hof, bevor diese aufgestiegen waren: »Der junge Herr, der Wein vergoss«, »der Kronprinz, der die Götter erfreute«, »der General, der sein Schwert zerbrach« und »die Prinzessin, die sich die Kehle aufschlitzte«. »Der Kronprinz, der die Götter erfreute« bezog sich natürlich auf den Kronprinzen von Xianle und seinen glorreichen Sprung auf der Kaiserallee. Eine der vier Legenden zu sein bedeutete allerdings nicht zwingend, dass man zu den mächtigsten Göttern gehörte. Es waren einfach Geschichten, die besonders gern weitererzählt und diskutiert wurden. Neuigkeiten aus der Welt bekam Xie Lian nur sehr langsam mit, er wusste nur wenig darüber, was draußen vor sich ging. Von den Vier Legenden hatte er auch nur etwas mitbekommen, weil er selbst in einer von ihnen vorkam. Dieses »Vierfache Übel« musste eine relativ neue Bezeichnung sein, er hatte noch nie davon gehört. Doch da »Übel« darin vorkam, war es sicherlich nichts Gutes. Schließlich sagte er: »Ich habe noch nie von diesem Vierfachen Übel gehört. Dürfte ich um eine Erklärung bitten?«

»Ihr habt jahrhundertelang in der Menschenwelt trainiert und wisst so wenig. Ich bin wirklich neugierig, was Ihr die ganze Zeit gemacht habt«, kommentierte Mu Qing kühl.

Natürlich essen, schlafen, Straßenmusik machen und Schrott sammeln. Xie Lian lächelte. »Es gibt viele – und oft auch komplizierte – Dinge, denen man sich als Mensch widmen muss. Man hat es nicht so einfach wie als Himmelsbeamter.«

Lingwen begann zu erklären: »Das Vierfache Übel – bitte prägt es Euch gut ein, Eure Hoheit – bilden: ›das Booteversenkende Schwarze Wasser‹, ›die Nachtwandernde Grüne Laterne‹, ›das Unheil in Weiß‹ und ›der Blumensuchenden Blutregen‹. Das sind die vier Geisterkönige, die allen Göttern im Himmelreich Kopfzerbrechen bereiten.«

Wenn ein Mensch aufstieg, wurde er zum Gott, und wenn er abstieg, zum Geist.

Die Götter hatten den Himmel als ihre Residenz auserwählt. Abgeschottet von der Welt der Sterblichen beobachteten sie die Geschehnisse von oben herab. Doch die sogenannte Geisterwelt war nicht klar von der Menschenwelt getrennt. Geister, Dämonen und Menschen teilten sich dasselbe Land. Manche versteckten sich im Dunkeln, andere nahmen menschliche Gestalt an und mischten sich unter das Volk.

Lingwen fuhr fort: »Das Booteversenkende Schwarze Wasser ist ein mächtiger Wassergeist. Obwohl er ein Supremus ist, macht er nur sehr selten Ärger. Er hält sich bedeckt. Nicht viele haben ihn zu Gesicht bekommen. Wir brauchen uns erst einmal nicht weiter mit ihm zu beschäftigen.

Die Nachtwandernde Grüne Laterne ist der Geist mit dem abscheulichen Geschmack, der gern Leichen an Bäume hängt: der Grüne Geist Qi Rong. Er ist der Einzige von den vieren, der kein Supremus ist. Natürlich kann man sich nun fragen, warum er dazugezählt wird. Vielleicht weil er andauernd Unruhe stiftet und äußerst lästig ist. Oder vielleicht auch einfach, weil ›vierfach‹ besser klingt als ›dreifach‹. Reden wir auch über ihn nicht weiter.

Mit dem Unheil in Weiß solltet Ihr bereits vertraut sein. Er hat noch einen anderen Namen: der Weiße ohne Gesicht.«

Als Xie Lian diesen Namen hörte, breitete ein stechender Schmerz sich von seinem Herzen in alle Richtungen aus. Seine Hände zitterten und er ballte sie unbewusst zu Fäusten. Natürlich war er mit ihm vertraut.

Ein Supremus war in der Lage, ein ganzes Reich zu vernichten. Und das erste Reich, das der Weiße ohne Gesicht vernichtet hatte, war Xianle gewesen.

Xie Lian blieb stumm. Da merkte Lingwen an: »Aber er wurde bereits ausgelöscht. Lasst uns auch über ihn nicht weiter reden. Selbst wenn er doch noch existieren sollte, kann er nichts mehr ausrichten.

Eure Hoheit, die silbernen Schmetterlinge, die Ihr auf dem Yujun-Berg gesehen habt, werden Seelenschmetterlinge des Todes genannt. Ihr Herr ist derjenige, dem alle Götter am wenigsten begegnen wollen, der Blumensuchende Blutregen, Hua Cheng.«

Wenn man im Himmelreich von berühmten Persönlichkeiten sprach, waren damit der Himmelskaiser oder der Kronprinz von Xianle gemeint. Auch wenn »berühmt« bei beiden eine ganz unterschiedliche Konnotation hatte, waren sie gleichwohl bekannt. Doch wenn man in der Geisterwelt von jemand Berühmtem sprach, gab es nur einen: Hua Cheng.

Wenn man mehr über einen Himmelsbeamten erfahren wollte, brauchte man nur losziehen und einen seiner Tempel aufzusuchen. Die Statue zeigte einem, was für Kleidung er trug und welche magischen Waffen er besaß. Wollte man noch mehr wissen, konnte man den überlieferten Geschichten lauschen und so herausfinden, wer er gewesen war und was er getan hatte. Das war schon ziemlich viel. Doch die Identität oder das Aussehen von Geistern und Dämonen war fast immer ein Rätsel.

Hua Cheng war bestimmt nicht sein richtiger Name und sein Aussehen musste ebenfalls eine Täuschung sein. In den überlieferten Geschichten, die von ihm handelten, war er gelegentlich ein launischer, grimmiger Jugendlicher, dann wieder ein sanfter, hübscher Mann. Manchmal war er sogar eine schöne Frau, die das Herz einer Schlange besaß. Es gab ihn in allen erdenklichen Formen. Doch was seine wirkliche Form anging, war das Einzige, was feststand, dass er rote Kleidung trug. Außerdem regnete es oft Blut, wenn er auftauchte, und silberne Schmetterlinge umflatterten ihn.

Über seine Herkunft gab es noch mehr Geschichten. Manche erzählten sich, dass er eine Missgeburt war, der das rechte Auge fehlte. Aufgrund dessen sei er von klein auf schikaniert worden und hasste die Menschen zutiefst. Andere behaupteten, er sei ein junger Soldat gewesen, der im Krieg für sein Land gestorben war und dessen Seele nicht ruhen wollte. Wieder andere sagten, er sei ein Narr, der unter dem Verlust seiner Liebsten litt. Und manche vermuteten sogar, dass er ein Monster sei. Die fantastischste Geschichte war jedoch, dass er angeblich – wirklich nur angeblich – ein Himmelsbeamter war, der nach seinem Aufstieg freiwillig hinuntergesprungen und zum Geist geworden war. Diese Geschichte war allerdings nicht weit verbreitet. Ob sie wahr oder falsch war, konnte man nicht wissen, aber nicht viele glaubten daran. Und selbst wenn sie wahr wäre, musste sie falsch sein, denn wenn jemand auf dieser Welt freiwillig sein Dasein als Gott aufgäbe, um als Geist zu leben, wäre das eine unfassbare Schande für das Himmelreich. Kurz gesagt: Die Geschichten waren zahlreich und entsprechend sagenumwoben war seine wahre Identität.

Alle Himmelsbeamten fürchteten sich vor Hua Cheng und dafür gab es verschiedene Gründe. Zum Beispiel war er sehr launisch. Manchmal mordete er auf grausamste Weise und dann wieder vollbrachte er gute Taten. Außerdem besaß er große Macht in der Menschenwelt und hatte viele Anhänger.

Ja, er hatte viele Anhänger. Die Menschen beteten zu Göttern, damit diese sie vor Geistern und Dämonen beschützten. Aber Hua Cheng war ein Geist und trotzdem verehrten ihn zahlreiche Menschen, fast so als wäre er ein Gott.

Wie es dazu gekommen war? Als Hua Cheng zum ersten Mal auftauchte, tat er etwas, womit er in die Geschichte einging.

Er forderte fünfunddreißig Himmelsbeamte aus dem Oberen Hof öffentlich zu einem Wettbewerb heraus. Mit Kriegsgöttern würde er sich in den Kampfkünsten messen und mit Göttern der Schriften debattieren.

Dreiunddreißig von fünfunddreißig Göttern fanden das äußerst lächerlich, waren aber gleichzeitig empört und nahmen die Herausforderung an, um ihn in seine Schranken zu weisen.

Den Anfang machten die Kriegsgötter.

Kriegsgötter waren die mächtigsten Himmelsbeamten, sie hatten zahlreiche Anhänger und enorme spirituelle Kräfte. Was könnte ihnen so ein neugeborener Geist schon anhaben? Doch wer hätte gedacht, dass Hua Cheng sie mit seinem sonderbaren Krummsäbel komplett vernichten würde!

Erst nachdem Hua Cheng sie besiegt hatte, erfuhren sie, dass er vom Tonglu-Berg gekommen war.

Dieser war ein Vulkan, doch das war unwichtig. Der springende Punkt war, dass es auf diesem Berg eine Stadt gab, die Gu genannt wurde. Sie hieß jedoch nicht so, weil dort Menschen Gu brauten, sondern die Stadt selbst war ein riesiger Gu-Kessel*.

* »Gu« bezeichnet eine Art Gift aus der schwarzen Magie.

Um es zu gewinnen, werden verschiedene giftige Tiere wie Schlangen oder Skorpione zusammen in einen Kessel gesperrt, wo sie sich gegenseitig verschlingen, bis nur noch eins übrig bleibt, das alle Gifte in sich vereint.

Alle hundert Jahre versammelten sich dort Abertausende von Geistern und bekämpften sich gegenseitig, bis nur noch einer übrig blieb. Meistens starben alle, wenn es allerdings doch einer schaffte zu überleben, wurde er zum Supremus. Bis heute waren nur zwei Geister aus Gu zurückzukehrt und nun waren sie berüchtigte Geisterkönige.

Einer davon war Hua Cheng.

Als Nächstes waren die Götter der Schriften an der Reihe.

Er war vielleicht stärker als sie, aber im Debattieren würde er ihnen doch sicherlich unterlegen sein.

Doch sie kamen nicht gegen ihn an. Hua Chengs Worte waren mal höflich und mal hämisch, mal unbeugsam und mal schneidend. Seine Argumente waren präzise und führten die Götter in die Irre. Sie wurden nach Strich und Faden von ihm beschimpft und erzürnten sich so sehr, dass sie Blut spuckten.

Somit hatte Hua Cheng also Geschichte geschrieben.

Doch wenn das schon alles gewesen wäre, würde sich keiner derart vor ihm fürchten. Nachdem er gesiegt hatte, verlangte er von den dreiunddreißig Himmelsbeamten, ihr Versprechen einzulösen.

Vor Beginn des Wettkampfs hatten sie vereinbart, dass Hua Cheng seine Asche übergeben würde, falls er verlieren sollte. Und wenn die Beamten verlieren sollten, würden sie alle hinabsteigen und als gewöhnliche Menschen weiterleben. Wäre er nicht so arrogant gewesen, seine Existenz aufs Spiel zu setzen und wären die dreiunddreißig Götter nicht so siegessicher gewesen, hätten sie sich niemals darauf eingelassen.

Doch nicht ein Einziger von ihnen hielt sein Versprechen. Es war zwar beschämend, aber jeder dachte bei sich, dass ja nicht nur er verloren hatte, sondern noch zweiunddreißig andere. Da war es doch eigentlich gar nicht mehr beschämend, sie konnten sogar gemeinsam darüber lachen. Folglich taten sie alle so, als wäre nie etwas gewesen. Menschen waren ohnehin vergesslich. In fünfzig Jahren würde sich niemand mehr daran erinnern.

Damit hatten sie nicht unrecht. Doch sie hatten nicht damit gerechnet, dass Hua Cheng sich nicht so einfach übergehen lassen würde.

Sie wollten ihr Versprechen nicht einlösen? Gut, dann würde er eben nachhelfen.

Folglich brannte er alle Tempel dieser dreiunddreißig Himmelsbeamten nieder.

Noch heute war das ein Albtraum, bei dessen Erwähnung alle Götter erblassten: der Geist in Rot, der sämtliche Tempel niederbrannte.

Die Tempel waren die wichtigste Energiequelle für Himmelsbeamte. Wenn es keine Tempel mehr gab, wohin sollten die Anhänger dann gehen, um zu beten? Wo zündeten sie Räucherstäbchen an? Ihre spirituellen Kräfte waren stark reduziert, es würde sicherlich über hundert Jahre dauern, um wieder zu ihrer alten Stärke zu gelangen, wenn das überhaupt möglich war. Für die Götter war dies ein noch größeres Unglück, als ein himmlisches Verhängnis zu überstehen. Die mächtigeren unter den dreiunddreißig Beamten waren im Besitz von Tausenden Tempeln gewesen und die schwächeren hatten immerhin mehrere Hundert ihr Eigen nennen können. Zählte man alle zusammen, waren es über zehntausend Tempel, die Hua Cheng in nur einer einzigen Nacht vollständig niedergebrannt hatte. Niemand wusste, wie er das angestellt hatte, aber er hatte es vollbracht.

Er war geradezu wahnsinnig.

Die Himmelsbeamten beschwerten sich bei Jun Wu, doch auch er wusste keine Lösung. Immerhin hatten die dreiunddreißig Götter den Bedingungen freiwillig zugestimmt. Zudem war Hua Cheng gerissen und hatte die Tempel niedergebrannt, ohne jemanden zu verletzen. Er hatte ihnen eine Grube gegraben und sie gefragt, ob sie hineinspringen wollten, und die Beamten hatten die Grube nur noch tiefer gegraben. Es war nichts zu machen.

Die Himmelsbeamten hatten den Menschen zeigen wollen, wie sie diesen arroganten Geist fertigmachten, und so hatten sie vor Beginn des Wettkampfs mit einem Zauber dafür gesorgt, dass Prinzen und Adlige im Traum alles mitverfolgen konnten. Sie wollten dadurch ihre Macht unter ihren Anhängern festigen. Sie hätten niemals erwartet, dass die Menschen stattdessen Zeuge würden, wie sie vernichtend geschlagen wurden. Nachdem sie wieder aufwachten, entschieden sich daraufhin viele, lieber den Geist anzubeten. Die dreiunddreißig Götter hatten ihre Tempel und ihre Anhänger verloren und wurden mit der Zeit immer schwächer und schwächer, bis sie sich in nichts auflösten. Erst nachdem eine neue Welle Himmelsbeamter aufgestiegen war, wurden die leeren Plätze im Himmelreich wieder gefüllt.

Seitdem zitterten viele Himmelsbeamte vor Angst, wenn sie nur den Namen Hua Cheng hörten. Selbst wenn nur von roter Kleidung oder silbernen Schmetterlingen die Rede war, gefror ihnen das Blut in den Adern. Einige befürchteten, sie könnten ihn verstimmen, sodass er sie herausfordern und ihre Tempel niederbrennen würde, andere konnten nichts gegen ihn ausrichten, da er ihre Schwächen kannte. Wiederum andere baten ihn aufgrund seines Einflusses in der Menschenwelt, ihnen den Weg zu ebnen. Mit der Zeit hatten einige begonnen, ihn auf sonderbare Weise zu respektieren.

Hua Cheng wurde vom Himmel also gehasst, gefürchtet und geachtet.

Die beiden unter den fünfunddreißig Beamten, die sich nicht mit ihm gemessen hatten, waren Mu Qing und Feng Xin gewesen. Sie hatten damals nicht deshalb abgelehnt, weil sie etwa Angst vor ihm gehabt hätten, sondern weil sie ihm keine Beachtung geschenkt und es nicht für nötig befunden hatten, die Herausforderung anzunehmen. Wie sich später herausstellte, war das die richtige Entscheidung gewesen. Doch Hua Cheng vergaß die beiden nicht und als sie am Tag des Zhongyuan-Fests* bei ihrer Patrouille auf ihn trafen, kämpfte er aus der Ferne mit ihnen. Die silbernen Schmetterlinge, die wildes Chaos anrichteten, hatten bei ihnen einen bleibenden Eindruck hinterlassen.

Wenn Xie Lian von den Schmetterlingen hörte, konnte er nur daran denken, wie sie ihn fröhlich funkelnd umkreist hatten. Er konnte sich einfach nicht vorstellen, dass sie so zerstörerisch sein sollten, wie ihm gerade erzählt wurde. In Gedanken fragte er sich: *Sind sie wirklich so angsteinflößend? Ich finde sie eigentlich ... ziemlich niedlich.*

* Auch bekannt als Geisterfest, findet am 15. Tag des siebten Monats nach dem Mondkalender statt. An diesem Tag öffnen sich die Tore zur Unterwelt und die Geister der Verstorbenen besuchen ihre Familien, die ihnen Opfergaben darbringen.

Kapitel 7:
Kleidung so rot wie Ahorn, Haut so weiß wie Schnee

1

Natürlich würde Xie Lian niemals laut aussprechen, dass er die Schmetterlinge niedlich fand. Nun war ihm aber klar, weshalb Nan Feng und Fu Yao so blass geworden waren, als er die silbernen Tierchen erwähnt hatte. Sie mussten wohl an der Seite ihrer Herren mit ihnen zu kämpfen gehabt haben.

Da fragte ein Himmelsbeamter: »Eure Hoheit, hat Hua … Hua Cheng Euch irgendetwas angetan?«

Anhand des Tonfalls konnte Xie Lian heraushören, dass er eigentlich fragen wollte, ob ihm ein Arm oder ein Bein fehlte. »Er hat mir nichts getan, er hat nur …« Hier hielt inne er und überdachte seine Wortwahl. *Nur was? Ich kann schlecht sagen, dass er mich aus der Sänfte entführt und zum Tempel geleitet hat.* Er zögerte einen Moment und sagte schließlich: »Er hat nur Xuan Jis magische Formation zerstört und mir den Weg gewiesen.«

Die anderen Götter im Kanal dachten sich ihren Teil dazu und murmelten vor sich hin. Wieder verging eine halbe Ewigkeit, bis jemand fragte: »Was haltet Ihr alle davon?«

Allein anhand ihres Tonfalls konnte Xie Lian sich vorstellen, wie sie alle den Kopf schüttelten und mit den Schultern zuckten.

»Ich habe keine Meinung dazu.«

»Keine Ahnung, was er vorhat. Er ist einfach seltsam.«

»Wer weiß schon, was in Hua Chengs Kopf vorgeht …«

Obwohl Hua Cheng als Geisterkönig bekannt war, fand Xie Lian ihn gar nicht so Furcht einflößend. Im Gegenteil, wenn man es genau nahm, hatte er ihm diesmal sogar geholfen. Wie auch immer, seine erste Mission nach seinem erneuten Aufstieg in den Himmel war nun beendet.

Wie zuvor vereinbart sollten alle Opfergaben der Tiefgläubigen im Norden nun Xie Lian angerechnet werden. Doch der Vater der siebzehnten

Braut war so erschüttert über den Tod seiner Tochter, dass ihm erst nach langer Zeit wieder einfiel, dass er noch ein Versprechen einzulösen hatte. In seiner Trauer kümmerte er sich nur halbherzig darum, auf Umwegen schaffte es Xie Lian jedoch, die acht Millionen achthundertachtzigtausend Tugendpunkte anzusammeln. Endlich war er seine Schulden los. Er fühlte sich so leicht, dass er vor Energie strotzte. In seiner Freude beschloss er, seine Rolle als Gott nach bester Möglichkeit zu erfüllen. Und wenn er sich mit einigen Himmelsbeamten anfreunden könnte, umso besser.

Im Kommunikationskanal des Oberen Hofes ging es für gewöhnlich ruhig zu, doch ab und an wurde es auch recht lebhaft. Wenn ein Beamter gute Laune hatte oder etwas Interessantes gesehen hatte, unterhielt er sich mit den anderen im Kanal und es wurde gemeinsam gelacht. Auch wenn Xie Lian nicht wusste, wer wer war, hörte er gern still zu. Er konnte sich allerdings nicht ewig stumm stellen und so ergriff er nach einer Weile ab und an das Wort.

»Wie interessant.«

»Ich habe ein sehr schönes Gedicht entdeckt und möchte es mit Euch teilen.«

»Ich kenne einen guten Trick, mit dem man Rücken- und Beinschmerzen lindern kann. Lasst ihn mich Euch verraten.«

Doch bedauerlicherweise verstummte der Kanal jedes Mal plötzlich, wenn er seine sorgfältig ausgesuchten Tipps für Körper und Geist preisgab. Irgendwann konnte Lingwen es nicht mehr mit ansehen und übermittelte ihm eine persönliche Nachricht: »Ach, Eure Hoheit. Das sind zwar alles großartige Dinge, die Ihr da im Kanal erzählt, aber ich befürchte, nicht einmal Beamte, die Hunderte Jahre älter sind als Ihr würden solche Gesprächsthemen wählen.«

Xie Lian war betrübt. Er war offensichtlich nicht der Älteste im Kanal, also warum wirkte er wie ein Greis, der mit den Themen der jüngeren

Generationen nicht mithalten konnte? Er war wohl zu lange nicht im Himmel gewesen und hatte sich auch nicht wirklich um die Geschehnisse in der Welt gekümmert. Egal, dann würde er den Kanal eben nicht mehr besuchen. Kaum hatte er beschlossen, die Sache aufzugeben, hellte sich seine Stimmung wieder auf.

Aber es gab noch ein Problem: In der Zeit, seitdem er erneut aufgestiegen war, war in der Menschenwelt noch kein einziger Tempel für ihn errichtet worden. Vielleicht gab es irgendwo einen, aber der Himmel hatte bisher keinen entdeckt und es daher auch nicht im Verzeichnis eintragen können. Selbst Erdgötter hatten einen Schrein und er, ein Himmelsbeamter, der dreimal aufgestiegen war, hatte nicht einen einzigen Tempel, geschweige denn einen Anhänger, der ihn verehrte. Es war wirklich peinlich.

Peinlich war es jedoch nur den anderen, für Xie Lian war das schon in Ordnung. Irgendwann hatte er einen Geistesblitz und sagte: »Wenn keiner mich verehrt, dann kann ich mich ja selbst verehren.«

Die Himmelsbeamten wussten nicht, wie sie darauf reagieren sollten.

Wer hatte denn schon einmal von einem Gott gehört, der sich selbst verehrte?

Was brachte ihm sein Götterdasein noch, wenn er derart tief gesunken war?

Xie Lian war schon daran gewöhnt, mit betretener Stille konfrontiert zu werden, wenn er etwas sagte. Sich selbst zu verehren wäre doch bestimmt lustig. Kaum hatte er den Entschluss gefasst, sprang er auch schon in die Menschenwelt hinunter.

Diesmal landete er in einem kleinen Dorf namens Puqi.

Es war schon fast übertrieben, es als Dorf zu bezeichnen, es war gerade einmal ein kleiner Berghang. Xie Lian sah sich um. Es gab Berge und Flüsse und nicht enden wollende Reisfelder. Die Aussicht war wunderschön. Diesmal war er an einem guten Ort gelandet. Auf dem Hang entdeckte er eine heruntergekommene, schiefe Hütte und fragte die Dorfbewohner danach. »Die Hütte ist kaputt, dort wohnt keiner mehr. Manchmal verbringen Strolche dort die Nacht.« War das nicht perfekt? Xie Lian lief sofort hinüber, um sie sich aus der Nähe anzusehen.

Je näher er kam, desto kaputter wirkte die kleine Holzhütte, und drinnen sah es noch schlimmer aus. Die vier Pfeiler, die sie stützten, waren modrig und als der Wind blies, ächzte die ganze Hütte, als würde sie jeden Moment einstürzen. Doch es war alles noch in einem Maß, das Xie Lian akzeptieren konnte, und er begann, die Hütte aufzuräumen.

Die Dorfbewohner waren überrascht, dass wirklich jemand dort wohnen wollte, und versammelten sich neugierig vor der Hütte. Es waren freundliche Menschen, die ihm sogar einen Besen schenkten, und als sie sahen, dass er vom Fegen ganz schmutzig war, brachten sie ihm einen Korb voller frisch gepflückter Wasserkastanien. Diese waren bereits geschält und glänzten weiß. Sie waren süß und saftig. Xie Lian setzte sich vor die Hütte und aß genüsslich.

Als er fertig war, faltete er die Hände vor der Brust. Er war glücklich und zufrieden. Folglich beschloss er, die Hütte »Puqi-Schrein« zu nennen.

Im Puqi-Schrein gab es bereits einen kleinen Tisch. Wenn er ihn sauber wischte, könnte er ihn als Altar benutzen. Xie Lian machte sich wieder an die Arbeit und als die Leute sahen, dass er die Hütte in einen kleinen Schrein verwandeln wollte, waren sie verwundert und fragten: »Wem möchtet Ihr diesen Schrein widmen?«

Xie Lian stieß einen leisen Seufzer aus. »Dem Kronprinzen von Xianle.«

Verdutzt fragten sie weiter: »Wer ist das?«

»Ich ... ich weiß es auch nicht so genau«, gab Xie Lian schließlich zur Antwort. »Ein Kronprinz eben.«

»Oh, und was kann er?«

»Den Frieden bewahren, vermute ich.« *Und Schrott sammeln.*

Die Menge wurde munter. »Sorgt er auch für Reichtümer?«

Wenn ihr seinetwegen kein Geld verliert, wäre das schon mal nicht schlecht, dachte Xie Lian bei sich. Sanft entgegnete er: »Ich fürchte nicht.«

Daraufhin fingen die Dorfbewohner an, ihm Vorschläge zu machen.

»Widmet den Schrein lieber dem Meister des Wassers, er bringt Reichtum. Es werden ein Haufen Leute kommen, um Räucherstäbchen anzuzünden.«

»Wie wäre es mit Lingwen? Vielleicht wird aus unserem Dorf noch jemand Erster bei der Staatsprüfung.«

Als Nächstes meldete sich eine Frau schüchtern zu Wort: »Oder ... oder *er* ...«

»Wer ist *er*?«, fragte Xie Lian zurück, noch immer lächelnd.

»General Juyang.«

Sollte er wirklich einen Juyang-Schrein errichten, würde Feng Xin auf der Stelle vom Himmel aus einen Pfeil auf ihn abschießen.

Der Puqi-Schrein war nun im Großen und Ganzen sauber, aber es fehlten noch ein Räuchergefäß, Orakelstäbchen und andere Dinge. Doch das Allerwichtigste vergaß Xie Lian völlig: eine Statue. Mit seinem Bambushut auf dem Rücken verließ er die Hütte. Ach ja, er hatte auch keine Tür. Um eine Renovierung würde er nicht umhinkommen, also beschriftete er ein Schild und hängte es vor den Eingang: »Gütige Herrschaften, bitte spendet für die Renovierung dieses altersschwachen Schreins und sammelt gutes Karma.«

Daraufhin marschierte er drei bis vier Kilometer, bis er eine Stadt erreichte. Was suchte er hier? Natürlich etwas zu essen und er wollte auch seiner alten Tätigkeit wieder nachgehen.

In den Legenden wurde immerzu erwähnt, dass Götter nichts zu essen brauchten, doch die Wirklichkeit war etwas komplizierter. Mächtige Götter konnten die nötige Energie in der Tat aus Sonne und Regen absorbieren. Aber wer würde das Essen vorziehen? Warum sollte man das tun?

Manche Götter folgten auch einer Kultivierungsschule, die vorsah, dass die inneren Organe rein bleiben mussten. Wenn sie irdische Nahrung aufnahmen, passierte dasselbe, wie wenn gewöhnliche Menschen giftige Insekten oder Dreck schluckten: Sie übergaben sich und bekamen Durchfall. Das bedeutete jedoch nicht, dass sie gar nichts aßen. Sie konnten sich von göttlichen Früchten und spirituellen Tierchen ernähren, die ihre Lebensspanne verlängerten und ihre Kräfte verstärkten.

Aber solche Probleme hatte Xie Lian nicht. Durch die Fluchfesseln unterschied er sich nicht wirklich von einem gewöhnlichen Menschen. Er konnte alles essen und über die vielen Jahre hinweg war sein Magen so abgehärtet, dass ihn nichts umbringen konnte, egal was er aß. Ob ein monatealtes Dampfbrötchen oder ein schimmliger Kuchen, er konnte sie hinunterschlucken und behielt sie bei sich. Mit einer derartigen Konstitution war sein Leben als Schrottsammler eigentlich ganz in Ordnung gewesen. Wenn man es miteinander verglich: Einen Schrein zu eröffnen kostete Geld, Schrottsammeln aber brachte Geld. Das Dasein als Gott ging wirklich nicht über das Schrottsammeln.

Sein anmutiges Äußeres und seine schlanke Figur waren beim Schrottsammeln sehr nützlich. Bereitwillig gaben die Leute ihm ihre alten Sachen und wenig später hatte er schon einen ganzen Sack voll. Auf seinem Rückweg entdeckte er einen Ochsen, der einen hölzernen Karren zog. Ein Berg aus Reisstroh türmte sich darauf. Xie Lian meinte sich zu erinnern, den Karren vorhin in Puqi gesehen zu haben, sie mussten also den gleichen Weg haben. Er fragte den Besitzer des Karrens, ob er ihn mitnehmen könne, und der Mann hob das Kinn, um ihm zu bedeuten aufzusteigen. Also nahm er seinen Sack voller Schrott und setzte sich auf das Stroh. Da erst bemerkte er, dass auf der anderen Seite des Strohhügels schon jemand lag.

Der Oberkörper des Mannes war durch den Hügel verborgen. Sein linkes Bein war überschlagen und es schien, als benutze er seine Arme als Kissen. Er wirkte so unbekümmert und zufrieden, dass Xie Lian beinahe neidisch wurde. Schwarze Stiefel schmiegten sich attraktiv an seine schlanken, langen Beine und Xie Lian musste an die Nacht auf dem Yujun-Berg zurückdenken. Unwillkürlich sah er sich die Stiefel genauer an, um sich zu vergewissern, dass keine silbernen Ketten an ihnen hingen. Sie schienen aus Tierfell gefertigt zu sein. *Das muss wohl ein müßiger junger Herr sein, der ausgezogen ist, um sich zu vergnügen*, dachte Xie Lian.

Der Karren ratterte gemächlich vorwärts. Xie Lian nahm seinen Bambushut ab und holte eine Schriftrolle hervor. Auch wenn er sich nie groß um die Geschehnisse in der Welt gekümmert hatte, wollte er die ungemütliche Stille in Zukunft vermeiden und hatte beschlossen zu pauken. Nach unbestimmter Zeit erreichte der Karren einen Wald aus Ahornbäumen. Xie Lian hob den Kopf und sah sich um. Er war umgeben von saftig grünen Feldern und leuchtend rotem Ahorn. Es hatte einen rustikalen Charm. Die erfrischende Luft berauschte ihn und er wurde ganz nostalgisch.

In jungen Jahren hatte er im Huangji-Tempel kultiviert. Auch auf dem dortigen Berg war alles voller Ahornbäume gewesen, deren Laub geglänzt hatte wie Gold und geleuchtet wie Feuer. Bei diesem Anblick war es unvermeidlich, dass er in Gedanken versank. Er betrachtete die Landschaft eine ganze Weile, bevor er den Kopf senkte und weiterlas.

Der erste Satz, der ihm ins Auge fiel, war: »Der Kronprinz von Xianle stieg dreimal in den Himmel auf: als Kriegsgott, als Unglücksgott und als Schrottgott.«

»Nun gut«, murmelte Xie Lian. »Wenn man genauer darüber nachdenkt, gibt es keinen großen Unterschied zwischen einem Kriegs- und einem Schrottgott. Die Götter sind alle gleich, alle Lebewesen sind gleich.«

Da hörte er plötzlich ein Glucksen hinter sich. »Wirklich?« Träge sprach die Stimme weiter: »Die Menschen behaupten gern, dass alle Götter und alle anderen Lebewesen gleich seien. Aber wenn dem wirklich so wäre, würde das Himmelreich gar nicht existieren.«

Die Stimme kam von der anderen Seite des Strohhügels. Xie Lian warf einen Blick hinüber. Der junge Mann lag noch immer genauso träge da und schien nicht vorzuhaben, sich aufzurichten. Er hatte wohl nur einen Satz eingeworfen, ohne viel darüber nachzudenken. Xie Lian lächelte. »Ihr habt recht.«

Er drehte sich wieder um und las weiter: »Es herrscht allgemein der Glaube, dass der Kronprinz von Xianle in seiner Funktion als Unglücksgott die Macht besitzt, Menschen zu verfluchen. Wenn man sein Porträt an jemandes Rücken oder Haustür klebt, wird das Unglück ihn befallen.«

Anhand einer solchen Beschreibung war schwer auszumachen, ob ein Gott oder ein Geist gemeint war. Xie Lian schüttelte den Kopf. Er hielt es nicht mehr aus, noch mehr über sich selbst zu lesen, und entschied, sich erst einmal über die anderen Himmelsbeamten zu informieren, damit er hoffentlich nicht noch mehr Unhöflichkeiten aus Unwissenheit beging. Vorhin hatte ein Dorfbewohner den Meister des Wassers erwähnt, also suchte er nach Anmerkungen zu ihm.

»Wassermeister Wudu. Er beherrscht das Wasser und die Reichtümer. Viele Händler stellen in ihren Läden Statuen von ihm auf, um den Geldfluss zu fördern.«

Xie Lian war verwirrt. »Warum beherrscht ein Wassermeister die Reichtümer?«

Wieder beatwortete der junge Mann auf der anderen Seite des Strohhügels seine Frage: »Wenn die Händler ihre Waren transportieren, müssen sie meistens den Wasserweg nehmen. Also suchen sie einen Wassertempel auf, bevor sie aufbrechen, zünden Räucherstäbchen an, beten für eine gute Reise und versprechen alles Mögliche, sollten sie heil zurückkehren. Mit der Zeit erhielt der Wassergott so die Kontrolle über die Reichtümer.«

Mit seiner Antwort hatte er alle Unklarheiten für Xie Lian beseitigt. Dieser drehte sich zu ihm und sagte: »Tatsächlich? Wie interessant, der Meister des Wassers muss ein sehr mächtiger Himmelsbeamter sein.«

Der Mann lachte spöttisch. »Stimmt, immerhin ist er das Unterdrückende Wasser.«

Gemessen an seinem Ton schien er nicht viel von diesem Gott zu halten und dieser Titel bedeutete wohl nichts Gutes. »Warum Unterdrückendes Wasser?«

»Er entscheidet darüber, ob ein Boot heil das Wasser durchquert oder nicht«, erklärte er gelassen. »Wenn man ihm keine Opfergaben darbietet, versenkt er es, daher der Name. Das verhält sich so ähnlich wie mit der Gigantischen Männlichkeit oder dem Fegenden General.«

Berühmte Himmelsbeamte hatten alle in der Menschenwelt und im Himmel mehrere Namen. So wie Xie Lian auch Witzfigur der drei Sphären, berüchtigter Spinner, Unglücksbringer, Außenseiter und, und, und genannt wurde. Gleichzeitig war es aber äußerst unhöflich, einen Gott bei einem dieser Namen zu nennen. Würde es zum Beispiel jemand wagen, Mu Qing mit »Fegender General« anzureden, würde dieser vor Wut explodieren.

Xie Lian machte sich eine geistige Notiz, den Wassermeister niemals »Unterdrückendes Wasser« zu nennen. Dann erwiderte er: »Mein Freund, Ihr scheint noch sehr jung zu sein, aber wisst ziemlich viel.«

»Nicht doch«, entgegnete der junge Mann. »Ich langweilige mich nur oft und blättere dann in Büchern.«

In der Menschenwelt fand man an jeder Ecke Bücher, die von Göttern und Geistern erzählten. Selbst kleinste Details waren darin festgehalten. Sie enthielten viel Wahres, aber auch viel Falsches. Es war nicht ungewöhnlich, dass Xie Lians Gegenüber so viel wusste. Er legte die

Schriftrolle beiseite. »Wenn Ihr so viel über Götter wisst, wie sieht es dann mit Geistern aus?«

»Über welchen Geist willst du mehr wissen?«

»Der Blumensuchende Blutregen, Hua Cheng.«

Als er Xie Lians Worte hörte, musste der junge Mann lachen. Endlich richtete er sich auf und drehte sich zu ihm.

Xie Lian staunte. Er musste um die sechzehn oder siebzehn Jahre alt sein. Seine Kleidung war rot wie Ahorn und seine Haut weiß wie Schnee. Seine Augen funkelten wie Sterne, während er Xie Lian verstohlen anlächelte. Er war außergewöhnlich schön, doch in seiner Erscheinung lag auch eine Spur von Unbändigkeit. Sein schwarzes Haar war locker zu einem leicht schiefen Pferdeschwanz zusammengebunden. Er wirkte ungezwungen.

Sie durchquerten gerade den rot leuchtenden Wald, Ahornblätter tanzten in der Luft und sanken auf sie herab. Eines davon landete auf der Schulter des jungen Mannes. Er pustete es sanft weg, hob den Kopf und sah Xie Lian nun direkt ins Gesicht, mit einem Ausdruck, der vielleicht ein Lächeln war, vielleicht aber auch nicht. »Was möchtest du wissen? Frag alles, was du willst.«

Er neckte Xie Lian und strahlte gleichzeitig eine unerklärliche Gelassenheit aus. Seine Stimme klang etwas tiefer, als man es bei jemandem in seinem Alter erwartet hätte. Sie war sehr angenehm.

Xie Lian saß aufrecht auf dem Stroh und überlegte eine Weile. Dann sagte er: »›Blumensuchender Blutregen‹ klingt wirklich beeindruckend. Wisst Ihr, wie er zu diesem Namen gekommen ist, mein Freund?« Um ihm Respekt zu zollen, hatte er sich dazu entschieden, ihn nicht »Junge« zu nennen.

Der junge Mann saß im Schneidersitz und stützte seinen Ellbogen auf dem Knie ab. Er richtete seine Manschetten und antwortete abwesend: »Da steckt nichts Großartiges dahinter. Einmal, als er das Nest eines anderen Geistes ausgeräumt hat, regnete es Blut und als er wieder gehen wollte, entdeckte er am Straßenrand eine Blume. Um sie vor dem Blutregen zu schützen, spannte er einen Regenschirm auf.«

Xie Lian stellte sich die elegante Szene bildlich vor. Da fiel ihm die Geschichte mit den dreiunddreißig Himmelsbeamten wieder ein und er fragte mit einem Lächeln im Gesicht: »Fordert er oft Leute zum Kampf heraus?«

»Nicht wirklich, es hängt von seiner Laune ab«, meinte der junge Mann.

»Was war er für ein Mensch, bevor er zum Geist wurde?«

»Gewiss kein guter.«

»Und wie sieht er aus?«

Bei dieser Frage zog der Mann die Augenbrauen hoch und legte den Kopf schief. Plötzlich stand er auf, ging zu Xie Lian hinüber und setzte sich direkt neben ihn. »Was denkst du, wie er aussieht?«

Aus der Nähe war seine Schönheit noch überwältigender. Sie war schneidend wie ein scharfes Schwert, man wagte nicht, ihn zu lange anzustarren. Die beiden sahen sich einen Augenblick lang nur an, dann neigte Xie Lian den Kopf und sagte: »Da er ein Geisterkönig ist, kann er bestimmt die Gestalt wechseln, wie es ihm beliebt. Er muss viele Formen haben.«

Als Xie Lian sich abwandte, zog der junge Mann erneut eine Augenbraue hoch. »Stimmt, aber manchmal zeigt er auch sein wahres Gesicht, seine eigentliche Gestalt, meine ich.«

Vielleicht war es nur eine Illusion, aber Xie Lian hatte das Gefühl, dass der Abstand zwischen ihnen größer geworden war, also sah er ihn wieder an und meinte: »Seine wahre Gestalt ist bestimmt ein junger Mann wie Ihr.«

Die Mundwinkel seines Gegenübers zuckten leicht nach oben. »Warum denkst du das?«

»Es gibt keinen Grund. Ihr habt gefragt, also habe ich irgendetwas geantwortet. Das war einfach nur ein Gedanke.«

Der junge Mann musste laut lachen. »Vielleicht hast du sogar recht. Aber er ist auf einem Auge blind.« Er zeigte auf sein rechtes Auge. »Dieses hier.«

Xie Lian war nicht überrascht, er hatte schon davon gehört. In manchen der vielen Geschichten, die um Hua Cheng kursierten, trug er eine schwarze Augenklappe über dem rechten Auge, da er dieses verloren hatte. »Wisst Ihr auch, was mit seinem Auge passiert ist?«

»Ja. Das fragen sich viele.«

Wenn andere sich erkundigten, warum Hua Cheng das rechte Auge fehlte, war es, weil sie seine Schwäche wissen wollten. Doch Xie Lian hatte keine Hintergedanken und war einfach nur neugierig. Er wollte gerade etwas erwidern, da erklärte sein Gegenüber schon: »Er hat es sich selbst herausgerissen.«

Xie Lian war verblüfft. »Warum?«

»Er hatte den Verstand verloren.«

Er hat sich im Wahn sein eigenes Auge herausgerissen. Xie Lian wurde immer neugieriger über den roten Geisterkönig. Die Sache mit dem Auge war bestimmt nicht so einfach, aber da ihm der junge Mann die Begründung schon geliefert hatte, würden wohl keine Details mehr folgen. Also wechselte er das Thema: »Hat Hua Cheng irgendeine Schwäche?«

Die Frage war einfach so dahingeworfen, Xie Lian rechnete gar nicht mit einer Antwort. Wenn seine Schwäche so einfach herauszufinden wäre, wäre er nicht Hua Cheng. Doch überraschenderweise antwortete der Mann sofort, ohne zu zögern: »Seine Asche.«

Wenn jemand die Asche eines Geistes in die Hände bekam, konnte er diesen kontrollieren. Hörte der Geist nicht auf ihn, brauchte er nur die Asche zu verstreuen und dieser würde sich in nichts auflösen. Das gehörte zum Allgemeinwissen. Aber auf Hua Cheng bezogen hatte das keine

Bedeutung. Xie Lian lächelte. »Ich befürchte, es gibt niemanden, der an seine Asche herankommen würde. Das kann man also nicht wirklich als Schwäche bezeichnen.«

Doch sein Gegenüber entgegnete: »Nicht unbedingt. Unter einer bestimmten Bedingung geben Geister ihre Asche von sich aus heraus.«

»Meint Ihr, wie damals, als er die dreiunddreißig Himmelsbeamten herausgefordert hat?«

»Natürlich nicht«, höhnte der junge Mann.

Auch wenn er es nicht explizit ausgesprochen hatte, war Xie Lian klar, dass er meinte, Hua Cheng würde niemals verlieren. Der Mann erklärte: »In der Geisterwelt gibt es einen Brauch: Wenn ein Geist jemanden auserwählt hat, übergibt er demjenigen seine Asche.«

Das bedeutete nichts Geringeres, als dass er demjenigen sein Leben anvertraute. Was für eine rührende Geste. Xie Lian war ganz gefesselt. »Ich hätte nicht gedacht, dass es in der Geisterwelt so einen romantischen Brauch gibt.«

»Den gibt es tatsächlich. Aber nicht viele trauen sich, das auch wirklich zu tun.«

Das hatte Xie Lian sich schon gedacht. Auf dieser Welt führten nicht nur Geister Menschen hinters Licht, auch Menschen betrogen Geister. Es gab sicherlich oft Verrat. »Wenn ein Geist aufgrund seiner Verliebtheit ausgelöscht wird, ist das wirklich traurig.«

Der junge Mann brach in Gelächter aus. »Wenn ich jemanden auserwähle, wäre mir völlig egal, was derjenige mit meiner Asche macht. Wenn er sie verstreuen will, dann soll es eben so sein.«

Xie Lian lächelte. Plötzlich fiel ihm ein, dass sie sich noch gar nicht vorgestellt hatten, obwohl sie sich schon so lange unterhielten. Also fragte er: »Mein Freund, wie darf ich Euch nennen?«

Der junge Mann schirmte seine Augen vor den weinroten Lichtstrahlen der untergehenden Sonne ab. Er blinzelte, es schien, als möge er kein

Sonnenlicht. »Wie du mich nennen darfst? Ich bin der Drittgeborene in meiner Familie, alle nennen mich San Lang*. Und sei doch bitte nicht so förmlich.«

Er hatte ihm nicht seinen richtigen Namen verraten und Xie Lian bohrte auch nicht weiter nach. »Nun gut. Ich heiße mit Familiennamen Xie und mein Vorname ist Lian. Bist du auch auf dem Weg nach Puqi?«

San Lang lehnte sich zurück, verschränkte die Arme hinter dem Kopf und überschlug die Beine. »Keine Ahnung. Ich habe kein Ziel.«

Es hörte sich so an, als stecke eine Geschichte dahinter, also fragte Xie Lian: »Warum das?«

San Lang seufzte und zögerte eine Weile, bevor er sagte: »Zu Hause gab es Streit, man hat mich vor die Tür gesetzt. Ich irre schon seit Tagen ziellos umher. Vorhin war ich so hungrig, dass ich beinahe umgekippt wäre. Also habe ich mir schnell ein Fleckchen gesucht, um mich auszuruhen.«

San Langs Kleidung wirkte lässig, doch das Material war hochwertig. Dazu kam die Art, wie er sich ausdrückte, und dass er so viel Muße hatte. Xie Lian hatte schon geahnt, dass er ein junger Herr aus gutem Hause sein musste. Wie hart es war, wenn man so behütet aufgewachsen war und dann plötzlich in die Welt hinausgejagt wurde, hatte Xie Lian am eigenen Leib erfahren. Als er hörte, dass San Lang hungrig war, kramte er schnell in seinem Beutel und holte ein Dampfbrötchen hervor. »Möchtest du?«

Der junge Mann nickte und Xie Lian drückte ihm das Brötchen in die Hand. San Lang sah ihn an und fragte: »Was ist mit dir?«

»Schon in Ordnung, ich habe keinen Hunger«, entgegnete Xie Lian.

San Lang wollte ihm das Dampfbrötchen wieder zurückgeben. »Ich brauche auch nichts.«

Daraufhin teilte Xie Lian es entzwei und gab ihm eine Hälfte. »Eine Hälfte für dich und eine für mich.«

* »San« bedeutet »der Dritte«. »Lang« ist ein Suffix für (junge) Männer. Frauen hängen es auch als Koseform an den Namen ihres Liebsten an.

Seite an Seite kauten sie auf dem Dampfbrötchen. Wie der junge Mann so neben ihm aß, fühlte sich Xie Lian irgendwie seltsam, als hätte er ihm ein Unrecht angetan.

Der Karren bewegte sich gemächlich vorwärts, die Sonne ging langsam unter und die beiden Männer unterhielten sich weiter. Je mehr sie miteinander redeten, desto sonderbarer fand Xie Lian den jungen Mann. Obwohl er so jung war, lag ein Hauch von Arroganz in seiner Haltung und seiner Sprechweise. Er war ruhig und gelassen, als würde er schon alles auf der Welt kennen. Nichts schien ihn verblüffen zu können. In solchen Momenten erinnerte er an einen alten, weisen Mann. Andere Male scherzte er jedoch wie ein kleiner Junge. »Puqi-Schrein? Da gibt es bestimmt viele Wasserkastanien*, das gefällt mir. Wem ist er gewidmet?«

Schon wieder diese Frage. Xie Lian stieß einen leisen Seufzer aus. »Dem Kronprinzen von Xianle. Du kennst ihn wahrscheinlich nicht.«

San Lang lächelte. Er kam nicht dazu, zu antworten, als der Karren plötzlich durchgerüttelt wurde.

Auch die beiden Männer wurden durchgeschüttelt. Xie Lian hatte Angst, San Lang könnte vom Karren fallen, und griff schnell nach ihm. Doch kaum hatte er ihn berührt, schüttelte er seine Hand ab, als hätte er sich verbrannt.

Sein Gesichtsausdruck veränderte sich nur minimal, Xie Lian bemerkte es jedoch trotzdem. Mochte der junge Mann ihn etwa nicht? Aber sie hatten sich doch so gut unterhalten. Nun war allerdings nicht die Zeit, darüber nachzudenken. Er stand auf und fragte: »Was ist los?«

»Ich weiß es auch nicht«, entgegnete der Besitzer des Karrens. »Lao Huang, warum läufst du nicht weiter? Nun geh schon!«

Die Sonne war inzwischen untergegangen und die Nacht hereingebrochen. Sie befanden sich mitten im Wald, es war stockdunkel. Der Ochse Lao Huang rührte sich nicht vom Fleck und weigerte sich weiterzugehen, egal wie gut sein alter Herr ihm zuredete. Er schien seinen

* »Puqi« bedeutet »Wasserkastanie«.

Kopf in den Boden graben zu wollen, muhte laut und wedelte mit dem Schwanz.

Xie Lian, der sah, dass irgendetwas nicht stimmte, wollte gerade vom Karren springen, als der alte Mann nach vorn zeigte und anfing zu kreischen.

Vor ihnen auf dem Pfad flackerten unzählige schwache grüne Totenlichter und weiß gekleidete Männer, die ihre Köpfe unter dem Arm trugen, bewegten sich langsam auf sie zu.

Umgehend rief Xie Lian: »Schutzmauer!«

Ruoye kam aus seinem Ärmel hervor, drehte sich einmal in der Luft und bildete so einen schwebenden Kreis um den Karren, um die drei Männer und den Ochsen zu schützen. Xie Lian wandte sich zum alten Mann und fragte: »Was ist heute für ein Tag?«

Noch bevor dieser antworten konnte, kam San Lang ihm zuvor: »Zhongyuan.«

Am 15. Tag des siebten Monats öffneten sich die Tore zur Unterwelt. Xie Lian hatte gar nicht auf das Datum geachtet, als er aufgebrochen war – heute war ausgerechnet das Zhongyuan-Fest!

Mit gesenkter Stimme sagte er: »Gebt Acht, heute weilt das Böse unter uns. Wenn wir den falschen Weg einschlagen, können wir nicht mehr zurückkehren.«

2

Die kopflosen Männer in Weiß trugen Gefängniskleidung. Es mussten Sträflinge sein, die geköpft worden waren. Sie kamen allmählich immer näher und die Köpfe, die sie den unter dem Arm trugen, unterhielten sich dabei angeregt.

Xie Lian flüsterte den anderen beiden zu: »Macht auf keinen Fall Geräusche, wenn sie kommen.«

San Lang legte den Kopf schief und fragte: »Großer Bruder, du bist ein Meister übernatürlicher Kräfte?«

Er klang sehr interessiert. Xie Lian entgegnete: »Ein Meister übernatürlicher Kräfte bin ich nicht, ich kenne nur ein paar Tricks. Sie können uns im Augenblick nicht sehen, aber wir wissen noch nicht, was passieren wird, wenn sie vor uns stehen.«

Der alte Mann, der den Karren führte, war erstaunt über das weiße Seidenband, das von selbst flog. Als er zudem auch noch die kopflosen Männer entdeckte, wollte er sich die Seele aus dem Leib schreien und schüttelte unentwegt den Kopf. »Nein, nein, ich halte das nicht aus! Meister, was sollen wir tun?!«

»Dann habe ich keine Wahl. Entschuldigt bitte«, antwortete Xie Lian und drückte schnell auf einen bestimmten Punkt auf dem Rücken des Mannes, woraufhin dieser in Ohnmacht fiel. Xie Lian legte ihn sanft auf das Stroh und nahm den Platz des Karrenführers ein. Plötzlich spürte er etwas an seinem Rücken. Er blickte über seine Schulter und sah, dass San Lang sich direkt hinter ihn gesetzt hatte. »Ist alles in Ordnung?«, fragte er ihn.

San Lang stützte sein Kinn in die Hand und entgegnete: »Nein, ich habe Angst.«

Auch wenn ein Hauch Furcht in seiner Stimme mitschwang, versuchte Xie Lian ihn zu beruhigen: »Du brauchst keine Angst zu haben. Bleib dicht hinter mir, dann wird dir nichts passieren.«

Der junge Mann blieb stumm und lächelte nur. Da bemerkte Xie Lian, dass San Lang ihn anstarrte. Nach einem Moment wurde ihm klar, dass sein Blick auf die Fluchfessel um seinen Hals gerichtet war.

Die schwarze Kette war nur schwer zu verbergen. Die meisten Leute dachten sich nichts Gutes, wenn sie sie sahen, also zog er leicht an seinem Kragen, um sie zu verdecken, jedoch ohne Erfolg.

Im Dunkeln konnte er San Langs Gesichtsausdruck nicht erkennen. Xie Lian nahm die Zügel in die Hand und trieb den Ochsen sanft an. Die weißen Männer waren nun bei ihnen angelangt und wollten weiterlaufen, doch irgendetwas hielt sie auf. Mit heiseren Stimmen riefen sie aus:

»Wie seltsam! Warum kommen wir nicht weiter?«

»Aber wirklich! Wir kommen nicht mehr weiter! Es spukt!«

»Zum Teufel, wir sind doch selbst Geister! Wenn hier jemand spukt, dann sind wir es!«

Mit großer Mühe hatte Xie Lian es geschafft, den Ochsen zu beruhigen. Als sie an den kopflosen Geistern vorbeigingen und er ihr Gerede hörte, musste er sich ein Lachen verkneifen.

Ein Geist beschwerte sich: »Hey, du, hast du dir den falschen Kopf geschnappt? Warum habe ich das Gefühl, dass dein Körper meinen Kopf trägt?«

»Dein Körper war es, der sich den falschen Kopf geschnappt hat!«

»Tauscht einfach schnell ...«

»Hey, warum ist deine Schnittwunde so unsauber?«

»Ach, mein Henker war ein Neuling, er hat fünf-, sechsmal auf mich eingehakt, bis mein Kopf endlich ab war. Ich habe mich schon gefragt, ob er das nicht mit Absicht gemacht hat.«

»Deine Familie hat ihm wohl kein Geld zugesteckt? Denk nächstes Mal daran, den Henker zu bestechen. Ein sauberer Schnitt macht glücklich.«

»Welches nächste Mal?«

Das Zhongyuan-Fest war das große Fest der Geister. An diesem Tag öffneten sich die Tore zur Unterwelt und alle möglichen Geister und Dämonen, die sich sonst im Dunkeln versteckt hielten, strömten auf die Straßen. Sie spazierten frei umher. Lebende Menschen mussten sie meiden. Am besten war es, an diesem Tag gar nicht erst das Haus zu verlassen. Wenn man ausging, war die Wahrscheinlichkeit, dass man einem von ihnen begegnete, um ein Vielfaches größer als an gewöhnlichen Tagen.

Xie Lian war wie immer vom Pech verfolgt und selbst in seiner Kultiviererrobe in Geister gerannt. Egal wo man auch hinsah, überall schwebten grüne Totenlichter, die von anderen Geistern gejagt wurden. Es gab auch eine Gruppe Geister in Totenhemden, die mit ausdruckslosen Gesichtern im Kreis hockten, vor sich hin murmelten und ihre Hände nach Totengeld ausstreckten, das ihre Nachfahren für sie verbrannt hatten. Der Teufel war los, anders konnte man es nicht bezeichnen.

Während Xie Lian den Karren an ihnen vorbeilenkte, nahm er sich vor, in Zukunft immer auf den Kalender zu sehen, bevor er ausging. Plötzlich schrie jemand wie am Spieß: »Hilfe! Hilfe! Geister werden ermordet!«

Sämtliche Geister wurden unruhig. »Wo? Wo? Wer ermordet Geister?!«

Der Geist, der so gekreischt hatte, sagte: »Ich habe mich zu Tode erschreckt! Dort drüben sind ganz viele Totenlichter plötzlich einfach zerplatzt. Irgendwer hat die Seelen in Stücke gerissen, wie skrupellos!«

»In Stücke gerissen? Wie kann jemand so boshaft sein?«

»Wer war das? Versteckt sich hier irgendwo etwa ... ein Kultivierer?!«

Da fingen die kopflosen Männer an zu rufen: »Ah! Jetzt, wo ihr es sagt, vorhin hat irgendwas den Weg blockiert. Vielleicht war das ...«

»Wo? Wo?«

»Dort drüben!«

Oh nein, dachte Xie Lian und im nächsten Moment war der Ochsenkarren bereits von etlichen Geistern umzingelt. Jeder von ihnen grummelte böse. »Ich rieche Yang-Energie ...«

Sie waren aufgeflogen!

An Zhongyuan Geister anzugreifen hatte natürlich wenig Sinn, es waren einfach zu viele. »Lauf!«, rief Xie Lian.

Der Ochse war verängstigt und hatte schon die ganze Zeit über unruhig mit den Hufen gescharrt. Kaum hatte er den Ruf vernommen, raste er auch schon wie wild geworden los.

Xie Lian vergaß nicht, nach dem jungen Mann zu greifen, der hinter ihm saß, und rief ihm zu: »Halt dich gut fest!«

Ruoye zog sich zurück und peitschte ihnen den Fluchtweg frei. Plötzlich war ein Ochsenkarren aus dem Nichts aufgetaucht und eine Schar grimmiger Geister, denen die Beine fehlten, schrie ihm hinterher:

»Da ist wirklich ein Kultivierer! Dieser verdammte Kultivierer ist wohl lebensmüde!«

»Ein Mensch wagt es, unser Fest zu verderben? Nimm es uns nicht übel, wenn wir uns revanchieren!«

»Auf ihn!«

Xie Lian hielt mit einer Hand die Zügel fest und mit der anderen verteilte er einen Haufen Talismane über den Boden. Dabei rief er: »Haltet sie auf!«

Es waren Stolpertalismane, die sich gut zur Flucht eigneten. Nach jedem geworfenen Talisman war ein kurzes Poltern zu hören und eine Gruppe Geister wurde in ihrem Weg behindert. Sie würden sie für eine Weile aufhalten, aber bis die Geister ihnen wieder nachjagten, würde nicht einmal eine halbe Stunde vergangen sein. Xie Lian saß wie auf glühenden Kohlen und trieb den Ochsen immer weiter an, bis er plötzlich »Halt!« rief.

Sie waren an einer Gabelung angelangt und beide Wege führten ins Dunkel, tief in den Berg hinein. Als Xie Lian das erkannt hatte, hatte er sofort die Zügel gezogen.

Sie mussten unbedingt vorsichtig sein.

Wenn Menschen am Tag des Zhongyuan-Fests draußen herumliefen, entdeckten sie manchmal plötzlich Wege, die es zuvor nicht gegeben hatte. Lebende Menschen durften diese nicht betreten, sonst würden sie ins Reich der Geister gelangen. Und von dort wieder zurückzukehren war kein leichtes Unterfangen.

Xie Lian war neu in der Gegend und konnte nicht beurteilen, welcher der beiden Pfade der richtige war. Da fiel ihm ein, dass er in der Stadt ja nicht nur Schrott gesammelt, sondern auch ein paar Gegenstände gekauft hatte. Darunter waren auch Orakelstäbchen und er beschloss, das Orakel nach dem richtigen Weg zu befragen. Also kramte er den Becher mit den Stäbchen hervor und schüttelte ihn in seiner Hand angestrengt auf und ab. »Der Segen der Himmelsbeamten sei mit mir, alle Wege sollen mir offenstehen! Das erste Stäbchen ist für den linken Pfad und das zweite für den rechten!«

Zwei Stäbchen fielen heraus. Xie Lian hob sie auf und verstummte.

Auf beiden Stäbchen stand »Großes Unheil«. Bedeutete das nicht, dass ihnen der Tod bevorstand, egal welchen Weg sie wählten?

Xie Lian blieb nichts anderes übrig, als den Becher erneut zu schütteln. »Mein lieber Becher, wir sind uns heute zum ersten Mal begegnet, sei nicht so herzlos! Hilf mir diesmal aus!«

Wieder fielen zwei Stäbchen heraus und Xie Lian hob sie auf. Schon wieder zweimal »Großes Unheil«.

Da meldete sich plötzlich San Lang zu Wort: »Soll ich es probieren?«

Er reichte ihm den Becher, es konnte schließlich nicht schlimmer werden. San Lang nahm ihn mit einer Hand entgegen, schüttelte ihn leicht und schon fielen zwei Stäbchen heraus. Er hob sie auf und sah sie nicht einmal an, sondern gab sie sofort Xie Lian. Zweimal »Großes Glück«.

Xie Lian war sprachlos. Normalerweise war es so, dass Xie Lian diejenigen, die ihn umgaben, mit seinem Pech ansteckte. Vielleicht war das auch nur Einbildung, aber es hatten sich schon viele darüber beschwert.

Doch dieser junge Mann schien nicht im Geringsten von ihm beeinflusst zu werden und hatte tatsächlich zweimal »Großes Glück« geworfen.

Nach diesem Wurf wählte Xie Lian einfach zufällig einen Weg. Während der Ochse den Karren weiterzog, sagte er voller Bewunderung: »Mein lieber Freund, du bist wirklich vom Glück gesegnet.«

San Lang warf den Orakelbecher beiläufig nach hinten und lächelte: »Nicht wahr? Das denke ich auch. Ich habe immer so viel Glück.«

Bei seinem letzten Satz dachte Xie Lian unwillkürlich, dass sie sich unterschieden wie Tag und Nacht.

Eine kurze Zeit später hörten sie plötzlich wieder das Geschrei von Geistern:

»Ich habe ihn! Er ist hier!«

»Kommt alle hierher! Der verdammte Kultivierer ist hier!«

Ein Geisterkopf nach dem anderen kam zum Vorschein.

Ach, ich habe doch wieder einmal den falschen Weg gewählt, stöhnte Xie Lian innerlich.

Die Stolpertalismane hatten inzwischen ihre Wirkung verloren und schon waren sie wieder umzingelt. Es mussten über hundert Geister sein, sie hatten drei Ringe um sie gebildet und es wurden immer mehr.

Xie Lian hatte keine Ahnung, warum sich hier so viele Geister aufhielten, aber nun war keine Zeit, sich darüber zu wundern. In sanftem Ton sprach er zu ihnen: »Es war nicht meine Absicht, Euch zu stören, bitte seid nachsichtig mit mir.«

Ein kopfloser Geist antwortete: »Pah! Elender Kultivierer, warum bist *du* nicht nachsichtig? Du hast die Totenlichter dort drüben ausgelöscht!«

»Das war nicht ich«, entgegnete Xie Lian unschuldig. »Ehrlich gesagt sammle ich nur Schrott.«

»Faule Ausrede! Welcher Schrottsammler sieht so aus? Du bist eindeutig ein Kultivierer! Siehst du irgendwo noch einen anderen, der für diese Gräueltat verantwortlich sein könnte?«

Da meinte Xie Lian: »Es muss nicht unbedingt ein Kultivierer gewesen sein.«

»Wer denn sonst? Etwa ein Geist?«

Xie Lian steckte heimlich die Hand in seinen Ärmel und antwortete: »Das wäre durchaus möglich.«

»Ha ha ha ha ha ha ha, du verdammter Kultivierer! Du ... du ... du ...«

Die Geisterschar lachte so laut, dass die Erde bebte. Doch plötzlich verstummte sie.

»Ich was?«, fragte Xie Lian.

Die Geister brachten kein Wort mehr hervor und starrten Xie Lian an, als hätten sie etwas höchst Furchteinflößendes gesehen. Manche von ihnen standen mit offenem Mund da und andere mahlten mit den Zähnen. Einige der geköpften Sträflinge hatten sich so sehr erschreckt, dass ihre Köpfe nun über den Boden kullerten.

Vorsichtig erkundigte sich Xie Lian noch einmal: »Herrschaften? Ihr ...«

Er hatte noch nicht zu Ende gesprochen, als die Geister blitzschnell in alle Richtungen davonstoben. Xie Lian war verblüfft. »Das kann doch nicht sein?«

Er hatte die Talismane in seiner Hand noch gar nicht aus dem Ärmel hervorgeholt. Wie hatten sie bemerkt, was er geplant hatte? Wie konnten sie so scharfsinnig sein? Außerdem waren die Talismane gar nicht so stark. Wie seltsam. Hatten sie wirklich ihn angestarrt?

Oder irgendetwas hinter ihm?

Bei diesem Gedanken blickte er über seine Schulter. Er sah nur den ohnmächtige Besitzer des Karrens und den rot gekleideten jungen Mann, der nach wie vor sorglos sein Kinn in die Hand stützte.

San Lang lächelte ihn an und nahm die Hand herunter. Dann sagte er: »Meister, Ihr seid wirklich eine imposante Erscheinung. Ihr habt all diese Geister verschreckt.«

Xie Lian lächelte schief. »Ist das so? Ich wusste nicht, dass ich so mächtig bin.«

Er zog ein paarmal an dem Zügel und der Karren rollte gemächlich voran. Auf dem restlichen Weg begegnete ihnen nichts mehr. Nach weniger als einer Stunde hatten sie auch schon das Ende des Waldes erreicht und ein breiter Bergpfad erstreckte sich vor ihnen. Man konnte die funkelnden Lichter von Puqi bereits auf dem Hügel erkennen.

Sie hatten wirklich großes Glück gehabt, wie das Orakel vorhergesagt hatte, und waren heil aus der Sache herausgekommen.

Eine Brise wehte und Xie Lian blickte noch einmal hinter sich. San Lang schien bester Laune zu sein. Er hatte sich wieder ausgestreckt, die Hände unterm Kopf verschränkt und bewunderte den runden Mond. Im fahlen Mondschein wirkte sein Gesicht beinahe unecht.

Xie Lian zögerte kurz, doch dann setzte er ein Lächeln auf und sagte: »Mein Freund.«

»Was ist?«, fragte San Lang.

»Warst du schon einmal bei einem Wahrsager?«

San Lang drehte den Kopf zu ihm. »Nein.«

»Soll ich deine Zukunft deuten?«

Der junge Mann sah Xie Lian an und grinste. »Du willst meine Zukunft deuten?«

»Ja.«

San Lang nickte leicht. »In Ordnung.«

Er setzte sich auf, den Körper leicht zu Xie Lian gebeugt. »Wie willst du sie deuten?«

»Kann ich mir deine Hand ansehen?«

Bei dieser Frage zog San Lang die Mundwinkel nach oben. Xie Lian wusste nicht, was dieses Lächeln zu bedeuten hatte. Wieder sagte er »In Ordnung« und streckte ihm seine linke Hand entgegen.

Seine Finger waren lang und schlank und die Gelenke zeichneten sich deutlich ab. Er hatte schöne Hände. Sie waren jedoch nicht von einer sanften Schönheit. In ihnen lag eine verborgene Stärke. Niemand würde so eine Hand an seiner Kehle haben wollen.

Xie Lian erinnerte sich daran, wie San Langs Gesichtsausdruck sich verändert hatte, als er ihn vorhin gepackt hatte, und so achtete er darauf, dass es zu keinem Körperkontakt kam. Er berührte seine Hand nicht, sondern senkte nur den Kopf, um sie aus der Nähe zu betrachten.

Das weiße Mondlicht reichte gerade so aus. Xie Lian studierte die Hand, während der hölzerne Karren gemütlich weiterratterte. Irgendwann fragte San Lang: »Wie sieht's aus?«

Xie Lian antwortete langsam. »Du hast großes Glück.«

»Oh? Inwiefern?«

Xie Lian hob den Kopf und erwiderte mit sanfter Stimme: »Ausdauer und Beharrlichkeit sind deine Stärken. Auch wenn der Weg steinig ist, verlierst du nie dein Ziel aus den Augen. Und wenn du Unglück begegnet, verwandelst du es in Glück. Insgesamt lässt sich das als großes Glück bezeichnen. Eine strahlende Zukunft erwartet dich, mein Freund.«

Er hatte seine Worte aus der Luft gegriffen. Er wusste gar nicht, wie man aus der Hand las. Nachdem er verbannt worden war, hatte er es eine Zeit lang bereut, damals im Guanji-Tempel nicht von den Staatspräzeptoren gelernt zu haben, wie man aus der Hand oder dem Gesicht las. Hätte er es gelernt, hätte er keine Straßenmusik machen oder mit der Brust Steinbrocken zerschlagen müssen, um überleben zu können. Er hatte San Langs Hand allerdings auch nicht studiert, um ihm die Zukunft vorherzusagen, er hatte überprüfen wollen, ob sie überhaupt Linien hatte.

Gewöhnliche Geister und Dämonen waren zwar in der Lage, menschliche Gestalt anzunehmen, aber sie konnten einen menschlichen Körper nicht bis ins kleinste Detail nachbilden. So waren bei ihnen Handlinien,

Fingerabdrücke oder Haarspitzen weniger ausgeprägt als bei echten Menschen. Xie Lian nahm an dem jungen Mann jedoch keine ungewöhnliche Energie wahr und seine Handlinien waren ebenfalls makellos. Sollte er tatsächlich ein Geist sein, konnte er nur ein Supremus sein, wenn er in der Lage war, seine Identität so perfekt zu verbergen. Doch weshalb sollte ein Geisterkönig seine Zeit damit zubringen, Xie Lian auf einem Ochsenkarre in ein kleines Bergdorf zu folgen? Genauso wie die Himmelsbeamten sich vor lauter Arbeit kaum retten konnten, mussten auch die Geisterkönige schwer beschäftigt sein.

Er gab sich selbstsicher und zog noch ein paar weitere Sätze an den Haaren herbei, bis ihm die Ideen ausgingen.

San Lang hatte die ganze Zeit über nicht den Blick von ihm abgewandt und ihm lächelnd zugehört. In seinem Lächeln schienen mehrere Bedeutungen zu liegen. »Was noch? Na?«, fragte er.

Er musste doch nicht etwa weiter Lügen spinnen? »Was möchtest du denn noch wissen?«, fragte Xie Lian zurück.

»Reden Wahrsager denn nicht normalerweise über Heirat?«

Xie Lian seufzte leise. Dann sagte er mit ernster Miene: »Ich habe nicht alles übers Handlesen gelernt. Zu deiner zukünftigen Ehe kann ich leider nichts sagen. Aber ich denke nicht, dass du dir da Sorgen machen musst.«

San Lang zog eine Augenbraue nach oben. »Warum denkst du das?«

»Dich mögen bestimmt viele Frauen«, entgegnete Xie Lian mit einem Lächeln.

»Und warum denkst du, dass sie mich mögen?«

Xie Lian wollte gerade antworten, als ihm bewusst wurde, was San Lang da gerade tat. Dieser junge Kerl versuchte, ihn dazu zu bringen, ihm Komplimente zu machen. Einerseits war er frustriert, andererseits fand er es auch lustig. Er wusste nicht, wie er reagieren sollte, rieb sich die Stelle zwischen den Augenbrauen und sagte: »San Lang.«

Es war das erste Mal, dass Xie Lian ihn »San Lang« genannt hatte. Er lachte laut auf und ließ es gut sein.

Inzwischen hatte der keuchende Ochse sie bis ins Dorf gezogen. Xie Lian drehte sich um, stützte sich ab und sprang auf den Boden. San Lang tat es ihm gleich. Erst nun, da sie nebeneinanderstanden, fiel Xie Lian auf, dass der junge Mann, der den Weg über gemütlich im Stroh gelegen hatte, um einiges größer war als er. Er konnte ihm nicht direkt in die Augen sehen. Während San Lang sich reckte, fragte Xie Lian ihn: »San Lang, wohin gehst du nun?«

Dieser seufzte. »Keine Ahnung. Ich schlafe einfach auf der Straße oder suche mir eine Höhle.«

»Das geht doch nicht!«

San Lang dehnte nun seine Arme. »Mir bleibt keine andere Wahl, es gibt keinen Ort, wo ich hinkönnte.« Er schielte zu Xie Lian und lachte wieder. »Danke, dass du meine Zukunft gedeutet hast. Wenn ich so viel Glück habe, wie du sagst, werden wir uns sicherlich wieder begegnen.«

Kaum hatte er »Zukunft deuten« erwähnt, wurde Xie Lian rot vor Scham. Als er sah, wie San Lang sich abwandte, sagte er schnell: »Warte. Wenn es dir nichts ausmacht, kannst du mit in meinen Schrein kommen.«

San Lang hielt mitten im Schritt inne und drehte sich halb zu ihm um. »Geht das?«

»Der Schrein war ursprünglich sowieso nicht meiner. Ich habe gehört, dass Reisende früher oft dort die Nacht verbracht haben. Aber ich fürchte, er ist etwas schäbiger, als du es dir wahrscheinlich vorstellst. Ich weiß nicht, ob das für dich in Ordnung wäre.«

Wenn er wirklich ein junger Herr war, der von zu Hause weggerannt war, konnte Xie Lian ihn nicht einfach so draußen herumwandern lassen. Er vermutete auch stark, dass San Lang den ganzen Tag nichts außer dem halben Dampfbrötchen gegessen hatte. Wenn er so weitermachte, würde er irgendwann tatsächlich umkippen.

Nach Xie Lians Worten drehte San Lang sich ganz zu ihm um, kam wortlos auf ihn zu und neigte den Kopf zu ihm herab. Xie Lian wusste nicht, was er vorhatte, aber die plötzliche Nähe zwischen ihnen machte ihn irgendwie nervös.

San Lang trat wieder zurück. Er hatte nach dem Sack voller Schrott gegriffen, der hinter Xie Lian auf dem Karren gelegen hatte. »Dann lass uns gehen.«

Xie Lian war wie versteinert. Als er sah, wie der schlanke junge Mann ihm half, den riesigen Sack zu tragen, als wiege er nicht das Geringste, fühlte er sich schuldig. San Lang war bereits ein paar Schritte vorausgegangen und Xie Lian wollte ihm gerade folgen, als ihm einfiel, dass der Besitzer des Karrens ja noch auf dem Stroh lag. Er ging sofort zurück und weckte ihn auf. Daraufhin warnte er ihn mehrere Male, auf keinen Fall jemandem von den heutigen Ereignissen zu erzählen.

Der alte Mann, der auf dem Weg gesehen hatte, dass Xie Lian kein gewöhnlicher Mensch war, traute sich natürlich nicht, ihm zu widersprechen, und nickte unentwegt. Dann nahm er Lao Huang an den Zügeln und eilte nach Hause.

Auf dem Karren war nur noch eine Matte zurückgeblieben. Xie Lian warf sie sich über die Schulter und drehte sich wieder um. San Lang trug den riesigen Sack mit nur einer Hand auf der Schulter und erklomm in aller Ruhe den Hang.

Als er vor dem schiefen Puqi-Schrein ankam, senkte er den Kopf und gluckste, als hätte er etwas Lustiges gesehen. Als Xie Lian aufgeholt hatte, erkannte er, dass es das Schild war, das den jungen Mann zum Lachen gebracht hatte. »Wie du siehst, ist es so, wie ich gesagt habe. Deswegen dachte ich, dass dieser Ort vielleicht nichts für dich ist.«

»Schon in Ordnung«, meinte San Lang.

Sonst war es immer Xie Lian, der zu anderen »Schon in Ordnung« sagte, und nun hörte er diese Worte zum ersten Mal an sich gerichtet. Es war schwer zu beschreiben, was er dabei fühlte.

Die Tür der Hütte war so marode gewesen, dass Xie Lian sie abgerissen und durch einen Vorhang ersetzt hatte. Er schob ihn zur Seite und wandte sich zu San Lang. »Komm herein.«

Das Innere der Hütte konnte mit nur einem Blick erfasst werden: Es gab nur einen langen Tisch, der als Altar diente, zwei kleine Hocker aus Holz, eine Kniematte zum Beten und einen Spendenkasten.

Xie Lian nahm San Lang den Sack ab und stellte den Orakelbecher, das Räuchergefäß und Tusche und Papier, die er in der Stadt gekauft hatte, auf den Tisch. Dann zündete er eine rote Kerze an, die ihm jemand beim Schrottsammeln in die Hand gedrückt hatte. Der Raum wurde erhellt.

San Lang nahm beiläufig den Orakelbecher in die Hand, schüttelte ihn und stellte ihn wieder ab. »Hast du kein Bett?«

Xie Lian nahm stumm die Matte von seiner Schulter, legte sie auf den Boden und zeigte mit dem Kopf darauf.

San Lang zog eine Augenbraue nach oben. »Es gibt nur eine, oder?«

Xie Lian war dem jungen Mann erst auf seinem Rückweg begegnet, natürlich hatte er nur eine gekauft. »Wenn es dir nichts ausmacht, können wir sie uns heute Nacht teilen.«

»In Ordnung«, erwiderte San Lang.

Daraufhin nahm Xie Lian den Besen in die Hand und fegte noch einmal durch.

San Lang sah sich in alle Richtungen um und fragte dann: »Großer Bruder, fehlt in diesem Schrein nicht etwas?«

Xie Lian war gerade fertig geworden und hatte sich auf die Matte gesetzt. Während er sich streckte, antwortete er: »Außer Gläubigen sollte eigentlich nichts mehr fehlen.«

San Lang setzte sich dazu und stützte sein Kinn in die Hand. »Eine Statue?«

Er hatte doch tatsächlich das Wichtigste vergessen: eine Statue!

Ein Schrein ohne Statue war kein Schrein. Auch wenn er selbst sich hier befand, konnte er schlecht den ganzen Tag auf dem Altar sitzen.

Er überlegte eine Weile, bis ihm eine Idee kam. »Ich habe Tusche und Papier gekauft. Morgen zeichne ich ein Porträt und hänge es auf.«

Wenn der Himmel mitbekäme, dass er sich selbst zeichnete und sein Bild in seinem eigenen Schrein aufhängte, würde er wohl wieder zehn Jahre lang ausgelacht werden. Aber eine richtige Statue zu bestellen kostete Geld und Zeit. Da war es ihm tatsächlich lieber, ausgelacht zu werden.

Doch überraschenderweise fragte San Lang: »Ein Porträt zeichnen? Das kann ich gut. Soll ich dir helfen?«

Xie Lian stutzte einen Moment. Dann lächelte er und sagte: »Ich danke dir. Aber du weißt bestimmt nicht, wie der Kronprinz von Xianle aussieht.«

Seine Porträts waren schließlich vor achthundert Jahren fast alle verbrannt worden und die wenigen verbliebenen hatten bestimmt nicht viele gesehen. Aber San Lang entgegnete: »Doch. Waren wir vorhin auf dem Weg nicht gerade beim Kronprinzen von Xianle stehen geblieben, bevor wir unterbrochen wurden?«

Xie Lian erinnerte sich wieder. Er hatte zuletzt »Du kennst ihn wahrscheinlich nicht« gesagt und San Lang war nicht mehr dazu gekommen, zu antworten. Xie Lian war überrascht, dass der junge Mann ihn möglicherweise doch kannte. Er richtete sich auf und fragte: »Kennst du ihn etwa, San Lang?«

»Ja.«

Sein Blick und sein Tonfall waren ungewöhnlich. San Lang lächelte zwar oft, aber es war wirklich schwer zu sagen, ob es aufrichtig gemeint war oder er sich nicht vielleicht doch über Xie Lians Unwissenheit lustig machte.

Nachdem der junge Mann auf dem Weg bereits so viel über Götter und Geister gesagt hatte, war er nun ziemlich neugierig, was er zu ihm selbst zu sagen hatte. »Was denkst du über den Kronprinzen von Xianle, San Lang?«

Die beiden sahen einander in die Augen. Das Kerzenlicht flackerte. San Lang hatte der Kerze den Rücken zugewandt, sodass Xie Lian nur seine schwarzen Pupillen sehen konnte, seinen Gesichtsausdruck konnte er nicht erkennen. Nach einem Augenblick erwiderte der junge Mann: »Ich glaube, Jun Wu hasst ihn.«

Eine solche Antwort hatte Xie Lian nicht erwartet. Er war verblüfft. »Warum denkst du das?«, fragte er zurück.

»Warum sonst sollte er ihn zweimal verbannen?«

Bei diesen Worten musste Xie Lian lächeln und dachte sich: *Er ist wirklich noch ein Kind.*

Er senkte den Kopf und öffnete langsam seinen Gürtel. Währenddessen erklärte er: »Das hat nichts damit zu tun, ob er ihn mag oder nicht. Es gibt viele Dinge auf der Welt, die sich nicht so einfach erklären lassen.«

»Oh.«

Als Nächstes zog Xie Lian seine weißen Stiefel aus. »Außerdem muss man bestraft werden, wenn man etwas falsch gemacht hat. Der Himmelskaiser hat nur seine Arbeit getan.«

San Lang behielt seine Meinung für sich und entgegnete nur: »Vielleicht.«

Nun war Xie Lian bei seiner Robe angelangt. Er faltete sie zusammen und wollte sie auf den Tisch legen. Da fiel ihm noch etwas ein, was er noch sagen wollte, und er blickte über seine Schulter zu San Lang. Dieser starrte allerdings auf Xie Lians Fuß.

Sein Blick war sonderbar: einerseits eiskalt, aber gleichzeitig schienen aus seinen Augen Flammen zu schießen. Xie Lian blickte an sich herunter und verstand. San Lang starrte auf die schwarze Fluchfessel an seinem rechten Knöchel.

Während die erste Fluchfessel um seinen Hals saß, war die zweite um seinen rechten Knöchel gewunden. Beides waren Stellen, die sich nicht so leicht verbergen ließen. Wenn Leute ihn in der Vergangenheit nach den beiden Ketten gefragt hatten, hatte er einfach behauptet, er bräuchte sie zum Kultivieren. Aber falls San Lang fragen sollte, würde er sich mit so einer Antwort gewiss nicht zufriedengeben.

Doch dieser betrachtete sie nur und sagte nichts. Also ging Xie Lian nicht darauf ein und legte sich auf die Matte. Auch San Lang legte sich brav hin, noch immer vollständig angezogen. Wahrscheinlich weil er es nicht gewohnt war, auf dem Boden zu schlafen.

Xie Lian nahm sich vor, nächstes Mal nach einem Bett zu suchen, und sagte: »Gute Nacht.« Er blies die Kerze aus.

Als Xie Lian am nächsten Morgen die Augen öffnete, lag San Lang nicht neben ihm. Er hob den Kopf und fuhr zusammen. Über dem Altar hing ein Porträt.

Darauf war ein Mann in prächtigen Kleidern und goldener Maske zu sehen. In einer Hand hielt er ein Schwert und in der anderen Blumen. Die Zeichnung war sehr gelungen und bunt koloriert. Es war der Gottgefällige Krieger.

Xie Lian hatte dieses Bild schon seit Ewigkeiten nicht mehr gesehen und starrte es eine Weile lang gedankenverloren an, bevor er sich endlich erhob, sich anzog und seinen Gürtel richtete. San Lang lehnte im Schatten vor der Hütte, spielte mit dem Besen in seiner Hand und blickte gelangweilt zum Himmel auf.

Er schien wirklich kein Sonnenlicht zu mögen. Sein Blick wirkte, als würde er gerade darüber nachdenken, wie er die Sonne herunterreißen und zertrampeln könnte. Neben dem Eingang türmte sich ein Haufen Laub. San Lang musste die Blätter zusammengekehrt haben.

Xie Lian trat hinaus und fragte: »Hast du gut geschlafen?«

San Lang lehnte weiterhin an der Wand und drehte nur den Kopf zu ihm. »Ja.«

Xie Lian ging zu ihm und nahm ihm den Besen ab. »Hast du das Bild über dem Altar gemalt, San Lang?«

»Hm.«

»Du zeichnest wirklich gut.«

San Langs Mundwinkel wanderten nach oben. Er sagte nichts. Sein Pferdeschwanz schien heute noch schiefer, vielleicht vom Schlafen. Er hing lose herunter, aber es stand ihm. Es sah zwar aus, als hätte er seine Haare willkürlich zusammengebunden, aber es wirkte nicht unordentlich, sondern charmant.

Xie Lian zeigte auf seine eigenen Haare. »Soll ich dir helfen?«

San Lang nickte und die beiden gingen zurück in den Schrein. Nachdem San Lang sich hingesetzt hatte, löste Xie Lian seinen Pferdeschwanz, hielt das schwarze Haar in der Hand und untersuchte es stumm mit den Augen.

Auch wenn an den Handlinien nichts auszusetzen war, machten Geister für gewöhnlich irgendwo doch einen Fehler. Ein Mensch hatte so viele Haare, dass man sie gar nicht zählen konnte, und ein jedes davon war fein und klar definiert. Bei einem Körper, den ein Geist geschaffen hatte, war das Haar oft nur eine schwarze Wolke oder es klebte zusammen. Manche liefen deswegen einfach als Glatzköpfe herum.

Gestern hatte Xie Lian bereits bestätigt, dass San Langs Handlinien fehlerfrei waren. Eigentlich hatte er sich bereits entspannt, aber nachdem er das Porträt gesehen hatte, waren ihm wieder Zweifel gekommen.

Wie konnte ein gewöhnlicher Mensch dieses Bild malen?

Xie Lian ließ das Haar langsam durch seine Finger gleiten. Die Länge stimmte und auch sonst war nichts Ungewöhnliches zu erkennen.

Vielleicht kitzelte es, denn nach einer Weile fing San Lang an zu lachen. Er drehte leicht den Kopf und sah Xie Lian aus dem Augenwinkel an.

»Großer Bruder, hilfst du mir, meine Haare zusammenzubinden, oder hast du etwas anderes vor?«

Auch mit offenen Haaren ging nichts von San Langs Schönheit verloren, er wirkte nur etwas schelmischer. Mit seiner Frage schien er Xie Lian necken zu wollen. Lächelnd entgegnete dieser: »Ich bin fertig.« Er hatte die Haare schnell zusammengebunden.

San Lang warf einen Blick in die Waschschüssel neben sich, drehte sich wieder um und sah Xie Lian mit hochgezogenen Brauen an. Dieser seufzte.

Der Pferdeschwanz war erneut schief.

Obwohl San Lang nichts sagte und ihn nur ansah, war Xie Lian so verlegen wie schon seit Jahrhunderten nicht mehr. Er wollte ihm gerade sagen, er solle noch einmal zu ihm kommen, damit er es erneut versuchen konnte, als es draußen plötzlich laut wurde. Aus allen Richtungen waren Schritte zu hören und Leute schrien: »Großer Unsterblicher!«

Xie Lian erschrak und rannte nach draußen, um nachzusehen, was da los war, doch der Eingang wurde von einer großen Schar Leute versperrt. Ihre Gesichter waren ganz rot vor Aufregung. Der Dorfvorsteher trat vor die Menge und griff nach Xie Lians Hand: »Großer Unsterblicher! Ein Gott ist in unser Dorf gekommen, was für ein Glück!«

Die anderen Leute gesellten sich dazu: »Großer Unsterblicher! Willkommen in Puqi!«

»Großer Unsterblicher! Könnt Ihr mich mit einer Ehefrau segnen?«

»Großer Unsterblicher! Könnt Ihr mich mit einem Kind segnen?«

»Großer Unsterblicher! Hier sind frische Wasserkastanien für Euch! Ihr esst doch welche, oder? Könntet Ihr mich nebenbei auch mit einer guten Ernte segnen?«

Die Dorfbewohner waren viel zu enthusiastisch, sie fielen ihn von allen Seiten an, sodass er immer weiter zurückwich. Er stöhnte innerlich. Wie sich herausstellte, war der alte Mann von gestern Abend ein

Klatschmaul und hatte trotz der Warnungen gleich am frühen Morgen allen von der Sache erzählt.

Obwohl die Dorfbewohner keine Ahnung hatten, welchem Gott der Schrein eigentlich gewidmet war, drängelten sich alle, um Räucherstäbchen anzuzünden. Es war egal, welcher Gott es war, ein Gott war ein Gott und zu ihm zu beten konnte nicht schaden. Xie Lian hatte eigentlich nicht mit mehr als einer Handvoll Besucher pro Jahr gerechnet und dementsprechend nur wenige Bündel Räucherstäbchen vorbereitet. Wer hätte gedacht, dass sie so schnell verbraucht wären und im Räuchergefäß vor lauter Stäbchen kein Flecken Sand mehr zu sehen wäre. Alle möglichen Düfte vermischten sich und Xie Lian, der diesen Geruch schon lange nicht mehr wahrgenommen hatte, musste husten. Noch immer hustend sagte er: »*Öhö*, meine lieben Nachbarn, ich kann euch nicht mit Reichtum segnen, wirklich nicht. *Öhö*, bitte betet nicht für Reichtum! Ich kann kein gutes Ergebnis garantieren ... Entschuldigt bitte, für eine gute Ehe kann ich auch nicht sorgen ... Nein, nein, nein, ich kann euch auch nicht mit Kindern segnen ...«

San Lang kümmerte sich nicht weiter um seinen schiefen Pferdeschwanz und setzte sich neben den Spendenkasten. Mit einer Hand stützte er sein Kinn und mit der anderen stopfte er sich genüsslich Wasserkastanien in den Mund. Viele der Frauen, die ihn sahen, bekamen rote Wangen und fragten Xie Lian: »Ähm, könnt Ihr ...?«

Er wusste zwar nicht, was sie fragen wollten, aber seine Intuition sagte ihm, dass er das sofort unterbinden sollte, und so rief er auf der Stelle: »Nein!«

Nachdem er die Menschenmenge mit großer Mühe wieder vertrieben hatte, blieben auf dem Altar Früchte, Gemüse und sogar Reis oder Nudeln zurück. Egal, immerhin waren es Opfergaben. Xie Lian fegte den Dreck, den die Dorfbewohner auf dem Boden hinterlassen hatten, nach draußen und San Lang lief ihm hinterher. »Der Schrein läuft gut.«

Kopfschüttelnd fegte Xie Lian weiter. »Eigentlich sollte niemand den Schrein beachten.«

»Warum das?«

Xie Lian sah San Lang an und lächelte. »Wahrscheinlich hat dein Glück auf mich abgefärbt.«

Ihm fiel wieder ein, dass er den Türvorhang austauschen wollte, und zog aus seinem Ärmel einen neuen hervor. Er hängte ihn auf, trat ein paar Schritte zurück und betrachtete ihn. Da bemerkte er plötzlich, dass San Lang stehen geblieben war. »Was ist los?«

Dieser starrte den Vorhang gedankenverloren an. Xie Lian folgte seinem Blick und erkannte, dass er das aufgemalte Siegel musterte.

Er hatte es zuvor beiläufig aufgemalt. Das Muster wiederholte sich in mehreren Schichten und wirkte imposant. Das Siegel diente dazu, Böses abzuwehren. Geister sollten so nicht mehr hereinkommen können. Aber immerhin war es ja von Xie Lian aufgemalt worden, vielleicht zog es stattdessen auch Unglück an. Doch da es keine Tür gab, war es auf alle Fälle sicherer, einen Vorhang mit Siegel anzubringen.

Nun stand San Lang vor dem Vorhang und rührte sich nicht. Xie Lians Herz machte einen Satz. »San Lang?«

Sperrte ihn das Siegel etwa aus?

Kapitel 8:
Seltsame Geschichten über den Banyue-Pass

San Lang wandte sich Xie Lian zu und lächelte ihn an. »Ich bin mal kurz weg.«

Kaum hatte er ausgesprochen, drehte er sich um und ging. Rein logisch betrachtet hätte Xie Lian ihm hinterhergehen und nachfragen sollen, wohin er ging, doch er hatte das sonderbare Gefühl, dass er wirklich nicht lange wegbleiben und zurückkommen würde, also ging er fürs Erste allein wieder ins Innere des Schreins.

Er ging die Gegenstände durch, die er gestern auf der Straße aufgesammelt hatte. Mit der linken Hand zog er einen eisernen Kochtopf hervor und mit der rechten ein Küchenmesser. Er blickte zu dem Obst und Gemüse auf dem Altar und erhob sich.

Etwa eine halbe Stunde später waren von draußen tatsächlich erneut Schritte zu hören. Sie waren weder besonders schnell noch besonders langsam – Xie Lian sah den gelassenen jungen Mann sofort vor sich.

Die Lebensmittel, die er vom Altar genommen hatte, hatten sich bereits in zwei Teller mit Essen verwandelt. Er sah einmal nach links und rechts, dann seufzte er tief. Er wollte das Essen nicht mehr sehen und ging nach draußen. Wie erwartet entdeckte er San Lang.

Dieser stand vor der Hütte. Vielleicht schien ihm die Sonne zu stark, er hatte seine rote Robe ausgezogen und sie sich um die Hüfte gebunden. Am Oberkörper trug er nur noch ein leichtes weißes Hemd, dessen Ärmel er aufgekrempelt hatte. Er sah sauber und adrett aus. Sein rechter Fuß stand auf einem großen, langen Stück Holz und in der linken Hand hielt er eine Axt. Er musste sie sich von irgendwelchen Dorfbewohnern geliehen haben. Sie sah stumpf und schwer aus, aber in seiner Hand wirkte sie scharf und federleicht. Er trieb sie ins Holz und zog, als würde er Haut abziehen. Als er kurz aufsah, bemerkte er Xie Lian, der herausgekommen war. »Ich baue gerade etwas«, erklärte er.

Xie Lian ging hinüber und sah es sich an. Wie sich herausstellte, fertigte San Lang eine Tür. Die Größe war genau richtig, sie war sauber geschliffen und glänzte. Er besaß große Kunstfertigkeit. Da der junge Mann aus gutem Hause zu kommen schien, hatte er erwartet, dass er es nicht gewohnt war, sich die Hände schmutzig zu machen. Wer hätte gedacht, dass er ein so geschickter Handwerker sein würde? »Danke für die Mühe, San Lang.«

San Lang lächelte, entgegnete aber nichts. Er legte die Axt beiläufig zu Seite, montierte die Tür und klopfte ein paarmal dagegen, um sie zu testen. »Wenn du ein Siegel willst, wäre es nicht besser, es auf eine Tür zu malen?«

Daraufhin hob er den Vorhang an und ging gelassen hinein.

Das Siegel hatte tatsächlich keine Wirkung auf San Lang.

Xie Lian schloss die neue Tür. Immer wieder musste er sie öffnen und schließen und staunte darüber, wie gut sie war. Doch irgendwann kam er zu sich und sah ein, wie lächerlich sein Verhalten gerade war. San Lang hatte sich bereits gesetzt und Xie Lian ließ von der Tür ab. Er nahm mit beiden Händen ein Dampfbrötchen vom Altar, dass die Dorfbewohner am Morgen geopfert hatten.

San Lang warf einen Blick auf das Brötchen, sagte nichts und lachte nur in sich hinein, als hätte er irgendetwas durchschaut. Xie Lian tat, als sei nichts, und schenkte zwei Becher Wasser ein. Er wollte sich gerade setzen, als er San Langs hochgerollte Ärmel sah. Auf seinem Arm befand sich ein kleines Tattoo aus sonderbaren Schriftzeichen.

San Lang spürte seinen Blick und rollte sie herunter. Lächelnd erklärte er: »Eine Jugendsünde.«

Xie Lian verstand, dass er nicht weiter darüber reden wollte. Er setzte sich und betrachtete noch einmal sein Porträt. Dann sagte er: »San Lang, du zeichnest wirklich gut. Hat dir das jemand aus deiner Familie beigebracht?«

San Lang stocherte mit einem Essstäbchen in seinem Dampfbrötchen herum. »Nein, ich habe es mir selbst beigebracht.«

»Wie kommt es, dass du sogar den Gottgefälligen Krieger von Xianle zeichnen kannst?«

San Lang lächelte. »Hast du nicht schon gesagt, dass ich alles weiß? Natürlich weiß ich auch, wie man ihn zeichnet.«

Es war eine schamlose Antwort, aber San Lang war sehr selbstsicher, als sorgte er sich kein bisschen darum, dass Xie Lian ihn verdächtigen oder ausfragen könnte. Und dieser sagte auch nichts weiter, sondern lächelte nur.

In diesem Moment erklang draußen Geschrei. Die beiden hoben gleichzeitig den Kopf und wechselten einen Blick.

Da klopfte es plötzlich an der Tür. »Großer Unsterblicher! Es ist etwas Schlimmes passiert, bitte helft uns!«

Xie Lian öffnete die Tür. Auf dem Hof vor dem Schrein stand eine Gruppe Leute im Kreis. Als der Dorfvorsteher sah, dass Xie Lian herausgekommen war, jubelte er. »Großer Unsterblicher! Dieser Mann hier sieht aus, als würde er bald sterben. Bitte rettet ihn, schnell!«

Als Xie Lian dies hörte, eilte er schnell hinüber. Die Person, um die die Dorfbewohner standen, war ein Kultivierer. Sein Haar war zerzaust und sein Gesicht schmutzig, am ganzen Körper klebte Sand und seine Kleider und Schuhe wirkten abgenutzt. Es schien, als wäre er seit Tagen unterwegs gewesen und letztlich hier zusammengebrochen, woraufhin ihn die Leute zum Puqi-Schrein gebracht hatten.

»Keine Panik, er wird nicht sterben«, beschwichtigte Xie Lian die Dorfbewohner.

Er beugte sich zu dem Kultivierer hinab und drückte auf einige Stellen seines Körpers. Währenddessen bemerkte er auch die Gegenstände, die der Mann mit sich trug: eine Zeichnung der Acht Trigramme* und ein eisernes Schwert, alles magische Waffen. Er schien kein gewöhnlicher Kultivierer zu sein. Xie Lians Stimmung verfinsterte sich.

* Acht Kombinationen aus jeweils drei durchgehenden und drei unterbrochenen Linien, die Himmel, Erde, Donner, Wind, Wasser, Feuer, Berge und Seen symbolisieren und der Weissagung dienen.

Kurze Zeit später kam der Mann allmählich zu sich und fragte heiser: »Wo bin ich hier?«

»Wir sind hier im Dorf Puqi«, antwortete der Dorfvorsteher.

Daraufhin murmelte der Kultivierer: »Draußen, ich bin draußen. Endlich bin ich entkommen …« Er blickte sich in alle Richtungen um und riss plötzlich die Augen auf. Panisch rief er: »Hi… Hilfe, Hilfe!«

Xie Lian hatte eine solche Reaktion bereits erwartet. »Mein Freund, warum ruft Ihr um Hilfe? Sorgt Euch nicht und sprecht langsam.«

Auch die Dorfbewohner schalteten sich ein: »Genau, habt keine Angst. Wir haben hier einen großen Unsterblichen. Was auch immer Euch besorgt, er wird es für Euch regeln.«

Xie Lian stutzte. Er hatte den Dorfbewohnern noch gar keine übernatürlichen Kräfte demonstriert und dennoch betrachteten sie ihn als einen wahrhaftigen Gott. Er wusste nicht, was er dazu sagen sollte, und dachte sich nur: *Dass ich alles regeln kann, kann ich nun wirklich nicht garantieren.* Er wandte sich wieder zu dem Mann: »Woher kommt Ihr?«

»I… Ich komme vom Banyue-Pass!«

Die umstehenden Leute sahen einander ratlos an. »Wo ist der Banyue-Pass? Davon habe ich noch nie gehört!«

»Der Banyue-Pass liegt im Nordwesten, er ist recht weit von hier«, entgegnete Xie Lian. »Wie seid Ihr hierhergekommen?«

»I… Ich bin mit großer Mühe entkommen.«

Die Worte des Mannes waren unzusammenhängend und sein Geisteszustand äußerst labil. Unter solchen Bedingungen war es schwer, etwas zu sagen oder zu verstehen, wenn so viele Zuschauer dabei waren, die durcheinanderredeten. Also entschied Xie Lian: »Lasst uns reingehen und dort weiterreden.«

Er stützte den Kultivierer und half ihm in den Schrein. Dabei blickte er über seine Schulter und sagte zur Menge: »Geht bitte zurück und stört uns nicht.«

Die Dorfbewohner waren allerdings viel zu hilfsbereit und entgegneten:

»Großer Unsterblicher, was hat er denn?«

»Ja, was hat er?«

»Wenn Ihr Hilfe braucht, sind wir für Euch da.«

Doch je mehr sie helfen wollten, desto weniger waren sie eine Hilfe. Xie Lian blieb nichts anderes übrig, als mit tiefer Stimme zu sagen: »Er ... ist wahrscheinlich besessen.«

Die Dorfbewohner erschraken. Besessen! Da hielten sie sich lieber fern und machten sich schnell davon. Xie Lian wusste nicht, ob er lachen oder weinen sollte. Er schloss die Tür.

San Lang saß noch immer am Opfertisch und drehte die Essstäbchen in seiner Hand. Er warf einen Blick auf den Kultivierer. Es sah so aus, als wollte er ihn näher betrachten, doch da sagte Xie Lian zu ihm: »Schon in Ordnung, iss weiter.«

Er setzte den Kultivierer auf den Boden und blieb selbst stehen. »Mein Freund, ich kümmere mich um diesen Schrein hier und bin auch eine Art Kultivierer. Ihr braucht nicht nervös zu sein. Wenn Euch etwas besorgt, könnt Ihr es mir sagen. Vielleicht kann ich Euch mit meinen geringen Kräften helfen. Ihr habt soeben den Banyue-Pass erwähnt. Was ist dort vorgefallen?«

Der Mann holte ein paarmal tief Luft. Da nun weniger Leute um ihn herum waren und nach Xie Lians tröstenden Worten schien er sich endlich zu beruhigen. »Habt Ihr noch nie von diesem Ort gehört?«

»Doch«, entgegnete Xie Lian. »Der Banyue-Pass befindet sich in einer Oase in der Wüste Gobi. Im Schein des Halbmondes ist die nächtliche Landschaft außergewöhnlich schön, daher auch der Name*.«

»Oase? Außergewöhnlich schön? So war es vielleicht vor zweihundert Jahren. Heute sollte er besser ›Banming**-Pass‹ genannt werden!«

Xie Lian stutzte. »Weshalb sagt Ihr das?«

* »Banyue« bedeutet »Halbmond«. ** »Banming« bedeutet »halbes Leben«.

Das Gesicht des Mannes wurde unheimlich bleich. »Egal wer den Pass überquert, mindestens die Hälfte der Leute verschwindet einfach spurlos. Sollte er da nicht Banming-Pass heißen?«

Xie Lian hatte tatsächlich noch nie davon gehört. »Wer hat Euch das erzählt?«

»Das hat mir niemand erzählt, ich habe es mit eigenen Augen gesehen.« Der Mann richtete seinen Oberkörper auf. »Eine Karawane wollte ihn überqueren und da sie wusste, dass dieser Ort gefährlich ist, hat sie meinen gesamten Clan gebeten, sie zu eskortieren. Aber letztlich ...« Voller Schmerz und Entrüstung fuhr er fort: »Letztlich bin nur ich übrig geblieben!«

Xie Lian hob die Hand, um ihm zu bedeuten, dass er sich entspannen und sich nicht aufregen sollte. »Wie viele wart Ihr?«

»Wenn man meinen Clan und die Karawane zusammennimmt, waren wir über sechzig Leute.«

Über sechzig Leute. Xuan Ji hatte hundert Jahre lang Chaos angerichtet und die Zahl der Opfer, die der Lingwen-Palast erfasst hatte, lag unter zweihundert. Und den Worten dieses Kultivierers zufolge passierte das nun schon seit über hundert Jahren. Wenn jedes Mal so viele Leute verschwanden, war das keine Kleinigkeit. »Wann ist der Banyue-Pass zum Banming-Pass geworden?«, fragte Xie Lian.

»Vor etwa hundertfünfzig Jahren, als er zum Territorium eines dämonischen Kultivierers wurde.«

Xie Lian wollte weitere Details zu dem Unglück, das ihnen widerfahren war, und zu dem sogenannten »dämonischen Kultivierer« erfragen, doch er hatte schon die ganze Zeit über das Gefühl, dass irgendetwas nicht stimmte. Nun konnte er es nicht mehr ignorieren, also sagte er nichts mehr und hob leicht die Augenbrauen.

In diesem Moment schaltete San Lang sich ein: »Ihr seid vom Banyue-Pass bis hierher gelaufen?«

»Ja«, erwiderte der Mann. »Ach! Ich bin gerade noch mit dem Leben davongekommen.«

»Oh.« Mehr sagte San Lang nicht dazu. Aber das reichte schon, damit Xie Lian begriff, was nicht stimmte.

Mit sanfter Stimme wandte sich Xie Lian wieder an den Kultivierer: »Wenn Ihr so weit gelaufen seid, müsst Ihr sicher durstig sein.«

Der Mann erstarrte.

Xie Lian goss Wasser in eine Schale und hielt sie ihm vor die Nase. »Hier habt Ihr etwas Wasser. Trinkt ruhig, mein Freund.«

Kurz war der Hauch einer Vorahnung auf dem Gesicht des Kultivierers zu erkennen. Xie Lian stand neben ihm, die Arme in den Ärmeln verschränkt, und wartete geduldig.

Dieser Mann war in seiner Panik aus dem Nordwesten bis hierher geflüchtet, natürlich musste er Durst und Hunger haben. Er sah nicht so aus, als hätte er die Muße gehabt, auf dem Weg etwas zu trinken und zu essen. Doch nachdem er wieder zu sich gekommen war, hatte er schon so viel geredet, aber kein einziges Mal nach Essen oder Wasser gefragt. Selbst jetzt, wo er sich im Schrein befand und das viele Essen auf dem Altar sehen konnte, schien er keinen Hunger zu haben. Er beachtete es nicht einmal. Kein lebendiger Mensch würde so reagieren.

Unter den strengen Blicken der beiden Männer im Raum nahm der Kultivierer die Schüssel und trank mit langsamen Schlucken. Er wirkte zögerlich und vorsichtig, kein bisschen wie jemand, der halb verdurstet sein musste.

Xie Lian spitzte die Ohren, während der Kultivierer trank. Es hörte sich an, als würde jemand Wasser in einen leeren Behälter gießen. Sofort war alles klar und er griff nach dem Arm des Mannes. »Ihr braucht nicht mehr zu trinken.«

Sein Arm zitterte und er blickte Xie Lian verwirrt an, woraufhin dieser lächelnd fortfuhr: »Trinken bringt sowieso nichts, nicht wahr?«

Kaum hatte er das gesagt, veränderte sich der Gesichtsausdruck des Mannes. Mit der freien Hand zog er sein Schwert und zielte auf Xie Lian. Dieser aber rührte sich nicht von der Stelle, sondern hob nur die Hand und das Schwert fiel klirrend zu Boden. Er hatte es einfach beiseitegeschlagen.

Als der Kultivierer sah, dass Xie Lian noch immer seinen Arm festhielt, biss er die Zähne zusammen und zog. Xie Lian spürte, wie der Arm plötzlich flach wurde – wie ein Ball, dessen Luft entwich –, und er entglitt ihm.

Sobald der Mann sich befreit hatte, stürzte er auf die Tür zu, doch Xie Lian blieb ungerührt. Es war niemand in der Nähe, der ihm in die Quere kommen könnte. Auch wenn der Mann dreißig Meter weit flüchtete, könnte Ruoye ihn problemlos zurückholen. Gerade wollte er sein Handgelenk anheben, da schnellte ein spitzer Gegenstand durch die Luft an ihm vorbei.

Es hörte sich an, als hätte jemand hinter ihm einen Pfeil abgeschossen. Der Bauch des Kultivierers wurde durchbohrt, wodurch er an der Tür festgenagelt wurde. Xie Lian sah genauer hin. Es war ein Essstäbchen.

Er drehte sich um. San Lang erhob sich gelassen vom Tisch und ging an ihm vorbei, um das Essstäbchen wieder herauszuziehen. Daraufhin wedelte er damit vor Xie Lians Gesicht und sagte: »Es ist schmutzig geworden. Wir müssen es wohl wegwerfen.«

Der Kultivierer jedoch stieß keinen einzigen Schmerzensschrei aus und glitt lautlos an der Tür herab. Aus seinem Bauch sprudelte Flüssigkeit hervor, allerdings handelte es sich nicht um Blut, sondern um Wasser.

Es war das Wasser, das er vorhin getrunken hatte.

Xie Lian und San Lang gingen neben ihm in die Hocke. Xie Lian drückte auf die Wunde. Sie fühlte sich an wie ein Loch in einem Ballon. Kalte Luft strömte heraus und die »Leiche« begann, sich zu verändern. Soeben war sie noch ein großer, kräftiger Mann gewesen, doch nun schien sie in sich zusammenzuschrumpfen. Sowohl das Gesicht als auch die Glieder gingen ein und schrumpften immer weiter. Inzwischen sah sie aus wie ein Greis.

»Das ist eine leere Hülle«, stellte Xie Lian fest.

Manche Geister und Dämonen waren nicht in der Lage, einen menschlichen Körper perfekt nachzubilden, also griffen sie zu einer anderen Methode: Sie schufen eine leere Hülle.

Sie wählten sehr lebensähnliches Material, um sorgfältig die Hülle eines Menschen zu formen. Sie orientierten sich dabei an lebenden Menschen und manchmal benutzten sie sogar die echte Haut von Menschen. Handlinien, Fingerabdrücke oder Haare waren so natürlich makellos. Und solange die Geister sich die Hülle nicht selbst überstülpten, strömte sie auch keine böse Energie aus, sodass Siegel, die das Böse draußen hielten, ihr nichts anhaben konnten. Aus diesem Grund hatte das Siegel an der Tür des Puqi-Schreins den Kultivierer auch nicht aufhalten können.

Doch so eine leere Hülle konnte auch leicht durchschaut werden, immerhin war sie kein echter Mensch. Solange niemand in ihr steckte, folgte sie Befehlen. Diese durften nicht zu kompliziert sein und mussten im Voraus erteilt werden. Dadurch wirkten die Hüllen eher leblos und wiederholten oft dieselben Worte oder Taten. Manchmal beantworteten sie auch ihre eigenen Fragen oder wichen denen anderer aus. Wenn man sich etwas länger mit ihnen unterhielt, verrieten sie sich sofort. Xie Lian hatte allerdings eine praktischere Methode, um eine leere Hülle zu überführen: Er gab ihr etwas zu essen oder zu trinken. Sie hatte schließlich keine inneren Organe, also war es, als würde man einen leeren Behälter befüllen. Das Echo war deutlich zu hören. Es unterschied sich klar von den Geräuschen, die ein lebender Mensch beim Essen und Trinken von sich gab.

Der Kultivierer war nun völlig zusammengeschrumpft, er war nur noch ein Klumpen Haut. San Lang stocherte ein paarmal mit dem Essstäbchen hinein, dann warf er es weg und kommentierte: »Diese Hülle ist interessant.«

Xie Lian wusste, was San Lang meinte. Die Mimik und Gestik des Mannes waren einem echten Menschen sehr ähnlich gewesen und er war auch, ohne zu zögern, auf ihre Fragen eingegangen. Die Hülle konnte nur von jemandem mit außergewöhnlichen Kräften geschaffen worden sein. Xie Lian sah zu San Lang und sagte: »Du kennst dich wohl auch mit den dämonischen Künsten gut aus.«

San Lang lachte. »Nur ein bisschen.«

Die leere Hülle war extra gekommen, um Xie Lian über den Banyue-Pass zu informieren. Ob die Geschichte nun wahr oder falsch war, das Ziel war offensichtlich, ihn dort hinzulocken.

Um sicherzugehen, sollte er sich aber noch einmal im Kommunikationskanal erkundigen. Xie Lian zählte an seinen Fingern ab, wie lange die ihm verbleibende spirituelle Energie ausreichen würde. Er konnte sie noch ein paarmal nutzen, also hob er seine Finger an die Schläfe und betrat den Kanal des Oberen Hofes.

Im Kanal ging es ungewöhnlich laut zu. Es hatte nicht mit irgendeiner offiziellen Angelegenheit zu tun, vielmehr schienen sie ein Spiel zu spielen und lachten dabei ausgelassen. Xie Lian war überrascht. Da hörte er Lingwen: »Eure Hoheit, Ihr seid wieder da? Wie ist es Euch in den letzten Tagen in der Menschenwelt ergangen?«

»Ganz gut«, erwiderte Xie Lian. »Was passiert hier gerade, dass alle so fröhlich sind?«

»Der Meister des Windes ist zurück. Er verteilt gerade Tugendpunkte. Wollt Ihr nicht auch versuchen, welche abzubekommen?«

In der Tat hörte Xie Lian nun heisere Schreie der Himmelsbeamten.

»Hundert Tugendpunkte! Ich habe welche bekommen!«

»Warum habe ich nur einen einzigen ...?«

»Tausend! Tausend! Ah, ich danke Euch, Meister des Windes! Ha ha ha ha ha ha ha ...«

Sie verhielten sich, als fiele gerade Geld vom Himmel. Xie Lian besaß zwar kaum Tugendpunkte, doch erstens wusste er nicht, wie man welche abbekam, und zweitens kannten sich die anderen alle untereinander, da konnte man sich so ein Spiel erlauben, aber wenn Xie Lian plötzlich mitmachen würde, wäre das etwas seltsam. Folglich kümmerte er sich nicht weiter darum und meldete sich mit seiner eigenen Angelegenheit zu Wort: »Herrschaften, kennt ihr den Banyue-Pass?«

Der gerade noch so heitere Kanal verstummte augenblicklich.

Wieder war Xie Lian niedergeschlagen. Er konnte zwar nachvollziehen, dass früher alle verstummt waren, wenn er seine Gedichte und Tipps zum Besten gegeben hatte, schließlich hatte auch niemand sonst Derartiges im Kanal geteilt, also war es vielleicht tatsächlich unangebracht gewesen, doch Fragen zu offiziellen Angelegenheiten wurden im Kanal oft gestellt – zum Beispiel ob jemand diesen und jenen Geist kannte und ob man ihn leicht bändigen oder jemand aushelfen könnte, wenn sich die Sache auf fremdem Territorium zutrug. In solchen Fällen waren die Beamten im Kanal immer sehr hilfsbereit und gaben Ratschläge, wenn sie konnten, oder versprachen zumindest, sich umzuhören. Die Sache mit dem Banyue-Pass konnte man als offizielle Angelegenheit betrachten, es gab keinen Grund, ihn wieder mit Stille zu strafen.

Nach einer Weile schrie jemand: »Der Meister des Windes verteilt wieder hunderttausend Tugendpunkte!«

Sofort wurde es wieder laut im Kanal und die Götter machten sich daran, Punkte zu ergattern. Niemand beachtete Xie Lian. Er war sich bewusst, dass die Sache mit dem Banyue-Pass wohl komplizierter war und er im Kanal keine Antwort erwarten konnte. Dieser Meister des Windes war wirklich großzügig, dass er auf einen Schlag hunderttausend Tugendpunkte verteilte. Er musste ein mächtiger Gott sein.

Xie Lian wollte sich gerade zurückziehen, als Lingwen sich in seinem persönlichen Kanal meldete: »Eure Hoheit, warum fragt Ihr nach dem Banyue-Pass?«

Er erzählte ihr, dass eine leere Hülle ihn aufgesucht hatte. »Die Hülle gab vor, ein Überlebender zu sein, der aus dem Banyue-Pass geflohen sei. Sie wollte damit wohl etwas bezwecken. Ich weiß nicht, ob die Worte wahr oder falsch waren, daher wollte ich im Kanal nachfragen. Was ist los an diesem Ort?«

Lingwen murmelte etwas vor sich hin, dann entgegnete sie: »Eure Hoheit, ich möchte Euch raten, Euch nicht in diese Angelegenheit einzumischen.«

Xie Lian hatte bereits mit einer solchen Antwort gerechnet. Wenn nicht mehr dahinterstecken würde, würde das Problem nicht schon seit hundertfünfzig Jahren bestehen, ohne dass sich jemand darum gekümmert hätte. Außerdem war so auch die Stille soeben zu erklären, als er seine Frage gestellt hatte. »Stimmt es, dass mehr als die Hälfte der Leute, die den Pass überqueren, verschwindet?«

Nach einer ganzen Weile erwiderte Lingwen: »Darüber lässt sich nicht so leicht reden.«

Xie Lian konnte heraushören, dass sie zögerlich war. Er wollte ihr keine Schwierigkeiten bereiten, also sagte er: »In Ordnung, ich habe verstanden. Ihr brauchst nichts weiter dazu zu sagen. Wir haben nie über dieses Thema geredet.«

Er verließ den Kanal, stand auf, nahm den Besen und kehrte die Haut zur Seite. Er überlegte kurz, dann hob er den Kopf und sagte: »San Lang, ich denke, ich muss für eine Weile weit weg gehen.«

Nach Lingwens Verhalten zu urteilen, war diese Angelegenheit keine Kleinigkeit. Und die leere Hülle hatte ihn dort hinlocken wollen. Das war gewiss kein guter Ort. Doch San Lang erwiderte: »In Ordnung, großer Bruder. Wenn es dir nichts ausmacht, nimm mich mit.«

Überrascht fragte Xie Lian zurück: »Es ist weit weg und es gibt dort Sandstürme. Warum willst du mit?«

San Lang lächelte. »Du willst wissen, was es mit diesem dämonischen Kultivierer von Banyue auf sich hat, oder?«

Xie Lian stutzte. »Selbst das weißt du?«

San Lang verschränkte die Arme und begann, gelassen zu erzählen: »Der Banyue-Pass hieß nicht immer so. Vor zweihundert Jahren befand sich dort ein Königreich namens Banyue.«

Er richtete seinen Oberkörper leicht auf, seine Augen glänzten. »Der dämonische Kultivierer von Banyue ist ...«

Xie Lian lehnte den Besen an die Wand und wollte sich gerade setzen, um aufmerksam zuzuhören, da klopfte es plötzlich an der Tür.

Es war inzwischen dunkel geworden und die Dorfbewohner hatte er alle verschreckt, sie würden nun nicht mehr aus ihren Häusern kommen. Wer konnte das sein? Xie Lian stellte sich vor die Tür und hielt den Atem an, doch vom Siegel an der Tür ging nichts Ungewöhnliches aus.

Kurz darauf klopfte es wieder. Es hörte sich an, als würden zwei Leute gleichzeitig klopfen.

Er überlegte kurz und öffnete schließlich die Tür. Tatsächlich standen da zwei in Schwarz gekleidete junge Männer. Ein Gesicht war hübsch und markant, das andere kühl und vornehm. Es waren Nan Feng und Fu Yao. »Ihr beide ...«

Fu Yao verdrehte erst einmal die Augen und Nan Feng fragte direkt: »Ihr wollt zum Banyue-Pass, nicht wahr?«

»Woher wisst Ihr das?«

»Ich habe im Vorbeigehen ein paar Himmelsbeamte reden gehört«, erwiderte Nan Feng. »Sie sagten, Ihr hättet heute im Kanal nach dem Banyue-Pass gefragt.«

Xie Lian verstand. Er verschränkte die Hände in den Ärmeln und sagte: »Verstanden. Ihr seid freiwillig hier, richtig?«

Die beiden jungen Männer blickten drein, als hätten sie Zahnschmerzen. »Genau ...«

Xie Lian konnte sich das Lachen nicht verkneifen. »In Ordnung. Aber lasst mich Euch vorher sagen: Wenn wir irgendeiner Sache begegnen, die wir nicht lösen können, könnt Ihr jederzeit fliehen.«

Er trat zur Seite und bat sie herein, um über die Details zu sprechen. Doch wer hätte gedacht, dass die beiden sofort aschfahl wurden, als sie den jungen Mann erblickten, der lässig hinter Xie Lian saß.

Nan Feng sprang sofort vor Xie Lian und rief: »Tretet zurück!«

»Was ist los?«, wollte Xie Lian wissen.

San Lang saß noch an seinem Platz, zuckte mit den Schultern und fragte ebenfalls: »Was ist los?«

Fu Yao runzelte die Stirn. »Wer bist du?«

»Er ist mein Freund«, schaltete sich Xie Lian ein. »Kennt Ihr ihn etwa?«

San Lang blickte unschuldig drein und erkundigte sich: »Großer Bruder, wer sind diese beiden?«

Als sie »großer Bruder« hörten, verzog Nan Feng den Mund und Fu Yaos Augenbrauen zuckten.

Xie Lian ging auf San Lang zu und sagte: »Es ist alles in Ordnung, du brauchst nicht nervös zu sein.«

Doch da schrie Nan Feng: »Redet nicht mit ihm!«

»Was ist los? Kennt Ihr ihn?«, fragte Xie Lian wieder.

»Nein«, antwortete Fu Yao nach einem Moment des Schweigens kühl.

Daraufhin entgegnete Xie Lian: »Wenn Ihr ihn nicht kennt, warum seid Ihr dann so ...?«

Er hatte noch nicht zu Ende gesprochen, da nahm er plötzlich zu beiden Seiten hinter sich ein Leuchten wahr. Er drehte sich um. Beide

Männer hielten jeweils in der rechten Hand einen weißen Ball aus spiritueller Energie.

Eine böse Vorahnung überkam ihn und er sagte schnell: »Halt, halt. Reagiert nicht vorschnell!«

Die zwei weißen Bälle, die so plötzlich aufgetaucht waren, blitzten gefährlich. Das war nichts, womit gewöhnliche Menschen umgehen konnten. San Lang klatschte jedoch Beifall und kommentierte voller Höflichkeit: »Wirklich magisch.« Viel Aufrichtigkeit steckte jedoch nicht dahinter.

Xie Lian hatte große Mühe, die beiden jungen Männer zurückzuhalten.

Nan Feng sah ihn an und knurrte: »Wo habt Ihr den getroffen? Wie heißt er? Wo wohnt er? Woher kommt er? Warum ist er hier bei Euch?«

»Ich habe ihn unterwegs getroffen«, erklärte Xie Lian. »Er nennt sich San Lang. Woher er kommt, weiß ich nicht. Er konnte nirgendwohin, also habe ich ihn mit zu mir genommen. Seid nicht so voreilig, in Ordnung?«

»Ihr ...« Nan Feng blieben die Worte im Halse stecken, er schien fluchen zu wollen. Er zwang sich, die Worte hinunterzuschlucken, und sagte stattdessen: »Ihr wisst nicht, woher er kommt, und habt ihn einfach so mitgenommen? Was, wenn er böse Absichten hat?«

Nan Feng hörte sich an, als wäre er sein Vater, dachte sich Xie Lian. Wenn ein solch junger Bursche mit einem anderen Himmelsbeamten oder überhaupt jemand anders so reden würde, wäre dieser schon längst verärgert gewesen. Xie Lian war allerdings schon gegen alles immun – er hatte schon allerlei zu hören bekommen – und außerdem wusste er, dass die beiden es gut meinten, daher machte es ihm nichts aus.

In dem Moment fragte San Lang: »Großer Bruder, sind das deine Diener?«

Mit sanfter Stimme entgegnete Xie Lian: »Sie sind keine Diener. Genau genommen sind sie meine Gehilfen.«

San Lang lachte. »Ach ja?« Er stand auf, griff beiläufig nach irgendetwas und warf es Fu Yao zu. »Na, dann kannst du ja helfen.«

Fu Yao fing den Gegenstand auf, bevor er sehen konnte, was es war. Als er ihn in der Hand hatte, blickte er hinunter und seine Miene verfinsterte sich augenblicklich. Dieser Kerl hatte ihm einen Besen zugeworfen!

Seine Miene erweckte den Eindruck, als würde er ihn und San Lang sofort zermalmen wollen. Xie Lian nahm ihm den Besen schnell weg und sagte: »Beruhigt Euch, ich habe nur diesen einen.«

Doch kaum hatte er ausgesprochen, ließ Fu Yao den Energieball los und rief mit strenger Stimme: »Zeig sofort deine wahre Gestalt!«

San Lang machte sich nicht die Mühe auszuweichen. Mit verschränkten Armen blieb er sitzen und lehnte sich nur leicht zur Seite, sodass der gleißende Ball ein Bein des Opfertischs traf. Der Tisch knickte ein und das weiße Geschirr fiel klirrend zu Boden.

Xie Lian packte sich an die Stirn. So durfte es nicht weitergehen. Er schwenkte seinen Arm, woraufhin Ruoye hervorschoss und Nan Feng und Fu Yaos Arme zusammenband.

Die beiden versuchten, sich zu befreien, jedoch ohne Erfolg. Da rief Nan Feng wütend: »Was soll das?!«

Xie Lian machte eine Geste, um ihm Einhalt zu gebieten, und schlug vor: »Lasst uns draußen weiterreden.« Er schwenkte wieder den Arm und Ruoye flog zur Tür hinaus, die beiden hinter sich herziehend. »Ich bin gleich zurück«, sagte er zu San Lang und schloss die Tür hinter sich.

Auf dem Hof vor dem Schrein rief er zunächst Ruoye zurück und nahm dann das Schild von der Tür. Er hielt es den beiden jungen Männern vor die Nase und sagte: »Bitte lest das vor und sagt mir, was das ist.«

Fu Yao begann zu lesen: »Gütige Herrschaften, bitte spendet für die Renovierung dieses altersschwachen Schreins und sammelt gutes Karma.« Er hob den Kopf. »Für den altersschwachen Schrein spenden? Habt

Ihr das geschrieben? Ihr seid ein Himmelsbeamter, wie könnt Ihr so etwas schreiben? Habt Ihr gar keine Würde?«

Xie Lian nickte. »Ja, das habe ich geschrieben. Wenn Ihr weiterhin da drinnen Chaos anrichtet, muss ich nicht um Spenden für die Renovierung, sondern für den Wiederaufbau bitten. Dann bliebe mir noch weniger Würde.«

Nan Feng zeigte auf den Puqi-Schrein und erwiderte: »Findet Ihr nicht, dass dieser Mann sonderbar ist?«

»Doch, natürlich«, entgegnete Xie Lian.

»Warum gestattet Ihr ihm dann, an Eurer Seite zu bleiben, wenn Ihr wisst, dass er gefährlich ist?«

Xie Lian sah ein, dass die beiden nicht die Absicht hatten, zu spenden, und hängte das Schild wieder zurück. »Nan Feng, Eure Logik ist nicht richtig. Alle Menschen sind verschieden und nicht jeder, der sonderbar ist, ist auch gefährlich. In den Augen anderer bin ich sicherlich auch sonderbar. Denkt Ihr, dass ich deshalb gefährlich bin?«

Darauf konnten sie wirklich nichts erwidern. Er war schön und elegant und sammelte den ganzen Tag lang Schrott auf – wenn das nicht sonderbar war, was dann?

»Habt Ihr denn keine Angst, dass er etwas im Schilde führt?«, fragte Fu Yao.

»Glaubt Ihr, er hätte irgendetwas davon?«, entgegnete Xie Lian.

Nan Feng und Fu Yao verschlug es die Sprache. Xie Lians Rückfrage ergab Sinn. Wenn irgendjemand etwas ausheckte, war es meistens, weil er auf die Zielperson neidisch war. Doch so traurig es auch war, Xie Lian besaß tatsächlich nichts, was Neid in anderen hätte auslösen können. Er hatte weder Geld noch Schätze. Wäre jemand etwa auf den Schrott neidisch, den er sammelte?

»Außerdem habe ich ihn schon getestet«, fügte Xie Lian hinzu.

Die Mienen der beiden jungen Offiziere verfinsterten sich.

»Wie habt Ihr ihn getestet?«

»Was war das Ergebnis?«

Xie Lian berichtete ihnen alles. »Es kam nichts dabei heraus. Wenn er kein gewöhnlicher Mensch ist, bleibt nur noch eine Möglichkeit.«

Ein Supremus!

Fu Yao grinste höhnisch. »Was, wenn er tatsächlich ein Supremus ist?«

»Denkt Ihr etwa, ein Geisterkönig hat so viel Muße wie wir, dass er zu mir ins Dorf kommt und beim Schrottsammeln hilft?«, wandte Xie Lian ein.

»Wir haben keine Muße!«

»Ja, natürlich ...«

Die drei konnten hören, wie San Lang im Inneren herumlief, als wäre er äußerst zufrieden mit sich und würde sich um nichts sorgen. Mit gesenkter Stimme sagte Nan Feng: »Das geht nicht. Wir müssen noch einmal testen, ob er nicht ein Supremus ist.«

Xie Lian massierte sich die Nasenwurzel. »Dann testet ihn eben. Aber übertreibt es nicht. Was, wenn er wirklich nur ein junger Herr ist, der von zu Hause ausgerissen ist? Ich verstehe mich gut mit ihm. Seid etwas freundlicher zu ihm und ärgert ihn nicht.«

Bei Xie Lians letzten Worten machte Nan Feng ein Gesicht, das nur schwer zu deuten war, und Fu Yao verdrehte die Augen so sehr, dass nur noch das Weiße zu sehen war.

Nachdem er sie gewarnt hatte, öffnete Xie Lian wieder die Tür. San Lang stand mit gesenktem Kopf im Raum, er schien das kaputte Tischbein zu untersuchen.

Xie Lian stieß einen leisen Seufzer aus und fragte: »Bist du in Ordnung?«

San Lang lächelte. »Natürlich. Ich schaue gerade, ob man den Tisch reparieren kann.«

»Das eben war nur ein Missverständnis«, sagte Xie Lian sanft. »Nimm es dir nicht zu Herzen.«

Da musste San Lang lachen. »Wie könnte ich es mir zu Herzen nehmen? Vielleicht komme ich ihnen ja bekannt vor.«

»In der Tat. Wir haben dich wohl verwechselt«, entgegnete Fu Yao kühl.

San Lang grinste. »Oh, was für ein Zufall. Ihr zwei kommt mir auch bekannt vor.«

Die beiden jungen Männer waren weiterhin wachsam, verhielten sich aber nun ruhig. Niedergeschlagen wandte sich Nan Feng an Xie Lian: »Macht mir etwas Platz, damit ich die Tausendmeilenabkürzung aufmalen kann.«

Wie der Name schon sagte, war die Tausendmeilenabkürzung ein Zauber, der es einem erlaubte, mit nur einem Schritt Tausend Meilen zurückzulegen. Sie konnte nur einmal benutzt werden und kostete sehr viel spirituelle Energie, doch sie war äußerst praktisch.

Xie Lian rollte die Matte zusammen. »Ihr könnt sie hier aufmalen.«

Fu Yao hatte sich noch gar nicht richtig umgesehen, seitdem er den Schrein betreten hatte. Nun stand er inmitten der windschiefen Hütte und blickte einmal in alle Richtungen. Sein ganzer Körper drückte Missfallen aus. Er runzelte die Stirn. »Ihr wohnt an so einem Ort?«

Xie Lian reichte ihm einen Hocker. »Ich habe schon immer an solchen Orten gewohnt.«

Nan Feng hielt kurz inne, als er Xie Lians Worte hörte, dann zeichnete er weiter.

Fu Yao setzte sich nicht, seine Miene hatte sich verfinstert. Sie war schwer zu deuten und schien vor allem Fassungslosigkeit auszudrücken, doch auch etwas Schadenfreude. Seine Züge glätteten sich jedoch schnell wieder und er fragte: »Und wo ist das Bett?«

Xie Lian umarmte die Matte und antwortete: »Das hier ist mein Bett.«

Nan Feng hob den Kopf und sah kurz zur Matte hinüber. Sofort senkte er den Blick wieder.

Fu Yao hingegen sah verstohlen zu San Lang und fragte zurück: »Ihr schlaft mit ihm zusammen?«

»Gibt es ein Problem?«, wollte Xie Lian wissen.

Auch nach einer ganzen Weile brachten die beiden kein Wort über die Lippen, es sah also so aus, als gäbe es keine Probleme mehr. Xie Lian drehte sich um. »San Lang, wir sind vorhin unterbrochen worden, als du mir gerade vom dämonischen Kultivierer von Banyue erzählen wolltest. Sprich weiter.«

San Lang hatte die drei beobachtet und schien vollkommen in Gedanken versunken. Seine Augen glänzten pechschwarz. Als Xie Lian ihn ansprach, kam er wieder zu sich und lächelte. »In Ordnung.« Nach einem Augenblick fuhr er fort: »Der dämonische Kultivierer von Banyue war ein Staatspräzeptor. Er ist einer der beiden Zwillingsgroßmeister des dämonischen Weges.«

»Wer ist dann der andere Großmeister, wenn es zwei gibt?«

Wie immer hatte San Lang eine Antwort parat. »Der zweite, Staatspräzeptor Fangxin, hat nichts mit dem Königreich Banyue zu tun, er kommt aus der Zentralebene.«

Xie Lians Augen weiteten sich, während er zuhörte.

Wie sich herausstellte, war das Volk von Banyue sehr zahlreich und von kämpferischer Natur gewesen. Um von der Zentralebene in die westlichen Regionen zu gelangen, musste man am Königreich vorbei und so gerieten Banyue und die benachbarten Reiche oft aneinander. Die Kriege – ob groß oder klein – nahmen kein Ende. Da ihr Staatspräzeptor in den dämonischen Künsten bewandert war, vertrauten die Soldaten von Banyue ihm und folgten ihm blindlings.

Doch vor zweihundert Jahren hatte eine Dynastie aus der Zentralebene Banyue endgültig vernichtet.

Der Groll des Staatspräzeptors und der Soldaten verflog auch nicht, nachdem ihr Reich ausgelöscht worden war, sie blieben und spukten seitdem umher. Ursprünglich war Banyue eine Oase gewesen, doch nach der Niederlage wurde es zu einem Pass. Als wären böse Kräfte im Spiel, verschluckte die Wüste Gobi die Oase nach und nach. Man erzählte sich, dass weiterhin nachts oft die Silhouetten der riesigen Soldaten zu sehen seien, die mit einem Morgenstern in der Hand durch die Wüste patrouillierten und auf Jagd gingen. Die Bewohner von Banyue, die in die Zehntausende gegangen waren, zogen weg, bis mit der Zeit alle fort waren. Gleichzeitig kam ein Gerücht in Umlauf: Über die Hälfte der Leute, die den Pass überquerten, verschwand. Man musste eine Maut zahlen und diese bestand aus Menschenleben.

Fu Yao setzte ein falsches Lächeln auf und kommentierte: »Der junge Herr weiß aber viel.«

San Lang grinste. »Nicht doch, ihr wisst nur ziemlich wenig.«

Unwillkürlich musste Xie Lian lachen. San Langs scharfe Zunge amüsierte ihn.

Da fügte San Lang hinzu: »Aber das habe ich nur aus irgendwelchen inoffiziellen alten Schriften. Wer weiß, ob es diesen Staatspräzeptor wirklich gibt. Vielleicht hat selbst das Königreich Banyue nie wirklich existiert.«

Kapitel 9:
Tausend Meilen mit nur einem Schritt

1

»Auch wenn du das aus inoffiziellen Schriften hast, das Königreich Banyue hat es wirklich gegeben«, sagte Xie Lian.

»Oh?«, staunte San Lang.

Nun war Nan Feng endlich fertig mit der komplizierten Zeichnung und erhob sich. »Die Tausendmeilenabkürzung ist bereit. Wann brechen wir auf?«

In Windeseile packte Xie Lian ein paar Sachen in einen Sack und stellte sich vor den Ausgang. »Jetzt gleich.«

Er legte eine Hand auf die Tür, drückte leicht und rief: »Der Segen der Himmelsbeamten sei mit uns, alle Wege sollen uns offenstehen!«

Als die Tür sich geöffnet hatte, waren der Berghang und das Dorf ersetzt worden durch eine verlassene Hauptstraße.

Obwohl die Straße so breit war, war sie fast menschenleer. Erst nach geraumer Zeit entdeckten sie ein, zwei Leute. Es lag allerdings nicht daran, dass es schon dunkel war, die nordwestlichen Regionen bei der Wüste Gobi waren schon immer sehr spärlich bevölkert gewesen. Daher konnte man auch tagsüber nicht mit vielen Passanten rechnen. Xie Lian schloss die Tür hinter sich, die nun nicht mehr zum Puqi-Schrein gehörte. Stattdessen stand hinter ihm ein kleines Wirtshaus. Sie hatten tatsächlich mit nur einem Schritt Tausend Meilen hinter sich gebracht, es war wirklich magisch.

Ein paar grummelnde Passanten kamen an ihnen vorbei und musterten sie misstrauisch.

Da meldete San Lang sich von hinten zu Wort: »Den alten Schriften zufolge muss man, wenn der Mond sinkt, einfach nur dem Nordstern folgen, um zum Königreich Banyue zu gelangen. Großer Bruder, da.« San Lang zeigte zum Himmel. »Der Nordstern.«

Xie Lian hob den Kopf und lächelte. »Er strahlt so hell.«

San Lang stellte sich Schulter an Schulter neben ihn und sah ihm kurz in die Augen, bevor auch er den Kopf zum Himmel hob und lächelte. »Ja, der Nachthimmel hier im Nordwesten strahlt fast noch heller als in der Zentralebene.«

Xie Lian stimmte ihm zu.

Die beiden waren so vertieft in ihr Gespräch über den Himmel und die Sterne, dass die beiden jungen Offiziere hinter ihnen völlig entgeistert waren. »Warum ist der auch hier?«, rief Nan Feng.

Unschuldig entgegnete San Lang: »Oh, diese Tausendmeilenabkürzung hat mich neugierig gemacht, also bin ich euch einfach gefolgt, um mich umzusehen.«

»Umsehen?« Nan Feng wurde immer wütender. »Glaubst du, wir sind zum Spaß hier?!«

Xie Lian massierte sich die Nasenwurzel. »Das bringt sowieso nichts mehr. Nun ist er schon hier. Er wird Euch auch nichts wegessen, ich habe genug Proviant dabei. San Lang, bleib dicht bei mir, damit du nicht verloren gehst.«

»Verstanden«, antwortete San Lang brav.

»Geht es hier etwa um Proviant?!«

»Ach, Nan Feng, es ist Nacht, die Leute schlafen. Wir müssen uns um die wichtigen Dinge kümmern. Macht Euch nicht so viele Gedanken. Lasst uns gehen, kommt.«

So folgten die vier dem Nordstern in Richtung Norden. Nachdem sie die ganze Nacht gelaufen waren, wurden Städte und Grün immer spärlicher. Dafür mehrten sich Sand und Steine, bis sie nicht mehr auf festen Boden traten. Sie waren in der Wüste Gobi angekommen. Mit der Tausendmeilenabkürzung konnte man zwar bis zu tausend Meilen zurücklegen, doch je weiter entfernt das Ziel war, desto mehr spirituelle Energie verbrauchte der Zauber auch. Nan Feng würde mehrere Stunden lang keine Energie mehr einsetzen können. Und zur Sicherheit wollte Xie Lian auch Fu Yao den Zauber nicht noch einmal wirken lassen. Zumindest einer von ihnen sollte seine vollen Kräfte behalten.

Die Temperaturunterschiede in der Wüste waren riesig. Nachts war es so kalt, dass einem die Kälte in die Knochen fuhr, aber man konnte es noch aushalten. Doch tagsüber sah das ganz anders aus. Der hohe Himmel war wolkenlos und umso stärker brannte die Sonne. Je länger die vier liefen, desto mehr kamen sie sich vor wie in einem Dampfkochtopf. Nach einem Tag wären sie wohl bei lebendigem Leib gegart.

Xie Lian führte die Gruppe an. Er orientierte sich an der Windrichtung und an Steinen und Pflanzen, um den Weg zu bestimmen. Aus Angst, jemand könnte zurückfallen, blickte er immer wieder hinter sich. Um Nan Feng und Fu Yao brauchte er sich nicht zu sorgen, sie waren schließlich keine gewöhnlichen Menschen, doch bei San Langs Anblick musste er schmunzeln.

Der junge Mann hatte seine rote Robe ausgezogen und versuchte vergeblich, sich damit vor der glühenden Sonne zu schützen. Er wirkte müde und gereizt. Unter dem Schatten der roten Robe wirkte er mit seiner schneeweißen Haut und seinen pechschwarzen Haaren noch schöner als sonst. Xie Lian nahm seinen Bambushut ab und band ihn um San Langs Kopf. »Ich leihe ihn dir.«

Dieser stutzte kurz, doch dann lächelte er. »Nicht nötig«, entgegnete er und gab ihm den Hut wieder zurück.

Wenn San Lang den Hut nicht brauchte, wollte er auch nicht weiter darauf bestehen, also sagte Xie Lian: »Sag mir einfach Bescheid, falls du ihn brauchst.« Daraufhin setzte er sich den Hut wieder selbst auf und lief weiter.

Nach einiger Zeit erblickten die vier in der Ferne ein kleines graues Gebäude. Als sie näher kamen, stellten sie fest, dass es sich um ein Wirtshaus handeln musste, das schon vor etlichen Jahren aufgegeben worden war. Xie Lian blickte zum Himmel empor. Es musste bereits Mittag sein und bald würde die Tageszeit anbrechen, zu der die Sonne am stärksten brannte. Außerdem waren sie schon die ganze Nacht gelaufen. Es war Zeit, eine Pause einzulegen. Folglich bedeutete er den drei anderen hineinzugehen.

Im Inneren gab es einen Tisch, also setzten sie sich. Xie Lian holte aus seinem Sack eine mit Wasser befüllte Flasche hervor und reichte sie San Lang. »Möchtest du etwas trinken?«

Der nickte, nahm die Flasche und trank ein paar Schlucke. Anschließend nahm Xie Lian sie wieder an sich und trank ebenfalls daraus. Sein Adamsapfel hüpfte, während das kühle Wasser durch seine Kehle rann. Er fühlte sich äußerst erfrischt. San Lang, der neben ihm saß, hatte die Wange in die Hand gestützt und beobachtete ihn. Nach einer Weile fragte er: »Ist noch etwas drin?«

Xie Lian wischte sich die Mundwinkel ab, nickte und reichte ihm die Flasche erneut. San Lang wollte sie gerade entgegennehmen, als eine Hand dazwischenfuhr.

»Moment«, sagte Fu Yao.

Alle Blicke waren nun auf ihn gerichtet. Langsam holte er aus seinem Ärmel eine weitere Flasche hervor, stellte sie auf den Tisch und schob sie zu San Lang. »Ich habe auch Wasser, bitte.«

Xie Lian war sofort klar, was hier vor sich ging.

Fu Yao würde niemals freiwillig seine Flasche mit jemandem teilen. Außerdem hatten sie gestern Abend darüber geredet, San Lang noch einmal testen zu wollen, also konnte es sich nicht um normales Wasser handeln. Es musste Demaskierendes Wasser sein.

Wenn gewöhnliche Menschen es tranken, passierte nichts, doch wenn derjenige kein Mensch war, würde er sich unter dem Zauber des Tranks in seine wahre Gestalt verwandeln. Da sie testen wollten, ob San Lang ein Supremus war, musste der Zauber sehr stark sein.

San Lang jedoch entgegnete lächelnd: »Ich teile mir eine Flasche mit meinem großen Bruder, das reicht.«

Nan Feng und Fu Yao sahen nun beide Xie Lian an, woraufhin dieser sich fragte, was sie eigentlich von ihm wollten. »Seine Flasche ist schon fast leer, du kannst ruhig aus meiner trinken«, beharrte Fu Yao kühl.

»Ach ja? Dann trinkt ihr beide zuerst«, konterte San Lang.

Den beiden jungen Offizieren verschlug es die Sprache. Erst nach einer ganzen Weile entgegnete Fu Yao: »Du bist der Gast, trink du zuerst.«

Auch wenn Fu Yao wie immer in seiner vornehmen Art sprach, hatte Xie Lian das Gefühl, als hätte er die Worte zwischen zusammengebissenen Zähnen herausgepresst.

San Lang bedeutete ihnen mit einer Geste zu trinken und sagte: »Ihr seid die Gehilfen. Es wäre unhöflich von mir, zuerst zu trinken.«

Xie Lian, der diese Heucheleien mit anhören musste, konnte nur den Kopf schütteln. Letztlich fingen die drei an, die arme Flasche mit aller Kraft hin und her zu schieben, und Xie Lian sorgte sich, dass der schon altersschwache Tisch vorzeitig zusammenbrechen würde.

Irgendwann hielt Fu Yao es nicht mehr aus und spöttelte: »Du hast wohl ein schlechtes Gewissen, dass du dieses Wasser nicht trinken willst.«

San Lang lachte. »Ihr seid unhöflich und weigert euch, zuerst zu trinken, sollte ich das also nicht euch fragen? Ist das Wasser etwa vergiftet?«

»Frag doch deinen Sitznachbarn, ob es vergiftet ist oder nicht«, erwiderte Fu Yao.

Daraufhin wandte sich San Lang zu Xie Lian: »Großer Bruder, ist das Wasser vergiftet?«

Diese Frage war verzwickt. Da es gewöhnlichen Menschen nichts anhaben konnte, ließ sich das Demaskierende Wasser schlecht als Gift bezeichnen. »Es ist nicht vergiftet, aber ...«

Nan Feng und Fu Yao funkelten Xie Lian böse an und San Lang wartete nicht weiter, sondern nahm die Flasche in die Hand. »Gut.« Er schüttelte sie. »Wenn du sagst, dass es nicht vergiftet ist, trinke ich es eben.« Er lächelte kurz und leerte dann die Flasche in einem Zug.

Xie Lian stutzte. Er hatte nicht erwartet, dass der junge Mann sofort handeln würde.

Auch Nan Feng und Fu Yao waren überrascht und machten sich sogleich für einen eventuellen Angriff bereit. Doch es kam anders als erwartet.

Nachdem San Lang ausgetrunken hatte, sagte er: »Das hat nicht sonderlich geschmeckt.« Daraufhin warf er die Flasche einfach weg und sie zersplitterte auf dem Boden.

Für einen Augenblick war Verwirrung in Fu Yaos Gesicht zu erkennen. San Lang hatte seine Gestalt nicht verändert. Tonlos antwortete er: »Es ist doch nur Wasser. Das schmeckt doch immer gleich.«

San Lang schnappte sich nun wieder Xie Lians Flasche, die neben seinem Ellbogen stand. »Natürlich gibt es Unterschiede. Dieses hier schmeckt viel besser.«

Xie Lian konnte sich das Lachen nicht verkneifen. Es hatte ihn gar nicht interessiert, wie die Sache ausgehen würde. Die wahre Identität des jungen Mannes spielte für ihn keine Rolle. Somit hatte dieser kleine Kampf für ihn nur der Unterhaltung gedient. Nun sollte endlich Ruhe einkehren, dachte er, doch plötzlich knallte Nan Feng ein Schwert auf den Tisch. Er wirkte, als hätte er vor, gleich einen Mord begehen.

Xie Lian blieb einen Moment lang still, dann fragte er: »Was macht Ihr da?«

»Unser Zielort ist gefährlich. Dieses Schwert ist ein Geschenk für unseren Freund hier, damit er sich verteidigen kann«, antwortete Nan Feng mit gesenkter Stimme.

Xie Lian warf einen Blick auf das Schwert. Die Scheide war von einer klassischen Schlichtheit und Gebrauchsspuren ließen erkennen, dass es schon viele Jahre alt sein musste. Das war kein gewöhnliches Schwert. Xie Lian erschrak, hielt sich die Stirn und drehte sich weg. Es war Hongjing*!

Hongjing war ein kostbares Schwert. Zwar konnte es keine Geister und Dämonen bändigen, doch seiner Spiegelkraft konnten sie nicht entfliehen. Wenn derjenige, der es aus der Scheide zog, kein Mensch war, verfärbte sich das Schwert von der Spitze aus allmählich blutrot und spiegelte seine wahre Gestalt wider. Ob Saevus oder Supremus, niemand konnte entkommen.

Es gab kaum einen jungen Mann, der sich nicht für Schwerter oder Pferde begeisterte, und tatsächlich schien auch San Lang interessiert. »Oh, lass mich mal sehen.«

Er nahm das Schwert, in einer Hand die Scheide und in der anderen den Griff, und begann, es langsam herauszuziehen. Nan Feng und Fu Yao verfolgten mit den Augen jede Bewegung aufs Genaueste. Er hatte es nun etwa zehn Zentimeter weit herausgezogen, noch glänzte das Schwert silbern. Dann fing San Lang plötzlich an zu lachen. »Großer Bruder, deine beiden Diener scherzen wohl mit mir, oder?«

Xie Lian stieß einen leisen Seufzer aus und drehte sich zu ihm. »Ich habe dir doch gesagt, dass sie nicht meine Diener sind.« Daraufhin drehte er sich wieder weg.

Da sagte Nan Feng kalt: »Niemand scherzt hier.«

»Wie soll ich mich denn mit einem zerbrochenen Schwert verteidigen?«, fragte San Lang mit einem Lächeln im Gesicht.

Er steckte das Schwert wieder in die Scheide und warf es auf den Tisch.

Nan Fengs Augenbraue zuckte. Er nahm es, zog es heraus und *krack*, plötzlich hatte er … einen scharfen, kalten Dolch in der Hand.

Nach zehn Zentimetern war Honjing einfach zerbrochen.

Nan Feng wurde blass. Er kippte die Scheide und ein Dutzend weiß glänzender Schwertstücke purzelten heraus. Es stimmte, dass Honjing

* Roter Spiegel.

Geister und Dämonen erkennen konnte, und er hatte noch nie gehört, dass jemand dem Schwert entkommen konnte. Und auch nicht, dass jemand in der Lage gewesen wäre, es im Inneren der Scheide zu zerbrechen.

Nan Feng und Fu Yao zeigten mit dem Finger auf San Lang. »Du ...«

»Ha ha.« San Lang nahm eines der Schwertstücke, lehnte sich zurück und legte seine schwarzen Stiefel auf den Tisch. Er spielte mit dem Schwertstück in seiner Hand und sagte: »Ihr wolltet mir bestimmt kein zerbrochenes Schwert schenken. Ich schätze, es ist auf dem Weg versehentlich kaputtgegangen? Aber macht euch keine Sorgen. Ich brauche kein Schwert, um mich zu verteidigen. Solche Sachen könnt ihr für euch behalten.«

Xie Lian wagte es nicht, das zerbrochene Schwert anzusehen. Hongjing hatte ursprünglich Jun Wu gehört. Nachdem Xie Lian zum ersten Mal in den Himmel aufgestiegen war, hatte er einmal den Kaiserpalast besucht und dort das Schwert gesehen. Auch wenn man es nicht zum Kämpfen einsetzen konnte, war Xie Lian von ihm fasziniert gewesen, also hatte Jun Wu es ihm geschenkt. Später, nachdem er verbannt worden war, hatte er Feng Xin während einer sehr schweren Phase damit zu einem Pfandhaus geschickt.

Ja, er hatte es pfänden lassen.

Mit dem Geld hatten sie sich ein paar Tage lang ernähren können. Xie Lian hatte damals unzählige Dinge verpfändet und er hatte sich bemüht, sie alle zu vergessen, damit ihm nicht das Herz blutete.

Möglicherweise hatte sich Feng Xin nach seinem Aufstieg wieder an Hongjing erinnert und es nicht ertragen können, ein solch kostbares Schwert in der Menschenwelt zu lassen, also war er hinabgestiegen, um es zu suchen. Er hatte es daraufhin bestimmt poliert und in seinem Palast aufgehängt. Nan Feng musste es von dort genommen haben. Kurz gesagt: Der Anblick des Schwertes schmerzte und Xie Lian musste seinen Blick abwenden.

Er hatte das Gefühl, die drei würden gleich wieder anfangen zu streiten. Er schüttelte den Kopf und beobachtete angestrengt das Wetter draußen. Es war inzwischen windig geworden. Zog etwa ein Sandsturm auf? Würden sie auf dem Weg einen Unterschlupf finden können, wenn sie weitergingen?

Da huschten plötzlich zwei Gestalten durch den goldenen Sand am Wirtshaus vorbei.

Xie Lian richtete sich sofort auf.

Es waren zwei Kultivierer, einer war in Schwarz gcklcidct und einer in Weiß. Obwohl sie so schnell waren, schienen sie nicht in Eile zu sein, es wirkte vielmehr, als würden sie auf Wolken fliegen. Der Kultivierer in Schwarz war schlank und elegant und bei dem Kultivierer in Weiß handelte es sich um eine Frau. Auf ihrem Rücken trug sie ein Schwert und in der Hand hielt sie einen Fliegenwedel*. Der Kultivierer in Schwarz hatte das Gesicht abgewandt, doch die Frau in Weiß warf kurz einen Blick zurück zum Wirtshaus und lächelte. Das Lächeln war genauso schnell wieder verschwunden wie die beiden Gestalten selbst und Xie Lian überkam ein seltsames Gefühl.

Er hatte es nur mitbekommen, weil er die ganze Zeit nach draußen geblickt hatte. Die anderen hatten die zwei Kultivierer wahrscheinlich erst bemerkt, als sie schon fast wieder weg waren.

Nan Feng sprang plötzlich auf und fragte: »Wer war das?«

Nun stand auch Xie Lian auf. »Ich weiß es nicht, aber das waren gewiss keine gewöhnlichen Leute.« Nach einem Moment des Überlegens fuhr er fort: »Wir sollten hier keine Zeit mehr verlieren. Der Wind wird immer stärker. Lasst uns schnell weitergehen, damit wir so weit wie möglich vorankommen.«

Auch wenn die drei oft Unruhe stifteten, waren sie fest entschlossen, ihre Aufgabe zu erfüllen, also hörten sie sofort auf zu streiten, sammelten die zerbrochenen Schwertstücke auf und verließen das Wirtshaus.

* Wandernde Kultivierer haben oft einen Fliegenwedel (meistens aus Pferdehaar) bei sich, als Erinnerung, dass weltliche Begierden wie Fliegen beseitigt werden können. Zudem dient er auch als Waffe.

Vier Stunden lang kämpfte die Gruppe gegen den Wind an. Sie kamen deutlich langsamer voran als zuvor. Der Sturm wurde immer stärker, bis der Sand ihnen so heftig gegen Gesicht und Körper peitschte, dass es wehtat. Je weiter sie liefen, desto schlimmer wurde es. Der Wind toste ihnen um die Ohren und vor lauter Sand konnten sie den Himmel nicht mehr sehen. Xie Lian hielt seinen Bambushut fest und rief: »Dieser Sandsturm ist wirklich sonderbar!«

Auch nach einer halben Ewigkeit antwortete niemand. Xie Lian bekam Angst, die anderen könnten zurückgefallen sein, und drehte sich um, doch sie waren alle drei in Sichtweite. Sie hatten ihn wohl nur nicht gehört. Der Sturm war so heftig, dass er selbst Worte davontrug. Um Nan Feng und Fu Yao brauchte er sich natürlich nicht sorgen, sie trotzten dem Wind mit finsteren Blicken und schritten beständig voran. San Lang hingegen blieb keine fünf Schritte hinter Xie Lian und setzte gelassen einen Fuß vor den anderen.

Unbekümmert lief der junge Mann durch den wirbelnden Sand, die Hände hinter dem Rücken verschränkt. Seine rote Robe und die schwarzen Haare vollführten dabei einen wilden Tanz. Der Sand schien ihm nichts anzuhaben. Es war, als würde er ihn gar nicht wahrnehmen. Er blinzelte nicht einmal. Xie Lian, dem schon das ganze Gesicht schmerzte, machte sich große Sorgen, als er sah, dass San Lang keine Anstalten machte, sich vor dem Sand zu schützen. »Pass auf, dass der Sand nicht in deine Augen oder Kleider gerät!«

Ihm war sofort klar, dass er ihn nicht gehört haben konnte, also wartete Xie Lian nicht ab, sondern ging direkt auf San Lang zu, um seine Robe richtig festzuzurren, damit kein Sand hineingeriet. San Lang stutzte. In diesem Moment traten auch die anderen beiden zu ihnen.

Da alle nun so nah beieinander waren, versuchte Xie Lian noch einmal, sich Gehör zu verschaffen: »Seid vorsichtig. Dieser Sandsturm kam zu plötzlich, womöglich bringt er Böses mit sich.«

»Es sind doch nur Wind und Sand, was können die uns schon anhaben?«, fragte Fu Yao zurück.

Xie Lian schüttelte den Kopf. »Der Wind könnte außer Sand auch noch anderes aufwirbeln.«

Kaum hatte er ausgesprochen, fegte ein heftiger Windstoß ihm seinen Bambushut vom Kopf. Wenn der Wind ihn forttrug, wäre er wohl für immer verloren, doch San Lang reagierte blitzschnell. Man konnte seine Hand gar nicht sehen, so schnell fing er den Hut wieder ein. Er gab ihn Xie Lian zurück und dieser bedankte sich.

Während er ihn sich wieder um den Kopf band, sagte er: »Wir sollten uns besser erst einmal einen Unterschlupf suchen.«

Fu Yao war jedoch anderer Meinung. »Wenn dies tatsächlich kein gewöhnlicher Sandsturm ist, dann ist das Ziel, uns aufzuhalten. Wir sollten weitergehen.«

Bevor Xie Lian Gelegenheit hatte, zu antworten, fing San Lang an zu lachen.

Fu Yao hob den Kopf und fragte verärgert: »Warum lachst du?«

San Lang verschränkte seine Arme und lachte fröhlich weiter. »Zu widersprechen gibt dir wohl das Gefühl, unabhängig zu sein?«

Er lachte viel und Xie Lian wusste oft nicht einzuschätzen, ob es aufrichtig war oder er sich über sein Gegenüber lustig machte. Doch diesmal war unverkennbar, dass hinter diesem Lachen keine gute Absicht steckte.

Als Fu Yaos Blick sich verfinsterte, hob Xie Lian schnell die Hand. »Wenn es etwas zu bereden gibt, könnt Ihr das später nachholen. Der Wind ist wirklich fürchterlich.«

»Denkt Ihr etwa, er wird uns wegpusten?«, fragte Fu Yao.

»Ja, das ist nicht unwahrscheinlich ...«

Xie Lian hatte noch nicht ausgesprochen, da waren die anderen drei auch schon verschwunden.

Genau genommen waren nicht sie verschwunden, sondern er. Der Wind hatte ihn davongetragen und wirbelte ihn durch die Luft – es war ein Tornado!

Während er herumgewirbelt wurde, schwang Xie Lian seinen Arm und rief: »Ruoye, greif nach etwas Verlässlichem!«

Ruoye schoss sofort hervor und einen Moment später spürte Xie Lian einen Widerstand. Das Seidenband musste etwas gefunden und sich darumgewickelt haben. Mit großer Mühe stabilisierte Xie Lian sich und sah nach unten. Er befand sich mindestens dreißig Meter über dem Boden.

Er glich nun einem Drachen, der nur durch eine Schnur mit dem Boden verbunden war. Inmitten des Sandes, der ihm ins Gesicht schlug, hielt er Ruoye mit aller Kraft fest und versuchte auszumachen, was das Band gefunden hatte. Nach einer Weile erkannte er endlich einen roten Schatten. Es schien, als hätte sich Ruoye um das Handgelenk eines in Rot gekleideten jungen Mannes gewickelt.

Er hatte es angewiesen, nach etwas Verlässlichem zu greifen, und es hatte San Lang gepackt. Xie Lian wusste nicht, ob er lachen oder weinen sollte. Er wollte Ruoye gerade befehlen, nach etwas anderem zu suchen, als er plötzlich spürte, wie die Spannung des Bandes nachließ. *Oh nein.*

Er ahnte, dass das Band nicht etwa losgelassen hatte. Es passierte wahrscheinlich gerade etwas viel Schlimmeres.

Und so war es auch. Der rote Schatten kam auf einmal immer näher, bis Xie Lian nur noch die Hand auszustrecken brauchte, um ihn zu erreichen.

San Lang war nun ebenfalls in den Tornado geraten.

»Keine Panik!«, rief Xie Lian ihm zu. Dabei drang ihm der Sand in den Mund, aber Xie Lian hatte bereits so viel Sand geschluckt, dass er sich schon fast daran gewöhnt hatte. Auch wenn er versuchte, San Lang zu beschwichtigen, glaubte er eigentlich nicht daran, dass der junge Mann in Panik geraten würde.

Ruoye verringerte den Abstand zwischen den beiden immer weiter, bis Xie Lian San Langs Gesicht klar erkennen konnte. Und tatsächlich strahlte dieser nur Gelassenheit aus. Man hätte ihm ein Buch geben können und er hätte es inmitten des Sandsturms in aller Seelenruhe gelesen. Xie Lian fragte sich sogar, ob er sich nicht mit Absicht in den Tornado hatte ziehen lassen.

Das Band wickelte sich ein paarmal um die Hüfte der beiden und band sie somit zusammen. Xie Lian umklammerte San Lang und rief: »Flieg noch einmal los! Aber greif diesmal nicht nach einem Menschen!«

Und so flog Ruoye wieder los und diesmal griff es nach ... Nan Feng und Fu Yao!

Xie Lian war ernüchtert. »Ich meinte nicht Menschen im ganz engen Sinn ... Nun gut.« Er wandte sich nach unten und schrie: »Nan Feng, Fu Yao! Ihr müsst dagegen ankämpfen!«

Natürlich wollten die beiden jungen Offiziere auf dem Boden gegen den Wind ankämpfen, doch der Sandsturm war einfach zu heftig und so war es nicht überraschend, dass kurze Zeit später zwei weitere schwarze Schatten im Tornado landeten.

Nun wirbelten sie alle vier mit rasender Geschwindigkeit durch die gelbe Luft. Der Tornado wirkte wie eine zitternde Säule, die die Decke aus Sand am Himmel stützte. Und mittendrin waren vier Schatten, verbunden durch ein weißes Seidenband, die sich unaufhörlich drehten, immer schneller und immer höher.

Xie Lian verschluckte riesige Mengen Sand, während er wie wild schrie: »Warum seid Ihr auch hier?«

Außer Sand sah man nur noch mehr Sand, außer Wind hörte man nur noch mehr Wind. Man musste schreien, so laut man nur konnte, um sich zu verständigen.

Fu Yao verschluckte und spuckte Sand, während er antwortete: »Fragt doch Euer dämliches Seidenband, warum!«

Xie Lian packte das »dämliche Seidenband« mit beiden Händen und sagte frustriert zu ihm: »Ach, Ruoye, wir können nur noch auf dich vertrauen. Greif diesmal das Richtige, los!«

Entmutigt ließ er es wieder frei. Da schrie Nan Feng: »Verlasst Euch nicht auf dieses Spielzeug! Denkt Euch etwas anderes aus!«

In dem Moment spürte Xie Lian wieder ein Ziehen und seine Miene hellte sich auf. »Wartet, gebt ihm noch eine Chance! Es hat etwas gefunden!«

»Hoffentlich keinen Passanten! Die armen Leute!«, schrie nun wieder Fu Yao.

Es war überflüssig zu erwähnen, dass auch Xie Lian große Angst davor hatte. Er zog und zog, doch das Band lockerte sich nicht. Xie Lian atmete auf. »Nein, es hat etwas Stabiles gefunden!« Dann befahl er Ruoye: »Zieh dich zusammen!«

Das Band ließ sich nicht zweimal bitten. Die vier waren schnell aus dem Tornado heraus und kamen dem Boden allmählich immer näher, wo Xie Lian eine runde, schwarze Silhouette erblickte.

Das schwarze Etwas war riesig, ungefähr von der Größe eines kleinen Tempels, und Ruoye hatte sich daran festgebunden. Als sie endlich nah genug waren, erkannte Xie Lian, dass es sich um einen gigantischen Felsen handelte.

Inmitten des Sturms wirkte er wie eine solide, stille Festung. Er war perfekt geeignet, um ihnen Schutz zu bieten.

Vorhin war weit und breit kein solcher Felsen in Sicht gewesen. Wer konnte schon sagen, wie weit der sonderbare Tornado sie getragen hatte.

Sobald die vier auf dem Boden landeten, brachten sie sich hinter dem Felsen in Sicherheit. Nachdem sie den Sandsturm überstanden hatten, sagte sich Xie Lian erleichtert: *Der Segen der Himmelsbeamten ist wahrhaftig mit uns.*

Auf der Rückseite des Felsens entdeckten sie einen Höhleneingang. Er war in etwa zwei Türen breit und eine halbe Tür hoch. Wenn man den Kopf einzog, konnte man problemlos hineingehen. Der Eingang war keineswegs perfekt ausgearbeitet, er war krumm und schief, aber wirkte auch nicht, als wäre er von der Natur geschaffen worden.

Als Xie Lian hineinging, erkannte er, dass der Felsen fast komplett ausgehöhlt war. Es gab viel Platz, doch es war stockdunkel, also sah er sich nicht weiter um und setzte sich dort, wo noch Licht hereinfiel. Er klopfte den Sand von Ruoye ab und band es sich wieder ums Handgelenk.

Nan Feng und Fu Yao spuckten Sand. In Mund, Nase und Ohren, überall war Sand hineingeraten, ganz zu schweigen von den Kleidern. Sie zogen ihre Roben aus und schüttelten sie aus. Unzählige Sandkörner und Steinchen fielen heraus.

San Lang sah von allen vieren am wenigsten mitgenommen aus. Nachdem er die Höhle betreten hatte, hatte er sich etwas Sand von seiner roten Robe abgeklopft, das war auch schon alles. Mit Ausnahme seiner Haare, die ganz durcheinander waren, wirkte er genauso unbekümmert wie immer. Und der Pferdeschwanz, den Xie Lian gebunden hatte, war sowieso schon schief gewesen. Ein bisschen schiefer machte da auch keinen Unterschied mehr.

Nan Feng wischte sich über das Gesicht und fing an zu fluchen.

Währenddessen schüttelte Xie Lian den Sand von seinem Bambushut und sagte: »Ach, ich hätte wirklich nicht gedacht, dass der Wind euch auch davonträgt. Warum habt ihr nicht den Tausendpfundzauber angewendet?«

Nan Feng spuckte wieder Sand. »Haben wir! Es hat nichts genützt.«

Fu Yao schüttelte weiter grimmig seine Robe aus und erwiderte ebenso grimmig: »Was glaubt Ihr, wo wir hier sind? Wir befinden uns ganz im Nordwesten der Wüste, nicht im Territorium meines Herrn. Der Norden gehört den beiden Generälen Pei und der Westen Quan Yizhen. Im Umkreis von mehreren Kilometern gibt es keinen einzigen Xuanzhen-Tempel.«

In der Menschenwelt gab es ein Sprichwort: »Selbst der stärkste Drache kann die heimische Schlange nicht besiegen.« Die Herren der beiden jungen Himmelsoffiziere hatten ihre Territorien im Südosten und im Südwesten. Es war unvermeidlich, dass auf fremdem Territorium gewirkte Zauber schwächer waren. Gemessen an ihren mürrischen Gesichtern musste es wohl das erste Mal gewesen sein, dass sie ohne Möglichkeit zu landen durch die Luft gewirbelt worden waren. »Ihr habt Euer Bestes getan.«

San Lang setzte sich neben Xie Lian auf den Boden und stützte die Wange in die Hand. »Warten wir einfach hier, bis der Sandsturm vorüber ist?«

Xie Lian drehte sich zu ihm. »Das ist im Moment wohl die einzige Möglichkeit. Selbst wenn der Sturm noch stärker werden sollte, wird er einen solch großen Felsen nicht bewegen können.«

»Dieser Sturm ist wirklich sonderbar, wie du schon sagtest.«

Da fiel Xie Lian plötzlich etwas ein. »San Lang, ich habe eine Frage.«

»Schieß los.«

»Ist der Staatpräzeptor von Banyue ein Mann oder eine Frau?«

»Hatte ich das noch nicht gesagt? Eine Frau.«

Xie Lians Vermutung war somit bestätigt. »Als wir in dem verlassenen Wirtshaus saßen, sind doch zwei Kultivierer vorbeigekommen. Ihre Schritte waren ungewöhnlich schnell und leicht, das waren gewiss keine Menschen. Der in Weiß gekleidete Kultivierer war eine Frau.«

Fu Yao zweifelte an Xie Lians Worten. »Sie waren so schnell wieder weg. Nur von den Silhouetten her ist es schwer auszumachen, ob sie Mann oder Frau waren. Seid Ihr sicher?«

»Ich bin mir sicher. Was, wenn das die Staatspräzeptorin von Banyue war?«

»Das wäre möglich«, erwiderte Nan Feng. »Aber wer war dann der Kultivierer in Schwarz?«

»Schwer zu sagen«, entgegnete Xie Lian. »Aber er war sogar noch schneller als sie. Seine Fähigkeiten sind gewiss nicht geringer als ihre.«

»Könnte das der zweite Großmeister des dämonischen Weges, Staatspräzeptor Fangxin, gewesen sein?«, überlegte Fu Yao.

»Ich denke, die beiden haben gar nichts miteinander zu tun«, meinte Xie Lian. »Das verhält sich wahrscheinlich genauso wie mit dem Vierfachen Übel. Zwei hört sich besser an als einer, vier hört sich besser an als drei.«

Bei diesen Worten musste San Lang lachen. Als Xie Lian ihn ansah, sagte er: »Es ist nichts. Du hast recht, einer von den vieren sollte nicht dazugezählt werden. Rede weiter.«

»Mir sind zuvor ein paar Dinge über Staatspräzeptor Fangxin zu Ohren gekommen. Er hat im Königreich Yong'an gelehrt und wurde mindestens hundert Jahre vor Staatspräzeptorin Banyue geboren.«

Fu Yao war verwirrt. »Ihr kennt das Vierfache Übel nicht, wisst aber, wer Staatspräzeptor von Yong'an war?«

»Manchmal habe ich beim Schrottsammeln ein paar Dinge mitbekommen. Ich habe aber nicht in der Geisterwelt Schrott gesammelt, natürlich weiß ich also nichts über Geister.«

Inzwischen hatte der Wind nachgelassen. Nan Feng ging vor den Eingang, klopfte den Felsen ab und untersuchte ihn. Dann senkte er den Kopf und fragte: »Weshalb wurde dieser Felsen ausgehöhlt?«

Er fand es bestimmt merkwürdig, hier solch einen Felsen anzutreffen. Xie Lian hingegen war nicht überrascht. »Es gibt nicht wenige solcher ausgehöhlten Felsen. Das Volk von Banyue hat früher in diesen genächtigt oder Schutz vor Stürmen gesucht, wenn es ausgezogen ist, um seine Pferde grasen zu lassen. Daher hat es immer wieder Höhlen in Felsen gegraben. Manche sind auch gar nicht gegraben, sondern durch Explosionen geschaffen worden.«

Ungläubig frage Nan Feng zurück: »Pferde grasen lassen? In der Wüste?«

»Vor zweihundert Jahren war hier nicht nur Wüste, es gab auch eine Oase.«

»Großer Bruder«, schaltete San Lang sich ein.

Xie Lian hob den Kopf. »Was ist?«

»Auf dem Stein, auf dem du sitzt, scheint etwas geschrieben zu stehen.«

»Was?« Xie Lian sah zunächst hinab, dann stand er auf. Erst da bemerkte er, dass er sich auf eine Stele gesetzt hatte.

Er wischte den Staub von ihr und tatsächlich waren dort Schriftzeichen eingraviert. Allerdings war die Schrift nicht sonderlich leserlich. Die Stele war noch teilweise im Sand vergraben und die Schriftzeichen verschwanden oben in der Dunkelheit.

Wenn da etwas geschrieben stand, musste er es sich auch ansehen. »Ich habe nicht mehr viel spirituelle Energie, könnte jemand eine Flamme erzeugen, damit ich es lesen kann?«, bat Xie Lian.

Nan Feng schnippte mit den Fingern und eine Sekunde später erschien eine Flamme in seiner Hand.

Xie Lian warf unbewusst einen Blick zu San Lang, doch dieser wirkte nicht überrascht. Nachdem er sogar die Tausendmeilenabkürzung erlebt hatte, würde ihn bestimmt nichts mehr umhauen.

Nan Feng hielt seine Hand in die von Xie Lian gewiesene Richtung, damit das Feuer die auf der Stele eingravierten Schriftzeichen erhellte. Es waren seltsame Zeichen und sie waren krumm, als wären sie von einem Kind eingeritzt worden. Da fragte Nan Feng: »Was steht da?«

»Das ist natürlich die Schrift des Volkes von Banyue«, antwortete San Lang.

»Ich denke, er wollte den Inhalt wissen«, warf Xie Lian ein. »Ich sehe es mir mal an.«

Er befreite die Schriftzeichen Reihe für Reihe vom Sand, bis er ganz oben angelangt war. Die Zeichen dort waren größer. Es musste sich um eine Art Titel handeln. Sie kamen auch immer wieder im darunter stehenden Text vor.

Fu Yao erzeugte nun auch eine Flamme und beleuchtete die Stele von der anderen Seite. »Ihr könnt die Schrift von Banyue lesen?«

»Ehrlich gesagt habe ich zu einer Zeit, als es den bösen Kultivierer von Banyue noch nicht gab, auch dort Schrott gesammelt«, erklärte Xie Lian.

Betretene Stille machte sich breit.

»Was ist?«

»Nichts, ich frage mich nur gerade, an wie vielen Orten Ihr schon Schrott gesammelt habt.«

Xie Lian lächelte und wandte sich wieder der Stele zu. Plötzlich sagte er: »General.«

»Was?«, fragten Nan Feng und Fu Yao gleichzeitig.

Xie Lian hob den Kopf. »Ganz oben auf der Stele steht ›General‹.« Nach einem kurzen Zögern fuhr er fort: »Vor ›General‹ steht noch etwas, aber ich bin mir nicht sicher, was es bedeutet.«

Nan Feng wirkte erleichtert. »Na, dann lest weiter.«

Als Xie Lian den Kopf wieder senkte, bewegte Nan Feng seine Hand ein wenig nach vorne. Plötzlich hatte Xie Lian das Gefühl, dass etwas nicht stimmte. Er meinte, hinter der Stele etwas zu sehen. Er stützte sich mit beiden Händen auf ihr ab und hob langsam den Kopf.

Im flackernden Lichtschein der Flamme erblickte er ein regloses Gesicht, das ihn aus dem Dunkel anstarrte.

»Aaaaaaaaaaaaaaaaaaah!«

Es war nicht Xie Lian, der geschrien hatte, sondern das reglose Gesicht.

Aus Nan Fengs anderer Hand schoss nun auch eine Flamme hervor und er ließ beide wachsen, bis sie die gesamte Höhle erleuchteten.

Der Mann, dem das Gesicht gehörte, zog sich schnell in eine Ecke der Höhle zurück. Dort kauerten bereits sieben, acht Leute dicht aneinandergedrängt und zitterten.

»Wer seid Ihr?!«, schrie Nan Feng.

Das Echo hallte so laut, dass Xie Lian sich die Ohren zuhalten musste, die noch von dem Schrei zuvor klingelten. Die Ohren der vier waren von dem Sandsturm so betäubt, dass sie lautstark miteinander geredet hatten, ansonsten hätten sie einander nicht gehört. Seitdem sie sich in der Höhle befanden, hatten sie über die Staatspräzeptorin von Banyue gesprochen und versucht, die Zeichen auf der Stele zu entziffern. Dabei hatten sie nicht bemerkt, dass sich in der Höhle noch weitere Leute stumm versteckt hielten.

Die sieben, acht Leute zitterten am ganzen Körper. Nach einer Weile ergriff ein älterer Mann um die fünfzig das Wort: »Wir sind Händler auf der Durchreise, gewöhnliche Händler. Der Sandsturm war zu stark, um weiterzugehen, deshalb haben wir hier Schutz gesucht.« Von allen war er noch am gefasstesten, er musste der Anführer der Gruppe sein.

Daraufhin fragte Nan Feng: »Wenn Ihr nur Händler seid, warum habt Ihr Euch dann versteckt?«

Der Anführer wollte gerade antworten, als ihm ein junger Mann von siebzehn, achtzehn Jahren zuvorkam: »Wir hatten gar nicht vor, uns zu verstecken. Ihr seid so plötzlich hereingekommen, woher sollten wir wissen, ob Ihr gut oder böse seid? Dann habt Ihr auch noch über irgendwelche Geister und Dämonen gesprochen und aus dem Nichts sind plötzlich Flammen aufgetaucht. Wir dachten, Ihr wärt Soldaten von Banyue, die nach Menschen suchen, die sie fressen können. Wer würde da noch wagen, ein Geräusch zu machen?«

Der ältere Mann schien Angst vor einer möglichen Konfrontation zu haben und tadelte den Jungen: »Tiansheng, red keinen Unfug.«

Der Junge verstummte sofort. Er hatte dicke Brauen und große Augen, zudem wirkte er robust und gutherzig.

Der Schmerz in Xie Lians Ohren hatte nun endlich nachgelassen. Er senkte die Arme und sagte freundlich: »Das ist ein Missverständnis. Ihr braucht nicht nervös zu sein, entspannt Euch.«

Er zögerte kurz, dann fügte er hinzu: »Natürlich sind wir keine Soldaten von Banyue. Ich kümmere mich um einen kleinen Schrein und das hier sind meine ... Gehilfen. Wir kennen nur ein paar Tricks. Ihr seid gewöhnliche Händler und wir sind gewöhnliche Kultivierer. Wir haben keine bösen Absichten, wir wollten uns ebenfalls vor dem Sandsturm schützen und wie der Zufall es wollte, sind wir in derselben Höhle gelandet.«

Er sprach langsam und sanft, um die Leute zu beschwichtigen. Nach abermaligen Erklärungen und Versicherungen beruhigte sich die Gruppe endlich.

Doch da fing San Lang plötzlich an zu lachen. »Die wirken mir nicht wie gewöhnliche Händler. Sie sind wohl zu bescheiden.« Als alle ihn verwirrt anstarrten, führte er aus: »Verschwindet nicht mindestens die Hälfte der Leute, die den Banyue-Pass überqueren? Das Gerücht kennen sie bestimmt und trotzdem sind sie mutig genug, hier durchzureisen. Wie könnte man sie da als gewöhnlich bezeichnen?«

»Das stimmt so nicht ganz, junger Mann«, entgegnete der Anführer der Gruppe. »Die Gerüchte sind etwas übertrieben. Es gibt auch viele Karawanen, die sicher durchgekommen sind.«

»Ach?«, erwiderte San Lang.

»Wenn man die Hilfe eines Führers in Anspruch nimmt und aufpasst, keinen Fuß auf das frühere Gebiet des Königreichs Banyue zu setzen, kommt man heil durch. Daher haben wir auch einen einheimischen Führer dabei.«

»Genau!«, warf der Junge namens Tiansheng ein. »Es hängt alles vom Führer ab. Zum Glück haben wir A-Zhao. Er hat uns geholfen, Treibsand zu umgehen, und als der Sturm aufkam, hat er uns schnell hierhergeführt. Ohne ihn wären wir wahrscheinlich schon unter dem Sand begraben.«

Xie Lian warf einen Blick auf den Führer. Er schien jung zu sein, etwa um die zwanzig. Er hatte ein hübsches, aber ausdrucksloses Gesicht.

Selbst als Tiansheng ihn so sehr lobte, veränderte seine Miene sich nicht. Er sagte nur tonlos: »Nicht der Rede wert, ich mache nur meine Arbeit. Ich hoffe, dass die Kamele und die Waren durch den Sandsturm nicht zu Schaden gekommen sind.«

»Ganz bestimmt nicht!«

Die Händler schienen alle sehr optimistisch, doch Xie Lian befürchtete, dass die Sache nicht so einfach war. Wenn man den Pass heil überqueren könnte, indem man einfach nicht auf Banyue-Gebiet trat, hatten dann all diejenigen, die verschwunden waren, den Gerüchten keinen Glauben geschenkt?

Er überlegte kurz, bevor er Nan Feng und Fu Yao zuflüsterte: »Das kam sehr plötzlich. Wenn der Sandsturm nachgelassen hat, vergewissern wir uns erst einmal, dass die Händler sicher an ihr Ziel kommen, bevor wir uns in Banyue umsehen.«

Daraufhin wandte Xie Lian sich erneut der Stele zu. Die Schriftzeichen für »General« hatte er noch entziffern können, da es ein häufig benutztes Wort war. Es waren jedoch bereits zweihundert Jahre vergangen, seit er in Banyue gewesen war. Auch wenn er die Schrift damals hatte lesen können, hatte er inzwischen alles vergessen. Es brauchte Zeit und Geduld, es sich wieder in Erinnerung zu rufen.

Da sagte San Lang von der Seite: »Grabmal des Generals.«

Xie Lian erinnerte sich sofort wieder – das war tatsächlich das Schriftzeichen für »Grabmal«. Überrascht drehte er sich zu San Lang: »San Lang, du kannst die Banyue-Schrift lesen?«

Dieser lächelte. »Nur ein bisschen. Ich habe mal aus Neugier ein paar Schriftzeichen gelernt.«

Xie Lian überraschte die Antwort nicht, er hatte sich bereits an San Langs Art gewöhnt. Die Banyue-Schrift war nicht weit verbreitet, es war sehr selten, dass jemand sie lesen konnte. Und »Grabmal« war auch kein Alltagswort. Wie hoch war schon die Wahrscheinlichkeit, dass er zufälligerweise genau dieses kannte? Seine Kenntnisse beliefen sich gewiss nicht nur auf ein paar Schriftzeichen. »Nur ein bisschen« bedeutete in San Langs Sprache: »Du kannst mich alles fragen.«

Sofort zeichnete sich ein Lächeln auf Xie Lians Lippen ab und er sagte: »Großartig! Vielleicht kennst du ja ein paar der Schriftzeichen, die ich nicht kenne. Komm her, lass uns zusammen lesen.«

Er winkte ihn zu sich und San Lang gehorchte. Nan Feng und Fu Yao hielten ihnen die Flammen in ihren Händen hin, damit sie genug Licht hatten. Xie Lian ließ den Finger langsam über die Schriftzeichen gleiten und tauschte sich leise mit San Lang darüber aus, was sie bedeuteten. Je mehr sie lasen, desto größer schien die Begeisterung in ihren Augen, bis sie allmählich wieder abflaute.

Tiansheng war voller Neugier, wie es in seinem jungen Alter nicht ungewöhnlich war, und da sie bereits ein paar Worte miteinander gewechselt hatten, fragte er die beiden: »Was steht denn auf dieser Stele?«

Xie Lian drehte sich zu ihm. »Das ist ein Grabmal. Es erzählt vom Leben eines Generals.«

»Ein General aus dem Königreich Banyue?«

»Nein, aus der Zentralebene«, antwortete San Lang.

Nan Feng war verwirrt. »Ein General aus der Zentralebene? Weshalb hat das Volk von Banyue dann ein Grabmal für ihn errichtet? Haben die beiden Regionen nicht endlose Kriege miteinander geführt?«

»Er war kein gewöhnlicher General«, entgegnete San Lang. »Auch wenn er auf dem Grabmal General genannt wird, war er in Wirklichkeit ein einfacher Offizier.«

»Wurde er dann später zum General ernannt?«

»Oh nein, im Gegenteil. Anfangs hat er hundert Soldaten geführt, danach siebzig und später fünfzig.«

Nan Feng sah ihn nur fassungslos an.

»Kurz gesagt: Er wurde immer wieder degradiert.«

Degradiert zu werden, bis es nichts mehr zu degradieren gab, kannte Xie Lian nur zu gut. Er hatte das Gefühl, als fixierten ihn zwei Augenpaare von hinten, doch er tat so, als hätte er nichts bemerkt, und las weiter.

Nun war Tiansheng verwirrt und fragte: »Wie kann es sein, dass jemand so oft degradiert wurde? Solange man keinen schwerwiegenden Fehler begeht, sollte man seinen Rang doch zumindest behalten, auch wenn man vielleicht nicht befördert wird. Was für ein großer Versager muss das gewesen sein, dass so etwas passiert ist?«

Xie Lian ballte seine rechte Hand zur Faust und hob sie zum Mund. Er stieß einen leisen Seufzer aus, bevor er antwortete: »Mein lieber Freund, degradiert zu werden kommt häufig vor.«

»Hä?«

San Lang lachte, dann pflichtete er Xie Lian bei: »Stimmt, das kommt häufig vor.« Nach einer kurzen Pause fuhr er fort: »Dieser Offizier wurde nicht etwa wegen unzureichender Fähigkeiten degradiert, sondern weil er auf dem Schlachtfeld nur ein Hindernis war, anstatt seinem Land zum Sieg zu verhelfen.«

»Was heißt Hindernis?«, hakte Nan Feng nach.

»Er versuchte nicht nur, die verfeindeten Truppen davon abzuhalten, das einfache Volk umzubringen, sondern sogar die eigenen Truppen«, erklärte San Lang. »Nach jedem dieser Versuche wurde er degradiert.«

Er sprach ohne Hast und die Händler setzten sich nach und nach alle näher zu ihm, als wäre er ein Geschichtenerzähler. Sie waren ganz vertieft und gaben auch ihre eigene Meinung kund.

»Ich finde, dieser Offizier hat eigentlich nichts falsch gemacht«, sagte Tiansheng. »Wenn Soldaten sich gegenseitig umbringen, ist das eine Sache, aber sie daran zu hindern, das einfache Volk anzugreifen, ist doch nichts Schlechtes, oder?«

»Das zeigt, dass dieser Soldat ein gutes Herz hatte. Als Soldat war er wohl ungeeignet, aber im Grunde genommen hat er nichts Falsches getan.«

»Genau, immerhin hat er Menschenleben gerettet und niemandem geschadet.«

Xie Lian musste lächeln, während er den Leuten zuhörte.

Die Händler waren weder aus dem Grenzgebiet noch hatten sie vor zweihundert Jahren schon gelebt. Das Königreich Banyue existierte heute nicht mehr. Es war ein Leichtes für sie, die Problematik herunterzuspielen, ihr Mitleid auszudrücken oder sogar ein paar Worte der Bewunderung zu äußern. Selbst wenn sie nicht einverstanden waren, konnten sie es zumindest nachvollziehen. Doch damals, als die Flammen des Krieges wüteten und die Menschen von Hass erfüllt waren, hatte das Verhalten des Offiziers nicht nur einen Kommentar wie »Er hat ein gutes Herz« zur Folge gehabt.

Nur der Führer, A-Zhao, schien die Tragweite zu erkennen – womöglich weil er aus der Gegend war –, denn er sagte: »Man kann die heutige Zeit nicht mit der vor zweihundert Jahren vergleichen. Dass dieser Offizier nur degradiert wurde, war schon ein großes Glück.«

Fu Yao grinste höhnisch. »Absolut lächerlich.«

Xie Lian konnte sich in etwa denken, was er damit meinte, und massierte sich die Nasenwurzel.

Und tatsächlich sah er im Flammenschein, wie Fu Yao nun das Gesicht verzog, als er sagte: »Wie kann man ihn loben, wenn er seine Arbeit nicht getan hat? Als Soldat wäre es seine Aufgabe gewesen, sein Land zu schützen und den Feind unerschrocken anzugreifen. Tote sind im Krieg unvermeidlich. Aufgrund seiner Weichherzigkeit werden seine Kampfgefährten ihn verabscheut haben und für die feindlichen Soldaten wird er eine Witzfigur gewesen sein. Es wird ihm gewiss niemand dafür gedankt haben.«

Fu Yaos Ausführungen ergaben Sinn und dementsprechend wurde es still in der Höhle. Kaltherzig fuhr er fort: »Für solche Menschen gibt es nur ein mögliches Ende: den Tod. Und höchstwahrscheinlich wird er durch die Hände der eigenen Leute gestorben sein.«

Nach einer Weile durchbrach Xie Lian die Stille, die sich über die Kammer gesenkt hatte: »Ihr habt recht, er ist gestorben.«

»Was?!«, rief Tiansheng vor Überraschung aus. »Wie ist er gestorben? Doch nicht etwa wirklich durch seine eigenen Leute?«

Xie Lian zögerte zunächst, bevor er schließlich antwortete: »Das nicht ... Auf der Stele steht, einmal seien auf dem Schlachtfeld seine Schnürsenkel offen gewesen und er sei darüber gestolpert ...«

Die anderen in der Höhle hatten mit einem höchst tragischen Tod gerechnet und so verschlug es ihnen erst einmal die Sprache. Was war das denn für eine Art zu sterben? Dann brachen sie in Gelächter aus.

»... dann wurde er von den wütenden Soldaten beider Lager zu Tode getrampelt und von ihren Schwertern durchbohrt«, brachte Xie Lian seinen Satz zu Ende.

Das Gelächter nahm kein Ende.

San Lang zog eine Augenbraue hoch. »Ist das so lustig?«

»Ähm, ist es nicht tragisch?«, warf nun auch Xie Lian ein. »Habt etwas Mitgefühl und hört auf zu lachen, ja? Immerhin befinden wir uns an seinem Grab, lasst ihm etwas Würde.«

»Das ist nicht böse gemeint«, entgegnete Tiansheng schnell. »Aber, es ist einfach ... einfach zu ... Ha ha ...«

Xie Lian wusste nichts einzuwenden, selbst ihm war beim Lesen zum Lachen zumute gewesen. Also sagte er nichts mehr und übersetzte lieber weiter: »Kurz gefasst: Bei den Soldaten war er in Ungnade gefallen, doch das einfache Volk zu beiden Seiten der Grenze war von ihm beschützt worden. Zum Dank nannten sie ihn ›General‹ und errichteten dieses Grabmal, um seiner zu gedenken.«

Daraufhin fuhr San Lang fort: »Später entdeckte das Volk von Banyue, dass die Stele magische Kräfte besitzt: Wenn man sich dreimal vor ihr verbeugt, wird jegliches Unglück, das einem in der Wüste Gobi begegnet, in Glück verwandelt.« Seine Stimme klang mysteriös und voller Ernsthaftigkeit.

Unverzüglich warfen sich einige der Händler auf die Knie. Es konnte ja nicht schaden, dem Glauben zu schenken.

Xie Lian hingegen war verwirrt: »Hm? Das steht da? Magische Kräfte?«

San Lang lächelte und flüsterte ihm zu: »Nein, das habe ich erfunden. Da sie vorhin gelacht haben, können sie sich jetzt zur Widergutmachung auch verbeugen.«

Xie Lian sah wieder zum Grabmal und tatsächlich stand dort nichts weiter geschrieben. Seine Betrübtheit war nun verflogen. Amüsiert flüsterte er zurück: »Du bist aber ganz schön frech.«

San Lang streckte ihm die Zunge raus und beide mussten lachen.

Da schrie plötzlich jemand: »Was ist das?«

Der spitze Schrei hallte durch die gesamte Höhle, allen standen die Haare zu Berge. Xie Lian lief schnell in die Richtung, aus der er gekommen war. »Was ist los?«

Die Händler, die soeben noch gekniet und gebetet hatten, flüchteten kreischend in alle Richtungen. »Eine Schlange!«

Nan Feng und Fu Yao drehten sich ebenfalls in die Richtung, sodass nun dieser Teil der Höhle durch die Flammen in ihren Händen erleuchtet wurde. Tatsächlich kroch auf dem Sand eine lange, bunt schillernde Schlange.

Die Leute wurden panisch.

»Wieso ist hier eine Schlange?«

»Warum macht sie keine Geräusche? Wann ist sie hier reingekommen?«

Aufgescheucht vom Flammenschein reckte die Schlange sich in die Höhe, als wollte sie jeden Moment zum Angriff übergehen.

Nan Feng wollte gerade einen Feuerball auf sie abschießen, da sah er aus dem Augenwinkel, wie sich jemand gelassen näherte.

Dieser Jemand schnappte sich die Schlange wie beiläufig. Mit der linken Hand drückte er auf ihr Herz und hielt sie dann hoch, um sie zu betrachten. Währenddessen sagte er: »Schlangen sind in der Wüste doch nichts Ungewöhnliches, oder?«

Natürlich gab es nur einen, der so unerschrocken war: San Lang. Wenn man auf das Herz einer Schlange drückte, konnte sie noch so giftig sein, sie würde einem nichts anhaben können. Die Schlange wickelte ihren Schwanz kraftlos um seinen linken Arm. Aus der Nähe konnte Xie Lian nun erkennen, dass ihre Haut beinahe durchsichtig war. Im Inneren war sie purpurrot und von schwarzen Fäden durchzogen. Das mussten ihre Gedärme sein. Der Anblick war ekelhaft. Der blutrote Schwanz hingegen war in harte Schuppen gehüllt. Er erinnerte weniger an eine Schlange, sondern vielmehr an ... einen Skorpion!

Xie Lians Gesichtsausdruck veränderte sich augenblicklich. »Vorsicht vor dem Schwanz!«

Kaum hatte er die Warnung gerufen, wickelte sich der Schwanz wieder von San Langs Arm ab, holte aus und schoss auf ihn zu.

Skorpionstachel waren höchst giftig, doch San Lang war schneller und packte den Schwanz gekonnt mit der rechten Hand. Er drückte auf der Schlange herum, als wäre sie ein Spielzeug, und hielt sie Xie Lian hin. Lächelnd sagte er: »Dieser Schwanz ist interessant.«

Beim Anblick des spitzen blutroten Stachels seufzte Xie Lian erleichtert. »Ein Glück, dass sie dich nicht gestochen hat. Das ist eine Skorpionschlange.«

Nun kamen auch Nan Feng und Fu Yao herbei, um sie zu betrachten. »Eine Skorpionschlange?«

»Ja«, antwortete Xie Lian. »Das ist ein giftiges Tier, das man nur in Banyue antrifft. Es soll nur wenige von ihnen geben. Ich habe zuvor auch noch nie eine gesehen, aber von ihr gehört. Sie hat den Körper einer Schlange und den Schwanz eines Skorpions und ihr Gift ist stärker als das von beiden zusammen. Egal ob man von ihren Zähnen gebissen oder von ihrem Stachel gestochen wird, in beiden Fällen ...«

Weiter kam er nicht, als er sah, wie San Lang mit der Schlange in seinen Händen spielte: Mal zog er sie in die Länge, mal drückte er sie zusammen oder wrang sie wie ein Handtuch. Es fehlte nur noch, dass er sie verknotete. Für einen Moment verschlug es Xie Lian die Sprache, doch dann warnte er ihn mit sanfter Stimme: »San Lang, hör auf mit ihr zu spielen, das ist gefährlich.«

Doch San Lang entgegnete lächelnd: »Du brauchst dich nicht zu sorgen, Großer Bruder. Diese Skorpionschlange ist das Totem des Staatspräzeptors von Banyue. Das ist eine seltene Gelegenheit, natürlich muss ich sie mir genauestens ansehen.«

Xie Lian stutzte. »Das Totem des Staatspräzeptors von Banyue?«

»Ja, weil sie die Skorpionschlangen kontrollieren konnte, hielt das Volk von Banyue sie für besonders mächtig. Deswegen wurde sie zur Staatspräzeptorin ernannt, wie ich gehört habe.«

Beim Wort »kontrollieren« überkam Xie Lian ein ungutes Gefühl. Wenn etwas kontrolliert wurde, handelte es sich in der Regel nicht nur um ein Exemplar. Schnell sagte er zur Menge: »Geht alle schnell nach draußen, hier sind wahrscheinlich noch mehr Skorpionsch...«

»Aaaaah!«

Xie Lian hatte seinen Satz noch nicht beendet, als er diesen spitzen Schrei hörte.

Nun fing einer nach dem anderen an, panisch zu rufen:

»Schlangen!«

»Ganz viele Schlangen!«

»Hier drüben auch!«

Tatsächlich kamen aus dem Dunkel sieben, acht purpurrote Skorpionschlangen auf sie zu. Sie waren so plötzlich aufgetaucht, dass es unmöglich war, zu sagen, wo sie hervorgekrochen waren. Die Skorpionschlangen griffen nicht an, sondern fixierten die Menge stumm mit prüfenden Blicken. Sie zischten nicht einmal, wie es Schlangen für gewöhnlich taten. Durch diese Stille wirkten sie nur noch bedrohlicher.

Nan Feng und Fu Yao schossen Feuerbälle auf sie ab, die in der Höhle explodierten, und Xie Lian rief: »Raus hier!«

Das ließ sich keiner zweimal sagen, eilig flüchteten alle nach draußen. Der Abend war inzwischen angebrochen und der Sturm hatte sich längst verzogen, es wirbelte nicht mehr viel Sand umher. Während die Händler umherrannten, rief einer von ihnen: »Diese Stele ist echt beängstigend! Wir haben uns dreimal vor ihr verbeugt und dann ist so was passiert!«

Zum Glück wissen sie nicht, dass San Lang das nur erfunden hat, dachte Xie Lian bei sich.

Da antwortete ein anderer: »Oh ja! Das ist ja fast genauso, als würde man zu diesem Schrottgott beten. Je inniger man betet, desto mehr Pech befällt einen!«

Selbst an diesem Ort, der rein gar nichts mit ihm zu tun hatte, spottete man über ihn. Xie Lian war sprachlos.

Plötzlich schrie Tiansheng: »Onkel Zheng!« Der alte Mann, den er gestützt hatte, war zusammengebrochen.

Xie Lian eilte schnell zu ihm. »Was ist passiert?«

Das Gesicht des alten Mannes war schmerzverzerrt. Zitternd hob er die Hand.

Xie Lian ergriff sie und untersuchte sie. Seine Miene verfinsterte sich. Die Haut zwischen Daumen und Zeigefinger war lila verfärbt und stark geschwollen. Mit viel Mühe konnte man in der Mitte einen Einstich erkennen. Das Loch war so winzig, dass es wohl eine ganze Weile unbemerkt geblieben war. Sofort wies Xie Lian die Truppe an: »Überprüft alle schnell, ob Ihr irgendwo gestochen wurdet. Falls ja, bindet die Stelle ab, um die Ausbreitung des Gifts aufzuhalten.«

Daraufhin drehte er die Hand des Mannes um. Man konnte mit bloßem Auge erkennen, wie sich das Lila über die Venen immer weiter ausbreitete. Das Gift musste wirklich außergewöhnlich stark sein. Er wollte gerade Ruoye abwickeln, als A-Zhao seine Robe zerriss und das Stück Stoff fest um den Unterarm des Mannes schnürte, damit das vergiftete Blut nicht bis ins Herz gelangen konnte. Er handelte so schnell und geschickt, dass Xie Lian ihn innerlich loben musste.

Xie Lian drehte sich nun zu Nan Feng um, doch er brauchte ihm gar nichts zu sagen, der junge Offizier hatte bereits eine Medizinflasche hervorgeholt und eine Tablette in seine Hand geschüttet. Xie Lian half dem Mann, sie einzunehmen.

Panisch rief Tiansheng: »Onkel Zheng, bist du in Ordnung? A-Zhao, er wird doch nicht sterben, oder?«

A-Zhao senkte den Kopf. »Wer von einer Skorpionschlange gestochen oder gebissen wird, dem bleiben keine vier Stunden.«

Tiansheng war wie versteinert. »Wa... Was sollen wir tun?«

Onkel Zheng war der Anführer der Karawane. Besorgt erkundigten sich die Händler: »Ihr habt ihm doch gerade Medizin gegeben, nicht?«

»Das war kein Gegengift«, erklärte Nan Feng. »Sie hält ihn nur etwas länger am Leben. Statt vier Stunden bleibt ihm nun ein Tag.«

Die Händler redeten hektisch durcheinander.

»Nur ein Tag?«

»Heißt das, er kann nur noch auf den Tod warten?«

»Kann man denn gar nichts dagegen tun?«

Da trat San Lang an die Gruppe heran. »Doch, man kann etwas tun.«

Alle Blicke richteten sich auf ihn und Tiansheng, der nun wieder Farbe im Gesicht hatte, entgegnete: »Warum hast du nichts gesagt, A-Zhao? Ich habe mich zu Tode erschreckt!«

A-Zhao schüttelte nur stumm den Kopf, woraufhin San Lang sich erneut einschaltete: »Das ist offensichtlich. Wie könnte er euch sagen, dass Onkel Zheng gerettet werden kann, aber dafür die anderen womöglich ihr Leben lassen müssen?«

»Was meinst du damit, San Lang?«, fragte Xie Lian.

»Großer Bruder, kennst du die Geschichte über die Herkunft der Skorpionschlangen?«

Der Legende nach hatte es vor vielen Hundert Jahren im Königreich Banyue einen Herrscher gegeben, der eines Tages im tiefen Wald auf die Jagd ging und zufälligerweise zwei Tiergeister einfing: eine Schlange und einen Skorpion.

Die beiden Tiere kultivierten in den Bergen, sie kümmerten sich nicht um weltliche Dinge und schadeten auch den Menschen nicht. Doch da sie giftig waren, glaubte der Herrscher von Banyue, dass sie früher oder später Menschen angreifen würden, und so beschloss er, sie hinzurichten. Die beiden Geister bettelten um ihr Leben, aber der Herrscher war von Natur aus grausam und zwang sie, sich auf einem Bankett zu paaren. Es diente ihm und den anwesenden Ministern zur Belustigung und als die Feier vorbei war, richtete er sie dennoch hin. Nur die Königin hatte Mitleid mit ihnen, wagte aber nicht, sich ihrem Mann zu widersetzen. Nach der Hinrichtung pflückte sie ein großes Blatt eines Krauts und bedeckte die Leichen damit.

Die beiden Geister verwandelten sich in hasserfüllte Dämonen und belegten Banyue mit einem Fluch: Ihre Nachkommen würden für immer im Königreich bleiben und das Volk von Banyue töten. Aus diesem Grund traf man die Skorpionschlangen nur in Banyue an und wenn man von ihnen gebissen oder gestochen wurde, sorgte das starke Gift dafür, dass man eines elenden Todes starb. Doch da die Königin Erbarmen gezeigt hatte, wirkte das Kraut, mit dem sie die beiden damals bedeckt hatte, als Gegengift.

»Dieses Kraut heißt Shanyue und es wächst nur auf dem Gebiet des früheren Königreichs«, beendete San Lang seine Ausführungen.

Die Händler hegten Zweifel.

»Kann man so einer Legende Glauben schenken?«

»Junger Mann, Leben ist kostbar, macht keine Scherze!«

Doch San Lang lächelte nur und entgegnete nichts mehr.

Tiansheng wandte sich nun wieder an ihren Führer: »A-Zhao, stimmt das, was der Mann in Rot da gerade gesagt hat?«

A-Zhao zögerte kurz, dann antwortete er: »Ob die Legende wahr oder falsch ist, weiß ich nicht. Aber dieses Kraut namens Shanyue gibt es in Banyue wirklich und es wirkt tatsächlich als Gegengift.«

»Das heißt also, es gibt nur eine Rettungsmöglichkeit, wenn man von einer Skorpionschlange gestochen wurde. Und dazu muss man sich auf Banyue-Gebiet begeben?«, vergewisserte sich Xie Lian noch einmal.

Kein Wunder, dass so viele Reisende trotz der Gerüchte, dass mehr als die Hälfte der Leute verschwand, Banyue-Gebiet betreten hatten. Sie hatten nicht freiwillig den Tod gesucht, aber wären sie nicht gegangen, wären sie eines sicheren Todes gestorben.

Die Skorpionschlange war das Totem der dämonischen Kultiviererin von Banyue und konnte von ihr kontrolliert werden. Es war gewiss kein Zufall, dass sie diesen Tieren begegnet waren. Sie waren nur drei Himmelsbeamte, sie würden die Sicherheit der Händler nicht garantieren können und es könnten auch noch mehr Skorpionschlangen auftauchen.

Xie Lian hob seine Finger an die Schläfe, um den spirituellen Kommunikationskanal zu betreten. Er wollte um die Unterstützung weiterer Offiziere bitten, auch wenn es schamlos war. Doch es tat sich nichts. Verwirrt nahm er die Hand wieder herunter. *Meine spirituelle Energie kann doch nicht schon wieder aufgebraucht sein? Ich habe doch berechnet, dass noch etwas übrig sein müsste.*

Daraufhin wandte er sich zu Nan Feng und Fu Yao: »Könntet Ihr versuchen, Euch mit dem Kommunikationskanal zu verbinden? Ich komme nicht hinein.«

Nach einem Augenblick verfinsterten sich ihre Mienen und Nan Feng sagte: »Ich auch nicht.«

An Orten mit starker böser Aura konnte die spirituelle Energie von Himmelsbeamten vorübergehend geschwächt oder blockiert werden. So wie es aussah, befanden sie sich gerade an einem solchen Ort.

Xie Lian lief eine Weile auf und ab, bis er wieder den Kopf hob und sagte: »Vielleicht wurde unsere spirituelle Energie blockiert, weil wir uns nicht weit von Banyue befinden ...«

Da sah er plötzlich aus dem Augenwinkel etwas Rotes glitzern.

Nan Feng und Fu Yao versuchten weiterhin, in den Kommunikationskanal zu gelangen, und die Händler waren damit beschäftigt, ihren Körper nach Stichwunden abzusuchen, während Tiansheng geistesabwesend Onkel Zheng im Arm hielt. Niemand hatte bemerkt, dass eine purpurrote Skorpionschlange Tianshengs Rücken hinaufgekrochen war.

Nun saß sie auf seiner Schulter und zeigte ihre Zähne. Allerdings hatte sie es nicht auf den Hals des Jungen abgesehen, sondern auf den Arm von San Lang, der unbekümmert neben ihm stand.

Sie zog ihren Körper zurück und schoss auf ihn los.

Gerade als sich die Zähne in San Langs Fleisch bohren wollten, streckte Xie Lian seine Hand aus und packte sie präzise am Herzen.

Er hätte problemlos so viel Kraft ausüben können, dass die Schlange geplatzt wäre und ihre Gedärme sich verteilt hätten, aber da er nicht wusste, ob ihr Fleisch nicht auch giftig war, wagte er es nicht, vorschnell zu handeln. Stattdessen versuchte er, nach ihrem Schwanz zu greifen, doch das war schwieriger als gedacht. Der Körper der Schlange war so glitschig, dass er ihm entglitt, und eine Sekunde später spürte er einen pochenden Schmerz auf dem Handrücken.

2

Sie hatte ihn gestochen.

Doch danach gelang es ihm, den Schwanz zu fassen, und er drückte so fest zu, dass das Tier ohnmächtig wurde. Die Einstichstelle hatte sich noch nicht verfärbt. Er warf die bewusstlose Schlange auf den Boden und sagte: »Seid alle vorsichtig, vielleicht sind noch mehr Skorpionschlangen in der Nä...«

Er hatte seinen Satz noch nicht beendet, als er Druck auf seinem Handgelenk spürte. San Lang hatte nach ihm gegriffen. Xie Lian stutzte. »San Lang?«

Etwas stimmte nicht mit dem jungen Mann. Sein Gesichtsausdruck war so sonderbar, dass man ihn kaum beschreiben konnte, aber er jagte einem Angst ein.

San Lang starrte Xie Lians Hand an. Das Loch war eigentlich nicht größer als ein Nadelstich gewesen, doch das Gift war so stark, dass sein Handrücken sich im Nu in einen großen lila Klumpen verwandelt und das Loch sich auf die Größe eines Messerstiches ausgeweitet hatte.

Ruhig und wortlos griff San Lang nach Ruoye und schnürte das Seidenband so fest um Xie Lians Handgelenk, dass das vergiftete Blut nicht weiterfließen konnte. Auch wenn Ruoye sich gern an Xie Lian schmiegte, war es normalerweise nicht so brav, San Lang jedoch fügte es sich, als wäre es unbeseelt.

Seitdem sie sich kannten, hatte Xie Lian noch nie so einen Gesichtsausdruck bei San Lang gesehen. Er wollte gerade etwas sagen, als der junge Mann sich umdrehte und von der Hüfte eines Händlers einen Dolch zog. Nan Feng war sofort klar, was er vorhatte, und er erzeugte eine Flamme. Ohne ihn anzusehen, desinfizierte San Lang die Spitze des Dolches in der Flamme, wandte sich wieder Xie Lian zu und ritzte schnell ein Kreuz über seine Wunde. Er wollte die Hand gerade zum Mund anheben, als Xie

Lian sagte: »Tu das nicht. Das Gift ist viel zu stark, es auszusaugen bringt nichts. Vielleicht vergiftest du dich auch noch …«

Doch der junge Mann ließ nicht mit sich reden, umklammerte Xie Lians Handgelenk nur noch fester und legte die Lippen an. Xie Lian konnte sich nicht erklären, warum, aber er hatte das Gefühl, dass sein Handgelenk leicht zitterte.

»Ich fasse es nicht, dass Ihr Euch habt stechen lassen«, schaltete Fu Yao sich nun ein. »Die Schlange hätte es wahrscheinlich gar nicht geschafft, ihn zu beißen. Warum seid Ihr dazwischengegangen? Ihr habt nur Probleme verursacht.«

Damit hatte er nicht unrecht. Wenn Xie Lian daran zurückdachte, wie San Lang die Skorpionschlange in der Höhle beinahe verknotet hatte, musste er zugeben, dass der junge Mann sich mit großer Wahrscheinlichkeit nicht hätte beißen lassen. Doch was, wenn er das Tier tatsächlich nicht bemerkt hatte? Dann würde Xie Lian es nun bereuen, nicht gehandelt zu haben.

Mit der unverletzten Hand winkte er ab und entgegnete: »Es tut nicht weh und sterben werde ich davon auch nicht, macht Euch keine Sorgen.«

»Tut es wirklich nicht weh?«, fragte Fu Yao zurück.

»Wirklich nicht, ich spüre nichts mehr«, antwortete Xie Lian ernst.

Er hatte nicht gelogen. Da er immerzu vom Pech verfolgt war, war er in der Wildnis schon oft auf Schlangen oder andere giftige Tiere getreten. Er war bestimmt schon tausendmal gebissen worden. Doch sie konnten ihn nicht totkriegen. Im schlimmsten Fall hatte er ein paar Tage lang Fieber, doch sobald er aufwachte, war er wieder munter, als wäre nie etwas gewesen. Zudem war er auch nicht sonderlich schmerzempfindlich. Er hatte sich schon längst an alle möglichen Arten von Schmerz gewöhnt.

San Lang hob nun endlich wieder den Kopf. An seinen Lippen klebte Blut. Die Schwellung auf Xie Lians Handrücken war bereits zurückgegangen.

San Langs Blick war eiskalt und er sah an ihm vorbei zu der Skorpionschlange auf dem Boden.

Plötzlich war ein lauter Knall zu hören. Die Schlange war explodiert und ihre purpurroten Gedärme in tausend Stücke zerrissen.

Die Händler erschraken. Auch wenn nichts auf ihnen gelandet war, waren sie verängstigt, da sie nicht wussten, wer dafür verantwortlich war.

Als Tiansheng wieder einfiel, dass Xie Lian auch gestochen worden war, fragte er schnell: »Ihr wurdet auch gestochen? Was macht Ihr jetzt?«

Xie Lian zurrte das Seidenband an seinem Handgelenk fest und antwortete lächelnd: »Guter Junge, mach dir keine Sorgen. Der Plan ist nach wie vor, nach dem Shanyue-Kraut zu suchen.«

»Ihr geht es suchen?«, fragte einer der Händler. »Was ist dann mit uns? Sollte nicht auch jemand von uns mitkommen?«

»Nicht nötig«, entgegnete Xie Lian. »Das Banyue-Gebiet steckt voller Gefahren. Je mehr Leute mitkommen, desto eher könnte etwas schiefgehen. Wir werden innerhalb eines Tages zurückkommen und euch das Kraut geben.«

Daraufhin sagten die Händler:

»Wi... Wirklich?! Ich danke Euch vielmals ...«

»Das können wir doch nicht zulassen ...«

Doch bei Xie Lians nächstem Satz, änderten sich ihre Mienen schlagartig: »Damit wir Banyue so schnell wie möglich finden, würde ich mir gern Euren Mann ausleihen, um uns den Weg zu weisen.«

Natürlich meinte er A-Zhao. Waren die Händler einen Moment zuvor noch dankbar und froh gewesen, zögerten sie nun. Xie Lian war klar, weshalb sie sich Sorgen machten. Wenn A-Zhao sie begleitete, könnten sie sich einfach aus dem Staub machen, nachdem sie das Shanyue-Kraut gefunden hatten. Und selbst wenn A-Zhao später das schlechte Gewissen plagen und er zurückkommen würde, wäre zu viel Zeit vergangen.

Allerdings wollten sie auch nicht das verfluchte Banyue-Gebiet betreten und wussten nun nicht, was sie tun sollten.

Das war nur natürlich. Xie Lian konnte ihr Zögern verstehen und so fügte er hinzu: »Bleibt zur Sicherheit bei ihnen, Fu Yao, falls wieder irgendetwas angreifen sollte.«

Mit dieser Abmachung konnten sich die Händler zufriedengeben und sie nickten endlich. »In Ordnung, solange A-Zhao einverstanden ist.«

Daraufhin wandte sich Xie Lian an A-Zhao: »Wärt Ihr gewillt, uns zu helfen? Ihr könnt auch Nein sagen.«

A-Zhao nickte. »Ich kann Euch gern helfen. Aber Banyue ist eigentlich leicht zu finden. Ihr müsst nur immer geradeaus in diese Richtung laufen.«

Er verabschiedete sich von den Händlern und zog mit Xie Lian, San Lang und Nan Feng im Schlepptau los. Nachdem sie ein Stück gegangen waren, fragte Xie Lian: »A-Zhao, tauchen Skorpionschlangen oft hier auf?«

»Ganz im Gegenteil. Ich habe sie auch zum ersten Mal gesehen«, erwiderte der Führer.

Xie Lian nickte und fragte nicht weiter. Er hatte früher auch eine Zeit lang in der Nähe von Banyue gelebt und war nie einer Skorpionschlange begegnet, daher gab es an der Antwort nichts zu bezweifeln.

Nan Feng ahnte etwas und flüsterte Xie Lian zu: »Verdächtigt Ihr diesen A-Zhao?«

»Wenn wir ihn schon mitgenommen haben, können wir ihn ja etwas beobachten«, antwortete Xie Lian ebenso leise.

Normalerweise wäre San Lang der Erste gewesen, der ihn gefragt hätte, doch seine Miene wirkte noch immer sonderbar und er schwieg. Xie Lian wusste nicht, was mit ihm los war, und konnte ihn auch nicht darauf ansprechen. Es blieb ihm nichts anders übrig, als stumm weiterzulaufen.

Der Sturm hatte sich längst gelegt, sodass sie schnell vorankamen. Etwa eine Stunde lang durchquerten die vier die weite Wüste Gobi, bis hier und da Unkraut zwischen Sand und Steinen zu sehen war.

Als die Sonne schon fast untergegangen war, erkannte Xie Lian in der Ferne endlich eine heruntergekommene Stadt.

Sie war nicht leicht zu erkennen, da der Sand die Lehmgebäude eingehüllt hatte und sie sich farblich somit in die Wüste einfügten. Auch von der Stadtmauer waren nur noch Ruinen übrig, die teilweise komplett unter dem Sand vergraben waren. Erst als sie sich näherten, erkannten sie, dass einige noch vorhandene Teile der Mauer über vierzig Meter in die Höhe ragten. Man konnte sich gut vorstellen, wie majestätisch sie einst gewesen sein musste.

Sie passierten das Stadttor – nun befanden sie sich offiziell auf Banyue-Grund.

Vor ihnen erstreckte sich weit und leer die Hauptstraße. Zu beiden Seiten erkannten sie heruntergekommene Häuser sowie vereinzelte Steinbrocken und Holzreste.

»Seid vorsichtig und bleibt zusammen«, ermahnte A-Zhao die anderen, vermutlich aus Gewohnheit. Diese Warnung war selbstverständlich überflüssig.

Auf Nan Fengs Gesicht zeichneten sich Zweifel ab. Er hatte sich Banyue wohl ganz anders vorgestellt. »Ist das hier wirklich das einstige Königreich Banyue? Selbst manche Städte sind größer als dieser Ort.«

»Die Größe eines Wüstenreichs hängt von der Größe der Oase ab«, erklärte Xie Lian. »In seiner Blütezeit lebten mehrere Zehntausend Menschen in Banyue. Damals ging es sehr lebhaft zu.«

»So ein kleines Land zu besiegen muss eine Sache von wenigen Tagen gewesen sein«, folgerte Nan Feng.

Xie Lian schüttelte den Kopf. »Das kann man so nicht sagen. Unterschätzt das Volk von Banyue nicht, Nan Feng. Obwohl sie nicht viele waren, ist die Zahl der Soldaten nie unter Viertausend gesunken. Es gab viele Männer und wenige Frauen im Volk. Mit Ausnahme der Alten, Kranken und Schwachen sowie der Bauern schlossen sich fast alle Männer der Armee an. Und ein jeder dieser Soldaten war um die drei Meter groß. Sie waren kämpferisch und unerschrocken. Selbst wenn Schwerter in ihrer Brust steckten, hörten sie nicht auf, die Gegner mit ihrem Morgenstern anzugreifen. Sie waren wirklich nicht leicht zu besiegen.«

A-Zhao warf einen Blick auf Xie Lian. Er wirkte ein wenig überrascht. »Der junge Herr weiß aber gut Bescheid.«

Xie Lian lächelte ihn an und wollte die Gelegenheit nutzen, um etwas mit ihm zu plaudern, doch da fragte Nan Feng: »Was ist das für eine Mauer?« Er zeigte auf ein gigantisches sandfarbenes Bauwerk in der Ferne.

Eigentlich konnte man es nicht als »Bauwerk« bezeichnen. Streng genommen waren es nur vier in sich geschlossene Lehmwände ohne Türen oder Dach. Sie waren über dreißig Meter hoch und auf einer von ihnen war ein Galgen angebracht, an dem eine Fahne oder etwas Ähnliches flatterte. Aus irgendeinem Grund schauderte es einen bei diesem Anblick.

Xie Lian warf einen flüchtigen Blick darauf und sagte: »Das ist die Sündergrube.«

Nan Feng runzelte die Stirn. Der Name verhieß gewiss nichts Gutes. »Sündergrube?«

»Ihr könnt es Euch als eine Art Gefängnis vorstellen«, erklärte Xie Lian nach kurzem Zögern.

»Es gibt nicht einmal eine Tür«, wandte Nan Feng ein. »Wie sollten Verbrecher dort eingesperrt werden? Wurden sie etwa von oben hineingeworfen?«

Xie Lian überlegte gerade, ob er antworten sollte oder nicht, als San Lang sich ins Gespräch einmischte: »Genau, sie wurden hineingeworfen. Und auf dem Grund war alles voller giftiger Tiere und hungriger Bestien.«

Xie Lian war erleichtert, San Lang endlich wieder sprechen zu hören. Doch als er zu ihm hinübersah, wich er seinem Blick aus.

»Verdammt, das ist doch kein Gefängnis!«, schimpfte Nan Feng. »Das ist grausamste Folter! Wenn das Volk von Banyue keinen Dachschaden hatte, waren sie böse Menschen.«

Xie Lian rieb sich die Stirn. »Nicht alle waren so, es gab auch liebe Menschen in Banyue.« Auf einmal zog er die Augenbrauen zusammen. »Moment.«

Die anderen drei blieben sofort stehen und Xie Lian zeigte auf den Galgen. »Könnt ihr erkennen, was da hängt? Ist das etwa ein Mensch?«

Durch die Dämmerung war aus der Ferne nicht einfach zu erkennen gewesen, was dort angebracht war. Doch nun, da sie näher dran waren, konnten sie die Silhouette eines Menschen ausmachen. Die Gestalt war mager und winzig und in eine zerfetzte schwarze Robe gekleidet. Wie sie so am Galgen hing, wirkte sie wie eine Stoffpuppe, die im Wind hin und her schwang.

»Ja, das ist ein Mensch«, erwiderte San Lang.

A-Zhaos Gesicht wurde bleich. Die Szene war so unheimlich, dass sie selbst bei ihm, der die Ruhe in Person war, eine Gemütsregung abrang.

Plötzlich flüsterte San Lang ihnen zu: »Da ist jemand.«

Er war nicht der Einzige, der etwas bemerkt hatte, auch Xie Lian hatte leichtfüßige Schritte vernommen. Die vier teilten sich schnell auf und versteckten sich in den heruntergekommenen Häusern zu beiden Seiten der Straße, Xie Lian und San Lang links und Nan Feng und A-Zhao rechts. Wenig später tauchte am Ende der kaputten Straße eine Frau auf.

Sie war in eine federleichte schneeweiße Robe gekleidet und hielt einen Fliegenwedel in der Hand. Während sie die Straße entlanglief, blickte sie immer wieder nach links und rechts. Ihre Augen glänzten, als befände sie sich gerade nicht in einer verlassenen Stadt, sondern in einem prächtigen Garten.

Nicht weit hinter ihr folgte eine Frau in Schwarz, die Hände hinter dem Rücken verschränkt. Ihre Gesichtszüge strahlten eine kühle Schönheit aus und ihr Blick war schneidend wie ein Schwert. Das lange, offene Haar wehte im Wind und sie verströmte eine eisige Aura. Auch wenn sie hinter der Frau in Weiß lief, war offensichtlich, dass sie keine Untergebene war.

Es waren die beiden Kultivierer, die sie mittags bei dem verlassenen Wirtshaus gesehen hatten.

Als Xie Lian sie dort bemerkt hatte, waren sie so schnell wieder weg gewesen, dass er nicht hatte erkennen können, ob die hochgewachsene schwarze Gestalt ein Mann oder eine Frau gewesen war. Nun wurde ihm klar, dass es sich um zwei Frauen handelte. Die Frau in Weiß war sicherlich Staatspräzeptorin Banyue, aber wer mochte die in Schwarz sein?

Den Fliegenwedel langsam hin und her schwenkend fragte Staatspräzeptorin Banyue: »Wo haben sie sich versteckt? Da passt man einen Moment nicht auf und schon sind sie verschwunden. Muss ich etwa jeden einzeln aus seinem Versteck zerren und töten?«

Sie müssen uns beobachtet haben, seit wir die Stadt betreten haben, überlegte Xie Lian.

Die Frau in Schwarz holte Staatspräzeptorin Banyue ein und sagte mit ausdruckslosem Gesicht: »Du kannst doch deine Freunde herbeirufen, damit sie dir helfen, sie alle umzubringen.«

Mit »Freunde« konnte sie nur die brutalen Soldaten von Banyue meinen. Staatspräzeptorin Banyue fing an zu lachen. »Ha! Ich rufe nicht gern andere Leute außer dich. Bist du jetzt glücklich?«

Die Frau in Schwarz ließ sich jedoch nicht darauf ein, kühl entgegnete sie: »Warum sollte ich glücklich sein, wenn du mich wegen so etwas rufst? Lass uns schnell weitergehen.«

Ihr Gegenüber zog eine Augenbraue hoch, lief dann aber tatsächlich weiter. Wenn man den beiden bei ihrer Unterhaltung zuhörte, mussten sie gute Freundinnen sein, die sich schon seit Langem kannten.

Sie waren offensichtlich keine gewöhnlichen Menschen. Die Frau in Schwarz musste jemand Namhaftes sein. Wer könnte mit Staatspräzeptorin Banyue so vertraut sein? War sie irgendeine mysteriöse Kultiviererin? Oder eine Königin oder Generalin aus Banyue, von der die vier nichts wussten?

Während Xie Lian angestrengt nachdachte, bemühte er sich, den Atem anzuhalten. Er wollte auf keinen Fall von den beiden Frauen entdeckt werden. Staatspräzeptorin Banyue schien unberechenbar. Wenn sie sie entdeckte und aus einer Laune heraus die legendären drei Meter großen, Morgenstern schwingenden Banyue-Soldaten herbeirief, wären sie eine ganze Weile damit beschäftigt, diese zu bekämpfen. Sie hatten nur vierundzwanzig Stunden, da zählte jede einzelne. Doch je weniger sich Xie Lian etwas herbeiwünschte, umso wahrscheinlicher traf es ihn. Die Frau in Schwarz war nun auf Höhe des Hauses, indem sie sich versteckt hielten, und blieb plötzlich stehen. Ihr Blick streifte über das Haus.

Staatspräzeptorin Banyue war schon ein gutes Stück weitergelaufen. Als sie bemerkte, dass ihre Gefährtin stehen geblieben war, drehte sie um und rief: »Hey, kommst du?«

»Bleib zurück«, erwiderte die Frau in Schwarz.

»Oh.« Staatspräzeptorin Banyue tat wie ihr geheißen.

Die Frau in Schwarz wollte gerade die Hände heben, als vom gegenüberliegenden Haus plötzlich ein lauter Knall ertönte.

Das Haus, in dem Nan Feng und A-Zhao sich versteckt hielten, war auf einmal eingestürzt und hatte auch die Häuser um sich herum mitgerissen. Wellen aus Sand und Staub rollten über die Straße und plötzlich kam aus diesen ein schwarzer Schatten hervorgesprungen, der Staatspräzeptorin Banyue mit mächtigen Feuerbällen angriff.

Die Frau in Schwarz reagierte blitzschnell und stellte sich schützend vor sie. Die linke Hand hielt sie weiterhin hinter ihrem Rücken, während sie mit der rechten gekonnt die Feuerbälle abfing und sofort wieder zurückschoss. Der schwarze Schatten war allerdings genauso flink und wich aus. So ging es einige Male hin und her, bis er sich aus dem Staub machte.

Staatspräzeptorin Banyue jagte ihm sofort hinterher, während die Frau in Schwarz noch einmal zu dem Haus hinübersah, bevor sie ihnen folgte. Im Nu waren sie weg.

Xie Lian musste insgeheim ein Lob aussprechen: *Gut gemacht, Nan Feng!*

Er musste gesehen haben, dass sie kurz davor waren, entdeckt zu werden, und hatte ihnen daher geholfen, indem er den Feind abgelenkt hatte. Da nur er herausgesprungen war, musste A-Zhao sich noch in dem eingestürzten Haus befinden. Nachdem Xie Lian sich vergewissert hatte, dass die drei nicht mehr in Sicht waren, zog er San Lang nach draußen und rief: »A-Zhao, Ihr lebt noch, oder? Seid Ihr verletzt?«

Sofort erklang seine Stimme gedämpft unter den Trümmern: »Es geht mir gut.«

Xie Lian war erleichtert. »Ein Glück.«

Natürlich vertraute Xie Lian darauf, dass Nan Feng keine Menschen in Gefahr brachte und das Haus nicht unkontrolliert zum Einsturz gebracht hatte. Aber um wirklich aufatmen zu können, musste er sich dennoch vergewissern. Mit einer Hand hob er einen maroden Balken an und nach einer Weile kam A-Zhao mühevoll hervorgekrochen, von Kopf bis Fuß mit Staub bedeckt. Er klopfte sich ab und setzte wieder seine ausdruckslose Miene auf.

»Nun sind nur noch wir drei übrig. Nan Feng ist geflüchtet und wird verfolgt«, merkte Xie Lian an. »Wir müssen uns beeilen. A-Zhao, wisst Ihr, wo genau in der Stadt das Shanyue-Kraut wächst?«

A-Zhao schüttelte jedoch den Kopf. »Es tut mir leid, ich weiß zwar, wo sich Banyue befindet, habe die Stadt aber nie zuvor betreten. Daher weiß ich auch nicht, wo das Shanyue-Kraut wächst.«

Stattdessen antwortete San Lang: »Wie ich gehört habe, bevorzugt das Shanyue-Kraut Schatten. Es ist ein kleines Gewächs mit feinen Wurzeln, aber verhältnismäßig großen Blättern. Sie sind wie spitze Pfirsiche geformt. Wir sollten in der Nähe eines großen Gebäudes suchen.«

»Ein großes Gebäude …«, überlegte Xie Lian laut.

In jedem Reich gab es wohl kein größeres und prächtigeres Gebäude als den Königspalast. Zudem hatte die Königin in der Legende das Shanyue-Blatt nach einem Bankett gepflückt, also war die Wahrscheinlichkeit groß, dass das Kraut auf dem Palastgelände wuchs.

Die drei blickten in die Ferne und tatsächlich stand inmitten der Stadt ein Palast aus Backstein.

Von Weitem wirkte er nach wie vor majestätisch, doch je näher sie kamen, desto sichtbarer wurde, dass er in nicht viel besserem Zustand war als die anderen Gebäude. Als sie das Tor zum Palast durchquerten, erstreckte sich vor ihnen ein riesiger Garten. Womöglich war es früher gar kein Garten gewesen, sondern ein großer Platz oder etwas Ähnliches, doch nach vielen Jahren der Verwahrlosung hatten sich allerlei Gräser und Pflanzen ausgebreitet.

Tatsächlich traten sie nicht auf Sand, sondern auf Erde. Es musste sich um den letzten verbliebenen Fleck der einstigen Oase handeln. Es war gut möglich, dass sich das Shanyue-Kraut unter den vielen Pflanzen hier versteckte.

»Lasst uns keine Zeit verlieren. Wir haben nur vierundzwanzig Stunden«, sagte Xie Lian. »Aber seid vorsichtig und haltet Ausschau nach Skorpionschlangen.«

A-Zhao nickte und auch San Lang brachte mit einem »Mhm« sein Einverständnis zum Ausdruck. Also senkten sie ihren Blick und begannen zu suchen.

Da fiel Xie Lian wieder ein, dass Staatspräzeptorin Banyue die Skorpionschlangen kontrollieren konnte. Hier in ihrem Territorium hätten folglich noch mehr von ihnen auftauchen sollen, aber seitdem sie sich in Banyue befanden, hatte sich nicht eine Skorpionschlange blicken lassen. Er wollte sich gerade wieder aufrichten, um mit den anderen darüber zu sprechen, als seine Hand etwas Langes, Rundes zu fassen bekam. Als er nach unten sah, erkannte er, dass es sich um das Bein eines Menschen handelte.

»Aaaaaaaaaaaah!«

Erschrocken zog Xie Lian seine Hand zurück. Immer wenn er plötzlich irgendetwas Angsteinflößendes berührte oder sah, waren es die anderen, die zuerst schrien, bevor er auch nur einen Laut von sich geben konnte. Sollte es nicht eigentlich andersherum sein?

Das Gebüsch war so dicht und hoch gewachsen, dass sich ein Mensch problemlos darin verstecken konnte. Da rief eine Stimme aus dem raschelnden Gras: »Bitte schlagt mich nicht! Ich bin es!«

Xie Lian schob das Gras beiseite und entdeckte zu seinem Erstaunen den Jungen mit den dicken Brauen und den großen Augen, Tiansheng. Als dieser sah, dass Xie Lian ihn erkannt hatte, atmete er auf.

Er selbst hingegen war nicht erleichtert, sondern alarmiert und hielt schützend eine Hand vor sich. »Bist du nicht mit den anderen zurückgeblieben, um nach dem Verletzten zu sehen? Wieso bist du hier? Bist du wirklich Tiansheng?«

Unter den gegebenen Umständen war es wahrscheinlicher, dass irgendetwas anderes sich als der Junge ausgab.

Schnell entgegnete Tiansheng: »Ich bin es wirklich! Und ich bin auch nicht allein gekommen, wir sind zu viert. Sie sind drinnen. Seht nach, wenn Ihr mir nicht glaubt!«

Er zeigte auf das heruntergekommene Palastgebäude und tatsächlich kamen wenig später drei Männer aus dem Inneren. Es waren die Händler, die sie zuvor gesehen hatten. Als sie Xie Lian erblickten, stutzten sie und senkten ihren Blick beschämt.

Xie Lian seufzte. Nun richtete er sich endlich wieder auf und strich den Rock seiner Robe glatt. »Was macht Ihr alle hier?«

Keiner der betretenen Händler beantwortete seine Frage. Nach einer halben Ewigkeit murmelte Tiansheng: »Kurz nachdem Ihr weg wart, hat sich Onkel Zhengs Zustand plötzlich stark verschlechtert. Und wir ... wir konnten ja nicht wissen, wann Ihr zurückkehren würdet. Was, wenn Ihr das Shanyue-Kraut gar nicht oder zu spät finden würdet? A-Zhao meinte ja, man müsse immer nur geradeausgehen, um nach Banyue zu kommen, und wir haben gedacht, wenn mehr Männer suchen, finden wir das Kraut schneller ...«

Im Kern hatten sie es also doch bereut. Sie hatten weiterhin befürchtet, dass Xie Lian und die anderen mit A-Zhao verschwinden würden, sobald sie das Shanyue-Kraut gefunden hätten, also waren sie ihnen gefolgt. Zudem konnte sich Xie Lian gut vorstellen, dass Fu Yao gar nicht erst versucht hatte, die Händler aufzuhalten, wenn sie nicht auf ihn hören wollten. Wenn jemand entschlossen war, in den Tod zu rennen, konnte man ihn nicht aufhalten.

Resigniert entgegnete er: »Ihr seid wirklich waghalsig. Ihr wisst doch, was hier passieren kann, und Ihr wagt Euch trotzdem her?«

Tiansheng schien sich bewusst zu sein, dass ihr Verhalten erkennen ließ, dass sie Xie Lian und seinen Gefährten nicht trauten. Wohl aus schlechtem Gewissen hatte er sich im Gras versteckt und keinen Ton von sich gegeben. »Entschuldigt bitte, aber wenn es um Leben und Tod geht ...«

Da konnte man nichts machen, es war nur natürlich, dass Menschen argwöhnisch wurden, wenn es um Leben und Tod ging. Und immerhin hatten sie sich für jemand anders freiwillig in Gefahr begeben. Im Grunde waren sie also gutherzig. Xie Lian hatte dem nichts mehr entgegenzusetzen und er rieb sich die Stirn. »Ihr habt Glück gehabt, dass euch noch nichts passiert ist, seitdem ihr die Stadt betreten habt. Aber woher wusstet ihr, dass ihr im Palast nach dem Shanyue-Kraut suchen müsst?«

Tiansheng kratzte sich am Kopf. »Das wussten wir eigentlich nicht. Aber dieser Mann in Rot hat erzählt, dass die Königin das Shanyue-Blatt gepflückt haben soll, und Königinnen können doch nicht oft den Palast verlassen, oder? Also habe ich mir gedacht, wenn wir hier suchen, haben wir vielleicht Glück.«

Der Junge ist nicht dumm. Sein Gedankengang war richtig, überlegte Xie Lian.

Da sagte San Lang plötzlich: »Ich habe es gefunden.«

Xie Lian drehte sich um und San Lang streckte ihm die Hand entgegen. In dieser hielt er ein kleines jadegrünes Blatt, an dem noch die Wurzel hing.

Es war in etwa so groß wie die Handfläche eines Säuglings, hatte die Form eines spitzen Pfirsichs und die Wurzel war dünn. Er brauchte A-Zhao gar nicht zu fragen, Xie Lian war sich sicher, dass es sich nur um das legendäre Shanyue-Kraut handeln konnte.

Noch bevor er etwas sagen konnte, hatte sich San Lang schon seine verletzte Hand geschnappt. Nach dem Stich war die Hand so stark geschwollen gewesen, dass der Anblick einem Angst eingejagt hatte, doch seitdem San Lang das Gift ausgesaugt hatte, war die Schwellung stark zurückgegangen, auch wenn noch etwas Gift zurückgeblieben war.

Mit einer Hand hielt San Lang also Xie Lians und in der anderen hatte er das Shanyue-Kraut. Er ballte sie zur Faust und als er sie wieder öffnete, war das Kraut zu einem grünen Pulver geworden – wie auch immer das passiert war. Als er es vorsichtig auf Xie Lians Wunde auftrug, spürte dieser ein warmes Schaudern in sich aufsteigen. »Danke, San Lang.«

San Lang antwortete nicht. Als er fertig war mit Auftragen, ließ er Xie Lians Hand sofort los.

Schon wieder herrschte diese seltsame Stimmung zwischen ihnen, doch Xie Lian wusste nicht, wie er den jungen Mann darauf ansprechen sollte. Ihm wollte einfach nichts Angemessenes einfallen.

Die anderen teilten seine subtile Wahrnehmung nicht und Tiansheng fragte ungeduldig: »Ist es schon besser geworden? Hat das Kraut etwas gebracht?«

Xie Lian drehte sich wieder zu ihm. »Ja, es ist schon viel besser. Das muss das richtige Kraut sein.«

Bei diesen Worten hellten sich die Mienen der Händler auf. »Lasst uns schnell noch mehr suchen!«

Wenig später pflückte auch A-Zhao ein Kraut und sagte: »Ich habe auch welches gefunden.«

Das Blatt in seiner Hand war nicht zu vergleichen mit dem bemitleidenswert winzigen Blatt, das San Lang gefunden hatte. Es war um ein Vielfaches größer. Die anderen kamen zu ihm, um es zu betrachten, und vergewisserten sich, dass die Form stimmte – es war dasselbe Kraut. Aufgeregt riefen sie:

»Das ist aber groß!«

»Hier gibt es noch viel mehr!«

»Lasst uns schnell welche pflücken!«

»Sollen wir noch mehr pflücken und sie später verkaufen?«

Während die Händler mit Pflücken beschäftigt waren, betrachtete Xie Lian wieder seine Hand und rang nach Worten. Dann fragte er San Lang: »Bist du nicht vorhin da vorbeigelaufen, wo sie gerade pflücken? Hast du das Kraut nicht gesehen?«

Kaum hatte er die Frage gestellt, fand er sie schon völlig unnötig. San Lang jedoch schüttelte den Kopf und sagte: »Das Kraut dort drüben sollte man besser nicht verwenden.«

Xie Lian war überrascht. »Warum?«

Doch bevor San Lang ihm den Grund nennen konnte, schrie plötzlich jemand: »Verzieh dich!«

Verwirrt blickten die Händler sich gegenseitig an und stutzten:

»Wer war das?«

»Ich nicht!«

»Ich auch nicht ...«

Da ertönte die wehleidige Stimme erneut: »Geh weg, du stehst auf mir drauf ...«

Diesmal wurde es allen klar: Die Stimme kam aus dem Boden unter ihnen!

Sie zögerten keine Sekunde und rannten davon. Nun war es wohl wieder an Xie Lian, sich anzusehen, was da los war. Er war es schon gewohnt anzutreten, wenn alle anderen das Weite suchten. Also ging er zu der Stelle, von der die Stimme gekommen war, und schob das dichte Gestrüpp beiseite. Währenddessen hielten die Händler den Atem an.

Auf dem Boden kam das Gesicht eines Mannes zum Vorschein.

Dort war ein lebendiger Mensch eingegraben. Nur das Gesicht schaute heraus. Der Anblick war so furchterregend, dass die Händler sich aneinander festhielten und schrien.

Xie Lian beschwichtigte sie geübt: »Keine Panik, beruhigt Euch. Das ist nichts Besonderes, nur ein Gesicht. Ihr habt doch alle ein Gesicht, nicht wahr?«

Da fing das Gesicht an zu lachen. »Habe ich euch etwa erschreckt? Hach ... Ich erschrecke mich oft auch selbst.«

Xie Lian ging in die Hocke und betrachtete das Gesicht genauer.

Im normalen Zustand war das Gesicht des Mannes flach wie ein Pfannkuchen und wenn er lachte, wurde es ganz faltig. Es war schwer zu beurteilen, ob es jung oder alt, hübsch oder hässlich war. Egal wie lange Xie Lian es betrachtete, er fand keine Antwort, also blieb ihm nichts anderes übrig, als direkt zu fragen: »Wer bist du?«

Doch das Gesicht fragte zurück: »Wer seid ihr?«

»Reisende Händler«, gab Xie Lian zur Antwort.

Das Gesicht seufzte. »Ach, Händler also. Das war ich früher auch, ein reisender Händler. Das ist allerdings schon fünfzig, sechzig Jahre her.«

Es wurde immer gespenstischer.

Wenn dieser Mann schon seit fünfzig, sechzig Jahren hier in dieser verlassenen Stadt vergraben war, konnte er dann noch ein Mensch sein?

Zitternd vor Angst fragte einer der Händler: »Wa… Warum bist du dann … hier … im Boden?«

Das Gesicht hustete ein paarmal und erwiderte dann: »Ich … Ich wurde von Banyue-Soldaten gefangen genommen. Ich habe die Stadt versehentlich betreten und dann haben sie mich gefangen und hier vergraben, um dem Shanyue-Kraut als Dünger zu dienen …«

Das Shanyue-Kraut an dieser Stelle hatte also lebende Menschen als Dünger – kein Wunder, dass die Blätter so groß waren.

Die Händler ließen das Kraut sofort fallen. Sie fühlten sich, als hätten sie Leichenteile in ihren Händen gehalten. Auch Xie Lian warf unwillkürlich einen Blick auf seinen Handrücken, doch da hörte er San Lang sagen: »Dein Kraut hatte nichts Sonderbares an sich.«

Das erklärte, warum San Lang nicht die großen Blätter gepflückt hatte, obwohl er sie gesehen haben musste. Er hatte das Gesicht wohl schon entdeckt und erraten, dass es als Dünger diente, also hatte er das Kraut dort nicht angerührt und stattdessen woanders nach einem natürlich gewachsenen gesucht. Und dieses hatte er dann auf Xie Lians Wunde aufgetragen.

»Du bist so rücksichtsvoll, San Lang. Ich danke dir.«

San Lang schüttelte wieder nur den Kopf, sein Gesichtsausdruck blieb unverändert.

Seitdem Xie Lian von der Skorpionschlange gebissen worden war, verhielt sich San Lang so sonderbar. In den Tagen davor hatte er ihn ständig »großer Bruder« gerufen und nun sagte er gar nichts mehr. Bis auf die zwei Male, als er das Gift ausgesaugt und seine Wunde behandelt hatte, hatte er auch Körperkontakt vermieden, wie Xie Lian nun erkannte. Er konnte sich einfach keinen Reim aus seinem sonderbaren Verhalten machen und das machte ihn nervös.

Da ergriff das Gesicht wieder das Wort: »Ich habe schon lange keine lebenden Menschen mehr gesehen, könntet ihr ... näher kommen, damit ich euch besser sehen kann?«

Die Händler sahen sich an und hielten es für besser, dem nicht Folge zu leisten. Als auch nach einer halben Ewigkeit niemand reagierte, sagte das Gesicht wieder: »Was, wollt ihr etwa nicht? Ach ... wie schade ...«

»Was ist daran so schade?«, fragte Xie Lian.

»Seitdem ihr hier reingekommen seid, beschäftigt mich eine Sache. Ich möchte mich aber zuerst vergewissern, bevor ich es euch sage, deswegen habe ich euch gebeten, näher zu kommen. Ich wollte mir euch genau ansehen.«

»Weshalb?«, fragte Xie Lian wieder.

Das Gesicht setzte ein seltsames Lächeln auf. »Habt aber keine Angst, wenn ich es euch sage ... Unter euch ist jemand, den ich schon vor fünfzig Jahren gesehen habe.«

Nach diesen Worten standen allen die Haare zu Berge.

Wenn der vergrabene Mann jemanden hier schon vor fünfzig Jahren gesehen hatte, musste derjenige inzwischen mindestens siebzig, achtzig Jahre alt sein. Doch der Älteste unter ihnen war höchstens vierzig, wie war das also möglich?

Außer ... er war kein Mensch!

Xie Lian musterte einen nach dem anderen, angefangen mit A-Zhao bis hin zu Tiansheng. Er sah Überraschung, Furcht, Verwirrung und Entgeisterung in ihren Gesichtern. Ihre Reaktionen waren alle der Situation angemessen. Wenn man unbedingt jemanden finden wollte, der unpassend reagierte, blieb nur San Lang übrig, den das Ganze kalt ließ. Aber wenn es um San Lang ging, war gar keine Reaktion der Normalzustand.

Er wandte sich wieder dem Gesicht im Boden zu und fragte: »Wen meinst du?«

Die Muskeln im Gesicht zuckten mehrmals, bis ein schauerliches Lächeln entstand. Es wirkte, als bemühe es sich, vertrauensvoll auszusehen, konnte seine bösen Absichten aber nicht verbergen. Geheimnistuerisch entgegnete es: »Wenn du ... näher kommst, verrate ich es dir.«

Als er das zum ersten Mal gesagt hatte, hatte Xie Lian ihm noch zu achtzig Prozent geglaubt, aber nun waren es nur fünfzig. Wie konnte er wissen, ob dieses Monster ihn nicht nur hereinlegen wollte und zum Angriff übergehen würde, sobald er sich näherte?

Natürlich hörte Xie Lian nicht auf ihn, er stand auf und entfernte sich. Hastig rief das Gesicht ihm hinterher: »Wollt ihr wirklich nicht wissen, wer es ist? Er wird euch alle umbringen, so wie er es damals mit meinen Leuten getan hat!«

Kapitel 10:
Sturz in die Grube der Sünder

1

Das Gesicht fragte so oft nach, dass Xie Lian die Sache immer gefährlicher vorkam. Also warnte er die anderen: »Tretet alle zurück, geht nicht in seine Nähe und beachtet auch nicht, was es sagt.«

Eilig leisteten die Händler dem Folge und entfernten sich. Böse lachend rief das Gesicht ihnen hinterher: »Ach, geht doch nicht weg! Das ist doch nicht nötig. Ich bin auch nur ein Mensch, ich werde euch schon nichts tun!«

Das glaubst auch nur du, du siehst kein bisschen aus wie ein Mensch, dachte Xie Lian bei sich.

Da passierte plötzlich etwas Unerwartetes. Einer der Händler meinte wohl, er sollte trotz allem ein paar Shanyue-Blätter mitnehmen, und kam vorsichtig wieder ein paar Schritte näher. Doch als er sich bückte, um die Blätter, die sie vor Schreck fallen gelassen hatten, wieder aufzusammeln, erblickten ihn die Augen des Gesichts und blitzten auf.

Oh nein. Xie Lian eilte sofort zu ihm und rief: »Hebt sie nicht auf! Kommt zurück!«

Es war jedoch schon zu spät. Das Gesicht riss den Mund auf und ein leuchtend rotes Etwas kam hervorgeschossen.

Eine unnatürlich lange Zunge!

Xie Lian packte den Mann am Kragen und wollte ihn wegzerren, aber die Zunge des Gesichts war so lang, dass sie, begleitet von schallendem Gelächter, ins Ohr des Händlers eindrang.

Er spürte, wie der Körper, den er gepackt hielt, heftig erzitterte. Der Mann stieß einen kurzen Schrei aus und seine Glieder zuckten unaufhörlich, bis er auf die Knie sackte.

Die Zunge hatte irgendeinen blutigen Klumpen herausgefischt und stopfte diesen nun in den Mund des Gesichts. Es kaute mit blutverschmierten Lippen und lachte zugleich so laut, dass das Dach des heruntergekommenen Palasts beinahe einstürzte. »Hach, wie lecker! Lecker, lecker, lecker! Ich hatte solchen Hunger!«

Seine Stimme war schrill und die Augen blutunterlaufen, es war abscheulich. Der Mensch, dem das Gesicht gehörte, war hier schon seit fünfzig Jahren vergraben, er hatte sich längst an dieses dämonische Land angepasst und in etwas Fremdartiges verwandelt.

Xie Lian ließ den Kragen des Händlers los und wollte sich gerade auf das widerliche Monster stürzen, als dieses rief: »General! General! Sie sind hier, hier!«

Plötzlich ertönte ein Knurren noch böser als von wilden Bestien und ein schwarzer Schatten stürzte vom Himmel herab, um vor Xie Lians Füßen zu landen.

Der Aufprall war so heftig, dass der Boden erbebte. Und als die Gestalt sich langsam aufrichtete, versanken alle in ihrem überdimensionalen Schatten.

Dieser »Mensch« war einfach nur riesig. Sein Gesicht hatte den Farbton von Stahl und seine Züge ließen ihn wild und kämpferisch erscheinen, wie eine Bestie. Der Körper des Mannes ragte drei Meter auf, Brust und Schultern waren in eine Rüstung gehüllt. Er wirkte weniger wie ein Mensch, als vielmehr wie ein aufrecht gehender Wolf.

Nun sprangen noch … zehn oder mehr dieser Gestalten vom Dach des Palasts und stellten sich hinter ihm auf. Ein jeder dieser Riesen war stämmig gebaut und trug einen dicht mit spitzen Dornen besetzten Morgenstern über der Schulter. Wie ein Rudel Wölfe umkreisten sie Xie Lian und die anderen im Garten, als hätte jemand einen riesigen Eisenkäfig über sie gestülpt.

Es waren die Soldaten von Banyue.

Eine dunkle Aura ging von ihnen aus. Sie waren natürlich längst keine Menschen mehr. Xie Lian war höchst angespannt und hielt Ruoye zum Angriff bereit.

Doch wider Erwarten gingen die Soldaten nicht auf sie los. Stattdessen lachten sie so laut, dass der Himmel erbebte, und riefen sich gegenseitig Worte in einer fremden Sprache zu. Sie klang rau und kompliziert und viele Laute wurden mit der Zunge gerollt. Es handelte sich um die Landessprache von Banyue.

Obwohl Xie Lian in den vergangenen zweihundert Jahren den Großteil der Banyue-Sprache vergessen hatte, hatte er zuvor beim Grabstein gewissermaßen mit San Lang geübt und sich an einiges erinnert. Zudem sprachen die lauten Soldaten grob und mit einfachen Worten miteinander, sodass nicht schwer zu verstehen war, worüber sie redeten.

Die anderen Soldaten nannten den, der als Erstes aufgetaucht war, »General«. Außerdem hörte Xie Lian auch Wortfetzen wie »gefangen nehmen« und »erst mal nicht töten« heraus. Er atmete erleichtert auf und flüsterte den anderen zu: »Keine Panik, sie haben fürs Erste nicht vor, uns zu töten. Es scheint, als würden sie uns irgendwo hinbringen wollen. Tut nichts Unüberlegtes. Ich kann nicht garantieren, dass wir sie besiegen können. Lasst uns abwarten, bis sich eine Gelegenheit ergibt.«

Es war offensichtlich, dass die Banyue-Soldaten keine leichten Gegner waren. Auch wenn Xie Lian Ruoye hatte, würde es bei ihren dicken Hälsen eine ganze Weile dauern, um auch nur einen von ihnen zu strangulieren. Und sie waren immerhin ein ganzes Dutzend. Außerdem waren auch gewöhnliche Menschen bei ihnen, die sie beschützen mussten, also blieb Xie Lian erst einmal nur, zu beobachten.

San Lang erwiderte nichts und den Händlern kamen sowieso keine Ideen, selbst wenn sie gegen die Soldaten hätten vorgehen wollen. Mit Tränen in den Augen nickten sie nur.

Einzig das Gesicht, das aus dem Boden lugte, plapperte weiter: »General! General! Lasst mich frei! Ich habe Euch geholfen, den Feind zu fangen, also lasst mich nach Hause gehen! Ich will nach Hause gehen!« Als es die Soldaten erblickte, wurde es ganz hysterisch. Es schrie und wimmerte und ließ vereinzelt Worte aus der Banyue-Sprache in sein Gejammer einfließen. Diese hatte es sicherlich im Laufe der Zeit aufgeschnappt, wenn man bedachte, dass es schon seit fünfzig, sechzig Jahren hier unter der Erde lag.

Der General, wie ihn alle nannten, schien angewidert von diesem Etwas im Boden, das sich unaufhörlich wand und kreischte, und schwang seinen Morgenstern, sodass die scharfen Dornen sich in den Schädel gruben. Das Gesicht stieß einen spitzen Schrei aus und als der General den Morgenstern wieder anhob, zog er es mitsamt Anhang aus der Erde heraus. Somit war sein Wunsch, freigelassen zu werden, erfüllt.

Unterhalb des Halses kam jedoch kein menschlicher Körper zum Vorschein, sondern ein gruseliges Skelett.

Die Händler erschraken bei diesem Anblick so sehr, dass sie laut aufschrien. Als der zuvor vergrabene Mann sich von den Dornen löste und mit blutverschmiertem Gesicht auf den Boden plumpste, sah er an sich herab und wurde ebenfalls starr vor Schreck. Er sog scharf die Luft ein und fragte: »Was ist das? Was zur Hölle ist das?!«

»Das ist dein Körper«, erinnerte ihn Xie Lian.

Man konnte sich denken, was passiert war: Er hatte fünfzig Jahre lang unter der Erde gelegen und das Fleisch seines Körpers hatte dem Shanyue-Kraut in dieser Zeit als Nahrung gedient, bis nur noch das Skelett übrig geblieben war.

Der Mann wollte es nicht glauben. »Wie kann das sein? Mein Körper sieht nicht so aus. Das ist nicht mein Körper!«

Seine Stimme war voller Kummer. Die Szene war genauso tragisch, wie sie furchterregend war. Xie Lian schüttelte den Kopf und San Lang spöttelte: »Wieso ist dir dein Körper plötzlich so unerträglich? Was war das vorhin, was aus deinem Mund kam? Das fandest du nicht seltsam?«

»Was soll daran seltsam sein?«, entgegnete der Mann sofort. »Meine Zunge ist nur ... ein bisschen länger als gewöhnlich.«

In San Langs Augen lag nur Hohn. »Oh, natürlich, nur ein bisschen länger. Ha ha.«

»Genau! Sie ist nur ein bisschen länger. Ich musste mich all die Jahre von Insekten ernähren, um zu überleben, also hat sich meine Zunge mit der Zeit ausgedehnt.«

Wahrscheinlich war er noch lebendig gewesen, als man ihn vergraben hatte, und um zu überleben, hatte er vielleicht tatsächlich seine Zunge möglichst weit ausgestreckt, um Insekten zu fangen. Mit der Zeit hatte er sich jedoch in etwas anderes verwandelt und seine Zunge war immer länger geworden. Und was er nun aß, war auch viel fürchterlicher als Insekten.

Doch da er den Zustand seines Körpers in all den Jahren nie gesehen hatte, konnte er es nun nicht glauben und nicht akzeptieren, dass er kein Mensch mehr war. Er hörte nicht auf zu argumentieren: »Es gibt eben auch Menschen mit langen Zungen.«

San Lang lächelte. Xie Lian lief es kalt den Rücken hinunter. Das Lächeln des jungen Mannes war so eisig, als würde er einem im nächsten Moment die Haut abziehen wollen. »Glaubst du, du wärst noch ein Mensch?«, fragte er nun.

Die Frage schien in dem Mann ein Gefühl der Bedrohung auszulösen und er entgegnete unruhig: »Natürlich bin ich ein Mensch! Ich bin ein Mensch!«

Während er schrie, versuchte er angestrengt, seine skelettierten Arme und Beine in Bewegung zu setzen, um davonzukrabbeln. Die Tatsache, dass er nun befreit war, musste plötzlich ein Glücksgefühl in ihm ausgelöst haben und er fing an, wie wild zu lachen. »Ich kann nach Hause! Ich kann endlich nach Hause gehen! Ha ha ha ha ha ha ...«

Krack.

Sein Lachen war so schrill gewesen, dass der Banyue-General es nicht mehr ausgehalten hatte und ihn mit nur einem Tritt in tausend Stücke zermalmt hatte. Somit hatten die »Ich bin ein Mensch«-Rufe ihr Ende gefunden.

Nun rief der General den anderen Soldaten irgendetwas zu, woraufhin sie anfingen, zu brüllen und ihre Morgensterne zu schwenken. Auf diese Weise trieben sie Xie Lian und die anderen aus dem Palast hinaus.

Xie Lian lief voraus und San Lang folgte wie gewöhnlich dicht hinter ihm. Obwohl sie von den monströsen Banyue-Soldaten eskortiert wurden, waren seine Schritte wie immer gelassen, als befände er sich gerade auf einem Spaziergang. Xie Lian hatte schon die ganze Zeit auf eine Gelegenheit gewartet, um mit ihm zu reden, und als er sah, dass die Banyue-Soldaten sich wieder miteinander unterhielten und ihnen nicht viel Beachtung schenkten, flüsterte er ihm zu: »Sie nennen ihren Anführer ›General‹. Ich frage mich, wer er ist.«

Und tatsächlich antwortete San Lang ihm, wie immer, wenn er eine Frage stellte: »Als das Königreich Banyue vernichtet wurde, gab es nur einen General. Sein Name ist Kemo, übersetzt bedeutet das ›Mühlstein‹.«

»Mühlstein?« *Welch sonderbarer Name*, überlegte Xie Lian.

»Ja. Als Kind soll er sehr schwach gewesen und dafür von den anderen gehänselt worden sein. Also nahm er sich vor, stark zu werden und trainierte mit einem Mühlstein. Daher kommt sein Name.«

Unwillkürlich fragte sich Xie Lian, warum man ihn dann nicht »Dali«, den Starken, genannt hatte.

»Wenn man den Gerüchten glaubt, war Kemo der stärkste General, den es in der Geschichte des Reichs je gab«, fuhr San Lang fort. »Er war größer und kräftiger als alle anderen. Und zudem auch ein treuer Unterstützer von Staatspräzeptorin Banyue.«

»Ist er das auch nach seinem Tod noch?«, fragte Xie Lian zurück. »Bringen sie uns gerade zu Staatspräzeptorin Banyue?«

»Vielleicht.«

Was, wenn dort noch mehr Soldaten auf sie warteten? Wie würden sie dann entkommen? Und was war aus Nan Feng geworden, der die beiden Frauen weggelockt hatte? Das Shanyue-Kraut hatten sie gefunden, doch wie sollten sie es dem Verletzten bringen, bevor die vierundzwanzig Stunden abgelaufen waren? Xie Lian überlegte angestrengt, während sie sich immer weiter vom Zentrum entfernten.

Am Stadtrand blieben sie stehen. Xie Lian hob den Kopf. Vor ihm ragte eine gigantische sandfarbene Lehmwand auf.

Das war also das Ziel: die Sündergrube.

Auch wenn Xie Lian zuvor eine Zeit lang in der Nähe von Banyue gelebt hatte, hatte er die Stadt nicht oft betreten. Und natürlich war er nie in die Nähe der Sündergrube gekommen. Nun, da er das Bauwerk aus der Nähe betrachtete, fing sein Herz aus irgendeinem Grund an zu rasen.

An der Wand führte eine einfache Treppe nach oben. Während sie diese Schritt für Schritt erklommen, sah Xie Lian sich unaufhörlich aus der Höhe um, bis ihm endlich klar wurde, was sein Herzklopfen verursachte.

Es war nicht die Furcht vor diesem Ort der Folter und auch nicht die Sorge, dass sie alle hineingeworfen werden könnten. Sein Herzklopfen war eine natürliche Reaktion auf eine mächtige magische Formation.

Jemand hatte um die Grube herum eine außergewöhnlich starke Formation errichtet. Und zwar nur zu einem Zweck: die Hineingeworfenen davon abzuhalten, jemals wieder hinauszuklettern. Selbst wenn jemand ein Seil hinunterwarf oder eine Leiter aufstellte und derjenige in der Grube voller Hoffnung hinaufkletterte, würde nach der Hälfte der Zauber aktiviert und die Person erneut hinabgeschleudert werden.

Xie Lian stützte sich beim Treppensteigen unauffällig an der Wand ab. Nach einer Weile hatte er ihr Material ertastet. Sie sah zwar aus wie aus Lehm, aber in Wirklichkeit handelte es sich um harten Stein und möglicherweise wurde er noch zusätzlich durch einen Zauber verstärkt. Es wäre kein leichtes Unterfangen, hindurchzubrechen.

Als sie das Ende der Treppe erreicht hatten und auf der Mauer standen, bebten ihre Körper bei dem Anblick, der sich ihnen bot.

Die vier Wände, die die Sündergrube bildeten, waren jeweils über einhundert Meter lang, über sechzig Meter hoch und etwa einen Meter dick. Und in dem riesigen Hohlraum, den sie umschlossen, befand sich gar nichts, weder eine Plattform, auf der man stehen konnte, noch Balken.

Da es Nacht war, konnte man nicht einmal den Boden sehen. Kalte Luftschwaden und der Geruch von Blut stiegen aus dem endlosen schwarzen Abgrund nach oben.

Kaum einer wagte es, nach unten zu sehen, während sie in schwindelerregender Höhe auf der geländerlosen Mauer entlangliefen. Kurz darauf erreichten sie den langen Galgen, den Xie Lian und die anderen zuvor schon entdeckt hatten. An diesem baumelte mit gesenktem Kopf die Leiche einer winzigen Frau in zerrissenen schwarzen Kleidern.

Xie Lian wusste, dass der Galgen den boshaften Banyue-Soldaten dazu diente, einzelne Straftäter zu erniedrigen. Für gewöhnlich zogen die Gefängniswärter ihm die Kleidung aus und hängten ihn nackt auf. Mit der Zeit verhungerte oder verdurstete der Aufgehängte und seine Leiche wehte bei Sonne und Regen weiter im Wind, bis sie verrottet war und in den Abgrund hinabstürzte. Es war eine äußerst unschöne Art zu sterben.

Die Leiche der Frau, die nun am Galgen hing, war jedoch nicht verrottet, wahrscheinlich war sie noch nicht lange tot. Vielleicht war sie aus der Gegend. Dass die Soldaten von Banyue selbst junge Frauen aufhängten, führte einem das Ausmaß ihrer Boshaftigkeit vor Augen.

A-Zhao, Tiansheng und die anderen wurden leichenblass und wagten es nicht, auch nur einen Schritt weiterzugehen. Glücklicherweise trieb Kemo sie auch nicht mehr an. Stattdessen drehte er sich weg und brüllte in Richtung der Grube.

Xie Lian war verwirrt. Was sollte das Gebrüll? Doch einen Moment später erhielt er auch schon die Antwort.

Aus dem pechschwarzen Abgrund kamen ganze Wellen von Gebrüll zurück. Wie ein Tsunami brachen Tausende bestialische Schreie über sie herein und betäubten ihre Ohren. Durch die Erschütterung konnte die Gruppe sich kaum noch auf der Mauer halten. Xie Lian hörte auch deutlich, wie Steine abbröckelten und hinunterfielen.

Es wurden nur Sünder in die Grube geworfen. Waren das die Schreie ihrer Seelen?

Da brüllte Kemo erneut. Xie Lian passte auf und erkannte diesmal, dass es sich nicht nur um wildes Gebrüll handelte, Schimpfwörter waren es allerdings auch nicht. Im Gegenteil, das Geschrei schien der Ermutigung zu dienen. Xie Lian war sich relativ sicher, das Wort »meine Brüder« herausgehört zu haben.

Nun wandte sich Kemo wieder zu den übrigen Soldaten, die Xie Lian und die anderen bewachten, und rief ihnen etwas zu. Diesmal verstand Xie Lian jedes Wort: »Werft nur zwei runter.«

Auch wenn die anderen es nicht verstanden hatten, konnten sie erahnen, was die Soldaten vorhatten. Es gab keinen, der nicht leichenblass war. Xie Lian sah, dass ihre Beine vor Furcht so sehr zitterten, dass sie sich kaum halten konnten, also machte er einen Schritt auf sie zu und sagte leise: »Keine Panik, falls irgendetwas sein sollte, gehe ich voran.«

Wenn sie sowieso im Abgrund landen würden, konnte er genauso gut als Erster hinunterspringen und sich schon einmal umsehen. Es erwarteten ihn bestimmt nur giftige Schlangen, wilde Bestien oder Geister und Dämonen. Sie würden ihn weder totbeißen noch totschlagen können. Solange dort keine Lava oder leichenzersetzendes Giftwasser war, würde es schon in Ordnung sein.

Außerdem hatte er noch Ruoye. Auch wenn er das Seidenband aufgrund der magischen Formation nicht nutzen konnte, um wieder herauszuklettern, konnte es zumindest dabei helfen, die anderen abzufangen, falls die Soldaten nach ihm noch mehr Leute hinunterwerfen sollten.

»Bringt die anderen fort und bewacht sie«, hatte Kemo noch angefügt. Das bedeutete also, dass sie fürs Erste sicher waren. Es war schließlich auch nicht einfach, in der Wüste Gobi lebendige Menschen einzufangen, daher konnte man sie nicht alle auf einmal verfüttern. Man musste sie sich einteilen.

Doch wer hätte gedacht, dass jemand neben Xie Lian seinen Plan durchkreuzen würde.

Seit sie auf der Mauer standen, hatten nur noch er und San Lang Farbe im Gesicht. Die anderen zitterten vor Angst, allen voran A-Zhao.

Vielleicht dachte er sich, er würde dem Tod sowieso nicht entrinnen können, also sollte er zumindest noch irgendetwas versuchen. Jedenfalls ballte A-Zhao plötzlich die Fäuste und stürzte sich auf Kemo.

Er schien entschlossen, nicht allein sterben zu wollen. Sein Ziel war es, Kemo mit sich in den Abgrund zu reißen. Obwohl dieser so groß und massiv wie ein Eisenturm war, taumelte er durch den Angriff drei Schritte zurück und verlor beinahe den Halt. Sofort brüllte er wütend auf und stieß A-Zhao mit einer Handbewegung nach unten.

Die Händler, die mit eigenen Augen sahen, wie er in die schwarze Tiefe stürzte, fingen alle gleichzeitig an zu schreien. Selbst Xie Lian rief: »A-Zhao!«

Einen Moment später drang freudiges Gebrüll zu ihnen herauf, gefolgt von Geräuschen, als würden böse Geister über die Beute herfallen und sie in Stücke reißen. Sofort war klar, dass der junge Reiseführer nicht lebendig herauskommen würde.

Xie Lian hatte mit dieser Entwicklung nicht gerechnet. Er war schockiert. Zuvor hatte er noch vermutet, dass A-Zhao ein Untergebener der Banyue-Soldaten sein könnte, der Reisende gezielt nach Banyue lockte, und dass er derjenige war, den das im Boden vergrabene Gesicht seinen Ausführungen zufolge vor fünfzig, sechzig Jahren schon einmal gesehen hatte. Er hätte niemals gedacht, dass A-Zhao der Erste sein würde, der sterben würde. Es war unmöglich, dass er noch lebte, nachdem er im Abgrund gelandet war.

Oder war das alles nur eine Täuschung, um sie glauben zu lassen, dass er tot war? Aber die Banyue-Soldaten hatten sie bereits alle gefangen genommen, sie hatten die Überhand. Wenn A-Zhao wirklich ihr Untergebener wäre, hätte er es nicht mehr nötig gehabt, sich zu verstellen. Warum also noch einen draufsetzen und seinen Tod vortäuschen? Das wäre völlig sinnfrei. Und warum hatte er Kemo angegriffen? Hatte er sich damit nicht direkt in den Tod gestürzt?

In Xie Lians Kopf herrschte Chaos, er versuchte, seine Gedanken zu ordnen.

Währenddessen überlegten die Soldaten, wen sie als Nächstes hinunterwerfen sollten. Kemo hob die Hand und zeigte auf Tiansheng. Als ein anderer Soldat seine riesige Hand nach ihm ausstreckte, fing der Junge an zu kreischen: »Aaaah! Hilfe, bitte nicht! Ich …«

Es blieb keine Zeit mehr für Überlegungen. Xie Lian stellte sich schnell vor Tiansheng und sagte: »Wartet bitte, General.«

Auf Kemos dunklem Gesicht machte sich Überraschung breit. Xie Lian hatte in ihrer Landessprache gesprochen. Kemo gebot den anderen Soldaten zu warten. »Du sprichst unsere Sprache? Wer bist du?«

»Ich komme aus der Zentralebene«, erwiderte Xie Lian in freundlichem Ton.

Es hätte ihm nichts ausgemacht, zu behaupten, er wäre aus Banyue. Doch diese Lüge hätte er nicht aufrechthalten können, dafür waren seine Sprachkenntnisse zu dürftig. Wenn er sich länger mit Kemo hätte unterhalten müssen, wäre er sofort aufgeflogen. Zudem konnte man auch an seinem Aussehen eindeutig erkennen, dass er nicht von hier war, und das Volk von Banyue hasste Lügen über alles. Die Folgen wären fatal.

»Aus der Zentralebene? Aus Yong'an?«, fragte Kemo zurück.

»Nein«, entgegnete Xie Lian. »Das Königreich Yong'an existiert doch schon seit Langem nicht mehr.«

Das Volk von Banyue betrachtete jedoch alle aus der Zentralebene als Yong'an-Volk oder deren Verwandte. Banyue war von Yong'an ausgelöscht worden und so verzerrte sich Kemos Gesicht augenblicklich vor Wut. Die anderen Soldaten fingen wieder an zu brüllen, und diesmal waren es eindeutig Schimpfwörter. Xie Lian erkannte Worte wie »niederträchtig« oder »Verräter«, doch es war wohl sowieso besser, nicht zu genau hinzuhören.

»Unser Königreich wurde vor zweihundert Jahren ausgelöscht«, setzte Kemo wieder an. »Du bist keiner von uns, aber sprichst unsere Sprache. Wer bist du?«

Unwillkürlich warf Xie Lian San Lang, der neben ihm stand, einen flüchtigen Blick zu. Insgeheim dachte er sich, wenn irgendetwas schief gehen sollte, würde er sich ein Herz fassen und »Hilf mir, San Lang« rufen. Er wollte gerade irgendeine Geschichte auftischen, als plötzlich wieder Gebrüll aus der Grube ihre Ohren betäubte.

Was auch immer da unten war, musste inzwischen mit A-Zhao fertig sein, aber noch immer Hunger haben, weshalb es nun nach Frischfleisch verlangte.

Kemo hob wieder die Hand. Es schien, als wollte er nun wieder befehlen, dass man Tiansheng hinunterwarf. Da sagte Xie Lian schnell: »General, nehmt mich.«

Der General hatte sicherlich noch nie erlebt, dass jemand hier auf der Mauer sich freiwillig meldete. Mit großen kupferfarbenen Augen starrte er Xie Lian verblüfft an. »Ich soll dich runterwerfen? Warum?«

Natürlich konnte Xie Lian ihm nicht wahrheitsgetreu sagen, dass er nichts zu fürchten hatte, also entschied er sich für eine angemessene Ausrede: »General, das hier sind nur unschuldige Händler, unter ihnen ist sogar ein Kind.«

»Als eure Yong'an-Soldaten uns massakriert haben, hat auch keiner daran gedacht, dass unter uns unschuldige Händler und Kinder sein könnten«, höhnte Kemo.

Die Vernichtung des Königreichs Banyue lag schon zweihundert Jahre zurück, es waren längst neue Dynastien angebrochen. Doch die Banyue-Soldaten waren Tote, ihr Zorn verflog nicht mit dem Wechsel der Dynastien, für sie war die Zeit stehen geblieben.

»Du verhältst dich verdächtig«, fuhr Kemo fort. »Dich werfe ich nicht runter, ich will dich noch befragen. Schmeißt jemand anders runter!«

Nun blieb Xie Lian nichts anderes übrig, als von sich aus zu springen. Doch bevor er zur Tat schreiten konnte, sah er aus dem Augenwinkel, wie San Lang einen Schritt nach vorn machte. Sein Herz setzte einen Schlag aus und er drehte sich zu dem jungen Mann.

San Lang hatte die Arme vor der Brust verschränkt und blickte gelassen in den endlosen Abgrund.

Xie Lian überkam eine ungute Vorahnung. »San Lang?«

Dieser drehte den Kopf zu ihm und lächelte. »Schon in Ordnung.«

Wieder machte er einen Schritt nach vorn. Er stand bereits gefährlich nah an der Kante.

Xie Lians Augenlid zuckte nun genauso heftig, wie sein Herz klopfte. »Warte, San Lang, rühr dich nicht.«

Der Saum seiner roten Robe flatterte wild im Wind. San Lang schenkte Xie Lian noch ein Lächeln und sagte: »Hab keine Angst.«

»Du ... Komm erst mal zurück. Wenn du zurücktrittst, habe ich keine Angst mehr.«

»Mach dir keine Sorgen. Ich bin dann mal kurz weg. Wir sehen gleich wieder.«

»Tu das ni...«

Xie Lian hatte noch nicht ausgesprochen, als San Lang, noch immer mit verschränkten Armen, einen weiteren Schritt nach vorn machte und leicht wie eine Feder hinuntersprang. Im Nu war er im endlosen Dunkel verschwunden.

Ruoye war ihm sofort hinterhergeflogen und streckte sich wie ein weißer Regenbogen, um San Lang einzufangen, doch es erwischte nicht einmal einen Zipfel seiner Robe. Er war zu schnell gefallen. Xie Lian fiel auf die Knie und schrie: »San Lang!«

Es war vollkommen still.

San Lang war gesprungen und aus der Grube war nichts zu hören.

Die Soldaten fingen an, laut miteinander zu reden. Sie waren nervös. Was war heute nur los? Sonst hatten sie ihre Opfer einfangen müssen, um sie hinunterzuwerfen, und heute schlugen sich alle darum, der Erste sein zu dürfen. Und wenn sie sie nicht hinunterwarfen, sprangen sie sogar von sich aus!

Während General Kemo versuchte, seine Gefährten zu beruhigen, stellte Xie Lian fest, dass Ruoye San Lang nicht mehr erwischt hatte. Ohne auch nur eine Sekunde zu zögern, sprang er hinterher.

Er befand sich schon in der Luft, als sich sein Hals plötzlich zuschnürte. Etwas hatte ihn am Kragen gepackt. Kemo hatte seinen langen Arm nach ihm ausgestreckt, er ließ ihn nicht springen.

Auch gut, dann stürzen wir eben zusammen hinunter, beschloss Xie Lian und gab Ruoye in Gedanken einen Befehl. Wie eine Schlange kroch das weiße Seidenband an Kemos Arm nach oben, um den Soldaten schließlich zu umwickeln.

Als dieser erkannte, dass das seltsame Band beseelt sein musste, zeichnete sich auf seiner Stirn deutlich eine Ader ab. Auch alle anderen Muskeln in seinem Körper schwollen an, als würde er Ruoye, das ihn fest umschnürt hatte, dadurch zerreißen wollen.

Xie Lian baumelte hilflos an ihm herunter, als er aus dem Augenwinkel plötzlich etwas äußerst Seltsames sah.

Die Leiche, die am Galgen hing, bewegte sich plötzlich und hob den Kopf.

Auch die Banyue-Soldaten hatten die Bewegung bemerkt. Brüllend schwenkten sie ihre Morgensterne. Es war unklar, wie die Frau in Schwarz sich von dem Seil, mit dem sie an den Galgen gebunden gewesen war, gelöst hatte, aber plötzlich sprang sie hinunter und raste auf sie zu.

Flink und wütend sauste sie wie ein schwarzer Wind über die Mauer, sodass die Banyue-Soldaten das Gleichgewicht verloren und schreiend in die Grube fielen.

Als Kemo sah, was mit seinen Gefährten geschehen war, fing er an, wie wild zu schimpfen. Er benutzte höchst vulgäre Worte, die man sonst wohl nur auf der Straße zu hören bekam. Xie Lian konnte nicht viel davon verstehen. Aber den ersten Satz hatte er verstanden: »Schon wieder diese Schlampe!«

Doch dann konnte er nicht mehr weiterschimpfen, denn Xie Lian hatte plötzlich kräftig gezogen, sodass sie beide in den Abgrund stürzten.

In die Sündergrube, aus der niemand herauskam.

Während sie fielen, brüllte Kemo so laut, dass Xie Lian beinahe das Trommelfell platzte. Schnell rief er Ruoye zurück und verpasste Kemo einen Tritt, um einen möglichst großen Abstand zwischen sie zu bringen und seine Ohren zu schonen. Dann schickte er Ruoye nach oben, in der Hoffnung, dass es irgendetwas umschlingen könnte, um den Sturz etwas abzufedern.

Doch die Wand war glatt und die magische Formation zu stark, sodass Ruoye nichts finden und auch nicht weiter nach oben konnte. Als Xie Lian gerade dachte, der Aufprall würde ihn wieder wie ein Pfannkuchen plätten, sodass er tagelang nicht würde aufstehen können, blitzte im Dunkeln plötzlich ein Licht auf.

Im nächsten Moment umfingen ihn zwei Arme leicht wie eine Feder. So präzise, als hätte dieser Jemand hier unten nur darauf gewartet, ihn aufzufangen. Mit einem Arm stützte er seinen Rücken und der andere war unter seine Knie gelegt. Er hatte den Sturz komplett abgefedert.

Xie Lian war noch verwirrt vom Fall, alles drehte sich. Unbewusst streckte er seine Hand aus und hielt sich an der Schulter der Person fest.

»San Lang?«

Es war stockdunkel. Xie Lian konnte unmöglich etwas erkennen und so sah er auch nicht, wer diese Person war, die ihn im Arm hielt. Dennoch war ihm San Langs Name entwichen. Er erhielt keine Antwort. Xie Lian tastete seine Schultern und die Brust ab. »Bist du das, San Lang?«

Der Geruch nach Blut hier unten war so stark, dass man beinahe ohnmächtig wurde. Xie Lian war so benebelt, dass er schon gar nicht mehr wusste, was er tat, und seine Hand wanderte weiter nach oben. Erst als er den harten Adamsapfel der Person ertastete, kam er wieder zu Sinnen. Was hatte er da gerade getan? Schuldbewusst zog er seine Hand schnell wieder zurück. »Du bist San Lang, oder? Geht es dir gut? Bist du verletzt?«

Nach einer halben Ewigkeit kam endlich eine Reaktion und eine tiefe Stimme antwortete aus nächster Nähe: »Es geht mir gut.«

Irgendwie kam Xie Lian die Stimme etwas anders vor als sonst. »Ist wirklich alles gut, San Lang? Du kannst mich absetzen.«

»Das werde ich nicht.«

Xie Lian stutzte. *Warum nicht? Ist etwa irgendetwas auf dem Boden?*

San Lang hielt ihn nach wie vor fest im Arm. Er hatte offensichtlich nicht die geringste Absicht, ihn abzusetzen. Xie Lian wollte sich sanft von seiner Brust wegdrücken, doch dann fiel ihm wieder ein, wie er ihn vorhin abgetastet hatte, bis er bei seinem Adamsapfel angelangt war, und er zog die Hand erneut zurück.

Das Wort »Verlegenheit« hatte Xie Lian in den Hunderten von Jahren, die er gelebt hatte, nie gekannt, doch aus irgendeinem Grund sagte ihm nun eine innere Stimme, dass er sich brav verhalten und nicht bewegen sollte.

Da schrie aus der anderen Ecke plötzlich jemand erbost und leidvoll zugleich: »Was ist mit euch passiert?!«

Es war die Banyue-Sprache und die Stimme gehörte demjenigen, den Xie Lian soeben mit sich gerissen hatte: General Kemo. Da er schon tot war, hatte ihn der Sturz natürlich nicht umgebracht. Nur war der Aufprall so stark gewesen, dass er sicherlich den Boden durchschlagen und eine Weile gebraucht hatte, um wieder aus dem Loch herauszuklettern. Nun schrie er wieder: »Was ist passiert, meine Soldaten?! Oh, meine Brüder! Was ist mit euch passiert?!«

Als er zuvor von der Mauer in den Abgrund gebrüllt hatte, hatten Tausende von Schreien geantwortet, als wäre die Grube voller hungriger böser Geister. Doch nun herrschte, bis auf Kemos Geschrei, vollkommene Stille. Er konnte nicht einmal San Langs Atem oder Herzschlag hören.

Xie Lian sog scharf die Luft ein, als es ihm plötzlich wie Schuppen von den Augen fiel: Obwohl er San Lang so nah war, konnte er weder seinen Atem noch seinen Herzschlag hören!

»Wer hat euch umgebracht?«, brüllte Kemo weiter. »Wer hat euch umgebracht?!«

Als A-Zhao gesprungen war, hatte man noch deutlich die fürchterlichen Geräusche hören können, als er in Stücke gerissen und verspeist worden war. Doch nachdem San Lang gesprungen war, hatte man nichts mehr gehört. Wer konnte sie also umgebracht haben? Die Antwort war offensichtlich.

Auch Kemo musste das klar geworden sein und er schrie in ihre Richtung: »Dafür werdet ihr mit dem Leben büßen!«

Auch wenn Xie Lian nichts sehen konnte, spürte er, dass sich Gefahr näherte, und er fing an, zu zappeln. »San Lang, pass auf!«

Doch dieser entgegnete nur: »Kümmere dich nicht um ihn.«

Weiterhin mit Xie Lian im Arm wich er einen Schritt zur Seite und machte eine Drehung.

Xie Lian hörte in Dunkel wiederholt ein angenehmes klirrendes Geräusch scharf und klar durch die Luft rauschen, so schnell, dass es nur einen Augenblick anhielt.

Kemo stürzte sich wieder auf sie, doch San Lang wich erneut mit einer leichtfüßigen Drehung aus. Unbewusst wanderten Xie Lians Hände wieder zu San Langs Schultern und krallten sich am Stoff seiner Robe fest.

Der junge Mann hielt Xie Lian jedoch trotz der Ausweichmanöver die ganze Zeit über sicher im Arm. Manchmal kamen San Langs Arme dabei allerdings mit Xie Lian in Berührung und er spürte etwas Kaltes, Hartes. Er war überrascht. Aus allen Richtungen blitzten silberne Lichter im Dunkel auf und sausten wie scharfe Klingen auf Kemo zu, woraufhin dieser wieder und wieder wütend brüllte.

Der Banyue-General schien schwer verletzt worden zu sein, doch er war unerschrocken und ließ nicht von ihnen ab. Da rief Xie Lian: »Ruoye!«

Das Seidenband schoss sofort hervor und es ertönte ein Knall. Ruoye schien Kemo gepeitscht und ihn zurückgeschleudert zu haben. Dieser brüllte wütend: »Ihr! Zwei gegen einen! Widerwärtig!«

Du willst uns umbringen. Warum sollte es uns kümmern, dass wir zwei gegen einen sind? Ob das widerwärtig ist oder nicht, darüber können wir später diskutieren, wenn wir dich erledigt haben, dachte Xie Lian.

San Lang lachte höhnisch. »Selbst eins gegen eins hättest du keine Chance.« Dann wandte er sich an Xie Lian. Er sprach sanft und ohne Spott. »Du brauchst nicht zu kämpfen.«

»Verstanden«, erwiderte dieser. Doch dann fügte er hinzu: »Setz mich lieber ab, San Lang. So bin ich dir nur im Weg.«

Der verneinte jedoch. »Du bist mir nicht im Weg.«

Xie Lian hielt es nun nicht mehr aus und fragte: »Warum willst du mich nicht absetzen?«

Es konnte doch keine Vorliebe von ihm sein, beim Kämpfen jemanden im Arm zu tragen? Selbst wenn er dem Gegner seine Verachtung zeigen wollte, war so etwas doch nicht nötig.

»Der Boden ist dreckig«, antwortete San Lang nur.

Xie Lian hatte nicht damit gerechnet, dass er so etwas antworten würde, und dann auch noch in solch ernstem Ton. Es war etwas lächerlich, aber andererseits breitete sich auch ein sonderbares Gefühl in ihm aus, das er nur schwer beschreiben konnte. Alles, was er wusste, war, dass er in seiner Brust Wärme spürte. »Du kannst mich doch nicht die ganze Zeit über tragen«, entgegnete er.

»Natürlich kann ich das.«

Xie Lian hatte das halb im Scherz gesagt, doch in San Langs Antwort lag nur Ernsthaftigkcit, sodass er nicht wusste, wie er darauf reagieren sollte. Inzwischen ging der hartnäckige Kemo wieder zum Angriff über. Xie Lian wusste zwar nicht, wie San Lang es anstellte, da er keine Hand frei hatte, aber er verpasste Kemo einen so heftigen Schlag, dass dieser zurückwich und schrie: »Diese Schlampe hat euch …«

Noch bevor er seinen Satz beenden konnte, ging der Riese mit einem lauten Schlag zu Boden und regte sich nicht mehr. Da sagte Xie Lian: »San Lang, bring ihn nicht um. Ich fürchte, wir werden ihn noch brauchen, wenn wir hier herauskommen wollen.«

Tatsächlich blieb San Lang stehen und unternahm nichts mehr. »Das hatte ich sowieso nicht vor, sonst hätte ich ihn schon längst erledigt.«

Und so wurde es in der Sündergrube wieder totenstill.

Nach einer Weile fragte Xie Lian: »San Lang, hast du sie alle umgebracht?«

Auch wenn er nichts sehen konnte, waren der Blutgeruch und die mörderische Aura hier unten so stark, dass er sich in Verbindung mit Kemos leidvollen Schreien zuvor ausmalen konnte, was geschehen war.

Nach einer halben Ewigkeit antwortete San Lang: »Ja.«

Wie erwartet. Xie Lian stieß einen Seufzer aus. »Wie soll ich sagen …« Er überlegte kurz, bevor er in ernstem Ton fortfuhr: »San Lang, wenn du das nächste Mal so einen Abgrund siehst, spring bitte nicht mehr einfach hinunter. Ich hatte nicht einmal Gelegenheit, dich aufzuhalten. Ich wusste gar nicht, was ich tun soll.«

San Lang schien damit nicht gerechnet zu haben und verschluckte sich. Als er weitersprach, klang seine Stimme etwas seltsam. »Hast du keine weiteren Fragen?«

»Was sollte ich dich denn noch fragen?«

»Zum Beispiel, ob ich ein Mensch bin.«

Xie Lian massierte sich die Nasenwurzel. »Ich glaube, das ist nicht nötig.«

»Hm? Nicht nötig?«

»Ja. Das ist es doch nicht, oder? Mir ist es egal, ob du ein Mensch oder irgendetwas anderes bist.«

»Oh?«

Xie Lian verschränkte die Arme. »Wichtig ist doch, ob man sich versteht oder nicht. Ob man vom Charakter her zusammenpasst und nicht welche Identität man hat. Wenn ich dich mag, mag ich dich, auch wenn du ein Bettler bist. Und wenn ich dich nicht mag, dann mag ich dich nicht, selbst wenn du ein Kaiser bist. Ist das nicht eigentlich logisch? Daher brauche ich dich nicht zu fragen, was du bist. Es spielt keine Rolle.«

San Lang musste lachen. »Du hast recht.«

Nun fing auch Xie Lian an zu lachen. »Nicht wahr?«

Doch inmitten dieser ausgelassenen Stimmung bekam Xie Lian das Gefühl, dass irgendetwas nicht stimmte. Dann wurde es ihm klar. Er hatte sich, ohne es zu bemerken, bereits daran gewöhnt, in San Langs Armen zu liegen!

Er wollte vor Scham im Boden versinken. Er räusperte sich und sagte: »Ähm, San Lang. Über solche Dinge können wir später noch reden. Warum setzt du mich nicht erst mal ab?«

Er hatte das Gefühl, dass San Lang lächelte. »Moment«, entgegnete dieser.

San Lang lief erst ein Stück weiter, bevor er ihn absetzte. Als Xie Lian wieder stand, trat er auf festen Boden. »Danke.«

San Lang erwiderte nichts.

Xie Lian sah zum tiefblauen Himmel hinauf. In der Mitte hing ein leuchtender Mond. Er sah wunderschön aus. Er kam sich vor wie ein Frosch, der den Himmel aus einem Brunnen heraus betrachtete.

Er schickte Ruoye noch einmal nach oben, doch wie erwartet wurde das Band nach der Hälfte des Weges von etwas Unsichtbarem behindert und zurückgeworfen.

»Jemand hat hier eine magische Formation errichtet«, merkte San Lang an.

»Ich weiß«, entgegnete Xie Lian. »Ich wollte es aber trotzdem versuchen, um sicherzugehen. Ich frage mich, wie es den anderen oben geht. Ob die Frau in Schwarz sie auch noch in die Grube werfen wird.«

Xie Lian berichtete San Lang, wie die am Galgen hängende Frau sie auf einmal angegriffen und sämtliche Soldaten zu Fall gebracht hatte. Während er redete, ging er ein paar Schritte auf und ab, bis er plötzlich auf irgendetwas trat. Es schien ein Arm zu sein. Er wäre beinahe gestolpert, konnte sich aber gerade noch abfangen.

San Lang stützte ihn und sagte: »Sei vorsichtig.« Dann fügte er wie beiläufig hinzu: »Ich habe dir doch gesagt, dass der Boden dreckig ist.«

Nun verstand Xie Lian, was er mit »dreckig« gemeint hatte. »Das ist schon in Ordnung. Ich will eine Flamme machen und mich umsehen, damit wir einen Plan schmieden können.«

San Lang sagte nichts.

Da ertönte plötzlich wieder Kemos Stimme: »Ihr steckt mit dieser Schlampe unter einer Decke! Alle zehntausend Seelen unseres Volkes werden euch verfluchen!«

Xie Lian drehte sich in seine Richtung und fragte in der Banyue-Sprache: »General Kemo, wer ist diese ... Frau, von der Ihr redet?«

»Das fragst du noch? Natürlich diese dämonische Kultiviererin!«, brüllte Kemo wütend zurück.

»Diese Frau, die durch die Stadt wandert?«

Kemo spuckte auf den Boden, Xie Lian schien also richtig zu liegen.

»Ich dachte, Ihr wärt ein treuer Unterstützer von Staatspräzeptorin Banyue?«

Der General wurde immer zorniger. »Nie wieder! Ich werde dieser Schlampe niemals verzeihen!«

Es folgte eine wüste Schimpftirade. Er war vollkommen außer sich. Er spuckte die Worte so schnell aus, dass Xie Lian irgendwann nicht mehr folgen konnte. Ihm blieb nur noch, sich heimlich an San Lang zu wenden: »San Lang, San Lang.«

»Er flucht gerade«, erklärte dieser. »Er sagt, Staatspräzeptorin Banyue habe ihr Land verraten und die Stadttore geöffnet, um die Soldaten aus der Zentralebene hereinzulassen, damit sie alle massakrieren konnten. Und seine Brüder habe sie in diesen verdammten Abgrund geworfen. Er will sie noch tausend-, nein zehntausendmal, aufhängen.«

»Moment«, unterbrach Xie Lian ihn.

Wie konnte das sein? Da gab es zwei Punkte, die überhaupt keinen Sinn ergaben. Zum einen hatte Xie Lian mit »diese Frau, die durch die Stadt wandert« die Kultiviererin in Weiß gemeint. Doch nun hörte Kemo nicht auf, Staatspräzeptorin Banyue eine »Schlampe« zu nennen, und sagte, sie habe seine Brüder in diese verdammte Grube geworfen. Und als diese Frau in Schwarz vorhin über die Mauer gefegt war, hatte Kemo sie ebenso beschimpft. Zudem wollte er sie »noch zehntausendmal aufhängen« – plötzlich begriff er, dass sie wohl nicht über dieselbe Person geredet hatten.

Und zweitens: Hatte Staatspräzeptorin Banyue tatsächlich ihr Königreich verraten?

Xie Lian wandte sich wieder an Kemo: »General, ist Staatspräzeptorin Banyue etwa die Frau in Schwarz, die oben am Galgen hing?«

»Wer denn sonst?«, entgegnete Kemo.

Staatspräzeptorin Banyue war also die schwarz gekleidete Frau, die wie eine Leiche am Galgen gehangen hatte.

Aber wer waren dann die Frau in Weiß und ihre Gefährtin in Schwarz, die durch die Stadt spaziert waren und sie hatten umbringen wollen?

Außerdem besaß die Frau am Galgen so enorme Kräfte, dass sie die Banyue-Soldaten problemlos alle zu Fall bringen konnte. Wie hatten sie es also geschafft, sie über der Sündergrube aufzuhängen?

2

Je mehr Informationen Xie Lian erhielt, desto verwirrter wurde er. »General, ich habe eine Frage ...«

»Frag nicht!«, unterbrach ihn Kemo. »Ihr habt meine Soldaten umgebracht und wollt mir jetzt auch noch Fragen stellen? Versucht's doch, ich antworte aber nicht!«

»Ich war das. Er hat nichts getan«, warf San Lang ein. »Du kannst ihm antworten und dich nachher mit mir schlagen.«

Das ergab tatsächlich Sinn. Kemo brüllte wütend: »Ihr seid beide ihre Gehilfen. Das macht keinen Unterschied!«

»General Kemo, Ihr müsst da etwas missverstanden haben«, widersprach Xie Lian. »Wir sind in die Wüste Gobi gekommen, um Staatspräzeptorin Banyue zu vernichten. Wie könnten wir ihre Gehilfen sein?«

Als er hörte, dass sie sie vernichten wollten, wurde Kemo plötzlich still. Nach einer Weile fragte er: »Wenn ihr nicht zu ihr gehört, warum habt ihr dann meine Soldaten umgebracht?«

»Wir hatten keine andere Wahl. Ihr habt uns hinuntergeworfen und wir mussten uns schützen«, entgegnete Xie Lian.

»So ein Unfug«, widersprach Kemo. »Ich hatte gar nicht vor, euch runterzuwerfen. Habe ich dich nicht sogar noch festgehalten? Ihr wolltet unbedingt von euch aus springen.«

»Ja, das stimmt, wir wollten unbedingt springen«, räumte Xie Lian ein. »General, wir sitzen alle hier unten fest, wir sollten uns vorerst zusammentun. Warum hat Staatspräzeptorin Banyue den feindlichen Soldaten die Stadttore geöffnet?«

Natürlich konnte man nicht rational mit ihm reden und so brummte Kemo nur: »Ihr beide seid wirklich widerwärtig, kämpft einfach zwei gegen einen.«

Xie Lian wusste nicht mehr weiter. »Ich habe wirklich nur an Euch gezogen, sonst habe ich Euch in keiner Weise angegriffen.«

Es machte ihm nichts aus, als widerwärtig oder Ähnliches bezeichnet zu werden. Wenn die Situation so gefährlich war, dass sie es erforderte, dann würde er nicht nur zwei, sondern auch hundert gegen einen kämpfen, ohne sich dafür zu schämen. Doch gerade hatte er die ganze Zeit in San Langs Armen gelegen und dieser hatte ihn sogar gebeten, nicht zu kämpfen. Kemo hatte praktisch nur mit San Lang gekämpft und dennoch glaubte er, ihn eins zu eins besiegen zu können. Er tat ihm fast schon leid. Gemessen an Kemos Temperament verlief das jetzige Gespräch mit ihm allerdings ziemlich gut. Mit etwas Geduld würde es schon werden.

San Lang war jedoch nicht so geduldig und sagte gelassen: »Für das Wohl deiner Soldaten solltest du ihm besser antworten.«

»Du hast sie doch schon ausgelöscht«, konterte Kemo. »Damit kannst du mir nicht drohen.«

»Ihre Leichname liegen aber noch hier.«

Der General schien beunruhigt und machte Anstalten, sich vom Boden hochzurappeln. »Was hast du vor?«

»Das frage ich dich. Was hast *du* vor?«, entgegnete San Lang.

Allein an seinem Tonfall konnte Xie Lian erkennen, dass sich bei diesen Worten seine Augen verengt hatten. Was er damit gemeint hatte, war: »Willst du, dass sie heil im nächsten Leben ankommen oder dass sie als Blutplasma wiedergeboren werden?«

Kemo stutzte kurz, doch dann verstand er. »Du ...?!«

Das Volk von Banyue legte viel Wert auf seine Beerdigungsrituale. Es glaubte, der Zustand einer Leiche würde darüber entscheiden, in welcher Verfassung sie wiedergeboren würde. Wenn ihr beispielsweise ein Arm fehlte, dann würde sie im nächsten Leben mit nur einem Arm auf die Welt kommen. Wenn die Leichen der Soldaten, die hier im Abgrund lagen, derart zermalmt würden, dass nur noch blutige Pfützen von ihnen übrig blieben, dann wäre es besser, sie würden gar nicht wiedergeboren werden.

Banyue war seine Heimat. Kemo konnte seine Angst nicht unterdrücken. Er knirschte mit den Zähnen, doch letztlich blieb ihm keine Wahl. »Rühr sie nicht an! Sie waren alle gute, tapfere Soldaten. Dass sie so viele Jahre hier in der Grube verbringen mussten, war schon Unglück genug. Heute hast du sie ausgelöscht. Nun sind sie endlich frei. Sie haben wirklich schon genug gelitten.« Er zögerte kurz, dann fügte er hinzu: »Seid ihr wirklich gekommen, um Banyue umzubringen?«

»Ich mache Euch wirklich nichts vor«, antwortete Xie Lian in sanftem Ton. »Um als Sieger hervorzugehen, sollte man den Feind gut kennen, wie Ihr wisst. Als Außenstehende haben wir nicht viele Informationen über Staatspräzeptorin Banyue. Wir wissen gar nicht, wie wir an die Sache herangehen sollen. Aber da Ihr früher mit ihr zusammengearbeitet habt, könntet Ihr uns sicherlich ein, zwei Hinweise geben.«

Vielleicht lag es daran, dass sie einen gemeinsamen Gegner hatten oder dass sie zusammen hier in der Grube festsaßen und er wegen seiner Soldaten entmutigt war, jedenfalls schien Kemo nun seine Feindlichkeit ihnen gegenüber abzulegen. »Du weißt nicht, warum sie den

Yong'an-Soldaten die Stadttore geöffnet hat? Weil sie sich an uns rächen wollte. Sie hasst das Königreich Banyue!«

»Sie hasst das Königreich Banyue?«, hakte Xie Lian nach. »Ist sie denn nicht selbst aus Banyue?«

»Doch. Aber nicht nur. Sie hat gemischtes Blut, die Hälfte ihrer Vorfahren sind aus Yong'an!«

»Ah ...«

Wie sich herausstellte, war ihre Mutter aus Banyue und ihr Vater aus Yong'an. Sie lebten im Grenzgebiet, wo die beiden Völker tiefsten Hass füreinander empfanden, und hatten es daher nicht leicht. Nach ein paar Jahren ertrug ihr Vater es nicht mehr, verließ sie und kehrte zurück ins wohlhabende, friedliche Yong'an.

Obwohl das Paar sich einverständlich getrennt hatte, verkraftete ihre Mutter die Scheidung nicht und starb kurz darauf. So blieb Staatspräzeptorin Banyue, damals ein junges Mädchen von sechs, sieben Jahren, allein zurück. Niemand kümmerte sich um sie, sie wuchs arm und hungrig auf. Genauso wie die Leute ihre Eltern verachtet hatten, verschmähten sie auch das Kind. Das Volk von Banyue war großgewachsen und es galt sowohl für Jungen als auch für Mädchen als Schönheitsideal, kräftig und lebhaft zu sein. Staatspräzeptorin Banyue jedoch war zierlich und schwach, weshalb sie von klein auf gehänselt wurde und sich zu einem verbitterten Kind entwickelte. Die Kinder aus Banyue weigerten sich, mit ihr zu spielen. Nur ein paar Kinder aus Yong'an beachteten sie noch.

Als sie etwa zehn Jahre alt war, kam es an der Grenze zu einem gewalttätigen Aufstand, woraufhin ein Kampf entbrannte. Es gab viele Todesopfer und das Mädchen verschwand. Da sie im Königreich Banyue sowieso kaum Verwandte oder Freunde gehabt hatte, suchte in den Jahren danach auch niemand nach ihr. Doch als sie plötzlich wieder auftauchte, hatte sich das Blatt gewendet.

Sie war fünfhundert Kilometer durch die Wüste Gobi bis nach Yong'an gelaufen. Dort hatte sie irgendjemand in den dämonischen Künsten unterwiesen und als sie wieder nach Banyue zurückkehrte, konnte sie sogar die giftigen Tiere kontrollieren, die das Volk am meisten fürchtete: die Skorpionschlangen.

Manche bewunderten sie und andere fürchteten sie, denn ihr Charakter hatte sich nicht geändert, sie war noch genauso verbittert. Viele von ihnen hatten sie früher gehänselt und nun zog sie in den Palast und bekam den hohen Rang einer Hofmagierin verliehen. Was, wenn sie sich irgendwann würde rächen wollen?

»Es haben bestimmt viele schlecht über sie geredet«, warf Xie Lian ein.

Kemo schnaubte. »Nicht nur das. Einige haben sogar um eine Audienz im Palast gebeten und ihre sofortige Hinrichtung verlangt. Sie behaupteten, sie sei von den Skorpionschlangen entsandt worden, um Unheil über Banyue zu bringen. Aber keiner von ihnen hatte Erfolg.«

»Hat sie diese Leute etwa getötet, bevor sie etwas unternehmen konnten?«

Kemo verzog das Gesicht. »Habt ihr Leute aus Yong'an nur Mord und Totschlag im Kopf? Natürlich nicht! Ich habe Staatspräzeptorin Banyue beschützt.«

»Ich habe doch gesagt, ich bin nicht aus Yong'an«, entgegnete Xie Lian hilflos. »Nun gut, egal.«

Zur damaligen Zeit war Kemo bereits General gewesen. Einmal zog er mit seinen Soldaten los, um eine Wüstenräuberbande auszulöschen, und nahm die Hofmagierin mit.

Die Räuber waren klug und hatten sich unter dem Sand ein Versteck gebaut. Kemo und die Räuberbande lieferten sich einen heftigen Kampf, der auf beiden Seiten viele Opfer forderte und das Versteck schließlich zum Einsturz brachte. Zudem zog ein starker Sturm auf, sodass sie dort nicht länger bleiben konnten, also zog der General sich mit seinen Soldaten zurück. Allerdings hatten es nicht alle nach draußen geschafft, auch die Hofmagierin war im Versteck zurückgeblieben.

Kemo und die Soldaten brachten sich zunächst in Sicherheit und warteten ab, bis der Sturm vorüber war, um zurückzukehren und die Toten ordentlich zu begraben. Doch als sie dort ankamen, stellte er überrascht fest, dass die Hofmagierin ganz allein eine riesige Grube gegraben und die verletzten Überlebenden hineingezogen hatte, um sie vor dem Sturm zu schützen.

Auch die Toten lagen dort, sauber aufgereiht. Sie hatte alles ganz allein bewerkstelligt. Sie war von Kopf bis Fuß blutbesudelt. Stumm saß sie mit angezogenen Knien vor der Grube und wartete wie ein einsamer Wolf auf die Rückkehr von Kemo und den anderen.

»Ich fand sie großartig«, erzählte er weiter. »Sie hatte alles richtig gemacht. Ich war überzeugt, dass sie keine Absichten hegte, dem Königreich zu schaden, also habe ich sie mit aller Kraft gegen diese bösen Zungen verteidigt.«

Außerdem war auch Kemo als Kind gehänselt worden, weil er damals noch schwach gewesen war, daher fühlte er mit ihr. Er begann, mehr auf sie zu achten, und mit der Zeit wurde ihm klar, wie stark und fähig sie eigentlich war. Aus diesem Grund empfahl er sie überall weiter, bis er ihr schließlich die Position der Staatspräzeptorin verschaffte. Und so kam es, dass Kemo von den späteren Generationen in den Annalen als treuester Unterstützer von Staatspräzeptorin Banyue verewigt wurde.

Doch eines Tages brach ein neuer Krieg aus und Yong'an entsandte Truppen, um das Königreich Banyue zu vernichten.

»Der Krieg zog sich lange hin, mal hatte die eine Seite die Oberhand, dann wieder die andere«, führte Kemo weiter aus. »Also hielt Staatspräzeptorin Banyue eine Zeremonie ab, um unseren Soldaten den Segen des Himmels zu schenken.«

Das fachte die Blutgier und die Moral der Soldaten so sehr an, dass sie die Stadttore auf Leben und Tod verteidigten. Pfeile, Steinbrocken, heißes Öl, Schwerter – sie setzten alles ein und kämpften ohne Unterlass. Doch wer hätte geahnt, dass Staatspräzeptorin Banyue, als die Schlacht ihren Höhepunkt erreichte, plötzlich die Stadttore öffnen würde. Zehntausende feindliche Soldaten stürmten im Nu durch die Tore, trampelten mit ihren Pferden alles nieder und verwandelten die Stadt in ein einziges Blutbad.

Als Kemo, der sich erbittert mit dem Feind abmühte, hörte, wie es dazu gekommen war, raste er vor Wut. Doch egal wie unnachgiebig er auch kämpfte, das Blatt ließ sich nicht mehr wenden.

»Erst danach habe ich erfahren, dass sie sich längst mit den Yong'an-Offizieren zusammengetan hatte. Es war abgesprochen, dass sie die Tore zu diesem Zeitpunkt öffnen würde«, presste Kemo zwischen zusammengebissenen Zähnen hervor. »Aber selbst wenn vorherbestimmt war, dass ich auf dem Schlachtfeld sterben würde, wollte ich vorher noch diese Verräterin umbringen. Also habe ich eine Gruppe Soldaten den Stadtmauerturm hinaufgeschickt, um sie herunterzuzerren und über der Sündergrube aufzuhängen. Genau dort oben am Galgen!«

Nachdem die Yong'an-Truppen hindurchgefegt waren, blieb nur eine Geisterstadt zurück. Der General und die Soldaten, die in der Schlacht gestorben waren, und die Staatspräzeptorin, die aufgehängt worden war, konnten die Ruinen nicht verlassen und wachten voller Hass aufeinander.

»Das heißt also«, setzte Xie Lian an, »Ihr geht mit Euren Soldaten immer wieder auf die Suche nach Staatspräzeptorin Banyue und wenn Ihr sie eingefangen habt, hängt Ihr sie über der Sündergrube auf?«

»Selbst sie tausendmal aufzuhängen wäre noch nicht genug! Sie sucht auch überall nach meinen Soldaten und wirft sie in den Abgrund. Und dann hat sie auch noch eine mächtige magische Formation um die Grube herum errichtet, die nur sie auflösen kann. Wer hineingeworfen wird, kommt also nicht mehr heraus. Meine armen Soldaten, die von ihr verraten wurden und im Krieg gestorben sind, sind so voller Groll, dass nur das Verspeisen von Frischfleisch aus Yong'an sie etwas besänftigen kann, damit sie diese Welt irgendwann verlassen können. Ansonsten bleibt ihnen nichts anderes, als nach Befreiung lechzend Nacht für Nacht den Mond anzuheulen.«

»Und deswegen fangt Ihr ständig Menschen ein, um sie an Eure Soldaten zu verfüttern?«, fragte Xie Lian.

»Was soll ich denn sonst tun?«, erwiderte Kemo. »Soll ich einfach mit anhören, wie sie so leidvoll klagen?«

»Und die Menschen fangt Ihr alle selbst ein?«

»Wir können uns nicht allzu weit von Banyue entfernen, aber glücklicherweise sind die Skorpionschlangen böse und kriechen aus der Stadt heraus, um Leute zu beißen. Die gebissenen Händler kommen dann, um nach dem Shanyue-Kraut zu suchen.«

»Und was ist mit dem Gesicht im Palastgarten? Habt Ihr es vergraben?«

»Ja, das waren wir. Er wollte ursprünglich Schätze aus dem Palast stehlen. Aber all unsere Schätze wurden schon vor zweihundert Jahren von den Yong'an-Truppen mitgenommen.«

»Warum habt ihr ihn vergraben und nicht in die Grube geworfen?«

»Wir brauchten Dünger, damit das Kraut wächst, um ein Mittel gegen die Skorpionschlangen zu haben. Wir wollen diesen Viechern auch nicht begegnen.«

Da stimmt doch etwas nicht, dachte Xie Lian.

Kemo und seine Soldaten züchteten das Shanyue-Kraut, das lebenden Menschen als Gegenmittel dienen konnte, dabei lebten sie gar nicht mehr. Dennoch fürchteten sie sich nach wie vor so sehr vor den Skorpionschlangen.

Ihre Furcht vor den Tieren musste zu Lebzeiten noch größer gewesen sein. Und Staatspräzeptorin Banyue konnte sie kontrollieren, das war eine mächtige Waffe. Wie hatten Kemo und seine Leute sie also so einfach vom Stadtmauerturm herunterzerren und aufhängen können?

Kemos Worten zufolge hatten sie Staatspräzeptorin Banyue in den zweihundert Jahren immer wieder eingefangen und aufgehängt. Wenn er sie wäre, entschied Xie Lian, hätte er mit dieser mächtigen Waffe dafür gesorgt, dass die Banyue-Soldaten gar nicht in seine Nähe hätten kommen können.

Und auch dass die Skorpionschlangen die Stadt verließen, um Menschen zu beißen, war seltsam. War das nur Zufall? Wohl kaum. Viel wahrscheinlicher war, dass sie die Menschen auf diese Weise mit Absicht zum Banyue-Pass lockten. Kontrollierte Staatspräzeptorin Banyue sie? Aber spielte sie damit nicht Kemo in die Hände, der Futter für die Soldaten in der Grube brauchte? War das nicht unlogisch, wenn sie sich doch gegenseitig hassten?

Gaben sie etwa nur vor, verfeindet zu sein? Aber was für einen Sinn hätte das?

Und zu diesem ganzen Durcheinander kam noch ein weiteres Rätsel hinzu: Wer waren die Kultiviererin in Weiß und ihre Gefährtin?

Xie Lian entschied, Kemo dazu zu befragen. »General, als wir die Stadt gerade betreten hatten, haben wir zwei Kultiviererinnen gesehen. Eine war weiß gekleidet und die andere schwarz. Wisst Ihr, wer sie sind?«

»Pst«, warnte San Lang Xie Lian, noch bevor eine Antwort kam.

Xie Lian wusste zwar nicht, was los war, aber er tat wie ihm geheißen und verstummte sofort. Seine Intuition ließ ihn den Kopf heben und nach oben blicken.

Nach wie vor waren nur der quadratische Ausschnitt des dunkelblauen Nachthimmels und ein kalter weißer Halbmond zu sehen. Doch neben dem Mond konnte er eine kleine, schwarze Gestalt ausmachen, die über den Mauerrand zu ihnen herabblickte.

Auf einmal wurde die Gestalt immer größer – sie war gesprungen.

Noch während sie sich im Fall befand, erkannte Xie Lian, dass es sich um die am Galgen aufgehängte Frau handelte: Staatspräzeptorin Banyue.

Nachdem sie gelandet war, fragte sie in der Banyue-Sprache: »Kemo, was ist los?«

Ihre Stimme klang ganz anders, als Xie Lian sich vorgestellt hatte. Sie hörte sich zwar durchaus kalt an, aber sie war dünn wie die eines mürrischen Kindes, das mit sich selbst sprach. Sie klang kein bisschen machtvoll. Wenn Xie Lian nicht die Ohren gespitzt hätte, hätte er sie womöglich gar nicht verstanden.

»Was los ist? Sie sind alle tot!«, schoss Kemo zurück.

»Tot? Wieso das?«

»Weil du sie in diese verdammten Grube geworfen hast!«

Da fragte Staatspräzeptorin Banyue plötzlich: »Wer ist da? Hier ist noch jemand.«

Eigentlich waren sie ja zu zweit, aber San Lang hatte weder Atem noch Herzschlag, weshalb Staatspräzeptorin Banyue seine Anwesenheit nicht bemerkte. Zuvor auf der Mauer war es auch viel zu chaotisch zugegangen, als dass sie mitbekommen hätte, wer gesprungen oder geflohen war. Aus diesem Grund nahm sie nur Xie Lian wahr.

»Sie waren es, die meine Soldaten umgebracht haben«, erklärte Kemo. »Bist du jetzt glücklich? Sie sind endlich alle tot!«

Staatspräzeptorin Banyue blieb stumm, bis nach einer ganzen Weile plötzlich eine Flamme in ihrer Hand aufflackerte, sodass man sie nun sehen konnte.

Sie schien nur um die siebzehn, achtzehn Jahre alt zu sein und war in eine schlichte Robe gekleidet, die genauso schwarz war wie ihre Augen. Sie war nicht hässlich, aber sie wirkte unglücklich. Im Flammenschein zeichneten sich auf ihrer Stirn und in den Mundwinkeln deutliche Sorgenfalten ab.

Wenn man es nicht schon wüsste, würde wohl niemand auf die Idee kommen, dass dieses blasse junge Mädchen Staatspräzeptorin Banyue war.

Die Flamme erhellte auch den Bereich um sie herum. Zu ihren Füßen lagen überall die in Rüstung gekleideten Leichen der Banyue-Soldaten.

Unwillkürlich warf auch Xie Lian einen Blick zur Seite. Die Flamme war zu klein, um die gesamte Grube zu erhellen, die Ränder lagen nach wie vor im Dunkeln. Aber sie reichte dennoch aus, um neben ihm eine rote Silhouette zu erkennen.

Er war sich nicht sicher, ob es nicht nur Einbildung war, aber San Lang, der sowieso schon größer war als er, wirkte nun noch größer. Xie Lian ließ seinen Blick langsam nach oben wandern und verharrte kurz auf Höhe von San Langs Hals, bevor er an seinem anmutig geschwungenen Kinn hängen blieb.

Die obere Hälfte seines Gesichts lag im Dunkeln. Aber auch die untere Hälfte, die sichtbar war, kam Xie Lian anders vor. Der junge Mann war noch immer genauso schön, aber seine Züge wirkten härter.

Vielleicht hatte San Lang seinen Blick bemerkt, denn plötzlich neigte er den Kopf und drehte sich zu ihm. Seine Mundwinkel waren leicht hochgezogen.

Er wollte ihn unbedingt besser sehen und ihn aus der Nähe betrachten, sodass Xie Lian unbewusst einen Schritt auf ihn zu machte.

Da schrie Kemo plötzlich auf. Der grauenhafte Anblick um ihn herum musste ihn getroffen haben. Xie Lian kam wieder zu sich und drehte sich zu ihm. Der General hielt sich den Kopf und schrie Staatspräzeptorin Banyue an, die, ohne eine Miene zu verziehen, alles über sich ergehen ließ und lediglich nickte. »Gut.«

Das erzürnte den trauernden Kemo nur noch mehr. »Gut? Was soll gut sein? Was willst du damit sagen?«

»Es ist gut, dass wir endlich alle frei sind«, stellte Staatspräzeptorin Banyue klar. Dann wandte sie sich Xie Lian zu und fragte: »Habt Ihr sie alle umgebracht?«

»Das war nicht gewollt«, entgegnete Xie Lian.

»Wie kannst du so was sagen, ohne mit der Wimper zu zucken?!«, tobte Kemo.

Daraufhin nahm Xie Lian seinen Mut zusammen und antwortete: »Im Leben geschieht nur weniges gewollt.«

Staatspräzeptorin Banyue musterte Xie Lian, konnte sein Gesicht im Dunkeln aber nicht erkennen. Also fragte sie wieder: »Wer seid Ihr?« Diesmal hatte sie in perfektem Chinesisch gesprochen, ohne jeglichen Banyue-Akzent.

»Ich bin ein Himmelsbeamter vom Oberen Hof«, erklärte Xie Lian, »und das hier ist ... mein Freund.«

Kemo konnte nicht verstehen, was sie sagten, aber am Tonfall war zu erkennen, dass sie nicht stritten. Alarmiert fragte er: »Worüber redet ihr?«

Staatspräzeptorin Banyue ließ ihren Blick über Xie Lian schweifen und blieb dann kurz an San Lang hängen, um sich sofort wieder abzuwenden. »Es ist noch nie ein Himmelsbeamter hierhergekommen. Ich dachte, Ihr kümmert Euch nicht um diesen Ort.«

Xie Lian hatte erwartet, sich mit Staatspräzeptorin Banyue einen Kampf zu liefern, doch überraschenderweise wirkte sie kein bisschen angriffslustig. Stattdessen fragte sie: »Wollt Ihr wieder hinaus?«

»Natürlich wollen wir das«, erwiderte Xie Lian. »Aber die magische Formation erlaubt es uns nicht.«

Nach diesen Worten ging Staatspräzeptorin Banyue zum Rand der Grube und schlug mit der offenen Handfläche einmal gegen die Wand. Dann drehte sie sich um und sagte: »Ich habe die magische Formation aufgelöst. Ihr könnt gehen.«

Das war viel zu einfach. Xie Lian wusste nicht, was er dazu sagen sollte.

In diesem Moment rief aus weiter Entfernung von oben eine Stimme: »Hallo! Ist da unten jemand? Wenn nicht, gehe ich wieder.«

Die Stimme gehörte Fu Yao.

Xie Lian bildete sich ein, San Lang neben ihm habe mit der Zunge geschnalzt. Er hob den Kopf und tatsächlich sah er einen schwarzen Schatten, der zu ihnen herunterblickte. »Fu Yao! Hier! Ich bin hier!« Daraufhin begann er auch zu winken.

»Ihr seid wirklich da unten?«, fragte Fu Yao zurück. »Was ist sonst noch dort?«

»Ähm ... Vieles. Warum seht Ihr es Euch nicht selbst an?«

Fu Yao schien ihm zuzustimmen. Ein Knall war zu hören und im nächsten Moment warf der junge Offizier einen gigantischen Feuerball nach unten.

Sofort war die gesamte Grube taghell erleuchtet. Xie Lian konnte nun endlich sehen, wo er eigentlich stand.

Zu allen Seiten türmten sich Leichen in einem Meer aus Blut. Die Banyue-Soldaten lagen übereinander. Aus ihren glänzend weißen Rüstungen ragten dunkle Arme und Gesichter, die von purpurrotem Blut überströmt waren. Xie Lian stand am einzigen Fleck in der gesamten Grube, wo sich keine Leiche befand.

Das alles war San Langs Werk, das er in den wenigen Augenblicken, nachdem er gesprungen war, vollbracht hatte.

Xie Lian drehte sich wieder zu ihm. Gerade eben hatte er noch größer gewirkt als sonst und auch seine Gesichtszüge waren ihm leicht verändert vorgekommen. Doch nun im Licht sah er aus wie immer. Er war der schöne junge Mann, den er kannte. San Lang, der bemerkt hatte, dass er ihn ansah, lächelte.

Nun sah sich Xie Lian seine Handgelenke und Stiefel an. Auch hier war nichts anders als sonst. Es gab nichts, was ein Klimpern hätte verursachen können.

Plötzlich war ein dumpfes Geräusch zu hören. Fu Yao war hinuntergesprungen.

»Habt Ihr nicht auf die Händler aufgepasst?«, fragte Xie Lian ihn.

Fu Yao, der gerade erst in der Grube gelandet war, hatte sich noch nicht an den starken Blutgeruch gewöhnt und wedelte sich mit der Hand Luft zu. Gleichgültig sagte er: »Nach sechs Stunden wart Ihr noch immer nicht zurück, da habe ich mir gedacht, dass etwas passiert sein muss. Ich habe einen Schutzkreis gezeichnet und die Händler angewiesen, diesen nicht zu verlassen, bevor ich hergekommen bin, um nachzusehen.«

»Der Schutzkreis wird nicht lange halten«, wandte Xie Lian ein. »Was, wenn sie ihn verlassen, weil sie denken, dass sie im Stich gelassen wurden?«

Doch Fu Yao meinte: »Wenn jemand den Tod sucht, können ihn auch keine zehn Pferde aufhalten, da ist nichts zu machen. Wer sind diese beiden dort?«

Er blickte die beiden Unbekannten argwöhnisch an, doch dann erkannte er zu seinem Erstaunen, dass Kemo so stark verletzt war, dass er sich kaum noch regen konnte, und Staatspräzeptorin Banyue ließ nur den Kopf hängen und sagte kein Wort.

Xie Lian stellte sie Fu Yao vor: »Das hier ist ein General aus Banyue und das hier ist Staatspräzeptorin Banyue. Sie sind …«

Er hatte noch nicht zu Ende gesprochen, als Kemo plötzlich aufsprang. Nachdem er so lange auf dem Boden gelegen hatte, hatte er nun endlich wieder genug Kraft gesammelt und ging brüllend auf die Präzeptorin los. Ein großer, starker Mann, der eine zierliche junge Frau schlug – so einen Anblick hatte Xie Lian noch nie erlebt. Aber Kemo hatte Grund genug, Staatspräzeptorin Banyue zu hassen, und sie wich auch nicht aus, obwohl sie es offensichtlich gekonnt hätte. Wie eine Stoffpuppe ließ sie sich von ihm hin und her schleudern. Wütend brüllte er: »Wo sind deine Skorpionschlangen? Na los, befiehl ihnen, mich zu beißen! Nun mach schon, dann bin ich auch endlich frei!«

Betrübt entgegnete sie: »Kemo, die Schlangen hören nicht mehr auf mich.«

Er spuckte auf den Boden. »Warum beißen sie dich dann nicht zu Tode?!«

»Es tut mir leid«, murmelte Staatspräzeptorin Banyue leise.

»Hasst du uns wirklich so sehr?«

Sie schüttelte den Kopf, doch Kemo erzürnte sich nur noch mehr: »Du willst mich wohl zu Tode ärgern! Warum hast du uns dann verraten, wenn du uns nicht hasst? Du schamlose Ratte, elende Verräterin!«

Als Fu Yao sah, wie Kemo immer heftiger auf die junge Frau einschlug und diese nach wie vor nur einsteckte, zog er die Augenbrauen hoch und fragte Xie Lian: »Was machen die da? Sollten wir sie nicht aufhalten?«

Auch Xie Lian konnte das nicht mehr mit ansehen und eilte hinüber, um Kemo zu stoppen. »General, General! Sagt uns doch lieber, wer dieser Bösewicht aus Yong'an ist, und wir ...«

Staatspräzeptorin Banyue hatte ihn plötzlich fest am Handgelenk gepackt. Xie Lian schluckte. Er dachte schon, sie hätte sie getäuscht und nur auf eine Gelegenheit gewartet, um sie anzugreifen. Doch als er zu ihr hinübersah, lag sie auf dem Boden und blickte ihn mit erhobenem Kopf an. Im Mundwinkel hatte sie einen Bluterguss. Sie sagte nichts, doch ihre pechschwarzen Augen loderte vor Lebenskraft.

Es waren dieselben Augen wie die eines jungen Mädchens, das er vor vielen Jahren gekannt hatte. »Du?«, platzte es aus Xie Lian heraus.

»General Hua?«, fragte nun auch Staatspräzeptorin Banyue.

Die anderen in der Grube waren bei diesem Wortwechsel erstarrt.

Fu Yao raste heran, verpasste Kemo einen Schlag, sodass dieser ohnmächtig wurde, und fragte: »Ihr kennt Euch?«

Xie Lian war jedoch zu beschäftigt, um zu antworten. Er ging in die Hocke, packte die Schultern der jungen Frau und untersuchte ihr Gesicht.

Bisher hatte er zu weit weg gestanden, um sie genau sehen zu können. Außerdem hatte sie sich verändert, nachdem sie erwachsen geworden war, und es waren bereits zweihundert Jahre vergangen, seit sie sich zuletzt gesehen hatten. Es gab viele Gründe, warum er sie nicht sofort erkannt hatte. Doch wenn er sie nun betrachtete, war er sich sicher: Es war das Mädchen, das er kannte.

Xie Lian schwieg eine ganze Weile, bevor er fragte: »Banyue?«

Die Frau griff sofort nach seinem Ärmel, als wäre sie ergriffen. »Ja, ich bin es! General Hua, erinnert Ihr Euch noch an mich?«

»Natürlich erinnere ich mich an dich«, erwiderte Xie Lian. »Aber ...« Er sah sie an und seufzte. »Aber was ist aus dir geworden?«

Auf einmal zeichnete sich Schmerz in ihren Augen ab. Mit leiser Stimme sagte sie: »Entschuldigt bitte, Offizier ... Ich habe versagt.«

General hier und Offizier da, es war verwirrend. Verblüfft fragte Fu Yao: »Offizier? General? Ihr? Wie kann das sein? Dann war dieses Grabmal ...?«

Xie Lian nickte. »Das war mein Grabmal.«

»Hattet Ihr nicht gesagt, Ihr hättet hier vor zweihundert Jahren Schrott gesammelt?«, fragte Fu Yao weiter.

»Nun ja ... Das ist eine lange Geschichte. Anfangs hatte ich tatsächlich nur das vor.«

Vor zweihundert Jahren hatte Xie Lian aus gewissen Gründen nicht länger im Osten bleiben können und sich entschieden, den Qinling-Berg zu überqueren, um im Süden einen neuen Ort zum Schrottsammeln zu suchen. Also nahm er seinen Kompass und lief los.

Doch den ganzen Weg über begleitete ihn ein ungutes Gefühl. Wieso sah die Landschaft so anders aus? Eigentlich sollte doch alles grün und dicht bevölkert sein, warum sah also alles immer verlassener aus?

Aber trotz aller Zweifel lief er immer weiter, bis er in der Wüste Gobi landete und in einen Sandsturm geriet. Erst nachdem er einen Haufen Sand geschluckt hatte, wurde ihm bewusst, dass sein Kompass schon lange kaputt war. Er war die ganze Zeit über in die falsche Richtung gelaufen.

Nun ließ sich daran auch nichts mehr ändern. Wenn er schon einmal da war, konnte er sich genauso gut die Wüste ansehen. Er drehte also nicht wieder um, sondern lief einfach weiter, mit dem Nordwesten als neues Ziel. Irgendwann erreichte er dann die Grenze und ließ sich vorübergehend in der Nähe des Königreichs Banyue nieder.

»Anfangs habe ich dort tatsächlich nur Schrott gesammelt«, fuhr Xie Lian fort. »Doch an der Grenze kam es oft zu militärischen Auseinandersetzungen und da es immer wieder Fahnenflüchtige gab, schnappten sich die Soldaten einfach Männer von der Straße, um die Reihen aufzufüllen.«

»Und das ist dir auch passiert?«, fragte San Lang.

»Genau. Aber mir war eigentlich sowieso egal, wie ich meinen Lebensunterhalt verdiene, also wurde ich eben Soldat. Nachdem ich ein paarmal Banditen vertrieben hatte, stieg ich irgendwie zum Offizier auf. Diejenigen, die mir Respekt erweisen wollten, nannten mich auch ›General‹.«

Fu Yao hegte jedoch noch Zweifel. »Aber warum nennt sie Euch ›General Hua‹? Ihr heißt doch nicht Hua.«

Xie Lian winkte ab. »Das braucht dich nicht zu kümmern. Ich habe damals einfach irgendeinen falschen Namen angenommen. Ich glaube, es war Hua Xie.«

Als San Lang diesen Namen hörte, veränderte sich sein Gesichtsausdruck, seine Mundwinkel zuckten.

Xie Lian hatte es jedoch nicht bemerkt und erzählte weiter: »An der Grenze kam es ständig zu Kriegen, daher gab es auch viele Waisenkinder. Wenn ich etwas Zeit hatte, spielte ich manchmal mit ihnen. Unter ihnen war auch ein Mädchen namens … Banyue.«

Wenn Banditen in der Nähe waren, war Xie Lian der mutigste Soldat. Niemand traute sich, sich ihm in den Weg zu stellen oder ihm zu nah zu kommen. Doch wenn es keine gab, kommandierten ihn alle herum.

Einmal hatte er sich ein Plätzchen an einer Mauer gesucht und in seinem eigenen Helm Essen gekocht. Der Geruch breitete sich aus und störte einige Soldaten, die kamen und dem Helm einen Tritt verpassten, sodass sich was auch immer er da gekocht hatte über den Boden ergoss. Niedergeschlagen hob er seinen Helm auf und als er sich umdrehte, bemerkte er, dass ein kleines Mädchen mit zerzaustem Haar und schmutzigem Gesicht hinter ihm hockte und sich das Essen vom Boden in den Mund stopfte. Dass es kochend heiß war, schien sie nicht zu stören. Überrascht rief Xie Lian: »Tu das nicht! Warte, du kleine Rotznase!«

Doch wie erwartet schluckte sie das Essen hinunter und würgte sofort darauf. Sie weinte so sehr, dass Xie Lian heftig erschrak, sie kopfüber an den Füßen packte und wie wild geworden durch die Gegend rannte, bis ihr alles wieder hochgekommen war. Danach plumpste er auf den Boden und wischte sich den Schweiß von der Stirn. »Ich hoffe, es geht dir gut ... Entschuldige, aber bitte erzähle deinen Eltern nichts davon. Heb nächstes Mal nicht einfach Essen vom Boden auf ... Warte, was machst du da schon wieder?«

Das Gesicht noch voller Tränen war das Mädchen wieder zu der Pfütze gegangen, um noch mehr Essen aufzuheben. Erst als er sie wieder anfing zu essen, bemerkte er, dass sie nur Haut und Knochen war.

Wenn ein Mensch derart hungrig war, konnte er alles essen, selbst wenn er davon würgen musste und ihm die Tränen kamen.

Xie Lian gab ihr seine letzten Rationen. Daraufhin erwischte er das Kind immer wieder dabei, wie es in seiner Nähe herumlungerte und ihn heimlich beobachtete.

Das kleine Mädchen namens Banyue war immer von einer finsteren Aura umgeben und ihr Körper und Gesicht stets von Schrammen übersät. Xie Lian erinnerte sich noch gut daran, wie sie immer am Saum seiner Robe gezogen und ihn hoffnungsvoll angesehen hatte. Da die Kinder aus Banyue sie ausschlossen, blieben ihr nur Xie Lian und ein Junge aus Yong'an, der ab und an mit ihr spielte. Folglich verbrachte sie ihre Tage damit, den beiden hinterherzulaufen.

Sie sprach nur selten, konnte aber perfekt Chinesisch. Xie Lian konnte nur schwer einschätzen, woher sie kam. Doch da sich niemand um sie zu kümmern schien, nahm er sie einfach unter seine Fittiche. Wenn er Zeit hatte, brachte er ihr Lieder bei, rang zum Spaß mit ihr oder führte ihr vor, wie er Steinbrocken mit der bloßen Brust zerschlug. Sie kamen gut miteinander aus.

»Ich dachte die ganze Zeit, dass das ›Banyue‹ in Staatspräzeptorin Banyue nur ein Titel wäre«, bemerkte Xie Lian. »Ich hatte nicht damit gerechnet, dass sic tatsächlich Banyue heißt.«

»Und was ist dann passiert?«, fragte Fu Yao.

»Dann ... ist in etwa das passiert, was auf dem Grabmal stand.«

Nach einem kurzen Augenblick des Schweigens warf San Lang ein: »Auf dem Grabmal stand, du wärst tot.«

Während sie über den Grabstein sprachen, spürte Xie Lian Wehmut in sich aufsteigen.

Standen auf Grabsteinen nicht normalerweise übertriebene Lobreden, um dem Verstorbenen möglichst schön zu gedenken? Und die vielen Degradierungen mal außen vor gelassen, wie hatten sie sogar die erbärmliche Art und Weise, wie er gestorben war, verewigen können?

Als er diesen Teil vorgelesen hatte, während sie sich in der Höhle vor dem Sandsturm geschützt hatten, hatte er kaum hinsehen können. Wenn San Lang nicht auch die Banyue-Schrift verstanden und mitgelesen hätte, hätte er einfach vorgegeben, dass zur Todesursache dort nichts stand. Selbst ihm war beim Lesen nach Lachen zumute gewesen, wie könnte er es den anderen da übelnehmen, dass sie gelacht hatten?

Sie hatten Schutz vor dem Sandsturm gesucht und waren in seiner Gedenkstätte gelandet. Sie hatten gelesen, was auf dem Grabstein stand, darüber diskutiert und gelacht. Und er hatte sich geschämt, sie zu bitten aufzuhören. Es war wirklich deprimierend.

Die Stelle zwischen seinen Augenbrauen musste vom Reiben schon ganz rot sein. Xie Lian nahm die Hand wieder herunter und antwortete: »Ah, ich bin damals natürlich nicht gestorben. Das war nur vorgetäuscht.«

Fu Yao machte ein ungläubiges Gesicht, also führte Xie Lian aus: »Es waren so viele Leute auf mir herumgetrampelt, dass ich nicht mehr aufstehen konnte. Mir blieb nichts anderes übrig, als vorzutäuschen, ich wäre tot.«

Tatsächlich erinnerte er sich nicht mehr wirklich daran, wie er genau »gestorben« war, er wusste nicht einmal mehr, weshalb die beiden Nachbarländer diese Schlacht geführt hatten. Er konnte sich nur noch daran erinnern, dass der Auslöser irgendeine Kleinigkeit gewesen war und er nicht hatte kämpfen wollen. Doch zu dem Zeitpunkt war er schon so oft degradiert worden, dass niemand mehr auf ihn hörte. Die Soldaten zu beiden Seiten waren so in die Schlacht vertieft, dass sie nur noch rotsahen, als Xie Lian sich ihnen in den Weg stellte und sie erkannten, dass er es war. Er wusste auch nicht, warum, aber sie hatten sich sofort mit ihren Dolchen und Schwertern auf ihn gestürzt.

»Ihr wart bestimmt wie immer ein Hindernis, sodass Ihr den Zorn aller auf Euch gezogen habt«, kommentierte Fu Yao. »Warum sollten sie Euch niederstechen, nur weil sie Euch gesehen haben? Außerdem müsst Ihr gewusst haben, wie groß der Hass Euch gegenüber war. Warum habt Ihr sie also nicht gemieden und habt Euch ihnen in den Weg gestellt? Ihr hättet sie sicherlich meiden können.«

»Ich erinnere mich wirklich nicht mehr«, entgegnete Xie Lian.

Auch wenn ihn nichts umbringen konnte, war es nur schwer auszuhalten gewesen, derart niedergestochen zu werden. *Das darf so nicht weitergehen!*, hatte er sich gedacht und sich sofort totgestellt. Doch selbst dann hatten sie noch auf ihm herumgetrampelt, bis er letztlich das Bewusstsein verlor. Er war erst wieder zu sich gekommen, als ihm

Wasser in Mund und Nase floss, denn Leichen vom Schlachtfeld wurden für gewöhnlich in den Fluss geworfen. So trieb Xie Lian also wie ein Stück Müll auf dem Fluss davon, bis er wieder im Königreich Yong'an landete. Er brauchte drei, vier Jahre, um zu genesen, bevor er einen Kompass aufsammelte, der nicht kaputt war, und wieder loszog. Nun kam er endlich an seinem ursprünglichen Ziel im Süden an und kümmerte sich nicht weiter darum, was im Königreich Banyue passierte.

»Es tut mir leid«, sagte Banyue erneut, wieder in leisem Ton.

Fu Yao zog die Augenbrauen hoch. »Warum entschuldigt sic sich die ganze Zeit bei Euch?«

Da schaltete sich San Lang ein: »Kemo hat gesagt, Banyue sei nach einem chaotischen Konflikt in die Zentralebene gegangen. Hatte das etwas mit dir zu tun?«

Langsam dämmerten Xie Lian vage Erinnerungen. »Äh, kann sein ...«

»Es war meine Schuld«, sagte Banyue.

Alle Blicke richteten sich auf sie. Leise fuhr sie fort: »General Hua wollte mich retten, deswegen wurde er plattgetrampelt.«

Kurz erinnerte sich Xie Lian wieder daran, wie es war, von Tausenden Soldaten getreten zu werden, und er schlang die Arme um seinen Oberkörper. Doch als er sah, wie die anderen ihn seltsam anstarrten, nahm er die Arme schnell wieder herunter und entgegnete: »Sie haben mich nicht plattgetrampelt. Ich war wirklich nicht platt.«

Aus irgendeinem Grund wirkte Fu Yao selbstgefällig und kommentierte in blasiertem Ton: »Oh, wie selbstlos.«

Xie Lian winkte ab. »Nicht doch. Ich wollte sie eigentlich nur schnell wegziehen und fliehen, aber ich war nicht schnell genug und dann sind die Truppen von beiden Seiten aufeinander losgegangen.«

»Wie konntet Ihr so etwas vergessen?«, fragte Fu Yao.

»Du vergisst, dass ich schon viele Hundert Jahre alt bin«, wandte Xie Lian ein. »In nur einem Jahr kann schon so viel passieren, in zehn Jahren kann sich ein Mensch komplett verändern, von hundert Jahren ganz zu schweigen. Ich kann nicht alles klar in Erinnerung behalten. Außerdem ist es besser, manche Dinge zu vergessen. Anstatt mich daran zu erinnern, dass ich vor zweihundert Jahren niedergestochen und zertrampelt wurde, erinnere ich mich lieber an das leckere Dampfbrötchen, das ich gestern gegessen habe.«

»Es tut mir leid«, wiederholte Banyue.

Xie Lian stieß einen Seufzer aus. »Ach, Banyue. Dich zu retten war meine eigene Entscheidung. Du hast nichts getan. Wenn du dich unbedingt entschuldigen willst, solltest du das bei jemand anders tun.«

Banyue stutzte. Dann senkte sie den Kopf und sagte nichts mehr.

»Aber ...«, setzte Xie Lian wieder an. »Vielleicht liegt es daran, dass ich dich noch so in Erinnerung habe, wie du vor zweihundert Jahren warst, aber ich kann mir nicht vorstellen, dass du Rachepläne schmieden und jemanden verraten würdest ... Möchtest du mir erzählen, was sich genau zugetragen hat? Weshalb hast du die Stadttore geöffnet?«

Banyue überlegte kurz, doch dann schüttelte sie den Kopf und blieb weiterhin stumm.

»Und warum schickst du die Skorpionschlangen aus der Stadt aus, damit sie Menschen beißen?«, fragte Xie Lian nun.

Diesmal antwortete Banyue: »Ich habe sie nicht geschickt.«

»Was?« Xie Lian war verdutzt.

»Ich habe sie nicht geschickt, sie ziehen von selbst los«, führte Banyue aus. »Ich weiß auch nicht, was los ist, aber sie gehorchen mir nicht mehr.«

Fu Yao blickte grimmig drein. Seine Geduld schien erschöpft zu sein.

»General Hua, das ist wirklich keine Lüge«, beteuerte Banyue.

Fu Yao ließ Xie Lian keine Gelegenheit, zu antworten, bevor er sich einmischte: »Das sagen doch alle, wenn sie erst gefangen genommen wurden. Es bringt nichts, das Gegenteil zu behaupten, so was habe ich schon tausendmal gehört. Die Reisenden, die den Pass überquert haben, sind alle von deinen Schlangen gebissen worden. Streck die Hände aus, ich nehme dich in Gewahrsam.«

Banyue biss sich auf die Lippen und streckte ihm tatsächlich ihre Hände entgegen. Daraufhin zog Fu Yao ein magisches Seil, aus dem sich Unsterbliche nicht befreien konnten, aus seinem Ärmel hervor und fesselte sie und Kemo. »Gut, das Ziel unserer Reise ist erreicht. Die Sache ist hiermit erledigt.«

Doch da sagte San Lang: »Sie hat keinen Grund zu lügen.«

Auch Xie Lian war der Meinung, dass sie sie noch weiter ausfragen sollten, und wandte sich wieder an Banyue: »Kannst du die Skorpionschlangen überhaupt nicht mehr kontrollieren?«

»Doch«, entgegnete Banyue. »Die meiste Zeit hören sie auf mich, aber manchmal wollen sie einfach nicht. Ich verstehe auch nicht, warum.«

»Ruf sie mal her, damit wir uns das ansehen können«, schlug Xie Lian vor.

Bis eben hatte Banyue noch vor Xie Lian gekniet, nun richtete sie sich endlich auf und nickte. Kurz darauf kam auch schon eine purpurrote Skorpionschlange unter einem Toten hervorgekrochen, reckte ihren Kopf und schlängelte sich auf einen Stapel Leichen. Sie blickte die fünf an und schnalzte lautlos mit der Zunge. Xie Lian wollte sich ihr gerade nähern, um sie genauer zu betrachten, als er bemerkte, wie Banyues Augen sich weiteten und ihre Miene sich veränderte. Xie Lian schluckte. *Oh nein.*

Die Skorpionschlange fuhr die Zunge wieder ein, riss das Maul weit auf und stürzte sich auf ihn.

Auch wenn der Angriff plötzlich kam, war Xie Lian vorbereitet und streckte seine Hand aus, um sie zu packen. Doch noch bevor er sie berühren konnte, ertönte ein Knall, als wäre etwas explodiert.

Als er wieder hinsah, lagen die Innereien der Schlange sternförmig auf dem Boden. Sie war so explodiert, dass nichts von ihrem Gift verspritzt worden war.

Xie Lian erinnerte sich wieder, dass eine andere Skorpionschlange ebenfalls auf diese Weise gestorben war, bevor sie nach Banyue aufgebrochen waren. Nun war offensichtlich, wer dafür verantwortlich war. Noch bevor er den Kopf in San Langs Richtung drehen konnte, sah er vor seinen Augen einen roten Ärmel flattern. Im Nu hatte dieser sich zwischen ihn und Banyue gestellt.

»Hab ich's doch gewusst, dass sie Euch täuschen will«, verkündete Fu Yao. »Hast du etwa wirklich geglaubt, die Schlange würde es in dieser Situation schaffen, ihn zu beißen? Wie töricht.«

Banyue war schon blass geworden, als sie die Schlange gesehen hatte. Nun hob sie den Kopf und widersprach: »Das war ich nicht. Wie ich schon sagte, gehorchen mir nicht alle Schlangen. Das war eine davon.«

Fu Yao glaubte ihr kein Wort. »Woher sollen wir wissen, ob sie dir gehorcht hat oder nicht?«

»Ich habe sie nicht mal herbeigerufen«, erklärte Banyue mit gesenkter Stimme.

Xie Lian wollte gerade etwas sagen, als er sah, wie zwei weitere purpurrote Schlangen unter Leichen hervorgekrochen kamen und züngelten. Kurz darauf folgten eine dritte, vierte, fünfte ... Aus allen Ecken tauchten plötzlich unzählige Skorpionschlangen auf.

Alle Blicke richteten sich auf Banyue, die auf einem Stapel Leichen kniete. Während Fu Yao in seinen Händen einen leuchtend weißen Ball aus spiritueller Energie erschuf, warnte er sie: »Sorg dafür, dass sie sich zurückziehen. Sie werden doch nicht alle nicht auf dich hören, oder?«

Banyue hatte ihre Brauen zusammengezogen. Sie schien zu überlegen, wie sie die Schlangen vertreiben könnte. Doch es tauchten unaufhörlich weitere auf und rückten ihnen immer dichter auf die Pelle. Auch wenn ein, zwei Schlangen sie nicht totbeißen konnten, war schwer zu sagen, was passieren würde, wenn Hunderte oder sogar Tausende sie bissen. Und selbst wenn sie nicht sterben würden, wäre es sicherlich nicht angenehm. Xie Lian hob die Hand und wollte gerade Ruoye den Angriff befehlen, als er bemerkte, dass die Schlangen einen Meter von ihnen entfernt zögerten und nicht weiter auf sie zukamen. So bildeten sie einen sonderbaren Kreis um sie.

Xie Lian traf plötzlich eine Erkenntnis. Er hob den Kopf und sah zu San Lang, der die Schlangen beobachtete. Sein Blick war voller Verachtung. Die Schlangen schienen diesen richtig zu deuten und wagten es nicht, sich weiter anzunähern. Sie wichen langsam zurück und ließen dabei ihre Köpfe hängen wie zum Zeichen der Unterwerfung.

Doch es wirkte, als würde noch eine andere Kraft sie kontrollieren, die es ihnen unmöglich machte, den Angriff ganz aufzugeben und sich zurückzuziehen. Einige von ihnen reckten ihren Kopf wieder in die Höhe und visierten statt Xie Lian nun Fu Yao an.

Der schwenkte seinen Arm und aus seinem Ärmel schoss Feuer und verbrannte eine Reihe Schlangen, während er die zweite dazu zwang, zurückzuweichen.

Das würde sie jedoch nicht lange aufhalten. »Lasst uns erst mal diesen Ort verlassen, dann reden wir weiter«, schlug Xie Lian vor.

Kaum hatte er gesprochen, kam Ruoye auch schon hervorgesaust und flog nach oben. Doch nur wenig später drehte das Band wieder um und kam zurück. Xie Lian war verwirrt und fragte das Seidenband, das sich gerade wieder um sein Handgelenk wickelte: »Wieso bist du zurückgekommen? Die magische Formation wurde aufgelöst, es gibt nichts mehr, was dich aufhält. Nun flieg, schnell.«

Doch Ruoye zitterte an seinem Arm, als wäre es dort oben etwas Furchterregendem begegnet. Xie Lian musste es erst einmal beruhigen. Da fiel plötzlich etwas von oben herab und landete mit einem *Plopp* auf Fu Yaos Schulter. Fu Yao packte es und wurde augenblicklich leichenblass. Er hielt es sich vor die Augen und tatsächlich, es war eine Skorpionschlange!

Er war nicht vorbereitet und nachdem sie ihn gebissen hatte, warf er sie plötzlich zu Banyue hinüber.

Obwohl sie die Hände gefesselt hatte, versuchte sie dennoch instinktiv, sie zu fangen, und erwischte sie auch. Anstatt anzugreifen, wickelte die purpurrote Schlange sich um ihren Arm.

Schon wieder war ein *Plopp* zu hören und die zweite Schlange landete auf dem Boden.

Xie Lian konnte sich nun denken, warum Ruoye nicht weiter hochfliegen wollte. Er hob den Kopf und konnte im Mondschein unzählige winzige purpurrote Punkte erkennen, die von oben auf sie zugesaust kamen.

Ein Skorpionschlangenregen!

Die Punkte kamen immer näher und Xie Lian rief: »Fu Yao! Feuer! Schickt Feuer nach oben und verbrennt sie, während sie noch in der Luft sind!«

Fu Yao biss sich in die Handfläche und schwenkte dann die Hand. Eine Reihe von Blutperlen flog aus seiner Hand in die Luft und verwandelte sich in eine Barriere aus Feuer, die schnell nach oben schoss, um die Schlangen zu empfangen. Nach etwa dreißig Metern verharrten die Flammen in der Luft und verbrannten alle herabfallenden Skorpionschlangen in Sekundenschnelle zu Asche. Sie hatten den Schlangenregen erfolgreich abgewehrt.

Fürs Erste waren sie wieder sicher. Xie Lian atmete auf. »Sehr gut! Danke, Fu Yao.«

Derartige Zauber verbrauchten unglaubliche Mengen an spiritueller Energie. Fu Yaos Gesicht war bereits blass. Er drehte sich im Kreis und entfachte noch einen Ring aus Feuer, um auch die Schlangen auf dem Boden zu versengen. Daraufhin schrie er Banyue an: »Und du behauptest, sie würden dir nicht gehorchen? Wenn du sie nicht kontrollierst, warum greifen sie dich dann nicht an?«

San Lang lachte auf. »Vielleicht bist du einfach ein Pechvogel. Mich haben sie auch nicht angegriffen.«

Fu Yao drehte sich erbost zu ihnen und ließ seinen Blick zwischen San Lang und Xie Lian hin und her wandern. Xie Lian konnte spüren, das Ärger bevorstand. Da ihn jedoch noch ein paar Ungereimtheiten beschäftigten, wollte er einen Streit vermeiden. »Lasst uns zunächst herausfinden, was es mit den Skorpionschlangen auf sich hat. Erst einmal müssen wir hier raus.«

Fu Yao grinste höhnisch. »Was es mit ihnen auf sich hat? Das ist doch offensichtlich. Entweder hat Staatspräzeptorin Banyue gelogen oder dieser Kerl dort neben Euch treibt Spielchen!«

Xie Lian sah erst zu Banyue und dann zu San Lang. »Ich glaube nicht, dass sie es sind.« Sein Tonfall war sanft, aber bestimmt.

Das war die Schlussfolgerung, zu der er nach gründlichem Überlegen gelangt war, doch Fu Yao war in dem Glauben, er wolle sie lediglich verteidigen. Sein Gesicht im Flammenschein wirkte nicht sonderlich freundlich. Xie Lian konnte nicht erkennen, ob er das Gesicht vor Wut verzog oder vor Spott lachte. »Eure Hoheit, spielt nicht den Dummen. Habt Ihr etwa vergessen, welche Position Ihr innehabt? Ich bin mir sicher, Ihr wisst längst, wer der Kerl dort neben Euch ist. Ich weigere mich zu glauben, dass Ihr es noch immer nicht erkannt habt.«

Kapitel 11:
Die weiße Windmeisterin beschwört aus dem Nichts einen Sandsturm

Ohne besondere Absicht trat Xie Lian einige Schritte vor, bis er genau vor San Lang stand. »Ich kenne meine Position besser als jeder andere.«

»Wie könnt Ihr es dann wagen, neben ihm zu stehen?«, rief Fu Yao aus.

»Weil … weil keine Schlangen kommen, wenn ich neben ihm stehe«, antwortete Xie Lian ernst.

»Tse …«, spottete San Lang und musste laut lachen.

Das machte Fu Yao nur noch wütender. »Du …«

Er wurde immer wütender und seine Miene verfinsterte sich. Und nicht nur sein Gesicht, alles verfinsterte sich. Fu Yaos Flammenschild und das lodernde Feuer, das er in der Grube entzündet hatte, waren vollkommen erloschen.

In der plötzlichen Dunkelheit hörte Xie Lian San Lang lachen. »Unnützer Abschaum!«

Dann spürte er, wie er ihn an den Schultern ergriff und ihn in seine Arme zog. Kurz danach hörte er über ihren Köpfen ein lautes, stürmisches Prasseln, das klang, als würde ein starker Wolkenbruch auf einen Regenschirm trommeln.

Da die Verteidigungsbarriere fort war, ging ein Regen von purpurroten Skorpionschlangen nieder. Doch der aufgespannte Schirm hielt ihm stand. Der schwere Geruch von Blut drang Xie Lian in die Nase. Er wollte schon losstürmen, aber San Lang hielt ihn auf. »Beweg dich nicht. Keins dieser augenlosen Viecher wird es wagen, näher zu kommen.«

Seine feste Stimme klang weich und sanft, als er den ersten Satz sprach, und arrogant beim zweiten. Darüber machte Xie Lian sich keine Sorgen. Aber als Fu Yaos Wutschreie an sein Ohr drangen, die sich anhörten, als würde er unter dem Schlangenregen begraben, rief er: »San Lang!«

»Nein«, antwortete dieser sofort.

Xie Lian wusste nicht, ob er lachen oder weinen sollte. »Woher weißt du, was ich sagen wollte?«

»Sei unbesorgt. Er kann nicht sterben.«

Da hörten sie wieder ein lautes Rufen: »Banyue! Wenn du willst, dass ich sterbe, dann sollen sie mich einfach beißen und töten! Was soll das hier?«

»Das bin nicht ich«, beteuerte Banyue.

Offenbar war Kemo wieder zu sich gekommen, hatte sich in einem Haufen schlüpfriger Schlangen wiedergefunden, und dachte nun, das sei Banyues Werk.

»Fu Yao, könnt Ihr noch einmal ein Feuer entfachen? Macht erneut Feuer!«, rief Xie Lian.

»Der da neben Euch blockiert meine Kräfte«, erwiderte Fu Yao mit zusammengebissenen Zähnen. »Ich kann nichts entfachen!«

Xie Lian wurde mulmig, doch San Lang schwor: »Ich mache nichts.«

»Ich weiß. Das ist ja gerade das Problem«, sagte Xie Lian. »Banyue und Kemo sind beide durch das Band der Unsterblichen gefesselt und können ihre Kräfte nicht benutzen. Ich habe keine Kräfte. Und du blockierst niemanden. Also muss noch eine sechste Person hier in der Grube sein.«

»Ihr seid wohl verrückt geworden!«, rief Fu Yao. »Welche sechste Person denn? Wo soll die denn herkommen?«

Da rief Banyue plötzlich: »Wer ist da?«

»Banyue, was geht da vor? Ist jemand bei dir?«

»Jemand ...« Sie sprach nicht weiter.

Xie Lian rief wieder: »Banyue?«

Fu Yao hatte noch immer mit den Schlangen zu kämpfen und schnelle weiße Lichtblitze erhellten in kurzen Abständen die Dunkelheit. »Passt auf, sie könnte Euch täuschen!«

»Vielleicht aber auch nicht«, widersprach Xie Lian. »Ich rette sie.«

Er wollte schon hinaus in den Schlangenregen stürmen, als er dicht an seinem Ohr San Langs Stimme hörte: »Gut.«

Xie Lian spürte, wie der Griff an seiner Schulter fester wurde, und dann schossen sie auch schon vorwärts wie ein Blitz. Voller Staunen erkannte Xie Lian, dass der Junge zu einem schnellen Angriff vorstieß – mit dem Schirm in der einen und ihm selbst in der anderen Hand. Silberne Blitze zuckten krachend durch die Dunkelheit und plötzlich hörten alle das Klirren von zwei aufeinandertreffenden Schwertklingen.

»Oh?« sagte San Lang. »Es gibt also wirklich eine sechste Person. Interessant.«

Xie Lian hatte keine Ahnung, wie San Lang seine Waffe kontrollierte, und auch nicht, was für eine es war. Aber sicher war, dass er sich gerade mitten in einen Kampf gestürzt hatte.

Das Gegenüber blieb stumm und so hörte Xie Lian nur, wie die Klingen zischend die Luft durchschnitten, als der Kampf immer heftiger wurde. Ab und an leuchteten Funken in der Dunkelheit auf, doch sie verglommen sofort wieder. Ihr Licht reichte nicht aus, um das Gesicht des Gegners zu erkennen. Während Xie Lian die Ohren spitzte, um den Kampf zu verfolgen, rief er: »Banyue, kannst du mich hören? Kannst du etwas sagen?«

Es kam keine Antwort.

»Vielleicht ist sie es ja, die gerade gegen Euch kämpft!«, vermutete Fu Yao.

»Nein«, erwiderte Xie Lian. »Das ist ganz sicher nicht Banyue.«

Als San Lang gegen Kemo gekämpft hatte, war es dunkel gewesen wie jetzt auch. Aber in dem Kampf war San Lang geschmeidiger gewesen. Leichtfüßig und verspielt hatte dieser Kampf gewirkt. Xie Lian konnte deutlich spüren, dass San Lang den jetzigen Kampf ernster nahm. Der Gegner war ein ausgezeichneter Krieger, der volle Kontrolle über seine Glieder und seine Waffe besaß.

Banyue war klein und schlank. Der Anblick ihrer dünnen, schwachen Arme war schon Beweis genug dafür, dass die Kriegskunst nicht zu ihren

Stärken gehörte. Sie konnte also unmöglich die Person sein, die nun mit San Lang kämpfte. Aber wer war es dann? Und wo kam der Gegner her?

»Menschen, die ihr eigenes Land verkaufen, sind nicht besser als Xuan Ji. Wie kommt es, dass Ihr ihr noch immer glaubt?«, fragte Fu Yao.

»Fu Yao, könntet Ihr nicht etwas nachsichtiger sein? Ihr ... Moment. Was habt Ihr da gerade gesagt?«, hakte Xie Lian nach.

Fu Yao streckte die Hand aus und schüttelte ein Knäuel Schlangen von sich ab. »Ich sagte, warum um alles in der Welt glaubt Ihr ihr, so wie Ihr dem Kerl neben Euch glaubt?«

»Nein, nicht das. Ihr habt Xuan Ji erwähnt, oder?«

»Ja, na und? Sie hat doch hiermit nichts zu tun.«

Xie Lian hielt den Atem an und kurz darauf rief er aus: »Hört auf! Ihr müsst Euch nicht mehr verstecken. Ich weiß, wer Ihr seid!«

Die Kampfgeräusche brachen nicht ab, doch das beunruhigte Xie Lian nicht. »Dachtet Ihr, ich bluffe? General Pei der Jüngere?«

Fu Yao war vollkommen perplex. »Mit wem redet Ihr da? Seid nicht dumm. Was glaubt Ihr, wer er ist? Wenn er vom Himmel hinabgestiegen wäre, würde es doch jeder wissen.«

»Ganz genau«, entgegnete Xie Lian. »Aber was, wenn er nicht als er selbst hinabgestiegen ist?«

Das Klirren der Waffen hatte für einen kurzen Moment aufgehört, dann aber augenblicklich wieder eingesetzt.

»Dass ich das jetzt erst herausgefunden habe – eigentlich hätte ich von Anfang an darauf kommen können. Ich wusste, dass es seit zweihundert Jahren immer Kämpfe und Revolten am Banyue-Pass gab. Aber die Himmelsbeamten haben sich nicht darum gekümmert und niemand hat es gewagt, darüber zu sprechen. Also musste es jemanden geben, der alles unter den Teppich kehrt, eine Person mit hohem Status, die niemand anzugreifen wagen würde. Weil ich mit den Himmelsbeamten am himmlischen Hof bisher nicht so vertraut war, hätte ich es nicht gewagt, zu spekulieren, wer das sein könnte. Und Nachforschungen habe ich bisher auch keine angestellt.«

Erst als Fu Yao den Namen Xuan Ji erwähnt hatte, war Xie Lian ein Licht aufgegangen. Von Xuan Ji auf die beiden Generäle Pei zu kommen war naheliegend. Der Norden war ihr Gebiet und Fu Yao hatte einmal erzählt, dass General Pei der Jüngere vor seinem Aufstieg eine schlimme Tat begangen hatte: Er hatte eine ganze Stadt massakriert.

Aber welche Stadt?

Es könnte gut sein, dass es die Stadt Banyue gewesen war.

Die Himmelsbeamten des Oberen Hofes kümmerten sich nicht um solche Angelegenheiten. Ein bisschen Blutvergießen gehörte schließlich dazu, wenn man es zu etwas bringen wollte. Aber eine ganze Stadt auszulöschen war nicht gerade eine Heldentat. Sollte sich das zu weit herumsprechen, könnte es Einfluss auf die Anzahl der Anhänger haben. Dass nach einem Aufstieg das ein oder andere vertuscht werden musste, war nichts Ungewöhnliches. Auch wenn alle wussten, dass irgendetwas in der Art vorgefallen war, kannte niemand die Details. Wenn man nicht einen tief verwurzelten Hass oder böse Absichten gegen jemanden hegte, würde niemand die Zeit und Mühe auf sich nehmen, in seiner Vergangenheit herumzuwühlen und seine Unterstützer zu verärgern.

Langsam erklärte Xie Lian: »Das Gesicht im Boden sagte, einer von uns habe die Stadt vor fünfzig oder sechzig Jahren besucht. Zuerst dachte ich, das sei eine Lüge, um uns näher zu locken. Aber vielleicht hat es die Wahrheit gesagt. Derjenige, der mir aus unserer Gruppe am verdächtigsten vorkam, wart Ihr. Die Handelskarawane folgte Euch. Ihr hättet sie überallhin führen können. In all den Jahren, die ich in Banyue gelebt habe, habe ich kein einziges Mal eine Skorpionschlange gesehen. Und gerade als wir Schutz vor dem Sandsturm gesucht haben, tauchten diese seltenen Gifttiere plötzlich ganz zufällig auf. Ich habe Euch gebeten, mit uns nach dem Shanyue-Gras zu suchen. Aber kurz vor unserem

Aufbruch habt Ihr den anderen den Weg zu den Stadtruinen erklärt, sodass sie uns folgen konnten, falls sie nicht länger warten wollten. Und eben, oben an der Sündergrube, habe ich klar und deutlich gesagt, dass ich vorangehe, falls etwas passiert. Und Ihr, der Ihr immer ruhig und besonnen wart, seid vorgeprescht und einen sinnlosen Tod gestorben.« Nach einem Augenblick fuhr er fort: »Euer Verhalten war von Anfang an seltsam und unlogisch. Dass ich jetzt erst entdeckt habe, wer Ihr wirklich seid, ist ein bisschen spät, nicht wahr? General Pei der Jüngere? Oder soll ich Euch mit Eurem aktuellen Namen ansprechen – A-Zhao?«

Plötzlich wurde es ganz still.

Die Stille dauerte lange an, dann war eine kalte Stimme zu hören. »Ist Euch nie der Gedanke gekommen, dass das Gesicht über den rot gekleideten Jungen an Eurer Seite sprechen könnte?«

Kaum hatte sie ausgesprochen, da loderten in der Sündergrube plötzlich Flammen auf. In ihrem Schein waren zwei blutige Gestalten zu sehen, die sich gegenüberstanden.

Die eine war San Lang. Er hatte seine Waffe bereits weggesteckt und stand ruhig und aufrecht da. Die andere war ein junger Mann in einfacher Baumwollkleidung. Seine Haltung war aufs Äußerste gespannt, sein Schwert hielt er fest in der Hand.

Er war so blutüberströmt, dass es aussah, als trüge auch er rote Kleidung. Sein Blick war kalt und ausdruckslos und er trug jemanden auf dem Rücken. Es war tatsächlich A-Zhao.

Und ob es nun General Pei der Jüngere selbst war oder A-Zhao: der beherrschte, gelassene, kalte Ausdruck auf seinem Gesicht war derselbe. Xie Lian hatte zuvor nicht in diese Richtung gedacht, daher hatte er diese beiden nicht miteinander in Verbindung gebracht.

Die Person auf seinem Rücken war Banyue. Es schien, als habe er die Schlangen heraufbeschworen, um sie in dem Chaos fortzuschaffen. Da seine Identität nun enthüllt war, hatte er es nicht mehr nötig, Chaos und

Verwirrung zu stiften, und der Angriff durch die Skorpionschlangen und der Schlangenregen endeten. Er steckte sein Schwert weg und legte Banyue auf den Boden.

Kemo, der neben ihm stand, fragte verblüfft: »Wer bist du? Bist du nicht tot?«

A-Zhao würdigte ihn keines Blickes. Er starrte noch immer San Lang an und sagte in der Banyue-Sprache: »Kemo, in den vielen Hundert Jahren hast du dich kein bisschen verändert.«

Diesen gelassenen, kalten Tonfall, der einen in den Wahnsinn treiben konnte, schien Kemo nun doch zu erkennen. Sein Gesicht verzerrte sich vor Zorn: »Du! Pei Xiu?!«

Hätte das Band der Unsterblichen ihn nicht festgehalten, hätte er sich voller Mordlust auf ihn gestürzt.

»General Pei der Jüngere«, schaltete sich Xie Lian ein, »diese Skorpionschlangen haben nicht nur einem Menschen gehorcht. Banyue sagte, die Schlangen hörten nicht mehr auf sie – das war, weil Ihr sie unter Eure Kontrolle gebracht habt, nicht wahr?«

»Mhm, das habe ich«, antwortete General Pei ungerührt.

»Hat Banyue Euch gezeigt, wie Ihr sie kontrollieren könnt?«

»Nein. Ich habe sie dabei beobachtet und es mir selbst beigebracht.«

»Sieh an, General Pei, ganz schön clever.«

Nach einem Moment fragte er: »Wann habt Ihr Euch eigentlich kennengelernt? Und wie?«

Pei Xiu warf ihm einen Blick zu. »General Hua.«

»Warum nennt Ihr mich so?«, fragte Xie Lian verdutzt.

»Erkennt Ihr mich wirklich nicht, General Hua?«, sagte Pei Xiu tonlos.

Nun dämmerte es Xie Lian. Die Erinnerung war zunächst noch verschwommen. Banyue war, als sie noch klein war, von anderen Kindern aus Banyue gehänselt worden. Der Einzige, der ihr ab und an zur Seite gestanden hatte, war ein Junge aus Yong'an gewesen. Genau wie sie redete der Junge nicht viel. Nicht wenige der Kinder, die im Grenzgebiet lebten, kamen aus Militärfamilien und viele traten später selbst in die Armee ein. Könnte es sein …?

»Bist du das wirklich?«, fragte Xie Lian überrascht »Ich habe es jetzt erst bemerkt.«

Pei Xiu nickte. »Ja, ich bin es. Ich habe auch gerade erst den General erkannt.«

Kein Wunder. Banyue und General Pei der Jüngere kannten einander also noch aus Kindertagen.

»Hat Banyue auf deinen Befehl hin die Stadttore geöffnet?«, vermutete Xie Lian.

Kemo spuckte auf den Boden und tobte: »Macht mich los! Ich will diesen widerwärtigen General totschlagen!«

Pei Xiu wandte sich an ihn und sagte kühl: »Erstens hast du vor zweihundert Jahren unseren Kampf auf Leben und Tod verloren. Und zweitens wüsste ich gern, wie du dazu kommst, mich widerwärtig zu nennen?«

»Wenn ihr nicht zusammengearbeitet hättet, einer von innen, einer von außen, dann hätten wir nicht verloren!«, rief Kemo aus.

»Kemo, sieh der Wahrheit doch ins Gesicht. Zwar hatte ich nur zweitausend Mann, aber früher oder später hätten wir das Stadttor durchbrochen. Es war nur eine Frage der Zeit.«

Xie Lian konnte sich nicht zurückhalten und unterbrach: »Warte mal, du wurdest mit nur zweitausend Mann ausgesandt, ein ganzes Land zu unterwerfen? Wieso das denn, dann wurdest du mit deinen Männern ja in den sicheren Tod geschickt? Hat man dir in der Armee etwa noch übler mitgespielt als mir?«

Pei Xiu sagte nichts mehr. Xie Lian hatte offenbar ins Schwarze getroffen. Er fragte weiter: »Wenn du doch sicher warst, dass du die Stadt stürmen würdest, warum sollte Banyue dann die Tore öffnen?«

»Weil ich die Stadt auslöschen musste«, antwortete Pei Xiu.

»Was meinst du damit? Wenn dir der Sieg doch sicher war, warum musstest du die Stadt dann massakrieren?« Das konnte er doch nicht zum Vergnügen getan haben.

»Gerade weil wir den Sieg schon fast in der Tasche hatten, war es unumgänglich, die Stadt auszulöschen. Es musste schnell passieren und niemand durfte überleben.«

Niemand durfte überleben – das klang grauenhaft.

»Und wieso?«, beharrte Xie Lian.

»Am Abend vor dem Angriff kamen mehrere Clanoberhäupter aus Banyue zusammen und schmiedeten einen geheimen Plan.«

»Und was war das für ein Plan?«

»Die Menschen in Banyue waren von Natur aus leidenschaftliche und zähe Krieger und sie hegten einen abgrundtiefen Hass gegen Yong'an. Obwohl ihre Niederlage sicher war, kapitulierten sie nicht. Die ganze Bevölkerung, Männer und Frauen, Jung und Alt, alle haben mitgeholfen, etwas vorzubereiten.«

Xie Lian hatte schon eine Ahnung, um was es sich handelte. Pei Xius Worte bestätigten seinen Verdacht: »Sprengstoff!«

Pei Xiu sprach langsam und betonte jedes Wort: »Sie hatten einen Plan gefasst, für den Fall, dass die Stadt fallen würde. Sie hatten vor, dass alle Einwohner Sprengstoff an ihren Körpern tragen sollten. Sie sollten nach Yong'an fliehen, sich unter große Menschenmengen mischen und sich dann selbst in die Luft sprengen, um Aufstände heraufzubeschwören. Wenn sie sowieso sterben müssten, wollten sie so viele Menschen aus Yong'an mit in den Tod reißen wie nur irgend möglich. Wenn ihr Königreich fiele, würden sie Terror über das Land bringen, das dafür verantwortlich war.«

Deshalb mussten sie ausgelöscht werden, bevor sie fliehen konnten ...

Xie Lian wandte sich Kemo zu, fasste Pei Xius Aussage kurz in der Banyue-Sprache zusammen und fragte: »Ist das wahr?«

Kemo versuchte gar nicht erst, es zu leugnen: »Ja, es ist wahr.«

San Lang zog eine Augenbraue hoch. »Abscheulich«, sagte er in der Banyue-Sprache, vielleicht unbewusst, vielleicht mit Absicht.

Kemo tobte: »Abscheulich? Welches Recht habt ihr, uns abscheulich zu nennen? Wären wir nicht angegriffen worden, wären wir nicht zu diesem Schritt gezwungen gewesen. Unser Land wurde zerstört, also wollten wir Rache! Was ist daran so falsch?«

»Na schön, wenn wir schon dabei sind, warum legen wir dann hier und jetzt nicht alle Karten auf den Tisch? Wie oft haben Einwohner Banyues grundlos an der Grenze für Aufstände gesorgt? Wie viele Handelskarawanen und Reisende aus Yong'an wurden auf dem Weg nach Westen in Banyue überfallen? Ihr wusstet, dass Banditen die Straßen versperren, um die Leute auszurauben und zu töten, und habt ihnen auch noch Schutz gewährt. Die Soldaten, die Yong'an geschickt hatte, um die Banditen loszuwerden, habt ihr getötet, und behauptet, sie hätten illegal die Grenze überschritten. Ist das etwa nicht abscheulich?«, hielt Pei Xiu langsam und leidenschaftslos dagegen, dennoch war jedes seiner Worte schneidend.

»Zuvor habt ihr gewaltsam unser Land besetzt! Wir hatten keine andere Wahl, als uns zur Wehr zu setzen!«, erklärte Kemo.

»Der Grenzverlauf war nie genau festgelegt. Von gewaltsamer Besetzung kann also gar keine Rede sein«, entgegnete Pei Xiu.

»Die Grenze wurde genau festgelegt! Ihr habt euch nicht an die Abmachung gehalten!«

»Den Grenzverlauf, den ihr bestimmt habt, hat Yong'an nie anerkannt. Eure sogenannte Festlegung hatte kein anderes Ziel, als uns in die Wüste zu verdrängen, während ihr die Oase behalten hättet, wie lächerlich.«

Voller Zorn erwiderte Kemo: »Die Oase gehörte seit jeher uns! Unsere Urahnen sind seit Generationen dort aufgewachsen. Das Volk von Banyue hat immer in der Oase gelebt!«

Jeder beharrte auf seiner eigenen Version der Geschichte und ihnen beim Streiten zuzuhören brachte Xie Lian durcheinander. Die Erinnerung daran, wie schlimm es ihm vor hundert Jahren ergangen war, als er zwischen die zwei streitenden Parteien geraten war, war so präsent, dass er sich einbildete, die Schmerzen im Gesicht, die ihm damals zugefügt worden waren, erneut zu spüren.

Pei Xiu hatte genug von dem Streit und schenkte Kemo keine Beachtung mehr. Er wandte sich an Xie Lian: »Seht Ihr? Es gibt viele Dinge in dieser Welt, für die es keine einfache Erklärung gibt. Da bleibt nichts als Kämpfen.«

»Ich stimme dem ersten Satz zu«, bestätigte Xie Lian.

»Und ich dem zweiten«, ergänzte San Lang.

Kemos Wut war etwas abgeklungen. »Die meisten Menschen aus Yong'an sind schamlos, aber du, Pei Xiu, bist der schamloseste, den ich je getroffen habe. Du bist kalt und unmenschlich. Du hast mein Volk nicht für dein Land ermordet, und auch nicht, um deine Leute zu retten.«

Pei Xiu schwieg.

»Du bist der Sohn eines Verstoßenen, auf den immer schon alle herabgesehen haben«, fuhr Kemo fort. »Du wolltest in der Armee von Yong'an Fuß fassen. Um dich hochzuarbeiten, musstest du diese Schlacht gewinnen. Zu schade, dass Banyue an deine guten Absichten geglaubt hat und sich von dir hat benutzen lassen. Für dich hat sie uns betrogen.«

»Aber ist General Pei der Jüngere nicht der Nachfahr von General Pei?«, stutzte Xie Lian. Mit einem so berühmten Unterstützer konnte es doch nicht sein, dass er auf solche Abwege geraten war.

»Er ist kein direkter Nachfahre«, erklärte San Lang. »Er ist um wer weiß wie viele Ecken mit ihm verwandt.«

So war das also. Wenn er nicht aufgestiegen wäre, hätte er niemals die Chance gehabt, den Segen der Ahnen zu erhalten.

»Banyue war schon immer meine Untergebene«, sagte Pei Xiu. »Nur aufgrund meines Befehls hielt sie sich in Banyue versteckt. Sie hat Wurzeln in beiden Ländern, Banyue und Yong'an, und sie hat sich für eine Seite entschieden. Sie war loyal und hat niemanden betrogen. Das Volk von Banyue war niederträchtig. Ich bereue nicht, was ich getan habe.«

Plötzlich ertönte eine Stimme von hoch oben über ihren Köpfen: »Ihr bereut es also nicht, das habt Ihr schön gesagt! Und was ist mit den unzähligen Reisenden, die Ihr über die Jahre zu diesem Pass gelockt habt und die in diesem Loch ihren Tod fanden? Bereut Ihr das auch nicht?«

Xie Lian blickte hinauf. »Welcher Meister spricht da zu uns?«

Es kam keine Antwort, aber sie hörten plötzlich ein seltsames Geräusch. Es klang wie das Pfeifen von Wind. Als es näher kam und deutlicher wurde, war sich Xie Lian sicher: Es war das das Pfeifen und Tosen eines wütenden Sturms.

Ein plötzlicher Windstoß fuhr in die Sündergrube. Er war so kräftig, dass Xie Lian nicht wusste, wie ihm geschah, als er schon von den Füßen gerissen und durch die Luft gewirbelt wurde. Den anderen erging es nicht anders. Der Wind war bis auf den Grund der Grube gefahren, hatte sie erfasst und zog sie alle mit sich nach oben.

Xie Lian griff nach San Lang, der ihm am nächsten war. »Pass auf!«

Auch San Lang streckte die Hand nach ihm aus, sein Gesichtsausdruck war unverändert. Xie Lian spürte nur noch, wie Himmel und Erde sich um ihn drehten, wie sein Körper durch die Luft in die Höhe gewirbelt wurde und wie er dann, nach einem kurzen Augenblick, zu fallen begann. Eilig zog er Ruoye hervor und mitten in all dem Chaos sagte er besänftigend: »Ist ja gut, Ruoye, alles wird gut. Schnell, Ruoye, hilf uns!«

Das Band ließ sich ein paarmal tätscheln, dann schnellte es davon. Doch es gab in der Luft nichts, woran es sich hätte festhalten können, und unter ihnen befand sich nur die Sündergrube, also kam es nach einem Rundflug wieder zurück und schrumpfte zusammen.

Nun blieb Xie Lian nichts übrig, als im Fallen eine Haltung anzunehmen, in der er sich beim Aufprall nicht verletzen würde. Früher wäre er wahrscheinlich mit dem Kopf voran gelandet und drei Fuß in den Boden gerammt worden. Doch diesmal zog ihn San Lang Sekunden vor dem Aufprall so an der Hand, dass er mit den Fußsohlen auf dem Boden aufkam.

Selbst als er schon wieder fest und aufrecht stand, konnte er es kaum fassen. Doch dieses Gefühl verflüchtigte sich schnell, als er eine schwarz gekleidete Gestalt erblickte, die stolpernd auf ihn zulief.

Mit einem Blick hatte Xie Lian erkannt, wer es war, und rief lächelnd: »Nan Feng!«

Nan Feng sah sehr mitgenommen aus – als wäre er durch den Staub gezogen und dann in eine Grube voller wilder Tiere geworfen worden, um dort die Nacht zu verbringen. Seine Kleidung war vollkommen zerfetzt. Als er Xie Lian rufen hörte, hob er nur die Hände und rieb sich das Gesicht. Er brachte kein Wort heraus.

Dieser stützte ihn und fragte: »Was ist passiert? Haben die beiden Frauen Euch verprügelt?«

Er hatte kaum ausgesprochen, da erblickte er zwei Personen, die Nan Feng gefolgt waren und nun auf sie zukamen. Eine davon war die weiße Kultiviererin mit dem Fliegenwedel im Arm. Sie grüßte Xie Lian lächelnd. »Guten Tag, Eure Hoheit.«

Obwohl Xie Lian nicht wusste, wer sie war, wollte er nicht unhöflich sein. Aber er wusste auch nicht, wie er sie ansprechen sollte, also hob er die Hand und sagte: »Guten Tag, Mitkultiviererin.«

Die andere Person, eine schwarz gekleidete Frau, warf Xie Lian einen abfälligen Blick zu, schien ihn aber nicht weiter zu beachten. San Lang hingegen schien einen verdächtigen Eindruck auf sie zu machen. Als sie ihn erblickte, hielt sie einen Moment inne.

Der Sturm hatte alle aus dem Loch gehoben und die beiden Frauen schritten nun an Xie Lian vorbei und direkt auf Pei Xiu zu. Er wirkte nicht überrascht, als er sie kommen sah. Als A-Zhao war er ihnen in der Stadt bereits begegnet. Er kniete nieder, senkte den Kopf vor der Weißgekleideten und sagte leise: »Windmeister.«

Xie Lian war verblüfft, das zu hören. Er hatte sie für einen Geist oder Dämon gehalten – dass sie eine Himmelsbeamte war, hätte er nicht für möglich gehalten. Und auch noch die Windmeisterin. Sie war es, die im Kommunikationskanal auf einen Schlag Hunderttausende Tugendpunkte ausgegeben hatte.

Aber wenn er genauer darüber nachdachte, war daran nichts Ungewöhnliches. Zuvor in der Stadt hatte die weiß gekleidete Frau etwas gesagt wie: »Wo haben sie sich versteckt? Muss ich sie etwa jeden einzeln aus seinem Versteck zerren und töten?«, um ihm vorzugaukeln, sie sei hinter ihnen her. In Wirklichkeit war mit »sie« wohl gar nicht ihre Gruppe gemeint gewesen. Sie konnte genauso gut von den Banyue-Soldaten gesprochen haben. Er hatte sich zu schnell ein Urteil gebildet und die ganze Zeit geglaubt, diese Frauen seien böse Geister mit feindseligen Absichten.

Xie Lian verspürte Hochachtung gegenüber dieser Himmelsbeamten, die mit einem Mal Hunderttausende Tugendpunkte verteilen konnte. Er wandte sich an Nan Feng: »Warum habt Ihr mir nicht eher gesagt, dass das die Windmeisterin ist? Ich hielt sie für einen Schlangen- oder Skorpiongeist. Wie peinlich!«

Nan Feng sah ihn düster an. »Woher hätte ich das wissen sollen? Diese Gestalt habe ich noch nie gesehen. Der Windmeister war sonst immer ... Ach, egal.«

Xie Lian schloss daraus, dass die Windmeisterin ihnen nicht in ihrer wahren Gestalt gegenüberstand, aber er fragte nicht weiter danach. »Warum ist die Windmeisterin zum Banyue-Pass gekommen?«

»Um zu helfen«, sagte Nan Feng. »Als wir sie vorhin in den Straßen der Stadt Banyue gesehen haben, waren sie auf der Suche nach den Soldaten von Banyue.«

Xie Lian dachte daran zurück, wie er zum ersten Mal im Kommunikationskanal nach dem Banyue-Pass gefragt hatte. In dem unangenehmen Schweigen hatte die Windmeisterin plötzlich die hunderttausend Tugendpunkte verteilt und damit alle abgelenkt. Mit Sicherheit hatte sie die Frage gehört.

Während Xie Lian seinen Gedanken nachhing, hockte die Windmeisterin sich vor Pei Xiu hin. »Pei, ich habe alles gehört.«

Dieser senkte den Kopf. Die Windmeisterin sagte: »Gebt Ihr zu, dass Ihr die letzten zweihundert Jahre lang Reisende in das alte Königreich Banyue gelockt habt?«

Pei Xiu war ertappt. Seine Taten nun noch zu leugnen hatte keinen Sinn mehr. »Ja, ich war es«, antwortete er ernst.

»Warum?«, fragte die Windmeisterin.

Nach einem Moment des Schweigens erwiderte Pei Xiu: »Windmeister, Ihr habt mich doch lange schon verdächtigt. Könnt Ihr Euch den Grund nicht denken?«

»Ist es, weil diese Geister der toten Soldaten der unumstößliche Beweis dafür sind, dass Ihr Euch als Mensch die Hände mit Blut befleckt habt? Weil sie Euch bei Eurem Aufstieg im Weg gewesen wären?«, vermutete die Windmeisterin.

Pei Xiu gab keine Antwort. Xie Lian, der neben ihnen stand und alles gehört hatte, konnte sich nicht zurückhalten und fragte: »Aber warum habt Ihr sie nicht direkt getötet? Warum habt Ihr ihnen lebendige Menschen zum Fraß vorgeworfen, nur um sie ruhig zu halten? Das ist doch so, als würde man Fleisch und Blut eines Menschen nehmen, um eines anderen Hunger und Durst zu stillen.«

»Das konnte er nicht«, sagte San Lang. Das war auch wieder wahr. Im Oberen Hof wurde jede Bewegung eines Himmelsbeamten wie Pei Xiu von unzähligen Augen beobachtet. Es gab vieles, was er nicht direkt tun konnte. Unmöglich hätte er in seiner wahren Gestalt hier herunterkommen und unverhohlen die rachsüchtigen Geister dieser Soldaten auslöschen können und er hätte auch keine Truppen damit beauftragen können. Diese ganze Angelegenheit sollte möglichst wenig Staub aufwirbeln und ja keine Aufmerksamkeit auf sich lenken. Das Äußerste, was er tun konnte, war, still und heimlich einen Schatten wie A-Zhao auszusenden.

Die Skorpionschlangen, von denen jeder wusste, dass Banyue ihre Herrin war, manipulierte er, damit sie die Leute angriffen. Dadurch lockte er Menschen an, mit denen er dann die rachsüchtigen Geister fütterte, damit sie aufhörten zu klagen – seine Methode war perfekt durchdacht.

»General Pei hätte so etwas nie getan. Ich fürchte, diesmal habt Ihr es zu weit getrieben«, mahnte die Windmeisterin.

Dass er einen Schatten losgeschickt hatte, um fast zweihundert Jahre lang am Banyue verheerende Schäden anzurichten, indem er unzählige Menschen auf Abwege und in die Ruinen lockte, wo sie von den hungrigen Geistern der Banyue-Soldaten verschlungen wurden, war eine unerhörte Tat für einen Himmelsbeamten.

Pei Xiu hielt den Kopf gesenkt. »Ich weiß.«

Die Windmeisterin schwang ihren Fliegenwedel. »Wenn Ihr es wisst, ist es ja gut. Denkt am besten noch einmal in aller Ruhe über Eure Taten nach. Wir reden dann im Himmel weiter.«

»Ich verstehe«, sagte Pei Xiu.

Nach diesem Gespräch mit Pei Xiu steckte die Windmeisterin den Fliegenwedel wieder hinten in den Kragen ihres Gewandes, erhob sich und wandte sich lächelnd an Xie Lian, die Hände zum Gruß verschränkt. »Eure Hoheit, ich habe schon viel von Euch gehört. Endlich treffen wir uns.«

In Xie Lians Ohren klang »Ich habe schon viel von Euch gehört« nicht gerade schmeichelhaft. Aber es handelte sich um eine übliche Begrüßungsformel. Also lächelte er zurück. »Bestimmt nichts Gutes. Ich hoffe auch schon lange, Euch kennenzulernen, Windmeisterin.«

»Entschuldigt bitte wegen vorhin.«

»Vorhin? Was war denn?«, fragte Xie Lian erstaunt.

»Seid Ihr nicht in der Wüste in einen Sandsturm geraten?«

Die Erinnerung daran brachte sofort das Gefühl von Sand in seinem Mund zurück. »Ja?«, antwortete er.

»Diesen Sturm habe ich beschworen. Er sollte Euch davon abhalten, Euch dem Königreich Banyue zu nähern«, erklärte die Windmeisterin, »aber Ihr wurdet nicht von ihm davongetragen, sondern nur einmal herumgewirbelt, sodass Ihr am Ende doch in Banyue gelandet seid.«

Während Xie Lan der Windmeisterin zuhörte, machte sich das stärker werdende Gefühl in ihm breit, dass irgendetwas nicht stimmte. Erst beschwor sie einen Wirbelsturm, um ihnen den Weg zu versperren, und nun tauchte sie plötzlich hier auf – was hatte das zu bedeuten?

Xie Lian gab keine Antwort. Er wollte hören, was sie noch zu sagen hatte.

Die Windmeisterin fuhr fort: »Wie dem auch sei, Eure Hoheit, es wäre das Beste, wenn Ihr Euch möglichst nicht weiter in diese Angelegenheit einmischt.«

Xie Lian warf einen flüchtigen Blick auf Banyue, die zusammengerollt am Boden lag, und spürte Zorn in sich aufsteigen.

Ohnehin befürchtete er, dass die Beamten des Oberen Hofes die ganze Sache vertuschen würden, wenn die Details ihnen zu Ohren kämen. Sie würden die Wahrheit verdrehen und es so aussehen lassen, als träfe Banyue die ganze Schuld, während Pei ungestraft davonkam. Und nun erschien plötzlich diese Windmeisterin und sagte ihm, er solle sich aus allem heraushalten – war das nicht ein deutliches Anzeichen dafür, dass Pei gedeckt werden sollte?

Ohne eine Miene zu verziehen, trat Xie Lian einen Schritt vor, stellte sich schützend vor Banyue und sagte in freundlichem Tonfall: »Aber ich habe diese Angelegenheit schon aufgeklärt. Es ergibt keinen Sinn, mir nun noch zu sagen, dass ich mich nicht einmischen soll.«

Die Windmeisterin lächelte ihn an. »Seid unbesorgt. Ihr könnt die Staatspräzeptorin Banyue mitnehmen.«

Xie Lian war verblüfft. Das kam unerwartet.

»Während Ihr in der Grube wart, haben wir hier oben alles mit angehört. Es stimmt, Staatspräzeptorin Banyue hat ihre Gunst verloren«, fuhr die Windmeisterin fort. »Doch in den Straßen der Stadt habe ich gesehen, wie sie die Banyue-Soldaten einkesselte und die von ihnen gefangenen Sterblichen freiließ. Sie hat niemandem etwas getan und sogar Menschen gerettet. Ich nehme nur General Pei den Jüngeren und Kemo mit mir. Ihr müsst nicht befürchten, dass ich jemanden zu Unrecht beschuldige.«

Xie Lian war erleichtert. »Wie peinlich! Ich war zu misstrauisch.«

»Das ist nicht weiter verwunderlich. Im Oberen Hof geht ja auch wirklich allerhand Ungutes vor sich.«

Die schwarz gekleidete Frau sah aus, als hätte sie keine Geduld, auch nur einen Moment länger zu warten. »Bist du jetzt fertig? Können wir endlich gehen?«

»Pah!«, rief die Windmeisterin aus. »Wozu die Eile? Je mehr du drängelst, umso mehr Lust habe ich, mich noch länger zu unterhalten.« Doch sie wandte sich bereits lächelnd zum Gehen und zog dabei einen Fächer aus ihrer Hüfttasche. »Hoheit, wenn das alles war, sehen wir uns am Oberen Hof.«

Xie Lian nickte und die Windmeisterin öffnete ihren Fächer. Auf dem Fächer stand das Schriftzeichen für Wind, »Feng«, geschrieben und die Rückseite zeigte drei Wellenlinien, das Symbol des Windes. Das musste die spirituelle Waffe der Windmeisterin sein. Sie wedelte damit dreimal nach vorne und dreimal nach hinten. Da kam plötzlich ein Windstoß auf.

Dieser trug Staub und Sand mit sich und Xie Lian hielt sich schützend den Ärmel vors Gesicht. Der Wind ebbte ab und die beiden Damen, Pei

Xiu und Kemo waren allesamt verschwunden. Nun blieben nur noch Xie Lian, San Lang und Nan Feng zurück, und Banyue, die noch immer eingerollt auf dem Boden lag.

Etwas verdutzt ließ Xie Lian seinen Ärmel sinken. »Was ist gerade passiert?«

Endlich trat San Lang zu ihm. »Etwas Gutes«, sagte er.

Xie Lian sah ihn an. »Ach, wirklich?«

»Ja. Die Windmeisterin hat, um dir zu helfen, gesagt, du sollst dich nicht mehr darum kümmern.«

Nan Feng trat zu ihnen. »Das stimmt. Ihr habt Euch schon so lange um diese Angelegenheit gekümmert. Nun bleibt nur noch, eine Beschwerde beim Himmelskaiser einzureichen. Mehr ist nicht zu tun.«

Xie Lian verstand. »Wegen General Pei, nicht wahr?«

»Ganz genau«, bestätigte Nan Feng. »Diesmal habt Ihr ihn wirklich verärgert.«

»Ich wusste doch, dass ich früher oder später jemanden verärgern würde. Eigentlich ist es ganz egal, wen«, sagte Xie Lian lachend.

Nan Feng zog die Augenbrauen zusammen. »Denkt nicht, dass ich Witze mache. Neben dem Shenwu-Palast ist der Mingguang-Palast der einflussreichste Kriegspalast. General Pei hält große Stücke auf Pei den Jüngeren und er versucht schon lange, Quan Yizhen loszuwerden. Er wird bestimmt zu Euch kommen und Ärger machen.«

»Quan Yizhen ist der Kriegsgott des Westens, von dem wir gesprochen hatten?«, erkundigte sich Xie Lian.

»Ebendieser«, erwiderte Nan Feng. »Quan Yizhen ist auch ein neuer Beamter. Er ist ungefähr zur selben Zeit aufgestiegen wie Pei Xiu. Er ist jung und etwas ... aber er ist sehr mächtig. General Pei hatte geplant, dass Pei Xiu die Gläubigen des Westens übernehmen sollte. Pei Xiu war auch sehr entschlossen dazu und hat in den letzten Jahren hart dafür gearbeitet. Da Ihr seine Taten nun offengelegt habt, sieht es nicht mehr so gut aus für Pei Xiu. Vielleicht wird er sogar verbannt. Sollte das passieren, könnte das auch für Euch Ärger bedeuten.«

Xie Lian rieb sich die Stirn und beschloss insgeheim, von nun an beim Essen, Trinken und Gehen vorsichtiger zu sein.

San Lang hingegen glaubte nicht, dass etwas passieren würde. »Mach dir keine Sorgen. Pei Ming ist zu stolz. Er wird nichts unternehmen.«

Nan Feng warf ihm einen Blick zu. »Und was ist mit der Windmeisterin?«, überlegte Xie Lian. »Sie sagt, ich soll mich nicht mehr einmischen. Das bedeutet, dass sie die Beschwerde einreichen wird. Ist dann nicht sie diejenige, die General Pei bloßstellt? Das kann ich nicht zulassen. Wir müssen sie zurückrufen. Nan Feng, kennt Ihr das Passwort für ihren persönlichen Kommunikationskanal?«

»Macht Euch nicht zu viele Gedanken«, sagte Nan Feng. »Euch kann General Pei vielleicht etwas anhaben, aber der Windmeister ist zwar jünger als Ihr, aber erfolgreicher und im Himmel hoch angesehen.«

Xie Lian schwieg. Jedoch nicht, weil er Nan Feng diese Aussage übelnahm. *Gibt es denn überhaupt irgendeinen im Himmel, der ein größerer Versager ist als ich? Wohl kaum*, dachte er bei sich.

San Lang lachte. »Kein Wunder, das sie erfolgreich ist! Sie hat ja auch viele Unterstützer.«

»Meinst du damit die Frau in Schwarz?«, erkundigte sich Xie Lian. »Sie wirkte wie eine starke Persönlichkeit.«

»Das nicht. Aber mit Sicherheit hat sie einen starken Charakter. Sie gehört wohl auch zu den Elementarmeistern Wind, Wasser, Regen, Erde und Donner. Ich würde dir raten, sie nicht zu verärgern.«

Die Windmeisterin konnte aus dem Nichts einen Wirbelsturm entstehen lassen, das war eine mächtige Fähigkeit. Aber die Dame in Schwarz schien sogar noch stärker zu sein. Xie Lian musste wieder daran denken, dass sie irgendetwas an San Lang bemerkt hatte. Das beunruhigte ihn. »Ich bin ganz deiner Meinung.«

Und da war noch ein Satz, den er lieber nicht laut aussprach: *Selbst mächtige Unterstützung führt nicht unbedingt zum Erfolg.* Damals hatte der Kronprinz von Xianle die Unterstützung des Himmelskaisers selbst gehabt, der über Tausende Jahre alle drei Sphären regiert hatte – und er hatte trotzdem versagt.

Xie Lian hob seinen Bambushut vom Boden auf, klopfte den Staub ab und atmete erleichtert auf, als er sah, dass er nicht verformt war. Er band ihn sich wieder um den Hals und musterte dann Nan Feng. »Ihr wurdet nicht den ganzen Weg über von den beiden Frauen geschlagen und verfolgt, oder?«

»Doch, den ganzen Weg lang haben wir gekämpft«, antwortete Nan Feng mit düsterer Miene.

Xie Lian klopfte ihm auf die Schulter. »Danke für Eure Hilfe.« Da fiel ihm plötzlich ein, dass er noch jemandem zu Dank verpflichtet war. Er blickte um sich. »Wo ist Fu Yao?«

»War er nicht bei dem Vergifteten geblieben?«, entgegnete Nan Feng.

Xie Lian konnte sich nicht erinnern, Fu Yao gesehen zu haben, seit sie aus der Sündergrube herausgeweht worden waren. Eigentlich war er verschwunden, seit A-Zhao enttarnt worden war. Wenn er nicht da schon weg gewesen war, musste er sich aus dem Staub gemacht haben, als der Sturm aufgekommen war.

Xie Lian war nicht besonders besorgt. Er konnte sich denken, dass Fu Yao nicht in das ganze Chaos hineingezogen werden wollte und deshalb kommentarlos verschwunden war. Aber als er Nan Feng das Wort »Vergifteter« sagen hörte, fiel ihm plötzlich siedend heiß etwas ein. Nan Feng und er riefen gleichzeitig: »Das Shanyue-Gras!«

»Es wird gerade erst hell, kein Grund zur Eile«, beschwichtigte San Lang.

Aber »keine Eile« kam nicht infrage, wenn es darum ging, Menschenleben zu retten. Ihnen blieb noch viel Zeit, bis die Frist von vierundzwanzig

Stunden abgelaufen war, doch wer wusste schon, was ihnen auf dem Weg noch passieren würde? Ohne weiter nachzudenken, nahm Xie Lian Banyue auf den Rücken und rannte so schnell er konnte zum Kaiserpalast.

Dort angekommen setzte er Banyue vorsichtig ab und pflückte eine große Menge des Shanyue-Grases. Das Gesicht lag noch auf dem Boden, vollkommen entstellt und blutig zwischen den weißen Knochen.

Früher hätte Xie Lian es begraben. Aber er hatte keine Zeit dafür. Er musste schließlich Menschen retten und außerdem hatte der Mann schon fünfzig oder sechzig Jahre lang unter der Erde gelegen, er wollte bestimmt nicht dorthin zurück. Doch der Leichnam des Händlers war verschwunden. Xie Lian hielt verwirrt inne. Da trat San Lang aus dem Palast, einen kleinen Tontopf in den Händen. »Gut, San Lang, danke«, rief Xie Lian.

Banyue war schwach, sie ließ sich nicht aufwecken. Xie Lian ließ sie schrumpfen und steckte sie in den Tontopf. Da sie nun das Gras hatten, liefen sie zurück. Seit sie den Skorpionschlangen begegnet waren, waren vier Stunden vergangen.

Als sie den Ort erreichten, an dem Fu Yao den Schutzkreis aufgezeichnet hatte, sah Xie Lian, dass einige Menschen sich nicht getraut hatten, ihn zu verlassen, und noch in ihm saßen. Dem alten Mann, der Nan Fengs Pille genommen hatte, ging es gut. Als sie ihm die Pflanze auf die Wunde gelegt und ihm davon zu essen gegeben hatten, konnte er nach einer kurzen Ruhezeit schon wieder aufstehen und herumlaufen. Xie Lian sah keine Notwendigkeit, diesen Menschen zu erzählen, worauf dieses Gras wuchs.

Nach einiger Zeit ging es allen Händlern besser und sie begannen, sich Sorgen zu machen. »Wo ist Tiansheng? Warum sind die anderen noch nicht wieder hier?«

Xie Lian war zu beschäftigt gewesen, das Gras zu pflücken, und hatte nicht mehr nach ihm gesucht. Da kein einziger Banyuan-Soldat mehr in den Ruinen gewesen war, hatte er auch gar nicht mehr an Tiansheng und die anderen gedacht. Gerade überlegte er, ob er zurückgehen und nach ihnen suchen sollte, da hörte er die Rufe eines Jungen, die immer lauter wurden, während er auf sie zurannte. Er drehte den Kopf in diese Richtung und tatsächlich, es war Tiansheng. Der Junge trug ein großes Bündel Shanyue-Gras in seinem Arm und zwei Händler liefen schnaufend hinter ihm her.

Als sie wieder zu Atem gekommen waren, berichteten sie, was auf den Mauern der Sündergrube passiert war: Banyue hatte eine Reihe von Banyue-Soldaten aus dem Weg geräumt und Tiansheng und die Händler gefangen genommen. Sie hatten sich sehr gefürchtet, aber sie hatte sie von der Mauer heruntergebracht und ihnen den richtigen Weg gewiesen. Sie hatten große Mengen Shanyue-Gras gesammelt, den toten Händler begraben und waren so schnell sie konnten zurückgeeilt. Trotzdem waren sie langsamer gewesen als Xie Lian.

Am Ende begleitete er die Gruppe Händler aus der Wüste Gobi und damit endete dieses Abenteuer.

Doch bevor sie sich verabschiedeten, lief Tiansheng noch einmal heimlich zu ihm, und flüsterte ihm ins Ohr: »Großer Bruder, ich möchte Euch etwas fragen.«

»Gut, dann frag.«

»Ihr seid in Wirklichkeit ein Gott, stimmt's?«

Xie Lian war überrascht und auch etwas gerührt. Es hatte einmal eine Zeit gegeben, da war er herumgelaufen und hatte der ganzen Welt laut verkündet: »Ich bin ein Gott! Ich bin der Kronprinz!«, und niemand hatte ihm geglaubt. Diesmal hatte er kein Wort gesagt und dieser Junge fragte ihn von sich aus, ob er ein Gott sei.

»Ich habe gesehen, wie Ihr Zauberformeln gesprochen habt. Keine Angst, ich verrate es keinem.«

Wie solltest du auch? Keiner würde dir glauben, dachte Xie Lian bei sich.

Der Junge sprach weiter: »Ohne Euch hätten mich die scheußlichen Geistersoldaten in die Grube geworfen. Wenn ich zu Hause bin, werde ich einen Tempel für Euch bauen und Euch anbeten.«

Xie Lian musste lachen, als er sah, wie Tiansheng sich auf die Brust schlug und mit den Händen zeigte, wie groß der Tempel sein würde. »Gut, dann danke ich dir«, sagte er lächelnd.

San Lang stand bei ihm und lachte leise. Xie Lian wusste nicht, worüber, aber er konnte sich nicht vorstellen, dass er die Naivität des Jungen lächerlich fand.

Natürlich konnte ein Kind sich nicht vorstellen, wie schwierig es war, einen Tempel zu erbauen. Doch Xie Lian war glücklich über dieses Versprechen, ob es nun eingehalten wurde oder nicht.

Nach allen diesen Verwicklungen konnte er es nicht lassen, eine »Schrottunsterblicher«-Signatur zu hinterlassen. Dann winkte er und ging in die andere Richtung davon. Nan Feng beschwor eine Tausendmeilenabkürzung und brachte sie zum Puqi-Schrein zurück.

Xie Lian öffnete die Tür, breitete die Bambusmatte auf dem Boden aus und ließ sich wie ein nasser Sack darauf fallen. Dann atmete er erleichtert aus. San Lang setzte sich neben ihn und beobachtete ihn, das Kinn auf eine Hand gestützt.

Xie Lian seufzte tief. »Wie lange waren wir fort?«

»Vielleicht zwei oder drei Tage.«

Xie Lian seufzte noch einmal. »Nur zwei oder drei Tage? Warum bin ich dann so erschöpft?«

Seit er aufgestiegen war, hatte er ununterbrochen geschuftet wie ein Tier.

Er seufzte ein letztes Mal, hob den Kopf und fragte: »Nan Feng? Müsst Ihr nicht zurückgehen, um Bericht zu erstatten?«

»Wohin denn?«, erwiderte Nan Feng.

»Ihr seid doch Beamter des Nanyang-Palasts? Wird Euer General sich nicht wundern, wo Ihr so lange steckt?«

»Mein General ist nicht da, also wird er mich nicht vermissen.«

Xie Lian drehte sich um und stand auf. »In Ordnung. Es ist gut, wenn Ihr noch etwas bleiben könnt.«

»Was habt Ihr vor?«

Xie Lian sah ihn vergnügt an. »Ich koche für Euch. Zum Lohn für Eure harte Arbeit.«

Nan Fengs Gesicht veränderte sich plötzlich. Er hob eine Hand und legte zwei Finger an seine Schläfe, als würde er eine Nachricht auf seinem privaten Kanal empfangen. Er stand auf und drehte sich um. »Ein Notfall im Palast! Ich muss gehen. Bis später!«

Xie Lian hob die Hände. »Was? Nan Feng, geh nicht! So plötzlich kann doch kein Notfall eintreten. Ich möchte Euch doch für alles danken …«

»Es gibt einen Notfall!«, rief Nan Feng laut und stürmte zur Tür hinaus.

Xie Lian setzte sich wieder auf seine Bambusmatte und sah San Lang an. »Offenbar hat er keinen Hunger.«

Noch bevor dieser antworten konnte, ertönte ein lauter Knall. Nan Feng war wieder durch die Tür gestürmt, hatte sie zugeschlagen und hielt sie nun von innen zu. »Ihr zwei …«

Xie Lian und San Lang saßen auf der Matte, sahen einander fragend an und blickten dann zu Nan Feng auf. »Was ist mit uns?«

Nan Feng zeigte mit dem Finger auf San Lang, dann auf Xie Lian. Die Worte schienen ihm im Halse stecken zu bleiben, er brachte sie nicht heraus. Schließlich sagte er: »Ich komme wieder!«

»Ihr seid jederzeit willkommen«, antwortete Xie Lian.

Nan Feng warf San Lang noch einen Blick zu, bevor er zur Tür hinausging.

Xie Lian verschränkte die Arme und legte den Kopf schief, wie er es sich von San Lang abgeguckt hatte. »Es scheint wirklich ein Notfall zu sein.« Er sah den Jugendlichen an seiner Seite an und lächelte fröhlich. »Er hat keinen Hunger, aber was ist mit dir?«

San Lang lächelte zurück. »Ich bin am Verhungern!«

Xie Lian grinste, stand auf und begann, den Altartisch aufzuräumen. »Also gut. Was möchtest du essen, Hua Cheng?«

Hinter ihm herrschte Stille, dann erklang ein Lachen. »Der Name San Lang gefällt mir doch besser.«

Kapitel 12:
Auf der Suche nach der Wahrheit berührt der Kronprinz den Geisterkönig

»Blumensuchender Blutregen?«, fragte Xie Lian.

»Eure Hoheit«, antwortete San Lang.

Xie Lian drehte sich grinsend um. »Das ist das erste Mal, dass du mich so nennst.«

Der rot gekleidete Junge lehnte sich auf der Matte zurück, überschlug ein Bein und grinste ebenfalls. »Wie fühlt es sich an?«

Xie Lian dachte kurz darüber nach und gab dann eine ehrliche Antwort. »Es fühlt sich ... anders an, als wenn andere mich mit diesem Titel ansprechen.«

»Hm? Wie meinst du das?«

Xie Lian legte den Kopf schief und kniff die Augen leicht zusammen. »Ich weiß auch nicht, es ist nur ...«

Wenn andere ihn »Eure Hoheit« nannten, sprachen manche diese Worte emotionslos und geschäftsmäßig, so wie Lingwen. Bei den meisten schwang jedoch Geringschätzung mit, sogar Sarkasmus, als würde man eine hässliche Frau als »Schönheit« bezeichnen.

Hua Cheng hingegen hatte mit feierlichem Ernst gesprochen. Das unterschied ihn von allen anderen, die ihn mit seinem Titel anredeten.

»Du warst der Bräutigam, der mich in jener Nacht am Yujun-Berg abgeholt hat, nicht wahr?«, fragte Xie Lian.

Hua Chengs Lächeln wurde breiter und da erst bemerkte Xie Lian, dass sein Satz vielleicht etwas zweideutig geklungen hatte. Schnell verbesserte er sich. »Ich meine natürlich, der verkleidete Bräutigam, der mich weggeführt hat. Das warst du doch, oder?«

»Ich habe mich nicht als Bräutigam verkleidet«, antwortete Hua Cheng.

So gesehen war das richtig. Der Junge hatte zu der Zeit nicht gelogen. Er hatte nicht behauptet, der Geisterbräutigam zu sein oder Ähnliches. Er hatte gar nicht gesprochen, nicht ein Wort. Er war nur schweigend vor der Sänfte stehen geblieben und hatte seine Hand ausgestreckt. Xie Lian war daraufhin freiwillig mit ihm mitgegangen.

»Na gut. Warum bist du damals überhaupt am Yujun-Berg aufgetaucht?«

»Auf diese Frage gibt es zwei mögliche Antworten«, sagte Hua Cheng. »Die erste ist, dass ich eigens deinetwegen gekommen bin. Die zweite, dass ich zufällig vorbeikam und nichts zu tun hatte. Welche hältst du für glaubwürdiger?«

Xie Lian dachte daran, wie viele Tage Hua Cheng schon an seiner Seite verbracht hatte, und antwortete: »Welche glaubwürdiger ist, kann ich dir nicht sagen. Aber eins steht fest: Es kommt oft genug vor, dass du nichts zu tun hast.«

Er umrundete Hua Cheng und musterte ihn eingehend. Nach einer ganzen Weile nickte er. »Du bist ... nicht so, wie man sich über dich erzählt.«

Hua Cheng änderte seine Sitzposition, stützte aber weiterhin die Wange mit der Hand ab. Er beobachtete Xie Lian und fragte: »Ach? Und wie hat Eure Hoheit dann herausgefunden, dass ich der Blumensuchende Blutregen bin?«

Xie Lian sah wieder den Regenschirm vor sich, der vor Blut tropfte, die leise klimpernde Silberkette und die eisig kalten silbernen Armschienen. *Du hast nicht wirklich versucht, es zu verbergen*, dachte er. »Du hast dich trotz aller Tests nicht verraten, also musstest du ein Supremus sein. Du trägst Rot von Kopf bis Fuß, rot wie Ahorn, rot wie Blut. Und du schienst alles zu wissen, alles zu können und frei von jeder Furcht zu sein. So wie du dich verhalten hast, konntest du kein anderer sein als der Blumensuchende Blutregen, der alle Götter im Himmel erzittern ließ.«

Hua Cheng lachte. »Darf ich deine Worte als Kompliment auffassen?«

Hast du etwa nicht erkannt, dass es Komplimente sind?, wunderte sich Xie Lian.

»Nach all diesen Worten, hast du dich denn eigentlich nie hinterfragt, mit welcher Absicht ich dir näherkommen wollte?«, fragte Hua Cheng und sein Lächeln erstarb.

»Wenn du entschlossen bist, mir nichts zu sagen, und ich dennoch frage, verrätst du es mir ohnehin nicht. Oder du sagst die Unwahrheit.«

»Das ist nicht gesagt. Außerdem kannst du mich schließlich jederzeit hinauswerfen.«

»Du bist so mächtig. Wenn ich dich hinauswerfen würde und du mir etwas antun wolltest – würdest du nicht einfach dein Aussehen verändern und zurückkommen?«, hielt Xie Lian dagegen.

Ihre Blicke trafen sich und beide lächelten. Da unterbrach plötzlich ein leises pochendes Geräusch die kurze Stille im Puqi-Schrein. Sie sahen nach, woher das Geräusch gekommen war. Da war kein Mensch, nur ein kleiner schwarzer Tontopf rollte über den Boden.

Es war der Tontopf, in dem Banyue steckte. Xie Lian hatte ihn einfach neben die Bambusmatte gestellt und irgendwie war er wie von selbst umgefallen und in Richtung der Tür gerollt. Dort prallte er immer wieder gegen das hölzerne Türblatt, das Hua Cheng gebaut hatte. Xie Lian hatte Angst, er könne zerbrechen, also öffnete er die Tür und der kleine Tontopf rollte hinaus ins Freie.

Xie Lian lief hinterher und beobachtete, wie er sich aufrichtete, sobald er die Wiese erreicht hatte. Obwohl es nur ein Topf war, sah es so aus, als würde er in den Nachthimmel blicken.

Auch Hua Cheng kam aus dem Schrein.

Xie Lian fragte den Topf: »Banyue, bist du wach?«

Ein Glück, dass es schon tiefe Nacht gewesen war, als sie aus der Wüste Gobi zurückgekehrt waren. Wenn jemand gesehen hätte, wie Xie Lian abends draußen einen Tontopf fragte, ob er wach sei, hätte es sonst womöglich wieder großes Geschrei gegeben.

Es dauerte etwas, dann drang eine schlecht gelaunte Stimme aus dem Topf: »General Hua.«

Xie Lian setzte sich neben ihn. »Banyue, bist du hinausgerollt, um dir die Sterne anzusehen? Soll ich dich freilassen?«

Hua Cheng lehnte an einem Baum. »Sie hat gerade erst die Ruinen von Banyue verlassen. Vielleicht ist es das Beste, wenn sie noch ein bisschen drinbleibt.«

Immerhin hatte Banyue in der alten Stadt zweihundert Jahre verbracht und vielleicht würde es ihr schwerfallen, sich nun an einen anderen Ort zu gewöhnen.

»Das stimmt«, beschloss Xie Lian. »Am besten bleibst du noch etwas in dem Topf, bis du wieder bei Kräften bist. Das ist der Ort, an dem ich kultiviere. Du musst dir hier um nichts Sorgen machen.«

Der Tontopf erbebte zweimal, als versuche er, etwas zu sagen. Nachdem er eine Weile überlegt hatte, sagte Xie Lian: »Banyue, was da passiert ist – nichts davon war deine Schuld. Deine Skorpionschlangen waren ...«

»General Hua. Ich konnte mich nicht bewegen, aber ich habe alles gehört«, erwiderte Banyue.

Xie Lian war verdutzt. Er hätte nicht gedacht, dass Pei Xiu nur ihren Körper gelähmt hatte und nicht ihre Sinne. »Dann ist gut«, sagte er.

Wenn sie alles gehört hatte, war es gut so.

»General Hua«, fragte der Tontopf. »Was wird mit General Pei dem Jüngeren geschehen?«

Xie Lian verschränkte die Arme in seinen Ärmeln. »Ich weiß es nicht. Aber ... wer etwas Schlechtes tut, wird stets bestraft werden.«

Es folgte wieder ein Moment des Schweigens. Dann bebte der Topf erneut zweimal und Xie Lian verstand nun, dass das ein Nicken war.

»Eigentlich ist General Pei der Jüngere kein schlechter Mensch«, sagte Banyue.

»Nein?«

»Mh-mh«, antwortete Banyue. »Er hat mir geholfen.«

Und plötzlich, er wusste nicht warum, brachen viele Erinnerungen über Xie Lian herein.

Banyue hatte oft Schläge kassiert. Den Worten der Kinder aus Yong'an zufolge hatte sie ein Gesicht, das danach verlangte.

Erst lange nachdem er sie kennengelernt hatte, hatte Xie Lian davon erfahren. Denn egal wie sehr sie auch gequält wurde, sie sprach zu keinem ein Wort darüber. Dann, eines Tages, sah er, wie eine Gruppe Kinder ihr Gesicht in den Matsch drückte. Von da an wusste er, woher die blauen Flecken in ihrem Gesicht stammten.

Doch als er sie später einmal danach fragte, konnte sie sich an nichts mehr erinnern, nur daran, dass sic das Taschentuch waschen musste, das der Junge, der ihr aufgeholfen hatte, ihr für ihr Gesicht geliehen hatte.

An keines der Kinder, die sie damals geschlagen hatten, hatte sie eine Erinnerung. Aber wer ihr auch nur einmal geholfen hatte, den behielt sie ihr Leben lang im Gedächtnis.

»Kemo behauptet immer, Pei der Jüngere habe mich so verwirrt, dass ich nicht mehr klar denken konnte, und dann habe er mich benutzt«, fuhr Banyue fort. »Ob er mich benutzt hat oder nicht, weiß ich nicht, aber ich weiß, dass es mein eigener Wille war, die Stadttore zu öffnen.«

Xie Lian wusste nicht, was er dazu sagen wollte. Doch er fühlte, wie ihm schwer ums Herz wurde. Er tätschelte den Tontopf. »Ist schon gut. Das ist alles vergangen. Ach, übrigens. Banyue, der Name Hua Xie ist nicht echt. Und seit langer Zeit schon bin ich kein General mehr. Du musst mich nicht mehr General Hua nennen.«

»Wie soll ich Euch dann ansprechen?«

Das war eine gute Frage. Es würde sich eigenartig anfühlen, wenn Banyue ihn mit »Eure Hoheit« ansprechen würde. Eigentlich war ihm das nicht so wichtig. Er wollte lieber das Thema wechseln.

»Das überlasse ich dir. Wenn du mich weiterhin General Hua nennen möchtest, ist das auch in Ordnung.«

Doch es gab hier noch jemandem mit dem Familiennamen »Hua« und das könnte zu Verwechselungen führen. Dann überlegte er allerdings, dass »Hua Xie« ein falscher Name war, den er aus dem ersten Wort des Titels »Blumengekrönter Kriegsgott« abgeleitet hatte. Also konnte es gut sein, dass auch »Hua Cheng« kein echter Name war. Falls dem so war, war es ein interessanter Zufall, dass beide den Namen »Hua«* ausgewählt hatten.

»Es tut mir leid, General Hua«, sagte Banyue wieder.

Xie Lian drehte sich zu ihr um und antwortete mit etwas gedrückter Stimme: »Banyue, warum entschuldigst du dich immer bei mir?« Gab er am Ende eine so bemitleidenswerte Figur ab, dass er ihr deswegen leidtat?

Aus ihrem Topf heraus erklärte Banyue: »Ich möchte die Menschen retten.«

Xie Lian war sprachlos.

»General Hua, das habt Ihr einmal gesagt.«

Hastig drückte er die Hände auf den Tontopf. »Moment mal, warte. Warte.«

»Warten? Worauf?«

Xie Lian warf einen Blick auf Hua Cheng, der noch immer mit verschränkten Armen am Baum lehnte. »Habe ich das wirklich einmal gesagt?«, fragte er mit leiser Stimme.

Als er noch ein Teenager gewesen war, war das sein liebster Ausspruch gewesen. In den Jahrhunderten, die seither vergangen waren, hätte er diese Worte besser jedoch lieber gar nicht mehr ausgesprochen. Als er sie nun so plötzlich wieder hörte, fühlte er sich überrumpelt.

Doch Banyue beharrte darauf. »Das waren Eure Worte, General Hua.«

Xie Lian tat sich noch immer schwer damit. »Ich glaube nicht ...«

Mit fester und ruhiger Stimme erwiderte Banyue: »Oh doch, das habt Ihr gesagt. Einmal habt Ihr uns gefragt, was wir machen wollten, wenn wir erwachsen wären. Ich habe gesagt, dass ich es nicht wisse. Ihr sagtet, es könne doch nicht sein, dass ich es nicht wisse. Dann habe ich Euch gefragt, was Ihr früher hättet machen wollen, und Eure Antwort war: ›Seit ich klein war, wollte ich immer schon das einfache Volk retten.‹«

* »Hua« bedeutet »Blume« und ist somit in »Blumengekrönter Kriegsgott« und »Blumensuchender Blutregen« das erste Zeichen.

Das war es also. »Ha! Banyue, sag mir, warum erinnerst du dich so genau an etwas, das ich so beiläufig gesagt habe?«

»Beiläufig? Aber General Hua, mir kam es so vor, als hätte große Aufrichtigkeit in diesen Worten gelegen.«

Xie Lian blickte in den Nachthimmel auf und fühlte sich plötzlich verloren und hilflos. »Ha ha, wirklich? Vielleicht. Ich kann mich jedenfalls nicht daran erinnern.«

»Ihr sagtet auch: ›Tu, was du für richtig hältst‹«, fuhr Banyue fort, »und: ›Nichts und niemand kann dich aufhalten. Selbst wenn du hundertmal in den Dreck fällst, musst du voller Entschlossenheit wieder aufstehen.‹ Und noch viel Ähnliches.«

»Pfff ...«

Xie Lian musste sich nicht umdrehen, um zu wissen, dass es Hua Cheng war, der unter seinem Baum stand und leise lachte.

Da half es auch nichts, den Topf mit der Hand abzudecken. Xie Lians Gedanken überschlugen sich. *Was für ein Unsinn! Warum habe ich nur solche Dinge gesagt? So bin ich doch gar nicht ... Oder etwa doch?!*

Banyue sprach weiter. »Aber nun weiß ich nicht mehr, was das Richtige ist.«

Xie Lian war sprachlos.

»Ich wollte tun, was General Hua mir aufgetragen hat. Ich wollte die Menschen retten. Aber letzten Endes habe ich das Königreich Banyue zerstört.« Ihre Stimme klang verwirrt, als sie fortfuhr: »Und egal was ich auch getan habe ... das Ergebnis war immer fürchterlich. General Hua, ich weiß, dass ich Fehler gemacht habe, aber bitte sagt mir doch: Was genau habe ich falsch gemacht? Wie kann ich tun, was Ihr gesagt habt ... wie kann ich die Menschen retten?«

Nach einem Augenblick antwortete Xie Lian: »Es tut mir leid, Banyue. Wie kann man die Menschen retten? Ich kannte damals die Antwort auf diese Frage nicht und weiß sie auch heute nicht.«

Banyue schwieg eine Weile. Dann erwiderte sie: »General Hua, ehrlich gesagt kommt es mir vor, als hätte ich die letzten zweihundert Jahre nicht gewusst, was ich eigentlich tue. Ich bin eine Versagerin.«

Sie so reden zu hören stimmte Xie Lian noch niedergeschlagener. *Das macht mich zu einem noch größeren Versager. Und ich lebe schon seit achthundert Jahren ...*

Xie Lian ließ den Tontopf mit dem kleinen Geist darin stehen. Er sah eine Weile zu den Sternen auf, um sich zu beruhigen. Dann ging er mit Hua Cheng wieder ins Innere des Puqi-Schreins.

Als sie die Tür hinter sich geschlossen hatten, wandte sich Xie Lian an Hua Cheng: »Banyue ist aus eigenen Stücken am Banyue-Pass geblieben. Es stimmt nicht, dass sie dort festgehalten wurde, weil sie zu einer Bedrohung geworden war.«

Sie hielt sich immerzu vor, dass sie es gewesen war, die die Stadttore geöffnet hatte. Und sie suchte keine Rechtfertigung für ihre Tat, wie dass sie es getan hätte, ›um die Menschen zu retten‹. Sie ließ zu, dass Kemo und die Banyue-Soldaten sie wieder und wieder töteten, nur damit diese Geister ihren Zorn besänftigen und früher diese Welt verlassen konnten.

Kopfschüttelnd sagte Xie Lian: »Eigentlich hätte Pei der Jüngere doch einfach einen Schatten hinabschicken können, der sich um die Banyue-Soldaten kümmert. Dann hätte er sie nicht zurücklassen müssen und niemand im Himmel hätte davon erfahren. Warum hat er sich für diesen Weg entschieden?«

»Ein Schatten ist dafür zu schwach«, erwiderte Hua Cheng. »Du hast Pei Xius Schatten A-Zhao doch gesehen. Er hatte nicht genug Kraft, um es mit den Soldaten aufzunehmen. Also war es die einfachste Lösung, sie mit lebenden Wesen zu füttern, um sie ruhigzustellen.«

»Und warum musste es nun so schnell gehen?«

»Vielleicht um der kleinen Banyue zu ersparen, immer wieder getötet zu werden.«

Xie Lian schwieg einen Moment lang. »Und was ist mit den Sterblichen?«

»Das sind Himmelsbeamte«, erklärte Hua Cheng mit ruhiger Stimme. »Die Sterblichen sind für sie nichts als Ameisen. Pei Xiu ist ein typischer höherer Beamter. Solange niemand davon Wind bekommt, ist das Töten von ein paar Hundert Sterblichen für ihn dasselbe, wie ein paar Hundert Insekten zu Tode zu trampeln.«

Xie Lian ließ seinen Blick auf ihm ruhen. Er dachte daran zurück, wie San Lang in die Sündergrube gesprungen war und mit einem Schlag alle Banyue-Soldaten erledigt hatte. »Schatten sind also schwach? Dein eigener scheint mir ziemlich mächtig zu sein.«

Hua Cheng zog eine Augenbraue hoch. »Da hast du recht, aber ich bin kein Schatten.«

Xie Lian sah ihn überrascht an. »Das ist deine wahre Gestalt?«

»Garantiert, ich bin zu hundert Prozent echt.«

An dem, was daraufhin passierte, war wohl am ehesten Hua Chengs Blick schuld – ein Blick, der zu sagen schien: Komm schon, teste mich. Ohne weiter nachzudenken, hob Xie Lian einen Finger und stach Hua Cheng damit ins Gesicht.

Dann zog er ihn, geschockt von dem, was er getan hatte, schnell wieder zurück und dachte dabei: *Oh nein!*

Er war einfach neugierig gewesen, wie sich die Haut eines Geisterkönigs anfühlte, und sein Finger hatte sich aus diesem Impuls heraus bewegt, bevor er ihn hatte aufhalten können. Wie unfassbar gedankenlos von ihm!

Hua Cheng sah einen Moment lang etwas verdutzt aus, überrascht darüber, dass er so plötzlich ins Gesicht gestochen worden war. Doch er war immer ruhig und gelassen und sein Ausdruck nahm sofort wieder den gewohnten Gleichmut an. Er sagte kein Wort, zog aber die Augenbraue noch weiter hoch und sah Xie Lian an, als warte er auf eine Erklärung.

In seinen Augen war kein Lachen zu erkennen. Natürlich konnte Xie Lian sein Verhalten nicht erklären. Er blickte seinen Finger an und versteckte ihn eilig. »Nicht schlecht.«

Da endlich lachte Hua Cheng lauthals los. Er verschränkte die Arme und legte den Kopf schief. »Was meinst du mit ›nicht schlecht‹? Diese Haut?«

»Ja«, antwortete Xie Lan ernst. »Ja, sie ist gut. Nur ...«

»Nur was?«

Xie Lian sah ihn einen Moment lang prüfend an. »Nur ... könnte ich dein wahres Gesicht sehen?«

Hua Cheng hatte ›diese Haut‹ gesagt, was zeigte, dass es nicht seine echte war und sein Gesicht nicht sein wahres.

Dieses Mal antwortete er nicht sofort. Er ließ seine Arme sinken. Vielleicht kam es Xie Lian auch nur so vor, aber er meinte zu sehen, wie Hua Chengs Blick sich verfinsterte. Er spürte, wie sein Herz schneller schlug.

Als die Spannung zwischen ihnen unerträglich wurde, wusste Xie Lian, dass er das besser nicht gefragt hätte.

Obwohl die beiden in den vergangenen Tagen sehr gut miteinander ausgekommen waren, hieß das nicht, dass sie sich nah genug standen für eine solche Bitte. Xie Lian wartete keine Antwort ab. Er lächelte verlegen und sagte: »Ich habe nur so dahergeredet. Nimm es nicht ernst.«

Hua Cheng schloss die Augen und lächelte sanft. »Ich werde dir mein wahres Gesicht zeigen, wenn der richtige Augenblick gekommen ist.«

Hätte ein anderer diesen Satz gesagt, hätte er eine freundlich formulierte Ablehnung bedeutet. »Wenn der richtige Augenblick gekommen ist« wäre gleichbedeutend gewesen mit »vergiss es«. Aber die Worte stammten von Hua Cheng und Xie Lian fühlte, dass er es ernst meinte, dass der »Augenblick« wirklich kommen würde. Das machte ihn nur noch neugieriger. Er grinste Hua Cheng an. »Dann warte ich darauf, dass der für dich richtige Augenblick kommt. Lass uns nun ruhen.«

Nachdem sie die halbe Nacht beschäftigt gewesen waren, hatte Xie Lian sein Vorhaben, zu kochen, längst verworfen. Er legte sich wieder auf seine Matte. Hua Cheng streckte sich neben ihm aus. Obwohl jeder der beiden genau wusste, wer der andere war, fanden sie es kein bisschen seltsam, dass ein Geist und ein Gott dieselbe schäbige Schlafmatte teilten, dass sie gemeinsam lachten und scherzten und über alles Mögliche redeten.

Die Bambusmatte hatte keine Kissen, also benutzte Hua Cheng seinen Arm und Xie Lian tat es ihm gleich. »Die Geisterwelt scheint so ruhig. Musst du niemals irgendwem Bericht erstatten?«

Hua Cheng überschlug die Beine. »Wem denn? Ich bin doch der mit dem höchsten Rang. Außerdem macht bei uns jeder sein Ding. Niemanden kümmert es, was die anderen tun.«

Also bestand die Geisterwelt aus einer Horde von unorganisierten, chaotischen, einsamen Geistern. »Ist das wirklich so? Ich dachte immer, es wäre wie beim himmlischen Hof und ihr würdet eure Taten koordinieren. Aber wenn das so ist – hast du dann auch schon andere Geisterkönige getroffen?«

»Ja«, antwortete Hua Cheng.

»Auch den grünen Geist Qi Rong?«

»Du meinst diesen wertlosen, geschmackslosen Abschaum?«

Was soll ich dazu sagen?, dachte Xie Lian, *Ja? Nein?*

Aber da redete Hua Cheng schon weiter: »Ich habe ihn einmal getroffen. Ich habe ihn gegrüßt und er ist weggelaufen.«

Xie Lian hatte die Vermutung, dass diese »Begrüßung« stark von dem abgewichen war, was man sich eigentlich unter dem Wort vorstellte.

Unbekümmert sprach Hua Cheng weiter: »Und dann habe ich den Spitznamen ›Blumensuchender Blutregen‹ erhalten.«

Er hatte also, als er zuvor erwähnt hatte, ein Geisternest beseitigt zu haben, von dem grünen Geist Qi Rong gesprochen, und die »Begrüßung«

war ein Massaker gewesen. *Was für eine ungewöhnliche Art der Begrüßung*, dachte Xie Lian bei sich und rieb sich das Kinn.

»Hast du denn etwas gegen Qi Rong?«

»Ja«, sagte Hua Cheng.

»Und was?«

»Ich mag sein Gesicht nicht.«

Xie Lian wusste nicht, ob er lachen oder weinen sollte. *Hast du die dreiunddreißig Himmelsbeamten auch herausgefordert, weil dir ihre Gesichter nicht gefallen haben?*, fragte er sich. »Die Beamten des Oberen Hofes sagen alle, er habe einen abscheulichen Geschmack. Und sogar in der Geisterwelt ist er unbeliebt, was?«

»Ja. Sogar Schwarzes Wasser verabscheut ihn.«

»Wer ist Schwarzes Wasser?«, fragte Xie Lian, erinnerte sich dann aber. »Ah, ist das der, den sie ›Booteversenkendes Schwarzes Wasser‹ nennen?«

»Genau der. Er ist auch bekannt als ›Dunkler Wasserdämon‹.«

Xie Lian erinnerte sich, dass dieser Dunkle Wasserdämon ebenfalls ein Supremus war. Der grüne Geist hingegen war nur ein Beinahe-Supremus und wurde nur mitgezählt, damit es vier waren. Interessiert fragte er weiter: »Bist du mit dem Dunklen Wasserdämonen befreundet?«

»Nein«, antwortete Hua Cheng schläfrig. »Wir sind nicht befreundet. Ich habe in der Geisterwelt keine Freunde.«

Xie Lian wunderte sich. »Wirklich nicht? Ich dachte, du hättest viele Untergebene. Vielleicht meinen wir mit ›befreundet‹ nicht das Gleiche?«

Hua Cheng zuckte mit der Augenbraue. »Ja. In der Geisterwelt haben die, die kein Supremus sind, nicht das Recht, mit mir zu sprechen.«

So zu reden war äußerst arrogant und Hua Cheng hatte mit großer Selbstsicherheit und Bestimmtheit gesprochen. Xie Lian lächelte. »Du hast es gut in der Geisterwelt. Sie ist nicht so riesig wie der Himmel. Ich kann mir kaum alle Namen und Gesichter der Beamten des Oberen

Hofes merken und dann sind da noch so viele aus dem Mittleren Hof, die auf ihren Aufstieg warten.«

»Was bringt es, wenn du dir alle Namen merkst? Lass es doch. Das ist doch nur Zeitverschwendung.«

»Ha ha, viele Leute verärgert es, wenn man sich nicht an ihre Namen erinnert.« Die Himmelsbeamten legten einen äußerst hohen Wert auf ihren Status und ihren Ruf.

Hua Cheng schnaubte. »Wenn so eine Kleinigkeit sie schon verärgert, sind sie nichts als engstirniger Abschaum.«

Nachdem sie so lange über die Unterschiede zwischen den beiden Sphären gesprochen hatten, befürchtete Xie Lian, dass sie auf den ein oder anderen wunden Punkt stoßen würden, wenn sie das Thema noch weiter vertieften. Daher lenkte er das Gespräch in eine andere Richtung.

Er warf einen Blick auf die geschlossene Holztür und sagte: »Ich frage mich, wann die kleine Banyue wieder hereinkommen wird.«

Die entschlossenen Worte »Ich möchte die Menschen retten« kamen ihm in unzähligen Erinnerungsbildern wieder in den Sinn und klangen dort noch lange nach – er musste sie gewaltsam verdrängen.

Da hörte er Hua Cheng sagen: »Das waren gute Worte.«

»Was meinst du?«

»›Ich möchte die Menschen retten‹«, sagte Hua Cheng wie beiläufig.

Xie Lian war wie vom Donner gerührt. Er drehte sich um, rollte sich zusammen und wünschte, er hätte noch ein weiteres Paar Arme, sodass er gleichzeitig seinen Kopf bedecken und sich die Ohren zuhalten könnte. »San Lang …«, stöhnte er.

Hua Cheng schien noch näher an ihn gerückt zu sein. Direkt hinter ihm fragte er mit ernster Stimme: »Hm? Was stimmt denn nicht mit diesen Worten?«

Er würde nicht lockerlassen und Xie Lian kam nicht gegen ihn an. Also drehte er sich wieder um und sagte hilflos: »Sie sind naiv.«

»Was hast du denn zu befürchten? Von den einfachen Menschen zu sprechen, ob man sie nun retten will oder zerstören, halte ich für äußerst bewundernswert. Sie zu retten ist schwerer, als sie zu zerstören, und daher auch beeindruckender.«

Xie Lian wusste gar nicht mehr, was er tun sollte, und nickte verloren. »Aber wer so spricht, sollte auch in der Lage zu sein, seine Worte in die Tat umzusetzen.«

Er hielt sich mit einer Hand die Augen zu und fuhr fort: »Oh, na gut, ich denke, das ist schon in Ordnung. Was Banyue gesagt hat, war noch im Rahmen. Ganz früher habe ich noch dümmere Sachen gesagt.«

Hua Cheng lachte. »Oh? Was denn zum Beispiel? Lass hören.«

Xie Lian versank für einen Moment in seinen Gedanken und lächelte, während er seinen Erinnerungen nachhing. »Vor vielen, vielen Jahren sagte mir jemand, er könne nicht mehr weiterleben. Er fragte mich, welchen Sinn das Ganze habe.« Er warf Hua Cheng einen Blick zu. »Was soll man darauf antworten?«

Xie Lian glaubte, ein Funkeln in Hua Chengs Augen zu sehen. »Was hast du geantwortet?«, fragte dieser.

»Ich habe ihm gesagt: ›Wenn du nicht weißt, wie du weiterleben kannst, dann lebe für mich. Wenn du keinen Sinn in deinem Leben siehst, dann mach mich zu deinem Sinn und nimm mich als Grund weiterzuleben.«

Hua Change lachte auf.

Auch Xie Lian musste lachen, während er erzählte. »Ich weiß bis heute nicht, was ich mir damals dabei gedacht habe. Wo habe ich den Mut hergenommen, einem anderen zu sagen, er solle mich zum Sinn seines Lebens machen?«

Hua Cheng schwieg, also fuhr Xie Lian fort: »Nur als ich noch jung war, konnte ich so etwas sagen. Damals habe ich mich wirklich für unbesiegbar und furchtlos gehalten. Heute würde ich solche Worte nicht mehr über die Lippen bringen.« Langsam erzählte er weiter: »Ich weiß nicht, was später mit der Person passiert ist. Aber es ist eine große Verantwortung, einem anderen als Grund zu dienen, um weiterzuleben. Und das ist noch nichts dagegen, alle Menschen retten zu wollen.«

Eine Zeit lang sprach keiner der beiden und Schweigen erfüllte den Puqi-Schrein.

Schließlich meinte San Lang ruhig: »Etwas zu sagen wie ›Ich will die einfachen Menschen retten‹ fällt nicht ins Gewicht. Du warst damals jung und obwohl es mutig war, war es auch dumm.«

»Ja«, stimmte Xie Lian zu.

»Aber obwohl es dumm war, war es auch mutig.«

Xie Lian grinste. »Danke.«

»Gern geschehen.«

Beide starrten schweigend an die löchrige Decke über ihnen. Dann sagte Hua Cheng: »Wir kennen uns erst seit ein paar Tagen. Ist es überhaupt in Ordnung für dich, mir so viel von dir zu erzählen?«

»Warum nicht? Das ist schon gut so. Manche kennen sich seit Jahrzehnten und werden von einem Tag auf den anderen zu Fremden. Wir erzählen uns das, was wir wollen. Wir haben uns zufällig getroffen und werden irgendwann wieder auseinander gehen. Wenn etwas uns verbindet, sehen wir uns wieder, und wenn nicht, dann nicht. Kein Festessen der Welt währt ewig, am Ende gehen alle ihrer Wege. Also lass uns reden, wie wir wollen.«

Hua Cheng lachte leise in sich hinein. Dann sagte er: »Falls.«

Xie Lian sah ihn fragend an. »Falls was?«

Hua Cheng hielt seinen Blick noch immer auf die Decke gerichtet und so konnte Xie Lian nur sein hübsches Profil sehen.

»Falls ich hässlich wäre«, sagte er leise.

»Was?«

Nun drehte Hua Cheng sich langsam Xie Lian zu. »Falls ich hässlich wäre, würdest du mich dennoch sehen wollen?«

Das hatte Xie Lian nicht erwartet. »Bist du es denn? Ich kann dir nicht sagen, warum, aber ich kann mir nicht vorstellen, dass du so schrecklich aussiehst.«

»Wer weiß«, entgegnete Hua Cheng halb im Scherz. »Vielleicht bin ich grünlich bleich mit langen Zähnen, grauenhaft missgebildet und Furcht einflößend. Was würdest du dann tun?«

Xie Lian belustigte die Vorstellung, dass der König der Geisterwelt, den man im ganzen Himmel als Ausgeburt des Bösen fürchtete, sich Gedanken um sein Äußeres machte. Aber als er länger darüber nachdachte, fand er es nicht mehr so lustig. Er erinnerte sich vage daran, dass es unter den vielen bunt ausgeschmückten Geschichten über Hua Chengs Vergangenheit einige gab, in denen es hieß, er sei mit Missbildungen geboren worden. Wenn das stimmte, hatte er während seiner Zeit als Mensch, wahrscheinlich seit seiner frühesten Kindheit, immerzu Diskriminierung und Spott erdulden müssen. Vielleicht war das der Grund, warum ihm sein Erscheinungsbild so wichtig war.

Er wählte seine Worte mit Bedacht und sagte dann mit äußerster Ernsthaftigkeit und Warmherzigkeit: »Ehrlich gesagt ist der Grund, warum ich deine wahre Gestalt sehen möchte ... na ja, es ist wegen ... Weißt du, nun sind wir uns schon so ...«

»Hm? So ... was?«

»Nun ja, wir sind doch so etwas wie Freunde, oder? Und als Freunde sollten wir doch offen und ehrlich zueinander sein? Dass ich dich sehen will, hat nichts damit zu tun, wie du aussiehst. Ob du gut oder schlecht aussehend bist, hat für mich keine Bedeutung. Du wolltest wissen, was ich tun würde, wenn du hässlich wärest. Natürlich würde ich gar nichts tun. Sei unbesorgt. Solange es dein wahres Gesicht ist, werde ich mit Sicherheit ... Was ist, warum lachst du? Ich meine das ernst!«

Als er beim letzten Satz angekommen war, hatte er gemerkt, dass der junge Mann neben ihm leicht zu zittern begonnen hatte. Verblüfft dachte er: *Waren meine Worte so bewegend?* Er war zu verlegen, um genau hinzusehen. Doch kurz darauf hörte er, wie Hua Cheng ein leises Lachen nicht mehr unterdrücken konnte.

Er fühlte sich plötzlich ernüchtert, legte eine Hand auf Hua Chengs Schulter und gab ihm einen Schubs. »San Lang ... worüber lachst du so? Habe ich etwas Falsches gesagt?«

Hua Cheng hörte sofort auf und sah ihn an. »Nein, du hast mit allem recht.«

Das ernüchterte Xie Lian noch mehr. »Du bist albern.«

»Ich schwöre dir, auf der ganzen Welt wirst du keinen finden, der weniger albern ist als ich«, beteuerte Hua Cheng.

Xie Lian hatte nun keine Lust mehr zu reden. Er drehte sich um, sodass er mit dem Rücken zu Hua Cheng lag. »Vergiss es. Zeit zu schlafen. Gute Nacht.«

Dieser kicherte noch einmal und sagte dann: »Nächstes Mal.«

Obwohl er eigentlich schlafen wollte, musste Xie Lian einfach noch einmal nachhaken: »Nächstes Mal was?«

»Wenn wir uns das nächste Mal begegnen, werde ich dir mein wahres Gesicht zeigen«, flüsterte Hua Cheng.

Diese Worte warfen viele Fragen auf und Xie Lian hätte sie gern gestellt. Aber nach der langen Nacht überkam ihn eine Schläfrigkeit, der er nichts entgegenzusetzen hatte, und so fiel er in einen tiefen Schlaf.

Als er am nächsten Morgen erwachte, war der Platz neben ihm leer.

Er stand stolpernd auf und drehte benommen eine Runde durch den Schrein. Dann öffnet er die Tür. Draußen war niemand zu sehen. Es war also wahr. Der junge Mann war schon gegangen.

Doch das trockene Laub war zu einem Haufen zusammengekehrt und daneben stand ein kleiner Tontopf. Xie Lian trug den Topf ins Innere und stellte ihn auf den Altar. Da bemerkte er plötzlich etwas auf seiner Brust, das sonst nicht da war.

Er hob die Hand und betastete es. Direkt unterhalb der Fluchfessel hing eine sehr dünne Kette locker um seinen Hals.

Sofort nahm er sie ab, um sie sich anzusehen. Sie war aus Silber und so fein und leicht, dass er sie an seinem Hals nicht gespürt hatte. An der Kette hing ein glitzernder, durchscheinender Ring.

Kapitel 13:
Begegnung der zwei Kronprinzen im Shenwu-Palast

Xie Lian war sich sicher, dass Hua Cheng den Ring zurückgelassen hatte. Er hielt ihn in der Hand und fragte sich: *Was hat es damit bloß auf sich?*

Als Kronprinz von Xianle war er im königlichen Palast aufgewachsen. In Xianle wurden schöne und kostbare Gegenstände schon immer besonders geschätzt. Im Königreich gab es unzählige Sammler von Schmuck und anderen Schätzen und der Königspalast selbst war von einer unbeschreiblichen Pracht. Die Stützpfeiler waren aus Gold, die Treppenstufen aus Jade, es gab die unschätzbarsten Reichtümer und die kostbarsten Juwelen. Die Kinder spielten mit bunten Edelsteinen, als seien es Murmeln. Xie Lian war daher wohlvertraut mit dem Anblick von Kostbarkeiten. Der Ring sah aus, als sei er aus einem Diamanten gefertigt.

Aber seine Form war höchst ungewöhnlich und selbst der fähigste Edelsteinschleifer wäre wohl kaum in der Lage, einen Stein so zu bearbeiten, dass er dieselbe natürliche Schönheit ausstrahlte wie dieser. Zudem war der Stein reiner als alle Diamanten, die Xie Lian je zu Gesicht bekommen hatte. Ein kristallenes, edles Schimmern ging von ihm aus. Dieser faszinierende Glanz macht es ihm schwer, eindeutig zu bestimmen, um welche Art Stein es sich handelte.

Doch auch wenn er nicht wusste, woraus der Ring bestand, stand fest, dass es sich um einen Gegenstand von großer Bedeutung handelte. Er hatte ihn an einer Kette um seinen Hals gefunden, also war er nicht aus Versehen vergessen worden. Hua Cheng hatte ihn als Geschenk zurückgelassen, bevor er gegangen war.

Xie Lian war überrascht, ein solch wertvolles Andenken erhalten zu haben, und lächelte sanft. Er nahm sich vor, gut darauf aufzupassen, und Hua Cheng bei ihrem nächsten Zusammentreffen zu fragen, was es damit auf sich hatte. Alles, was er besaß, war dieser schäbige Schrein, und in ihm gab es keinen passenden Ort, um einen Schatz wie diesen sicher zu verwahren. Nachdem er eine Weile überlegt hatte, kam er zu dem

Schluss, dass der beste Ort an seinem Körper war. Also legte er sich die Kette wieder um den Hals.

Nachdem er am Yujun-Berg und am Banyue-Pass ununterbrochen umhergerannt war, hatte er nach seiner Rückkehr einige Tage lang völlig erschöpft in seinem Schrein gelegen. Wenn nicht seine leidenschaftlichsten Anhänger unter den Dorfbewohnern ihm Dampfbrötchen und Reisbrei als Opfergaben dargebracht hätten, wäre er wohl noch weitere Tage wie gelähmt liegen geblieben. Doch nach einigen Tagen empfing er überraschend eine Nachricht von Lingwen: Er sollte sofort in den Himmel zurückkehren.

Er hatte schon an ihrem Tonfall erkannt, dass ihn etwas Schlimmes erwartete. Er konnte sich schon denken, worum es sich handelte, und stellte sich gedanklich darauf ein. »Hat es mit der Sache am Banyue-Pass zu tun?«

»Genau« antwortete Lingwen, »wenn Ihr im Himmel seid, begebt Euch bitte direkt zum Shenwu-Palast.«

Als er die Worte »Shenwu-Palast« hörte, gefror Xie Lian das Blut in den Adern. Jun Wu war zurückgekehrt.

Seit seinem dritten Aufstieg hatte er ihn nicht mehr gesehen. Als wichtigster Kriegsgott verbrachte Jun Wu seine gesamte Zeit entweder in Abgeschiedenheit meditierend oder auf Kontrollgängen in der Sphäre der Menschen. Nun war er zurück und Xie Lian hatte keine Möglichkeit, sich vor dieser Reise zu drücken. Also trat er erneut den Weg in den Himmel an.

Die göttlichen Paläste aller möglicher Gottheiten bildeten gemeinsam die himmlische Hauptstadt und jeder einzelne blickte auf seine eigene tausendjährige Geschichte zurück. Hier waren Gebäude mit reichen Ornamenten zu sehen, dort kleine Brücken, die über Bachläufe führten. Der Boden war von einer dünnen Wolkenschicht eingehüllt und eine erhabene, feierliche Atmosphäre lag in der Luft.

Die himmlische Hauptstadt hatte eine Hauptstraße, die Shenwu-Allee. Auch in der Sphäre der Menschen hatte man viele solche »Shenwu-Alleen« erbaut, aber diese waren nur schlechte Nachahmungen dieser prachtvollen Himmelsallee. Dies war die eine, die echte Shenwu-Allee. Xie Lian lief auf der breiten Straße auf den Shenwu-Palast zu. Unterwegs begegneten ihm viele eilige Himmelsbeamte, doch niemand beachtete ihn.

Tatsächlich gab es auch bei anderen Anlässen kaum jemanden, der Xie Lian beachtete, wenn er in der Himmelshauptstadt war. Normalerweise bedeutete das allerdings, dass zwar niemand mit ihm zusammen durch die Straßen lief oder mit ihm eine Unterhaltung begann, man ihm jedoch ein Mindestmaß an Höflichkeit in Form eines Kopfnickens oder simplen Grußes entgegenbrachte. Das jetzige »Nichtbeachten« hatte eine andere Qualität. Die Beamten, die ihm nun begegneten, taten so, als sähen sie ihn nicht, als würden sie um jeden Preis vermeiden wollen, ihn auch nur mit ihrem Blick zu streifen. Gingen sie vor ihm, beschleunigten sie ihre Schritte. Waren sie hinter ihm, wurden sie langsamer, um den Abstand zwischen ihnen zu vergrößern.

Xie Lian war diese Art der Missachtung lange schon gewöhnt und dachte sich nichts weiter dabei. Immerhin hatte er gerade erst dem mächtigen, neu aufgestiegenen General Pei dem Jüngeren einen ziemlichen Schlag versetzt. Es wäre eigenartiger, wenn man ihn nicht meiden würde. Doch vollkommen unerwartet hörte er plötzlich hinter sich eine Stimme: »Eure Hoheit!«

Xie Lian war verdutzt und dachte bei sich: *Wer immer sich traut, mich zu rufen, verdient wirklich ein besonderes Lob für diesen Wagemut.* Als er sich umsah, erkannte er jedoch, dass der junge Beamte, der gerufen hatte, an ihm vorbei und auf eine andere Person zulief. Dabei rief er: »Also wirklich, Eure Hoheit! Wie konntet Ihr das Identifikationsmedaillon vergessen, wenn Ihr zum Shenwu-Palast geht? Wie wolltet Ihr denn hineinkommen?«

Da ging Xie Lian ein Licht auf. Mit »Eure Hoheit« war gar nicht er gemeint gewesen. Es gab einige Kronprinzen hier im Himmel, also war es nicht ungewöhnlich, dass es zu einer solchen Verwechselung kam.

Doch als er sich umdrehte und einen Blick auf den anderen Kronprinzen warf, hielt er vor Schreck inne.

Der junge Mann hatte dicke Brauen, leuchtende Augen und ein breites Lächeln. Es unterschied sich stark von dem der anderen Himmelsbeamten: Es war rein und klar und verlieh seinem hübschen Gesicht den Ausdruck kindlicher Unschuld. Hätte ein anderer Himmelsbeamter, einer mit einer ungehobelteren Art wie Mu Qing ihn beschrieben, hätte er es wohl eher als einen Ausdruck von Dummheit bezeichnet.

Der junge Mann trug Rüstung und sah darin blendend aus. Aber die Rüstung verlieh ihm nicht das Aussehen eines Kriegers, der vom Schlachtfeld heimkehrte, sondern die strahlende, erhabene Würde eines Königs.

Xie Lian war stehen geblieben und starrte den jungen Mann an. Die beiden Männer vor ihm wandten sich um, als spürten sie seinen Blick auf ihnen ruhen. Als der junge Beamte ihn erkannte, verdüsterte sich seine Miene sofort. Xie Lian nickte leicht und sprach den jungen Mann lächelnd an: »Seid gegrüßt, Hoheit.«

Der Kronprinz wirkte nicht so, als würde er sich um banale Angelegenheiten scheren. Er schien auch Xie Lians Gesicht nicht zu erkennen. Als er den Gruß hörte, drehte er sich um, lächelte strahlend, und antwortete: »Seid gegrüßt.«

Der junge Beamte an seiner Seite stieß ihn sanft an und sagte: »Weiter, weiter, Eure Hoheit, wir müssen doch zum Shenwu-Palast!«

Völlig selbstvergessen konnte der junge Mann gar nicht begreifen, warum sein Untergebener ihn so drängte. »Warum schubst du mich?«, fragte er laut.

Xie Lian lachte verstohlen und der Beamte schubste ihn noch heftiger und sagte nachdrücklich: »Der Himmelskaiser wartet bestimmt schon auf uns. Bitte, gehen wir weiter, Eure Hoheit.«

Der andere Kronprinz warf Xie Lian noch einen verwirrten Blick zu, bevor er sich zum Gehen wandte.

Auch als sie weitergegangen waren, blieb Xie Lian an derselben Stelle stehen. Kurz darauf drangen die Stimmen einiger niederer Himmelsbeamter an sein Ohr: »Na, das war ja peinlich. Die Welt ist eben doch klein.«

»Sie sind beide Himmelsbeamte, es war doch klar, dass sie sich früher oder später begegnen würden. Wenn du mich fragst, war es spannender als das Zusammentreffen von General Nanyang und General Xuanzhen.«

»Ha ha, wozu die Eile? In Kürze werden sie sich alle gegenüberstehen. Im Shenwu-Palast warten schon alle.«

Plötzlich sagte jemand: »Die Welt ist klein, das stimmt. Aber sieh dir diese beiden an. Beide sind Kronprinzen und es ist nicht richtig, Menschen direkt miteinander zu vergleichen, aber seht selbst, nur Taihua ist wirklich majestätisch und nobel. Er würde nie so etwas Peinliches tun!«

»Das Königreich Yong'an ist stärker als das Königreich Xianle, also ist natürlich auch der Kronprinz von Yong'an mächtiger. Wie das Gras gedeiht, hängt vom Boden ab, auf dem es wächst. Das ist doch nicht weiter verwunderlich.«

Der Kriegsgott, der über den Norden wachte, war Pei Ming aus dem Mingguang-Palast. Der des Westens war Quan Yizhen aus dem Palast Qingyi. Der südöstliche Kriegsgott war Feng Xin aus dem Palast Nanyang. Und der des Südwestens war Mu Qing aus dem Xuanzhen-Palast. Über den Osten wachte Lang Qianqiu aus dem Palast Taihua.

Als Lang Qianqiu noch ein Sterblicher gewesen war, war er wie Xie Lian ein Kronprinz gewesen. Und nicht nur das – er war der Kronprinz von Yong'an, jenes Königreichs, das sich Xianle einverleibt hatte, nachdem es gefallen war. Der Gründer von Yong'an war derselbe, der die königliche Hauptstadt von Xianle erfolgreich eingenommen hatte.

Während Xie Lian sich in der Sphäre der Sterblichen aufgehalten hatte, hatte er natürlich auch die östlichen Länder besucht. Er wusste also bereits, dass der Kronprinz von Yong'an in den Himmel aufgestiegen war. Sie waren beide himmlische Beamte, dementsprechend war zu erwarten, dass sie sich irgendwann begegnen würden, und Xie Lian dachte sich nichts weiter dabei. Die tratschenden jungen Beamten taten zwar so, als flüsterten sie, aber sie waren nicht gerade diskret. Hätten sie über jemand anders geredet, hätten sie vielleicht besser aufgepasst, dass niemand sie hörte. Aber es ging um Xie Lian und so redeten sie hemmungslos und ohne Furcht, dass er sie hören könnte. Vielleicht fanden sie die Vorstellung sogar aufregend. Xie Lian jedenfalls tat, als hätte er nichts bemerkt, und ging seines Weges.

Da hörte er schon wieder eine Stimme hinter sich: »Eure Hoheit!«

Nicht schon wieder, dachte Xie Lian. Aber als er sich diesmal umdrehte, war tatsächlich er gemeint.

Lingwen trat an ihn heran. Sie hatte dunkle Ringe unter den Augen und den Arm voller Schriftrollen. »Alle sind zu der Versammlung im Shenwu-Palast gegangen. Seid vorsichtig, wenn Ihr dort eintrefft.«

Xie Lian wusste natürlich, was auf dem Spiel stand. »Was, glaubt Ihr, wird die Strafe für General Pei den Jüngeren sein?«

»Wahrscheinlich Exil«, antwortete Lingwen.

Das ist eigentlich ganz gut. Es ist keine allzu schwere Strafe, dachte Xie Lian bei sich.

Das Exil war eine »Verbannung auf Zeit« und eine übliche Strafe für Himmelsbeamte, die ein Verbrechen begangen hatten. Die Dauer der Verbannung war verhandelbar und es bestand die Chance, den Dienst als Himmelsbeamter im Anschluss wieder aufzunehmen. Wer sich mustergültig verhielt, konnte auch frühzeitig wieder zurückberufen werden – vielleicht nach dreißig oder fünfzig Jahren, vielleicht auch erst nach ein- oder zweihundert Jahren. Aber nur weil das Urteil nach Xie Lians Maßstäben »eigentlich ganz gut« ausfiel, konnte das in General Peis Augen ganz anders aussehen.

Da fiel Xie Lian noch etwas anderes ein. »Lingwen, bevor ich es vergesse, wie läuft die Suche nach dem Jungen mit der Gesichterkrankheit vom Berg Yujun? Der, von dem ich Euch letztes Mal erzählt habe? Gibt es etwas Neues?«

»Es tut mir sehr leid, Eure Hoheit. Ich habe noch keine Neuigkeiten. Wir werden uns noch mehr anstrengen müssen.«

Selbst für einen Himmelsbeamten war es kein einfaches Unterfangen, in der geschäftigen Welt der Menschen einen Einzelnen ausfindig zu machen. Natürlich konnten die Götter das schneller fertigbringen als die Menschen. Aber auch das ging nicht von heute auf morgen: Wofür die Menschen zehn Jahre brauchen würden, brauchten die Götter ein Jahr.

»Danke für Eure Bemühungen«, sagte Xie Lian.

Sie erreichten das Ende der Straße und der majestätische Palast erschien vor ihnen.

Der Palast blickte auf eine lange Geschichte zurück, sah jedoch kein bisschen verwittert aus. Die Jahre hatten ihm sogar nur noch mehr Pracht verliehen. Mehrere goldene Dächer türmten sich übereinander und ein fast blendender Glanz ging von ihnen aus. Xie Lian sah hinauf zu den großen Schriftzeichen für »Shenwu-Palast«. Sie waren mit kraftvollem, energetischem Schwung geschrieben, seit Jahrhunderten standen sie dort unverändert.

Er betrat die Halle. Viele Himmelsbeamte hatten sich bereits versammelt. Sie standen in Zweier- oder Dreiergrüppchen oder auch einzeln in der Halle.

Sie zu betreten war nur Beamten erlaubt, die offiziell in den Himmel aufgestiegen waren. Sie alle waren Lieblingssöhne des Himmels oder mächtige Herrscher. Ein jeder sprühte vor göttlicher Energie und Kraft. Der Glanz und der Ruhm jedes Einzelnen waren überwältigend. Sie musterten einander voller Herablassung und Stolz. Da sie nun an diesem Ort zusammengerufen worden waren, hielten alle den Atem an und keiner gab einen Laut von sich. Auf dem Thron am fernen Ende der Halle saß ein Kriegsgott in weißer Rüstung.

Er hatte ein hübsches Gesicht. Mit geschlossenen Augen saß er schweigend da und strahlte größte Würde und Ernsthaftigkeit aus. Hinter ihm erstreckte sich der weite, prachtvolle Shenwu-Palast und zu seinen Füßen lagen weiße Wolken wie schneebedeckte Gebirgsgipfel.

Er öffnete die Augen, als Xie Lian eintrat, als würde er seine Anwesenheit spüren.

Sie waren tiefschwarz und klar wie Kristall, als bestünden sie aus dem geschmolzenen Schnee eines Gebirgssees, der Ewigkeiten gefroren gewesen war. Nachdem er die Augen geöffnet hatte, sah er Xie Lian lächelnd an und sagte: »Xianle, Ihr seid gekommen.«

Xie Lian neigte seinen Kopf zum Gruß, antwortete aber nicht.

Als Jun Wu sprach, war seine Stimme nicht laut, aber so tief und gebieterisch, dass sie im ganzen Shenwu-Palast widerhallte. Xie Lian war sich bewusst, dass sich die Augen aller anwesenden Himmelsbeamten nun auf ihn richteten. Es erweckte den Anschein, als sei der Zweck der heutigen Zusammenkunft gar nicht, General Pei den Jüngeren und seine Verbrechen am Banyue-Pass zu diskutieren. Vielmehr sah es so aus, als sollte Xie Lian heute im Mittelpunkt der Aufmerksamkeit stehen.

Ganz in Schwarz gekleidet trat Lingwen an den Thron heran. Ihr Gesichtsausdruck war ernst und nüchtern. Sie lächelte nicht und verlor kein Wort zu viel. Sie zeigte auf ihre Schriften und sagte: »Mein Herr, einige Himmelsoffiziere weilen noch im Reich der Sterblichen und können nicht zurückkommen.«

Jun Wu nickte. »Sie haben sich bereits abgemeldet.«

Lingwen verneigte sich kurz und Jun Wu wandte sich wieder an Xie Lian: »Xianle, ich gehe davon aus, dass Ihr wisst, warum Ihr heute hierherbestellt wurdet.«

Dieser hielt noch immer seinen Kopf geneigt. »Ich kann es mir denken. Doch hatte ich angenommen, dass heute eine Entscheidung in der Sache General Pei der Jüngere gefällt werden würde.«

In diesem Moment wurde eine Stimme von hinten laut: »Wie in dieser Angelegenheit entschieden werden wird, steht noch nicht fest.«

Als Xie Lian sich umsah, betrat ein Kriegsgott die große Halle. Seine Hand ruhte am Heft seines Schwertes, während er nach vorne schritt. Auf Xie Lians Höhe hielt er einen Augenblick inne und zog seine Mundwinkel nach oben. »Eure Hoheit, ich habe schon viel von Euch gehört.«

Dieser Kriegsgott schien um die fünfundzwanzig, sechsundzwanzig Jahre alt zu sein. Sein Äußeres war von natürlicher Anmut, sein Auftreten hingegen äußerst resolut. Als Xie Lian ihn ansah, dachte er, er sei in echt noch attraktiver als die Statue von ihm, die er am Yujun-Berg gesehen hatte. Es war genau die Art Schönheit, die die Frauenherzen höherschlagen ließ. Auf den ersten Blick wurde deutlich, dass der edle Charme, den er ausstrahlte, zu seiner zweiten Natur geworden war. Xie Lian hatte noch nicht geantwortet, da fuhr er fort: »Ihr habt euch um unseren kleinen Pei Xiu gekümmert.«

Ich habe ihn zweifellos verärgert, dachte Xie Lian. Dann grüßte er zurück: »Vielen Dank. Ich habe auch viel über Euch gehört, General Pei.«

Die Worte »Ich habe auch viel über Euch gehört« waren keine Lüge. In den vergangenen Tagen hatte Xie Lian in den Aufzeichnungen gestöbert und die ein oder andere Legende über bekannte Himmelsbeamte nachgelesen. Darunter auch über General Mingguang, Pei Ming.

Er war der nördliche Kriegsgott und galt als ausgezeichneter Kämpfer. Doch viel lieber erzählten sich die Menschen anzügliche Geschichten über ihn, die im Rotlichtmilieu spielten – schöne und weniger schöne.

In den schönen Geschichten gab er Unmengen von Geld aus, um eine berühmte, aber bemitleidenswerte Schönheit aus einem Bordell zu retten, woraufhin sie sich unsterblich in ihn verliebte und fortan tugendhaft und rein seine Rückkehr erwartete. In den weniger schönen trieb er sein Pferd an, Tausende Meilen zu laufen, um nur eine einzige Nacht mit einer verheirateten Frau zu verbringen, und so weiter und so fort. In gewisser Weise war er ein herausragender Mann. Nachdem Xie Lian einige dieser Legenden gelesen hatte, dachte er, es sei eigentlich ein Wunder, dass dieser Lebensstil über all die Jahre nur eine einzige rachsüchtige Frau, Xuan Ji, hervorgebracht hatte.

Weil er sich also sowohl auf dem Schlachtfeld als auch in der Liebe besonders hervortat, gab es nicht wenige Gegner und Rivalen, die ihm den Tod wünschten, am besten durch Syphilis. Aber er war zäh und so viele Tausend Blumen er auch pflückte, er holte sich nie eine Krankheit. Er würde nicht nur nicht sterben, er würde sie alle überdauern. Dann eines Tages verlor er doch eine Schlacht und alle dachten: *Ha ha ha! Jetzt hat es ihn doch erwischt!* Doch wer hätte das geahnt – es donnerte und rumorte und er stieg in den Himmel auf.

Die Feinde, die er nicht schon getötet hatte, dürften sich zu Tode geärgert haben.

Nach seinem Aufstieg setzte Pei Ming sein gewohntes Leben fort, nur spielten sich seine Affären nun auf einer größeren Bühne ab. Von Unsterblichen über Himmelsbeamtinnen bis hin zu weiblichen Geistern und Dämoninnen – waren sie nur schön, gab es für ihn kein Halten. Doch die Schönheiten in der Sphäre der Sterblichen liebte er weiterhin am meisten. In vielen freizügigen Liebesgeschichten der Menschen spielte er die Hauptrolle und würde Xie Lians Kultivationsweg nicht die Reinheit von Körper und Geist vorschreiben, hätte er aus reiner Neugier wahrscheinlich einige dieser Erzählungen gelesen.

So kam es, dass er zusätzlich zu seiner Position als Kriegsgott des Nordens in der Menschenwelt auch als Gott der Liebe, der den Männern Glück bringen sollte, verehrt wurde. Selbst einige Himmelsbeamte erwiesen ihm heimlich ihren Respekt, wenn sie ihn im Himmel antrafen, in der Hoffnung auf etwas mehr Glück mit den Frauen. Obwohl die Idee dahinter eine ähnliche war, hatte er mit diesem Titel noch deutlich mehr Glück gehabt als Feng Xin mit seinem unfreiwillig erhaltenen Titel »Gigantische Männlichkeit«.

Alle Himmelsbeamten in der Halle wussten genau, was die beiden Varianten von »Ich habe schon viel von Euch gehört« bedeuteten, und lachten sich ins Fäustchen.

Nach diesem Austausch von Höflichkeiten fragte Xie Lian: »General Pei, was meintet Ihr, als Ihr sagtet, es stehe noch nicht fest, wie in der Sache entschieden würde?«

Pei Ming schnippte mit den Fingern und plötzlich erschien ein Leichnam, der mitten in der Halle in der Luft schwebte.

Genau gesagt war dieser Leichnam nur eine leere Hülle. Sie hatte nie eigene Lebenskraft besessen und war innerlich hohl. Aber sie war blutbefleckt von Kopf bis Fuß und unterschied sich vom Aussehen her nicht von einer echten menschlichen Leiche. Das Gesicht sah hübsch aus. Die Augen waren fest geschlossen. Es war A-Zhao ... oder besser gesagt der Schatten von General Pei dem Jüngeren.

Ein solches Ding hier, im Inneren des Shenwu-Palasts, inmitten dieser eleganten Versammlung von Himmelsbeamten erscheinen zu lassen war unerwartet und schockierend. Einen Moment danach wurde auch Pei Xiu in die Halle geführt. Er wirkte teilnahmslos und kühl wie immer, obwohl er Fesseln trug. Er hielt den Kopf gesenkt und schwieg.

»General Pei, was hat das zu bedeuten?«, fragte Xie Lian.

Pei Xiu kniete nieder und Pei Ming antwortete: »Während Pei Xius Befragung erwähnte er etwas, das mir höchst seltsam vorkam.« Er lief in einem Halbkreis um Xie Lian herum. »Ich kenne Pei Xius Fähigkeiten sehr genau. Auch wenn dieser Schatten natürlich nicht im Entferntesten an seine Kräfte heranreichte, war er doch in der Lage, in einem Kampf mit einem Malus ein Unentschieden zu erzielen. Doch Pei der Jüngere berichtete mir, wie überrascht er gewesen sei, auf einen Sterblichen zu treffen, der solch enorme Kräfte hatte, dass er seinem Angriff nicht standhalten konnte. Ist das nicht seltsam?« Er fuhr fort: »Und deshalb suchte ich nach Antworten. Ich habe herausgefunden, dass ein rot gekleideter junger Mann Eure Hoheit am Banyue-Pass begleitet hat.«

Bei den Worten »rot gekleidet« blickten die umstehenden Himmelsbeamten plötzlich sehr unbehaglich drein. Doch Pei Mings nächster Satz brachte sie vollkommen auf.

»Und dieser junge Mann hat es geschafft, im Dunkeln alle Banyue-Soldaten auf einen Schlag auszuschalten. Eure Hoheit, würdet Ihr die Güte haben, uns aufzuklären, um wen es sich bei diesem jungen Mann handelt?«

Wenn es kein Malus war, musste es ein Supremus gewesen sein. Und nicht nur das ... ein Supremus, der Hunderte Malus auf einmal besiegen konnte, ein Supremus mit roter Kleidung.

Jeder konnte sich zusammenreimen, wer der junge Mann war, aber niemand wollte der Erste sein, der seinen Namen aussprach.

Xie Lian warf dem schweigenden Pei Xiu einen Blick zu und antwortete ausweichend: »Ähm, nun ja ... Ich erinnere mich nicht wirklich. Da war eine Gruppe Händler, die mit uns am Banyue-Pass festsaßen. Wir waren einige Tage lang mit ihnen zusammen, vielleicht war es einer von ihnen.«

»Das kann nicht sein, Eure Hoheit«, erwiderte Pei Ming. »Pei Xiu hat mir berichtet, dass Ihr und dieser junge Mann euch sehr nahe zu stehen schient. Es wirkte auf ihn nicht, als sei er jemand, den Ihr erst seit wenigen Tagen kanntet. Wie kann es sein, dass Ihr Euch nicht daran erinnert?«

Nein, Ihr liegt falsch. Wir kannten uns tatsächlich erst seit wenigen Tagen, dachte Xie Lian. Aber seine Miene blieb ungerührt. In diesem Moment trat ein weiß gekleideter Kultivierer, der in der Nähe gestanden hatte, hinzu, wedelte lässig mit seinem Fliegenwedel und sprach: »General Pei, Ihr habt bisher nur die Version Peis des Jüngeren der Geschichte gehört. Er hat sich eines Verbrechens schuldig gemacht. Er liegt in Fesseln und ihm droht das Exil. Wir sollten uns gut überlegen, ob wir seinen Worten Glauben schenken können.«

»Dann lasst uns doch sehen, ob General Nanyang und General Xuanzhen uns behilflich sein können«, erwiderte Pei Ming.

Xie Lian folgte seinem Blick und erkannte Feng Xin und Mu Qing getrennt voneinander stehend, einen in der südwestlichen und einen in der südöstlichen Ecke der Halle.

Feng Xin sah noch genauso aus wie in Xie Lians Erinnerung – hochgewachsen, mit kerzengerader Haltung, festem Blick und leicht gerunzelter Stirn wirkte er immer, als würde ihn etwas irritieren, obwohl das nicht der Fall war. Mu Qing jedoch unterschied sich von dem letzten Eindruck, den Xie Lian von ihm hatte. Sein Gesicht war noch immer blass und blutleer, die Lippen dünn und zusammengepresst, die Augen halb geschlossen. Aber ihn umgab eine kühle Aura, die zu sagen schien: »Wagt es ja nicht, mir zu schmeicheln.« Mit verschränkten Armen stand er da, ein Finger der rechten Hand tippte leicht auf seinen linken Ellbogen. Es war nicht leicht zu erkennen, ob er entspannt war oder etwas ausheckte.

Obwohl sie beide gut aussehende Männer waren, hatte doch jeder auch seine Makel. Als Pei Ming sie aufrief, sahen beide gleichzeitig Jun Wu an. Erst als der ihnen leicht zunickte, traten sie widerstrebend vor.

Seit seinem dritten Aufstieg war dies das erste Mal, dass Xie Lian die beiden persönlich traf. Er spürte, dass alle Blicke voller Spannung auf ihn gerichtet waren.

Und diese Spannung war verständlich. Man muss wissen, dass der Shenwu-Palast der bedeutendste unter den Kriegspalästen war und nur offiziell berufene Himmelsbeamte das Recht hatten, ihn zu betreten und an den Versammlungen teilzunehmen. Als der Kronprinz von Xianle das erste Mal aufgestiegen war, hatte er Feng Xin und Mu Qing zu seinen Generälen ernannt. Sie waren damals noch Beamte des Mittleren Hofes mit niedrigem Status gewesen und hätten im Shenwu-Palast nicht einmal den Boden schrubben dürfen. Und nun konnten diese beiden jungen Beamten nicht nur in der großen Halle stehen, sondern ihr Rang übertraf sogar den ihres früheren Herren. Die Zeiten hatten sich wahrlich geändert.

Die drei musterten einander von oben bis unten und warfen sich verstohlene Blicke zu, drehten sich jedoch schnell wieder weg und taten, als wäre nichts. Keiner von ihnen wusste, was die anderen beiden sich in diesem Moment dachten. Aber Xie Lian ahnte schon, warum Pei Ming die beiden aufgerufen hatte.

Wie vermutet sagte Pei Ming: »General Nanyang und General Xuanzhen haben beide in der Vergangenheit Hua Cheng bekämpft. Ich bin sicher, dass die beiden verlässliche Aussagen über die von ihm benutzten Waffen machen können.«

Er hatte die leere Hülle A-Zhaos also erscheinen lassen, damit ihre Verletzungen begutachtet werden konnten. Feng Xin und Mu Qing näherten sich langsam dem schwebenden Leichnam. Xie Lian trat ebenfalls vor und warf einen Blick auf die Leiche, aber sie war so verschmiert und verkrustet von dunklem Blut, dass kaum etwas zu erkennen war. Die beiden anderen betrachteten sie mit ernsten Mienen. Dann hoben sie die Köpfe und tauschten Blicke aus. Es sah aus, als wollte keiner der beiden als Erster etwas sagen.

Lingwen fragte von unterhalb des Throns: »Meine Herren Generäle, was denkt Ihr?«

Es war Feng Xin, der zuerst das Wort ergriff. Seine Stimme klang getragen. »Er war es.«

»Der Krummsäbel Eming«, fügte Mu Qing hinzu.

In diesem Moment war im Shenwu-Palast Xie Lian wahrscheinlich der Einzige, dem nicht klar war, welche Bedeutung diese Worte hatten.

Als Hua Cheng allein dreiunddreißig Kriegsgötter herausgefordert und sie so zugerichtet hatte, dass ihre Seelen vor Panik aus ihren Körpern geflohen waren und sie sich gefühlt hatten, als würde ihnen Galle und Leber zerrissen, hatte er ebenjenen Krummsäbel namens Eming benutzt.

Die Himmelsbeamten in der großen Halle des Shenwu-Palasts begannen, miteinander zu tuscheln und Xie Lian immer wieder mit verstohlenen Blicken zu mustern.

Pei Ming ergriff erneut das Wort: »Vielen Dank den beiden Generälen für diese Bestätigung. Damit ist meine Vermutung bewiesen. Wenn der rot gekleidete junge Mann, der Seine Hoheit, den Kronprinzen, begleitete, wirklich er war, verkompliziert das die ganze Angelegenheit.«

Der weiß gekleidete Kultivierer hakte nach: »General Pei, wollt Ihr damit etwa andeuten, dass Seine Hoheit sich mit einem Supremus, dem König der Geister, verschworen hat, um General Pei dem Jüngeren etwas anzulasten?«

Beide Male, die der Weißgekleidete gesprochen hatte, hatte er auf Xie Lians Seite gestanden. Er musste unbedingt herausfinden, wer genau dieser sonderbare Mann war. Er drehte sich zu ihm um und sah ihn sich genau an: Er hatte schwarze, leuchtende Augen, trug einen Gürtel aus weißer Jade und hielt einen Fliegenwedel in der Hand. Auf dem Rücken trug er ein Langschwert und an der Hüfte einen zusammengefalteten Fächer. Sein Erscheinungsbild war elegant und gebildet und er strahlte Stolz und Heiterkeit aus. Sein Gesicht kam Xie Lian bekannt vor, aber er konnte sich nicht erinnern, wo er diesem Mann schon einmal begegnet war.

Pei Ming sah ihn ebenfalls an. Er wirkte dabei wie ein verdrießlicher Alter, der sich nicht mit Kindern abgeben wollte. Er schüttelte den Kopf und machte eine Geste, woraufhin die schwebende Hülle, die A-Zhao gewesen war, verschwand. Dann drehte er sich um und sagte: »Es muss nicht unbedingt eine Verschwörung gewesen sein. Diese Person ist mächtig und boshaft. Wer weiß schon, was für Illusionen oder Tricks sie angewendet haben mag, um Seine Hoheit zu blenden.«

Augenscheinlich beabsichtigte Pei Ming, die Schuld an dem ganzen Chaos am Banyue-Pass Hua Cheng in die Schuhe zu schieben. Xie Lian sagte: »General Pei, selbst wenn Ihr meinem Wort nicht vertraut, solltet Ihr doch der Windmeisterin Glauben schenken. General Pei der Jüngere hat zugegeben, dass er Reisende und Händler mithilfe seines Schattens zum Banyue-Pass gelockt hat. Die Windmeisterin hat es gehört.«

Pei Ming warf einen Blick auf den weiß gekleideten Kultivierer.

»Und da wir ja nun alle hier sind, könnt Ihr den Himmelskaiser bitten, mich auf Spuren von Zauberformeln oder Täuschungszauber zu untersuchen«, fuhr Xie Lian fort.

Jun Wu, der hoch oben auf seinem Thron saß, blieb still. Sein Ausdruck änderte sich nicht, was bedeutete, dass Xie Lian keine Spuren an seinem Körper trug.

»General Pei, lasst uns das nicht durcheinanderbringen«, sprach Xie Lian weiter. »Lasst uns nicht darüber reden, ob der junge Mann, der mich begleitete, Hua Cheng war oder nicht. Selbst wenn er es war, hat das nichts damit zu tun, was General Pei der Jüngere getan hat. Auch wenn ein Supremus keinen guten Ruf hat, bedeutet das nicht, dass er an allem schuld sein muss.«

Er bewahrte einen neutralen und offenen Gesichtsausdruck, als er den Namen aussprach, aber viele der Versammelten fühlten einen kalten Schauer ihren Rücken hinunterlaufen.

»Wie dem auch sei, ich halte es für das Beste, wenn dieser Fall erneut untersucht wird«, antwortete Pei Ming. »Es wäre von Vorteil, wenn die Staatspräzeptorin von Banyue, die Seine Hoheit mitgenommen hat, auch zur Befragung hergebracht werden könnte.«

Um sie zu befragen? Um unter Folter eine Falschaussage zu erzwingen? Xie Lian hatte noch nicht geantwortet, da meldete sich jemand anders zu Wort.

Pei Xiu sah aus, als würde er es nicht ertragen, auch nur einen Moment länger im Shenwu-Palast zu bleiben. »General. Lasst es gut sein«, sagte er leise.

»Was?«

»Es gibt keinen Täuschungszauber. Ich habe das getan. Ich habe Euch enttäuscht, Herr«, gestand Pei Xiu.

Pei Ming, der sich doch gerade bemühte, Pei Xiu reinzuwaschen, wurde kreidebleich. In düsterem Tonfall fragte er: »Was für ein Zaubergebräu hat die Staatspräzeptorin Euch eingeflößt? Haltet den Mund!«

Doch Pei Xiu hob den Kopf. »Lasst es gut sein, General. Ich scheue mich nicht, meine Taten zuzugeben. Ich wurde auf frischer Tat ertappt und ich bin bereit, jede Strafe zu akzeptieren, die mir auferlegt wird.«

In Pei Mings Gesicht stand geschrieben: *Du warst doch immer so verständig. Was ist nur in dich gefahren?*

Gerade als er mit dem Fuß ausholte, um Pei Xiu etwas Vernunft einzubläuen, erhob Jun Wu die Stimme. »Genug.«

In dem Moment, als er dieses Wort hörte, ließ Pei Ming den Fuß sinken und verbeugte sich.

»Der Fall des Banyue-Passes ist erledigt. Führt Pei den Jüngeren ab. Er wird in einigen Tagen ins Exil geschickt.«

Nach einem kurzen Moment des Schweigens erkannte Pei Ming das Urteil an: »Ja, mein Herr.«

Xie Lian atmete erleichtert auf.

Da fuhr Pei Ming fort: »Dennoch haben Nanyang und Xuanzhen ausgesagt, dass die Verletzungen an der Hülle des Schattens vom Krummsäbel Eming hervorgerufen wurden.«

»Ja«, bestätigte Jun Wu. »Aber das ist eine andere Angelegenheit.«

»Bitte lasst es gründlich untersuchen.«

»Das werde ich selbstverständlich tun. Seid unbesorgt.« Nach einer Pause sprach er weiter: »Für heute sind alle entlassen. Xianle, Ihr bleibt.«

Offenbar wollte er Xie Lian persönlich befragen. Keiner der übrigen Himmelsbeamten hatte noch etwas zu sagen. Alle verbeugten sich und verließen die Halle in Zweier- oder Dreier-Grüppchen. Als Feng Xin an Xie Lian vorbeiging, machte er kurz den Anschein, etwas sagen zu wollen, überlegte es sich jedoch anders. Als Xie Lian ihm zulächelte, sah er erschrocken aus und ging davon. Mu Qing ging an ihm vorüber, ohne ihn eines Blickes zu würdigen, als wäre er gar nicht da. Und doch hatte er seinen Weg so gewählt, dass er direkt vor Xie Lian vorbeiging.

Der weiß gekleidete Kultivierer kam mit seinem Fliegenwedel in der Hand und einem strahlenden Lächeln im Gesicht auf ihn zu und wollte gerade etwas sagen. Doch Pei Ming, der soeben eine Niederlage erlitten hatte, trat auch dazu, eine Hand an seinem Schwert, mit der anderen rieb er sich die Stirn. »Qingxuan, könntet Ihr um Eures großen Bruders willen bitte aufhören, Ärger zu machen?«

Das Lächeln auf dem Gesicht des Weißgekleideten erstarb. »General Pei, es besteht kein Grund, mich durch die Erwähnung meines Bruders unter Druck zu setzen. Ich habe keine Angst vor ihm.«

»Ihr ...« Vor Wut mahlte Pei Ming mit den Zähnen, aber er konnte nichts tun. Dann zeigte er mit dem Finger auf ihn. »Ihr ... Ihr habt Pei Xiu dieses Mal übel mitgespielt. Zweihundert Jahre im Exil.«

Der Kultivierer fuchtelte wild mit seinem Fliegenwedel. »Das hat Pei der Jüngere sich selbst zuzuschreiben. Das hat nichts mit mir zu tun.« Er hatte genug von der Unterhaltung mit Pei Ming und eilte davon.

Xie Lian hatte schon befürchtet, Pei Ming würde noch länger bleiben, um ihn zu verhöhnen. Doch er wandte sich zum Gehen und verließ die große Halle. In der riesigen Palasthalle verblieb nun außer Jun Wu, hoch oben auf seinem Thron, und Xie Lian zu seinen Füßen nur noch eine einzige Person: der Kronprinz von Yong'an, Lang Qianqiu. Xie Lian fand das merkwürdig. Warum war er geblieben? Als er näher trat, sah er, dass er seine Augen fest geschlossen hatte – er war im Stehen eingeschlafen.

Xie Lian wusste nicht, ob er lachen oder weinen sollte. *Das ist beachtlich*, dachte er sich. Er tippte dem jungen Mann sanft auf die Schulter. »Eure Hoheit, Eure Hoheit?«

Lang Qianqiu schreckte hoch. »Was ist?!«

»Nichts. Die Versammlung ist vorbei.«

Lang Qianqiu war noch schlaftrunken und verwirrt. »Vorbei? So schnell? Was wurde denn besprochen? Ich habe gar nichts gehört.«

»Wenn Ihr nichts gehört habt, sorgt Euch nicht weiter darum. Es war nicht wichtig. Kommt jetzt, es ist Zeit zu gehen.«

»Oh!« Lang Qianqiu wandte sich zum Gehen, doch als er an der Tür angelangt war, drehte er sich noch einmal um. Etwas durcheinander lächelte er Xie Lian an. »Danke, dass Ihr mich geweckt habt.«

Xie Lian winkte ihm grinsend zu. Nun, da endlich alle gegangen waren, wandte er sich langsam Jun Wu zu. Der stieg von seinem Thron herab. Die Hände hinter dem Rücken verschränkt, trat er zu Xie Lian. »Der Blumensuchende Blutregen, der Krummsäbel Eming.«

Wie eine Katze, die man am Nacken gepackt hatte, richtete Xie Lian sich unwillkürlich auf.

»Was hat es damit auf sich?«, fragte Jun Wu.

Xie Lian sah ihn an und wollte gerade vor ihm niederknien. Doch bevor seine Knie den Boden berühren konnten, ergriff Jun Wu seinen Ellbogen und zog ihn hoch. »Xianle«, seufzte er.

Xie Lian stand nun wieder aufrecht. Den Kopf hielt er gesenkt. »Entschuldigt.«

»Ihr gesteht den Fehler ein?«

»Das tue ich.«

»Dann sagt mir doch bitte, was genau Ihr falsch gemacht habt.«

Xie Lian schwieg.

Jun Wu schüttelte den Kopf. »Ich dachte mir schon, dass Ihr es nicht wisst.« Er legte den Kopf leicht schief und forderte Xie Lian mit dieser Geste auf, ihm zu folgen.

Langsam gingen die beiden auf das Ende der Halle zu. Jun Wu hatte die Hände nun vor seinem Körper verschränkt. Während sie gingen, sagte er: »Xianle ist erwachsen geworden.«

Darauf wagte Xie Lian keine Antwort zu geben.

»Als ich Euch vor achthundert Jahren hinunter in die Menschensphäre schickte, wies ich Euch an, mit mir in regelmäßigem Kontakt zu bleiben, damit Ihr nicht ganz auf Euch allein gestellt seid. Doch nachdem Ihr gegangen wart, habe ich achthundert Jahre lang nicht ein Wort von Euch gehört, während Ihr Euch da unten unnötig gequält habt. Ihr seid nun schon seit geraumer Zeit wieder aufgestiegen und nicht ein einziges Mal habt Ihr dem Shenwu-Palast Bericht erstattet. Würde sich ein anderer eine solche Respektlosigkeit erlauben, hätte er sich längst schon vor dem Lingwen-Palast dafür verantworten müssen.«

Doch dass Xie Lians Entschuldigung nicht allein dafür gegolten hatte, wusste auch Jun Wu. Er fuhr fort: »Wenn Ihr Euch für die Schwertkämpfe entschuldigt – macht euch darüber keine Gedanken. Ihr habt es selbst gesagt: ›Nach einem Schwertkampf ist alles vergessen.‹«

Xie Lian zwang sich zu einem Lächeln. »Wie könnte ich das vergessen.«

»Dann lasst uns nun nach vorn blicken. Es gibt noch vieles, wofür Ihr gebraucht werdet.«

Xie Lian rieb sich die Nasenwurzel. »Ich bin nichts als ein Schrottsammler ohne Kräfte. Es ist ausgeschlossen, dass ich gebraucht werde. Ich bin schon zufrieden, wenn ich niemandem zur Last falle.«

»Wozu diese Selbsterniedrigung? Habt Ihr die letzten beiden Angelegenheiten nach Eurem Aufstieg nicht zu aller Zufriedenheit aufgeklärt?«

Xie Lian seufzte. »Kaum war ich zurück, habe ich schon General Pei verärgert.«

»Mingguang wird sich beruhigen. Ich werde ein Auge auf ihn haben, seid unbesorgt. Allerdings ...«, Jun Wu drehte sich um, »wüsste ich noch gern, ob ihr dort unten diesmal vielleicht irgendwelchen ungewöhnlichen Persönlichkeiten begegnet seid.«

Xie Lian hob die Hand. »Majestät, ich schwöre, ich habe nichts getan. Ich habe nur zufällig unterwegs einen interessanten jungen Mann getroffen und wir haben etwas Zeit zusammen verbracht. Ich habe mir nichts weiter dabei gedacht.«

Jun Wu nickte. »Eine zufällige Begegnung, ein junger Mann, der König der Geister – ein Supremus. Xianle, Ihr wisst sicher, was die Konsequenzen wären, wenn Mingguang Euch darüber befragen würde und Ihr vor allen Himmelsbeamten erzählen würdet, was Ihr mir gerade gesagt habt. Keiner würde Euch Glauben schenken.«

»Ich weiß«, gab Xie Lian hilflos zu. »Daher bin ich Eurer Majestät sehr dankbar, dass Ihr mir diese Peinlichkeit erspart habt. Ihr werdet mich doch nicht öffentlich befragen? Ich würde mich niemals mit der Geistersphäre verschwören. Das ist eine absurde Anschuldigung.«

»Natürlich weiß ich, dass Ihr Euch nicht bewusst mit ihnen verschwören würdet«, entgegnete Jun Wu.

»Ich danke Eurer Majestät für Euer Vertrauen.«

»Doch es gibt eine Angelegenheit, die dringend erledigt werden muss. Aber vor diesem Hintergrund bin ich nicht sicher, ob ich Euch damit beauftragen kann.«

»Worum geht es?«

Inzwischen hatten die beiden den hinteren Bereich der großen Halle erreicht. Er war vom Hauptteil durch ein riesiges Gemälde abgetrennt. Auf der Vorderseite des Gemäldes war der goldene Kaiserpalast abgebildet, der auf einem Meer aus Wolken thronte und in prächtigem weißem Glanz erstrahlte. Die Rückseite zeigte ein anderes Bild, eine Landschaftsmalerei. Hier waren Berge, Täler und Flüsse zu sehen, die sich über eine unendliche Weite erstreckten. Es war eine Landkarte der Menschenwelt. Bei genauem Hinsehen waren unzählige kleine Perlen zu sehen, die in das Gemälde eingearbeitet waren und wie Sterne funkelten.

Diese Perlen zeigten alle Orte an, an denen in der Sphäre der Sterblichen Shenwu-Tempel erbaut worden waren. Als Jun Wu vor achthundert Jahren den neu aufgestiegenen Xie Lian hierhergebracht hatte, war das Netz aus Perlen noch nicht so dicht gewesen. Doch nun bedeckten sie in überwältigendem Funkeln die ganze Weite der Karte.

Jun Wu blieb vor der Malerei stehen und deutete auf eine Stelle im Osten. »Vor sieben Tagen sahen viele Menschen in dieser Gegend mit eigenen Augen, wie ein Drache aus Feuer aus den Bergen in den Himmel emporflog.«

Xie Lians Miene wurde ernst.

Jun Wu hielt eine Hand hinter dem Rücken, mit der anderen klopfte er leicht auf einen Punkt auf dem Gemälde. »Der Feuerdrache war für eine Stunde zu sehen, bevor er verglühte. In dieser Zeit haben viele Menschen ihn gesehen, aber niemand wurde verletzt. Ihr wisst, was das bedeutet?«

»Es ist die Aufsteigender-Feuerdrache-Zauberformel. Ein riesiger Drache aus Feuer, dessen helle Flammen weithin sichtbar sind, aber niemanden verletzen – das ist ein Hilferuf!«

»Genau. Ein Hilferuf, und er kam von einem Himmelsbeamten«, bestätigte Jun Wu.

»Und noch dazu ist es ein Hilferuf äußerster Verzweiflung«, fügte Xie Lian hinzu.

Die Aufsteigender-Feuerdrache-Zauberformel rief extrem helle und große Flammen hervor. Sie mussten so kontrolliert werden, dass niemand dadurch zu Schaden kam. Um die Flammen zu erzeugen und zu kontrollieren, musste der Himmelsbeamte einen Teil seiner spirituellen Energie entzünden. Wenn er nicht aufpasste, explodierte dabei auf einen Schlag seine gesamte Energie und zerstörte ihn. Wenn die Lage nicht verzweifelt war, würde kein Himmelsbeamter dieses Risiko eingehen. Dass das Zeichen am Himmel erschienen war, konnte demnach nur bedeuten, dass ein Himmelsbeamter in äußerster Gefahr schwebte und keinen anderen Ausweg wusste.

»Gibt es denn Himmelsbeamte, deren Aufenthaltsort zurzeit unbekannt ist?«, fragte Xie Lian.

»Nicht nur wegen der Verhandlung über den Banyue-Pass wurden alle Beamten zu der Versammlung einberufen«, antwortete Jun Wu. »Der eigentliche Anlass war, die Aufenthaltsorte aller Beamten zu überprüfen. Bis auf einige, die sich nie blicken lassen, wie den Meister des Regens und den Erdmeister, haben alle, die nicht erscheinen konnten, eine Antwort gesendet.«

Xie Lian dachte eine Weile darüber nach. »Vielleicht war es kein aktueller Himmelsbeamter, sondern ein früherer, der schon im Ruhestand ist?«

»Wenn das der Fall wäre, müssten wir unsere Suche erweitern. Viele frühere Himmelsbeamte pflegen seit Jahren schon keinen Kontakt mehr zum Himmel. Es wäre ein Ding der Unmöglichkeit, herauszufinden, welcher von ihnen in Gefahr schwebt.«

Das war also der Grund, warum Lingwen und alle anderen Beamten aus ihrem Palast in letzter Zeit mit dunklen Ringen unter den Augen und kraftlosen Schritten umherliefen. Sie arbeiteten ohne Unterlass an dieser Sache. Kein Wunder, dass sie keine Gelegenheit gehabt hatten, nach dem Jungen mit der Gesichterkrankheit vom Berg Yujun zu suchen.

»Um einen Himmelsbeamten in solche Bedrängnis zu bringen, dass er diesen selbstzerstörerischen Zauber anwendet, muss er einem mächtigen und starken Feind mit äußerst bösen Absichten gegenüberstehen. Befindet sich dort in der Gegend vielleicht ein Geisternest oder ein Versammlungsort der Dämonen?«

»Ja, und sogar ganz in der Nähe«, antwortete Jun Wu. »Habt Ihr schon einmal von der Geisterstadt gehört?«

Xie Lian musste nachdenken, bevor er bestätigte.

Die Geisterstadt war der wohlhabendste und lebhafteste Ort in der Geistersphäre. Er befand sich an der Grenze zwischen der Welt der Geister und der der Menschen. Hier trafen alle Arten von Geistern und Dämonen aufeinander, um Handel und Geschäfte zu treiben, und es herrschte stets ein höllisches Durcheinander. Alchemisten höherer Ebenen suchten die Geisterstadt gelegentlich auf, um an Informationen zu gelangen oder persönliche Geschäfte zu tätigen. Selbst Himmelsbeamte kamen verkleidet aus Neugier oder aus anderen unaussprechlichen Gründen dorthin. Wenn jemand sich unfreiwillig an diesen Ort verirrte, wurde er entweder bei lebendigem Leibe aufgefressen oder zu Tode geängstigt.

Seit ewigen Zeiten – wenn auch nicht so lange, wie Xie Lian schon lebte – erzählte man sich in der Menschenwelt allerlei Geschichten und Legenden über die Geisterstadt. Xie Lian erinnerte sich daran, dass in einer dieser Geschichten ein Reisender des Nachts einen lebhaften Markt vorfand. Die Straßen waren mit roten Laternen und bunten Bannern geschmückt. Er stürzte sich freudig in das Gedränge und bemerkte dann, dass fast alle Anwesenden maskiert waren oder ihr Gesicht unter den Kapuzen langer Umhänge verbargen. Die, die ihr Gesicht zeigten, waren unfassbar unansehnlich. Das kam dem Mann zwar seltsam vor, aber er dachte sich nichts weiter dabei. Er kaufte sich eine Schüssel Nudeln und setzte sich. Er nahm die Stäbchen zur Hand und begann zu essen. Doch er merkte schnell, das mit dem Essen etwas nicht stimmte. Als er genauer hinsah, waren in seiner Schüssel keine Nudeln, sondern Strähnen von sich windendem schwarzem Haar.

Jun Wu fuhr fort und holte Xie Lan damit in die Gegenwart zurück. »Nach der Feuererscheinung habe ich umgehend Beamte ausgesendet, um die Umgebung zu untersuchen. Aber es war nicht der geringste Hinweis zu finden. Wir müssen Nachforschungen in der Geisterstadt anstellen. Doch zwischen dem Himmel und der Geisterwelt liegt eine schwer zu überwindende Grenze. Ohne handfeste Beweise darf kein Beamter die Geisterstadt betreten. Daher brauche ich jemanden, der hinabsteigt, sich dort einschleicht und verdeckt ermittelt.«

»Der Feind darf nicht aufgeschreckt werden. Daher konnte diese Sache nicht im Shenwu-Palast vor allen Himmelsbeamten besprochen werden, nicht wahr? Es dürfen keine Informationen nach außen dringen«, vermutete Xie Lian.

»Genau«, bestätigte Jun Wu.

»Dann bitte ich Euch, mir den Befehl zu erteilen, Majestät.«

»Ihr wart derjenige, dem ich diese Aufgabe ursprünglich zugedacht hatte«, sagte Jun Wu, »aber nun fürchte ich, es wäre unpassend, wenn Ihr gehen würdet.«

»Wieso wäre es unpassend?«

»Erstens wird der Osten von Lang Qianqiu überwacht. Wenn Ihr geht, müsstet Ihr mit ihm zusammenarbeiten.«

»Das wäre kein Problem, seid unbesorgt.«

»Zweitens,« fuhr Jun Wu fort, »wisst Ihr, in wessen Gebiet sich die Geisterstadt befindet?«

Xie Lian erschrak. »Etwa dem von Hua Cheng?«

Jun Wu nickte langsam und bestätigte damit Xie Lians Vermutung. Doch da kam diesem noch ein Gedanke. Das Feuersignal am Himmel war vor sieben Tagen erschienen. Und zufällig war es auch vor sieben Tagen gewesen, dass Hua Cheng den Puqi-Schrein verlassen hatte. Es passte genau zusammen. Gab es vielleicht einen Zusammenhang?

»Es scheint, als hättet Ihr ein gutes Verhältnis zu ihm«, sagte Jun Wu. »Das ist gut. Doch sollte er in diese Sache verwickelt sein, könnte es unangenehm für Euch werden. Wenn das ein Hindernis darstellt, solltet Ihr Euch nicht dazu zwingen. Falls Ihr andere Ideen habt oder jemanden für diesen Auftrag vorschlagen möchtet, lasst es mich wissen.«

Doch Xie Lian beharrte: »Ich gehe. Ich glaube nicht, dass der Blumensuchende Blutregen verborgene Absichten hegt.«

Jun Wu sah ihn an. »Xianle. Ich weiß, dass Ihr fähig seid und wisst, was Ihr tut. Aber ich weiß auch, dass Ihr dazu neigt, immer das Beste von allen zu denken.«

Xie Lian lächelte, als er diese Worte hörte. »Bitte redet nicht von mir, als sei ich eine kleine Prinzessin, die noch nie von zu Hause fort war. Diese Worte passen nicht mehr zu mir.«

Jun Wu schüttelte den Kopf. »Es steht mir nicht zu, Euch vorzuschreiben, mit wem Ihr Euch anfreundet, aber ich muss Euch warnen: Nehmt Euch vor Hua Cheng in Acht.«

Xie Lian neigte den Kopf, sah zu Boden und antwortete nicht. Er hätte »Ja, Eure Majestät« sagen und es hätte ihm leicht von der Zunge gehen sollen. Doch aus irgendeinem Grund wollte ihm dieses Ja nicht über die Lippen kommen.

»Und vor allem nehmt Euch vor seiner tückischen Waffe in Acht«, fügte Jun Wu hinzu.

»Was meint Ihr?«

»Der Krummsäbel Eming hat eine verfluchte Klinge, die Unheil bringt. Um eine solche Klinge zu schmieden, sind ungeheuer grausame Opfer nötig und die Entschlossenheit, Blut zu vergießen. Berührt sie nicht und lasst Euch nicht von ihr berühren. Es könnte unvorstellbare Folgen haben«, warnte Jun Wu.

Xie Lian wusste nicht, woher diese plötzliche Gewissheit kam, doch in seinem Herzen wusste er: *San Lang würde mich niemals mit seinem Säbel verletzen*. Dennoch antwortete er: »Ich habe verstanden.«

Jun Wu nickte lächelnd. »Es erleichtert mich, dass Ihr Euch der Sache annehmt. Wenn die Umstände es Euch nicht erschweren, ist das umso besser. Aber für einen Einzelnen wird es zu anstrengend werden. Welchen Himmelsbeamten hättet Ihr bei dieser Mission gern an Eurer Seite?«

Xie Lian dachte kurz nach. »Es ist mir gleich. Jemand, mit dem man gut auskommt. Und jemand mit viel spiritueller Energie, damit ich mir unterwegs jederzeit etwas von ihm leihen kann.«

Lachend sagte Jun Wu: »Durch die erste Bedingung kommen Nanyang und Xuanzhen schon nicht mehr infrage.«

Das stimmte. Niemand konnte ernsthaft behaupten, dass Feng Xin und Mu Qing Persönlichkeiten waren, mit denen man gut auskommen konnte. Xie Lian musste ebenfalls schmunzeln.

»Wie steht es mit Euch dreien? Habt Ihr mit ihnen geredet?«

Der Himmelkaiser betrat niemals den Kommunikationskanal und wusste daher nichts über das dortige Gerede.

»Wir haben ein paar Worte gewechselt«, antwortete Xie Lian.

»Nach all den Jahren wechselt ihr nur ein paar Worte? Ach ja. Mir ist zu Ohren gekommen, bei Eurem diesmaligen Aufstieg in den Himmel hättet ihr einige himmlische Paläste zerstört. Einer davon war der Nanyangs.«

»Ich habe alle Schulden beglichen«, erklärte Xie Lian. »Acht Millionen achthundertachtundachtzigtausend Tugendpunkte habe ich abbezahlt. Majestät, ich danke Euch, dass ich die Gelegenheit hatte, zum Yujun-Berg zu reisen.«

»Eigentlich müsst Ihr Euch bei Nanyang dafür bedanken. Lingwen sagte mir, er habe sie heimlich aufgesucht und gesagt, Ihr müsstet ihm die Renovierungskosten für den himmlischen Palast nicht erstatten.«

Xie Lian war verblüfft. »Das ... das wusste ich nicht.«

Kein Wunder, dass die acht Millionen achthundertachtundachtzigtausend Tugendpunkte so einfach zurückzuzahlen gewesen waren, wenn ihm eigentlich schon vergeben worden war. Und den Palast von Nanyang hatte es am schlimmsten getroffen. Man hatte Xie Lian erzählt, dass die Hälfte des goldenen Daches eingestürzt sei.

»Nanyang wollte sichergehen, dass Lingwen Euch nichts davon erzählt. Ihr konntet es also nicht wissen. Da er nicht wollte, dass Ihr es wisst, wäre es das Beste, wenn Ihr weiterhin so tut, als hättet Ihr keine Ahnung«, sagte Jun Wu.

In Xie Lians Herz wirbelten die Gefühle durcheinander: Freude, Trauer, Wut und Erschöpfung vermischten sich bis zur Unkenntlichkeit. Schließlich seufzte er lautlos. *Die Worte ›Erzähl es keinem weiter‹ sind wohl die bedeutungslosesten, die es auf der Welt gibt*, dachte er bei sich.

Jun Wu überlegte eine Zeit lang, dann fragte er: »Wenn Nanyang und Xuanzhen ausscheiden, wie wäre es dann mit dem Windmeister?«

Xie Lian dachte darüber nach, bevor er erwiderte: »Die Windmeisterin ist stark und wäre gut geeignet, aber ich bin mir nicht sicher, ob sie mit mir diese Reise antreten würde.«

»Der Windmeister ist mächtig«, bestätigte Jun Wu, »eine lebhafte Persönlichkeit, die schnell neue Freunde findet und daher Eure erste Bedingung erfüllt. Der Bericht, den ich erhielt, hat Euch lobend erwähnt. Ich denke, dass Ihr gut miteinander auskommen werdet. Wenn Ihr keine weiteren Fragen habt, steigt gemeinsam hinab und stellt in der Geisterstadt Nachforschungen an. Und noch etwas ...«

»Ja?«

Langsam sagte Jun Wu: »Strengt Euch an, aber verausgabt Euch nicht.«

Diese Worte überraschten Xie Lian. Kurz danach lächelte er. »Eure Majestät meinen? Ich verausgabe mich nicht.«

Jun Wu klopfte ihm auf die Schulter. »Kehrt nun zum Xianle-Palast zurück, um Euch auszuruhen. Ich werde nach dem Windmeister schicken lassen.«

Xie Lian blinzelte. »Ich habe nicht genügend Tugendpunkte für einen Palast. Der ursprüngliche Palast von Xianle wurde schon vor langer Zeit abgerissen. Von welchem Palast redet Ihr?«

»Ich habe Euch einen neuen bereitgestellt«, erklärte Jun Wu. »Ihr könnt schließlich nicht für immer in dem schäbigen kleinen Schrein hausen.«

Xie Lian verließ den Shenwu-Palast und wurde von einem jungen Beamten zum neuen Palast von Xianle geführt.

Dieser war eine genaue Kopie des ursprünglichen: glasierte Dachziegel und rote Mauern boten einen prächtigen und eleganten Anblick. Xie Lian stand lange vor den Toren, doch er verspürte nicht den geringsten Wunsch, den Palast zu betreten. Zum Schrottgott passte ein schäbiger Schrein viel besser. Ein stolzer und pompöser Palast wie dieser war kein Ort, an dem er bleiben konnte.

Er lief unschlüssig vor den Palasttoren auf und ab und wartete darauf, dass die Windmeisterin ihn dort aufsuchte. Er wartete lange Zeit, aber die weiß gekleidete Frau ließ sich nicht blicken. Stattdessen tauchte ein anderer Kultivierer in weißer Robe auf.

Der Mann sprühte vor Lebensfreude und Energie und ihn umgab eine starke Aura von Spiritualität. Es war jener »Qingxuan«, der bei der Zusammenkunft in der großen Halle die Stimme gegen Pei Ming erhoben hatte. Er winkte mit seinem Fliegenwedel und lächelte strahlend. »Seid gegrüßt, Eure Hoheit.«

Xie Lian lächelte zurück. »Seid gegrüßt.«

Eigentlich hätte er gern gefragt, wer der andere war, doch das kam ihm unhöflich vor. Er wollte gerade heimlich in seine Schriften sehen und nachprüfen, welcher Himmelsbeamte Qingxuan hieß, als der Weißgekleidete zu ihm trat und rief: »Los, lasst uns gehen! Wir werden uns dort unten einmal umsehen.«

»Freund, ich warte auf jemanden«, antwortete Xie Lian verblüfft.

Als er das hörte, steckte der Kultivierer seinen Fliegenwedel hinten in den Kragen seiner Robe und sah ihn verdutzt an. »Auf wen wartet Ihr denn noch?«

»Ich warte auf die Windmeisterin.«

Der Weißgekleidete sah ihn nun völlig verwirrt an. »Aber ich bin doch hier.«

Xie Lian zog die Augenbrauen hoch. »Ihr seid die Windmeisterin?«

Sein Gegenüber öffnete seinen Fächer und wedelte damit. »Ich bin der Windmeister. Gab es je einen Zweifel daran? Wusstet Ihr denn nicht, wer ich bin? Habt ihr denn noch nie meinen Namen gehört? Qingxuan, Meister des Windes?«

Seine Worte klangen selbstsicher und unanfechtbar, als wäre es ein Ding der Unmöglichkeit, dass Xie Lian seinen Namen nicht kannte. Auf dem Fächer stand das Schriftzeichen für Wind, »Feng«, auf der Rückseite waren die drei geschwungenen Linien – es war derselbe Fächer, den die Windmeisterin am Banyue-Pass bei sich gehabt hatte.

Xie Lian erinnerte sich plötzlich wieder daran, dass Fu Yao erwähnt hatte, dass einige Beamten des Oberen Hofes in der Lage waren, unter bestimmten Umständen ihre Gestalt zu verändern. Als sie am Banyue-Pass waren, hatte Nan Feng außerdem gesagt: »Der Windmeister war sonst immer ...«

Er war sonst immer ... was?

Ein Mann?

Der Weißgekleidete zog Xie Lian mit sich und als sie ein paar Schritte gegangen waren, hatte Xie Lian noch immer nicht ganz begriffen. »Ähm ... Windmeister ... Ihr ... Ihr ... Warum wart Ihr das letzte Mal in Gestalt einer Frau?«

»Warum nicht? Ich sah doch gut aus.«

»Ja«, sagte Xie Lian, »aber ...«

Der Windmeister strahlte übers ganze Gesicht. »Wenn ich hübsch war, was gibt es dann noch für ein Aber? Solange ich gut aussah, ist alles in Ordnung. Nur deswegen habe ich meine Gestalt gewandelt.«

Als er ausgesprochen hatte, sah er aus, als hätte er einen plötzlichen Einfall. Er klappte seinen Fächer zusammen und musterte dann Xie Lian von oben bis unten. »Wo wir beim Thema sind, müssen wir uns für unseren Ausflug in die Geisterstadt nicht noch verkleiden?«

Kapitel 14:

Der Kronprinz entdeckt den Geisterkönig in der Geisterstadt

Vollkommen verschämt kam Xie Lian erst vier Stunden später dazu, heimlich in seine Schriften zu sehen und etwas über den Windmeister nachzulesen.

Die fünf Elementarmeister der himmlischen Sphäre nutzten ihre Titel anstelle ihrer Familiennamen. Der Erdmeister zum Beispiel hatte vor seinem Aufstieg in den Himmel Ming Yi geheißen. Seit seinem Aufstieg wurde er als »Erdmeister Yi« angesprochen. Der frühere Name des Windmeisters war Shi Qingxuan. Seit seinem Aufstieg wurde er »Windmeister Qingxuan« genannt. Seine Persönlichkeit passte zu seinem Titel. Er war wie eine frische Brise: gesellig, großzügig und er scherte sich nicht um Kleinigkeiten. Im Himmel war er außerordentlich beliebt. Dass er im Kommunikationskanal Hunderttausende Tugendpunkte verteilt hatte, hatte gewiss seinen Teil dazu beigetragen. Seine Großzügigkeit und seine Unbekümmertheit lagen mit Sicherheit auch darin begründet, dass sein älterer Bruder den Reichtum in der Menschenwelt kontrollierte.

Ja, der große Bruder des Windmeisters Qingxuan war der Wassermeister Wudu, den man auch das »Unterdrückende Wasser« nannte.

Xie Lian und der Windmeister stiegen also Seite an Seite aus dem Himmel hinab und unterhielten sich unterwegs. Xie Lian hielt die Arme verschränkt und sagte anerkennend: »Dass aus der Familie Pei zwei Generäle aufgestiegen sind, ist schon legendär. Aber dass Ihr und Euer Bruder kurz nacheinander in den Himmel aufgestiegen seid, einer als Meister des Windes, einer als Meister des Wassers, ist wahrlich ein Wunder.«

Man muss wissen, dass es unter Zigtausenden Menschen nicht unbedingt auch nur einen gibt, der in den Himmel berufen wird. Zwischen dem Aufstieg General Pei Mings und dem Peis des Jüngeren waren mehrere Jahrhunderte vergangen und Pei Xiu war auch kein direkter Nachfahr Pei Mings. Er war ein Groß-groß-wer-weiß-wie-oft-groß-Neffe und stammte aus der Familie von Pei Mings Bruder. Der Wassermeister Wudu und der Windmeister Qingxuan hingegen waren echte, blutsverwandte Brüder, ein Geschwisterpaar von Himmelsbeamten aus derselben Familie – das war wirklich einmalig.

Lachend sagte Shi Qingxuan: »Das ist nichts. Mein Bruder und ich wuchsen gemeinsam im selben Haus auf, wir besuchten die gleiche Schule mit denselben Lehrern und wählten den gleichen Kultivierungsweg, also ist es nur natürlich, dass wir im selben Leben gemeinsam aufgestiegen sind.«

Auch das hatte Xie Lian den Schriften entnommen. Von den beiden Elementarmeistern war Shi Wudu derjenige, der zuerst in den Himmel aufgestiegen war. Aber nach nur wenigen Jahren war auch Qingxuan in den Himmel berufen worden. Die Menschen opferten dem Brüderpaar oft gemeinsam und beteten zu ihnen als Gleichgestellte in Tempeln, die beiden geweiht waren. Es war offensichtlich, dass die beiden eine gute Beziehung zueinander hatten. San Lang und Nan Feng hatten gesagt, dass Pei Ming nicht Hand an den Windmeister legen würde. Der Grund dafür musste der Wassermeister sein. Den Bruder des »Unterdrückenden Wassers« schubste man nicht herum.

Da fiel Xie Lian noch etwas ein. Er dachte darüber nach, bevor er das Wort an Shi Qingxuan richtete. »Windmeister, an der Art, wie General Pei im Shenwu-Palast gesprochen hat, war zu erkennen, dass er und Euer Bruder befreundet sind. Nun habt Ihr eine Beschwerde gegen General Pei eingereicht. Wird Euer Bruder nicht ...?«

»Nein, nein«, antwortete dieser. »Mein Bruder weiß, dass ich Pei Ming nicht leiden kann.«

»Wissen ist etwas anderes als Handeln. Wird das nicht einen Keil zwischen den Meister des Wassers und Pei Ming treiben?«

»Und wenn, wäre das umso besser. Ich wünsche mir schon lange, dass mein Bruder sich nicht mehr mit ihm abgibt und nicht mehr zu den ›drei Krebsgeschwüren‹ gehört.«

Geschockt fragte Xie Lian: »›Drei Krebsgeschwüre‹?«

»Was, davon wisst Ihr auch nichts? Oh. Na gut. Ich weiß, dass Ihr über vieles nicht informiert seid. Also, die ›drei Krebsgeschwüre‹ ist der Spitzname für drei Himmelsbeamte, die einen sehr schlechten Ruf haben, aber untereinander beste Freunde sind: Mingguang, Lingwen und mein Bruder.«

Ich kann nicht glauben, dass diese drei nicht Xie Lian, Xie Lian und Xie Lian sind, dachte dieser.

Shi Qingxuan entfaltete seinen Windmeister-Fächer und fuhr fort: »Abgesehen davon, dass ich ihn nicht ausstehen kann – dieses Mal war die ganze Sache die Schuld Peis des Jüngeren. Pei Ming wollte alles der Staatspräzeptorin von Banyue in die Schuhe schieben und ihn schützen. Das konnte ich nicht zulassen. Egal ob Gott, Mensch oder Geist, jeder muss für seine Taten geradestehen. Wie armselig von ihnen, ein kleines Mädchen zu quälen.«

Den letzten Satz hatte er voller Zorn gesprochen. Lächelnd dachte Xie Lian: *Der Windmeister ist ein Verfechter der Gerechtigkeit und Tugend.*

Shi Qingxuan lachte. »Aber Ihr seid auch nicht schlecht. Ich hatte schon Gerüchte über die Geschehnisse am Banyue-Pass gehört, hatte aber nie die Zeit, ihnen nachzugehen. Mein Bruder hat deswegen mit mir geschimpft. Dann hatte ich zu viel um die Ohren und habe nicht mehr daran gedacht. Als Ihr dann im Kommunikationskanal danach gefragt habt, erinnerte ich mich wieder und stellte Nachforschungen an. Und dann zeigte sich, dass Ihr Euch nicht nur danach erkundigt hattet, sondern sogar selbst dort hingegangen wart. Da wusste ich, dass Ihr ein Mordskerl seid. Ha ha ha ha ...«

Dieser Windmeister war ohne Zweifel ein unkomplizierter, aufrichtiger und interessanter Kerl. Xie Lian konnte nun gut verstehen, warum er im Himmel so beliebt war. Er musste darüber lächeln, dass es ihm gelungen war, am Oberen Hof einen solchen Charakter zu treffen. Doch gerade als er sich ihm wieder zuwandte, verwandelte sich der Mann in der weißen Robe an seiner Seite in eine weiß gekleidete Frau.

Das geschah so plötzlich, dass Xie Lian überrascht stolperte. »Windmeister, wozu diese plötzliche Verwandlung?«

»Oh, Hoheit, um ehrlich zu sein, in dieser Gestalt habe ich mehr spirituelle Kraft«, erklärte der Windmeister und fuhr sich durch das lange Haar.

Wie zuvor erwähnt, wurden der Wassermeister und der Windmeister oftmals zusammen verehrt. Doch dadurch kam es zu einem seltsamen Vorfall. Vielleicht glaubten die Menschen, dass einem Tempel etwas fehlte, in dem zwei männlichen Gottheiten gehuldigt wurde. Götter und Göttinnen gehören schließlich zusammen, und so dachten sie, erst ein Gott und eine Göttin zusammen gäben ein komplettes Bild ab. Also griff jemand ein, indem er den Windmeister zu einer Windmeisterin umgestaltete.

Doch damit nicht genug. Die Menschen begannen, allen möglichen Unsinn zu ersinnen, dachten sich Geschichten aus und machten aus Wasser- und Windmeister Bruder und Schwester. Es gab sogar Geschichten, in denen sie Mann und Frau waren. Über Jahrhunderte verbreiteten sich diese falschen Erzählungen nicht nur, sie wurden auch in unzähligen Varianten immer farbenfroher ausgeschmückt. Die beiden Brüder hatten sich einmal einige dieser Geschichten durchgelesen und sich dabei so sehr geschämt, dass sie am ganzen Körper Gänsehaut bekommen hatten. Trotz alledem gab es inzwischen unzählige Anhänger, die an diese Geschichten glaubten, und so wurde mit der Zeit unklar, ob der Windmeister nun Mann oder Frau sei, und die Formel »Göttin, behüte und beschütze mich« war überall zu hören. So erhielt der Windmeister seinen Spitznamen »Herrin des Windes«.

So albern das klingen mag, solche Vorkommnisse waren keine Seltenheit. Lingwen war es ähnlich ergangen. Sie war eine weibliche Himmelsbeamtin, aber sie machte sich niemals so auffällig zurecht wie die anderen Göttinnen – sie trug meist schlichte schwarze Kleidung. Sie war eine kompetente und fähige Frau und in ihrem Palast arbeitete sie sich jeden Tag wie besessen durch Berge von Niederschriften und administrativen Unterlagen. Hätte man einen Sterblichen gefragt: »Ist Lingwen ein Mann oder eine Frau?«, hätte jeder im Brustton der Überzeugung geantwortet, Lingwen sei ein Mann.

Eine Gottheit der Schriften, das war doch klar, musste eben einfach männlich sein. Allein schon deswegen musste Lingwen nach ihrem Aufstieg viele Nachteile in Kauf nehmen. Sie war die Göttin der Schriften, aber viele in der Menschensphäre dachten: *Wie kann eine Frau diesen Posten innehaben? Wie kann eine Frau für Glück in den Prüfungen sorgen? Sie ist bestimmt nicht gut!* Sie konnte sich noch so sehr bemühen, sie hatte nur wenige Anhänger, die ihr Räucherstäbchen anzündeten.

Mit der Zeit konnten ihre Tempeldiener diese Ungerechtigkeit nicht mehr mit ansehen und erbauten ihr Statuen in männlicher Gestalt. Sie verwandelten Lingwen Yuanjun in Lingwen Zhenjun*, und erfanden neue, aufregende Legenden und Geschichten.

Nach dieser Änderung stieg wieder der Rauch aus den Räuchergefäßen in ihren Tempeln auf. Lingwen wurde in den höchsten Tönen gepriesen. Doch in Wirklichkeit hatte sie selbst sich kein bisschen verändert und ihre Fähigkeiten und Kräfte waren dieselben wie zuvor. Alle Legenden waren erfunden. Aber die Menschen nahmen die neue Version dankend an. Seitdem blieb Lingwen, wann immer sie in Träumen erschien oder sich Sterblichen zeigen wollte, keine andere Wahl, als in männlicher Gestalt zu erscheinen.

Und genau aus diesem Grund, weil die Menschen der Meinung waren, im Tempel des Windes und des Wassers müsse es einen Gott und eine Göttin geben, waren es am Ende auch ein Mann und eine Frau. Wen kümmerte es schon, ob man ein Gott war oder ein Geist? Man wurde zu dem, was die Menschen glaubten. Es konnten hundertachttausend Meilen, ja ganze Welten zwischen der Vorstellung und der Realität liegen, die

* Yuanjun und Zhenjun sind Bezeichnungen für daoistische Unsterbliche, Yuanjun bezeichnet weibl. Unsterbliche mit großen Fähigkeiten. Zhenjun ist eine der vielen Stufen von männl. Unsterblichen mit eher geringen Kräften.

Menschen sahen doch nur, was sie sehen wollten. Unter den Himmelsbeamten des Oberen Hofes wunderte sich über solche Irrtümer schon längst niemand mehr.

Xie Lians Beobachtungen zufolge störte sich Shi Qingxuan daran nicht im Geringsten. Im Gegenteil, es schien ihm Freude zu bereiten. Und nicht nur amüsierte er sich dabei, er versuchte auch stets, andere an diesem Spaß teilhaben zu lassen. Xie Lian hegte inzwischen sogar ernste Zweifel daran, dass die schwarz gekleidete Dame, die ihn zuvor begleitet hatte, wirklich weiblichen Geschlechts gewesen war.

Während der vier Stunden, die die Reise vom Himmel hinab dauerte, hatte Shi Qingxuan unermüdlich versucht, Xie Lian zu überreden, sich in eine weibliche Gestalt zu wandeln. Dabei hatte sie sehr überzeugende Argumente vorgebracht, wie zum Beispiel: »Frauen haben stärkere Yin-Energie – das würde es Euch viel einfacher machen, Euch in der Geisterstadt zu verstecken.«

Xie Lian dachte darüber nach, lehnte dann aber höflich dankend ab. »Ich habe nicht genug spirituelle Kraft, um meine Gestalt zu wandeln.«

»Ich leihe Euch meine Energie«, entgegnete der Windmeister voller Enthusiasmus. »Ist das nicht der Grund, warum der Himmelskaiser mich mit auf diese Mission geschickt hat?«

»Windmeister, bitte spart Euch Eure Kräfte auf, für den Fall, dass wir in einen Kampf geraten ...«

Shi Qingxuan konnte Xie Lian nicht überreden, also gab er die Versuche auf. Inzwischen hatten die beiden ein Stück menschenleere Wildnis mitten im Nirgendwo erreicht. Es war tiefe Nacht und aus den Wäldern waren die Rufe von Krähen zu hören, es herrschte eine seltsam düstere und bedrückende Stimmung. Xie Lian sah sich eine Zeit lang um und sagte dann: »Lasst uns hier warten. An diesem Ort ist die Yin-Energie dicht konzentriert und in der Nähe liegt ein großer Friedhof. Sobald wir sehen, dass Geister von dort aus Richtung Markt aufbrechen, folgen wir ihnen.«

Die beiden hockten sich auf einen Grabhügel und warteten ab.

Nach kurzer Zeit begann der Windmeister, in seinem Ärmel herumzukramen, und zog schließlich ein kleines Fläschchen Schnaps hervor. »Trinkt Ihr?«

Xie Lian griff nach dem Fläschchen und nahm einen kleinen Schluck. Er spürte ein Brennen in seiner Kehle und gab das Fläschchen zurück. »Danke.«

Shi Qingxuan nahm es zurück, setzte es an und trank einige Schlucke. »Ihr könnt nicht trinken?«

»Doch. Aber zu viel Alkohol macht wahnsinnig. Deswegen nehme ich nur einen Schluck. Wie spät ist es?«

Shi Qingxuan murmelte etwas in sich hinein und antwortete dann: »Mitternacht.«

»Ah, dann sollte es bald losgehen.«

Kaum hatte er zu Ende gesprochen, da entdeckten sie eine Reihe von schwachen Lichtern, die tief im Wald aufleuchteten.

Sie kamen langsam näher. Als sie den Wald verließen, sahen die beiden, dass es sich um eine Gruppe von ausdruckslosen Frauen in weißen Kleidern handelte. Junge und Alte waren dabei, manche schön, andere hässlich. Sie bewegten sich langsam. Jede von ihnen war in ein Grabgewand gekleidet und trug eine weiße Laterne in der Hand. Es mussten weibliche Geister sein, die auf dem Weg zum Markt waren.

»Kommt, wir folgen ihnen«, flüsterte Xie Lian.

Shi Qingxuan nickte, nahm noch den letzten Schluck aus der Flasche und warf sie weg. Dann standen sie auf und folgten den Geistern unauffällig.

Die beiden hatte schon Vorkehrungen getroffen. Sie hatten die spirituelle Aura, die ihre Körper umgab, gelöscht. Auf energetischer Ebene waren sie nur noch zwei Baumstämme in Menschenform, ohne jegliche Lebensenergie in sich. Sie folgten vorsichtig den Geisterfrauen, die mit ihren Laternen in der Hand langsam voranschritten und sich dabei mit leisen Stimmen unterhielten. »Ich bin so froh, dass die Geisterstadt wieder geöffnet ist. Ich muss dringend mein Gesicht machen lassen«, sagte eine.

»Was ist denn mit deinem Gesicht? Hast du es nicht gerade erst machen lassen?«, fragte eine andere.

»Es ist schon wieder verwest. Hach, als es das letzte Mal gemacht wurde, hat man mir gesagt, es würde ein Jahr halten. Jetzt ist noch nicht einmal ein halbes vergangen«, antwortete die erste Geisterfrau.

Xie Lian und Shi Qingxuan folgten ihnen, hörten ihrem Gerede zu, sprachen aber selbst kein Wort. Wenn sie etwas Lustiges hörten, sahen sie einander nur mit hochgezogenen Mundwinkeln an. Nach ungefähr einer Stunde erreichte die Gruppe ein Tal.

Ein schwacher Lichtschein war tief im Tal zu sehen. Durch das Nichts der nebligen Nacht schien Musik an ihre Ohren zu dringen. Je weiter sie gingen, umso neugieriger wurde Xie Lian. Er konnte es kaum erwarten, mit eigenen Augen zu sehen, wie die legendäre Geisterstadt aussah. Doch gerade als sie das Tal betraten, drehte sich die letzte Geisterfrau in der Reihe plötzlich um und entdeckte die beiden. »Wer seid ihr?«, fragte sie verwirrt.

Daraufhin drehten alle anderen Geister ebenfalls ihre kreidebleichen Gesichter zu ihnen um und umringten sie neugierig. »Seit wann folgen sie uns? Diese beiden waren nicht dabei, als wir den Friedhof verlassen haben.«

»Von welchen Friedhof kommt ihr? Wie kommt es, dass wir euch noch nie gesehen haben?«

Xie Lian räusperte sich. »Wir … kommen von einem weit entfernten Friedhof. Natürlich habt ihr uns noch nie gesehen.«

»Das stimmt. Wir sind weit gereist, um die Geisterstadt zu besuchen«, ergänzte Shi Qingxuan lächelnd.

Die Geisterfrauen in ihren weißen Gewändern sagten nichts mehr und starrten die beiden mit ausdruckslosen Gesichtern an. Andere wären unter diesen starren Blicken wahrscheinlich zitternd vor Furcht auf die Knie fallen. Aber Xie Lian fürchtete sich nicht davor, seine Identität preiszugeben. Diese schwächlichen Geister von Frauen und Mädchen stellten kaum eine Bedrohung dar. Doch sie hatten die Geisterstadt fast erreicht und so nah am Ziel wäre es nicht klug gewesen, für Unruhe zu sorgen und den Feind aufzuschrecken.

Da richtete eine der Geisterfrauen, die Shi Quangxin die ganze Zeit angestarrt hatte, das Wort an ihn: »Kleine Schwester, dein Gesicht ist so gut erhalten.«

Xie Lian und Shi Qingxuan erschraken.

Doch nach einem kurzen Moment nickten beide. »Ja, es ist nicht schlecht«, sagte Xie Lian.

Shi Qingxuan imitierte seinen Tonfall: »Ja, es ist in Ordnung.«

Die Geisterfrauen scharten sich um sie und alle begannen zu diskutieren.

»Ja, es ist kein bisschen verwest.«

»Schwester, wo hast du es machen lassen?«

»Was ist dein Geheimnis?«

»Kannst du einen Laden empfehlen?«

Shi Qingxuan wusste nicht, was er sagen sollte. Er lachte verlegen und sagte: »Findet ihr wirklich? Ich finde mein Gesicht auch sehr schön. Ha ha, ha ha ha ha ha ha ...«

Woher sollte er wissen, wie diese Verstorbenen ihre Gesichter pflegten? Ihm blieb nichts anderes übrig, als zu lachen, um eine Antwort hinauszuzögern.

Da gelangte die Gruppe an eine Wegbiegung und aus der weiten Ebene schien Xie Lian rotes Licht entgegen. Eine bunte, mysteriöse Welt tat sich vor ihm auf.

Sie befanden sich auf einer Straße, die so lang war, dass ihr Ende nicht zu sehen war. Links und rechts am Straßenrand standen alle Arten von kleinen Läden und Buden. Überall hingen bunte Schilder, Banner und rote Lampions. Die Straße war überfüllt mit »Leuten«, es herrschte ein reges Kommen und Gehen. Die meisten trugen Masken mit lachenden, weinenden oder zornigen Gesichtern – manche waren Menschengesichter, andere nicht. Die, die keine Maske trugen, konnten nur als »grotesk« beschrieben werden. Einige hatten riesige Köpfe und kleine Körper, andere waren dünn wie Bambusstäbe, wieder andere waren flach wie Pfannkuchen und bewegten sich dicht am Boden, wobei sie sich fortwährend beschwerten, weil jemand auf sie trat.

Xie Lian gab sich große Mühe, nicht auf etwas Seltsames zu treten. Er lief an einem kleinen Stand vorbei und sah, wie der Besitzer mit einem riesigen Knochen wild in einem großen Suppentopf rührte. Dabei tropfte ihm Speichel zwischen den Zähnen hervor und in die Suppe. Diese hat eine eigenartige Farbe und Xie Lian sah, dass Augäpfel darin schwammen.

Plötzlich fühlte Xie Lian, wie sein Selbstbewusstsein einen Schub bekam.

Auf der gegenüberliegenden Straßenseite vollführten seltsame Wesen eine bizarre Akrobatikaufführung. Ein kräftiger Mann hielt einen kleinen Geist, der schwach und zart wie ein Küken war, fest in den Händen. Er öffnete seinen Mund, spie einen mächtigen Feuerstrahl aus und grillte den kleinen Geist in seinen Händen. Der wand und wehrte sich und heulte wie ein Schwein auf der Schlachtbank. Die Zuschauer lachten und applaudierten. Manche waren so verrückt und warfen Geld in die Luft, das wie weiße Schneeflocken vom Himmel fiel. Als ein Schein Xie Lian direkt vors Gesicht segelte, griff er danach und sah ihn sich an: Es war Geistergeld*.

Ein Stück weiter entdeckten sie einen Metzger. Vor dem Laden hingen aufgereiht menschliche Köpfe, ordentlich der Größe nach sortiert. Die

* Papiergeld, das für Opfergaben verwendet wird.

Preise waren deutlich angeschrieben. Das Fleisch eines Kindes kostete so und so viel, das eines Jugendlichen so und so viel, das eines Mannes oder einer Frau so und so viel. Die Preise für Knochen waren ebenso aufgeführt. Der Ladeninhaber, ein wilder Eber mit dichtem schwarzem Fell, trug eine Schürze und hielt ein großes Messer in der Hand. Er zerteilte gerade ein menschliches Bein, das noch zuckte.

Dieser Ort war wahrlich ein höllischer Hexensabbat, ein Tumult der bizarrsten Sorte, ein Durcheinander der dämonischsten Scheußlichkeiten.

Menschen, die Schweine schlachteten, waren ein gewöhnlicher Anblick. Aber Schweine, die Menschen schlachteten, ganz und gar nicht, und so musste Xie Lian unwillkürlich immer wieder hinsehen.

Der Eber bemerkte ihn und schimpfte sofort: »Was guckst du so? Kaufst du was?«

Xie Lian schüttelte den Kopf. »Nein, danke.«

Der Eber-Metzger hackte wild auf sein Brett ein und Blut spritzte in alle Richtungen. Mit rauer Stimme schrie er: »Wenn du nichts kaufst, dann glotz auch nicht! Scheiße, suchst du Stress? Verpiss dich!«

Das tat Xie Lian. Doch er war kaum ein paar Schritte weitergegangen, da bemerkte er voller Schrecken, dass die Gruppe Geisterfrauen und Shi Qingxuan spurlos verschwunden waren.

Voller Schreck wollte er sofort über den Kommunikationskanal Kontakt mit Shi Qingxuan aufnehmen. Er befürchtete, die Geisterfrauen hätten ihn mit sich genommen, um sich die Gesichter machen zu lassen. Doch hier in der Geisterstadt waren die Kommunikationskanäle der Himmelssphäre blockiert. Er konnte keine Verbindung herstellen. Ihm blieb nichts anderes übrig, als ziellos durch die Straßen zu wandern und den Windmeister zu suchen.

Er lief und lief und mit einem Mal ergriff ihn jemand und zog an ihm. Er war ohnehin höchst wachsam gewesen und rief sofort: »Wer ist da?!«

Die Person, die an ihm gezogen hatte, war eine Frau. Wegen seiner heftigen Reaktion fuhr sie vor Schreck zusammen. Doch als sie sein Gesicht erkennen konnte, kicherte sie und begann, ihn zu umschmeicheln. »He da, großer Bruder, du bist ja ein Hübscher!«

Die Frau trug Kleidung, die wenig der Fantasie überließ, und war schrecklich stark geschminkt. Der weiße Puder war unregelmäßig aufgetragen und als sie den Mund öffnete, rieselte er in Flocken herunter. Ihre Brüste waren voll wie Säcke, es sah aus, als wäre etwas unter ihre Haut gestopft. Alles in allem bot sie einen grässlichen Anblick.

Xie Lian schob ihre dünnen, klauenartigen Finger von sich. »Fräulein, wenn Ihr etwas zu sagen habt, dann sagt es anständig.«

Die Frau sah ihn entgeistert an, dann lachte sie laut los. »Scheiße, ›Fräulein‹?! So nennt mich heutzutage keiner mehr. Ha ha ha ha ha ha!«

Die Leute auf der Straße schienen sich auch darüber zu amüsieren. Alles um sie brach in wildes Gelächter aus. Xie Lian schüttelte den Kopf, doch bevor er etwas sagen konnte, hatte die Frau ihn angesprungen. »Geh nicht, Bruder. Ich mag dich! Komm, wir können die ganze Nacht Spaß haben. Ich will auch kein Geld von dir.« Sie zog einen Schmollmund und sah ihn mit verführerischem Blick an. »Ich werde dich bezahlen! Hi hi hi hi …«

Was für eine Sünde, wiederholte Xie Lian immer wieder in Gedanken. Dann schob er sie sanft, aber resolut von sich. In freundlichem Tonfall sagte er: »Fräulein. Bitte.«

Da wurde die Frau mit einem Mal ungeduldig und kreischte: »Was soll das ›Fräulein‹? Wer will das hören? Hör auf zu quatschen, was ist jetzt, kommst du oder nicht?«

Um Xie Lian zu locken, band sie ihr ohnehin schon wenig verhüllendes Oberteil auf. Ihre plötzliche Nacktheit überrumpelte Xie Lian – er hatte es nicht geschafft, sie rechtzeitig aufzuhalten. Er seufzte leise und wandte sich ab. Er wollte an ihr vorbeigehen und seinen Weg fortsetzen, doch die Geisterfrau hielt ihn erneut auf und wollte ihn bezirzen. »Na, gefällt dir, was du siehst?«

Sie konnte nicht ahnen, dass Xie Lian im königlichen heiligen Tempel aufgewachsen war und er die meiste Zeit seines Lebens in Enthaltsamkeit verbracht hatte. Sein Körper und Geist waren fest und standhaft wie der Berg Tai[*]. Egal, was er zu sehen bekam: Sein Herz blieb still wie ein Bergsee und sein Geist begann automatisch, die Verse des *Dao De Jing*[**] zu rezitieren. Er war vollkommen ungerührt.

Die Geisterfrau merkte, dass sie keinen Erfolg bei ihm hatte. Ihre Miene verzerrte sich und voller Zorn rief sie: »Du willst mich nicht, noch nicht mal umsonst? Bist du überhaupt ein echter Kerl?!«

Xie Lian sah in eine andere Richtung. »Ja, das bin ich.«

»Dann beweis es!«, schrie sie ihn an.

Unter den Umstehenden machte sich jemand lauthals lustig. »Du Schlampe! Er findet dich zu alt und hässlich, er will dich nicht! Lass ihn doch in Ruhe!«

Mit unbewegtem Gesicht sagte Xie Lian: »Nein, das ist es nicht. Ich habe eine Krankheit. Ich bin impotent.«

Alle sahen ihn geschockt an. Dann, nach einem Moment, brach ein heulendes Gelächter aus.

Nun war Xie Lian zur Zielscheibe des allgemeinen Spotts geworden. Niemand hatte je einen Mann gesehen, der sich getraut hätte, dieses Problem in der Öffentlichkeit zuzugeben. Aber für Xie Lian spielte es nicht die geringste Rolle, ob seine Wurzel des Bösen Sünde begehen konnte oder nicht. Also hatte er sich diese Ausrede angewöhnt, um brenzligen Situationen zu entgehen, und sie hatte sich bereits vielfach bewährt.

Wie erwartet zog die Geisterfrau ihre Bluse wieder an und hörte auf, ihn zu belästigen. »Kein Wunder! Du Schwein, wenn du nicht kannst, dann sag es doch gleich! Tss!«, schimpfte sie noch.

[*] Einer der fünf heiligen Berge des Daoismus. [**] Begründungsschrift des Daoismus des legendären Philosophen Laotse.

Nicht weit hinter ihnen ließ der Metzger sein Messer aufs Brett sausen und schrie: »Verdammte Schlampe! Wen nennst du Schwein?!«

Die Geisterfrau hatte keine Angst und brüllte zurück: »Ja, wen nenne ich Schwein?! Scheißviech!«

Kurz darauf war die ganze Straße erfüllt vom Schreien und Lärmen der Leute.

»Lan Chang macht schon wieder Ärger!«

»Der Metzger Zhu zerhackt Geister!«

Streitend gingen die Leute aufeinander los und ein chaotischer Aufruhr entstand. In dem Durcheinander gelang es Xie Lian zu verschwinden. Als er sich ein Stück weit entfernt hatte, wandte er sich noch einmal um und seufzte.

Er war noch nicht weit gekommen, da hörte er vor sich schon wieder tumultartigen Lärm. Er blieb vor einem gigantischen roten Gebäude stehen.

Der Baustil war auf eindrucksvolle Art prachtvoll und imposant: die Säulen, Dächer, Mauern und alles weitere war in edlem Rot gehalten, ein dicker, erlesener Teppich bedeckte die Böden. Die Eleganz und Kunstfertigkeit dieses Gebäudes reichte ohne Weiteres an die himmlischen Paläste heran. Nur unterschied sich der Baustil: Ihm fehlten die Würde und der Ernst der Himmelspaläste. Er sah dafür aufregender und extravaganter aus. Durch die Türen schob sich die Menge hinein und heraus und laute, aufgeregte Stimmen drangen nach draußen. Xie Lian sah es sich genauer an und kam zu dem Schluss, dass es sich um ein Casino handeln musste.

Er trat näher und sah, dass an den Säulen zu beiden Seiten des Eingangs Spruchbänder angebracht waren. Auf dem linken las er: »Geld ist wichtiger als Leben«, und auf der rechten Seite stand: »Gewinnen ist wichtiger, als das Gesicht zu bewahren«. Zwischen diesen beiden war ein weiteres Spruchband horizontal befestigt, auf dem stand: »Ha ha ha ha«.

Die Worte waren schlampig formuliert, eigentlich waren sie viel zu schlecht, um neben der Eingangstür zu prangen. Die Linienführung der Schriftzeichen war grob und unsauber. Es sah aus, als hätte jemand sturzbetrunken einen Pinsel genommen, mit nichts als Hass und böser Absicht im Herzen diese Zeichen hingeschmiert und diese wären dann von bösen Winden verweht und neu geformt worden.

Xie Lian war einst Thronerbe gewesen und hatte von den größten Meistern seines Landes die Kunst der Kalligrafie erlernt. Diese Zeichen waren für ihn ein wahrhaft schrecklicher Anblick. Genau genommen waren diese Schriftzüge so scheußlich, dass sie schon fast wieder lustig waren, dachte Xie Lian kopfschüttelnd bei sich. *Der Windmeister wird sich bestimmt nicht hier aufhalten*, überlegte er weiter. *Es wird das Beste sein, wenn ich ihn in den Schönheitssalons für Geisterfrauen suche.*

Er hätte tatsächlich gut daran getan, einfach weiterzugehen. Doch nach ein paar Schritten blieb er stehen, ohne zu wissen, warum, ging zurück und betrat das Casino.

Die Eingangshalle war brechend voll. Er blickte über ein Meer von Köpfen und von überallher waren Gelächter und verzweifelte Rufe zu hören. Xie Lian war erst einige Stufen der Eingangstreppe hinabgestiegen, da hörte er ein lautes Schreien, und als er sich umsah, erblickte er vier maskierte, plumpe Männer, die einen weiteren Mann in ihrer Mitte trugen und auf ihn zukamen.

Dieser Mann schien unerträgliche Schmerzen zu leiden, er heulte wie wild und wand sich. Seine beiden Beine waren abgetrennt worden und das Blut floss in Strömen, sodass die Männer eine Spur aus frischem Blut hinterließen. Ein kleiner Geist folgte ihnen und leckte es gierig vom Boden auf.

Es war ein grauenhafter Anblick, aber niemand in der Spielbank drehte sich auch nur zu den Männern um. Alle schrien und lärmten weiter, als sei nichts passiert. Natürlich waren die, die sich hier zum Spielen versammelt hatte, keine Menschen, oder wenn doch, dann keine normalen.

Xie Lian trat zur Seite, um den Männern Platz zu machen, und ging dann tiefer in das Casino. Eine kleine Bedienstete mit einer Maske, die ein lachendes Gesicht zeigte, kam auf ihn zu und begrüßte ihn. »Herr, seid Ihr zum Spielen gekommen?«

Lächelnd antwortete Xie Lian: »Ich habe kein Geld bei mir. Darf ich mich etwas umsehen?«

Seiner Erfahrung nach waren das die Worte, die in dieser Art von Etablissement einen Rausschmiss garantierten. Warum sollte jemand ohne Geld hierherkommen wollen?

Aber das junge Mädchen kicherte nur. »Die, die hierherkommen, spielen gewöhnlich nicht um Geld. Es macht also nichts, wenn Ihr keins habt.«

»Wirklich?«, stutzte Xie Lian.

Die Bedienstete hielt sich kichernd die Hand vor den Mund. »Ja, Herr. Bitte folgt mir.« Sie winkte ihm zu und schritt leichtfüßig voran.

Xie Lian folgte ihr schweigend und sah sich dabei aufmerksam um. Egal ob man das Casino von innen oder von außen betrachtete, es war extravagant, geschmackvoll und farbenfroh, ohne dabei billig oder schäbig zu wirken.

Das junge Mädchen geleitete Xie Lian zum hinteren Ende der großen Eingangshalle an einen langen Tisch, an dem dicht an dicht die Gäste standen.

Gerade als Xie Lian an den Tisch getreten war, hörte er eine Männerstimme rufen: »Ich setze meine Hand!«

Der Tisch war so von Zuschauern umringt, dass Xie Lian es nicht schaffte, sich an den Tisch zu drängen, um etwas zu sehen. Ihm blieb nichts übrig, als hinter den Rücken der Umstehenden dem Geschehen zu lauschen.

Da hörte er eine andere Stimme gelangweilt antworten: »Vergiss es. Niemand will deine Hand, selbst dein scheiß Leben ist hier nichts wert.«

Als er diese Stimme hörte, setzte Xie Lians Herz einen Schlag lang aus. Schweigend formte er mit den Lippen einen Namen: *San Lang.*

Tatsächlich gehörte die Stimme, die er gerade gehört hatte, dem jungen Mann. Sie klang heute etwas tiefer, als er sie in Erinnerung hatte, und dadurch noch angenehmer. Sie hatte die Kakophonie der Stimmen in dem Casino durchdrungen und war trotz des Lärms und des Gelächters um sie herum klar und deutlich an Xie Lians Ohr gelangt.

Er blickte auf. Da erst entdeckte er am Ende des langen Tischs einen Vorhang. Und hinter diesem konnte er den undeutlichen Umriss einer rot gekleideten Gestalt ausmachen, die auf einem Stuhl saß.

Kapitel 15:
Mit Zuneigung im Herzen die Blume durch rote Wolken bewundern

Hua Chengs Worte waren voller Geringschätzung und Verachtung gewesen, aber der Angesprochene gab keine Widerrede mehr und ließ sich von den Umstehenden verspotten. Das junge Mädchen, das Xie Lian hergeführt hatte, sagte: »Herr, Ihr habt heute großes Glück.«

Xie Lian hielt seinen Blick auf den langen Tisch gerichtet. »Wieso das?«

»Unser Chengzhu* kommt nur selten hierher. Erst seit einigen Tagen interessiert er sich für diesen Ort. Das ist doch ein glücklicher Umstand?«

Ihrem Tonfall konnte Xie Lian entnehmen, dass sie so große Stücke auf diesen »Chengzhu« hielt, dass allein sein Anblick für sie ein großes Glück bedeutete. Darüber musste Xie Lian schmunzeln.

Der Vorhang war aus feiner zartroter Seide. Der rote Schatten zeichnete sich auf dem dünnen Stoff deutlich ab. Es war ein zauberhafter Anblick. Vor dem Vorhang standen einige wunderschöne Frauen, die über den langen Spieltisch wachten. Xie Lian hatte ursprünglich vorgehabt, lediglich aus der Ferne das Geschehen zu beobachten. Aber als er Hua Chengs Stimme hörte, bahnte er sich unauffällig einen Weg durch die Menge. Schließlich gelang es ihm, sich einen Platz am Tisch zu erkämpfen, und er konnte sehen, wie ein Mann seine Wette abgab.

Es war ein lebender Mensch. Das überraschte Xie Lian nicht weiter. Es war bekannt, dass es in der Geisterstadt nicht nur Geister gab. Sie zog auch höhere Alchemisten an und manchmal verschlug es Menschen, die an der Schwelle des Todes standen, oder solche mit Todessehnsucht versehentlich hierher. Der Mann trug eine Maske, die seine Augen frei ließ. Sie waren so rot, dass es aussah, als würden sie bluten. Seine Lippen waren bleich, als hätte er schon tagelang die Sonne nicht mehr gesehen. Er war zwar ein Mensch, aber er sah geisterhafter aus als die Geister um ihn herum.

Mit seinen Händen hielt er einen hölzernen Würfelbecher fest auf den Tisch gedrückt. Er schwieg einen Moment, dann rief er mit dem verzweifelten Ton eines Mannes, der bereit war, alles aufzugeben: »Aber ... warum durfte der andere vorhin dann beide Beine setzen?«

* Die Nachsilbe zhu bezeichnet ihn als Herrscher, entspricht in etwa einem Fürsten.

»Der Mann vorhin war ein berühmter Meisterdieb«, entgegnete eine der Frauen lächelnd. »Er war bekannt für seine Leichtfüßigkeit und seine Fähigkeit zu entwischen. Diese Fähigkeit war seine Existenzgrundlage, weshalb seine Beine ein hoher Einsatz waren. Aber du bist weder ein fähiger Handwerker noch ein berühmter Arzt. Welchen Wert hat also deine Hand?«

Der Mann biss die Zähne zusammen. »Dann ... dann ... setze ich zehn Jahre vom Leben meiner Tochter!«

Xie Lian erschrak über diese Worte. *Wie kann es einen Vater geben, der die Lebenszeit seines eigenen Kindes beim Wetten einsetzt? Ist das überhaupt möglich?*

Hua Cheng lachte hinter dem Vorhang kurz auf und sagte dann: »Gut.«

Xie Lian meinte, eine eisige Kälte in diesem »Gut« mitschwingen zu hören. Aber er dachte auch: *San Lang sagte, er habe immer Glück, und auch seine Orakelstäbchen verheißen ihm stets Glück im Spiel. Wenn er gegen diesen Mann wettet, wird er dann nicht mit Sicherheit gewinnen und seiner Tochter zehn Lebensjahre nehmen?*

In diesem Augenblick kündigte eine der Frauen am Tisch laut an: »Gerade verliert, ungerade gewinnt. Sind die Würfel gefallen, gibt es kein Zurück mehr. Bitte.«

Hua Cheng nahm also gar nicht an der Wette teil. Der Mann hielt den Würfelbecher fest in beiden Händen und schüttelte ihn heftig. Es wurde ruhiger an dem Tisch. Das Klappern der Würfel in dem Holzbecher war klar und deutlich zu hören. Dann, nach einer langen Weile, hörten seine Bewegungen plötzlich auf. Vollkommene Stille herrschte.

Es dauerte lange, bis der Mann endlich langsam, sehr langsam, eine Seite des Bechers anhob und darunterlugte. Seine blutunterlaufenen Augen weiteten sich. Er riss den Becher hoch und rief: »Ungerade! Ungerade! Ungerade! Ich habe gewonnen, ich habe gewonnen! Ha ha ha ha ha ha, ich habe gewonnen! Gewonnen!«

Das war nicht das Ergebnis, das die Menge der Geister und Menschen hatte sehen wollen. Sie riefen »Buh!«, schlugen auf den Tisch und riefen unzufrieden durcheinander.

Eine der Frauen lächelte den Mann an. »Glückwunsch. Dein Geschäft wird schon sehr bald besser laufen.«

Der Mann lachte laut auf und rief: »Halt! Ich will noch einmal wetten!«

»Aber gern«, entgegnete die Frau. »Was wünschst du?«

Der Mann senkte das Gesicht. »Ich will ... ich will, dass alle in meiner Branche, die mit mir konkurrieren, tot umfallen!«

Die Menge begann zu murmeln und mit den Zungen zu schnalzen. Die Dame kicherte hinter vorgehaltener Hand. »Dieser Wunsch ist schwerer zu erfüllen als der vorige. Willst du es dir nicht noch einmal überlegen? Vielleicht wünschst du noch größeren Erfolg für dein eigenes Geschäft?«

Doch der Mann erwiderte mit roten, irren Augen: »Nein! Das ist das Einzige, worum ich spielen will! Darum wette ich.«

»Nun, wenn das dein Wunsch ist, ist der Einsatz von zehn Jahren Lebenszeit deiner Tochter nicht genug.«

»Dann lege ich noch etwas drauf. Ich setze zwanzig Jahre ihrer Lebenszeit! Und ... und ihr Glück in der Ehe!«

Die Geistermenge johlte und lachte laut auf.

»Dieser Vater hat den Verstand verloren. Er verwettet seine Tochter!«

»Krass, wirklich krass!«

Wieder sagte die Dame die Regeln an: »Gerade verliert, ungerade gewinnt. Sind die Würfel gefallen, gibt es kein Zurück mehr. Bitte.«

Der Mann griff erneut nach dem Würfelbecher und begann, ihn zu schütteln. Dabei zitterte er am ganzen Körper. Sollte er verlieren, würden seiner Tochter zwanzig Jahre ihres Lebens genommen werden und ihr Eheglück noch dazu. Das war schlimm. Aber würden wirklich all seine Konkurrenten tot umfallen, sollte er gewinnen?

Xie Lian konnte sich nicht vorstellen, dass Hua Cheng so etwas zulassen würde. Er zögerte, aber trat schließlich doch näher an den Tisch. Gerade überlegte er, ob er nicht mit einem kleinen Trick in das Geschehen eingreifen sollte, als jemand ihn von hinten packte. Er drehte sich um und erblickte Shi Qingxuan.

Der Windmeister stand ihm nun wieder in seiner männlichen Gestalt gegenüber. »Nichts überstürzen«, flüsterte er.

Xie Lian hielt seine Stimme ebenfalls gesenkt. »Windmeister, Ihr habt Euch wieder gewandelt?«

»Das ist eine lange Geschichte«, sagte Shi Qingxuan. »Diese Gruppe von Mädchen und Frauen hat mich mit sich gezerrt. Sie sagten, sie wollten mir gute Schönheitssalons zeigen. Zunächst konnte ich ihnen entkommen, aber sie haben mich wieder eingeholt, also habe ich mich zurückverwandelt. Sie schleppten mich an einen Ort, wo haufenweise Zeug auf mein Gesicht geschmiert wurde. Man hat an mir herumgezogen und -gezerrt, mein Gesicht getätschelt und abgeklopft – schnell, seht Euch mein Gesicht an! Ist noch etwas zu sehen? Ist alles normal?« Er schob sein Gesicht direkt vor Xie Lians Augen, damit der es begutachten konnte.

Xie Lian sah es sich gewissenhaft an und gab eine ehrliche Antwort. »Ich finde, es sieht noch geschmeidiger und heller aus als zuvor.«

Shi Qingxuan strahlte ihn an. »Oh, wirklich? Das ist gut. Das ist wunderbar. Ha ha ha ha! Gibt es hier einen Spiegel? Wo ist ein Spiegel? Ich will es sehen.«

»Seht es Euch später an. In der Geisterstadt ist der Kommunikationskanal blockiert, wir müssen aufpassen, dass wir einander nicht wieder verlieren. Übrigens, Windmeister, wie habt Ihr mich gefunden?«

»Ich wusste nicht, dass Ihr hier seid. Ich bin hier mit Qianqiu verabredet. Nachdem wir uns verloren hatten, bin ich erst einmal hierhergekommen, und siehe da, Ihr seid auch hier.«

»Ihr habt Euch mit Qianqiu verabredet? An diesem Ort?«, stutzte Xie Lian.

»Ja. Lang Qianqiu, seine Hoheit Taihua. Das wisst Ihr doch, oder? Er ist der Kriegsgott des Ostens. Da wir nun einmal hier sind, ist es das Beste, wenn wir uns mit ihm treffen. Das Geistercasino ist einer der belebtesten und geschäftigsten Orte hier, ein Wahrzeichen der Geisterstadt. Menschen und Geister gehen den ganzen Tag ein und aus. Hier ziehen wir keinen Verdacht auf uns. Daher habe ich mit ihm verabredet, dass wir uns hier treffen.«

Xie Lian nickte. Als er sich umwandte, sah er, dass der Mann noch immer nicht den Becher von den Würfeln gehoben hatte. Seine Augen waren verdreht und er murmelte vor sich hin, ähnlich wie viele der Geister im Casino es taten. Xie Lian seufzte. »Dieser Mann ...«

Shi Qingxuan betastete weiter sein Gesicht und meinte: »Ich weiß, was Ihr sagen wollt. Ich stimme Euch zu. Aber die Geisterstadt ist Hua Chengs Gebiet. Die Regeln, die in diesem Casino gelten, werden von allen anerkannt. Wer hier wettet, weiß, worum es geht. Der Himmel ist machtlos. Wir wollen uns erst einmal nur umsehen. Sollte die Lage aus dem Ruder laufen, lassen wir uns etwas einfallen.«

Xie Lian murmelte etwas und dachte bei sich, dass San Lang nicht zulassen würde, dass die Lage aus dem Ruder geriet. Es war wohl tatsächlich das Beste, sich nur umzusehen. Dieser Gedanke beruhigte ihn. Der Mann an dem Spieltisch hatte endlich den Mut gefunden, den Würfelbecher ein winziges bisschen anzuheben. Das Ergebnis würde jeden Moment enthüllt werden.

Doch da trat plötzlich eine andere Person hinzu und knallte den Becher mit einem Schlag wieder auf den Tisch, sodass er zersplitterte. Und nicht nur der Becher zerbrach, auch die Hand, die ihn gehalten hatte, ja, der ganze Tisch bekam einen tiefen Riss.

Der maskierte Mann hielt seine gebrochene Hand fest am Körper und rollte sich vor Schmerzen schreiend am Boden. Manche der umstehenden Geister schrien vor Schreck, andere begannen zu jubeln.

Die hinzugekommene Person rief: »Du! Was bist du für ein niederträchtiger Mensch! Du verlangst nach Reichtum und Macht? Gut, das ist deine Sache. Aber den plötzlichen Tod von Menschen herbeizuwünschen? Wenn du schon spielen musst, dann hab wenigstens den Mut und wette um dein eigenes Leben und nicht um das Leben und die Ehe deiner Tochter! Du verdienst es nicht, dass man dich Mann oder Vater nennt!«

Der junge Mann hatte gerade, dichte Brauen und seine Augen funkelten. Ein heldenhafter Glanz umgab ihn. Die einfache schwarze Kleidung, die er trug, konnte nicht über seine vornehme Herkunft hinwegtäuschen. Er war niemand anders als der Kronprinz von Yong'an, Lang Qianqiu.

Als sie ihn erblickten, schlugen sich Xie Lian und Shi Qingxuan in der Menge gleichzeitig die Hand vors Gesicht.

Xie Lian stöhnte: »Windmeister, Ihr ... habt Ihr ihn nicht angewiesen ... hier etwas vorsichtiger zu sein ... und sich bedeckt zu halten?«

»Doch ... natürlich ... aber ... er ist immer so. Was kann ich tun? Wenn ich das geahnt hätte ... hätten wir mit ihm gemeinsam herkommen können ...«

»Ich verstehe ...«

In diesem Moment lachte Hua Cheng leise hinter dem Vorhang.

Xie Lian blieb fast das Herz stehen.

In der Zeit, die sie gemeinsam verbracht hatten, hatte Hua Cheng oft gelacht. Xie Lian konnte inzwischen unterscheiden, ob sein Lachen ehrlich war oder er jemanden auslachte. Und auch, ob Mordabsicht mitschwang.

»Du scheinst weder Tod noch Teufel zu fürchten, dass du dich traust, in meinem Gebiet Ärger zu machen«, sagte er langsam.

Lang Qianqiu blickte mit feurigen Augen in die Richtung, aus der die Stimme gekommen war. »Seid Ihr der Eigentümer dieser Spielbank?«

Die Geister begannen zu spotten.

»Du ignoranter Junge, weißt du, mit wem du da redest? Das ist unser Chengzhu!«

»Ihm gehört nicht nur das Casino, sondern die ganze Geisterstadt!«

Lang Qianqiu zeigte keine Reaktion, aber Shi Qingxuan fragte verblüfft: »Meine Güte, ist das hinter dem Vorhang wirklich *er*? Der Blumensuchende Blutregen?«

»Ja … er ist es«, antwortete Xie Lian.

»Seid Ihr sicher?«

»Bin ich.«

»So ein Mist … Was machen wir mit Qianqiu?«

»Lasst uns einfach hoffen, dass er seine Identität nicht preisgibt …«

Doch Lang Qianqiu sah sich nach allen Seiten um und regte sich immer mehr auf. »Dieser Ort ist der Vorhof zur Hölle, ein Sündenpfuhl! Es stinkt nach Niedertracht und Korruption! Was ist das für ein Abschaum, der sich hier versammelt, und was für dunkle Geschäfte werden hier abgewickelt! Wie könnt Ihr eine solche Spielhölle betreiben? Habt ihr keine Spur von Menschlichkeit?«

Die Menge buhte und pfiff.

»Wir sind keine Menschen, wozu brauchen wir Menschlichkeit? Diese komische Idee kann uns gestohlen bleiben!«

»Was denkst du eigentlich, wer du bist, herzukommen und uns zu beleidigen?«

Lachend sagte Hua Cheng: »Mein Casino ist ein chaotischer Hexenkessel. Dein Weg aber liegt im Himmel. Nun bist du in die Tiefen dieser Hölle hinabgestiegen. Was soll ich jetzt mit dir anfangen?«

In dem Moment, als sie das Wort »Himmel« hörten, wussten Xie Lian und Shi Qingxuan augenblicklich Bescheid. Es war, wie sie vermutet hatten: Hua Cheng hatte Lang Qianqiu längst durchschaut und wusste ganz genau, woher er kam.

Lang Qianqiu aber entging die tiefere Bedeutung dieser Worte. Er schlug wieder mit der Hand auf den Tisch. Er stand am Ende des langen Tisches und mit seinem Schlag ließ er den gesamten Tisch in Richtung des roten Schattens hinter dem Vorhang fliegen. Die umstehenden Menschen und Geister duckten sich erschrocken weg. Doch die rote Silhouette bewegte sich keinen Millimeter. Mit einer Geste brachte sie den langen Tisch dazu, in der Luft kehrtzumachen, sodass er nun genau auf Lang Qianqiu zuflog.

Dieser reagierte schnell, als er den Tisch auf sich zukommen sah, und hielt ihn mit einer Hand fest. Er bemerkte jedoch sofort, dass eine Hand nicht ausreichte, um den gewaltigen Schub des großen Tisches aufzuhalten, und nahm die zweite zur Hilfe. Er schob und schob, sodass die Venen an seiner Stirn blau hervortraten. In der gerade noch so lebhaften Halle flohen die Geister und Menschen und suchten Deckung. Xie Lian und Shi Qingxuan waren sich unsicher, ob sie ins Geschehen eingreifen sollten. Schließlich waren sie noch nicht entdeckt worden und konnten vielleicht aus dem Verborgenen etwas unternehmen. Sollten sie sich jedoch offen zeigen, würde ihre Tarnung auffliegen.

Am anderen Ende stieß Lang Qianqiu einen lauten Schrei aus und schob den massiven Tisch zurück. Hinter dem Vorhang war zu erkennen, dass Hua Cheng noch immer auf seinem Stuhl saß. Er ballte eine Faust und öffnete diese dann. Augenblicklich explodierte der Tisch in tausend Stücke und unzählige Holzsplitter schossen auf Lang Qianqiu zu.

Wie scharfe Klingen rasten die Splitter mit ungeheurer Geschwindigkeit durch die Luft, furchteinflößender als jede geheime Waffe. Sollte Lang Qianqiu seine Kräfte weiterhin verbergen, hätte er keine Chance, diesen Angriff abzuwehren. Sein Körper begann, ein schwaches Licht auszustrahlen.

Xie Lian und Shi Qingxuan begriffen sofort und bekamen es mit der Angst zu tun.

Oh nein, er wird seine wahre Gestalt offenbaren!

Doch das schwache Strahlen verschwand ebenso schnell wieder, wie es aufgetaucht war. Lang Qianqiu hatte sich rechtzeitig erinnert, dass er seine Identität geheim halten musste, und sich in letzter Sekunde zurückgehalten. Also nahm er den Schein seines göttlichen Lichts zurück, kaum dass die Splitter, die wie Geschosse auf ihn zugeflogen waren, aufgehalten waren.

Lang Qianqiu musste sich zurückhalten, aber Hua Cheng nicht. Die rote Gestalt hinter dem Vorhang saß noch immer vollkommen ruhig da. Nur ihre Hand bewegte sich in einer neuen Geste. Dieses Mal presste sie alle fünf Finger aneinander und zog sie leicht nach oben.

Mit dieser Bewegung wurde Lang Qianqiu plötzlich vom Bodcn hochgehoben. Alle viere von sich gestreckt, schwebte er wie ein Seestern unterhalb der Decke der großen Spielhalle.

Er war gefangen und wirkte, als verstünde er nicht, wie es dazu gekommen war, dass er plötzlich vom Boden abgehoben hatte. Er versuchte, sich freizustrampeln, und sah vollkommen verwirrt aus.

Xie Lian fühlte einen plötzlichen Kopfschmerz und sagte: »Seine Kraft ist versiegelt. Nun könnte er seine göttliche Gestalt nicht mehr annehmen, selbst wenn er es wollte.«

Shi Qingxuan nickte zustimmend. »Die Geisterstadt ist Hua Chengs Territorium, daher liegt es in seiner Macht, Lang Qianqius Kräfte zu versiegeln.«

Obwohl Lang Qianqiu gefasst war, gab es doch etwas Erfreuliches: Es war ihm, wenn auch nur knapp, gelungen, seine Identität geheim zu halten. Wenn er in dem Streit seine göttliche Gestalt preisgegeben und seine Kräfte angewandt hätte, wäre später schwer zu erklären gewesen, warum der Kriegsgott des Ostens Taihua in die Geisterstadt gegangen war, um Unruhe zu stiften. Schließlich hatten die Geisterwelt und die himmlische Sphäre sich, außer in besonderen Ausnahmefällen, seit vielen Jahren nie in die Angelegenheiten der anderen eingemischt.

Nun, da der ungebetene Gast unter Kontrolle gebracht war, kehrten die Casinobesucher, die geflüchtet waren und sich versteckt hatten, in die Halle zurück. Sie zeigten mit den Fingern auf den hilflosen Lang Qianqiu und lachten laut und hämisch.

Der hatte im ganzen Leben noch nie eine solche Erniedrigung erfahren. Mit hochrotem Kopf zappelte er in dem Versuch, sich aus den unsichtbaren Fesseln zu befreien.

Hin und wieder sprang ein Geist in die Höhe und versuchte, seinen Kopf zu tätscheln. Doch Hua Cheng war gnädig genug und hatte ihn so hoch aufgehängt, dass ihm diese Peinlichkeit erspart blieb.

Hua Cheng lachte hinter dem roten Vorhang. »Was für ein interessanter Fang. Ihr dürft alle um ihn spielen. Wer Glück hat und die höchste Zahl würfelt, darf ihn später mit nach Hause nehmen und ihn kochen.«

Diese Worte sorgten für großen Jubel und Freudenschreie in der großen Halle.

»Wettet auf große Zahlen! Große Zahlen! Wer am höchsten gewinnt, darf ihn mitnehmen!«

»Oh, das Bürschchen sieht nahrhaft aus, hi hi hi hi …«

»Ha ha ha ha ha, jetzt guckt er dumm aus der Wäsche, zu blöd, wenn man nicht weiß, in wessen Gebiet man Ärger macht!«

Vier kräftige maskierte Männer trugen einen neuen großen Spieltisch herein und die Geister- und Menschenmenge drängte sich sofort wieder darum, um die nächste Wettrunde zu beginnen. Niemand beachtete den maskierten Mann, der weiterhin heulend seine gebrochene Hand an sich drückte. Der Wetteinsatz war dieses Mal nichts Geringeres als der in der Luft schwebende Lang Qianqiu.

Angesichts der aufgeregten Menge lief Shi Qingxuan besorgt auf und ab und warf ängstlich die Arme in die Luft. »Was sollen wir tun? Sollen wir versuchen, ihn zurückzugewinnen? Oder sollen wir kämpfen?«

»Habt ihr Glück beim Wetten?«, fragte Xie Lian.

»Mal ja, mal nein. Das lässt sich nie vorhersagen.«

»Immerhin. Seht mich an. Ich hatte noch nie Glück.«

»Ist es wirklich so schlimm?«

Xie Lian nickte bekümmert. »Wenn ich würfle, dann höchstens eine Zwei.«

Shi Qingxuan zog die Augenbrauen kraus, aber dann kam ihm eine Idee und er schlug sich auf den Oberschenkel. »Wie wäre es damit: Wenn Ihr wirklich höchstens eine Zwei würfelt, dann wetten wir auf die niedrigste Zahl. Bestimmt würfelt niemand einen noch niedrigeren Wert als Ihr.«

Xie Lian dachte einen Moment nach, dann willigte er ein. »Ihr habt recht. Ich probiere es.«

Er suchte sich einen Platz am Spieltisch und rief: »Wie wär es, wenn wir die Regeln umdrehen und sehen, wer die niedrigste Zahl würfelt? Die kleinste Zahl gewinnt. Wer ist dabei?«

Die Spieler am Tisch waren sich uneinig und taten lautstark ihre Meinung kund. Manche wollten mitmachen, andere nicht. Xie Lian nahm zwei Würfel zur Hand. Er wollte es erst einmal probieren.

Bevor er würfelte, dachte er immer wieder: *Klein, klein, klein*. Die Würfel fielen. Die beiden lehnten sich darüber und sahen – zwei Sechsen!

Xie Lian massierte sich die Nasenwurzel. »Offenbar kann nicht einmal eine Änderung der Regeln mir Glück bringen.«

»Vielleicht wäre ein direkter Kampf doch besser«, sagte Shi Qingxuan, während er gedankenverloren Xie Lian imitierte und sich ebenfalls die Nasenwurzel rieb.

In dem Moment trat eine der schönen Frauen an den Vorhang und beugte sich zu ihm hin, als versuche sie zu hören, was auf der anderen Seite gesagt wurde. Dann nickte sie, hob ihren Kopf und rief: »Ich bitte um Aufmerksamkeit. Chengzhu hat eine Ankündigung zu machen.«

Als die Menge hörte, das er etwas zu sagen hatte, hielten alle sofort inne und es wurde still. Die Frau fuhr fort: »Chengzhu möchte die Regeln ändern.«

Sofort wurden Stimmen laut.

»Chengzhu ist die Regel!«

»Was Chengzhu sagt, gilt!«

»Was wird geändert?«

»Chengzhu ist heute gut gelaunt und möchte ein paar Runden mit euch allen spielen«, erklärte die Frau. »Jeder darf gegen ihn wetten. Wer gewinnt, darf das Ding da oben mit nach Hause nehmen. Ob er es kocht, bratet, dämpft oder einlegt, bleibt dem Gewinner überlassen.«

Als sie erfuhren, dass sie gegen Chengzhu wetten würden, wurden die Geister zögerlich. Hua Cheng hatte noch nie selbst mitgespielt. Einige Mutige unter ihnen wollten es versuchen, aber keiner wollte der Erste sein. Über ihren Köpfen versuchte Lang Qianqiu unermüdlich, sich seinen Fesseln zu entwinden. Zornig rief er: »Was meint Ihr mit ›Ding‹? Ich bin kein Ding! Wie könnt Ihr es wagen, mich als Wetteinsatz zu benutzen?«

Sein lauter Ruf wurde von vielen weiblichen Geistern in der Menge gehört. Gierig kichernd starrten sie ihn an und leckten sich mit ihren roten Zungen über die Lippen, als würden sie ihn am liebsten sofort verschlingen.

Ah ... Du dummer Junge. Rede besser nicht so viel, dachte Xie Lian. Er seufzte kaum hörbar, trat einen Schritt vor und sagte mit warmer Stimme: »Wenn das so ist, möchte ich es versuchen.«

Als er diese Stimme hörte, hielt der Schatten hinter dem roten Vorhang kurz inne. Dann stand er langsam auf.

Die Spielleiterin, die vor dem Vorhang stand, lächelte ihn an. »Dann möge der Herr bitte vortreten.«

Alle Geister und Menschen in der großen Halle machten Platz und bildeten ein Spalier für den tapferen Krieger. Als er vorn angekommen war und aus dem Gewühl heraustrat, drückte ihm die Frau den schwarz glänzenden Würfelbecher in die Hand. »Bitte, der Herr.«

Im Gespräch mit den Gästen hatte sich die Dame bisher eines lockeren Tonfalls bedient und alle mit »du« angesprochen, ihr Tonfall war neutral, aber nicht höflich gewesen. Doch Xie Lian sprach sie nicht nur mit »Herr« und »Ihr« an. Ihre Worte klangen auch höflich und respektvoll. Xie Lian nahm den Würfelbecher entgegen, bedankte sich und räusperte sich.

Er hatte so etwas noch nie in der Hand gehabt, also schüttelte er den Becher eine Zeit lang und tat so, als wisse er, was er tat. Während er die Hände bewegte, warf er Lang Qianqiu, der über ihm hing, einen Blick zu. Der starrte ihn mit großen Augen flehentlich an, sagte aber zum Glück nichts. Aus irgendeinem Grund fand Xie Lian seinen Gesichtsausdruck komisch, aber er unterdrückte das Lachen. Nachdem er lange den Würfelbecher geschüttelt hatte, hörte er auf.

Unzählige Augenpaare ruhten nun auf dem Becher in seinen Händen und plötzlich fühlte dieser sich unfassbar schwer an. Er wusste nicht, ob es eine richtige Art gab, den Becher anzuheben.

Als er gerade das Ergebnis enthüllen wollte, hielt die Spielleiterin ihn auf. »Halt.«

Xie Lian fragte erstaunt: »Wieso?«

»Chengzhu sagt, Eure Bewegung beim Schütteln des Bechers war nicht richtig.«

Es gibt also tatsächlich eine richtige Art? Könnte es sein, dass mein Pech nur daher kam, dass ich es immer falsch gemacht habe?

»Darf ich dann fragen, wie die richtige Handbewegung geht?«, erkundigte sich Xie Lian.

»Chengzhu lädt Euch ein hinaufzukommen. Er wird es Euch zeigen.«

Bei diesen Worten sogen alle Geister erregt die Luft ein.

Xie Lian hörte, wie die Geister murmelten: »Chengzhu will es ihm zeigen. Das ist ja noch nie vorgekommen. Heißt das, dass er jetzt sterben wird?«

»Was hat Chengzhu vor? Wer ist dieser Mensch? Warum will er ihm etwas zeigen?«

»Einen Becher zu schütteln ist doch keine große Sache. Was kann man dabei falsch machen?«

Xie Lian ging dieselbe Frage durch den Kopf, doch die Frau zeigte einladend auf den roten Vorhang. »Bitte, mein Herr.«

Xie Lian trat vor den Vorhang, den Würfelbecher fest in der Hand.

Der seidene Vorhang bewegte sich leicht, während der rote Schatten still dahinterstand. Nur eine Armeslänge trennte die beiden noch voneinander. Xie Lian hielt die Luft an, als eine Hand den Stoff teilte und nach seiner eigenen griff, in der er den Becher hielt.

Es war eine rechte Hand, sie war zart und weiß und um den Mittelfinger war ein rotes Band gebunden. Im Kontrast zu dem schwarzen Würfelbecher wirkte die Haut noch weißer, das rot noch leuchtender.

Xie Lian sah langsam auf. Ein Jugendlicher von achtzehn, neunzehn Jahren stand schweigend hinter dem wolkengleichen roten Vorhang.

Es war San Lang.

Seine Kleider waren vom selben Ahornrot wie zuvor. Seine Haut war weiß wie Schnee. Es war dasselbe einzigartig hübsche und jugendliche Gesicht, doch die Konturen traten deutlicher hervor. Alle Kindlichkeit war aus diesem Gesicht verschwunden, sein Ausdruck war ruhig und fest. Noch immer war er ein Jugendlicher, aber man konnte auch sagen, er war ein Mann. Seine Stirn strahlte einen wilden und erhabenen Stolz aus und mit einem Auge, das wie ein Stern in tiefster Nacht funkelte, sah er Xie Lian an, ohne zu blinzeln.

Doch es war nur ein Auge, das ihn anfunkelte, das linke. Das rechte war hinter einer schwarzen Augenklappe verborgen.

Der rote Seidenvorhang war einen Spaltbreit geöffnet. Außer Xie Lian konnte niemand die Person hinter dem Vorhang sehen, allen anderen in der Halle versperrte er den Blick. Doch ohnehin hätte sich niemand getraut, unaufgefordert hinter den Vorhang zu blicken.

Hua Chengs linkes Auge fixierte Xie Lian und er erwiderte den Blick, konnte sich nicht abwenden. Nicht nur sah Hua Cheng älter aus, er war auch gewachsen. Als sie sich zuletzt getroffen hatten, waren sie annähernd auf Augenhöhe gewesen. Nun musste Xie Lian den Kopf in den Nacken legen, um ihn anzusehen.

Sie blickten sich lange an, bis Hua Cheng das Schweigen brach. Mit tiefer Stimme fragte er: »Hoch oder niedrig?«

Diese wohlklingende, tiefe Stimme holte Xie Lian in die Realität zurück. Es spielte keine Rolle, auf was er wettete, also sagte er: »Hoch.«

»Gut. Ich würfle zuerst«, entschied Hua Cheng.

Xie Lians linke Hand hielt den Boden des Würfelbechers, mit seiner rechten hielt er die runde Öffnung zu. Hua Cheng stand ihm gegenüber, seine rechte Hand lag unter Xie Lians linker, und so schüttelten sie gemeinsam den Becher, bevor sie hineinsahen: Die beiden Würfel im Becher zeigten eine Sechs und eine Fünf.

Lang Qianqiu hatte von oben sehen können, mit welcher Leichtfertigkeit Hua Cheng eine hohe Zahl gewürfelt hatte. Seine Augen weiteten sich und er rief erstaunt: »Wie kann das sein?«

Hua Cheng löste sanft seine Hand und wandte sich an Xie Lian: »Mach es genauso. Probier es mal.«

Xie Lian versuchte, es ihm nachzumachen, und schüttelte den Becher zweimal, aber Hua Cheng unterbrach ihn. »Nicht so.« Obwohl er Xie Lian korrigierte, war seine Ton sanft und geduldig. Während er es ihm erklärte, berührte er wieder Xie Lians Hand, doch diesmal fand seine linke Hand den Weg zu Xie Lians rechter, die den Becher abdeckte. »So«, wies er ihn an. Seine beiden Hände umfassten Xie Lians.

Hua Chengs Haut fühlte sich kühl und glatt wie Jade an, seine silbern glänzenden Armschienen waren kalt wie Eis. Er führte seine Bewegungen mit äußerster Vorsicht und Sorgfalt aus, sodass sie Xie Lians Haut nicht berührten. Seine Hände übernahmen die Führung und schüttelten den Becher in einem Rhythmus, der weder hektisch noch langsam war.

Einmal, zweimal, dreimal.

Klack, klack, klack.

Die beiden Würfel klapperten, als sie in dem schwarzen Holzbecher geschüttelt wurden, und erzeugten ein melodisches, klares Geräusch. Obwohl die Bewegung sanft war, fühlte Xie Lian an den Händen ein taubes Gefühl, das durch seine Handgelenke kroch und sich in seinem ganzen Körper ausbreitete.

Während sie den Becher schüttelten, warf Xie Lian verstohlen einen Blick auf Hua Cheng und bemerkte, dass der ihn die ganze Zeit über mit leicht hochgezogenen Mundwinkeln ansah. Xie Lian musste unwillkürlich zurücklächeln, doch als er sich daran erinnerte, dass Unmengen Menschen und Geister sie beobachteten, verbiss er es sich. Er senkte den Kopf und prägte sich die Handbewegung, die Hua Cheng ihm zeigte, genau ein.

»So?« fragte er.

Hua Chengs Lächeln wurde breiter. »Mhm. Das ist richtig. Genau so.«

Nachdem Xie Lian voller Hoffnung den Becher noch ein paarmal bewegt hatte, schlug er vor: »Warum siehst du nicht hinein?«

Er hob die Hand vom Becher und sah die beiden weißen Würfel an. Es waren zwei Dreien.

Ein solcher Wurf war für ihn bisher ein Ding der Unmöglichkeit gewesen. Er fühlte sich, als würde ein lauer Frühlingswind sein Herz streicheln, während er dachte: *Habe ich es jetzt tatsächlich gelernt?*

Doch auch wenn das Ergebnis bemerkenswert war, waren sechs weniger als elf. Er räusperte sich. »Ich habe verloren.«

»Mach dir nichts draus. Diese Runde gilt nicht. Ich bringe es dir ja gerade erst bei. Probier es noch einmal.«

Lang Qianqiu und Shi Qingxuan waren sprachlos, als sie das hörten. Die Menschen- und Geistermenge starrte ebenfalls mit offenem Mund. Dann begannen einige zu murren.

»Was ist los mit Chengzhu? Ich dachte, er zeigt ihm, wo der Hammer hängt, und jetzt bringt er ihm tatsächlich das Würfeln bei?«

»Wenn diese Runde nicht zählt, wann zählt es dann?«

»Chengzhu scheint heute wirklich besonders gut gelaunt zu sein …«

Hua Cheng zog die linke Augenbraue hoch und die Spielleiterin brachte augenblicklich die Massen zum Schweigen. »Ruhe bitte, alle miteinander.«

Sofort herrschte wieder Stille in der Halle. Zwar traute sich niemand mehr, etwas zu sagen, aber alle starrten mit intensivem Blick.

Hua Cheng lachte und flüsterte Xie Lian leise ermutigende Worte ins Ohr. »Noch einmal?«

Es mochte daran liegen, dass so viele Menschen und Geister in dieser Halle zusammengedrängt waren, doch plötzlich spürte Xie Lian, wie sein Gesicht heiß wurde. »Gut.«

Er schüttelte den Becher zwei weitere Male. Als er diesmal die Hand hob, waren es zwei Vieren.

»Siehst du, schon etwas besser als beim letzten Mal«, sagte Hua Cheng.

Xie Lian fühlte sich etwas unwohl, doch er nickte. »Ja … etwas besser.«

»Das hast du gut gemacht. Mach weiter.«

Während er weiterhin mit großer Geduld und viel Ermutigung Xie Lian unterwies, war aus irgendeinem Grund immer mehr Gelächter aus der Halle zu hören. Es klang so, als käme es ausschließlich von den weiblichen Geistern. Xie Lian verstand noch immer nicht, wie die richtige Bewegung ging. Zu Beginn hatte er genau beobachtet, wie Hua Cheng den Becher hielt, wie er ihn schüttelte und wie er ihn anhob. Aber nun ließ er sich von Hua Chengs Händen führen und würfelte blind. Dabei keimte in ihm ein Verdacht, der immer stärker wurde: *Macht Hua Cheng sich über mich lustig …?*

Lang Qianqiu, der alles von oben beobachtet hatte, hatte einen ähnlichen Gedanken und konnte sich nicht zurückhalten. Er rief: »He! Würfelt nicht mehr! Er will Euch nur reinlegen! Es gibt doch gar keine richtige Art zu würfeln. Er haut Euch übers Ohr!«

Als Shi Qingxuan seine laute Stimme hörte, schlug er wieder die Hand vors Gesicht.

Die Geister in der Halle zischten ihn an und er wurde von unzähligen Würfeln getroffen wie von einem Hagelschauer.

»Du dummer Junge, sei still!«

»So ein Lärm! Gerade, wo es spannend wird!«

»Der Mensch würfelt jedes Mal eine höhere Zahl, während unser Chengzhu ihn anleitet, das ist Fakt!«

»Genau! Was verstehst du schon?«

Lang Qianqiu kochte vor Wut: »Ihr, ihr wild gewordene Meute von Halunken und Lügnern … Ah!«

Mitten im Satz verstummte er und sein Gesicht lief dunkelrot an. Einige Geisterfrauen hatten seinen Gürtel, der von oben herabhing, gepackt und schrien ihn an: »Kleiner Junge, hör auf, hier so einen Krach zu machen! Sonst ziehen meine Schwestern und ich dir die Hosen aus!«

Lang Qianqiu war noch nie zuvor auf eine solche Weise bedroht worden, er war sprachlos vor Wut. »Ihr … ihr!«

Er hätte damit umgehen können, von einer Horde Geistern zusammengeschlagen zu werden. Aber die Hosen ausgezogen zu bekommen wäre eine fürchterliche Erniedrigung für einen würdevollen Kriegsgott wie ihn. Augenblicklich wagte er nicht mehr, etwas zu sagen.

Xie Lian blickte auf und sah, wie er ihm mit aller Macht mit den Augen Zeichen geben wollte. Es war ein lächerlicher und zugleich beschämender Anblick und er senkte den Kopf.

Stattdessen sah er Hua Cheng an und bat ihn mit leiser Stimme: »San Lang …«

Hua Cheng lachte kurz auf, als er Xie Lians Tonfall hörte. »Beachte ihn nicht. Wir machen weiter.«

Xie Lian gab es auf. Erneut schüttelte er zweimal den Becher. Wie erwartet, würfelte er dieses Mal zwei Fünfen.

Die Menge jubelte und johlte mehr als zuvor und sie verhöhnte Lang Qianqiu immer mehr. »Habt ihr gesehen? Wieder höher als davor.«

Aber Xie Lian hatte bereits erkannt, dass Hua Cheng sich einen Spaß mit ihm machte. Er wusste nicht, ob er lachen oder weinen sollte. Er war sich inzwischen sicher, dass es keine richtige Art zu würfeln gab und dass für ihn jede Art die falsche sein würde. Von heute an konnte er den Gedanken, dass er je mehr Glück im Spiel haben würde, getrost vergessen.

Gerade als er verzweifelt ein letztes Mal den Becher schütteln wollte, hielt Hua Cheng ihn auf. »Warte.«

Xie Lian spürte, wie die Hände, die seine umschlossen, etwas fester zudrückten. Also hielt er inne und fragte: »Was ist?«

Halb im Scherz sagte Hua Cheng: »Großer Bruder, du hast noch nicht erwähnt, was passiert, wenn du verlierst.«

Als sie hörten, wie Hua Cheng Xie Lian mit »großer Bruder« ansprach, wussten Shi Qingxuan und Lang Qianqiu überhaupt nicht mehr, was sie denken sollten, und sahen ihn entgeistert an.

Auch die Menge spürte Schauer ihr Rückgrat hinunterlaufen und einige waren sogar so geschockt, dass sie ihre Köpfe auf den Boden fallen ließen.

Wie peinlich, Xie Lian hatte sich in all dem Durcheinander und der Hektik noch überhaupt keine Gedanken darüber gemacht, was sein Wetteinsatz sein sollte. »Ähm ...«

Zuerst dachte er daran, zehn Jahre seines Lebens einzusetzen. Aber die Lebensspanne eines Himmelsbeamten war sehr lang, also war das sicherlich nicht genug. Geld oder Schätze? Er besaß keine. Spirituelle Kraft? Besaß er ebenfalls nicht. Er überlegte, aber ihm fiel beim besten

Willen nichts ein, was er setzen könnte. Also fragte er den Besitzer des Casinos um Rat. »Denkst du, irgendetwas an mir ist es wert, dass ich es im Spiel einsetze?«

Hua Cheng musste über diese Frage schmunzeln. »Es ist egal, was es ist. Was hast du denn?«

Xie Lian dachte nach, hüstelte und antwortete aufrichtig: »Ich ... besitze nichts als ein halb aufgegessenes Dampfbrötchen.«

Hua Cheng brach in Gelächter aus. Obwohl er lauthals lachte, traute sich niemand, es ihm gleichzutun.

Er fasste sich und nickte. »Gut. Dann wetten wir um dein halbes Dampfbrötchen.«

Diese Worte schockierten nicht nur die Geister, sondern auch die Spielleiterin und die anderen Frauen. Seit das Casino eröffnet worden war, waren hier Wetten mit unvorstellbaren Einsätzen abgeschlossen worden: Organe, Lebensjahre, Gefühle, Fähigkeiten ... aber nichts davon war so spektakulär gewesen wie der Einsatz eines halben Dampfbrötchens.

Selbst Lang Qianqiu war fassungslos und konnte sich nicht zusammenreißen. »Was ... was soll das bedeuten? Soll das etwa heißen, dass ... ich nur so viel wert bin, wie ein angebissenes Dampfbrötchen?!«

Die Casinogäste lachten und johlten. Jemand rief laut: »Was ist verkehrt an einem Dampfbrötchen? Du kommst billig davon, also sei still!«

Xie Lian wusste sofort, dass diese verzagte Stimme Shi Qingxuan gehörte, der sich unter die Geister gemischt hatte. Wieder wusste er nicht, ob er lachen oder weinen sollte.

Da drängte ihn Hua Cheng weiterzumachen. »Los. Noch ein letztes Mal. Sei nicht nervös.«

»Ich bin nicht nervös«, sagte Xie Lian.

Die beiden behielten ihre Positionen bei, Hua Chengs Hände auf Xie Lians, und schüttelten erneut den Würfelbecher. Und auch wenn Xie Lian nicht nervös war, hatte sich ein dünner Schweißfilm auf seinen Händen gebildet, die zwischen dem Würfelbecher und Hua Chengs lagen.

Die Bewegung endete, es war Zeit, das Ergebnis zu enthüllen. Er holte kurz Luft und nahm die Hand vom Becher ...

Es waren zwei Sechsen!

Xie Lian atmete erleichtert auf. In seinem Herzen wusste er, wie es dazu gekommen war, und er sah zu Hua Cheng auf. Dieser zog die Augenbrauen hoch. »Oh, ich verliere.«

Obwohl er sehr aufrichtig wirkte, als er seinen Verlust einräumte, klang er alles andere als ernst. Aus der Menge war kein Laut zu hören.

Zuvor hatte jemand gefragt: »Wenn diese Runde nicht gilt, welche gilt dann?« Nun stand die Antwort fest: Es galt die, in der diese Person gewann.

Jemanden so gewinnen zu lassen grenzte an Wahnsinn. Aber niemand wagte es, einen Kommentar abzugeben.

Die Spielleiterin nahm den schwarzen Würfelbecher und hielt ihn hoch in die Luft. »Gratulation, mein Herr. Ihr habt diese Runde gewonnen.«

Die Menge applaudierte nun großzügig.

»Wenn Chengzhu verliert, dann verliert er perfekt! Herrlich!«

»Der hat nur gewonnen, weil Chengzhu ihn so gut angeleitet hat!«

»Das stimmt! Zu lernen, wie man richtig würfelt, hat mir die Augen geöffnet. Ich habe mehr gelernt, als ich in zehn Jahren anwenden kann!«

Xie Lian konnte ein Lächeln nicht unterdrücken, als er die vielen Stimmen aus dem Gedränge der Geister und Dämonen so reden hörte. Hua Cheng ließ sich anstecken, schmunzelte und zog den roten Vorhang auf.

In diesem Moment rief Lang Qianqiu: »Ihr habt verloren, also lasst mich runter!«

Hua Cheng wandte seinen Blick nicht von Xie Lian ab. Er lächelte ihn an, hob wie beiläufig die Hand, machte eine knappe Geste und Lang Qianqiu fiel krachend zu Boden.

Xie Lian verzog das Gesicht beim Geräusch des Aufpralls. Shi Qingxuan konnte nicht riskieren, entdeckt zu werde, also lief er nicht nach vorn. Stattdessen ging Xie Lian zu Lang Qianqiu und kniete sich neben ihn: »Seid Ihr verletzt?«

Lang Qianqiu kam auf die Füße und klopfte sich den Staub ab. »Alles in Ordnung. Danke. Bestimmt wollte er, dass Ihr heraufkommt, weil er Euch betrügen wollte, damit Ihr verliert. Ein Glück, dass Ihr gewonnen habt.«

Ihr irrt Euch, dachte Xie Lian. *Wenn er nicht gewollt hätte, dass ich gewinne, dann hätte ich bis zum Ende aller Tage keine Chance gehabt, Euch zurückzugewinnen ...*

Gerade als er diesen Gedanken zu Ende gedacht hatte, hörte er ein helles Klingeln, gefolgt von den überraschten Rufen tiefer Stimmen von allen Seiten. Er wandte sich um und sah, dass Hua Cheng endlich hinter dem Vorhang hervorgetreten war.

Als Jugendlicher hatte er sein langes Haar immer in einem etwas schiefen Pferdeschwanz getragen. Aber nun fielen ihm die pechschwarzen Strähnen offen über die Schultern seines leuchtend roten Gewandes und etwas Düsteres war hinter seinem hübschen Antlitz zu erahnen. Nur ein dünner Zopf an der rechten Seite, der am Ende mit einer roten Perle verschlossen war, lockerte diesen Eindruck etwas auf. Die Armschienen waren silbern, ebenso die Ketten an seinen Stiefeln, der Gürtel und auch der lange Krummsäbel, der an seiner Hüfte hing und dessen glatte Rundung unheimlich und seltsam anmutete. Genau wie die lange, zierliche Klinge war auch der junge Mann schlank und groß. Er stand lässig, mit verschränkten Armen und einem müden Lächeln neben dem geöffneten Vorhang. »Großer Bruder, du hast mich besiegt.«

Xie Lian, der in seinem Innersten genau wusste, was soeben passiert war, sagte: »Hör auf, mich aufzuziehen.«

Hua Cheng zog die Brauen hoch. »Das tue ich doch gar nicht. Warum sollte ich?«

Unter ihnen war die Menge der Geister vor Aufregung außer sich, es brodelte wie in einem Hexenkessel und die Geister flüsterten begeistert miteinander.

»Chengzhu hat heute wieder sein Äußeres gewechselt?«

»Ich sterbe. Seine neue Haut ist so schön, dass ich sterbe! So glatt und vital!«

»Was meinst du mit ›sterben‹, du bist doch schon tot, du alte Schachtel!«

Hua Cheng schien niemals seine echte Gestalt in der Öffentlichkeit zu zeigen und öfter die Gestalt zu wechseln. Keiner der Geister in der Stadt ahnte, wie er in Wirklichkeit aussah, und alle dachten, er stünde mit einer neuen Haut vor ihnen. Nur Xie Lian wusste, dass ihm heute der legendäre Blumensuchende Blutregen mit seinem wahren Gesicht gegenübergetreten war. Er starrte den jungen Mann in Rot an. »Du ...«

Er wollte etwas sagen, aber unzählige Augenpaare ruhten auf ihnen und er wusste nicht genau, wie er Hua Chengs Verhalten einschätzen sollte. Es kam ihm vor, als würde er ihn kennen, und gleichzeitig erschien er ihm fremd. Es war ihm unklar, ob Hua Cheng in der Öffentlichkeit zugeben konnte, dass sie einander kannten, und er war so verunsichert, dass er lieber nichts weiter sagte als »Vielen Dank«.

»Warum dankt Ihr ihm?«, rief Lang Qianqiu. »Dies ist sein Casino. Er hegte von Anfang an böse Absichten.«

Xie Lian zischte ihm leise zu: »Eure Hoheit, hört auf zu reden. Lasst uns schnell von hier verschwinden.«

Wer wusste, was Lang Qianqiu noch alles von sich geben würde, wenn sie nur eine Minute länger blieben. Auch in Hinblick auf seinen Auftrag konnte Xie Lian es sich nicht leisten, zu verweilen. Er warf noch eine Blick auf Hua Cheng und schob Lang Qianqiu in Richtung des Ausgangs.

Doch da hörte er Hua Cheng rufen: »Warte.«

Xie Lian blieb wie angewurzelt stehen und sah sich um.

Die Menge wurde wieder lauter.

»Chengzhu, Ihr könnt ihn nicht so davonkommen lassen!«

»Dieser Typ sieht verdächtig aus. Er ist so stark, wer weiß, wo er herkommt. Ihr solltet sie hierbehalten und befragen.«

»Genau! Vielleicht ist er ein Spion von irgendwoher, der absichtlich in unsere Welt gekommen ist, um Ärger zu machen!«

Der letzte Satz traf Xie Lian wie ein Stich ins Herz. Zwar waren sie nicht hergekommen, um Ärger zu machen, sondern um nach Hinweisen zu suchen, aber sie hatten sich wirklich wie Spione eingeschlichen. Er war sich nicht sicher, ob Hua Cheng den göttlichen Glanz gesehen hatte, der Lang Qianqiu im Moment größter Gefahr umgeben hatte. Und falls ja, würde Hua Cheng sie dann wirklich gehen lassen? Sein Herz drohte vor Anspannung zu platzen.

Aber Hua Cheng sagte gelassen: »Hast du nicht vergessen, den Gewinn hierzulassen?«

Xie Lian war verdutzt. »Gewinn?«

Lang Qianqiu stellte sich vor Xie Lian und fragte misstrauisch: »Ihr werdet doch nicht etwa Euer Wort brechen?«

San Lang würde niemals sein Wort brechen, überlegte Xie Lian. *Aber was meint er dann?*

Er trat hinter Lang Qianqiu hervor. »Aber ich habe die Wette doch gewonnen.«

»Es ist wahr, dass du diese letzte Runde gewonnen hast. Aber vergiss nicht, dass in der vorigen Runde ich der Sieger war.«

Xie Lian blinzelte nervös. »Aber du sagtest, ich solle unbesorgt sein, weil die erste Runde nicht zählt, oder?«

Etwas so Unverschämtes auszusprechen wie »Es zählt nicht, wenn ich verliere, nur, wenn ich gewinne« erforderte viel Mut und Überwindung, aber Xie Lian sagte es dennoch. »Natürlich haben die Runden nicht gezählt, als du gegen mich gewettet hast. Ich rede vom ersten Mal, als du am Spieltisch gewürfelt hast.«

Da erinnerte sich Xie Lian endlich. Hua Cheng sprach von seinem Versuch, eine möglichst niedrige Zahl zu würfeln, der darin geendet war, dass er zwei Sechsen gewürfelt hatte.

»Ich sagte doch, er hegt böse Absichten und lässt uns nicht so leicht entkommen. Ich lasse mich nicht noch einmal fesseln.« Es klang, als würde er sich innerlich schon auf einen erneuten Kampf vorbereiten und könnte jeden Moment losstürzen.

Xie Lian hielt ihn eilig zurück. »Es ist in Ordnung, wir müssen nicht kämpfen.«

Hua Cheng legte den Kopf schief. »Was ist, großer Bruder, gestehst du deine Niederlage ein?«

Wer spielte, musste auch verlieren können. Xie Lian blieb nichts anderes übrig, als nachzugeben, und so nickte er. »Ich gestehe sie ein.«

Hua Cheng hielt ihm erwartungsvoll die linke Hand entgegen. »Dann gib mir den Preis.«

Den ... Preis?

Xie Lian zögerte etwas, griff dann unwillig in seinen linken Ärmel und zog das halbe Dampfbrötchen hervor. Während er es Hua Cheng hinhielt, konnte er ihm nicht in die Augen blicken. »Meinst du ... das?«

In diesem Moment kam es Xie Lian so vor, als würde sein Gesicht, dass über achthundert Jahre unverändert geblieben war, plötzlich Falten bekommen und er könne nichts dagegen tun.

Das Raunen der Geister war längst verstummt und alle sahen wie gebannt diesem Schauspiel zu. Ihr Chengzhu hatte das erste Mal mit jemandem gewettet und der Einsatz war ein angebissenes Dampfbrötchen gewesen – gut, dann war es eben so, vielleicht hatte es ihm Spaß gemacht. Aber die Vorstellung, dass er allen Ernstes dieser Person hinterherlief, um den Preis einzufordern ... das war unvorstellbar. Dazu gab es nichts mehr zu sagen. Einige Geister erdachten schon absurde Theorien: Entweder musste sich ein gewaltiges Geheimnis in diesem Dampfbrötchen verbergen oder dieser Mensch war tatsächlich Chengzhus leiblicher Bruder!

Hua Cheng grinste breit, als er das Dampfbrötchen entgegennahm. Er sah es an und wedelte damit hin und her. »Gut, ich habe meinen Preis erhalten.«

Als Xie Lian sah, dass Hua Cheng das Dampfbrötchen wirklich nahm, wusste erst einmal nicht, was er sagen sollte. »Es ... ist kalt. Und vielleicht auch etwas hart«, sagte er dann entschuldigend.

»Das macht nichts«, antwortete Hua Cheng.

Darauf konnte Xie Lian nichts erwidern. Also ließ er die Worte so stehen und wandte sich zum Gehen. Als die Masse der Casinogäste sich zuvor für ihn geteilt hatte, hatte es nur daran gelegen, dass er der Erste gewesen war, der hinaufgegangen war – dadurch war er zum tapferen Krieger geworden. Als sie ihm nun Platz machten, waren ihre Blicke voller Anerkennung und Neugierde.

Im Gehen hörte er die Stimmen hinter seinem Rücken. »Chengzhu, Chengzhu, wohin geht Ihr jetzt?«

Hua Cheng antwortete müde: »Heute bin ich gut gelaunt, ich gehe ins Jile-Haus.«

Daraufhin brach die Menge erneut in johlende Jubelschreie aus. Xie Lian konnte nicht anders, als sich noch einmal umzudrehen.

Hua Cheng hatte sich ebenfalls zu ihm umgewandt, das angebissene Dampfbrötchen hielt er in der Hand. Er warf es hoch, fing es wieder auf und nahm einen Bissen. Dabei wandte er seinen Blick nicht von Xie Lian ab.

Dieser hielt kurz inne, als er es sah. Aus irgendeinem Grund hielt er es aber für keine gute Idee, auch nur einen Moment länger zu bleiben. Er beschleunigte seine Schritte, rannte auf den Ausgang zu und zog Lang Qianqiu mit sich.

Die beiden verließen das Casino und rannten so schnell sie konnten ein gutes Stück die Straße hinunter. Dabei hätten sie fast einige der Buden und Stände umgeworfen. Als sie gerade eine etwas abgeschiedene Nebenstraße erreichten, tauchte auch Shi Qingxuan wieder auf.

Er fächelte sich so heftig Luft zu, dass seine Haare um seinen Kopf wehten. »Das war knapp, verdammt, war das knapp! Ich hatte solche Angst, dass mein Gesicht bleich geworden ist wie das eines Geistes!«

Xie Lians Herz hämmerte in seiner Brust, so schnell war er gerannt.

Lang Qianqiu sagte: »Ja, Windmeister, Euer Gesicht ist noch immer ganz bleich.«

Shi Qingxuan betastete sein Gesicht und lachte. »Ist es das? Ha ha ha ha, das kommt nicht von der Angst, ich bin so geboren ... Ähem! Qianqiu, Ihr seid ein Kriegsgott und habt die Aufgabe, ein bestimmtes Gebiet zu überwachen, nicht wahr? Wie konntet Ihr nur so überreagieren? Wir sind hier mitten in der Geisterwelt. Hätten sie Euch gefangen und enttarnt, hätte sich in rasender Geschwindigkeit herumgesprochen, dass Himmelsbeamte sich in die Geisterstadt eingeschlichen haben und den Frieden zwischen den drei Sphären gefährden. Wie hätten wir das dem Himmelskaiser erklären sollen?«

Lang Qianqiu ließ unterwürfig den Kopf hängen. »Entschuldigt. Ich habe wirklich überreagiert.« Er erhob seinen Kopf. »Aber die Gäste in diesem Casino sind verrückt. Wenn dieser Mann gewürfelt hätte, wäre das Ergebnis schrecklich gewesen, egal was er gewürfelt hätte. Seine Rivalen oder seine eigene Tochter hätten die Konsequenzen getragen. Es war der blanke Zorn, der mich dazu verleitet hat.«

»Dennoch hättet Ihr nicht allein und überstürzt handeln sollen«, entgegnete Shi Qingxuan.

Lang Qianqiu blinzelte. »Aber was hätte ich tun sollen, Windmeister? Wäre ich nicht eingeschritten, hätte es niemand getan.«

Er stellte die Frage mit einer solchen Aufrichtigkeit, dass auch dem Windmeister keine passende Antwort einfiel. Er tippte sich mit seinem Fächer gegen die Schläfe. »Nun ja ...«

Xie Lian lächelte. »Vergesst es.«

Lang Qianqiu sah ihn fragend an.

»Ich denke, obwohl Seine Hoheit Taihua gefasst wurde, hätte er doch um keinen Preis seine Identität preisgegeben, ganz gleich wie man ihn befragt hätte. Trotzdem müssen wir dringend verhindern, dass andere aus dem, was wir sagen, Rückschlüsse auf unsere Herkunft ziehen. Daher wird es das Beste sein, wenn Seine Hoheit von nun an besser aufpasst und es vermeidet, noch einmal ergriffen zu werden«, erklärte Xie Lian.

»Ja, das verstehe ich.« Lang Qianqiu nickte.

»Nun gut, dann reden wir nicht mehr darüber«, entschied Shi Qingxuan. »Ach ja, Eure Hoheit ...«

Auf dieses »Eure Hoheit« hin wandten Xie Lian und Lang Qianqiu ihm beide ihre Köpfe zu und er fügte hinzu: »Ich meinte den Älteren.«

Xie Lian rieb sich etwas mutlos die Stirn. *Der Ältere ... Gut, ich bin etwas älter, aber nicht so viel. Warum reden alle über mich, als sei ich ein alter Mann?*

»Eure Hoheiten, seid Ihr Euch am Shenwu-Palast begegnet?«, fuhr Shi Qingxuan fort. »Falls nicht, lasst mich Euch vorstellen. Dies ist der Kronprinz von Yong'an, Lang Qianqiu, Kriegsgott des Ostens. Und der Kronprinz von Xianle, Xie Lian, ein Himmelsbeamter, der ... der ... in hohem Maße das Vertrauen des Himmelskaisers genießt.«

Obwohl Shi Qingxuan es gerade noch vermieden hatte, die Worte auszusprechen, wusste Xie Lian, was er hatte sagen wollen: *... der Schrott sammelt*, was sonst. Es war deutlich zu erkennen gewesen, wie er nach den passenden Worten gesucht hatte.

Als Lang Qianqiu das hörte, sah er Xie Lian an und fragte erstaunt: »Dann seid Ihr die Hoheit, die dreimal aufgestiegen ist?«

Offenbar hatte er die Versammlung im Shenwu-Palast komplett verschlafen und wusste nicht einmal, wer Xie Lian war. Wenn irgendjemand sonst mit Xie Lian gesprochen hätte, wäre es sicherlich ein sarkastischer Kommentar gewesen. Aber Lang Qianqiu hatte diese Frage gestellt wie ein Kind, das ernsthaft glaubte, dreimal in den Himmel aufzusteigen sei etwas Besonderes. Xie Lians Augen verengten sich. »Ja, das bin ich.«

»Vielen Dank, dass Ihr mir im Casino geholfen habt. Wenn Ihr nicht …« Er erinnerte sich an etwas und sah eilig an sich herab. Hastig begann er, an seinem Gürtel zu nesteln, und die Angst huschte wieder über sein Gesicht. An die Geschichte von Yong'an und Xianle, ihrer beiden Reiche, schien er keinen Gedanken zu verschwenden.

Shi Qingxuan hatte es absichtlich bei dieser oberflächlichen Vorstellung belassen. Er wandte sich an Xie Lian: »Eure Hoheit, ich war der Meinung, Ihr seid mit dem Blumensuchenden Blutregen bekannt. Aber vorhin tat er so, als kenne er Euch nicht.«

Lang Qianqiu hatte inzwischen seinen Gürtel ordentlich verschlossen. »War das wirklich der Blumensuchende Blutregen? War das seine wahre Gestalt?«

Xie Lian hatte keine Zeit, eine Antwort zu geben, bevor Shi Qingxuan sich einschaltete: »Wie kann das seine wahre Gestalt gewesen sein? Hua Cheng ist ein Meister der Verkleidung. Niemand weiß, wie seine wahre Gestalt aussieht. Bei unserer letzten Begegnung am Banyue-Pass sah er ähnlich aus wie heute, also muss es eine falsche Haut sein. Es ist eine Täuschung, alles nur Täuschung.«

Xie Lian musste an die Nacht im Puqi-Schrein zurückdenken, als Hua Cheng gesagt hatte: »Wenn wir uns das nächste Mal begegnen, werde ich dir mein wahres Gesicht zeigen.«

Es ist wahr, dachte er bei sich.

Aber natürlich sprach er das nicht laut aus. Alle waren sich so sicher, dass Hua Cheng eine falsche Haut getragen hatte. Der Einzige zu sein, der wusste, dass dies die wahre Gestalt des Blumensuchenden Blutregens war, fühlte sich besonders an, als wäre ihm ein kleines Geheimnis anvertraut worden.

San Lang sah fast genau so aus wie das letzte Mal, nur etwas älter und größer. Das bedeutet, auch als wir uns das erste Mal trafen, hat er mir schon mehr oder weniger seine wahre Gestalt gezeigt, überlegte Xie Lian. Dieser Gedanke machte ihn glücklich.

Shi Qingxuan sprach weiter: »Alle sagen, Hua Cheng sei eine seltsame Persönlichkeit, und das scheint wahr zu sein. Offensichtlich hat er Euch geholfen, gleichzeitig hat er in aller Ernsthaftigkeit so getan, als würde er Euch nicht kennen. Wer weiß, was in ihm vorgeht. Könnte es sein, dass er wollte, dass wir unvorsichtig werden?«

Xie Lian hustete mehrmals. Es war so, wie er es sich gedacht hatte. Jeder hatte leicht bemerken können, dass Hua Cheng ihm im Casino geholfen hatte. Und das war noch milde formuliert. Eigentlich wäre es richtig, geradeheraus zu sagen, er hatte ihn gewinnen lassen. Der Einzige, der nichts bemerkt hatte, war Lang Qianqiu. »Er hat ihm geholfen? Warum?«, fragte er mit gerunzelter Stirn.

Die beiden anderen klopften ihm auf die Schultern und kamen stillschweigend zu der Übereinkunft, dass es das Beste war, es ihm nicht zu erklären. Sie ließen Lang Qianqiu allein darüber brüten, warum Hua Cheng Xie Lian geholfen haben mochte und ob es daran lag, dass die beiden sich kannten. Sie wandten sich ab und gingen ein paar Schritte.

»Ich fürchte, wir sind enttarnt«, sagte Xie Lian. »Was sollen wir als Nächstes tun? Sollen wir unsere Verkleidung ändern? Ich persönlich denke nicht, dass das etwas nützt. Nachdem Seine Hoheit Taihua für so viel Wirbel gesorgt hat, wird man in der Geisterstadt bestimmt noch wachsamer sein.«

»Ich hatte schon damit gerechnet, dass wir entdeckt werden. Nur nicht damit, dass es so schnell geht«, erwiderte Shi Qingxuan.

»Jaja, schon verstanden.«

»Was geschehen ist, ist geschehen. Unsere Deckung ist hin, also können wir uns auch einfach offen und ehrlich zeigen.«

Xie Lian hatte eine Vorahnung, was er mit »offen« meinen mochte.

»Wenn wir die Unehrlichkeit wieder gutmachen wollen«, erklärte Shi Qingxuan, »ist unsere einzige Hoffnung, Hua Cheng aufzusuchen und ihm zu sagen, dass Ihr gekommen seid, um ihn zu treffen. Er weiß doch, dass Ihr ein Himmelsbeamter seid, oder? Wenn ja, dann ist es glaubwürdig, wenn Ihr sagt, Ihr habt ein paar Freunde aus dem Himmel zur Begleitung mitgebracht.«

Doch bevor Xie Lian eine Antwort geben konnte, rief Lang Qianqiu völlig unerwartet: »Nein!«

»Warum nicht?«, fragte Shi Qingxuan.

»Eure Hoheit Xianle, seid Ihr wirklich mit dem Blumensuchenden Blutregen bekannt? Ich habe gehört, wie ihr vorhin gesprochen habt. Ihr scheint Freunde zu sein.«

Xie Lian nickte.

»Dann geht das auf keinen Fall! Auch wenn er ein Geisterkönig ist und ich ihn nicht für einen guten Menschen halte, hat er Euch geschont, was bedeutet, dass er Euch als Freund betrachtet. Und einen Freund zu hintergehen ist immer falsch!«

Shi Qingxuan fühlte einen einsetzenden Kopfschmerz. »Meine Güte, Qianqiu, Ihr sturer Esel!«

Aber Xie Lian nickte zustimmend. »Seine Hoheit Taihua hat recht.«

Lang Qianqiu strahlte. »Ihr gebt mir recht?«

»Das darf doch nicht wahr sein! Wir sind Himmelsbeamte. Wenn wir mit leeren Händen von unserer Mission zurückkehren, wird man uns nachsagen, unsere Erfolgsquote sei noch niedriger als die des Lingwen-Palasts. Wie unfassbar peinlich das wäre!«

Xie Lian grinste, aber als er gerade sprechen wollte, brach hinter ihnen plötzlich ein Höllenlärm los. Am Ende der kleinen Seitenstraße stürmte ein Mob aus Dämonen und Geistern mit erhobenen Fäusten und laut schreiend vorüber.

»Wo ist der Bengel mit dem Verband? Wo?«

Als er sah, wie aufgeschreckt die anderen beiden waren, beruhigte Xie Lian sie. »Keine Sorge, sie sind nicht hinter uns her.«

Gerade als er diese Worte gesprochen hatte, drang ihnen ein spitzer, markerschütternder Schrei zu Ohren.

Fortsetzung folgt.

Glossar

Figuren

Götter

Oberer Hof (aus eigener Macht aufgestiegene Götter):

Kriegsgötter:
Xie Lian: Xianle (himmlischer Titel), Kronprinz von Xianle, die Witzfigur der drei Sphären, der Gottgefällige Krieger, der Blumengekrönte Kriegsgott, Schrottgott

Jun Wu: Himmelskaiser (himmlischer Titel)

Mu Qing: Xuanzhen (himmlischer Titel), Gott des Südwestens, der Fegende General

Feng Xin: Nanyang (himmlischer Titel, »Sonne des Südens«), Gott des Südostens, General Juyang (»Vollkommene Sonne« oder auch »Gigantische Männlichkeit«)

Pei Ming: Mingguang (himmlischer Titel), General Pei, Gott des Nordens

Pei Xiu: General Pei der Jüngere, der zweite Gott im Mingguang-Palast, entfernter Nachfahre von Pei Ming

Quan Yizhen: Qiying (himmlischer Titel), Gott des Westens

Lang Qianqiu: Taihua (himmlischer Titel), Gott des Ostens, Kronprinz von Yong'an

Göttin der Schriften:
Lingwen Yuanjun: Lingwen (himmlischer Titel), Lingwen Zhenjun (in männl. Gestalt)

Meister der Fünf Elemente:
Shi Wudu: Wassermeister Wudu, das Unterdrückende Wasser

Shi Qingxuan: Windmeister Qingxuan, Herrin des Windes

Ming Yi: Erdmeister Yi

Mittlerer Hof (ernannte Götter):

Nan Feng: Offizier im Nanyang-Palast

Fu Yao: Offizier im Xuanzhen-Palast

Geister

Ränge:

Malus: kann einen Menschen töten

Periculus: kann einen Clan auslöschen

Saevus: kann eine Stadt massakrieren

Supremus: kann ein ganzes Reich vernichten

Das Vierfache Übel (Geisterkönige):

Hua Cheng: Blumensuchender Blutregen (Supremus), Chengzhu (Titel)

Qi Rong: die Nachtwandernde Grüne Laterne, der Grüne Geist (Beinahe-Supremus)

Das Unheil in Weiß: der Weiße ohne Gesicht (Supremus)

Das Booteversenkende Schwarze Wasser: dunkler Wasserdämon (Supremus)

Magische Waffen

Ruoye: Xie Lians Seidenband

Eming: Hua Chengs Krummsäbel

Mo Xiang Tong Xiu

Junge, abergläubische Frau, die für ihren Sticker-
Gebrauch auf der Social-Media-Plattform Weibo bekannt ist.
Furchtbare Köchin, die beim Fotografieren anfängt zu zittern.
Langsame Tipperin, die nur schreibt, wenn ihr danach ist.
... Das ist alles gelogen.
In Wirklichkeit mag ich es, nachmittags einen Tee zu
trinken und in die Ferne zu schauen, oder mein geliebtes
Notizbuch aufzuschlagen und Gedichte zu schreiben.
Nein, nein, nein, das entspricht noch viel weniger der Wahrheit.
Na gut, schreiben tue ich ja schon.
Genau.

TOKYOPOP®

TOKYOPOP GmbH
Hamburg

TOKYOPOP
2. Auflage, 2025
Deutsche Ausgabe/German Edition

Aus dem Chinesischen von Alice Craciun und Nina Richter

Published originally under the title of《天官赐福》(Tian Guan Ci Fu)
Author©墨香铜臭 (Mo Xiang Tong Xiu)
German Edition rights under license granted by 北京晋江原创网络科技有限公司
(Beijing Jinjiang Original Network Technology Co., Ltd)
Illustrations by 日出的小太陽 (tai3_3_) & 올씨 (allssi)
Illustrations granted under license granted by Reve Books Co., Ltd (Pinsin Publishing)

Arranged through JS Agency Co., Ltd.

Redaktion: Markus Rohde, Simone Meinecke
Lektorat: Katrin Aust
Lettering + Herstellung: Annika Meyer-Wülfing
Umschlaggestaltung: Annika Meyer-Wülfing
GPSR: produktsicherheit@tokyopop.de
Druck und buchbinderische Verarbeitung:
CPI – Clausen & Bosse GmbH, Leck
Printed in Germany

MIX Papier FSC® C083411

Wir achten auf die Umwelt.
Dieses Produkt besteht aus FSC®-zertifizierten und anderen kontrollierten Materialien.

ISBN 978-3-8420-9083-5

www.tokyopop.de

THE GRANDMASTER OF DEMONIC CULTIVATION – LIGHT NOVEL

Mo Xiang Tong Xiu

Nach dem Tod von Wei Wuxian, einer der mächtigsten Männer seiner Generation, hallen Jubelschreie durch das ganze Land. Jahre vergehen bis er durch ein Opferritual zurück in die Welt der Lebenden – in den Körper eines Fremden – beschworen wird! Er versucht, seine wahre Identität geheim zu halten, trifft jedoch auf einen alten Bekannten: den attraktiven Lan Wangji. Als die beiden erneut in dunkle Machenschaften hineingezogen werden, müssen sie sich nicht nur ihren Gefühlen füreinander, sondern auch bösartigen Geistern und feindseligen Clan-Mitgliedern stellen, um die in dichten Nebel gehüllten Wahrheiten ans Licht zu bringen!